猩红热

〔奥〕斯·茨威格 著
张玉书 等 译

Scharlach

Stefan Zweig

人民文学出版社

Stefan Zweig
Scharlach

图书在版编目(CIP)数据

猩红热/(奥)斯·茨威格著;张玉书等译.—北京:人民文学出版社,2022
ISBN 978-7-02-016405-9

Ⅰ.①猩… Ⅱ.①斯…②张… Ⅲ.①中篇小说—小说集—奥地利—现代②短篇小说—小说集—奥地利—现代 Ⅳ.①I521.45

中国版本图书馆 CIP 数据核字(2022)第 033928 号

责任编辑　欧阳韬
装帧设计　刘　远
责任印制　宋佳月

出版发行　人民文学出版社
社　　址　北京市朝内大街 166 号
邮政编码　100705

印　　刷　三河市鑫金马印装有限公司
经　　销　全国新华书店等

字　　数　315 千字
开　　本　880 毫米×1230 毫米　1/32
印　　张　13.625　插页 3
印　　数　1—3000
版　　次　2022 年 4 月北京第 1 版
印　　次　2022 年 4 月第 1 次印刷

书　　号　978-7-02-016405-9
定　　价　58.90 元

如有印装质量问题,请与本社图书销售中心调换。电话:010-65233595

目　次

猩红热 …………………………………………… 1
恐惧 ……………………………………………… 60
奇妙的一夜 ……………………………………… 103
日内瓦湖畔的一个插曲 ………………………… 162
看不见的珍藏 …………………………………… 171
心的沉沦 ………………………………………… 188
感情的混乱 ……………………………………… 219
旧书贩门德尔 …………………………………… 305
无形的压力 ……………………………………… 334
象棋的故事 ……………………………………… 374

猩 红 热[*]

在家的时候,朋友们都对他说,如果他去维也纳,应该在约瑟夫施塔特[①]租一个房间。那里靠近大学,大学生们都喜欢住在那一带,这个城区安静,有点古色古香,再说,传统如此,那里也就成了他们的大本营。因此,他一下火车,寄放了行李,就一路打听,在那些疲于奔命似的匆忙冒雨赶路、勉强指点方向的行人身边,走过好多条陌生而喧闹的街道,朝那里走去。

秋季里,老天爷毫不留情。暴雨噼里啪啦下个没完,强劲而密集,从灰黄的树梢扫落残败欲坠的簇叶,檐漏滴水,敲打声处处可闻,阴郁的天宇给撕成丝丝缕缕,一片灰暗。有时雨帘像飘拂的织物随风卷去,噼噼啪啪地撞在墙壁上,打破人们的雨伞。很快街上只能见到颠簸着行驶的黑色马车,马身上在冒气。偶尔还有一两个飞奔而过的行人身影。

年轻的大学生从一幢房子走到另一幢房子,沿着一道道楼梯上上下下,为能暂时避开瓢泼大雨而感到庆幸。他看了许多个房间,可是没有一处令他满意,也许原因在于这一场雨和凄清暗淡的灯光,使所有这些屋子都给人以沉郁之感,似乎弥漫着不健康的压

---

[*] 本篇于一九〇八年首次发表。
[①] 约瑟夫施塔特,维也纳第八区的名称。

抑气氛。他沿着弯弯曲曲的潮湿的楼梯上去,眼见好些住处寒碜而肮脏,心中不禁产生微微的憋闷感,掩藏在窄小、低矮、破旧的城郊房屋正面背后那种深重的悲凉愁苦,他隐隐约约有了一点体会。找房子的劲头也随之不断低落。

他终于选定了一处,靠近约瑟夫施塔特外缘,已经离居尔特尔①不太远,这是一所非常古老、宽得难看的房子,透着一种祖居的安定气派,他便在这里栖身。这个简朴的房间其实比他原先想找的要小,不过窗子朝向一个宽阔的庭院,是那种老式的城郊院子,有几棵树,此时在雨中簌簌作响,微微地颤抖着。这一片残绿勾起他本已完全忘却的对故乡园圃的记忆,这吸引了他。还有那前厅的金丝雀,他一扯动门铃,它便在笼子里颤声地清啭,在他察看屋子的整段时间里,它一直不知疲倦地鸣叫。他觉得这是一个好兆头。房东太太也令他满意,这是一位上了年纪、面容憔悴的妇女,据她自己说,丈夫原是公务员,她现已孀居,带着一个小女孩住一间寒碜的小屋。隔壁还有一个大学生,房门上的名片说明他住在那里。

离天黑还有一两个钟头,他想趁此机会赶紧再看看这座陌生的、上千天以来渴望一睹的城市,但凄风苦雨很快就使他兴味索然。他走进一家咖啡馆,心不在焉地长时间看着台球桌上白球跟在红球的后面滚动,听见身边许多人在交谈,竭力压抑下慢慢涌到喉头要想形诸言语的、由于失望而产生的痛苦感觉。接着,他再一次试着上街溜达,但雨老是下个不停。他浑身湿透,滴着水进了一家餐馆,不知滋味地胡乱吃了一顿晚饭,便回到住处来。

他站在自己的屋子里,朝四面看看。几件家具靠在一起,像被

---

① 约瑟夫施塔特区外缘一条马路的名称。

丢弃在那儿似的,毫无内在联系,既无韵致,也无生气;两只旧柜子,如果走到近处看,活像弯腰驼背地在叹息;一张床,上面放一条褪了色的毯子;一盏白色的灯,在这阴沉的房间里为幽暗所笼罩,凄怆地晃荡着;一只经不起摆弄的老式维也纳炉子。还有几张彩色画片和照片,颜色惨淡,各不相关,都是陌生面孔,也许多年来就在这里彼此呆望着,却互不相识。寒意从不大平坦的地板渗上来。每当随风飘舞的雨点敲打在窗玻璃上时,一扇关不严实的窗子便啪嗒啪嗒地乱响。

他冷得发抖。置身于这些陈年破烂之中,他感到不习惯。谁在这张床上睡过?谁在这几把椅子上坐过?谁在这面镜子里照过?现在他自己那张苍白的孩子面孔正在镜子里看着他,一脸害怕的、简直是想哭的样子。在这里,没有任何东西能使他想起自己的往事和经历。一切都这样陌生,凄凉的感觉充塞在他胸间。

他该就寝了吗?现在是晚上九点。他第一次睡在陌生的屋子里。在家里,这个时候他们大概都围坐在圆桌旁,金色的灯光柔和地照在他们的身上,大家安详地说着话。想到这里,他知道,他那金发的妹妹艾迪特很快就会站起来走向钢琴,弹一支忧伤的奏鸣曲或者一支欢快的圆舞曲,完全同他经常请求她的那样。往日此时,他站在钢琴旁边的暗影当中,随着曲调而遐想,直到她站起来,亲切地对他说一声"晚安!"。但是今夜他是在哪里呢?

不,他还不能睡。他走过去,从箱子里拿出自己的几件衣物。他的一切都由家里人井井有条地收拾在一起。他按照顺序一样一样拿出来,这时他不禁想起满怀亲情为他整理行装的这一双手那一双手。在书本当中,他惊喜地发现一件意外的礼物,这是他妹妹悄悄地夹进去送给他的相片,上面写了一句感情真挚的话。他久久凝视着它,凝视那张粲然微笑的脸庞。然后他把相片放在书桌上,让她可以亲切地看着他,安慰他这个有家归不得的人。可是他感到照片上的笑容渐渐收了,好像她在幽暗的屋子里同他一样变得抑郁寡欢。他几乎不敢再往相片上看,天色已经太暗了。

他应当再次走出这间阴暗、凄凉的斗室吗?他向窗边走去,只见雨还在不停地下。蒙上雾气的窗玻璃上积聚着雨点,先是凝住,直到另一滴水落到上面,然后一起很快地淌下,像眼泪在光滑的孩子脸颊上流下一样。不断有水珠聚集起来,又不断地淌下,雨点从四面飘来,仿佛屋外有无数人悲从中来,涕泪纵横。他伫立在那里,也许有半个钟头之久。低声自语的风雨充满了难以明言的怅惘,聚集起来的水滴不断地在流淌。那宛如珠泪滚滚的怪景在他内心深处搅动,无以名状的伤感侵扰着他,教他直想掉泪。

他想打起精神。难道他在维也纳的第一个夜晚就是这样的吗?有多少回他曾经在梦里,在同妹妹和友人的交谈中预先品尝过它。他并没有设想过清晰的图像,但设想过怎样意气风发和情绪昂扬,怎样急步穿行在闪闪发光的大街上,往前,只管往前,仿佛到明天那种种繁华景象将永逝不再。他在想象中见到自己纵情谈笑,忘乎所以地高歌;把帽子抛向空中,心怦怦直跳。可是现在他却站在这里,面对一块模糊不清的窗玻璃,冷得发抖,茕茕孑立,看着水滴往下流淌,两个水滴,现在是三个,又是两个。他凝望水滴为自己铺设了看不见的路轨,顺着轨道滚下去。他闭上眼,免得泪水猛然夺眶而出,滴落在自己冰凉的手上。这就是他几年来所渴望的吗?

时间过得多慢。那只木壳旧钟的指针丝毫不被觉察地朝前爬行。他感到那种伴着黑夜而来的恐惧,那种因独处陌生屋子而产生的无法解释、幼稚可爱的怕孤单心理,那种难以遏制、再也无法否认的思乡渴念变得越来越咄咄逼人。在这其大无比的都会里有几百万颗心在跳动,他却孑然一身。除了幸灾乐祸地噼啪作响的雨点,没有人对他说话,没有人听他说话,没有人朝他看,他强忍着抽泣和泪水。他感到羞愧,觉得自己像一个小孩,不懂得把自己从惶惑中解脱出来,仿佛恐怖像恶魔那样隐在黑暗的背后,正用尖利的目光冷酷地盯着他。他从未像现在这样强烈地渴望听到一句话。

这时候,隔壁一扇门嘎嘎地响了一下,马上又砰的一声关上。他本来蜷伏在那里,这时立即跳起来静听。一个粗犷而训练有素的声音在隔壁房间里断断续续哼着一支校园歌曲中的一节。随后是:嚓!火柴擦着了。他听出那边的人在挪动此刻显然已经点亮了的灯。这只可能是他的邻居,一个法科学生。房东太太告诉他,隔壁那一位马上就要参加最后几次考试。他深深地吸了一口气,孤独感暂时得到缓解。邻人屋子里嘎吱嘎吱地在响,那是他在地板上来回走动时沉重有力的脚步声。那支歌听起来愈加清楚。突然,倾听者觉得这样竖起耳朵、打着哆嗦地站在这里,很不好意思。他默默地蹑手蹑脚回到桌子旁边,仿佛生怕那边的人透过墙壁看着他似的。

这时,隔壁屋子里不唱歌了,踱步的声响也没有了。显然那个邻居已经坐下来。于是啪嗒啪嗒的滴水声又开始在他耳边响个不停。寂寥与随之而来的种种恐惧心理幻化而成的怪物又好像从阴暗处向外张望。

他觉得圈在这间斗室必将窒息而死。不能这样!现在他无法孤身自守了。他站起来,等到由于躺着而泛红的脸颊恢复正常,便清清嗓子,试一下声音,轻轻地出去,走到邻居门前。他两次举起手来又停住,后来终于胆怯地用手指敲响别人的房门。

叩门之后,显然是惊讶的沉默,随之传来一声响亮的"请进!"

他旋开房门的把手,迎面扑来一股青色的烟雾。这间窄小的屋子里一片朦胧,在为气流吹动的浓重的烟云中,所有的物件在最初的瞬间都显得模糊不清。他的邻人直立在那里,惊讶地看着他进来。主人已经脱掉上装马甲,半敞着衬衫,不拘礼数地露出宽阔、无毛的胸膛。随便蹬脱的鞋子落在左右两边的地板上。他身体强壮,像农夫一样结实,说是大学生,倒更像一名工人。他站在那里,嘴里衔着烟斗,这时正朝房门口用力喷了一口烟。

来访者结结巴巴地说了几句话:"我今天刚住进来,想作为邻居自我介绍一下。"

对方自然而然地并拢两腿:"认识您很高兴,我学法律,姓施拉梅克。"

于是来客也忙不迭地弥补疏忽,说出自己的姓名:"贝托尔特·贝格。"

施拉梅克扫了他一眼:"您念一年级吧?"

贝格说"是的",接着又补了一句:"是今天刚到维也纳的。"

"您当然是念法科了。现在大家都念法科。"

"不,我想到医学院注册。"

"啊,是这样,好哇,总算也有人……哦,请随便坐吧。"

让座的口气很亲切。

"您也抽支烟吧,同学。"

"谢谢,我不抽烟。"

"嗯!……以后会抽的。不抽烟的人眼看就要绝迹了……那就喝一杯法国白兰地吧,优质白兰地。"

"不,谢谢……多谢啦。"

施拉梅克拱起肩膀:"同学呀,您可别见怪。我看哪,您这个人,像常说的,没劲。不喝白兰地,不抽烟,这就让人摸不透了。"

贝格红了脸。他感到羞愧,应对这么笨,一下子就暴露出自己不济事。可是他觉得,现在如果再说恭敬不如从命,一定会更加可笑。为了无话找话,他又一次对夜晚造访表示歉意。可是施拉梅克不让他把话说完,便提出几个问题,使他不再发窘。他们俩差不多算是同乡:一个老家在归化德国人聚居的波希米亚,另外一个来自摩拉维亚①。很快他们谈到在记忆中的一个共同的熟人。转眼间,两个人就谈得很投机。施拉梅克说起必须通过的考试,说起他参加的大学生联谊会,说起许许多多蠢事,这些在这类大学生派头十足的人们看来,似乎就是这几年里的生活意义所在。他讲得眉飞色舞,也显得推心置腹,兴高采烈而稍近喧嚷,这是他做起来信心十足、可以说是沾沾自喜的拿手好戏。很明显,他因能给一个初来乍到者、一个乡下人留下深刻印象而感到高兴,而其成功的程度甚至超过了他自己的体会。贝格怀着无法描摹的渴望和好奇心理聆听这一切。这些事看来向他预示了在维也纳等待着他的新生活。他喜欢虎虎有生气的言谈,喜欢施拉梅克吞云吐雾的气派,那喷出的青烟形同扩张开来的圆锥体。贝格注意每一个细节。这是他遇见的第一个大学生,因而盲目地把对方视为完美无疵。

他本来也很想谈谈自己的情况,可是家里的一切同这些新鲜事情一比,都突然显得微不足道。念中学时的戏谑变得平淡无奇,不值一提;乡间的经历、所有自己的思绪和言谈,好像一下子都成了应在儿时想的事和说的话。到了这里他才开始有成年男子的气概。施拉梅克陶醉于这个初学者畏怯而钦佩的目光中,并未觉察到他的沉默。按照施拉梅克的要求,贝格小心翼翼地伸手抚摩他的三处剑伤疤痕,这是清晰地留在剪成短发的头顶上的一溜发红

---

① 波希米亚和摩拉维亚都在捷克境内。

的伤疤。听到约定决斗和比剑这些事,贝格感到很惊讶,他害怕了,但是一想起很快也能同一个敌手面对面站着,又兴奋起来。他请求施拉梅克让他拿一下放在墙角里的剑,拿了以后又有一种痛苦的感觉,因为那把剑他好不容易才能举起来。这时,他又觉察到自己的胳臂多么无力,还像小孩子的那样瘦细;他体会到自己和这个健壮结实的青年之间的差别,不禁羡慕起来。拿着这样一把剑竟能挥动自如,舞得剑刃呼呼作响,用尽全力使人无法招架,划破对手的脸部——他觉得真是闻所未闻。所有这些司空见惯的常事在他看来都像心向往之的伟大事业那样,威武雄壮,令人惊羡。他说起这些印象的时候那种羞怯、敬佩的神情,使施拉梅克变得更加健谈,更加把他引为知己。施拉梅克对他说话就跟对一个朋友一样,为他展示了自己一生色彩耀眼的画卷,而这一切始终没有越出大学生的理想。贝格凝视着这个画卷如痴似醉。在这里,他找到了新生活的先驱者。

午夜时分,他们终于彼此说了一声"再见!"施拉梅克亲切地同贝格握手,拍拍他的肩膀,以在那个年龄才会有的那种发自内心的友好口吻,明确地说他"够意思",使得这个着了迷的年轻人喜不自胜。

忘情于种种印象,他回到自己的屋子。虽然秋雨仍在窗外啪嗒啪嗒地下着,寒意从每一道缝隙里渗出,但他却觉得在这个房间里不再那样孤寂和抑郁了。这些匪夷所思、光芒四射的事迹充实了他的心。第一天就找到朋友,他觉得这是难以用言语来表达的幸福。当然,这种想法很快又掺进了一丝淡淡的哀愁:同这个在生活里站住了脚跟的人相比,他感到自己懦弱,幼稚,像一个在学的男孩。在同学当中,他总是最怯懦、最娇弱、最多病的。在大家纵情欢乐时,他始终退居人后,对此他今天才痛苦地有了感受。有朝一日,他也能像施拉梅克这样吗?——能这样坚定,这样强健,这样自如吗?他的心中蓦地升起一种难以抑制的渴望,盼着也能这样善谈,机敏,生气勃勃,盼着也能孔武有力,以牢牢把握生活,而不是与它妥协。什么时候他也能这样吗?他心存疑虑,朝镜子里看着自己这张怕羞、瘦削、没有胡子的孩儿脸,又想起这条没有肌肉凸起的瘦胳臂几乎举不起那柄剑,想起两个钟头以前,仅仅由于屋子里又黑又冷,身边没有人,他就差点像小孩子那样哭出声来。他觉得仿佛忧虑像一个人似的俯身轻声对他说:在这陌生的城市里,在这崭新的生活里,在这需要力量、胆略、豪气的环境里,他,他这个软弱的人,这个幼稚的人,会变成什么样呢?不!——他努力振作起来,他要奋斗,直至成为一个够格的人,变得像他朋友那样健壮和刚强。他要把朋友的一切都学过来:大大咧咧的步态,明快有力的言谈。他要锻炼肌肉,他要成为像邻居那样的男子汉。忧伤和欢快,盼望和沮丧互相混合在一起。他那联翩梦想越来越纷乱。灯冒黑烟,他这才意识到已经很晚了,便急忙就寝。无情的九月秋雨还在窗外敲打不已。

这就是贝托尔特在维也纳的第一天。

在随后的一段时间里也是这样:忧伤和欢快,盼望和失望总是混杂在一起,这是一种模糊不清的感觉,但他始终觉得陌生,不能习惯。他曾经希望在独立生活时,在念大学时,在维也纳时,能遇上伟大的、意外的、新奇的事情,可总是未能遂愿。当然,这里有这样那样的美好事物:美泉宫①沐在九月的柔光里,条条金色的林荫

---

① 美泉宫,维也纳市区皇宫的名称,有宽广的绿化设施(名:雅园),最高处有一建筑(名:观景亭),可以鸟瞰皇宫和园圃。

大道徐缓地向观景亭延伸上去,在那高处可以极目远眺,俯瞰雅园和皇宫。再说,剧院里也在演出,那么多绅士淑女令人神往地欢聚在一起。娱乐和庆典如此高雅,亦可一饱眼福。有时候也可以把马路算在里面,在那里会遇上许多好看和奇特的脸孔,在那里有千种期望和诱惑似乎在闪闪发光。然而,他始终只是观看,永远无法融入。始终只是像贪婪地阅读一本打开来的书,永远不是直接参与一次交谈或者一段经历。

在最初的几天里,他为融入这个陌生的环境作了仅有的一次尝试。他有亲戚在维也纳,是一个体面人家。他去看望他们。他们请他一起进餐。他们对他很亲切,跟他年龄相仿的表兄弟们也很客气。可是他却深深地感觉到,他们邀他入席只是为了不失礼。他觉察到,他们的目光停留在他的衣服上,流露出一种隐忍而怜悯的笑意。他为自己高雅中透着土气、为自己的拘谨而感到羞愧,比起表兄弟们的洒脱举止,自己一定显得小家子气。因此,到了可以告辞的时候,他只感到庆幸。从此再也不登门了。

于是,一切都驱使他回过头来求助于第一天夜晚结下的友谊,他带着一个半大孩子的全部激情沉迷于这一友谊之中。他完全信赖这个壮实强健的邻人。对方乐意接受他那溢于言表的友爱,仅仅报之以内心冷漠者在人前总会表露出来的亲切态度。几天以后,施拉梅克就以"你"来称呼高兴得红了脸的贝格。而贝格则过了好长时间还只能别扭地、胆怯地使用这个叫法。他非常敬重这位朋友的过人之处。他们一起走路时,他往往斜眼偷偷看他,想学他自信地大踏步行走的姿势,以及他坦然地盯着漂亮姑娘的神态。即使是出格的习惯他也喜欢:在大街上挥舞手杖当剑使;衣服老是发出一股劣质烟丝的气味;在酒馆里大声说话,一副寻衅的架势;不时开些愚蠢的玩笑。他能一连几个钟头听着施拉梅克谈有关女孩、决斗约定、郊游等等无聊透顶的事。这些同他毫不相干的事情都自然而然地让他觉得意义重大。在他看来,这些仿佛就是生活的实际情况和本来面貌。他急着要去体验这样的生活,悄悄地希望施拉梅克有一天会把他推进这种够劲儿的活动中去,可施拉梅克很怪,总是不让贝格参与这些盛事。显然他认为这张没长胡子的小孩面孔太不气派了。每当他佩戴色标出去,便很少带着贝格。他们俩大都在咖啡馆里或者住处见面,而且每一次总是贝格主动去找他。

这一点贝格很快就注意到,成了他的一块心病。像年纪很轻的人们之间的交谊那样,他的交谊也有一点爱的成分:如沸的热情又略带妒意。当他意识到,施拉梅克对刚刚认识的极其幼稚的、无足轻重的人像对他一样亲切,有时甚至更加随便,就会心生怨恨,而又不敢流露。接着,他又觉察到,施拉梅克认识他已有几个星期,虽然他如此倾心于施拉梅克,施拉梅克对他却并没有比在第一个晚上更接近一步。他感到恼火:施拉梅克对他的一切,并未表示出一丝一毫像他对施拉梅克的事那种如潮涌般流露出来的兴趣。施拉梅克对他的态度极有分寸,只限于亲切地打个招呼,随即谈他自己的事,但是每当贝格说起自己,他便几乎充耳不闻了。

还有,最令人痛苦的是:从每一句话里,贝格都体会到施拉梅克并没有把他看做成年人。他是怎么称呼他的!这一点就教人受不了。施拉梅克不再像最初那样叫他贝托尔特,而总是叫他"小男孩"。这叫法听起来和蔼可亲,可一次又一次地刺痛了他,因为这触动了几年来他心中尚未愈合、还在淌血的伤口,这就是:他被看成一个小孩子。这种心头的痛楚已有数年之久。他在学校里就像一个女孩,在所有人的心目中,他是那样娇弱、那样害羞。现在他应该算成年人了,但模样还是像一个小男孩,还是处处胆怯,事事敏感而易于激动。旁人怎么也不相信他已经成了大学生。当然，他还不满十八岁，可看上去比实际年龄小得多，给人以非常稚嫩的印象。他疑心施拉梅克是由于他模样像小孩，所以怕与他一起在同伴面前露面。他越想越觉得是这么一回事。

一天晚上，他完全肯定了这一点。那天他在市内各处逛荡了好长时间，在行人如潮的大街上两次感受到孑然一身的痛苦，于是去施拉梅克的房间想聊聊天。施拉梅克坐在沙发上亲切地打了招呼，并没有站起身来。

桌子上放着那顶有色标的便帽，红得像在燃烧，让贝格看着眼馋。他最热切、最秘密的愿望是：盼着施拉梅克介绍他加入大学生联谊会，那里有他苦苦渴求的一切：亲密的会友，成材的场所，在那里他能变得像他所希望的那样强健和刚毅，成为一个能人。几个星期以来，他在等待施拉梅克提出建议。他已经多次作了非常含蓄而谨慎的暗示，但看来并未被听出弦外之音。现在这顶便帽使他眼热，它像鲜活的火焰在桌子上跳动，它在闪耀，在发热，它完全迷醉于他的神思。他忍不住开口了：

"你明天去参加酒会吗？"

"那当然，"施拉梅克答道，马上就来劲了，"一定会很痛快。有三个一年级学生被接纳，真是顶呱呱的棒小子。我一定得去呀，我是第二干事嘛。大家准会很开心。星期四两点以前别喊醒我，我们肯定要到早上才回家。"

"是呀，我可以想象那一定很痛快。"贝格说。他期待着。施拉梅克不吱声。何必再说下去呢？可是桌子上的便帽在诱惑，红得像在燃烧，红得像冒着火焰……它像鲜血一样在闪闪发亮。

"你……嗯，你不能带我去那儿，给我介绍一下吗？……当然只是带我去……都跟你说了吧，我想见识见识。"

"可以,可以,以后去吧。明天肯定不行,以后去看看,当然作为客人,小男孩,你会不喜欢的,因为那儿经常闹得乱七八糟。不过,如果你想去……"

贝格觉得有什么从喉头涌上来。那顶便帽,那顶红色的、诱人的、梦寐以求的便帽,他突然觉得好像在雾里看它。这是泪水吗?他莽撞而激动地冲口而出:

"我怎么会不喜欢?你把我看成什么了?难道我是一个小孩子吗?"

从声音、口气听起来,肯定是话里有话。施拉梅克一跃而起。这时,他真正非常亲切地走近贝格拍拍他的肩膀。

"别这样,小男孩,你可别生气,我不是这个意思。可我了解你,我看哪,这些事对你不怎么合适。你太文雅,太规矩,太正派,所以这些事对你不合适。在那儿得百无禁忌,一定要做好汉,大伙儿都敬重的好汉,当然喝得酩酊大醉以后,也就没有了章法。你能在像眼下礼堂里随时可见的那种豪饮或者斗殴场面露一手吗?不能,是不是?这没有什么不好,只是你不合适干那些事。"

不合适,他不合适。他体会到,这一点施拉梅克说对了。但他干什么才合适呢?他对生活有什么用处呢?对于施拉梅克这么坦率地说的一番话,他不知道该生气还是该感激。施拉梅克当然转眼便把这事忘得一干二净,继续聊下去。可是谁都认为他贝格没能耐的想法却越来越厉害地啃噬着他的心。桌子上那顶红色便帽像恶毒的目光似的盯着他。这天晚上,他没有待多久便回到自己的屋子里坐着,两只手支在桌子上,一动也不动地瞪着那盏灯,直到午夜过后好一会儿。

第二天贝托尔特·贝格做了一件蠢事。想起施拉梅克认为他没能耐,认为他胆子小,把他看做小孩子,这折磨得他彻夜不眠。于是他下定决心,要让他看看,他并非没有胆量。他要找人寻衅,决斗,让施拉梅克看看,他并不胆怯。

这个举动没有成功。他和施拉梅克交往中了解到这类事该怎么入手。他经常在城郊酒馆里那间低矮的小餐室用膳,每天都有几个佩戴色标的大学生坐在他对面那张桌子旁边。要找他们寻衅,并不是难事。他们从来不谈别的,他们的心思全在所谓名誉攸关的事上打转。

贝格走过他们的餐桌时有意挑衅,弄翻一把椅子。他没有道歉,若无其事地只顾往前走,可是那颗心却像是跳到了嗓子眼儿里似的。

这时身后响起了一个凶狠、严厉的声音:"怎么这么不小心?"

"您教训别人去吧!"

"好大的胆子!"

于是他转身走回去,要了对方的名片,也把自己的给了那人。他为自己的手没有发抖而感到高兴。一瞬间完成了全过程。他自豪地走出来的时候,听到桌边那些人在哈哈大笑,其中一个轻松地说道:"这小子又瘦又没有力气。"这句话败坏了他的豪兴。

他马上急匆匆地回到住处。他两颊发烫,闯进刚刚起床的施拉梅克的屋子里,高兴得连说话也结巴了,把这一切告诉了他。当然,最后听到的那句话,还有自己故意弄翻椅子的事都没有说。贝格心想,施拉梅克准会说他干得漂亮。

他盼着施拉梅克拍拍他的肩膀,祝贺他成了多么威风的一条好汉。可是施拉梅克却若有所思地拿着那张名片在看,牙缝里发出咝咝的响声,恼火地说道:"你可找对人了!这家伙结实得像一棵树,是我们顶顶尖的击剑手当中的一个。他会把你揍得稀巴

14

烂的。"

贝格并不吃惊。他会吃败仗,这在他看来是很自然的事情,因为他还从来没有握过一把剑①。他简直是盼望在脸上留下一道粗大的剑伤疤痕。这样人们就不会再问他是不是大学生了。可是让他不高兴的是施拉梅克的举动。施拉梅克手里拿着那张名片,不断地踱来踱去,嘴里咕哝着:"这可是不容易呀!他说了'好大的胆子!'是不是?"

最后,施拉梅克把衣服穿好,对贝格说:"我马上去我们联谊会,给你找第二代表。放心吧,我会把这事办妥的。"

贝格真的放心了。他现在头一回正正式式被看作大学生,成年人,也有了自己的名誉攸关的事,因此他很高兴,简直是喜不自胜。他突然几乎感觉到关节里的力量。他将怎样提剑,怎样使剑,怎样用力刺去,对他来说似乎都是一种乐趣。整个下午他都在设想决斗的情景,激动地来回踱步,而对他将被打败的必然结果,一点也不觉得痛苦。相反地,正是这样,他才可以向施拉梅克和旁人表明自己并不懦怯。即使鲜血从脸上和眼上流过,他也要站住不动。随后他们就会自动地把红色便帽送给他。

他已经热血沸腾。晚上七点,施拉梅克来了,贝格异常兴奋地朝他奔去。施拉梅克也很愉快。

"你看,小男孩。一切都很顺利,这事已经办妥了。"

"我们什么时候去决斗?"

"唉,小男孩,我们不能让你去跟他决斗哇。这事就自然解决了。"

贝格脸色变得煞白。他的两手在发抖,怒火直冒,泪水盈眶。

---

① 原文如此。

施拉梅克对他说:"当然这事也解决得好不容易呀,下回可要小心一点!不会每次都有这样的好结果的!"

贝格竭力想找一句话而不可得。的确,失望也太大了。最后他强忍着不哭出来,说道:"不管怎样,我很感激你。可是你并没有帮助我。"他马上走出房门。施拉梅克惊讶地目送他离去。他把这个奇怪的举动归结为初出茅庐者的激动,并没有再加以细想。

贝格开始回顾过去这一段日子。生活最终总得有个着落才是。他到这里已经有几个星期了,可还是留在第一天站立的地方,并未往前跨出一步。犹如飘散的云絮,一幅又一幅图像徐缓地飞向远方。儿时异想天开的企盼逐渐褪色,消融在过眼云烟中。这难道真的是维也纳吗?真的是那个大都会吗?真的是多年以来的美梦吗?真的是也许从第一次用生硬、笨拙的字体把维也纳这个名称画到纸上去那一天起就企盼实现的美梦吗?那时他或者只想到无数房屋,想到那里的旋转木马一定比教堂纪念年广场上的更大,更华丽。后来,他从许多书本上搬来各种各样的色彩,想象那些诱人(动人)的女子故作媚态地在大街上走过,想象在那些房屋里发生着离奇、冒险的事情,想象在那些夜晚联谊会会员们聚在一起尽情欢乐,想象这一切都汇入叫做青春与活力的漩涡中翻腾不已。

可是现在怎么样?一个房间,窄小而单调,他早上躲开这间屋子,却又在闷热的书斋里泡几个钟头;一间餐室,他在那里胡乱吞咽食物;一家咖啡馆,他在那里呆呆地看着报纸和人们,以消磨时间;一次在闹市里漫无目的地闲荡,直到累了,才又回到这个窄小而单调的屋子里。但也有一两次去剧院。他置身于顶层楼座,夹在许多陌生人中间。他看着下面正厅、包厢里那些绅士显得这般文雅而机敏,那些淑女则打扮和裸露得诱人想入非非,看着他们互相问候,在一起纵情欢笑。大家都相识,都融合在一起。书本上所说的不假。他常因相距遥远而怀疑是否真有其事的形形色色胆大妄为的举动,在这里便是现实。眼前这样一群人,他们平时蛰伏在寂然无声的家宅,在这里就可以体验到令人难忘的、离奇冒险的、命运使然的事。他觉得,这里有种种渠道像矿井那样,下到深处,便能触摸到生活里金子般的奇珍异宝。真的,童年时代的想象没有错:这里的旋转木马比家乡的更华丽,更使人眼花缭乱;这里的音乐更加清亮,更有声势;这里的活力更加放纵,更加惊心动魄。可是他被撇在一旁,未能随车下到矿井里。

此中原因不全在于他的腼腆,囊中羞涩也使他裹足不前。他从家里所得,本来还算够用,但对他来说却又太少,仅能维持简朴的日常生活,使他不受匮乏之苦,从来不敷大手大脚的花销,可这都是青春的真谛所在呀。不过他有钱也不会花,一想到所有模模糊糊觉得美妙的、令人陶醉的事都与己无缘,便感到羞愧难言:譬如乘一辆出租马车飞快地穿过郊区游乐场,或者在什么地方一家高档的酒馆同一些女人和朋友通宵喝香槟酒,或者发疯似的,随心所欲,数都不数地乱花一回钱。可是在烟雾腾腾的啤酒馆里过这种放荡的大学生夜生活又令他反感。他越来越迫切地希望,仅仅挥霍一次,将自己从天天如此无聊的老一套中解脱出来,以求在感觉上较有生气一些,多少可以同时体味到非凡的生活节奏与豪放的青春旋律。然而,这一切都与他无缘。每个白天都以傍晚索然无味地回到这间窄小而讨厌的屋子告终。在这个房间里有大片大片的暗影,仿佛被恶毒的双手随处乱撒似的,那面镜子的反光好像已经冻结。在这个房间里,他夜晚害怕醒来已是早晨,早晨又害怕漫长的、令人昏昏欲睡的、无聊的、单调的白天,直到夜晚到来。

在这段时间里,他开始非常勤勉而又有点无可奈何地专注于学业。他最早进课堂和实验室,最后一个离开。他孜孜不息地埋头研习,并不理会其他同学,很快他们便不喜欢他了。他想在拼命学习中压抑其他渴念,果然取得了成效。傍晚回来,他已是疲惫不堪,往往不想再去找施拉梅克聊天。他盲目钻研,并无任何雄心壮志,只求使自己变得麻木,不去想许许多多弃之不甘、即之无缘的事情。他领悟到,在这种狂热中包藏着一个奇妙的秘密,好多人以此自欺,遮掩他们整个一生的无用与空虚。他希望也能给自己的生活勉强增添一点意义,当然并不懂得这样一种道理:初度青春不谈人生真谛,繁复的整个一生才需要它。

一天下午,他比平日早些结束学习回到住处,经过朋友的门边时,突然想起已有四天没有见到他了。他叩门,没有人应答。他习惯于这样的情况:如果前一天夜里施拉梅克同朋友们通宵厮混,往往到黄昏时分还会在睡觉。

这时,贝格把门打开,黑黝黝的屋子里好像阒无一人。可是突然在窗边放靠背椅的地方有什么动了一下。一个坐在施拉梅克怀里的高挑女孩咯咯地笑着跳起来。

贝格想立即退出去。看来他们没有听见叩门声,他感到很尴尬。施拉梅克一跃而起,抓住贝格的胳臂,他挣脱不得,给拽了过去。"你瞧,他就是这个样子,怕女孩就跟怕蜘蛛一样。哈哈,逃不了啦。喂,卡拉,你看,这就是我常跟你说起的小男孩。"

"我什么都看不见。"一个清亮、偏高的声音带笑说道。确实,屋子里太暗了。贝格只能在薄暮的微光中隐约看出洁白的牙齿在闪烁。

"那就点灯吧!"施拉梅克说道,摆弄着那盏灯。贝格浑身不舒服,那颗心在乱跳,可是已经无法逃脱了。

他以前曾经听说过这个卡拉。她是施拉梅克这几个星期以来的女朋友,一个在一家商行干事的女孩子,这妞儿很有意思。贝格时常听见两个人在隔壁房间说笑和低语。可是他那么怕事,总设法不同她打照面。

灯亮起来了。现在他看清她站在那里,高挑而俊俏:一个身宽、结实、健壮而丰满的女孩,火红的头发,含笑的大眼睛。这个壮硕的姑娘有点像女仆,衣着和发式也不整饬,也许是施拉梅克刚才把这些都弄得乱七八糟,看起来很像是这么一回事。可她这会儿朝他走来,向他伸出手,对他说"您好"时那种大方、活泼的举止很动人。

"喂,你喜欢他吗?"施拉梅克问道,把贝格弄得很不好意思,他感到乐不可支。

"他比你还俊呢,"卡拉笑道,"非常可惜,他不爱说话。"

贝格的脸红起来,正想说几句,卡拉笑了,一蹦跳到施拉梅克身边。"瞧,跟他说话,他便红脸。"

"别惹他,"施拉梅克说道,"他不喜欢女孩子,很怕羞。不过,你会调教好他的。"

"当然,能这样也不坏嘛。过来呀,我不会把你吃掉的。"

她不管三七二十一,抓住他的胳臂,硬要他坐下。

"可是……小姐……"贝格不知所措地结结巴巴说道。

"你听见没有? 小姐,他叫我小姐。您呀,亲爱的小男孩先生,大伙儿不叫我小姐,叫我卡拉就行啦。"

他们俩笑个不停,施拉梅克和卡拉。贝格感觉到自己准是一副狼狈相,他也跟着笑,免得看起来那么窝囊。

"你们看,这样可好?"施拉梅克说道,"我们叫人拿酒来。喝了酒他也许就不那么害羞了。小男孩呀,别老是这样。可愿意请客？一瓶,最好两瓶。"

"那当然。"贝格说道。逐渐地他觉得自在一些了。他们只是出其不意地把他弄得晕头转向——在开始的时候。贝格走出去,找了房东太太。她拿来酒和杯子。于是三个人围桌坐下,有说有笑。卡拉坐在贝格旁边,向他祝酒。显然他胆子大了一些。有几次,当她向着施拉梅克说话时,他已经敢于正眼瞧她了。这时他喜欢她一些了。火红的头发和雪亮的颈项形成诱人的对照。她那么大方,活跃,再过了一会儿,这种无拘无束的、强大而丰富的感情力量吸引了贝格,他忍不住一再看她富有性感的朱唇笑启,这时便露出坚实雪白的牙齿。

有一次她把他逮住。她在他目不转睛地看她时,猝不及防地转过身来问他:"你喜欢我吗?"她笑得忘乎所以。"我也喜欢你!"她说道,纯任自然而无意奉承。但不知怎的这使他听着很舒畅,他几乎迷醉了一会儿。

他变得越来越活跃。慢慢地,中学时代埋沉在心底的欢闹本性像温泉一样喷发出来,他开始讲述,说笑。醉醺醺中他说的那些话都闪耀着放纵任性的青春光芒,这种情况连他自己都从来没有意料到,甚至施拉梅克也对此感到惊讶。"我说呀,小男孩,你这是怎么啦?你瞧,你得永远这样才行,别再让人觉着乏味了。""是呀,"卡拉笑道,"我不是早就跟你说了吗?我要把他的秘密掏出来。"

房东太太还得去买一回酒。这三个人兴致勃勃,闹得越来越大声。贝格平时几乎滴酒不沾唇,现在他沉浸于异常的快乐之中,感到飘飘然如入妙境。他欢笑,戏谑,得意忘形,一扫羞怯故态。喝到第三瓶时,卡拉开始唱起来。接着她以"你"称呼贝格。

"施拉姆①,你说这样可以吧,是不是？他可人意呀。"

"那还用说！行啊！亲一下,用'你'来称呼了嘛！"

贝格还来不及细想,便觉得有湿润的双唇压在自己的嘴上,不痛,也不舒服。可是不知顺着什么地方渗入了漫溢开来的、化为迷蒙轻雾般的、使他觉得晕乎乎的快感。他只有一个愿望:盼着这种从少女、美酒和自己青春活力迸发出来的感觉——这种在迷乱中信马由缰的佳趣,这种陶然的沉醉得以长留不逝。卡拉也已两颊飞红,不止一次朝施拉梅克含笑使眼色。

蓦地,施拉梅克对贝格说:"你见过我那把新剑没有？"

贝格不感兴趣。可施拉梅克还是把他拽去了。在他们弯下身子的时候,施拉梅克低声说道:"好啦,你该走了,小男孩。现在我们这里没有你的事了。"

贝格愣了一会儿,呆呆地望着他。随后他明白过来,道了晚安。

他站在自己的屋子里,觉得脚下似乎有点晃荡,额头血脉在扑扑地跳动,倦意袭来,他一头倒在床上。第二天他头一回睡过了时间,没有赶上听课。

不管怎样,这次偶遇虽然倏忽即逝,但总还射出了闪烁的微光,照进他的情感世界,使他怦然心动。他模模糊糊地沉思:难道这——这种对友谊的渴念不是一种错觉,不是一种深藏内心的欺骗行为吗？难道如此盼望摆脱孤独,追寻没有节制的亲昵不就是另外一种竭力掩饰的需求在躁动吗？

他回忆同妹妹在一起的那些日子,想起那些昏暗的傍晚,他们坐在暮霭笼罩的庭园里,他已经不能看清她的脸廓,仅仅从微明中

---

① 施拉姆,施拉梅克的昵称。

辨出她的衣服泛着一抹灰白,只是隐约可见,像在夜色四合的天际偶有一片孤云在闪着淡淡的光。每当那心声随着亲切的言词从幽暗中传来,清脆而轻柔,不时粲然一笑,且又充溢着骨肉的深情,每当那清音飘来,飞入他的心坎,像春风骀荡,像小鸟依人,在那个时刻是什么使他那样愉悦?这真的只是兄妹之间的情分吗?难道在心底最深层的某个角落,并未潜藏着无欲的情感使之冷静下来的一种对女性的喜爱,一种对女性的极其细腻、极其亲密的情意吗?而他在这里所渴求的一切难道不是女性心灵误入歧途在他生活中的反照吗?

从那天晚上起,他清楚地意识到:他在渴慕女人——并不是那么渴想亲密的关系和爱情,而只是渴想同女人轻轻接触一下。他所希求的那未知与奇妙的一切难道不都同女人有关吗?她们不是保守着一切秘密吗?她们有魅力,有潜能,有渴求同时又被渴求。现在他开始更加留意街上的女人。他看见许多年轻貌美的女子,晶亮的眼睛透露出千种情怀。她们属于谁?她们走路时扭动腰肢,似在轻盈起舞,昂然挺胸环视四周,仿佛个个都是女王;安坐在车中,似乎其乐无穷,有意无意地扫视怀着景仰之情惊奇地站在那里的人们。她们心里不是也有渴望吗?在无数扇房门后面,在这个大都会里难以计数的不安地遮起来、急切地打开来的窗子后面,不是一定有许许多多女人吗?她们不是也有同他的相似、好像伸开双臂迎合它的渴求吗?他不是像她们那样年轻吗?同样的渴求不是倾注在所有人的身上吗?

贝格现在不大去听课,更多的是去逛街。他有这样的感觉,好像最终肯定会遇上一个女人,她会从他闪烁不定的眼神里看出:须得有什么偶尔为之的事、出人意料的事才能帮助他摆脱烦恼。他怀着羡慕和渴求的心理,目睹自己前面的小伙子们结识了大姑娘们,看着双双情侣夜晚亲热地缠在一起,消失在公园深处,于是他内心那种亦求一尝个中滋味的想望便越来越撩人了。当然,他并无非分之想,只是渴念一个女子:娇柔、温存像他的妹妹,可亲可爱而诚实如同孩子,还有那夜色中悦耳的曼声细语。这幅图像屡屡出现在他的梦境里。

每天,当他顺着弗洛里昂大街走回住处时,总会遇见成群结队的年轻姑娘。这些都是十五六岁的女孩子,放学出来,三个一群、五个一伙地喊喊喳喳说个不休,跳跳蹦蹦,正是这个年龄的姑娘们走路的习惯,她们不安分地四处张望,咻咻地笑,晃荡着书本。每天他都从远处看见她们,看见带笑的红润的脸孔,苗条的身材,短短的裙子,款款扭动的腰肢,看见她们无忧无虑、稚气未脱的愉悦神情,他很难捺住自己的渴望,盼着能像这些女孩一样开朗、快活地欢笑。他每天都看见她们,很快她们也认得他了。每当他走过来,这些黄毛丫头便引人注意地纵声大笑,用满不在乎的挑衅目光看着他,他每次总是赶紧看向别处,匆匆走过。她们一觉察到他那样羞怯而慌乱,红着脸避开她们的目光,便变得一天比一天大胆,但他却始终鼓不起勇气同她们搭话。她们不是比他更像男孩、更像男人吗?他这么害臊、羞涩,这么慌乱和幼稚,不是像一个女孩吗?

他记起几年前在家乡他妹妹开的玩笑。她悄悄地给他穿上女孩的衣服,然后出其不意地把他带到她的女友们面前,在最初的瞬间她们没有认出他来,随后便忘乎所以地接二连三拿他寻开心。他那时还是一个小男孩,红着脸站在那里直哆嗦,几乎不敢睁开眼睛朝她们给他拿来的镜子里看。那时他就羞怯、懦弱,可当时他还是小孩子呀。现在他差不多是一个男子汉了,但是还不懂得怎样去承受笑话他的目光,不懂得怎样才能变得如同生活要求于他的那么坚强和粗犷。为什么他不能变得像施拉梅克或者所有其他人那样呢？他真的是不够气派吗？他真的是像一个小孩子吗？

他一再想起那时被化装成小女孩,站在那些哈哈大笑、纵情欢闹的姑娘们中间,连头也不敢抬起来。从那时以来,她们的情况怎样了？她们懂得了接吻与恋爱,她们穿起了长长的连衣裙。好些已经有了丈夫和孩子。她们都已走出了当时那间屋子,离开了少小时代,扑进了生活的怀抱。只有他还站在原地,与其说作为成年男子,不如说像一个女孩子,依然像红着脸孔的小孩子留在那人去屋空的房间里,慌乱地低垂着目光,不敢把头抬起来⋯⋯

有一回,那是一月里靠后的一天,贝格又去找施拉梅克。自从他独自在大街上闲荡时获得一种略带诱惑力量的快感以来,串门便不那么勤了。天时不正,最近几天积雪已经融化,但是寒风凛冽,依然砭人肌骨,在大街上肆意施虐。云团匆匆横过那犹如盲人俯身呆视大地的灰色天空。这时下起一阵刺人的急雨,像冰块的尖角那样戳进人们的皮肤。

施拉梅克几乎没有打招呼。每当事情有点不顺遂,他总显得无情而粗暴。此刻他心神不定地来回踱步,一再吸烟斗,有时猛地转过身子,仿佛要问什么事。"真糟心。"他在牙缝里嘟哝。

贝格静静地坐着。他不敢问究竟是什么事。他知道,施拉梅克自己一定会说的。

果然,施拉梅克终于大声嚷开了:"要命的天气,真糟糕。这莫名其妙的事现在害得我到处跑！"

他又气冲冲地急步走来走去,拿起一把尺子,胡乱地挥舞着,尺子划过空气,发出呼呼的响声。这时贝格才谨慎地问道:"出了什么事？"

"那个毛头小伙子,跟我的那个新同学,前天冲撞了两个惹不起的人。今天下午四点钟决斗,明天还有一次。可我一个星期以后就要考试,确实是有其他事要办哪。再说,他凑巧挑了两个肯定会刺倒他的对手,这个傻瓜,这个浑人。要是我考不好,这就完了,又得坐在那里待一年,就像学校里的小朋友那样。能叫人不恼火吗?"

贝格没有说什么。在此以前,过了一段不长的时间,他就看出所有薄薄地镀上诱人的金色光泽的什么决斗呀比剑呀之类的事情都愚不可及。他去参加过一次大学生酒会,看到了举行种种庆典和仪式之后,那些喝醉酒的大学生们在晨光熹微中显出一脸灰败的模样。他在外面一间窄小、肮脏的屋子里观看过一场比剑。自从那时以来,他对这类事情已完完全全没有什么兴趣可言。当然,贝格一直不敢把这一点告诉施拉梅克,这会触及他的痛处。现在他们俩默然无言地坐在那里,各人在想各人的事。外面呼啸着的风声越来越响。

这时门铃响了。随即传来叩门声。

卡拉进来,歪戴着帽子,淋湿了的成绺的头发搭在笑容可掬的脸上,"我这副模样很好看,是不是?怎么啦?""你好。"她朝施拉梅克走去并吻他。他心情不好,避开了。"你怕我的外套弄湿你吗?你这笨蛋!"这时她注意到贝格,"你好,小男孩。"

她脱下外套,把它扔在沙发上。大家都不说话。不知怎的贝格觉得有点尴尬。自从那晚他们喝酒,用"你"称呼以来,他已经见过卡拉几回,但是每一次都再也得不到那种随随便便、无拘无束、彼此投合的感受。从那时起,曾经涌过他的生活堤坝的性爱热潮,使得他在一个女人的近旁感到躁动不安。他几乎担心自己会把持不住。

施拉梅克一言不发。他情绪不好,心里老是想着决斗和考试的事。沉默久久地延续下去,令人感到不快。

卡拉现在看上去有点生气了。"看来我打扰老爷啦。我还特地把今天下午空出来,谁知道来看你们睁着眼睛睡大觉。你们两位不错哇,真是不错。"

施拉梅克站起来,拿了冬天外套。"亲爱的孩子,你从来没有打扰过我,这你也知道。只是眼下不行啊。我得走,现在已是三点半,小捣蛋四点钟在奥塔克林格①那儿决斗。"

"活该,这淘气鬼,谁叫他对什么人都那么莽撞!——这么说,你得走了。你走了,我怎么办?这样的天气叫我在街上瞎跑吗?"

"亲爱的孩子,我七点钟才回来。你可以待在这儿嘛。"

"我待在这儿干啥呀?睡大觉?谢谢。我从昨天晚上九点到今天早上已经睡够了。带我去吧。我倒想看看他们怎么把这小捣蛋剁成肉酱。"

"你可不能去,你怎么这么想!"

"那就没有办法啰!我待在这儿吧,等你回来。小男孩跟我一起。怎么样,小男孩?"

贝格不知怎么回答才好。面对这类突然袭击,他总是束手无策。他几乎不敢看她。那两个人就笑了起来。

"那当然,"施拉梅克的情绪又好起来,"那当然,我是该让你们俩待在这儿。你知道吗?小男孩假正经得很哩。"

"可他不是男孩,他是女孩嘛!"

于是两人又大笑。贝格心想:他们多么瞧不起我哇。我怎么不能也一起笑呢?!我怎么就这么笨,找不出一句话,不会开个玩

---

① 地名,在维也纳第十六区。

笑,没有办法,毫无办法来对付呢?他不禁怒火中烧。

"那就这样,行啦,就这样,"施拉梅克说道,"我愿意冒这个风险。可是如果你们俩干了些什么,看我会怎么样!"

"这可得要两相情愿哪。"

"嗯,你懂……你……我还是不要相信你为好。"

"我根本就没有说我情愿哪。"

这时两个人又大笑,这是洋溢着健康活力的开怀大笑,毫无恶意,但贝格心里却像挨了鞭笞般火辣辣地难受。他模糊地觉得,必须走开,一定得走开,走得远远的,远走十万八千里!或者去睡大觉,或者像他们那样纵情欢笑,不能这样坐着说不出一句话来,不能这么蠢笨又羞怯,不能像孩子似的这么慌乱,让人看着都可怜。

施拉梅克戴上便帽。"行啦,我们试一下。可是如果……就饶不了你们。七点钟我回来。小男孩,放老实点。你要是出了格,我会从你的眼神里看出来。但也不能让这可怜的姑娘觉得乏味。再见!"

他紧紧地搂住卡拉的腰,使得她咯咯地笑着扭动身子。他趁势结结实实地亲了她几下,然后向贝格挥挥手走了。外面响起使劲把门关上的声音。

现在只有他们两个人:贝格和卡拉。风卷着雨掠过大街,炉子里偶尔发出一下噼啪声,仿佛有什么断裂了。屋子里越来越静,人们可以听到隔壁摆钟走动的轻微响声。贝格坐在那里睡着了似的。他没有抬起目光便感觉到,她在笑眯眯地看着他。他觉得她的目光如同通了电一样,使人麻酥酥地发痒,这种感觉轻轻地传到发根,然后往下扩散到两只脚。他感到仿佛快要透不过气来了。

她坐在那里,两条腿交叠在一起,等待着。现在她往前弯下身子,浅浅地露出微笑。在一片寂静中,她冷不防说了一句:"小男

27

孩,你害怕吗?"

真是害怕,确实是这样。她又怎么知道呢?他害怕,就是害怕,一种无知、幼稚的害怕心理。但是他故作镇静,嚷了起来:"害怕?怕谁?怕你不成?"这话听起来很粗暴,虽然他并不这样想。

沉默又仿佛颤动着穿过了屋子。卡拉站起来,抻了抻衣服,对着镜子理好扯乱了的头发,看见自己的眼里饱含着笑意。接着她扭过身子,"坦率地说,你这个人哪,真是乏味得要命。小男孩,给我讲点什么嘛。"

贝格对她和对自己感到越来越怨恨,恨自己这么蠢笨。他正想生硬地再回她一句,她却朝他走了过来,和蔼可亲地在他身旁坐下来,像一个小孩子似的乞求他:"给我讲点什么嘛。不管什么,该做的事,糊涂的事都行。你不是整天钻在书本里吗?你肯定知道好多事。"她整个人全靠在他的身上。她经常这样随便地跟谁都亲热得不得了。可是她那条搭在他胳膊上的温软手臂使他心旌摇摇,头脑里一片混乱。

"我想不起什么来呀。"

"我觉得,你永远不会想起做点该做的事。一整天这么长,你都在干些什么?我看是互相围着对方在打转。不久前我在约瑟夫施塔特大街上看见过你。但是你走得很急,也许故意装作不认识。我的印象是:你正在追求一个姑娘?"

他要申辩。

"甭说啦,这也没有什么嘛。你说,小男孩,你可有相好?"

她对着他笑,见他不知所措高兴极了。"瞧,还脸红哩。我早就知道你有一个相好,你是假正经。我倒想看看那妞儿。她长得怎么样?"

在无可奈何中,他只有装假这一招,反反复复就用这一招。他似乎变得很粗暴:"这是我的事,跟你有什么关系?你管你自己那些相好去吧!"

"哎哟,你干吗这么大声叫嚷,我真的怕死你了。"她装作非常惊恐的样子。

贝格跳起来:"别老叫我小男孩。我受不了。"

"可施拉梅克也这样叫你呀。"

"这不一样。"

卡拉大笑。他像小孩那样恼火,使她格外喜欢他。

"哼,我偏要这么叫:小男孩,小男孩,小男孩。我叫了三次。"

他的鼻翼在颤动。"别再这么叫,我说过受不了哇。"

"就要叫:小男孩——小男孩。"

他攥紧拳头。血涌到他的脸上。他隔开一步站在她的面前。她能听见他急促的呼吸声,看见他的眼里射出逼人的光芒。她不由自主地后退。可是一转眼她又是一副满不在乎的样子:两手叉腰,哈哈大笑,露出洁白的牙齿,似乎在自言自语:"这就怪了!现在连叫小男孩也成了恶事。"

贝格听了便向她扑去。这句讥刺的话像鞭子一样抽击了他。他要揍她,打她,惩罚她,教她不敢再嘲讽他。可是这个健壮、结实的姑娘灵活地一下子捏住了他的两个拳头,往下一按,紧紧地握住,像用铁钳夹牢似的。他觉得手腕在作痛。她把他抓在手里,如同抓一个小孩,一件玩具,使他动弹不得。两人相隔一步脸对脸互相看着:他的脸孔气得扭歪了,眼睛鼓凸出来,差不多要流泪了;她的脸孔露出惊讶的神色,显示出自信有力,占了优势,似乎有点笑意。她把他制伏了一会儿,使他像一条上气不接下气的小狗近不了身。他的手腕疼得如同被捏得粉碎,要是再过片刻,他一定会跪倒在地上。这时她放了手,轻轻地推开他。"好啦——现在该乖乖地听话了。"

可是他又扑过去。刚才这么不中用地在她手里挣扎,这使他发了狂。现在他一定要把她压倒,把她制伏,不许她笑话他。他猛地拦腰抱住她,想把她摔倒。这时两个人胸口贴着胸口在喘气:她觉得意外,对他莫名其妙地发火感到好笑;他则发疯似的恨得咬牙切齿。他的两手使劲箍住她那没有穿胸衣的柔软的躯体,越来越紧。她总能灵活地闪避。她的两脚牢牢地站住,他无法搬动她肥硕的臀部。在扭斗时,他的脸孔碰到了她的肩膀和胸脯。在迷乱中,他闻到一种柔和、温暖、醉人的香味,这使他的两臂越来越无力。他不时听到剧烈颤抖着的心脏跳动声和咕噜咕噜的失笑声从紧紧勒住的胸部深处冒上来。他觉得仿佛他的肌肉僵化了,摇撼这个健壮、粗硕的躯体像挪动一截树干似的。她的身子偶尔略微松弛一下,但始终不肯弯下去,而且在对抗时似乎变得越来越有力。等到她觉得这么玩太无聊,三两下就脱身出来。她猛地把他一推,他便轻飘飘地被抛开了。"好啦,不要再闹。"她的声音听起来已经光火了,差不多是在吓唬他。

他跌跌撞撞地往后退。他的脸在发烫,两眼充血,在他眼前的一切都是血红的、火红的,都在旋转。他盲目地、昏头昏脑地第三次又扑过去,两条胳臂扑打着犹如一个醉汉。突然,情况变了。她散发出来的那种浓郁的香味,女衫窸窸窣窣的响声,同柔软的身体接触时那种温暖的感觉使他发狂了。他不再想揍她,惩罚她,而是想占有这个女人,她挑动了他的激情。他一把将她拉过来,往她的滚热的躯体上乱钻,用他发烫的双手抚摩她的全身,贪婪地咬她的衣服,想把她压倒。他的触摸使她感到有点发痒,她还是在笑,但现在她的笑声里带有一种异样的、嘶哑的音调。她的整个体态似乎更加灵活,胸部不断地一起一伏,像波涛那样。她的躯体在扭斗中更加狂热地紧贴在他的身上,她那有力的双手哆嗦着躁动得愈来愈厉害,她那厚重的头发已经散开,披在肩上晃动,散发出闷热的香味。她的脸孔越来越烫。扭斗时,她的上衣有一点开绽,一颗纽扣绷飞了。他激情勃发,蓦地瞥见她雪白的胸脯光彩夺目,闪烁不定。他呻吟着使出最后一点力气。他觉得她根本不想抗拒他,她只想被制伏,被摔倒,但即使这样,他也已无余力了。他四面撼动她的躯体,可是浑身绵软。一瞬间仿佛她自己要仰后倒下,她的头放荡地向后弯下去,他看见她的眼睛里忽然放射出从未见过的亮光。这时她说:"啊,小男孩,小男孩!"这一声叫唤宛如亲昵的柔情,亦如抑制不住的渴求的呻吟。他拉住她,感觉到她靠在他那打着哆嗦、像孩子般细瘦的双手里,没有仰面跌倒。突然他冲动地把手伸进她已散开的火红的头发里,想猛地用力将她拽倒。她大叫一声,又气又痛,愤怒地使劲一推,将他瘦弱的身躯抛开,他便像一只很轻的球在屋子里凌空飞过。

贝格踉踉跄跄后退,绊倒在屋角,撞着搁在那里的好几把剑,碰得叮叮当当地响。从左手到胳臂上端划了一道显眼的口子。

他一下子躺倒在那里,像昏迷了似的。她立即奔过来,由于冲动还在微微颤抖,焦灼不安地问道:"你怎么啦?"

他没有回答。她帮助他坐直身子,还轻轻地抚摩他。她心里并无丝毫恶意。他好不容易才站起来,他把左手插在上衣口袋里,不让她看到他受了伤。他不愿意把这事说出来,心里恼恨得像火烧一般,恨自己真是可怜不中用,连一个甘愿顺从的姑娘也制伏不了。在一瞬间,他似乎觉得非再扑过去一次不可。但是他感觉到衣袋里血正热烘烘、湿漉漉地从伤口流出来。

他跌跌撞撞地向前走去,并未看她。她惊恐地想帮助他。泪水像一团薄雾蒙住了他的眼睛,他很难透过这片濡湿的云雾看清房门。在他的心里,一切都已空虚,都已无足轻重。他隐约感觉到,血还在滴落,其他一切都在他的内心殒灭了。他只是盲目地往前摸索……朝房门摸索……摸出屋子……摸进自己的房间。

于是他颓然倒在床上。受伤的胳臂垂落在床沿外面。血还在渗出,不时有一滴沉重地啪嗒一声落在地板上。贝格不去理会它。在他心里似乎有什么如波涛般在一起一伏,他觉得仿佛透不过气来。一阵牵动全身的抽泣,一阵抑制不住的痛苦的抽噎,终于发作出来,他把脸埋进枕头。他那孩子一样的发烫的身体似乎给人用皮鞭抽击了几分钟之久。然后,他觉得轻松了一些。

他侧耳谛听隔壁的动静。那边屋子里卡拉故意踏着很响的脚步在走来走去。他伏着不动。这时脚步声停止了。随后她拍打柜子发出啪嗒啪嗒声,把桌子敲得咚咚直响,为的是让人感觉到她。显然她在等待他回去。

他继续倾听。他的心跳得越来越响,但他却纹丝不动。

她又来回踱了一会儿,然后用口哨吹一支圆舞曲,同时敲打着拍子。渐渐地,她安静下来。过了片刻,他听见外面的门开了,过道上响起重重的关门声。

在那个无尽的长夜和次日早晨,贝格都在等待施拉梅克为他同卡拉之间的事来找他算账,因为贝格猜想,卡拉肯定会马上就把一切都告诉施拉梅克。只是他不知道,她有没有将这件事说成心怀鬼胎,乘虚而入,或者说成可笑而荒唐的恣意妄为。整整一夜他在思量该怎样回答施拉梅克,设想了一次次长谈,正面意见如何,反面意见如何,也已经设想出了某些动作,以便在他万一理屈词穷时,可以立即中止辩论。然而有一点他很清楚:这样一来,友谊能否保持下去已难逆料,一切都已过去,或者万事都得重起炉灶。

但是他空等了一场。施拉梅克并没有来,在此后的几天里也没有来。这本来也不奇怪,因为施拉梅克平日只在要他帮一个忙或者有什么事一吐为快时才来他这里,否则总是贝格上门去找,方能见到他。只是这一次他内疚于心,觉得施拉梅克不来是故意如此,他也不去找施拉梅克,暗地里咬紧牙关在顶牛,可自己又因此而感到痛苦。没有人来找他,他比任何时候都更加强烈地意识到这种屈辱,即:他对任何人都一无用处,没有人喜欢他,没有人需要他。这时他加倍感觉到这个圈子里的友谊对他来说依然意味着什么,尽管有那么一些事使他感到失望和屈辱。

这样过了一个星期。一天下午,他坐在书桌前打算工作,忽然听见一阵急促的脚步声朝房门而来。他立即辨出这是施拉梅克,马上跳起来。这时房门已经大开,马上又吧嗒一声关上。施拉梅克已站在他的面前,气喘吁吁,满面笑容,抓住他的两条胳臂来回摇晃着。

"你好,小男孩!总算见着你了。那天大家都到了,就差你一个。你整天都在忙活,这样也行。对啦,我已经通过了,谢天谢地,这是我最后一次考试。再过一个星期你得叫我博士先生了。"

贝格感到很惊讶。他曾经想到各种各样的可能性,就是没有想到他们俩竟然会这样重新见面。他结结巴巴地刚说了几句祝贺的话,就给施拉梅克打断了。

"行啦,行啦!别瞎费劲了。现在走吧,到我屋子里去,得好好庆贺一番,我还得把这些事全说给你听。好啦,走吧,卡拉已经在那儿了……"

贝格吓了一跳。他突然怕跟卡拉待在一起,心想:现在她会取笑我,我又会红着脸站在这两个人中间,像一个学童一样。他想推托不去。

"你得原谅我,施拉梅克。我不能去,确实不能去,我有许许多多事情要做。"

"有许许多多事情要做?你这小子,我通过了最后一次考试,你该做什么?你该高兴,该一起到我屋子里去。别的啥事也不该做。走吧!"

他抓住贝格的臂膀,把他拉走。贝格觉得没有力气抗拒他。他模糊地感觉到施拉梅克控制他的力量仍有多大。施拉梅克拉走他简直像拽一个小姑娘似的。他第一次完全明白,一个女人一定会被一个这样矫健、快活、乐观的男人所征服,完全由不得她自己,只是带着钦佩的心情不甚真切地感受到对方的强壮有力。在这个瞬间女人对男人的想法,也一定像他现在对施拉梅克的想法一样。她必定会怨恨,气愤,同时又有被雄壮的男人所征服的柔情。他完全没有感觉到自己在行走,完全不知道怎么一回事,忽然就已经来到了施拉梅克的屋子里。

卡拉早就在这里了。她一见到他,便朝他走过来,用一种异样的热情的目光扫了他一眼,她的眼神像一个温软的浪头把他淹没了。她向他伸出手来,但没有说一句话。她又一次审视他,像看一个陌生人那般好奇,然而又不一样。

施拉梅克在桌边摆弄什么。他想要做点事情,渴望说一番话。他兴致勃勃,这股强大的活力亟需这类宣泄的阀门。每当他为某种情绪所攫住,便要找人倾吐。平日他对事淡漠,确切地说,性格内向。但是今天他的整个举止充溢着勃发的激情,像男孩子般喜不自胜。

"好,我们喝什么?喉头不滋润我就没有办法讲给你们听。怎么样?不要喝酒吧?要是喝了酒,我们晚上再也没有兴致了,今天晚上一定会闹得一塌糊涂。我们泡一壶茶吧,完全不伤脾胃,滚热的清茶。你们可赞成？"

卡拉和贝格都赞成。他们彼此挨着坐在桌旁，但贝格没有同她说话。他头脑里的想法飘忽不定，宛如发出嘤嘤声的夜蛾在一间屋子里飞过似的。他曾同身边这个女人像拼命一样搏斗过，这是一场梦吗？他不敢看她，只感觉到气氛变得很沉闷，喉头收紧拢来。幸亏施拉梅克没有觉察，只在敲打菜盆和茶碟，吹着口哨，絮聒不已，喜滋滋地给在座的两个人当侍者，派头十足地替他俩上菜，然后大咧咧、懒洋洋地面对他们往那嘎吱嘎吱响的靠背椅上一靠，就讲开了。

"好，我从来没有好好学习过，这就不必对你们讲了。我穿了那套像报丧者穿的衣服，蹑着脚往考场走去。正在这时，碰上了一个老朋友，就是卡尔——你也认识他，他看出我心情沉重，便开始百般安慰我。我忧心忡忡，只问他——你们没有办法想象，临到考试前一个钟头，即使是最体面的人也狼狈相十足——我只问他难不难，两年前他回答的问题怎么样。他跟我讲的第一个问题，我就茫然无知，心里害怕了。我赶紧叫他给我解说一下——那是关于宪法史的问题——于是他详详细细地讲给我听，然后跟进去在旁边看我被宰割。"

他在讲些什么呀？贝格没有听进去，这一切都来自遥远的地方，听起来像话语，可是似乎没有什么意义。在他的头脑里老是闪动着这样一个想法，即：在他旁边坐着一个女人，她曾经同他扭斗，曾经把他打败。这个女人并没有嘲讽他，而是用柔和的、笼罩全身的、灼灼的目光审视他……

突然他吃了一惊，原来是一只手指现在轻轻地顺着疤痕在他那只随便垂在桌旁的手上抚摩过去，鲜红的伤疤看起来宛如燃烧着的一条带子。他猛地一动抬起头来，碰到了卡拉眼神里的一个疑问，一个可以说是体贴的、同情的疑问。血涌上他的太阳穴，他必须使劲在椅子上坐稳。

施拉梅克还在讲述。"你们瞧，我一坐下来，第一个问题就是卡尔详详细细解说给我听过的那一个。我听到身后响起咳嗽声和窃笑声。可是由于我一下子感到很轻松，所以也不对背后那些人生气了。我开始滔滔不绝地讲起来，顺畅得像融化了的奶油在流淌一样。一讲开了头，就能这么顺着下去，说得舌头都疼了，天晓得胡扯些什么，但到底我作了长篇大论。"

贝格一句话也没有听进去。他只觉察到那只手指在抚摩伤疤，觉得仿佛这无言的动作把它揭开了，使他感到疼痛似的。他全身抖动了一下，猛地把手从桌边抽开，像碰到白热的铁板那样。在他心里骤然升起怒火，而又不知所措。可是当他注视她的时候，却发现她那闭着的双唇如在睡着时那样颤动着，她在轻声地嘟哝："可怜哪，小男孩！"

这只是嘴角的抖动，只是一句无声的话语，还是她真的这么说了？她的情人和男友施拉梅克坐在那边，一个劲儿地讲下去，而在这同时……贝格略微打着哆嗦，感到一阵晕眩，意识到自己的脸在泛白：原来这时卡拉在桌子下面轻柔地拉过他的手，温存地捏住它，把它放在自己的膝盖上。

于是贝格觉得血都涌到了脸上，随后觉得都积在心里，接着觉得都往下流动，在他那只手里发烫。他感觉到一个柔软的、浑圆的膝盖。他想把手抽回，但是肌肉不听使唤。那只手依然搁在那里，犹如一个正在睡觉的小孩安然躺在柔软的床铺上，独自做着一个美妙的梦。

而那边——那隐约可闻的声音离得多远哪——有一个人依然在讲述，这个人是他的朋友，自己正在干着对不起这位朋友的事，而朋友却在继续讲下去,兴致勃勃,毫无猜疑地讲他的好运。"最使我高兴的是:小捣蛋,就是那个淘气鬼输了钱。你们瞧,他跟大家打赌,说我考试会通不过。可是等到我考好出来,他不知道该怎样才是。他一定会高兴,也一定会懊恼。你们听我说,他那神情啊,那神情……你们怎么啦?你们俩好像都睡着了似的?"

卡拉不放开那只手。贝格就不能不老是在想:"这只手……这只手……这个膝盖……她的手。"可是卡拉却对施拉梅克反唇相讥,笑着说道:"哼,这么一个懒鬼都能当博士,那还有什么话可说。我真的倒要看看考不及格的是怎样一副面孔,准是头大脑壳空。"

两个人都笑了。贝格哆嗦得越来越厉害,看着这个女孩装模作样,感到一阵无可名状的恐惧。她还是用她自己的手捏住他那一只,捏得这么紧,她的戒指都深深地陷进了他的手指里。而且她还轻轻地把她丰腴的腿移过来贴在他的腿上,同时若无其事地继续说下去,说得这样沉着,使他的心里直发毛。"好啦,你说,这样一个上帝创造的奇迹该怎么庆贺一番?要是不痛痛快快地玩一晚,那么你,你这博士,你这刚出笼的博士简直就是一个让人瞧不起的吝啬鬼。等到小男孩成了博士,那就没得说的,你看着好了,那才叫热闹哇。"

她说话的时候,她的臀部紧挨着他的,他感觉到她温软的躯体,他眼前的一切都开始摇晃。贝格冲动得厉害,额头胀痛,里面的血在奔突。

这时摆钟敲响。钟上布谷鸟模糊不清地发出尖细的鸣声,叫了七下……咕咕……这使贝格猛然清醒。他跳了起来,结结巴巴地说了几句话,然后把手伸给一个人,也许是他,也许是她,他已弄不清楚。一个声音——大概是她的——说:"再见!"他舒了一口气,这才意识到这一句话,心里很高兴。房门在他身后关上了。

然后,一转眼,当他站在自己屋子里时,便明白了一切:现在他已失去了朋友。如果他不想欺瞒施拉梅克,就不能再同他交往,因为他感觉到,他将无法抗拒这个不可思议的女孩对他的诱惑。她的头发的香味,她那热情奔放的四肢的抽搐,她那渴求的活力,这一切都在他心里燃起了欲望。他也明白,如果她像今天这样带着这种有诱惑力的浅笑凝视他,他便将无法抗拒。怎么会这样呢?——他现在怎么突然变得这样渴想她呢?她怎么为了他愿意对施拉梅克,对这个结实、英俊、健壮的人,对这个他内心那样羡慕的人做不忠实的事呢?他对这事不理解,也体会不到自豪和喜悦,只有难以抑制的忧伤:为了不做欺瞒朋友的无赖,他从此不能不避开他。的确,他同施拉梅克的友谊并未发展成他所希望的那样;他窥透了许多事情的底蕴;他看穿了好些曾经使他眼花缭乱的东西。然而,如今事过境迁,在他看来一切又有无限丰富的意义,因为这些就是他在维也纳尚能拥有的仅存硕果。过去种种已烟消云散:最初是诸般痴想和好奇;然后是研习的乐趣和勤奋;现在再加上最后一桩:这仅有的友谊。他觉得仿佛这一个钟头使他变成了赤贫。

这时他听到隔壁有动静:轻轻地咻咻地笑,现在响了一些。他侧耳静听,两手放在心怦怦地跳着的胸口上。他们在笑话他吗?卡拉把一切都说了吗?这样引诱他是串通一气的把戏吗?他竖起耳朵来听。不是,这是另外一种笑声。中间还有接吻的吧嗒声和冲动的欢笑声。然后是说话声,他们不感到害臊的抚爱声。他的双手不由自主地捏成了拳头,他纵身往床上一躺,拿枕头捂住两只耳朵,不想再听下去。一种可怕的感觉向他袭来,他感到无法遏抑的愤怒和厌恶,感到一阵恶心,想要呕吐:厌恶他的朋友,厌恶那个婊子,厌恶他自己,自己也差一点就参与了这场令人作呕的演出。

他厌恶整个生活,他头昏脑涨,疲惫不堪,毛骨悚然而又无能为力。

在这些忧郁的日子里,他给妹妹写了一封信。

"最亲爱的妹妹:我得感谢你写给我的生日贺信。这段日子里我的心情不好。你的信寄来,唤醒了我,告诉我:今天我已满十八岁。我读了以后觉得似乎同自己并无关系,似乎这不是事实。信里讲到我的自由和青春带来了幸福。要不是你这只可爱的手写出从小我就熟悉的字迹,传达了这些话语,我就会把它们看成冷嘲热讽。我这里生活中的一切都不是这样,完全不是你能想象的那样,同我自己所希望的也完全不一样。写信告诉你这一切使我感到痛苦,但我在这里没有什么人了。我没有人可以与之说话已经有好几天了。有时我跟在街上行人的后面,听他们交谈,只是想知道话语听起来是怎样的。我什么也不了解,什么也不明白,什么也不去做,茫然漫无目的,这正在把我毁掉。我经常一连几天无所事事,见不到一张熟悉的面孔。你不知道,置身于人山人海之中而感到孤单寂寞意味着什么。

"同施拉梅克有关的一切已成过去。发生了一些事情,我不能告诉你,因为说了你也不理解。可以说我自己也不理解。错不在我,也不在他。我们之间有某种事情,像夹着一把双锋的剑。现在,当我失去他的时候,我才知道:我在维也纳曾经还有什么最值得珍惜的便是他。

"还有一件事我只能告诉你,你不要对任何人说。我不念书了。我已有几个星期不去听课了,我的书都蒙上了灰尘。我不知道为什么学不进去了,我已变得很迟钝,这里什么职业都吸引不了我,因为它们都无法帮助我摆脱这种可怕的、压抑的孤独感。我憎恨每一块我在这里踩着的石头,憎恨我的房间,憎恨我碰到的所有人。我痛苦地呼吸这湿冷而污浊的空气。这里的一切都使我感到压抑,我算完了。我像在沼泽里似的陷下去。也许我还太年轻,肯定太脆弱。我没有力气,没有意志,我像一个小孩站在所有这些忙忙碌碌的人们中间。

"有一点我很清楚:我必须回到家乡来。我还不能这样单独地生活,也许过几年才行。现在我还不能离开你和爸爸妈妈,我不能离开喜欢我的、在我周围的、帮助我的人们。不错,这很幼稚,这是小孩子在漆黑的屋子里时那种害怕心理,可是我没有办法消除它。你一定要告诉爸爸妈妈,我不想念书了,要回家乡来,做一个农夫、文书或者别的什么。你对他们说,好不好?向他们解释一下,望尽快去说,我在这里实在再也待不下去了。我从来没有这样清楚地意识到,我的整个想法和感受都驱使我回家,这一切想法,此刻在给你写信的时候,都带着如此强烈的渴望苏醒了,我知道,我不能不这样做,我必须回到你们身边来。

"这是逃避,逃避生活,而且并不是头一回。你可记得?——那时候,我被送去上中学,第一次踏进课室,六十个陌生的男孩好奇地、傲慢地、带笑地、感到意外地审视我,我马上跑开,回到了家里。我哭了一整天,不肯再到学校里去。今天我依然像当年的孩子,有着同样的无知的害怕心理,有同样热切的怀乡之情,思念你们和所有喜欢我的人们。

"我必须走,一定得走。现在我已好不容易看清这一点,我觉得不能不这样做。我知道,一旦我作为一个遭受挫折的人,一个生活不肯接受的人回到家乡,一定会有许多人以这样或那样的方式笑话我。我知道,这样一来,爸爸妈妈的殷切期望也成为泡影。这样脆弱,确实是幼稚、懦弱的表现,但是我改变不了,我只是感到无法再在这里生活下去。谁都永远体会不到最近几天我在这里勉强忍受的是什么;没有人比我自己更看不起我。我觉得自己如同一幅画像,如同一个患病者,一个残废人,因为我同旁人完全不一样,想到这里,不禁潸然泪下,我比别人低劣、差劲、无用……"

他停了下来。这样尽情地倾吐苦楚连他自己也感到吃惊。此刻笔端急速地流泻出激动的情绪,这时他才意识到心里郁积了这么多隐痛,这些痛苦现在像汹涌澎湃的洪流般宣泄出来。

他可以把这些都写出来吗?他能让他还拥有的,但所剩无几的这些人心神不宁吗?他能把谁都无法为他卸去的重担压在这颗温柔的少女之心上吗?他仿佛从溟蒙的远方端详她那可爱的脸庞,时常浮现的笑靥使得清澈的眸子更加粲然放光。他也看到,她因吃惊而紧闭双唇,一阵颤动闪过她的脸上,泪珠徐缓地滚过失去血色的脸颊。何苦还要让亲人忧心如焚呢?何苦还要呼救,使她受到惊吓呢?如果有一个人该当受苦,他自己愿作这一个人,而且就是自己一个人。

他打开窗子,把信撕碎,将纸片撒进黑暗里。不必了,宁可在这里无声无息地毁灭,也不要去求援。他还没有学会懂得这个道理吗?——凡是无用的,脆弱的,都要毁灭掉。生活也将公正地对待他,不会把他保留下来……

白色的纸条在飞舞,缓慢地飘向下面的院子,沉落下去,像灰白色的石子没入深不可测的湖水。这是已经入夜的天空,不见星星。偶尔,略带光亮的浮云横过昏暗的高处,风挟了湿润的空气呼啸着刮向正在沉睡的千家万户。这一切都包藏着轻微的骚动。风不停地在吹,像冲动时的呼吸那样。从呻吟着的窗户和颤动着的树丛传来一阵飒飒声,仿佛有一个人做着噩梦在黑暗中低语。风越刮越紧。浮云像远处的闪电飞快地掠过张在天空中的夜幕。蓦地,他在谛听这些异样的躁动时领悟到,原来是孕育春天的最初几个奇妙的夜晚正处在亢奋之中。

于是春天来了,异常地缓慢,像一位迟疑不前的宾客。在这个陌生的城市里,贝格几乎不能把它重新辨认出来。以往,每当解冻的和风第一次拂过洁白的原野,每当黑色的土块从积雪中露出,泥土的气息使空气变得湿润,那时候他曾经有过怎样的感觉呢?每当他有时起来,猛地打开窗子,盼着感到柔风抚摩他那袒露的胸膛,盼着听到渴望绿叶重生的树丛在低声呻吟,那时候他总有最初的难以遏制的忧虑,那种心情哪里去了呢?每当觉察到种种不可胜数的细小迹象,听到远处的鸟鸣,看到飞逝的白云,每当园圃里树梢头长出一个个黏糊糊的小疙瘩,然后绽开来,畏缩地生出瓣儿,开出仅有的一朵暂时还是无色的花儿,那时候他总会去细辨和谛听泥土里轻微的连续不断的咔嚓咔嚓声和噼啪噼啪声,那种全神贯注的兴味哪里去了呢?也是在那时候,他总会把大衣脱下扔开,穿上厚实的鞋子,踩过潮湿、多水的泥地,奔上一个山丘,突然放声大叫,欢快地乱喊一气,像在阳光灿烂的空中直飞高处的小鸟似的,那种深深地在血脉里颤动着的焦躁不安,那种按捺不住的欢乐的快感哪里去了呢?

唉,这里的春天多么寂静,竟无任何不可抗拒的活力。也许原因在他自己身上,在于这种使他昏昏欲睡的倦怠,这种使他觉得一切都索然无味的抑郁寡欢的心情——嫩黄的阳光使屋顶变得温暖,生机使大街显得鲜亮、活跃,为什么这些都勾不起他的意兴?!他从来都没有去过郊区游乐园,也没有去过卡伦贝格[①],他只远远地看见它,可是又像被轻柔的空气移了过来似的近在眼前。他的

[①] 山名,在维也纳城郊,可在山上远眺观景。

活动非常有限,从来也没有走出过这个城区。他感到越来越疲倦。他坐在小小的舍恩波恩公园①里,平时这是小孩和老人们的天地。他去那里是为了学习或阅读,但他没有打开书本,只是看着孩子们嬉戏。他渴望同他们一起玩耍,回复到完全无忧无虑的往昔。

念书的事他早已放弃了,如今只是悄然度日,冷眼看世事,却无任何兴趣可言。有一回他想重新振作起来,可是又进了医院。他走进宽敞的院子里,只见花蕾初绽的树丛在宁静中自在地微微摆动,似乎对周围天翻地覆、不可思议的命运一无所知。这时候,他忘却了自己,在一张长椅上坐下。病人们身穿长长的蓝色麻布衣服,迈着初愈者畏怯的步子走出来,静静地待着,无力的双手一动也不动,没有笑容,也不交谈,模糊地感到生命在复苏,听其自然,无所事事。他也坐在他们中间,由着温煦的阳光从指头上移过去,慵倦地独自出神。他已忘记来这里做什么,只感觉到人们在走动,那边月亮门后面便是喧闹的街道,时间缓慢地过去,影子在不知不觉间往前伸长。这时有人向病人们做了回去的手势,他惊醒过来。他不是像他们当中的任何一个人那样曾在这里坐过吗?他不是可能比他们所有人都病得厉害一些,都更加接近死亡吗?真是奇怪,他什么都不想,只要这样坐着,看着时光在流逝。

当然,在夜里他心中有时会燃起邪恶的灯火。他渐渐不修边幅,同女人厮混,他看不起她们,因为他必须拿钱买她们。好多个夜晚他都在咖啡馆里消磨。但是他这么做,既无意趣,也无兴味,只是出于一种隐隐约约的恐惧,害怕无可抗拒的孤独。自从他不再同人说话以来,嘴角现出了一道凶恶的皱纹。他不想在镜子里看见自己的模样。有几次他想振作一下,但是每次都仿佛被堆积

---

① 在约瑟夫施塔特。

起来的寂寞的重担重新压倒,于是依然冷漠如故,精神恍惚,漫无目标。

然而,生活把他召唤回来。

一天,他深夜归来,疲惫,懊丧,而且从心底里害怕无言地等待着他的那间屋子。他发现在路上弄丢了门钥匙,只好去揿门铃,甘冒不是房东太太,而是施拉梅克为他开门的危险。这时响起急促的、趿拉着鞋子的脚步声,房东太太开了门,举起煤油灯,认清了进来的人。灯光照射在她散乱的头发和几乎使他认不出来的脸孔上,贝格注意到,她的眼睑发红,显出熬夜的痕迹,嘴角有一道忧伤的皱纹。接着,他吃惊地想到,她夜里两点钟还不睡觉,出了什么事呢?他关切地问她。

"大夫,您不知道吗?我女儿米奇得了猩红热。病情不好,不好哇!"她开始轻声地啜泣。

贝格吃了一惊。他完全不知道。他可以说连房东太太有一个女儿都忘掉了。有几次,他出去或回来时,在房间外面黑黝黝的前厅里曾经见过一个瘦弱的孩子,说一声"您好!"便一闪而过,一个十二三岁的女孩,但他从来没有同她说过话,甚至未正眼看过她。他的心情一下子沉重起来:来了几个月,对一墙之隔、近在眼前的邻居,他一直没有注视过。紧挨着他的活动圈子,人们有不幸的遭遇,他却毫不知情。他怎能期待旁人与自己心意相通呢?!隔壁一个小孩正在同死神搏斗,而他自己竟然呼呼大睡!

他竭力安慰垂泪的房东太太:"一定会好的……您放心好了……"然后他有点胆怯地说道,"让我看看您的女儿吧……我虽然还懂得不多……我才开始学,但不管怎么样……"突然,在他心里产生出强烈的渴望,想要好好念书,恨不得马上回自己的房间,把书本打开,重新开始学习。

房东太太蹑手蹑脚地把他带到病人的床前。这是一间朝天井的小屋子,点着一盏煤油灯,挂得很低,房间里闷热,烟雾腾腾。屋子对面有一道避火墙。人们在这里感觉不到春天的气息,只能偶尔见到从闪亮的窗玻璃反射过来的微弱的阳光。现在完全无法看清这个房间有多寒碜,由于光线不足,一切都模模糊糊,只在放着那张床的角落有一片昏黄的微光,那个女孩躺在那里,睡得很不安宁,两颊烧得通红,一条细瘦的胳臂垂落在床沿,一动也不动,像被遗忘了似的。她的嘴唇缩了进去,那张清秀的脸庞乍看似无病容,只是呼吸的声音大,不时有困难。

房东太太在低声讲述,不时因哭泣而中断:"今天大夫又来看她,但一句话都没有对我说。我守在这里已是第三夜,白天我得去商场干活,幸亏邻居在这段时间里帮助我照料她。我已经看了三个夜晚,可是总不见好转。我的天哪,我愿意这么做,只求平安无事。"

说着说着,又是一阵抽泣。她说了这么多。可以看出,她已绝望,心乱如麻。

在贝格的心里产生出一种奇妙的感觉。他第一次意识到他将要帮助一个人,第一次愉快地感受到一点自己职业的光彩。"太太,这样下去不行啊。您会毁了自己,对孩子也没有用处。您现在去躺下,今天夜里我来照料这孩子。"

"大夫,这怎么行?!"

她惊讶地举起双手,好像她不能相信似的。

"您现在不能不去睡觉。您一定得睡。有我在这里,您放心好了。"

"大夫……不行……不行……您怎么这样想……不行,这样不行……"

贝格感到信心在增强,某种自我意识排遣了几个月来郁积在胸中的不快。

"这是我的职业,也是我的责任。"他非常自豪地说道,仿佛带着这样一种喜悦:夜里,在某一瞬间突然发现完全无望的生活原来有这样一种意义,这样一个目标。

他们没有推让很久。房东太太过度疲劳,困倦使她睁不开眼睛,所以很快就让步了。只是出于无限真诚的感激之情,她要亲吻他的手,但让贝格劝阻了。然后他把她带到自己的房间,安顿在长沙发上。自从孩子得病以来,这几夜她都睡在厨房里一张席子上。所有这些琐碎的、又是生死攸关的事情,他当时都毫不留意。他并未把给人帮助一事视为善举,而是把它看成清偿一笔苦涩的亏欠。

此刻他坐在女孩的床边,心里有一种说不出来的感觉。不知怎的,生活已经变得不那么沉重,不再教人难受了,变得像她现在已很浅很浅的呼吸那样轻柔、温和。现在他才真切地端详她在照射不远的灯光下显现出来的脸部轮廓。在维也纳的这段日子里,他一直不能这样接近别人,不能这么长久地注视别人的脸孔,不能细察别人面部线条里蕴藏着的一切。在他这样审视她的时候,逐渐地忆起了往事。她薄薄的嘴唇上有某个细微地方稍稍和他妹妹的有相似之处,只是这张面孔更加孩子气一些,尚未像花蕾一样绽开,便已经萎蔫。他的好奇心油然而生,很想知道她的眼睛会是怎样的,是不是像他妹妹的那样。他一再责怪自己不留意:他怎么在这个姑娘和她妈妈身边走过竟将她们视若路人呢?他为何从来没有想到过这两个近在咫尺的人呢?为何眼前这张嘴从来没有为他绽露笑容呢?他可曾发现这双眼睛像现在锁闭于眼睑深处的这般陌生?他何以毫不了解这随着低浅的呼吸一起一伏的孩童胸口里有什么在搏动呢?他小心地抓起孩子悬在床沿的那只无力的手,把它搁在毯子上。他接触她的手这样柔和,像爱抚一样。他静静地坐在那里看着她,痛苦地回想着耽误了多少功课,暗暗发誓,要彻底改变生活,重新开始。沉思中眼前出现梦幻般的图像,他觉得自己成了医生,在帮助别人。想到这些动人的情景,他便激动起来。他的目光停留在她这张苍白的、稚气的面孔上,好像把它牢牢捧住,仿佛他能用自己的目光维护她的命运,留住她的受到威胁的生命。

孩子突然动了一下,睁开了眼睛,这是一双烧得晶亮的、像噙着泪水似的闪光的大眼睛。整个脸孔似乎一下子焕发出了光彩。她的两眼先环视了一周,好像必须在某个地方穿透发烧时和做梦后罩在眼前的云翳。突然,她的目光吃了一惊似的停留在贝格的脸上,然后似乎满腹狐疑地扫过他的面孔,终于盯牢在他的眼睛里。烧得干瘪了的嘴唇不易觉察地抖动着。

贝格跳了起来,抹干她因发热而出汗的额角,随后拿水给她喝。这女孩伸过头来,急促地啜饮,接着又无力地仰跌在枕头上,两眼盯着贝格。他觉得她的目光显示出还没有完全清醒的意识,但在惊讶的神色中却带了一点感激的表情。她目不转睛地看着他。在她的深邃而不解的目光审视下,他现在微微哆嗦着转过身子,在屋子里干这干那,但不必抬头去看,便能感觉到那双湿润的、闪亮的、大大的孩子眼睛随处都跟着他。他走回到床前,她的眼睛张得很大。他弯下身子,这时她的嘴角动了一下。他不知道她是想说话,还是想微笑。然后,她的眼睑闭拢,脸上的光辉消失。她又默不作声,脸色苍白地躺在那里睡觉。现在她的呼吸变得更轻。

万籁俱寂,贝格突然感到他的心跳得很响。一种幸福的感觉在他的心里迅速扩展开来。他有生以来第一次觉得自己和旁人融合在一起而有所作为,仿佛有人向他大声说了一番感激的和亲切的话,仿佛在这几个钟头里发生了某种对他来说伟大而美好的事情。他几乎是体贴入微地俯视这个少女,俯视这个孩子,俯视这第一个被托付给他的人,他应当使这个人能够好好地生活,这个人已使他自己重返正常的生活。他不时朝这个正在睡觉的人看去,觉得长夜并不难度。油灯的火焰突然跳了一下熄掉了。他非常意外地发现黑暗已尽,清晨已带着第一缕微光伫候在窗前。

上午,医生来看病人。贝格向他作了自我介绍,说自己是医科学生,并问大夫病人是否还有危险,对自己未能洞悉情况不无尴尬,这种难堪的感觉仿佛堵塞在他的喉头。

"我觉得没有危险了,"医生说道,"我看危险期已经过去。奇怪的是:小孩子对这些病的抵抗力比成年人要强得多,仿佛尚未度过的生活储有一种潜力,能同死神进行搏斗,把它制伏。差不多所有的儿童疾病都是这样。小孩子战胜了它们,但成年人却在劫难逃。"

医生在检查病人。贝格感动地站在一旁。一想到自己谛听这个人的每一句话,注视他的每一个动作,他便深深地感受到自己盲目选定,又长期忽视的职业拥有奇妙的力量。医生可以走到病床旁边,并在那里像赠送礼品一样给人以希望、盼头,或许健康。这多么美好,对这一切他现在茅塞顿开,像蓦地瞥见一轮红日。在这一瞬间,他对自己毕生事业的方向已很清楚:他必须有所作为,必须发挥作用,这样才不会与旁人疏远,不会再感到孤独。

他开始独自一人来照料女孩。他不擅自行事,而是限于观察病情,每夜和一大部分白天时间都待在床边。那天夜里真是危险,现在高烧已退,他可以同小姑娘说话了。他也乐意跟她闲聊。每次外出,他总给她带回几朵鲜花。他告诉她,在她从前常去玩耍的舍恩波恩公园里,现在已呈现出春天的景象,那里的树木已泛出了绿色;告诉她,别的女孩子现在已穿上了浅色的衣服;告诉她,现在外面阳光灿烂;给她讲各种各样的故事;给她朗读;预言她很快就会痊愈;看到她高兴,就是他最大的乐趣。进行这样天真的、故作稚态的对话在他已很随便。他不时听到自己开心地纵声大笑,连自己也感到惊讶。

这个脸色苍白的小姑娘靠在枕头上,只是微笑。她笑得那样虚弱无力,嘴角浅浅地闪现出一道可爱的细纹,但又倏忽即逝,宛若一丝信息。可是每当他凝视她的时候,她的目光,她的整个目光,她那深邃的、闪着纤细的灰色光芒的、明亮而直透人们心底的目光就停在他的脸上,但已经完全没有惊异和拘谨的神情。她那温暖的目光实实地落在他的身上,就像一个小孩抱住母亲的脖子似的。现在她可以说话了,很快也不再像最初那样不好意思称呼他。

她最爱听他讲他妹妹的事:她的模样是怎么样的,个子高还是矮,穿什么衣服,在学校里是不是听话,是不是跟他一样长着金黄色的头发。他能不能安排一下,让她来一趟维也纳,维也纳一定比那座小城镇要好看,那个地方的名字很拗口,每次她听到都忍不住要笑。她是不是也害过这么重的病。她提的全是这类天真、幼稚的问题,而且不断有新的问题。然而,这完全不会使贝格感到厌烦。他很乐意回答她。他感到很舒畅:可以尽情地谈他的妹妹,谈这个对他来说是世上最可爱的人。当小姑娘要他拿相片给她看时,他就从书桌里取出来拿给她。

她好奇地把相片捧在那双细瘦的、还很单薄的小孩子的手里。

"这嘴角——"她很细心地用指甲在上面划过去——"跟您的一模一样。只是您的嘴角常常现出一道可怕的纹路,那时候,您就完全变了样。我以前见到您,总是感到害怕,怕看见您那时候的眼光。"

"现在呢?"他微微一笑。

"现在不害怕了。告诉我吧,她的眼睛跟您的一样吗?"

"我想,是的。"

"也像您这么高,是不是?她一定很美,您的妹妹。啊,您瞧,她的发式同我的完全一样,也这么编得圆圆的。开始的时候,妈妈不许我这么梳,说是这样会使我显老。可我已经不是孩子了嘛,我都已经给施坚信礼了哇。"

她把相片还给他,他久久地凝视着她,没有说一句话。他第一次不能完全从相片上寻回记忆中的那些面貌特征。不知不觉地,他妹妹的和这个女孩子的苍白脸孔上那些微小的特点,在他的观察中融汇在一起,他再也无法把它们区分开来。两个人的微笑和两个人的声音在他心中已合而为一,就像她们俩现在作为两个仅有的、信赖他、喜爱他的女性在他的生活中互相结合一样。卡拉的身影已从他的记忆里完全消失。在所有这些日子里,他一次也没有想到过她,也没有想到过那个时刻,现在回忆当时的情况,他也很平静,犹如记起曾经喝醉过酒,一时糊涂或者在气头上做了蠢事一样。他已经把在这里度过的所有那些麻木不仁、噩梦一般的日子忘掉了。

他只感到,巨大的幸福已降临到他的身上。他觉得仿佛长时间在黑暗中行走,一直走到夜晚,突然喜出望外,看见一盏明亮的灯射出白晃晃的光,像远方的一颗星星:这是一所房子里的一盏灯,在那里他可以安静地休息,在那里人们接纳他,把他看作深受欢迎的宾客。他这么幼稚,这么懦弱,这么无能,在女人们那里可曾想得到什么呢?对于那些老练的,他一定是太蠢笨了;对于那些纯洁的,又太胆怯了。他确实还不能自立,还不成熟,还爱空想。他来得太早了,追求那些只渴慕成熟的果实的人们太早了。但是在眼前这个孩子的身上,女性刚刚萌发,宛如蓓蕾,含苞未放,还很温顺,没有傲气,没有贪欲。一种正在形成的、他能够掌握的命运,一个他可以精心培育的灵魂,一颗无形之中已经向着他的赤子之心不是正符合他的心意吗?这是一个梦想,它比所有迄今为止的希望都要美好,又比虚度时光的日子里那些模糊的印象要现实。它像温暖的波浪撞击着他的心。

现在,他愈来愈经常地注视她,与她相处的时间越来越长,在她病后两颊有了一点血色,这张年轻的脸庞变得美丽起来的时候,在他的心里颤动着萌发出一种非常隐蔽的、毫无欲求的柔情,一种只存在于兄弟姐妹之间的柔情,有了这种感情,便会觉得:可以轻轻地抚摩她这双细瘦的手,看着她的嘴角绽开微笑,就是一种幸福。

有一回,她又静静地躺着,没有一丝声息。他们俩都没有说话。突然,一种他自己都无法理解的渴望向他袭来。他走到她床前,以为她在睡觉。事实上,她只是安静地躺在那里,发亮的眼睛异样地盯着他。她的嘴唇闭拢,像浅色的卷曲的玫瑰花瓣。他猛然明白过来他想做的是什么:用他的嘴唇碰一下她的,只是很轻很轻地。

他弯下身子。可是即使面对这个害病的孩子,他也还是缺乏勇气。

她抬眼看他:您现在想什么呢?

他突然感到渴想无法遏止,再也不能不说出来。他用很低的声音说道:"我想吻你一下,可以吗?"

她一动也不动地躺着,只是微笑,微笑连同明亮的眼睛深深地印进他的心里。她不再像小孩那样微笑,而是已经像一个成年的女子……

　　于是他俯下身去,轻轻地吻在她那娇嫩纯洁的孩子嘴唇上。

　　几天以后,病人第一次可以起来。她坐在人们给她移到窗边的靠背椅上。离开了病床,她感到非常高兴。贝格坐在旁边,自豪地看着她。他模糊地感觉到,他也一起出力挽救了她。她得以回到生活中来,也是他做的一件实事。她似乎在病中长大了,不知怎的已经脱去了稚气。她现在像一个年轻的姑娘坐在那里。愉悦的神情完全不像孩子那样无拘无束,而是显得冷静、深沉。窗外空气温和而明净,她用手指敲打着窗子说道:"我还不能出去,春天该进屋子里来才好。"这在贝格看来是一个小小的奇迹,是从未见过的生活的垂爱。于是他不因爱上这个十三岁的女孩而感到惭愧,因为他明白,在她康复的这些日子里,他所经历到的一切恍如梦境,已一去不复返了。她还完全未为成年女性的羞涩所困惑。她对他的那种亲切的信赖,真挚坦率的好感不可思议地感动了他。她现在时常用名字①来称呼他,同他开玩笑。在这种熟不拘礼的举动中,他觉得有一种强烈的幸福感。他不再孤独了。笑声又从他的心底喷发出来,他回忆这样的欢乐,就像记起已经忘却的童年语言一样。现在当他独处的时候,常有飘忽如梦幻般的想象:他觉得仿佛看着她长大起来,变做成年的女性,聪慧、端庄、明理。他觉得仿佛自己也同这些图像交融在一起,从而领悟到她的成长同他注定有不解之缘。

　　在其他方面,他也不再孤单寂寞。譬如女孩的母亲,她把他奉若神明。她似乎整天都在想着有什么办法可以向他表示感激之

---

①　即不用姓氏。

情。他常同她交谈,从中了解到这个穷苦的女人经受过多少艰难,她遭到了屈辱和失望,但是仍然保持着令人感动的善良品性。他现在后悔过去粗暴地不理睬这些处境比他困难的人们,又因清偿亏欠而感到高兴。

他也恢复了同施拉梅克的交往。有一回他在过道上碰见他,贝格轻松愉快、毫无芥蒂地同他交谈,连他自己也觉得奇怪。他们也谈到卡拉,这个名字也不再使他感到痛苦。他掩藏不住欢喜、振奋、愉悦的心情,甚至在他走路的样子上也流露出来,他现在昂首挺胸,步履轻松。看来生命的活力正从各个方面渗进他的身心。一切都很协调。在他心中躁动不已的唯一强烈渴求是:立即把尘封的书本打开,重新学习。现在,医生这一职业放射出金色的光芒,在吸引着他。他想再等待几天,这女孩眼看就会完全康复。他要尽情品尝这第一个果实,品尝在粲然放光的日子里每一秒钟都感觉到的无穷乐趣。

贝格已经有两个星期没有真正上过街,只是偶尔急匆匆地从病人的屋子里下去买点什么。现在他头一回在阳光灿烂的石子路上闲步,充分领略春天的景致,它那清幽的芳香气息一阵阵地漫过节日般明亮的城市。他觉得仿佛今天才第一次看见这座城市,仿佛它从混浊的浓雾中闪烁着浮现出来。他看见约瑟夫施塔特的那些陈旧的房屋,以前他总觉得这些房子破败、肮脏,现在蔚蓝的天空衬托出这些老式屋顶和烟囱的轮廓,显得亲切而熟稔。他觉得好像卡伦贝格披着还很浅淡的绿装,在远处从宽阔的大街后面探出头来,仿佛打招呼似的。人人似乎都对他露出更加鲜亮的笑脸。有时候,他觉得女人们走过时好像从明亮的眼睛里对他投来友好的目光。或许这仅仅是从每一种事物,从漆黑的瞳仁,从耀眼的窗子,从闪耀的大街,从窗外光彩夺目、苏醒过来的繁花反射到他自己内心的光泽吧？周围的一切都不再使他反感，不再使他觉得陌生，而是像正在成熟的果实，充满希望和色彩，转眼就可摘取，已经可以预先尝到享受的无穷滋味。周围所有这些事物都像不断涌出的泉水，像波浪一样把人们载走。他完全沉浸在这种幸福感之中。

不久，他有了一种轻微麻木的感觉，像喝醉了酒那样，两只脚变得沉重，头部像牢牢地扎了一个箍。他突然感到四肢无力，如同春天染病一样。他只能坐在环行大道旁边的长椅上。阳光照射到他的面前，照在他的两手上，照在微微打着冷战的身体上。阳光还没有在浓密的树丛簇叶中过滤，而是毫无遮拦地直射过来，像风暴横扫那样强劲，使他不得不闭起眼睛。喧闹声从石子路上呼啸而过，人们在他身边行走。不知道是什么迫使他依然闭着眼睛，像浇铸在那里似的，一动也不动地靠在坚硬的长椅上。一连两三个钟头，他就这样坐着，直到暮色苍茫，晚凉袭人，他才打起精神走回住处，疲惫得犹如一个病人。

他从那个小姑娘的屋子旁边走过。他觉得现在必须独自待着，清理一下这几个星期里使他变了样的无数前所未有的感受。他在书桌旁坐下来，把他的书本和笔记放好，明天他要开始去听课。

这时，他发现一个空白的厚本子。他几乎认不出来了。他来维也纳时，原想用它写日记。他一直在等待配得上写在第一页的经历或者事件，等着等着，日子变得越来越单调，终于把这事给忘了。他觉得这好像是一个信号，因为他现在才真正开始生活，星星开始照亮无望的黑夜。这个本子注定要成为记录重要经历的日记，——他不能肯定——或许也是记录爱情的日记，因为在他的心里有一个声音这样在说话，仿佛对这个孩子的好感以后会变成爱情，变成对一个成年女性的爱情……

他把灯捻亮一些,然后取出黑色的和红色的墨水和各种各样笔尖,开始用许多漩涡形和藤蔓形的花体,把但丁的"新的生活已经开始"这句话写在第一页上。他从小就喜欢书法。甚至在要记下将来该怎样、过去是这样的地方,他也用细点画出美观的、卷曲的字母,再用红色的和黑色的墨水把它填起来。"新的生活已经开始"这句话一定要写得像鲜血那样闪闪发光。

啊……他在书写的时候停了一下……手上有一个墨水污迹,一个细小的红色的圆斑。他想把它揩掉,可是不行。他拿水来擦。斑点还是没有去掉……奇怪……他再试试……还是没有用。

这时,一个想法像闪电一样掠过脑际。他觉得仿佛自己的血液停止了流动。这是什么呢?难道是……

他迟疑地把袖子往上面推,心里非常害怕。他感到那只捋袖的手变得冰冷:这里也有红色圆斑:一个,两个,三个。他一下子就明白了先前感到疲倦和沉重的原因何在。他已有足够的了解。太阳穴里的血脉开始跳动得更加厉害。喉头好像被钳住了似的。他觉得桌子下面的两只脚冰凉冰凉,如同没有知觉的笨重的木块。

他摇摇晃晃地猛然站起来,惊恐的目光在镜子旁边扫过。别看,千万别朝那里看!既然这是无法可想的事,就不要做什么,不要叫喊,不要哭泣,不要抱希望,不要存幻想。这很自然,他传染上了,得了猩红热。

猩红热……他突然觉得,仿佛有人在屋子里大声说着那天医生谈起各种疾病和猩红热时讲的那一番话:小孩子得这种病容易好,但成年人却难逃厄运。

猩红热……死亡……这些在他听来都混合在一起了。猩红热——儿童疾病!这不就是他这一辈子的象征吗?他总是仍然有种种儿童和少年常有的毛病,而成人克服这些毛病却比儿童要困难。

但是死去——他太不甘心了！三个星期以前,他多么愿意走掉,多么愿意无声无息地悄然离开那个没有人与他有关、没有人同他说话的舞台。但是现在呢？为什么命运要这样逗弄他,到最后一刻才引诱他,害得他难于撒手长辞呢？为什么偏偏要在这个时候呢？——为什么要在他与人们重新有了联系的时候,在一些人可能会感到痛苦,可能会比他自己更感到痛苦的时候呢？

他突然觉得浑身无力,感到惊慌失措,只能无言地听天由命。他目不转睛地盯着那些红斑,看着看着,它们像小火星一样在他眼前跳动起来。他方寸已乱,只觉万事皆空:无论是幸福还是不幸,群体还是孤身,过去还是未来,都是一个梦。他已无欲无求。在这样一个瞬间寂然静止,这就是死亡吗？他痛苦地在想。

除了告别,他已别无想法。

他走进那女孩睡觉的屋子,看了一眼他很熟悉的沉静的脸庞。他不是梦想过,他的命运将在这里形成吗？他的命运不是已经通过她形成了吗？只是同他所想的完完全全不一样:是死,而不是生。

他用目光亲切地抚摩她的脸庞,也把她在睡梦中浮现在孩子般的嘴角上的一丝微笑,留在自己的嘴唇上带走。当然,他回到自己的屋子以后,笑容就痛苦地收了起来,犹如一朵枯萎了的花。

他还撕碎了几封信,把一个地址写在一张纸条上,然后按铃等待着。

房东太太马上奔跑进来。她每次都疾步赶到替他做事,因为她崇拜他犹如敬神。

"我——"他必须再开一次头,他的声音不够坚定——"我觉得不大舒服,麻烦您帮我把床铺好,请医生来这儿。万一我的情况不好,请您发一个电报给我的妹妹,这是她的地址。"

两个钟头以后,他病倒了,发起高烧。

他的身体烧得滚烫,好像蕴藏在还未度过的时刻里的全部力量,始终没有枯竭的热情将会在两天之内把他烧掉,岁月悠长,还能留给他的就这两天了。整座房子里的人们都已六神无主。小姑娘哭红了眼睛,轻手轻脚地走来走去,不敢抬眼看别人,仿佛人们会责怪她似的。她的母亲伏在前厅耶稣受难像面前,抽泣着为垂死者祈求生命。施拉梅克也多次过来,信心十足地向大家保证,一定不会有事。但是医生不这么看,给贝格的妹妹发了电报。

高烧持续两天,折磨着病人,他已不省人事,满脸通红。有一回,他曾经醒过来。他的血似乎已经停止流动。他一动也不动地躺在那里,双手无力,两眼紧闭。

但是他很清醒。他感觉到,屋子里一定很亮,因为眼睑前好像有一片玫瑰红的雾气。

他仍然躺着不动。这时,隔壁那只鸟叫起来,最初很小心,好像先试试,然后开始鸣啭、欢叫开了,悦耳的声音,时高时低。他模糊地记起,现在一定已经是春天了。

鸟鸣声越来越响。它的欢叫几乎使他感到痛苦,仿佛这只鸟挨着他的床筑了巢,尖叫的声音直刺他的耳鼓……难受哇……现在又很低,很远了。它一定栖息在树枝上,化入外面的春光中。鸟鸣声越来越低,越来越细,好像是笛子声,好像是一个女孩的声音。也许这根本就不是鸟叫。这不是一个女孩子的悦耳、清亮、柔和的声音吗?这不是一个小孩子的甜美、清晰的声音吗?

一个女孩子,一个小孩子……往事又畏畏怯怯似的飘浮过来,触动了他的心。慢慢地他记起诸般旧事,但不是顺着次序,连贯地结合在一起,而是一幅又一幅的图像。那微笑着的孩子面孔从被遗忘的黑暗角落浮现出来。接着便是那轻轻的一吻,模糊如同暗影,但甜蜜异常。然后是恶疾,女孩的母亲,整座房屋。往事在回忆中过了一遍。突然他明白了:他在卧病,可能难逃一死。

他睁开沉重的眼皮。果然如此,这里便是自己的房间,只有他一个人。隔壁那只鸟不叫了。钟也没有声音,不像平时那样总在不停地嘀嗒嘀嗒作响,原来人们忘了上发条。慢慢地他的眼睑又闭上,他自己也没有觉察到。他回头像望向远处那样朝那间屋子看去:他坐在里面,这是他初到维也纳的第一个夜晚,外面下着雨,孤单寂寞中,他伤心地哭了。然后,他记起过去种种:跟施拉梅克的事,还有其他各种各样的事,但是一点也不真切……显得那样陌生……并不使人感到愉快,也不使人觉得痛苦……就这样流逝,虚弱无力地让它们流入空阔的黑暗里。

这时他听到……突然听到……隔壁一扇门关上了。然后传来一阵脚步声。他听得出来:这是施拉梅克。不错,是他的声音。他跟谁在说话?太阳穴里的血脉剧烈地跳动起来……这不是卡拉在隔壁说笑吗?唉,这笑声教人听了多痛苦哇。她现在该安静才是。他需要安静……不说话了……寂然无声。真是,他们在干啥呀?他听见他们的笑声。突然,好像透过玻璃似的,他仿佛看见他们的屋子:施拉梅克站在那里,把她抱住亲吻。她伸腰向后仰去,眼角含笑,像那时一样,就像那时一样……

他的两手发烫。他们在那边怎么笑得这么狂?这使他感到痛苦。难道他们不知道他正在这里等死,正在这里死去吗?——孤独地死去,没有一个朋友。他感到泪水涌了出来,觉得胸口说不出的不舒服,便挥动两手胡乱扑打。他们不能先等他死掉吗?可是,在那间屋子里,一把靠背椅扑通一声倒在地上……他什么都看见了,看见她从他身上跳开。现在,他在追她,啊,他多么粗野,多么壮健哪。他隔着桌子抓住了她,把她拉了过来……现在她又脱开了……在哪里？刚才她躲了起来……现在他们在跳来跳去，一个在逃，一个在追。那间屋子开始抖动……不是整座房屋都在轰响吗？……一切都在晃来晃去，耳边全是杂乱的喧闹声。他们怎么连他到了最后一刻都不体谅他呢？这两个该死的！……他们俩还是一个在逃一个在追。现在，现在他抓住了她。你害怕了，发情了吧？你怎么这样尖声叫喊呢？……病人痛苦地呻吟起来。现在施拉梅克把她抱住了。散开了的红头发垂落下来，好像鲜血淌下似的。现在他把她的上衣撕开……雪白的内衣闪闪发亮……她自己也一身雪白，一丝不挂……于是他们围着桌子跑过来，跑过去，跑过来，又……她笑得多舒心哪！她笑得多舒心哪！……现在——这是怎么一回事？——她竟穿壁而过，跑到他的房间里来，站在他的面前……他的床前……雪白鲜亮，一丝不挂……也许……

也许——他费力地睁开沉重的眼睑——也许……站在他面前的不是穿着白衣服的妹妹吗？放在他额头上的不是她那只可爱的冰凉的手吗？……

发烧又持续了两个钟头。然后，一切都寂然陨灭。在贝格的床边站着他的妹妹、那个女孩和施拉梅克。这三个他喜欢的人现在这样聚在一起，这是他从来没有见到过的。这三个人意味着他的一生。这三个人都没有说一句话。小姑娘在低声啜泣，逐渐地这最后的哀诉声也消失了。屋子里一片寂静，三个人都感到气氛严肃而又令人痛苦。人们只听到：似曾相识的大都会发出的狂暴、响亮的声音不停地在外面窗前掠过，并不理会死与生的命运。

（1908）

（章鹏高 译）

恐　惧[*]

　　伊莲娜太太走下情人家的楼梯，那种莫名其妙的恐惧又向她袭来。突然间一个黑色的陀螺在她眼前旋转起来，发出嗡嗡的响声，她的双膝一阵发冷，完全僵了。她赶紧抓住栏杆，免得一头栽下去。她大着胆子冒险前来已经不是第一次了，这种突如其来的恐惧感她也并不陌生。不管她内心如何抵御，每次回家，她都免不了感到一阵荒唐可笑的害怕。来赴幽会的时候，可容易多了，她让车停在街角，头也不抬，急跑几步，来到房子的大门口，匆匆登上楼梯，她既害怕又心急如焚，进了房间，与情人紧紧拥抱在一起，那短暂的害怕转瞬即逝。可是，每当她要回家时，总是全身一阵发冷，那种神秘莫测的恐惧感涌上心头，恐惧之中夹杂着内疚和无端的幻觉，总以为街上的人一眼就能看出她从哪里来，她仿佛看见他们对她的慌乱报以狡黠的微笑。她在她情人身边的最后几分钟，就有了这种预感，内心越来越不安；她想离开他时，就神经质地焦急得双手发抖。她心不在焉，对他的话只听进去片言只语。他还想再表示热烈的情感，但她匆匆地摆手回绝。她要离开这里，离开他的住宅、他的房子，摆脱这种冒险的处境，返回她那安静的有产阶

---

[*] 本篇的删节本于一九二○年首次发表于柏林的插图周刊《小长篇小说》第十九期。

级的世界里去。接着,他说了最后几句安慰她的话,可她情绪激动,压根儿没有听进去。她在门后站了一秒钟,倾听有没有人上楼或下楼。恐惧已经站在门外,很不耐烦地抓住她,如此粗暴地压得她的心都不跳了,致使她仿佛是无意识地下了那几级楼梯。

她闭上眼睛,站了一分钟,贪婪地呼吸着幽暗的楼梯间里清凉的空气。这时,上面哪层楼有一扇门砰的一声撞上了锁,她心头一惊,振作起来,匆忙走下楼梯,两只手不由自主地把厚厚的面纱拉得更紧。现在剩下最后、最危险的一关:从别人家的房子走到街上,真可怕。她像跳远运动员起跑那样低下头,下了个狠心,急速向半开的大门走去。

在门口,她和一个正往里走的女人撞了个满怀。她很窘地说了声"对不起",就想从她身旁快步走过去。那女人却堵住门口,怒气冲冲地盯着她,脸上露出嘲弄的神色。"我倒是抓住你了!"她粗声粗气地说,一点不管别人,"当然啰,你是个体面的女人,所谓的体面女人!你一个男人还不够,你有许多钱,你有了一切,还不够,还要从一个可怜的姑娘身上夺去她的情人……"

"天哪……你说什么……你搞错了……"伊莲娜太太断断续续地说,笨拙地想溜出去。但是,那女人用肥胖的身体堵住门口,劈头盖脑地对她说:"我没有搞错……我认识你……你从爱德华那儿来,他是我的朋友……现在我终于抓住你了,现在我明白了,为什么他最近没有时间和我在一起……原来就是由于你……你这个卑劣的……!"

"天哪!"伊莲娜太太轻声地打断她的话,"你别这么喊。"她一边说,一边不由自主地又退回到走廊里。那个女人冷眼看着她。伊莲娜太太声音颤抖,她害怕了。看得出来,她一筹莫展,这使那个女人心里痛快,并且非常自信、非常满意地微笑着打量她的牺牲品。这股卑劣的痛快劲儿使她的声音都变粗变宽了。

"她们就是这样,这些结了婚的女人,这些高贵文雅的女人,她们偷汉子的时候就是这副样子。蒙上面纱,当然要蒙上面纱,这样日后才能到处扮演体面女人的角色……"

"你,你,你要我干什么?……我根本不认识你……我得走了……"

"走……当然啰,回到丈夫先生那里去……回到温暖的房间里,摆出高贵女人的派头,让用人脱衣服……但是,我们这种人过得怎样,是否饿死,这些事跟这样一位高贵的女人有什么关系呢……这些体面女人还要偷走我们这种人最后一点东西……"

伊莲娜下了个决心,像遵从某个模糊的灵感似的,把手伸进她的钱包,顺手拿出一沓钱票。"喏……你拿去吧……不过让我现在……我再也不到这儿来了……我向你发誓。"

那个女人恶狠狠地瞧了她一眼,收下了钱,喃喃地说了句"没良心的女人!"伊莲娜太太听了这话,全身一怔,但是,她看见对方不再堵住门,就屏住呼吸冲了出去,像自杀的人从塔上跳下来一样。她感到周围的人脸都像鬼脸似的从旁边闪过,她觉得自己在往前跑,两眼发黑,费了很大的劲才跑到一辆停在街角的汽车旁。她一屁股坐到车座上,全身发木,一动不动。后来,司机惊奇地问这位奇特的乘客去哪儿,她呆呆地望着他,过了好一会儿,她那发木的脑袋才明白他说的话。她急匆匆说了句"到南站",突然,她想起那个女人会跟踪她,就说:"快,快,请您开快一点!"

途中,她才感到这次邂逅对她是多大的打击。她摸摸自己的双手,僵硬冰凉,像死了的东西挂在躯体上,她一下子颤抖得身子左右摇晃。喉咙里有点什么苦的东西往上涌,她觉得想吐,同时又感到一种莫名的愤怒,像胸中起了一阵痉挛。她真想喊叫,发作一阵,拿拳头打什么,使自己摆脱这种回想的恐怖,方才那件事已经像鱼钩那样牢牢钩住她的头脑,那张冷漠的脸,那嘲弄似的笑声,那股下层妇女呼吸时喷出来的下流气,那充满了仇恨、骂街似的冲她说了一通卑贱话的丑嘴巴,那对她进行威胁的高高举起的红拳头,都印在她脑海里。恶心的感觉越来越强烈,在喉咙里越来越往上涌。车开得飞快,把她颠得东倒西歪。她正想告诉司机开慢些,又忽然想起她带的钱也许不够付车费,刚才把所有的钞票都给了那个敲诈勒索的女人。她急忙给了个信号,让车停下,突然下了车,又一次使司机感到惊讶。幸好,剩下的钱还够。但是,下车的地方她不熟悉,周围的人你来我往,都很忙碌,他们的每句话,每个眼光都刺痛她。由于害怕,她的两条腿好像软瘫了,很不情愿地往前挪步。可是,她必须回家。她使出所有的力气,一条胡同一条胡同地往前走,步履非常艰难,仿佛在穿越沼泽或者齐膝深的雪地。她终于来到家门口,飞快地冲上楼梯,但马上又放慢脚步,免得别人注意到她的不安。

　　使女接过大衣,她听见她的小男孩和小女儿在隔壁玩耍,她静下了心,举目所见都是自家的东西,自家的财产,到了安全的地方了,这时她的外表重又恢复了镇定沉着,虽然激动的波涛还在她的心中汹涌起伏,使她感到痛苦。她摘下面纱。她要显得非常坦然,便用极大的毅力舒展眉眼,走进餐室。桌子上已经摆好晚餐用的餐具,她丈夫在桌旁看报。

　　"你回来晚了,亲爱的伊莲娜。"他略微带着责备的口吻向她打招呼,站起来亲她的脸颊,一阵羞愧之感在她心底油然而生。他们坐到桌旁,他一边看着报,一边漫不经心地问道:"你上哪儿去了,这么久?"

　　"我到……我到……到阿梅丽那里去了,她还要买点东西……我跟她一起去了。"她回答道,很快就觉得这个谎没有撒好,对自己的粗心大意很恼火。以往,她都事先想好非常周密的、没有破绽的、经得起检验的谎言;今天可好,她一害怕,把这点给忘了,只好临时应付,回答得很不巧妙。她脑子里转开了,要是她丈夫像他们在剧院看过的戏里那样,给她打电话,询问……

她丈夫问道:"你怎么啦?……你好像很不安,很慌乱……再说,干吗不摘下帽子。"她再次感到自己的窘态已经被人察觉了,大吃一惊。她急忙起身,走进自己的房间,摘下帽子,对着梳妆镜看了好一会儿自己那双不安的眼睛。慢慢地,她的眼神又变得镇静平稳。接着,她回到餐室。

使女端来晚餐。他们度过一个平平常常的夜晚,也许比平时话更少,更不投机。他们无精打采地交谈了几句,常常愣住了。她的思想不断地顺着刚才回家的路往回走,每当想起那个吓人的敲诈勒索的女人,她都不免一惊。这时,为了获得安全感,她总抬起眼光,温柔地一件一件地扫过周围的东西,这些东西都是作为纪念品或者由于重要而搬进这些房间里来的。她又稍许放心了些。墙上的挂钟不紧不慢地走着,跨过那沉默不语的时光,那均匀的、无忧无虑的嘀嗒嘀嗒的钟声不知不觉地传给她的心某种均衡可靠的节奏感。

第二天早晨,她丈夫去办公室,孩子们去学校,她一个人留在家里。上午阳光明媚,她事后仔细想了想,昨天那次可怕的相遇并不那么使人害怕。伊莲娜先想到的是,她的面纱很厚,那个女人不可能看清她的脸,以后也不可能再认出她来。接着,她思考着采取什么预防措施。她再不会到情人的家里去看他了,因而,这样一次突然袭击的可能性就排除了。剩下的只有偶然再遇上那个女人的危险,而这种情况也不大可能。那天,她很快钻进汽车走了,那个女人不可能跟踪她。那个女人不知道她的名字和住址,也不用担心她根据模糊的脸部特征就能很有把握地认出她来。不过,万一发生这种最坏的情况,伊莲娜太太也准备好了。到那时,她会马上打定主意,保持泰然自若的态度,一切都矢口否认,冷静地坚持说对方搞错了,在某种情况下,她还可以告对方勒索,因为不像在当时当地,对方几乎拿不出什么证据来证明她那次去过她情人家的事。她不愧是首都最著名的辩护律师之一的妻子,她听过自己的丈夫和同行们的许多谈话,知道只有毫不迟疑、非常冷酷才能使敲诈勒索不能得逞,被勒索的人稍一犹豫,稍微露出不安的神色,都只会助长对方的威风,增强对方的优势。

第一个措施是给情人写了一封短信,告诉他明天以及以后几天不能赴约。她痛苦地发现自己原来是接替了那个卑贱的女人去受她情人的宠爱,这刺激了她的高傲感。她怀着更加憎恨的感情检查了一遍信上的话,渴望报复的心理使她对这种冷冰冰的写法感到高兴,她就这样暗示今后去不去在某种程度上要看她的心情是好是坏。

她是在某次晚会上认识这位青年的,一个颇有名气的钢琴家,并且很快,几乎是不知不觉地就成了他的情人。她想要得到他并非由于自己的气质,无论是感官上还是精神上,都没有什么东西把她和他结合在一起;她并不需要他,并没有追求他的强烈愿望,只是因为懒于反抗他的意志,出于某种不安的好奇心,她才倾心于他。从社会效用的意义上说,她生活在一位富裕的、精神上比她强的丈夫身边,本来是幸福的。她是两个孩子的母亲,此外,待在一个风平浪静的有产阶级的安乐窝里,她也感到舒适。她身上没有任何东西——既不是她那由于婚姻的幸福而完全得到满足的性情,也不是妇女们常有的那种在精神兴趣方面正在枯萎下去的感觉——使她感到需要一位情人。但是,世界上也有某种百无聊赖的气氛,如同闷热和暴风雨一样使人感官兴奋,某种圆满和谐的幸福比不幸更有刺激性。饱食终日对人的刺激并不亚于饥肠辘辘;她的生活有保障,毫无风险,正是这一点给了她去追求冒险的好奇心。

正当她感到这种心满意足的生活已是不言而喻的时刻,这位年轻人闯进了她的有产阶级世界里来,在这个天地里,男人们跟她只是开开不痛不痒的玩笑,做些献殷勤的小动作,尊敬地恭维这位"漂亮的太太",却并不真正把她当作女性去追求。现在,这位青年一出现,她自从长成少女以来又一次感到内心深处受到了触动。他身上吸引她的不是别的,而是蒙在他那张五官布局有点过分有趣的脸上并烘托出这张脸来的一层淡淡的哀愁。对于感到自己被饱食终日的有产阶级的人们所包围的她来说,在这无名的哀愁中令人预感到那个更高的世界,她不由自主地把身子探过日常感情的藩篱去观察这个世界;但是,一个女人身上的好奇心总是不自觉地同情欲结合在一起的。在艺术家魅力的感染下,一句与其说是得体不如说是有点过分热情的恭维话脱口而出,引得他从钢琴上抬起头来瞧这个女人,并且第一眼就抓住了她。她心头一惊,同时又感到担惊受怕的快意。他们交谈了几句,一切都像被地底的火焰照得通明炽热。这次谈话使她久久不能忘怀,使她已经萌发的好奇心更加强烈,于是她没有回避在一次公开的音乐会上再次与他见面。此后,他们见面次数多了;很快,他们不再是偶然相遇。他多次对她说,她理解他这位真正的艺术家,能给他提出宝贵的意见,对他来说真是难得。她受宠若惊,心里美滋滋的。短短几个星期以后,当他建议在他家里给她一个人演奏他的最新作品时,她不经思考就信了他的建议,答应了。从他的主观意图来说,给她演奏新曲的许诺也许一半是真的;然而,许诺没有兑现,两人见面后热烈拥抱亲吻,末了,她突然抑制不住自己,把全身心都给了他。她的第一个感觉是对这种突如其来的向性感的转变大为吃惊,笼罩着这种关系的心灵上的恐惧由于她生活中的这一突破被一扫而光,为这次并非出自本意的不贞节行为而感到的内疚,只是部分地被那种刺激情欲的虚荣心平息下去,那就是她自己——她自认为如此——第一次下决心否定了她在其中生活的有产阶级世界。但是,这种神秘的冲动只是在最初的时刻具有巨大的魅力。她的本能暗中抵御这个人,尤其是防备他身上最初诱发了她的好奇心的那种新的、另一类型的东西。使她陶醉于他的演奏的那股热情,待到他贴近她的身体时,却使她不安;她原本不喜欢这种突然的、粗暴的拥抱,她不由自主地把这种毫无顾忌的拥抱同她丈夫的在生活多年之后仍然那样腼腆而又充满敬意的热情加以比较。但她现在一经失节,便一次又一次地去看他,既不觉得幸福,也不觉得失望,而是出于某种义务感和已成习惯后的惰性。没过几个星期,她就把这个青年——她的情人——细心地安排进了她的生活,就像对待她的公婆一样,规定一星期见一次面,但并不因为有了这种新关系而对旧的生活秩序有一丝一毫的放弃,她只是在某种程度上给她的生活增加了一点内容。这位情人一点也没有改变她舒适的生活格局,他只成了有节制的幸福的某种点缀,譬如第三个孩子或一辆小汽车。她很快就觉得这次冒险非常平淡无奇,犹如某种许可的享受。

现在,当她要为这桩风流韵事付出真正的代价,也就是要承担风险的时候,她才第一次斤斤计较地计算起它的价值来了。她受命运的娇宠,家庭的溺爱,由于家境富裕而几乎无所追求,现在她第一次遇到的忧烦所带来的不快似乎太大了。精神上的无忧无虑她是丝毫也不放弃的,她不假思索就准备为自己的安逸舒适而牺牺她的情人。

她的情人大吃一惊,心乱如麻地草草写了一封信,当天下午就让信使转送给她。他在信中困惑地恳求、哀诉、抱怨,又动摇了她结束这次艳遇的决心。她的情人用非常恳切的言辞请求她至少再见一次面,如果他无意之中做了什么使她伤心的事,那也好借此机会澄清一下。这新的冒险刺激了她,她要继续生他的气,不说什么道理便拒绝到他家去见面,从而在他面前提高自己的身价。她约他到一家小吃店见面,她突然回想起自己还是个女孩子的时候,曾到那里去赴一位演员的约会,那次约会规规矩矩,无忧无虑,现在想来,实在幼稚可笑。她暗自一笑,真奇怪,生活中的罗曼蒂克自结婚以后已枯萎了多年,现在又重新开花吐艳了。这么一想,对昨天与那个女人的意外遭遇,她内心几乎觉得高兴。此时,她又意识到一种真正的感情,如此强烈,如此令人兴奋,使她往日很松弛的神经一直隐隐颤抖,这种情形已经很久没有发生过了。

这次她穿了一件深色的、不引人注意的衣服,换了一顶帽子,万一再遇见那个女人时,可以模糊她的回忆。为了不让人认出自己,她已经准备下一块面纱,但她心里突然产生了一种执拗劲,又把面纱撂下了。她,一位受人尊敬的体面女人,难道因为害怕一个素不相识的人,连街也不敢上了吗?

她踏上街道的第一秒钟,一阵恐惧感在她身上倏忽掠过,一股透心的凉气引起一阵神经质的战栗,仿佛一个人下水之前先把脚尖伸进水去试探时的感觉。只在一秒钟内,这股凉气就透过她的全身而消散了,一种罕有的、由自己心中产生的欢乐突然在她胸中荡漾,这是轻松、有力又富弹性地迈步向前的兴头,如此矫健的步伐,连她自己都不敢相信的。小吃店离得这么近,差一点使她感到遗憾了,因为某种意志这时有节奏地推动着她朝这艳遇的神秘的、磁石般的吸引力迎去。她约定跟他会面一个小时。这时间是短促的,她本能地满有把握地预计到,她的情人已经等在那里了,因此心中颇感自在。她走进小吃店,但见他坐在一个角落里。他一跃而起,激动万分,这既使她觉得可爱迷人,又使她感到难堪。她不得不提醒他压低嗓门,因为他激动得乱了方寸,像从心底里冒出漩涡似的,急切地向她提出了一连串的问题和责难。她不向他暗示自己不赴幽会的真实原因,只说些含混的话,暧昧不明,更惹得他六神无主。这一回,她不让他如愿以偿,踌躇着不作许诺,因为她感觉到,这样神秘地突然摆脱和回绝他,给他多大的刺激……经过半个小时十分紧张的交谈,她同他分手了,既没给他也没答应给他一丝一毫的温柔,此时,一种非常奇特的、仅仅在她还是少女时才有过的感情,在她心中燃烧起来了。她似乎觉得心底深处有一个跳动着的小火苗在闪烁,只等一阵风把它扇成燎过她头顶的熊熊大火。她一边往前走,一边匆匆受领胡同里向她投过来的每一道目光。她赢得这许多男人的青睐,这意外的成功激起了她的好奇心,她多么想看一看自己的面孔,便突然在一家花店橱窗的镜子前停下,在红玫瑰和露珠晶莹的紫罗兰丛中端详自己的美。自从少女时期过后,她还从未感到过如此轻松,如此生气勃勃,无论是新婚后的朝朝夕夕,还是同情人的依偎拥抱,都没有在她身上产生过被火花刺激的感觉,因此,一想到现在就把这热血沸腾的甜蜜的癫狂浪费在安排好了的时间上,她便再也不能忍受了。她气恼地继续往前走去。到了家门口,她又一次犹豫地站住了,再一次敞开胸怀,把这几个小时的火热空气和癫狂迷乱深深地吸进去,直至感觉到它就在自己的心田边上——这次冒险的最后的、正在平息下去的波浪。

这时,有人碰了一下她的肩膀。她转过身去。"您……您又要我干什么?"当她突然看到这张苍白的脸时,大吃一惊,结结巴巴地说;她更加吃惊的是,听见自己说了这句不祥的话。她本来已经盘算过,万一再碰上这个女人,就装作不认识她,一切都矢口否认,和这个诈骗勒索者针锋相对……现在太晚了。

"我在这里已经等了您半个小时了,瓦格纳太太。"

伊莲娜全身一颤。这个女人知道她的姓、她的住址。现在什么都完了,已经落到她的手心里了,没救了。

"瓦格纳太太,我已经等了您半个小时了。"那个女人用威胁的口吻重复着她的话,像是在谴责。

"您要……您到底要我干什么?……"

"您自己清楚,瓦格纳太太。"伊莲娜听到自己的姓又惊颤了一下,"您十分清楚,我为什么来。"

"我以后再也没有见过他……请您别再缠着我……我再也不见他……再也……"

那个女人从容不迫地,直等到伊莲娜激动得再也说不下去的时候,才像对一个下属那样粗暴地说:

"别撒谎!我一直跟着您到了小吃店。"她看见伊莲娜后退了,就嘲弄地补充说,"我眼下没有工作。他们说人浮于事,又说时运不佳,便把我从店里解雇了。您看,谁来利用这种情况,这样,我们这种人也能散散步了……完全跟体面的女人一样。"

她说话时那种冷酷的恶意直刺进伊莲娜的心。这个卑鄙女人毫不掩饰她的残忍,伊莲娜感到束手无策。她非常害怕这个女人又会提高嗓门,或者她的丈夫正巧从旁边走过,那样一切就都完了。这种恐惧心理使她越来越慌乱,她赶紧把手伸进暖手筒,打开钱包,把摸到的钱都掏了出来。

那个不要脸的女人不像上回那样,一触到钱便谦卑地捏住,缩回手去,而是张开五指,像一个爪子,一动不动地停在空中。

"把那个钱包也给我,我的钱就不会丢掉了!"她说,讥诮地歪着的嘴带着一丝假作亲切的微笑。

伊莲娜直视她的眼睛,但仅仅一秒钟。她无法忍受这种卑鄙无耻的嘲弄。她感到恶心,像一阵灼痛传遍全身。离开她,离开她,再也别看到这副嘴脸!她侧过身,动作迅速地把珍贵的钱包递给她,被恐惧驱赶着,奔上楼梯。

她的丈夫还没有回家,所以她可以躺倒在沙发上。她好像被锤子狠狠打了一下,一动不动地躺着。直到听见外面丈夫的声音,她才用尽全身力气挣扎着站起来,精神恍惚、动作笨拙地拖着疲惫的身子走进另一间房间。

如今在家里,不论在哪个房间,她都为恐惧所折磨。许许多多空虚的时光总是反反复复把那次可怕遭遇的具体细节一浪又一浪地冲回到她的记忆中,这时,她十分清楚地认识到自己的处境十分不妙。那女人知道她的名字、她的住址,头两次尝试又非常成功,这样一来,她无疑会不择手段地利用她知情这一点,不断地向她敲诈勒索。以后若干年,那个女人都会像个噩梦似的压在她身上。不论她用多大力气,哪怕绝望挣扎也罢,都无法摆脱,因为她尽管富裕,丈夫也有财产,但是,如果要瞒住她丈夫,她就不可能拿出一笔可观的款项,使她一劳永逸地摆脱那个女人的纠缠。此外,她从丈夫偶然的讲述和他所审理的案件中知道,这些如此狡猾、如此不知廉耻的人的条约和许诺是一文不值的。她估计着,一个月,也许两个月之内,还不会发生厄运,然后,她的外表体面的家庭幸福的大厦必将倒塌,到那时,她一定拉着勒索者同归于尽。这种想法给了她一点小小的安慰。

她现在清楚地感到,这场厄运无法逆转,无法逃脱,真可怕。那么,到底……到底会发生什么事呢?从早到晚,她都在想这个问题。也许有一天,她丈夫收到一封信,她简直已经看见他走进来,脸色苍白,目光阴沉,抓住她的胳膊,问她……接下去呢?……接着会发生什么事?他会做什么?突然,狂乱残暴的恐惧感袭来,她眼前一片昏黑,全部的想象都消失在这昏黑中。她不知道接下去会发生什么事情,她的推测昏昏沉沉地跌下无底深渊。但是,在这样胡思乱想中,她不安地认识到一点:她本来就琢磨不透她的丈夫,无法预测他会作出什么决定。她跟他结婚是父母之命,她没有反对,并且觉得合自己的心意,多少年后也没有失望,到现在,已经在他身边过了八年舒适的、幸福轻轻摇荡着的生活,给他生了孩子,有了一个家,有过无数个肉体上共同生活的时刻;但是现在,当她暗自发问,他可能采取什么态度的时候,她方才明白,原来她是那么不了解他,对他竟然如此陌生。现在她才开始根据他的各种特征忖度他的整个生活,这些特点会向她揭示他的性格。她的恐惧用小锤轻轻地敲出每一个细小的回忆,寻找进入他的心灵密室的通道。

于是,当他在电灯光的照明下,坐在圈手椅里读书的时候,她便从他的脸上去探听,因为他说的话从不泄露他的内心。她像看一个陌生人似的细细观察他的脸,试图从这些熟悉的、突然又变成陌生的特征中猜出他的性格之谜,而这性格是被他们八年漠不关心的共同生活掩埋住了。前额明亮、高贵,像是由一种内在的强烈的精神活动塑造而成,嘴却显得严厉,毫不让步。在非常男性的特征中,一切都很严峻,显出精力和魄力。使她惊讶的是,竟在这张脸上发现了美,她怀着某种欣赏的心情,观察着他的气质中的这种一贯的严肃,这种明显的深沉。真正的秘密肯定隐藏在眼睛里,但是,他低头读书,使她无法观察。于是,她只能凝视他的侧面,探听着,仿佛这条曲线就意味着那唯一一句表示宽恕或者诅咒的话;这张陌生的侧脸,其严峻使她害怕,但在其坚决果断中,她又第一次意识到一种奇特的美。她突然感到,她很喜欢看他,怀着乐趣,怀着骄傲。他从书上抬起头来。她赶紧退回到黑暗处,免得自己焦灼地探询的目光使他产生怀疑。

她三天没有出门,并且不愉快地觉察到,自己突然固守在家已经引起别人的注意,因为一般说来,像她这样好社交的女人,好多个小时,甚至几天不出家门,实在是很奇怪的。

首先察觉这种变化的是她的孩子,尤其是大男孩,他看见妈妈老在家,天真地感到诧异,并非常清楚地说了出来,相反,仆人们只是私下议论,和家庭女教师交换他们的猜测。她寻找各种借口,还想出了很巧妙的理由说明自己有必要留在家里,以此掩人耳目,但纯属徒劳,因为她总是越帮越忙,而且不论她插手到哪里,引起的只是怀疑。她要是机灵的话,就应该聪明地克制自己,譬如静悄悄地待在一个房间里,或者看书,或者做事;可是,她内心的恐惧同任何一种比较强烈的感情一样,在她身上转变为神经过敏,驱使她在各个房间乱转。电话一响,门铃一响,她就心头一震,由于这种敏感,她开始预感到整个生活将要毁了。她感到在家庭这个监牢里度过的三天似乎比婚后的八年还长。

第三天晚上要去赴约,这是几星期前她和丈夫接受了的,现在她不可能毫无充分的理由就突然回绝。如果她不想垮掉的话,毕竟得打破业已建起的、围绕她的生活的无形恐惧的铁栅栏。她需要人做伴,需要摆脱自己,摆脱这种自杀性的恐惧的孤寂,得到几个小时的休息。再说,还有什么地方比在朋友家更安全,更能使她摆脱处处缠着她的无形的跟踪?当她走出家门,当她自那次遭遇后第一次踏上街道的时候,她战栗了,只有一秒钟,恰好一秒钟。她不由得抓住丈夫的胳膊,闭上眼睛,赶紧走完从人行道到停着的汽车旁的那几步路。当她坐在车中,躲在丈夫身旁,穿过夜晚空荡荡的街道疾驶而去时,她内心的沉重负担落下来了,当她踏上那座陌生房子的楼梯时,她知道自己获救了。现在这几小时内,她又可以像以往多年之中那样无忧无虑,那样快活,只是还怀着越来越明确地意识到的欢乐,一个爬出牢房的高墙又回到阳光下的囚犯的欢乐。这里有一道防护墙,挡住了一切跟踪迫害,仇恨不能进入,这里只有爱她、尊重她、崇敬她的人们,只有珠光宝气、时髦阔绰、在轻浮之火的映照下泛起了淡淡红晕的人们,只有终于把她也卷了进去的享乐的轮舞。她步入客厅时,就从其他人的目光中感觉出了自己的漂亮,而有了这种明确意识到的又缺乏多日的感觉,她变得更漂亮了。

旁边音乐诱人,渗入到她火热的肌肤下面。开始跳舞,她不知不觉地已经置身于舞蹈者的漩涡中了。她像是活到现在还不曾跳过舞似的。快速的旋转把她身上沉重的负担全都甩了出去,节奏传进她的四肢,传遍她的全身,产生热情的动作。音乐一停,她何等痛苦地感到了这突如其来的寂静,因为在寂静中可以思想、回忆,"往那些事情上"回忆。烦躁不安的火焰顺着她战栗的肢体往上蹿,随后,她像跳进游泳池,跳进使人清凉镇静、载人漂浮的清水似的,又投入舞蹈的漩涡之中。她以往跳舞一向不多,太节制,太文静,动作太拘谨小心,但现在,这种获释后的欢乐使她陶醉,消除了身体上的一切拘束。她感到自己无休无止地、丝毫不剩地、幸福地溶解了。她感觉着搂抱她的手和胳膊,接触和脱离,说话的气息,逗人发痒的笑声,在血液中颤动的音乐。她的整个身体都紧张,非常紧张,使她觉得身上的衣服在燃烧,她无意识地恨不得脱去所有的衣服,赤身裸体地去深深感受这种醉意。

"伊莲娜,你怎么了?"——她转过身去,摇摇晃晃,眼睛在笑,方才舞伴搂抱的热气犹在。这时,她丈夫非常呆滞的目光冷冷地、严厉地射进她的心。她吓了一跳。难道她跳得太疯了?难道她的疯狂泄露了真情?

"什么……你说什么,弗里茨?"她结结巴巴地说,被他突然射来的目光弄得惊慌失措,这目光好像越来越深地渗入她的身体,现在,她已经感觉到它进入了体内,到了她的心房边上。这双眼睛坚定地在她身上搜索,她真想大声喊出来。

"这真奇怪。"他终于嘟哝了一句。他的声音中含有一种暗暗的惊讶。她不敢问他说这句话是什么意思。他一声不响地走开了。她看着他的肩膀,宽大坚实,上面竖着铁硬的脖子,她不禁全身一阵战栗。像一个杀人犯,这个念头闪电般掠过她的脑海,须臾即逝。此刻,她仿佛是头一回见到她自己的丈夫,并且十分害怕地感到他既强壮又危险。

乐声又起。一位先生向她走来,她机械地抓住他的胳膊。现在,一切都变得沉重了,轻快的音乐再也抬不起她那僵硬的四肢。一种沉重感从心头传到脚上,每跳一步她都觉得疼痛。她不得不请求舞伴放开她。她往回走时不由自主地环视四周,看她丈夫是否在近旁。她大吃一惊。他就站在她身后,仿佛在等她似的,他的目光又直视她的眼睛。他要干什么?他已经知道了什么?她不由得紧了紧衣服,好像她得在他面前保护自己袒露的胸脯。他的沉默和他的目光一样执拗。

"我们走吗?"她胆怯地问道。

"好。"他的声音听起来生硬而不亲切。他走在前面。她又看见他那宽大、吓人的颈项。有人给她披上皮大衣,但她还发冷。他们并排坐在车里,沉默不语。她不敢说话。她隐隐约约地感到一种新的危险。现在,她是两面受敌了。

这天夜里她做了个压抑的梦。一曲陌生的音乐在回荡,一个大厅又高又亮,她走进去,许多人和颜色混合到她的动作中来,这时,一个青年向她挤过来,她好像认识他,又不能完全认出他来,他抓住她的胳膊,和她跳舞。她觉得自在轻柔,唯一一个音乐的波浪把她抬起,她不再触到地面,就这样,他们跳着舞,穿过许多大厅,那里有金色的灯,像星星似的悬在高处,小小的火苗闪烁,墙上有许多镜子,向她投来她自己的微笑,又通过无穷尽的反射把她的身影带到很远的地方。舞蹈越来越热烈,音乐愈来愈激越。她察觉到,那个青年越来越靠近她的身体,他的手嵌入她袒露的手臂,她感到一种充满痛苦的快意,不由得呻吟起来,现在,当她的眼睛潜入他眼睛时,她感到自己认出他来了。他好像是个演员,她还是个小姑娘时,曾经远远地热恋过他,她正要幸福地喊出他的名字,但他用一个热烈的亲吻堵住了她轻声的喊叫。就这样,嘴唇贴着嘴唇,身体挨着身体,像驾着一阵清风,飞过一间又一间屋子。墙壁在一旁掠过,她不再感到飘浮着的天花板和流逝的时光,她身子轻盈,四肢关节都脱开了。突然,有人碰了一下她的肩。她停住,音乐也随之停止,灯光熄灭,四周的墙壁黑压压地向她挤来,舞伴也不见了影踪。"把他给我,你这个女贼!"那个可怕的女人——这就是她——大喊一声,震得四壁嘎嘎作响,并用冰冷的手指捏住她的手腕。她起而反抗,听见自己喊了起来,一声嘶哑惊恐的狂叫。她们扭在一起,但是,那个女人比她有力,一把扯下她的珍珠项链,撕碎她的晚礼服,她的胸脯和手臂裸露出来了,上面只挂着些碎布片。突然间,周围又有了人,吵吵嚷嚷地从各个大厅涌来,用讥诮的眼睛凝视着她,这个半裸的女人,那个女人尖声喊道:"她把他从我身边偷走了,这个偷汉子的婆娘,这个婊子!"她不知道该往哪里躲、眼睛该向哪里看,人们越来越走近前来,好奇的、叫骂着的面孔盯着她裸露的身体。现在,她眩晕的目光左顾右盼,寻求援救,她突然看见她丈夫一动不动地站在昏暗的门框里,右手背在身后。她大叫一声,从他身边跑开,跑过许多房间,贪婪的人群在她身后汹涌而来,她感觉到自己的衣服越来越往下滑,她几乎抓不住了。这时,她前面的一扇门开了,她一头从楼梯上冲下去,希望能获救,可是,那个卑鄙的女人又已经等在下面了,她穿着毛料裙子,一双手像爪子。伊莲娜太太闪到一边,发疯似的向远处跑去,但是,那女人在后面紧紧追来,她们两人在黑夜里沿着沉寂的长街追逐着,街灯狞笑着向她们弯下身来。她始终听见那女人的木鞋在她身后作响,可是每当她跑到一个街角时,那女人就从街角跳将出来,到下一个街角又是这样,在每所房子后面,左面,右面,都有那女人躲着窥伺。每次她都跑到前头,拉开了距离,眼看那女人追不上了;可是,那女人又从前头跳了出来,向她扑来,她感到自己的腿不听使唤了。末了,到家门口了,她冲上去,但是,一开门,她的丈夫站在那里,手里拿着一把刀,用穿透性的目光死死盯着她。"你到哪里去了?"他用低沉的声音问。"哪儿也没有去。"她听见自己这样说,身旁已经响起了一阵尖笑。"我看见了!我看见了!"那个女人突然又站在她身旁,面目狰狞地喊道,疯狂地大笑。这时,她丈夫举起刀。"救命!"她喊道,"救命!"

她惊醒了,受惊吓的目光遇到了丈夫的目光。这……这是怎么回事?她在自己的房间里,吊灯灯光微弱,她在家里,躺在自己的床上,只是做了一场梦。可是,她丈夫为什么坐在她的床沿,像观察病人似的看着她?谁把灯开了?为什么他坐在那里,那么严肃,那么一动不动地待着?她吓得全身战栗。她情不自禁地看了看他的手:没有,他手里没拿刀。睡梦中的昏迷和梦境的闪光慢慢消失。她一定做了个梦,在梦中叫喊,把他惊醒了。但是他为什么这么严肃地盯着她,目光这么锐利,严肃得这么无情?

她竭力露出微笑。"怎……怎么回事?你为什么这么看着我?我想,我做了个噩梦。"——"是的,你大喊了一声。我在那间屋里都听见了。"

我喊了些什么?我泄露了什么?她害怕了,他已经知道了什么?她不敢再抬头看他的眼睛。然而,他却十分严肃地低头看着她,平静得出奇。

"你怎么了,伊莲娜?你心里一定有什么事。近几天你完全变了,你好像在发烧似的,容易激动,神情恍惚,睡梦里还喊救命。"

她又竭力露出微笑。"别这样,"他坚持说道,"你什么也不该对我隐瞒。你有什么烦恼,有什么心事?家里的人都发现你变了。你应该信任我,伊莲娜。"

他悄悄地挨近她,她感觉到他的手指触到她赤裸的胳膊,抚摩着,他的眼里有一种奇特的光。她突然感到,她很想投入他的怀抱,紧紧地搂着他,把事情都坦白出来,让他在看见她受苦的时候原谅她,然后她才松手。

吊灯发出暗淡的光,照着她的脸,她感到羞愧。她害怕,难于启齿。

"别担心,弗里茨,"她竭力露出微笑说,同时,一个寒噤,从身上直凉到光着的脚趾,"我只有点烦躁。很快就会过去的。"

他那已经搂住她的手一下抽了回去。当她看到在灯光下他脸色苍白,前额罩上一层苦苦思索的阴影时,她又打了个寒噤。他慢慢站起身。

"我不知道,但我觉得,这些天来你一直有什么事要对我说。

只与你我有关的事。现在就我们两个人,伊莲娜。"

她躺着,一动不动,仿佛被他那严肃的、模棱两可的目光催眠了似的。她觉得,现在她只需说三个字,说一声"原谅我",事情就了了,他也不会问为什么。但是,为什么亮着灯,这快嘴的、无耻的、偷听着的灯? 她感到,要是在黑暗里她就有勇气说出那句话。亮光粉碎了她的力量。

"那么,你真的没有什么事情要跟我说?"

这种诱惑多么可怕,他的声音多么柔和! 她从来没有听见他这样说过话。可是,这亮光,这吊灯,这黄色的、贪婪的光!

她定了定心。"你想到哪里去了!"她笑着说,并为自己做作的声调而暗自吃惊,"难道我睡不好觉就有什么秘密? 甚至有什么艳遇?"

这些话听起来多么虚假,多么不真实,她自己都心寒了,她简直害怕自己,每个毛孔都在战栗,她不由得掉转了目光。

"好吧……好好睡觉吧。"他冷冷地说,十分尖刻。声音完全变了。像威胁,或者恶意的凶险的嘲讽。

他说完关了灯。她看着他灰白的身影在门口消失,没有一点声响,淡淡的,像夜间的鬼影,门关上时,她觉得像是棺材上了盖。她感到整个世界都死了,只有在她中空的、僵硬的躯体里,她自己的心脏很响地狂乱地撞击着胸膛,每一次跳动便是一阵痛苦。

第二天,他们共进午餐。两个孩子刚吵了架,费了好大劲儿才让他们安静下来。女用人送进一封信,说是给太太的,送信人等着答复。她惊异地看了看陌生的字迹,赶紧拆开信封,刚看第一行,她的脸就变得刷白了。她猛地站起身来,当她从别人不约而同地表现出的惊异神色中发现自己考虑不慎、举动鲁莽时,她更怕了。

信很短,就两行字:"请立即给送信人一百克朗。"没有署名,没有日期,笔迹显然是有意改变了的,只有这个可怕的咄咄逼人的命令。伊莲娜太太跑进自己的房间去取钱,可是箱子钥匙不知放哪里了,她手忙脚乱地把每个抽屉都翻遍了,最后终于找到了钥匙。她双手颤抖,把钞票叠好塞进一个信封,自己到门口交给等着的男用人,她做这一切完全是无意识的,像是中了催眠术,根本没有想到有犹豫的可能。她离开还不到两分钟,便又回到了餐室。

一片沉默。她又怕又恼地坐下来,正想赶快找个借口,这时,她——她的手抖得厉害,不得不赶紧放下举起的杯子——惊恐万状地发现,方才被那突然袭击弄昏了头,竟把信摊开着放在她的盘子边上。她偷偷把信揉成一团。当她把纸团塞进口袋时,她一抬头,正碰上她丈夫强烈的目光,这探究的、严厉的、刺人的目光,是她前所未见的。近几天来,他才向她投去不信任的目光,给了她一个个猝不及防的打击,震动了她的内心,使她不知如何招架才好。那天舞会上,他就用这种目光攫住她,那天夜里,像一把尖刀闪闪发光地悬在她的睡梦之上的,也是这样的目光。当她还在寻找什么话来打破这紧张的沉默时,她突然回想起一件久已遗忘的事情,那是她丈夫以前讲述的,他身为律师,开庭时站在调查法官对面,这位法官的策略,便是在审讯时用好像是近视的目光查阅着文件,到了真正关键性的问题上,他闪电般地抬起眼睛,像一把匕首似的向冷不防吃了一惊的被告捅去,他全神贯注,目光好似耀眼的闪电,使被告惊慌失措,软弱无力地放弃了精心炮制的谎言。难道他自己也要试一试这种险恶的计谋吗?她不由得害怕了,而且她知道,使他迷恋于他的职业的,是远远超过对律师要求的一种对于心理分析的巨大热情,想到这里,她更加不寒而栗了。为了侦破刑事案件,他可以废寝忘食,就像别人迷恋于赌博和女色那样。在这些进行心理侦查的日子里,他心里仿佛有一团火。他的神经高度紧张,常常半夜三更把早已被人遗忘了的案件判决又翻出来,外表上,却又变得像钢铁一般难以穿透。他吃得少,喝得少,只是一支接一支地抽烟,很少说话,仿佛要留待出庭的那几个小时才倾倒出来。她曾在法庭上看过他发表辩护演说,但再也不想看第二次了,她当时被他那种阴森的热情、演说时那种几乎是凶神恶煞的烈焰、脸上那种深沉和拒人于千里之外的表情吓呆了,现在,她突然又在他威胁似的展开的眉毛下那双逼视的眼睛里看到了他那天的表情。

所有这些遗忘了的回忆在这一秒钟内一齐涌了出来,把嘴边那些编得越来越笨拙的话堵回去。她沉默着,她越觉得这种沉默的危险,她的思绪就越乱。幸好,午餐很快就用完了,孩子们跳起身,高兴地叫嚷着跑进隔壁房间,家庭女教师怎么也制止不住他们的忘乎所以。她丈夫也站起身,头也不回地踏着沉重的脚步走进了隔壁的房间。

他们刚走,她又掏出那封不祥的信。她又匆匆看了一遍:"请立即给送信人一百克朗。"接着把信撕碎,揉成一团,正要往废纸篓里扔,又想到会有人把碎片拼在一起,便又住了手向壁炉探过身去,把纸片扔进了很旺的炉火。白色的火焰顿时往上冲,吞噬了这一威胁,这才使她平静了些。

正在这时,她听见丈夫回来的脚步声已经到了门口。她立即直起身子,由于炉火的烘烤和自己被当场抓获,她满脸通红。炉门开着,这个告密者,她笨拙地想用身体去遮住。但他——好像并不留意地——只是走到桌旁,擦着一根火柴去点燃雪茄烟,当火焰挨近他的脸时,她相信自己看见他的鼻翼抖动了一下,他的这个动作始终是告诉别人他在发火。现在他镇静地向这边看了一眼:"我只想提醒你,你没有义务让我看你的信。如果你愿意对我保守什么秘密,这完全是你的自由。"她沉默不语,也不敢看他。他等了片刻,然后使劲吐了一口烟,脚步沉重地离开了房间。

现在,她什么也不愿去想,只想那么活着,麻醉自己,做些毫无内容、毫无意义的事情来填满她空虚的心。待在家里,她受不了;她感到必须上街,到人群中去,免得由于害怕而变得精神失常。她希望用这一百克朗至少能从勒索者那里买来几天的自由,她决定再冒险出去散一次步,不只是置办些东西,最主要的还是想掩饰自己由于举止态度的变化而引起的家里人的注意。现在她已经有了一种固定的逃遁的方式。像从跳板上跳水那样,她闭起眼睛,从大门口冲进街道上的人流。双脚刚踏上坚硬的石子路面,刚置身于温暖的人流中,她就急匆匆地盲目地往前走,那速度快到一位体面太太可以这样走而又不至引起别人注意的程度。她的眼睛盯着地面,生怕再遇见那凶险的目光。如果有人窥视她,她就只当不知道。但是,她感觉到自己别的什么也没想,只是有人偶尔擦着她的身子时,她就免不了打个冷战。身后的每个声响,每个脚步声,从一旁闪过的每个影子,都使她的神经感到痛苦;只有坐在汽车里或在别人家里,她才能真正地呼吸。

一位先生跟她打招呼。她抬头一看,认出他是自己年轻时家里的一位朋友,灰胡子,和气健谈,平时她总要避开他,因为他有个毛病,逢人便要喋喋不休地诉说他身体上微不足道的或许只是自己瞎想出来的病痛,使人心烦。她还了礼,没有请他做伴,事后却感到遗憾,因为要有个熟人陪着,那个勒索者就不可能突然来跟她搭话了。她犹豫了一会儿,想转过身去,正在这时,她似乎觉得有人从后面急速向她走来。她不假思索地、本能地赶紧往前走去。她因为害怕,感觉特别灵敏,她感到背后那个人似乎也加快了脚步,越来越近,于是她也越走越快,虽然她知道,最终她逃脱不了那个人的跟踪。她觉得后面的脚步越来越近,预感到那只手随时都会碰到她的肩膀,她的肩膀开始颤抖起来。她愈想加快脚步,两条腿愈加沉重。现在,她感到跟踪者近在咫尺。紧跟着,有人从后面喊了一声"伊莲娜!"声音十分急切,然而却很轻。这声音是谁,她得先想一想,但肯定不是那个可怕的女人,那个可怕的不幸使者。她松了一口气,转过身去,原来是她的情人;她突然一下子停住脚步,他几乎撞到她身上。他脸色苍白,眼神迷茫,情绪激动,看见她不知所措的样子,他显出羞愧的表情。他迟疑地伸出手,见见她没有伸过她的手,他又把手放下了。她只是直愣愣地看着他,一秒钟,两秒钟,他的出现太出乎她的意料了。在这些恐惧的日子里,她忘记的恰好是他。但是现在,她从近处看着他那苍白的询问着的脸,见到那副茫然不知所措的空虚的表情和眼里种种不可捉摸的神情,她心中突然升起了一股怒火。她双唇颤抖,想说句什么话,脸上的激动显而易见,使他吃惊得只是结结巴巴地挤出一句:"伊莲娜,你怎么了?"当他看见她很不耐烦的表情时,又完全意识到了自己的过错,便补充说,"我到底做了什么对不住你的事情?"

她勉强压住怒气,盯着他。"您做了什么对不住我的事?"她嘲笑着说,"没有!什么事也没有!只有好事!只有愉快的事!"

他惊讶得半张着嘴,加上那失魂落魄的目光,使他的外表显得更呆笨更可笑了。"啊,伊莲娜!……伊莲娜!"

"别在这儿招惹别人的注意!"她粗暴地冲他说道,"您别对我演喜剧了。她肯定就在旁边偷看,您那位清白的女朋友,过后她又要来袭击我了……"

"谁?……你说的到底是谁?"

她恨不得一拳向他的脸上打去,这张呆滞可笑、扭歪了的脸。

她已经感到自己的手紧紧攥住了阳伞。她还从未这样蔑视、憎恨过一个人。

"不过伊莲娜……伊莲娜,"他越发迷惘地结结巴巴地说,"我做了什么对不起你的事?……你突然就不来了……我日日夜夜等着你……今天,我已经在你家门前站了整整一天,等着能和你说一分钟话。"

"你在等……原来这样……你也在等!"她说了这么一句不清不楚的话,她感到这是愤怒。对准他的脸打去,真叫人痛快!但是,她控制住自己,非常厌恶地看着他,仿佛在考虑,要不要痛骂他一句,把全部郁积在心头的怒火喷到他的脸上去。等了片刻,她突然转过身,头也不回,挤进了熙熙攘攘的人群。他还站在那里,恳求似的伸出手,直到街上的人流把他攫住,卷走,像流水带走了落叶,那树叶摇晃,打转,抗拒着,但终于不由自主地被冲走了。

但是,天意安排,她不该抱过多的好希望。第二天就来了一张条,又劈头打了她一鞭,惊起了她那已经麻木的恐惧感。这次要求二百克朗,她一点没有违抗就给了。勒索的金额直线上涨,真使她害怕,物质上她也感到承受不了,虽然她家境富裕,然而她不可能不惹人注目地筹集更大的款项。那怎么办呢?她知道,明天会要四百,很快就会提到一千,她给得越多,要得也越多,到得最后,一旦她拿不出钱时,就会来一封匿名信,她就彻底崩溃。她买来的只是时间,一个喘息的时机,两天、三天,也许一个星期的休息时间,但这是多么可怕的、毫无价值的、充满痛苦与紧张的时间啊!她内心的恐惧像恶魔似的追逐她,她书也看不进去,什么事也做不了。她觉得自己病了。有时,她突然心跳得厉害,不得不坐下,她全身到处都觉得沉重,痛苦疲惫,却又毫无睡意。尽管心惊肉跳,却又得装出一副笑脸,做出很高兴的样子,不让别人感到她是费了多大的劲才装得这么开心,她每日每时毫无意义地折磨自己所浪费了的精力,可真是英雄的神力!

她觉得周围的人中间只有一个人好像感觉到一点在她心中翻腾着的可怕的事情,因为只有他在偷偷观察她。她觉察到了,她的丈夫无时无刻不在观察研究她,正像她也时刻在防备他一样,这迫使她不得不加倍小心。他们日日夜夜蹑手蹑脚地互相盯梢,好像互相在兜圈子,都想侦查出对方的秘密,而把自己的秘密隐藏起来。最近一段时间,她的丈夫也变了。最初那几天,他好比在宗教裁判所里,那种严厉实在吓人,现在,他变得关心体贴,使她不禁想起新婚时的情景。他把她当作病人对待,细心周到,这使她迷惑不解。她很奇特地浑身战栗着,感觉到了他有时向她递来解围的话,使她非常容易坦白认错,她理解他的意图,对他的好心既感激又高兴。她也感觉到,随着爱慕之情的复苏,她在他面前的羞愧之感也增加了,并且比原先她对他的不信任更使她难以说出真情。

在这些日子里,他和她面对面非常明确地谈了一次。她刚从外面回来,听见前厅有人大声说话,那是她丈夫的声音,又尖又响,还有家庭女教师吵架似的喋喋不休的声音,还夹杂着啼哭和抽泣声。她第一个感觉是惊吓。每当她听见家里有大声或者激动的喧闹时,她就会全身战栗。她对于一切不同寻常的事情的反应便是害怕,急于知道分晓的害怕,那封信已经来了?秘密已被揭露了?每当她打开家门,总用询问的目光扫过每个人的脸,想要从这些脸上看出她不在家的时候发生了什么事没有,是不是灾难已经降临。这一次,她很快就听出只是孩子吵架,一次小规模的临时审讯,她便放了心。前几天,一个姨妈给男孩子带来一件玩具,一匹五彩的小马,小女孩得到的礼物小,便生了气。她要这小马,但争不到手,结果,她哥哥连摸也不让她摸,她先是气得大喊大叫,后来就沉下脸来,噘着嘴,沉默着,硬是一句话也不说。第二天早晨,那匹小马不翼而飞,怎么找也找不到,后来,有人偶然在炉子里发现了,已经拆坏了,木头部分被砸成了碎片,五彩的皮也给剥了下来,肚子里的东西全掏空了。怀疑自然落到小女孩身上;男孩子放声大哭,跑到父亲那里去告可恶的妹妹的状,审讯刚刚开始。

小规模的庭审很快就作出了裁决。起先,小女孩矢口否认,自然是胆怯地低垂着她的目光,声音颤抖,泄露了天机。女教师的证词对她不利,她听见小女孩在发火时威胁说要把马从窗口扔下去。小女孩竭力否认,然而没有用。她一阵伤心绝望,抽抽噎噎哭起来。伊莲娜只看着她的丈夫;她觉得,他似乎不是在审孩子,而是在审理她自己的命运,因为也许明天,她就会这样站在他面前,一样地颤抖着,声音同样忽高忽低地跳动着。起先,小女儿坚持她编的谎言,她丈夫便严厉地盯着她,一字一句地追问她,打破她的防线,即使她不回答,他也不发火。随后,当她由抵赖变成结结巴巴地含糊其词时,他就和蔼地规劝她,论证这一行为有内在的必然性,在某种程度上原谅了她一怒之下考虑欠周,干出了这么一件叫人厌恶的事情,根本没想到这样做会伤她哥哥的心。他振振有词地给这女孩子讲了可以原谅的一面,接着又热情而恳切地对这个越来越没有主意的小女孩说明,这种行为既是可以理解的,又是应当受谴责的,讲得她终于掉下了眼泪,号啕大哭。不一会儿,在泪雨的遮掩下,她结结巴巴地承认了。

伊莲娜赶紧冲过去,搂住这哭泣的小女孩,但小女孩却愤怒地一把推开了她。她的丈夫也提醒她不要这样急急忙忙地表示同情,他不想对这件过错不加惩罚就草草了事;于是,他宣判了处罚:不许女孩去参加明天的一项活动,而这是她几个星期以来就盼望着的,因此,处罚虽轻,这孩子却很在意。她一听这判决,便大声哭喊;男孩在一旁胜利地大声欢呼起来,可是,他这种为时过早的、恶意的讥诮随即也给他带来了惩罚,由于他幸灾乐祸,原来允许他去参加那个儿童庆祝活动,现在也不准了。两个孩子终于退下去了,他们都很伤心,唯一的安慰是两人都受了惩罚。只剩下伊莲娜和她丈夫。

这时,她感到机会终于来了,可以借谈论女孩子的过失和认错来谈她自己了。她懂得,如果她给孩子说情而他能听得进去,那么,她也许就可以壮着胆子为自己说情了。"弗里茨,你说,"她开了口,"你真的不让孩子明天去参加吗?他们一定会非常伤心的,尤其是小女儿。她的过失其实并没有严重到这种地步。为什么要这样严厉地惩罚他们呢?你不替我们的小女儿感到难过吗?"

他看着她。

"你问我是不是替她难过?我的回答是,今天不会难过。事实上,她受了处罚反倒好受些。昨天,她才不幸哩,毁了那匹可怜的玩具马,塞在炉子里,全家人到处寻找,她白天黑夜都害怕别人会发现,而且一定会发现的。恐惧比惩罚还糟,惩罚毕竟是某种确定的东西,或重或轻,总比极不确定的要好,总比没有尽头的害怕紧张要好。一旦做错事的人愿受惩罚,他反倒轻松了。你不要被哭声所迷惑,只不过现在哭了出来罢了,以前是憋在心里。憋在心里比哭出来糟得多。"

她抬眼看他。她觉得他的每句话似乎都是对着她讲的。可是,他好像根本就没有注意她。

"确实是这样的,你可以相信我,我从法庭上、从调查中知道这个道理。被告最苦的是隐瞒,是在恐惧的逼迫下,对付千百个小小的、隐蔽的进攻,为自己的谎言辩护。看着被告闪烁其词,缩成一团,可真是害怕呀,因为要他吐出一个'是'字来,人们就不得不像用铁钩钩东西那样,从他挣扎着的肉体里钩出来似的。有时,这个'是'字已经到了喉咙口,一股不可抗拒的力量已经把它从里面挤到上面,他们哽住了,话就要脱口而出了,这时,一股恶的力量向他们袭来,就是那种不可理解的抗拒与害怕的感情,于是他们又把话咽了下去。接着,这种斗争又重新开始。有时,法官比被告更加苦恼。然而,被告总是把法官看作敌人,而实际上法官是帮助他们的恩人。而我身为他们的辩护律师,本该警告我的委托人,老实说,也就是使他们的谎言不露破绽,但是,我内心里却往往不敢这样做,因为他们不认罪时受的苦比认罪并受应得的惩罚时受的苦还大。我始终不理解,有的人明知有危险,却偏要去干某件事,事后又没有勇气去承认。我认为,对认罪的恐惧毕竟小得多,比不上犯某种罪行时的恐惧。"

"你认为……阻止人们说出真情的……始终……只是害怕吗?难道不可能……难道不可能是羞惭……是羞于说出真情……羞于当众出丑?"

他诧异地抬起头来。平常他没有听她答复的习惯。可是这个字眼把他迷住了。

"羞惭,你说……这……这也只是一种惧怕……但稍好一些……不是惧怕惩罚,而是……啊,我懂了……"

他站起身,情绪异常激动,来回走着。这个想法好像击中了他心中的什么东西,它抽搐了一下,剧烈地动起来。他突然站住了。

"我承认这话不错……羞惭,在许多人面前,在陌生人面前感到羞惭……在流氓无赖面前,他们从报上读到别人的遭遇时,就像吞吃黄油面包那样……但是,至少可以在亲近的人面前承认嘛……"

"也许……"她不得不扭过脸去,因为他这样地紧盯着她,她感到自己的声音在颤抖,"也许……在最亲近的人面前,最感羞惭。"

他仿佛被某种内心的力量一把抓住似的突然停住了脚步。

"你是说……你是说……"他的声音突然变了,变得柔软而低沉,"你是说,海伦在别人面前会更容易认错……也许在女教师面前……她……"

"我坚信这一点……正好在你面前,她做了那么顽强的反抗……因为……因为对她说来,你的判决是最重要的……因为……因为……她……她最爱你……"

他又站住了。

"你……你也许是正确的……甚至肯定是正确的……这可真奇怪……偏偏这一点我从来没有想到过。不过你是对的,我不希望你以为我不会原谅人……我不愿这样……我正是希望你不要这样看,伊莲娜……"

他端详着她,她感到在他的目光下自己的脸红了。他这样说是有意还是巧合,阴险的巧合?她始终感到自己拿不定主意,实在可怕。

"判决无效,"现在,他脸上似乎露出一丝明朗的表情,"海伦自由了,我亲自去向她宣布。你现在该对我满意了吧?你还有什么愿望……你……你看……你看,我今天多么宽宏大量……也许因为我及时改正了一项不公正的判决而感到高兴。做这种事总让人感到轻松,伊莲娜,始终如此……"

她相信自己听懂了他这样强调的意思。她身不由己地走近他,她已经感到了那句话在往上冒;同时,他也向她走过来,仿佛要赶紧把压抑着她的东西从她手里接过来。这时,她看见他眼光里有一种渴望听到供认的欲念,刹那间,她的全部勇气都垮了。她疲乏地垂下手来,转过身去。她感到,这是徒劳的,她永远不会说出那句解脱的话,这句话在她内心燃烧着,搅得她不得安宁。警告像近处的雷声隆隆地向她滚来,但是她知道,她躲不过这场暴风雨。在她心灵深处,她渴求的正是她迄今为止害怕的、使人解脱的闪电:败露。

看来,她的愿望要得到满足了,比她预料的要快。现在,斗争持续了十四天,伊莲娜感到自己的力量快耗尽了。那个女人已经有四天没来打扰了,恐惧已经侵入她的身体,溶化在她的血液中,只要门铃一响,她就一跃而起,赶在仆人前面,亲自去及时截住那个敲诈勒索的女人的信。每付一笔钱她就买到一晚上的安宁,买到和孩子们一起安静地待上几小时,买到一次散步。

又是一阵铃声把她拽出房间来到门口。她打开门,第一眼就诧异地看到一位陌生太太,身穿一套新衣,头戴一顶时式帽子。接着,她大惊失色地倒退了几步,她认出了那个勒索者的可憎的面孔。

"啊哈,是您自己,瓦格纳太太,太好了。我有重要的事跟您谈。"她不等伊莲娜回答,便进了门。伊莲娜用颤抖的手扶在门把上,吓呆了。那个女人放下伞,一把刺眼的红色阳伞,显然是用她勒索来的钱买的第一批赃物。她非常镇静自若地往里走,仿佛在她自己家里一样,她得意地、简直带着安详的感情观看华丽的陈设,主人没有请,她就继续向通往客厅的半开着的门走去。"这里进去,对吧?"她以略带嘲讽的口吻问道。受惊的伊莲娜一直说不出话来,正想要挡住她,她却安慰似的补充说:"要是您为难的话,我们可以很快就谈完的。"

伊莲娜太太跟着她,没说半个不字。勒索者就在自己的家里,并且这样肆无忌惮,而她自己却害怕得要死,想到这里,她完全蒙了。她觉得自己仿佛在梦中遇到了这一切。

"您这里真不错,真美,"那个女人一边坐下,一边很惬意地赞赏着,"啊,坐在这里真舒服。还有这么多画。到这里一比,才发现我们这种人多么寒酸。您这里真美好,真美好,瓦格纳太太。"

现在,她看见这个女罪犯在自己的房间里这么舒服惬意,她的怒火终于爆发了。"您到底要干什么,敲竹杠的女人?一直跟到我家里来了!但是,我不会让您折磨死的。我会……"

"您别说得那么响,"另一个用一种侮辱性的亲切口气打断她说,"门还开着呢,用人们会听见的。我倒无所谓。我什么也不否认,我的上帝,即使坐牢也不比现在过的穷日子差。可是您,瓦格纳太太,倒该小心点。如果您真有必要发作一场的话,我想还是先把门关上的好。可是,话说在头里,咒骂对我不起任何作用。"

伊莲娜方才一怒之下得到的力量,由于这个女人毫不动摇,便又完全崩溃了。她像一个等着老师布置作业的孩子那样不安地站在那里,几乎是忍气吞声。

"好吧,瓦格纳太太,恕我开门见山。我的处境不妙,这您知道。我早就和您说过。现在我需要钱付利息。这笔利息我早就该还了,另外还有些别的用场。我想终于该了结一下了。所以我来找您,请您帮个忙,拿个四百克朗。"

"我办不到,"伊莲娜结结巴巴地说,数目这么大,使她大吃一惊,她也确实没有这么多现金,"我现在真的没有这笔钱。这个月我已经给过您三百克朗了。我从哪儿去弄这么多钱?"

"喏,您想一想就会有办法的。像您这样富裕的女人要多少就有多少。您必须拿出来。瓦格纳太太,您想一想就会有办法的。"

"可是我真的没有这笔钱。我很愿意给您。可是这么多我实

91

在没有。我能给您一点……也许一百克朗……"

"我说了,我需要四百克朗。"她像是被这个过分的要求伤害了感情,毫不客气地说了这句话。

"可是我没有。"伊莲娜绝望地喊道。她一边在想,要是她丈夫现在来了怎么办,他随时都会回来的。"我向您发誓,我没有那么多钱……"

"那您就想办法凑齐,人家会借给您的。"

"我没有办法。"

那个女人从上到下打量她,好像估量她的身价。

"好……譬如这个戒指……典了这个戒指不就行了。首饰我当然不懂行……我一件也不曾有过……不过我想,典四百克朗是不成问题的……"

"典戒指。"伊莲娜不禁脱口喊了出来。这是她的结婚戒指,镶有一块非常贵重而漂亮的宝石,使它价值连城,只有这枚戒指,她从来也没有摘下来过。

"喏,干吗不行?我把当票给您寄回来,您什么时候想去赎出来都可以。您一定会重新得到它的。我不会留着它。像我这样一个穷女人要这样贵重的戒指干什么?"

"您为什么要跟踪我?为什么折磨我?我不能给……我不能。您一定理解这一点!……您看,我能做的都做了。您一定得理解这一点。请您发发善心吧!"

"可有谁对我发过善心?他们险些让我饿死。干吗偏要我怜悯这样一个富贵太太?"

伊莲娜还想顶回去。这时她听到——她的血都停住不流了——外面有一扇门碰上了。准是她丈夫从办公室回来了。她不假思索从手指上摘下戒指,递给等着的那个女人,她很快把戒指收了起来。

"您别害怕,我这就走。"那个女人点点头,她得意地看到了伊莲娜脸上不可言状的恐惧,以及如何紧张地侧耳倾听前厅的动静,那里清楚地传来了男人的脚步声。她打开门,向正往里走的伊莲娜的丈夫打了个招呼,他也抬头看了她一眼,似乎并没有特别注意她。一转眼她就走了。

那个女人身后的门刚碰上,伊莲娜用最后一点力气对丈夫解释说:"这位太太来打听点事。"挨过了最糟糕的一秒钟。她丈夫没有搭理,一声不响地走进餐室,午饭已经摆好了。

伊莲娜感觉到,手指上原先被戒指的凉飕飕的金属环保护着的地方,仿佛被空气灼伤了,人人都会看伤疤似的看这块无遮掩的地方。吃饭时,她一直在藏这只手,她这么躲躲藏藏的时候,一种奇特的过度受刺激的感觉在耍弄她,她丈夫的目光不断地掠过她的手,似乎在跟踪那只手的每个动作。她费尽心机引开他的注意力,不断地向他提出问题,使谈话不间断。她不停地说话,同她的丈夫,同孩子们,同家庭女教师,一再地用小小的神经质的火焰点燃谈话,但她总是喘不过气来,一再话说半截就哽在了喉咙里。她竭力装作兴高采烈,也让别人快活,她逗弄孩子,挑动他们互相斗嘴,但是,两个孩子不吵也不笑。她自己也觉得,她的高兴有几分虚假,使别人下意识地感到有些异样。她越装越糟。末了,她疲乏了,不作声了。

别的人也都一言不发;她只听见盘子的轻微声响,以及心中涌出的恐惧的声音。这时,她的丈夫突然说:"今天你的戒指到哪儿去了?"

她打了一个冷战。心里有个声音大声地说:完了! 然而她的下意识还在进行抵抗。她感到,现在她全身的力量又凝聚在一起了。再说一句话,说一个字。再编一次谎话,最后的一次谎话。

"我……我把戒指送去擦了。"

仿佛谎话给了她力量,她语气坚定地补充说:"后天我去取回。"后天,现在她给捆住了。现在,她给自己定了期限,突然有一种新的感觉渗入到纷乱的恐惧中来,一种很快便要知道分晓的幸福感,有什么在心中产生了,一种新的力量,生的力量和死的力量。

上午,她烧毁书信,整理好各种小物件,但是,她避免见到她的孩子和心爱的一切。现在,她只想躲开生活,免得它带着乐趣和诱惑来贴近她,使她产生无谓的犹豫,增加她实现已下定的决心时的困难。随后,她再次上街,最末一回向命运挑战,准备着,甚至迫不及待地想遇上那个敲诈的女人。她又急匆匆地沿街走去,但不再有那种愈益紧张的感觉。她的身子已经渐觉疲乏了,她走啊走着,像是出于某种义务感,走了两个钟头。哪里也找不到那个女人。但是失望已不再使她痛苦。她几乎不再希望遇上那个女人了,只觉得自己全身无力。她瞧着人们的脸,全都是陌生的,全都是死气沉沉的。一切都已经离她很遥远,都已经失去了,不再属于她了。

她扳着手指数着到天黑还有几个小时,她大吃一惊,竟然还有那么多小时,真奇怪,告别原来只需要这么少的时间。一旦知道了所有东西都不能带走时,它们显得多么没有价值!好像是睡意又向她袭来了。她又机械地走到街上,任其所至,既不想也不看。在一个十字路口,一个马车夫在最后一刻勒住马,她只见车辕已经横在自己面前。车夫粗鲁地骂起来,她还没有转过身去心里就想,这是解救呢还是推迟。一个偶然事件就可以省去她自己去下决心了。她疲乏地继续往前走,因为这样倒也自在:什么也不想,只在心中迷乱地感到一种末日来临的模糊印象,像一层雾,轻轻地、慢慢地降下来,笼罩了一切。

她偶然抬起头看看是什么街名时,不禁打了个冷战,她迷迷糊糊地乱逛到她以前的情人的楼前来了。难道这是个信号?他也许能帮助她,他肯定知道那个女人的地址。她高兴得几乎双手颤抖起来。她怎么一直没想到这一点呢?这可是最简单的办法呀!他现在一定得跟她一起去找那个女人,永远了结这件事情。他一定得强迫她停止勒索,也许给她一笔钱,让她离开这个城市。她突然觉得很遗憾,她最近一段时间对这可怜人的态度太坏了,不过他会帮她的忙,这一点她很有把握。真奇怪,救星现在才来,现在,在这最后的时刻。

她急匆匆地走上楼梯,按了门铃。没人开门。她屏息静听,仿佛听见了门后有小心翼翼的脚步声。她又按了一次门铃。又是一片寂静。里面又一阵轻微的响动。她失去了耐心,便不停地按铃,这可是关系到她的性命啊!

门后终于有了响动,门锁咔嚓一声响,门开了一条窄缝。"是我。"她赶紧说。

这时,他像是吃了一惊,把门打开了。"是你……是您……尊敬的夫人,"他结结巴巴地说,显然很尴尬,"我……请您原谅……我丝毫没有想到……您会来访……请原谅我衣着不整。"他指了指衬衣袖子。他的衬衣半敞着,没有领子。

"我有急事和您谈……您一定得帮我忙,"她神经质地说,因为他还一直让她像个乞丐似的站在过道里。她略带愠怒地补了一句:"您就不愿让我进去,听我说一分钟的话?"

"请进,"他窘迫地斜视着喃喃地说,"只是我现在……我不知道该……"

"您一定得听我说。原本就是您的错。您有责任帮助我……您一定得给我弄回戒指,您必须这样做。至少您得告诉我地址……她总在跟踪我,现在她却跑了……您必须,您听着,您必须……"

他呆呆地看着她。现在她才注意到,她气喘吁吁说出的话前言不搭后语。

"是这样的……您不知道……就是说,您的情人,您以前的情人,这个女人当时看见我离开您家,从此她就总缠着我不放,对我敲诈勒索……她要把我折磨死了……现在她已经把我的戒指拿走了,我,我一定得要回来。今天晚上我必须拿回戒指,我说了,今天晚上……您不想帮助我对付这个女人吗?"

"可是……可是我……"

"你愿不愿意?"

"您说的那个女人我确实不知道。我从来没有跟敲诈勒索的女人有过什么瓜葛。"他几乎粗暴地说。

"这样……您不认识她。那她是凭空捏造啰。她可是知道您的名字和我的住址。也许她敲诈勒索也不是真的。也许我只是在做梦。"

她尖声大笑。她觉得很不是味。他脑子里闪过一个念头,她可能疯了,瞧她的眼睛闪着这样的光。她神经错乱了,语无伦次。他胆怯地环视四周。

"请您安静一点……尊敬的夫人……我向您担保,您搞错了。完全不可能,必定是……不,我自己都不知道是怎么回事。这类女人我不认识。我可以很肯定地对您说,您一定搞错了……"

"这么说,您不愿帮助我?"

"当然愿意……只要我能够帮忙。"

"那么……请跟我来。我们一起去找她……"

"找谁……找谁去?"她抓住他的胳膊。他再次感到一阵害怕,她准是疯了。

"找她去……您究竟愿不愿意去?"

"当然……当然……"——她那样强烈地催逼他,使他更加怀疑她是疯了——"当然……当然……"

"那就来吧……这是关系到我的生死问题!"

他硬是不让自己笑出来。然后,他一下子板起面孔来。

"对不起,尊敬的夫人……眼下我不能去……我在上钢琴课……现在我不能中断……"

"原来如此……原来如此……"她冲着他的脸尖声大笑起来,"您是这样上钢琴课的……敞着衬衫……骗子!"她顿生一念,往前冲去。他设法挡住她。"难道她,那个女诈骗犯在您这里不成?原来你们是一伙的。她从我这里敲诈到的钱,也许是你们两人分的。但是,我要抓住她。现在我什么也不怕了。"她大声喊起来。他抓住她,但她同他扭打,挣脱开,向卧室的门冲去。

一个身影赶紧往后闪,显然刚才在门口偷听。伊莲娜失神地凝视着一个衣衫凌乱的陌生女人,那女人赶紧转过脸。她的情人跟着跑过来,想阻挡伊莲娜,避免发生什么不幸。他当她疯了,可是,她已经从房间里退出来了。"对不起。"她喃喃地说了一句。她完全糊涂了。她莫名其妙了,只感到恶心,恶心透顶,疲惫不堪。

"对不起,"当她看见他不安地目送她走时,她又说,"明天……明天您就会明白这一切……就是说,……我自己也莫名其妙。"她像对一个陌生人似的对他说。没有丝毫东西能使她回忆起她一度属于这个男人,她连自己的身体都感觉不到了。现在,事情比以前更乱了,她只知道肯定有一个说的是谎话。但是她太累了,既不能想也不能看。她闭上眼睛,走下楼梯,像一名被判决的犯人走向断头台。

她走出房子,街上已经黑了。她脑中闪过一个念头,也许这个女刽子手现在在那边等着,也许到最后一刻还能得救。她觉得必须双手合十,向被遗忘了的上帝祈祷。噢,哪怕再能买到几个月的时间,再过几个月就到夏天,那时就到这个敲诈勒索的女人不可能到的地方去,在草地和庄稼地之间和和平平地度过一个夏天,那该多好啊。她贪婪地向已经黑暗的街道侦查。她似乎看见那边一幢楼房的门洞里有一个人影在窥视,而当她走近时,那人影已经缩回到过道里去了。有一瞬间,她好像发现那个人影与她丈夫有些相似。她突然在街上感到了他和他的目光,不禁害怕起来。今天这是第二次了。她犹豫着,没让自己去搞个明白。但那人影已消失在暗影中了。她心绪不宁地继续往前走,感到颈项上有一种异常紧张的感觉,好像后面有人用灼人的目光盯着她。她又回过身去。一个人也没有。

不远处就是药房。她微微一颤,走了进去。药剂师接过药方,开始配方。在这一分钟里,她把一切尽收眼底:闪闪发光的秤,小巧精致的砝码,小小的标签,上面柜子里一排贴着生疏的拉丁文名字的药物,她下意识地一个个字母地看了一遍。她听见时钟嘀嗒嘀嗒地响,嗅到了奇特的香味——又腻又甜的药味,她一下子回想起自己小时候总是请求母亲让她去抓药,她喜欢这种药味,喜欢看到许多闪闪发光的奇特药盘。这时,她突然想起自己没有向母亲告别,她觉得太对不起这个可怜的女人了。她知道了一定会大惊失色的,她想着,心中不免害怕。这时,药剂师已经从一个大肚容器里往一只蓝色小瓶里倒淡色的药水,一滴一滴数着。她呆呆地看着,死神如何从大容器流入小瓶,不久就要从这个小瓶流入她的血管,她全身感到一阵冰冷。药剂师把瓶塞塞进装满药水的小瓶,在这个危险的圆形小瓶外贴上一张纸条。她盯着他正在操作的手指,昏昏沉沉,处在一种催眠状态中。这个可怕的想法使她所有的感官都麻木了、僵化了。

"请付两克朗。"药剂师说。她从呆滞麻木的状态中苏醒过来,陌生地环视四周。接着她机械地把手伸进口袋去掏钱。她好像还在做梦似的,眼睁睁地瞧着钱币,却没有立刻认出是钱,迟疑了许久才把钱数出来。

这时,她感到她的胳膊被推到了一边,听见钱扔进玻璃碗的清脆响声。一只手从她旁边向前伸过来,抓住了小药瓶。

她不由自主地回过头去。她的目光呆住了。站在她后面的是她的丈夫,双唇紧闭,脸色铁青,前额上汗珠闪亮。

她觉得快要晕过去了,只好靠在桌子上。她一下子明白过来,刚才在那幢楼房门洞里窥视的就是他;在那时,她身上有什么东西已经预感到是他了,在这短暂的一秒钟里她乱糟糟地想了很多。

"来。"他用一种低沉的哽噎的声音说。她凝视着他,在她的意识的一个模糊而遥远的领域里,产生了一种惊异:她竟听从了他的话。她的两条腿跟着走了,她自己毫无知觉。

他们并排走过街道。谁也不看谁。那个小药瓶他还一直拿在手里。有一会儿他停下来,擦了擦额头上的汗。她也木然地、身不由己地跟着站住。但她不敢看他。谁也不说一句话,街上的嘈杂声在他们之间汹涌起伏。

到了楼梯口,他让她走在前头。他一不在她身旁,她就走不稳,摇晃了起来。她停下脚步,抓住楼梯栏杆。他去扶她的胳膊。他的手刚一碰到她,她就一颤,赶紧走上最后几级楼梯。

她走进房间。他跟在后面。墙壁在黑暗中闪光,屋里的家具什物几乎都看不清。他们始终还没说一句话。他撕下贴在瓶外的纸,打开瓶盖,倒掉里面的药,接着,使劲把药瓶扔到角落里。砰的一声,她吓了一跳。

他们沉默又沉默。她感觉到他在克制自己,只是感觉到,没有抬头去看。他终于向她走过来。走近了,离得很近了。她能感觉到他的粗声呼吸,她那呆滞的、像是蒙了一层雾霭的目光看着他眼睛的光芒在黑暗的房间里闪耀着向她逼近。她等着听他发怒,战栗着呆呆地瞧着他伸过来抓她的有力的手。她的心脏停止了跳动,只有神经像绷紧的琴弦那样在震动;她等着他责备惩罚,她几乎在渴望他发火。但他仍然一言不发,她非常诧异地感到,他是轻柔地走过来的。"伊莲娜,"他说,他的声音听起来异常柔和,"我们还要折磨自己多长时间?"

这时,她突如其来地、痉挛似的爆发出一声拼命的喊叫,像一声毫无意义的野兽的吼叫,几个星期来郁积在胸中、强压在心里的啜泣终于一下子迸发出来了。一只愤怒的手仿佛在她的体内抓住了她,猛烈地摇晃她,她像喝醉了酒似的晃动,要不是他扶住了她,她就摔倒了。

"伊莲娜。"他安慰她,"伊莲娜,伊莲娜,"他越来越轻,越来越温柔地叫着她的名字,仿佛他能用这越来越温柔的说话声音平息她痉挛的神经的绝望骚动。但是,回答他的只有啜泣,号叫,在她全身翻腾着的痛苦的波涛。他搀着、扶着身体不停抽搐的伊莲娜到了沙发旁,让她躺下。但是,啜泣仍然不止。这痉挛性的哭泣像触电似的摇撼着她的四肢,一阵阵的颤栗和寒噤流遍她那备受折磨的身体。数周以来,她的神经紧张地等待着发生最不堪忍受的事情,现在,她的神经绷断了,内心的痛苦毫无约束地流遍她毫无感觉的身体。

他异常激动地扶着她颤栗的身体,抓着她冰凉的手,先是安慰地,尔后是怀着恐惧和激情狂乱地吻她的衣服,吻她的脖子,但是那瘫在沙发上的身子依然抽搐不止,那终于像开了闸似的啜泣的浪涛从体内滚滚涌出。他摸了摸她的脸,脸上冰凉,满面泪水,他感到了她太阳穴上砰砰跳动的血管。一种不可言状的惧怕向他袭来。他跪倒在地,贴近她的脸,和她说话。

"伊莲娜,"他一次又一次地抚摩她,"你为什么哭……现在……现在什么事情都过去了……你干吗折磨自己……你不用再害怕了……她再也不会来了,再也不会来了……"

她的身体又一阵抽搐,他用两只手按着她。他不断地吻她,结结巴巴地、前言不搭后语地说着道歉的话:

"不会了……再也不会了……我向你发誓……我没有想到你会如此害怕……我只是想喊你……喊你回来尽你的义务……只想让你离开他……永远离开他……回到我们身边来……我偶然听说这件事情以后,没有别的办法……我可不能当面跟你说……我想……我一直在想,你会回来的……因此我派她去,派这个可怜的女人,让她把你赶回来……她是个可怜的女人,一个女演员,被解雇了……她本来不愿干,可是我要这么办……我现在明白了,这样做不对……可是我想让你回来……我一再向你表示,我准备……准备原谅你,我愿意原谅你,可是你没有理解我……可是这样……我没想到会把你弄成这样……我看着这些事情,比你还痛苦……你一举一动我都在观察……只是为了孩子,你知道,为了孩子,我不得不强迫你……不过现在一切都过去了……事情会变好的……"

她昏昏沉沉地听着他的话,好像远在天边又近在耳旁,她一点也听不懂。她脑袋里嗡嗡乱响,压倒了一切别的声音,各种思想纷至沓来,无法形成清晰的感觉。她感到他在抚摩她,吻她,亲她,她也感到自己的已经冷却的眼泪,但是,她又感到,体内热血在叮当作响,继而发出一种低沉的隆隆的声响,越来越强,最后像猛烈撞击的震耳欲聋的钟声。接着,她的感觉完全模糊了。她从昏迷中醒来,迷迷糊糊地感到有人给她脱衣服,她好像透过无数层云雾看见了丈夫的面容,慈祥而忧虑。接着,她深深地坠落到黑暗中去,进入长期缺乏的、黑沉沉的、无梦的睡眠之中。

她第二天早晨睁开眼睛时,房间里已经大亮。她感到自己神志清爽了,云雾已经消散,血液也清了,像被一场暴风雨洗刷干净了。她试图回忆发生了什么事,但她仍然觉得一切都是一场梦。就像一个人在睡梦中飘浮着穿过一个个房间那样,她觉得这种朦胧的感觉不真实,轻飘飘的。她摸摸自己的手,看看自己是否真的醒着。

她大吃一惊:戒指在手指上闪闪发光。她一下子完全苏醒了。那些在半昏迷状态中听到的毫无条理的话,和一种隐隐的预感现在突然明确地联系到一起了。一下子她什么都明白了:丈夫的盘问,情人的惊讶,所有的网眼都展开了,她看见了自己曾经一度被卷在里面的可怕的网。她感到又恼怒又羞愧,她的神经又开始颤抖,她几乎后悔不该从这种没有噩梦、没有恐惧的睡眠中苏醒过来。

这时,旁边屋里响起一阵笑声。两个孩子已经起床,吵吵闹闹像早晨唧唧喳喳的小鸟。她清清楚楚地听出了男孩子的声音,她第一次诧异地感到他的声音多么像他的父亲。一丝微笑飞到她的唇上,静静地在那里休憩。她闭着眼睛,深深地享受着这一切,这是她的生活,现在也是她的幸福。她心里还感到有一点轻微的痛楚,但是这是一种可望消失的痛苦,灼人,可是像完全结疤以前火辣辣的伤口。

(1920)

(赵登荣 译)

奇妙的一夜*

　　下面这些记述是在弗雷德里希·米歇尔·封·R男爵的写字台里发现的，它们被封成一个小包……而作为奥地利某龙骑兵团预备役中尉的男爵本人，已于一九一四年秋在拉瓦鲁斯卡战役中阵亡了。他的家人翻阅了一下这些文字，根据标题推断这是男爵的文学习作，于是交给我审阅，由我来决定是否发表。我本人认为，这些文字决不是一篇虚构的小说，而是阵亡者的真实经历，其中每个细节都确有其事。于是我发表了他这篇灵魂的自白，没作任何改动和增补，只是略去了姓名。

　　今天早晨，我突然闪过一个念头，想把我在那个奇妙的一夜的经历写下来，以便按照事情的本来顺序综观一下整个事件。自从突然产生这种想法的那一刻起，我就有了一种莫名其妙的紧迫感，想为自己把那次奇特的经历形成文字，尽管我担心自己没有能力把那次历险的奇特之处哪怕是大致地勾画出来。我不具备任何所谓的艺术天赋，没有任何文学方面的训练，除了在特蕾西亚中学①写过的几篇近乎游戏的文章外，我几乎从未有过写作方面的尝试。

---

　　*　本篇于一九二二年在小说集《马来狂人》（莱比锡海岛出版社）中首次发表。
　　①　特蕾西亚中学，维也纳当时著名的贵族学校。

比如说,我根本不知道,为了对接踵而至的外在事物以及它们同时反映出来的内涵作出安排,是否有一种可以学到的特殊技巧。我还问自己,我能否始终运用确切的词藻表达思想,并给词藻以确切的含义,同时求得我一向阅读真正作家的作品时无意中感觉到的那种协调。但是,我写下这些文字只是为了我自己;而能够表述得勉强让我自己明白的事情,要想使别人也明白,这些文字是毫无把握的。对于一件使我念念不忘并在痛苦的翻腾中令我激动的事情,这些文字只不过是试图在某种意义上将它了结、固定,使之展现在我面前,让我从各个方面去把握它而已。

这件事情我没有对我的任何一个朋友讲过,因为我觉得,我无法使他们明白事情的真正意义;还有,为这样一件偶然发生的事情如此激动,如此不安,我也有些不好意思。因为整个事情只不过是一段小小的经历。但是,当我现在写下"小小的"这个词时,我就已经发现,写作时恰如其分地选择词汇对一个生手是多么困难:连这样一个最简单不过的词儿都摆脱不了它的双重意义和造成误解的可能性!因为当我把我的经历称为"小小的"时,我的意思自然是相对的,是针对那些重大而充满戏剧性、事关整个民族及其命运的事件而言的;另一方面我是从时间的意义上来讲的,因为整个事件的经过没有超出六个小时。然而,这个从一般意义上说来无足轻重、无关宏旨的小小经历,对我却是如此重要,以至在那个奇妙的夜晚过去四个月后的今天,我还为它激动,不得不集中全部心力把它按捺在胸腔之内。我每日每时都在重温它的所有细节,因为在某种程度上它已经成为我整个生活的转折点,我的言行都在无形中受到它的支配,我的思想只是忙于反复重温这一突发事件,并且通过这种重温证实我还把它牢记在心。当我十分钟前拿起笔来的时候,我还没有明确意识到的事情,现在我一下子就明白了:我现在之所以要把这次经历写下来，将它牢牢地、而且似乎是如实地固定在我的面前，只不过是为了在感觉上去回味它，在精神上去领悟它。前面我说过，我要把这件事写下来是想了结它，其实满不是那么回事，根本不是真的；相反，我要使这件匆匆经历的事情更加栩栩如生，带着体温和呼吸待在我的身边，让我能够经常地去拥抱它。哦，对于那个郁闷的下午，那个奇妙的夜晚，哪怕是其中的一秒钟我也不担心会忘记；要在回忆中一步一步地返回到那个时刻的路程上去，我不需要任何标志和里程碑：无论白天还是夜晚，每时每刻我都可以像个梦游者一样找回那种境地，并且是用只有心灵才具备的慧眼，而不是衰弱的记忆，去观察其中的每个细节。在春天绿意盎然的风景中的每一片树叶，我在这里也能惟妙惟肖地把它们的轮廓描画在纸上；即使现在在秋天，我还能非常亲切地感觉到栗子花那种如烟似尘的粉香。我之所以现在还在描绘那几个钟头，并不是害怕失去它们，而是出于重新找回它们的欢乐。如果现在严格按顺序描述那个夜晚的变化，为了次序的缘故，我必须克制自己，因为有一种亢奋之情一直在我的心头喷涌，使我几乎无法去想那些细节；因为有一种醉意抓住我，我必须堵住回忆的画面，才使它们不致交融成一片色彩斑斓的烟雾。我一直怀着火一样的激情经历着那夜经历过的一切，那个日子——一九一三年六月七日，因为那天中午我叫了一辆马车……

不过，我觉得我不得不再次打住，因为我又吃惊地发现了一个词的双重性和多义性。现在，当我第一次从关联中讲述事情的时候，我才发现，要把一种球形的装置既理解成滚动的工具，又理解成活生生的人，是多么困难。刚才我写下我的时候，我说我一九一三年六月七日中午叫了一辆马车。但是这个词的意义就不明确，因为当时——六月七日的那个我早已不复存在了，尽管从那以后才过了四个月,尽管我还住在当时那个我的家里,并且用他自己的手握着他的笔坐在他的写字台旁边。正是由于那次经历,我已经从当时那个人身上分离出来了。现在,我可以完全像他人一样非常冷静地从身外观察他;我还可以描述他,就像描述一个伙伴、一个同学或一个朋友那样。我了解许多有关他的情况和他的品性,然而我却已经完全不是那个人了。我能够谈论他,指责他,评判他,可是却全然觉察不到,他曾经是属于我的。

那个曾经是我的人,作为少数,已经从那个阶级的大多数中完全彻底地分离出来了。在维也纳,人们习惯于把他所在的那个阶级称之为"上流社会",这并不是为了故意炫耀,而完全是由于不言自明。我已经迈入三十六岁,父母双亡;在我即将成年之际,他们给我留下了一笔财产,这笔钱足以使我再也不用去考虑求职谋生的事了。于是,我意外地作出了一个当时使我甚感不安的决定。也就是说,当时我刚刚完成大学学业,正面临着选择未来的职业,也许由于我的家庭关系和我过早向往稳步上升、静观内省的生活,我倾心于做一个公职人员。这时,我父母的财产落到了我这个唯一的继承人手里,这就保障我即使突然失业也能独立生活,甚至还能满足我更放纵乃至奢侈的愿望。但是,功名心根本推动不了我,我决定先对生活观望等待几年,直到它终于能够促使我为自己寻找一个工作范围时再说。于是我一直观望着、等待着,由于我没有什么特别的追求,所以在愿望的狭小圈子里我的一切都能得到满足。维也纳是一座温柔淫糜的大都市,没有一座城市能像它一样熏染出悠闲的漫步,无为的观望以及欣赏艺术珍品和谈论生活目的的雅兴,使我完全忘记了切实行动的打算。我满足于做一个风流、高贵、富有、英俊而又淡泊功名的年轻人;我沉湎于紧张而无危险的赌博和打猎活动,我有规律地交替着去旅游和远足。不久,我就开始把这种安逸平静的生活越来越多地同练达审慎和对艺术的爱好结合起来。我搜集稀有的玻璃器皿。这不是出于内心的热情,而是出于一种兴趣,想在无须努力的活动中达到完美的境界和求得知识。我用一种特别的意大利巴罗克铜版画和卡纳勒托①的风景画装饰我的寓所。这些画,或是从旧货商那里搜集来,或是怀着好奇猎异而无危险的紧张心情,在拍卖场上竞购的。我做这类事情往往出于兴趣,而且总是抱着欣赏的态度。听优美的音乐,参观当代画家的画室,很少有我不到场的时候。在同女人交往方面我也不无成就,但我也是带着一种隐秘的收藏癖,就是说无论如何我都不会动心。在我的经历中,我也积累了许多值得回忆的珍贵的时刻,而且在这方面我渐渐从一个纯粹的享乐者变成了精熟的鉴赏家。总之,我经历了许许多多使我的日子过得既舒适又丰富多彩的事情。我开始越来越喜欢阅历丰富同时又毫不颓丧的年轻人那种冷淡舒适的生活氛围。我几乎没有什么新的愿望了,因为在我风平浪静的生活中,微不足道的事情都会发展成一种欢乐。一条选购得当的领带就可以使我高兴,一本精美的书,一次乘车出游,或者跟一个女人在一起待一个钟头,就能使我感到无比幸福。令我特别感到舒心的是,我这种生活方式就像一件无可挑剔的英国礼服,根本不会引起社会的注目。我相信,人们觉得我是一个可爱的人物。我受人爱戴,受人青睐,我所认识的绝大多数人都称我是幸福的人。

可是现在我也说不清,我力图回想起的当时那个人是否也同别的人一样,认为自己是个幸福的人。因为,当我从那种经历中要求各种感觉都具备更完美更充实的意义时,我觉得对往事的评价

---

① 即乔万尼·安东尼奥·卡纳勒托(1697—1768),意大利画家,以风景画著称。

几乎是不可能的了。不过,我可以肯定地说,那时的我绝没有感到不幸福。确实,我的愿望几乎没有不实现的,我对生活的要求几乎没有得不到满足的。然而,正由于我习惯了从命运中接收我所要求的一切,而且并不因此向它索取更多的东西,所以我身上渐渐产生了某种惰性,我的生命本身也缺少了一种活力。当时,在一些半醒半悟的瞬间,我心中曾不自觉地产生过欲望:但那些愿望已不是本来意义上的愿望,而只是为了追求愿望的愿望,要求也不是本来意义上的要求,而是为了追求更强烈、更无拘无束、更野心勃勃、更不易满足的要求,追求更多的生活甚而也许是受苦的要求。我通过非常巧妙的手段,把所有的阻力都排除在我的生活之外,而由于缺少阻力,我的生命力逐渐萎缩了。我发现,我的追求越来越少,越来越淡了,以致我的感觉中出现了一种麻木,以致我——也许这样表达最好——忍受着心灵萎靡不振的折磨,忍受着无力获得生活激情的痛苦。通过各种小小的迹象,我首先认识到了这种缺欠。我突然注意到,我越来越少地去剧场和参加那些举办得颇为轰动的社交聚会;我订购自己喜欢的图书,但随后连裁也不裁开,在写字台上一放就是几个星期;尽管我还机械地继续搜集我所喜爱的东西,购买玻璃器皿和古董,但到手后却不将它们分类,意外地得到了一件稀有的搜寻已久的东西,也不能使我感到特别的高兴。

但我确切地意识到了,我的心灵活力的这种暂时的轻微衰退,是从一个特定的时刻开始的。那个时刻我现在还能清楚地回想起来。那年夏天——由于那种明显的惰性,任何新的东西对我都没有强烈的吸引力——我在维也纳突然收到一个女人从一个疗养地寄来的信。三年来,我同这个女人保持着一种亲密的关系,我甚至可以坦率地说,我爱她。她情绪激动地给我写了十四页纸,说她本周在那里结识了一个男人,他给了她许多,甚至成了她的一切,她要在秋天同他结婚,因此我们之间的那种关系必须结束。她说,她回想起同我一起度过的那些时光并不后悔,而是感到幸福,她会记住我的,这种记忆将作为她过去生活中最美好的东西伴随她进入她的新婚。她希望我能原谅她这突如其来的决定。作了这番事务性的通知后,这封情绪激动的信又用感人的言辞恳求我不要生她的气,不要为这突然的拒绝过分地难过,不要试图强拦住她,也不要对我自己做出什么傻事。信上的文字越写越激动:我应该找一个更好的,以求得安慰;我要立即给她回信,因为她担心我收到这个通知后的情况。作为补充,她又用铅笔更仓促地写道:"不要做不明智的事,理解我,原谅我吧!"我读着这封信,起初对这个消息感到吃惊,随后,我把信通读了一遍,再读一遍,我感到了某种惭愧,这种惭愧很快就变成了一种内心的惊恐。因为,我的情人所说的那些自然而然会产生的强烈而本能的感觉,在我心中哪怕是一点点也没有激起来。我并没有为她的通知感到难过,没有生她的气,甚至连一秒钟也没有想到粗暴地对待她或者对待我自己。我心中这种冷漠的感觉真是太奇怪了,就连我自己也感到惊愕。一个和我共同度过了几年时光的女人——她那温暖的身子曾经温柔地躺在我的身边,她的呼吸在漫漫长夜里消融在我的呼吸中——就这样抛弃了我,而我却无动于衷,不去阻止她,不去想办法把她夺回来。这个女人完全出自本能设想一个真正的人不言而喻会出现的那种心情,竟然丝毫也没有在我心中出现。在这一瞬间,我第一次非常清醒地意识到,我心灵的麻木已经发展到了何等程度——我像漂流在闪闪发光的流水上,没有任何抓挠,没有任何根基。我非常确切地知道,这种冷漠就是一定程度上的死亡,就是僵尸化,虽然还没有散发腐烂的气味,但此刻表露出来的不可救药的呆滞和冷漠无情的麻木,就是确确实实的肉体的死亡,也是外表可见的衰败的先兆。

自从那次事件之后,我就开始细心观察我自己以及我身上出现的那种感情的麻木,就像一个病人观察自己的病情一样。此后不久,我的一个朋友去世了,送葬时我跟在他的棺材后面,谛听自己的灵魂深处,永远失去了一个从儿时就很亲近的人,我的心里是否感到悲伤,是否有某种感情自觉地绷紧起来。但是毫无反应。我觉得自己像某种玻璃体,任何事情都可以从那里照过去,但却无论如何不可能留在里面。尽管我借着这个机会和类似的机会,努力使自己去感觉点什么,甚至用理智说服自己去感觉,然而从呆滞的内心得不到任何回答。人们离我而去,女人们来来往往,而我的感觉几乎像我独自坐在屋里一样。在我和直接呈现在我面前的东西之间,就像窗把雨水隔开一样,总隔着一道我无力用意志去打碎的玻璃墙。

尽管我现在清楚地感觉到了这一点,但这种认识并没有使我产生切实的不安,因为我已经说过,就连那些同我自己密切相关的事情,我也漠不关心。即使是痛苦我也不再有足够的感觉了。使我聊以自慰的是,这种心灵上的缺陷从外表上很难觉察,这一点有点像男人的阳痿,只在交媾的那一刻才暴露出来。在社交场合,我常常通过哗众取宠的假激昂,通过自发的夸张的激动作出某种姿态,来掩盖我内心的冷漠和麻木。表面上,我继续过着往日那种舒适的、无拘无束的生活,没有改变它的方向;几个星期,几个月悄悄地过去了,慢慢就糊里糊涂地积攒成了几年。一天早晨,我在镜子里看见我的两鬓已经斑白,我感觉到我的青春就要到另一个世界去了。然而,别人称之为青春的,在我心中早就过去了。于是,这种分离并不特别痛苦,因为我根本就没有充分爱过自己的青春。而且我固执的感情连我自己也不理会。

尽管事情和活动各个不同,但由于我内心的僵化,我的日子越来越千篇一律了。它们一个接一个地排列着,没有重点,就像树叶一样生长、凋落。我想重新为自己描述的那个日子,没有任何特殊性,没有任何内在的先兆,就这样平淡无奇地开始了。那一天——一九一三年六月七日,我起得很晚。怀着一种从儿时、从上学时就一直无意识地延续下来的星期天的感觉,我洗了个澡,看看报纸,翻翻书,随后在关切地挤进我屋子的温暖夏日的引诱下出去散步。我按照老习惯穿过格拉本林荫大道,同熟识要好的人打着招呼,随便跟其中的某个人聊几句,然后到朋友那里去吃午饭。下午,我避开了一切约会,因为我特别喜欢星期天有几个钟头不被占用,自由自在,完全归我兴之所至的情绪、突如其来的需要和一时冲动的决定所有。从朋友家里出来之后,穿过环形大街,我惬意地感到了洒满阳光的城市的美,并为它那初夏的装扮而兴致高涨起来。所有的人都显得很快活,随意地眷恋着色彩斑斓的街道上的星期天气氛。有许多单个的事物引起了我的注意,尤其是柏油路中间那些连成一片的新绿的树丛。尽管我几乎每天都经过这里,可我突然觉得这星期天熙来攘往的人群变成了一种奇观,使我禁不住对浓绿、明丽和缤纷的色彩产生了渴望。我有点好奇地想起了普拉特尔游艺场:在这春末夏初之际,那些茂密的树木像身材魁伟的绿衣仆从站在林荫大道的两旁,马车风驰电掣般地从中间驶过,它们静静地把一簇簇白花伸向那些盛装艳服的人们。我随即向这一闪念的愿望让步了,习惯地叫住了朝我驶来的第一辆马车。在回答车夫的问题时,我用手指了指普拉特尔游艺场的方向。"去看赛马,男爵先生,是不是?"他恭顺而不假思索地说。这时我才想起来,今天是一个非常流行的赛马日,一年一度的赛马大会的预习,也是全维也纳上流社会大聚会的日子。我一边上车一边想,要是在几年前,我能把这样的日子耽误了,忘记了,那才叫奇怪呢!就像病人在颠簸中感觉到自己的伤痛一样,这种遗忘让我又一次觉察到了使我颓废的全然冷漠的麻木。

当我们到达那里的时候,林荫道上几乎空无一人。赛马想必早已开始,因为往常那种车水马龙的景象已经不见了,只有稀稀落落的几辆马车带着嘚嘚响的马蹄声匆匆驶过,好像要把耽误的时间抢回来似的。车夫从车座上回过头来,问我是不是要把马车赶得快一点,我吩咐他让马稳着走,因为我根本不在乎是否到得太晚。在我还把准时到达当回事的时候,我看赛马看得太多了,见那些参加赛马的人也见得太经常了。再说,我现在这种懒散的心情更适合于坐在轻轻颠簸的马车上,去感受微风吹拂的蓝色天空,就像在船甲板上感受大海一样。我还可以更恬静地观赏美丽的、枝繁叶茂的栗子树。这些树时不时地抛出几绺花絮,去同温暖宜人的春风嬉戏;春风还没有来得及把它们刮到林荫道上卷成白色的球状,它们就又轻轻地飘起来、旋转着。就这样随车摇曳,闭起眼睛去回味春天,毫不紧张地去体验那种轻松愉快、飘忽不定的感觉,是多么惬意啊。可是马车很快就在快活苑的入口处停下来,实在令我遗憾。我宁愿返回去,随着马车继续摇曳,躲开这温和的初夏日。但是太晚了,马车已经在赛马场前停了下来。一阵沉闷的鼓噪声向我袭来。在逐级升高的看台那边,攒动的人群发出球一样滚动的喧闹声,像大海的涛声一样低沉郁闷。我还没有看见他们,就不由自主地想起了奥斯腾德。当人们从地势较低的城里,穿过狭小的胡同向高处的海滨大道走去时,涛声隆隆、翻滚着昏暗的泡沫的辽阔海面还没有把人的目光吸引过去,人们就已经感到带咸味的、尖厉的海风在头顶呼啸,就已经听见低沉的轰隆声。一场比赛一定正在进行之中。但是在我和赛马正在上面飞奔的草地之间,有一种色彩缤纷、噪声雷动、好像受到内在冲击而飘忽不定的烟雾,这就是由观众和赌徒组成的人群。我无法看到跑道,但是通过人们越来越激昂的情绪,我可以感知到比赛的每一个阶段:骑手们早已出发,分成了几队,有几个正在争夺领骑的位置,因为从密切注视着我所看不见的奔跑场面的人群中,传来了喊叫声和激动的欢呼声。从他们的头转动的方向,我猜得出骑手和马一定是到达了椭圆形草地的顶端,因为整个嘈杂的人群好像共用一个伸长着的脖子,越来越统一、越来越集中地盯着一个我所看不见的视点。而这个放开的喉咙用千万个被撕碎的单个声音发出的怪叫声、鼓噪声,汇成越来越高、泡沫翻滚的狂涛。这狂涛在升腾,在喷涌,已经充塞了整个空间,直至冷漠的蓝天。我盯看着几个人的脸:它们好像由于内在的抽搐而变了形;眼睛凝视着,闪着光亮,嘴唇咬紧,下巴贪婪地向前翘起,鼻翼像马一样翕动着。清醒地观察这些不能自制的醉汉,使我感到滑稽而可怕。一个男人站在我旁边的椅子上,衣冠楚楚,脸蛋本来长得很不错,可是现在他却被无形的魔鬼迷住了,大声地吼叫着,用手杖在空中挥舞,好像要往前鞭赶什么似的;他的整个身子——对一个旁观者来说简直太好笑了——疯狂地模仿着疾驰的动作。他仿佛踩着马镫,用脚后跟不停地在椅子上一起一落地蹬踏着;他右手拿手杖当马鞭,一次又一次地朝空中挥舞;左手则死死地攥着一张白色的彩票。这种彩票越来越多地四处飞舞,就像泡沫灭火器在轰然作响、奔腾而过的灰色潮水上喷射。现在,一定是有几匹马在拐弯处挤成了一团,因为这连续不断的轰鸣声一下子聚成了喊叫两个、三个、四个单个人名的声音。这种声音像战场上的呐喊声一样,不停地由一队队人群喊叫着、怒吼着,而这一阵阵呼喊就像打开了他们走火入魔的阀门。

我置身于这震耳欲聋的狂喊之中,像一块岩石冷冷地浸泡在浪涛轰鸣的大海里;那一刻我所感觉到的东西,今天我还能非常准确地讲述出来。首先是对各种丑态感到可笑,其次是对这种暴徒式的冲动感到蔑视,当然还有其他我不愿承认的东西,那就是对这样的冲动、这样的兴奋、这样的陷入狂热的生命的某种轻微的嫉妒。我想,要发生什么样的事情才能使我这样激动,使我紧张得这样体温上升、浑身发烫、不由自主地脱口喊出声来呢?我想不出有任何一笔钱能激起我占有它的欲望,有任何一个女人能这样吸引我,有任何东西能从我麻木的感情中燃起我如此的激情!即使面对一把打开扳机的手枪,我的心(在凝固前的一秒钟)跳动的剧烈程度,也比不上我周围那成千上万为了几个钱而赌博的人。现在,一定是有一匹马快接近目标了,因为对一个人名字的呼喊从喧闹中升起,千万个声音汇集成一致的越来越尖厉的呐喊,好像从一根绷得紧紧的弦上发出来一样,随后就嘎的一声断了,接着开始奏乐;人群一下子分散开来。一轮比赛结束了,角逐分出了胜负,紧张化成了头晕目眩、兴犹未尽的激动。刚才还激情如火的人群,分散成许多单个的人,跑着,笑着,说着,平静的脸又从狰狞的面具后面浮现出来。比赛的混乱曾一度把千万个人熔成一个通红的整体,现在又把他们分解成聚拢来、散开去的社会群体,分解成一个个我认识的、同我打招呼的以及他们相互冷淡而有礼貌地打量和审视而我不认识的人。女人们互相鉴赏着各自的新服饰,男人们投出贪婪的目光。于是,这些冷漠的人所特有的那种上流社会的好奇心开始扩张起来,他们寻找着、计算着、检验着,看都有谁在场,谁最高雅。所有这些人,刚刚从狂乱中清醒过来,已经弄不清他们社交活动的目的是这种闲散的插曲呢还是比赛。

我从这熙熙攘攘的人群中穿过,问候着,答谢着,舒适地呼吸着香水和高雅的气味——散发着这种气味的光怪陆离的混乱场合,才是我生存的环境。更可喜的是,来自那边的普拉特尔游艺场草地、来自被夏天的温暖熏透了的树林的清爽的微风,一阵阵吹进这些人群中,挑逗嬉闹似的抚摸着女人们身上的麦斯林白纱。几个熟人想跟我攀谈,美丽的女演员从一个包厢里点头邀请我,但我谁也没去找。今天,我没有兴趣跟一个这种上流社会的人交谈;在他们这面镜子里照见我自己,使我感到无聊。我只想去全面把握那场戏,去把握那一个钟头飘飘然的感官兴奋(因为对一个感情麻木的人来说,别人的兴奋状态就是他最喜欢的戏剧)。几个女人从我面前走过,我肆无忌惮地看着她们,但对她们那掩盖在薄纱下面一走一颤的乳房并没有动心。当她们感到别人如此肉感地打量她们,肆无忌惮地透过衣服盯看她们时,她们那半扭怩半得意的窘态使我打心眼里感到好笑。事实上,没有人能迷住我,我在她们面前之所以这样做,只不过是使我自己得到某种满足而已。怀着这种心情的游戏,揣摩她们心理的游戏,使我感到快乐;用眼睛去触摸她们的身体,去感受那种撩人的颤动,具有一种快感。因为,像对每一个内心冷漠的人一样,这是我对性爱最真切的享受:激起别人的热情和焦躁,而我自己却无动于衷。我喜欢感受的,只是由于女人在场所产生的性感那种毛茸茸的温暖,而不是真正的燥热、刺激和兴奋。我这一次穿过林荫道散步时,也是这样做的:招引目光,再把它们像羽毛球一样轻轻地弹回去,享受而不攫取,触摸女人而不动感情,只是从这种游戏的不温不火的快感中稍沾点热气。

但是,这也使我很快就感到厌倦了。总是同样一些人从我面前走过,他们的面孔,他们的姿态,我已经熟悉得不能再熟悉了。旁边有一把椅子,我坐下来。周围的人群又开始骚动起来,从旁边走过的人乱糟糟地互相推搡着、拥挤着;显然,新的一场比赛又开始了。我不关心这些,舒舒服服地坐着,专心致志地吐着烟圈。白色的烟圈向空中升去,越来越淡,越来越淡,像一丝云彩消失在春天的蓝空中。就在这一刻,那个闻所未闻的事件,那次唯一的经历开始了,它今天还左右着我的生活。我能非常准确地说出那一刻的时间,因为那时我正好偶然看了一眼表:指针十字交叉,我怀着那种无所事事的好奇心,看着它们在一起交叠了一秒钟。那是一九一三年六月七日下午三点十六分。我手里拿着烟,就这样看着白色的表盘。正当我孩子似的可笑地忙着看表的时候,突然听见紧挨我背后的一个女人大声笑起来。这是我在女人中间喜欢听到的那种尖厉的、兴奋的笑;这种笑非常热烈,非常吓人,好像是从灼热的肉欲的莽丛中迸发出来的。我禁不住想回过头去看一看这个女人,她那赤裸裸的肉感毫无顾忌地撞进了我无忧无虑的梦幻,犹如一个闪光的白色石子投进了污泥浑浊的池塘。我克制住自己。一种有关智力游戏、有关琐细无害的心理试验的奇特兴趣阻止了我,就像它常常命令我的那样。我还不想去看这个大笑的女人,我想用我的幻想同她做一种游戏,先快乐一番:我去想象她,一张脸,一张嘴,一个喉咙,一个脖子,一副胸脯,一个活生生的喘气的女人和这种笑声。

她现在显然紧挨着站在我的背后。笑声又变成了说话声。我紧张地听着。她讲话略微带点匈牙利口音,速度很快,很流畅,元音大幅度地颤动,跟唱歌一样。用她的声音来描绘她的形象,来尽可能丰满地勾画这个幻想的影子,使我感到很开心。我赋予她深色的头发,深色的眼睛,宽厚而肉感地翘起的嘴巴,非常洁白而坚实的牙齿,相当窄小的鼻子,但却长着突然隆起翕动着的鼻翼。我给她的左颊添上一颗美人痣,让她的手里拿着一根马鞭,一边说笑一边在大腿上轻轻地拍打着。她不停地说啊,说啊。而她的每句话都为我像闪电一样勾画出来的虚构形象增添一个新的细节:狭窄的少女似的胸脯,深绿色的衣服,上面斜缀着棒状的钻石纽扣,浅色的帽子上插着白色的鹭鸶羽毛。画像越来越清晰,我已经感觉到这个陌生女人站在我的背后,虽然看不见,却像映在我瞳孔的曝光底片上一样。但我不想转过身去,我还想将这种幻想的游戏升格。只要稍微满足一下快感,就会打扰了我大胆的梦幻,因此我闭着双眼;我确切地知道,只要我一抬眼皮并向她转过身去,这种内在的图像就会同外在的图像完全重合在一起。

就在这一瞬间,她走到前面来了。我不由自主地睁开了眼睛而且生气了:我完全想岔了,一切都是两码事,跟我幻想的图像恰恰相反,真是太恶毒了。她穿的衣服不是绿的,而是白的,她的身材并不苗条,而是很丰满,胸宽臀大,整个面颊上哪儿也没有那颗幻想出来的美人痣,头发是发亮的棕红色,而不是盔形帽子下压着的一头黑发。她的形象没有一点和我勾画的相同,但这个女人确实很美,美得迷人,虽然我出于愚蠢的虚荣心,在心理上拒绝承认这种美。我几乎是敌意地抬头看着她;尽管我心怀抵触,但我还是感觉到了从这个女人身上散发出来的那种强烈的肉感的诱惑,感觉到了那种色欲,那种被她结实同时又柔软的丰腴的身体诱发出来的兽欲。现在她又大声笑起来,露出了她那结实而又洁白的牙齿。我不得不对自己说,她这种灼热的肉感的笑同她身材的丰腴还是相一致的。她身上的一切——她那高耸的乳房,笑时向前翘起的下巴,锐利的目光,弯弯的鼻子,用伞死死抵住地面的手,都是那样火热,那样撩人。这是一个女人的原始力量,一种有意识的、穿骨透髓的诱惑,一支用肉做成的性感火炬。她身旁站着一个高雅而有点狂热的军官,在急切地同她说话。她倾听着,微笑着,大笑着,反驳着,但是这一切都是附带的,因为与此同时她的目光向四处扫视,她的鼻翼朝四处翕动,似乎无处不到:她要从每一个过往的人,乃至周围所有的男人那里,吸引来注意、微笑和凝视。在她总是面带微笑、沾沾自喜地倾听军官说话的同时,她的目光不停地移动着,忽而沿着看台搜寻,忽而滑向右边,忽而又滑向左边——为的是突然认出一个熟人,回答一声问候——只是它还没有触及我,因为,虽然我在她的视野之内,但被她的陪伴者挡住了。这使我很生气。我站起来,她没有看见我;我挤近一点,她却又朝看台上望去。于是我坚定地朝她走过去,向她的陪伴者脱帽致意,并把我的椅子让给她。她惊异地看着我,眼睛里闪过微笑的光亮,嘴唇也献媚地一弯,现出一丝微笑。然后,她只是简短地谢了一声,便接过了椅子。但她并没有坐下,而是把丰满的、一直裸到肘弯的手臂轻轻地支在扶手上,利用躯体轻微的弯曲来显示她的身姿。

由于自己的错误心理引起的气恼,我早已忘得一干二净了,现在吸引我的就是想跟这个女人调调情。于是我退后一点靠在看台的墙上,从这里我可以自由自在地注视着她,而不会引起别人的注意。我支着我的手杖,用我的眼睛寻找着她的目光。她发现了,就朝我观察的位置稍微转过来一点,但她这个动作好像完全是巧合,好像她并不阻止我,她对我的回应是偶然的,没有义务的。她的目光不停地绕着圈子,无所不看,但什么也不摄取——她偶尔投过来的隐秘的微笑,是单单对我一个人呢,还是对谁都这样?这一点无法区分,而正是这种无从确定使我感到气恼。她的目光像闪光信号灯一样,隔一会儿就朝我一闪,似乎充满了许诺。但她也用一双同样像利刃似的闪光的眸子,不加任何选择地去迎合别人投过来的目光。这只是完全出于那种逢场作戏时卖俏的乐趣,不过首先是,这样做一秒钟也不耽误她似乎很感兴趣地同陪伴者的交谈。

这是在感情强烈的回应中某些令人神魂颠倒的放肆,一种卖弄风情的高超技艺或爆发出来的过剩性欲。我不由自主地又靠近了一步:她那冷漠的放肆传到了我身上。我不再看她的眼睛,而是老练地从上到下地抓取她,用目光撕开她的衣服,赤裸裸地去感觉她。她任凭我注视,一点也不感到侮辱,而是用嘴角朝那喋喋不休的军官微笑。但我看得出来,她是用这种故意的微笑来对付我的用心。现在,当我看着她那只在白色裙子下伸出来的小巧的脚时,她的目光也懒散地审视着朝裙子下面瞥了一眼。随后,过了一小会儿,她像是偶然地抬起那只脚,将它搁在我让给她的那把椅子的第一个横掌上,使我透过带孔的裙子可以看到她一直套到膝盖的长袜。但与此同时,她对陪伴者的微笑好像也变成了讽刺和恶意。显然,她是在不动感情地逗着我玩,就像我逗着她玩一样。我虽然心怀恨意,却不得不钦佩地表现放肆的娴熟技巧,因为在虚假隐秘地把她身体的性感呈现给我的同时,她也献媚地投入到同陪伴者的窃窃私语中去。不过,无论是给予还是获取,对一个人还是两个,都不过是在做戏罢了。其实我气愤,只是恨她对待别人的那种冷酷和恶意算计的性感,因为我感到,我自己身上那种有意识的冷漠无情跟她简直就是兄妹相好的关系。然而使我激动的,更多是出于憎恨,而不是出于贪欲。我大胆地走近一些,用目光粗野地去抓取她。"我要你,你这美人儿!"我不加掩饰的表情分明告诉她,而且我的嘴唇一定也不由自主地动了动,因为她稍带轻蔑地微笑着,掉过头去,并用裙子遮住了那只露出来的脚。但是片刻之后,她那乌黑的眸子又闪着光亮转过来了,随后重又转了过去。显而易见,她跟我一样冷漠,我们两人都在冷淡地拿陌生的激情做游戏,这激情虽然只是画上的火焰,但毕竟看上去很美,在这沉闷的日子里玩起来也很开心。

突然,她脸上的紧张消失了,闪亮的光泽不见了,刚才还微笑的嘴角弯出一道生气的小皱纹。我顺着她的目光方向看去:一位又矮又胖的先生,穿着皱皱巴巴的衣服,急匆匆地向她走来,他的脸和额头由于兴奋而汗津津的,他正用手帕神经质地擦着。急忙中,他的帽子斜扣在脑袋上,一旁露出延伸得很低的秃顶(我不由自主地想到,如果他把帽子摘掉,上面一定露出大颗的汗珠,而且这个人也令我感到讨厌)。他戴戒指的手上捏着一大把彩票。他激动得简直喘不过气来,没有理会他的妻子,就立即插进去,大声用匈牙利语同军官讲起话来。我一眼就看出,这家伙是个赛马迷,更确切地分类是一个马贩子,对他来说,赛马是他唯一的嗜好,是崇高事物的高级代用品。这时,他的妻子显然说了一些提醒他的话(他的出现明显使她感到不自在,而且也干扰了她的自信心),因为他看来是按照妻子的吩咐,把帽子扶了扶正,然后和蔼地笑着看了她一眼,并亲切温情地拍了拍她的肩膀。她愤怒地皱起眉头,讨厌这种夫妻间的亲昵;由于军官的在场,也许更多的是由于我在场,这种亲昵使她感到难堪。他似乎很抱歉,又用匈牙利语跟军官说了几句,对方听了报以满意的微笑,然后他亲切而有点低三下四地挽起她的胳膊。我觉察出来,当着我们的面,这种亲昵行为使她感到难为情,使她带着嘲弄和恶心的混杂感情受到侮辱。不过,她马上又镇静下来,温柔地靠在他的胳膊上,嘲弄地瞟了我一眼,好像是在说:"你瞧,是这个人占有我,而不是你。"我感到气愤,同时又感到厌恶。我本来想转过身去走开,向她表明,这样一个鄙俗的胖子的妻子再也引不起我的兴趣了。可是,诱惑实在太强烈。我留了下来。

就在这时,起跑的信号刺耳地响了起来。突然间,整个聊天、沉闷、凝固的人群好像受到振动一样,一下子混乱起来,从四面八方朝前面的栅栏挤去。我必须用些蛮劲才不致被卷走,因为我正想趁乱待在她的附近,这样也许会出现我现在还不知道的机会——一个决定性的一瞥的机会,一个下手的机会,一个本能的放肆的机会。于是,我在急匆匆的人群中坚定地向她挤过去。这时,那位胖丈夫正好也挤了过来,显然是想在看台边上抢占一个好位置。就这样,我们两人各自在焦急的驱赶下,狠狠地撞了个满怀,撞得他那宽大的帽子飞到了地上,一把松松别在帽子上的彩票,也划了一道长长的弧线,像红蓝黄白的蝴蝶一样飘落一地。他瞪了我一眼。我机械地想道歉,但是一种恶意合上了我的嘴,相反,我冷冷地看着他,带着一点厚颜无耻的、故意冒犯的挑衅。他的目光在热血上涌、但又在胆怯地克制着的愤怒的撺掇下,仅仅闪现了一秒钟就在我的愤怒面前怯懦地泄气了。他带着一种令人难忘的、几乎让人心软的畏怯,看了一下我的眼睛,然后低下头想走开,猛然间好像又想起了他的彩票,于是弯下腰来,去捡那些彩票和帽子。那女人带着不加掩饰的愤怒,激动得满脸通红,拉了他胳膊一把,向我怒目而视。我则带着一种恨不得她打我一顿的快感看着她。但是我相当冷静和漠不关心地站在那里,不去帮忙,而是微笑地望着她那过于肥胖的丈夫气喘吁吁地弯着腰,在我的脚前爬来爬去,捡他的彩票。弯腰时,他的衣领高高地支棱着,像一只母鸡竖起的羽毛,红红的脖梗上涌起一道宽厚的肉褶;他每动一下,就像哮喘病人一样地喘着。我看他这个喘劲儿,不由得产生了一个下流的、令人恶心的念头:想象他同妻子做爱时的情景。这种想象使我变得更加狂妄起来,我径直冲着那几乎控制不住愤怒的女人微笑着。她站在那里,这时又气得脸色苍白,烦躁不安,几乎无法自制了。终于,我居然从她那里夺到了一份真实的、实实在在的感情:恨,无法遏制的愤怒!我真想让这种幸灾乐祸的场面无限期地延长下去;我带着冷漠的快感看着他费力地把彩票一张一张地捡起来。我觉得,有一个古怪的魔鬼钻进我的喉咙,一直在吃吃地笑,而且还想哈哈大笑起来——我巴不得把它笑出来,或者用手杖轻轻地挠挠那块柔软的痒痒肉。我实在想不起来,曾几何时如此被恶意所支配,这样得意洋洋地侮辱这个肆意调情的女人。不过现在,这个倒霉的家伙终于把他所有的彩票都捡起来了,只有一张,蓝色的,飞得老远,就落在我眼前的地上。他气喘吁吁地转来转去,用他的近视眼寻找着——夹鼻眼镜架在沁满汗珠的鼻尖上。我带着那种恶作剧似的恶意,抓住这一瞬间,延长他那种可笑的劳累:我毫无主见地顺从了那种学童似的放肆,飞快地伸出一只脚,用脚后跟踩在那张彩票上。这样一来,无论他怎样找也找不到,我想让他找多久,他就得找多久。他不停地找啊,找啊,同时,他还一次又一次地数着五颜六色的硬纸卡彩票,借此机会喘口气:不用说,还缺一张,缺我脚下踩的那一张!当他在人声鼎沸的喧嚣中还要寻找时,他的妻子,带着愤恨的表情极力避开我幸灾乐祸的睨视,这时再也抑制不住她愤怒的焦躁了。"拉约斯!"她突然粗暴地冲他大喊一声,他则像马听到了号声一样,一下跳了起来,同时还用寻觅的目光向地上瞟了一眼——我觉得,好像藏在脚底下的那张彩票弄得我怪痒痒的,我几乎忍不住要笑出声来——然后他顺从地转向他的妻子,她带着某种挑战似的焦急将他从我身边拉开,消失在越来越沸腾的喧嚣声中去了。

  我留在原地,一点儿也没有跟他们俩去的愿望。对我来说,这段插曲结束了,那种性爱的紧张已经化解成舒心的快意,所有的激动都从我身上溜走了,剩下的只是从突然产生的恶意中得到的有益健康的满足,一种从成功的恶作剧中得到的厚颜无耻,甚至是狂妄自大的自我满足。前面的人群挤成一团,激动的情绪开始沸腾,一片独一无二的、乌黑的浊浪向栅栏涌去。但我连看都不看那边,这已经使我感到厌烦了。我所想的,是到那边的克里奥草地去,或者是乘车回家。然而,当我不由自主地刚一抬脚向前走时,我发现了那张遗忘在地上的蓝色彩票。我把它捡起来,在手指间把玩着,拿不定主意该如何处理。我模模糊糊产生了一个念头:把它还给"拉约斯",并借这个绝好的理由去结识他的妻子。但是我发现,我已经对她完全不感兴趣了,而且在这次艳遇中我那种飘然而至的短暂热情,早已在我往日的漠然中冷却了。我不再需要从拉约斯的妻子那里得到那种好斗的、充满欲望的目光……那胖子实在叫我倒胃口,我根本不想同他分享他妻子的肉体。我已经受够了神经上的震撼,现在我只需要更多地感受那种松懈的好奇心,那种舒心的放松。

　　扶手椅放在那儿,孤零零地无人理睬。我从容地坐下来,点上一支烟。在我的前面,热情重又汹涌起来,但我根本没去理会:重复对我已经没有吸引力了。我望着徐徐上升的烟雾,想起了墨兰的海湾林荫道——两个月前我曾坐在那里,俯视着飞溅的瀑布。那里的景色跟这里非常相似:那里也有一种强劲的轰鸣声,既不令人感到温暖,也不使人感到冷漠;那里也有一种毫无意义的声音,融进寂静蔚蓝的景色中。不过,现在这里的比赛又达到了高潮,阳伞、帽子、喊声、手帕所形成的浪花在黑压压涌动的人群上面飞舞,又是各种声音搅和在一起,又是从人群的巨口中震颤出一声呐喊——只是这一次色调不同罢了。我听见千万次呼喊着一个名字:"克莱西!克莱西!克莱西!"其中有欢呼、尖叫、兴奋和绝望。这喊声就像一根绷紧的弦,突然又断了(即使是激情,重复也会使它变得单调!)。音乐又奏起来,人群又散开了。胜利者的号码牌又升了起来。我下意识地望过去。一等奖中闪着一个七号。我机械地瞟了一眼忘记在手指间的那张蓝色的彩票：上面也是七号。我不由自主地笑了。这张彩票中了，善良的拉约斯押对了。这样，我的恶作剧居然还使那胖子丈夫损失了一笔钱。蓦然间，我那种忘乎所以的情绪又出现了：现在我非常想知道，我心怀嫉妒的介入骗走了他多少钱。我第一次仔细地看了看那张蓝色硬纸卡：这是一张二十克朗的彩票，拉约斯押在了"赢"上。这说不定还是一笔可观的钱呢。没再多想，我就在好奇心的驱使下，被匆匆的人群裹着向付款处拥去。我被挤进了一列长队。我把彩票递上去，马上就有两只瘦骨嶙峋、动作敏捷的手——窗口后面的那张脸我根本看不见——将九张二十克朗的彩票给我划拉到大理石柜台上。

在这一瞬间，当钱，真正的钱，蓝色的钞票摆在我面前时，我却笑不出声来。我立刻产生了一种不舒服的感觉。我不由自主地把手缩了回来，不想去动那别人的钱；可是我后面的人急于拿到兑付的奖金，已经不耐烦地挤开了。于是我没有办法，只好十分难堪地用讨厌的指尖把钞票夹起来：它们就像蓝色的火焰在我手上燃烧。我下意识地张开那只拿钱的手，好像它不属于我自己似的。我立刻意识到了这种尴尬的处境。开玩笑竟干出了一个正直的人、一个绅士、一个预备役军官所不应该做的事情，这有违我的意愿。因此，我当着自己的面，迟疑着不肯为这件事说出真实的姓名。因为，这不是一笔有意隐瞒的钱，而是诈骗来的钱，偷来的钱。

我的周围一片嗡嗡营营的人声。人们在付款处挤来挤去。我一直伸着手一动不动地站在那里。我该怎么办呢？我首先想到最自然的是：找到真正的赢家，向他道歉并把钱还给他。但是这不成，起码当着那个军官的面不能这样做。我是一个预备役军官，这样的事一说出来，我的军衔马上就会丢掉；因为，即使这张彩票是捡来的，你领了钱就是违犯规定的行为。我也想到，利用手指本能的抽动,把钞票揉成一团扔掉。但是在这熙熙攘攘的人群中,这样做也太容易被人发现而引起怀疑。不过无论如何,我也不能让别人的钱放在我身上哪怕一分钟,或者先放进皮夹里,以后再随便送给什么人:就像我从小养成的穿衣服爱干净的洁癖一样,即使是稍微碰一下这些票子,也使我感到恶心。扔掉,只有把这些钱扔掉,这种想法在我心中滚滚地发烧,扔掉,随便哪儿,扔掉! 我不由自主地张望着。当我不知所措地四下环顾,看什么地方是否有一个隐藏处,是否有一个不被人注意的可能时,我突然发现,人们又重新开始向付款处挤去,但这一次手里拿的是钞票。于是,一种想法解了我的围:把恶意的偶然带给我的钱再掷回到偶然中去,再扔进那毫无节制的喉咙里去,它正在把新的赌注,银币和纸币同样贪婪地吞下去——是的,这是正招儿,这是真正的解脱。

我急匆匆地走过去,简直是跑过去,插到拥挤的人群里。我前面还只剩下两个人,第一个已经到了收赌注处,我突然想起来,我根本不知道我该押的马叫什么名字。于是我贪婪地听着周围的谈话。"你押拉瓦科尔?"一个人问道。"当然押拉瓦科尔!"他的同伴回答说。"你认为特迪没有希望吗?""特迪? 丝毫也没有。它在处女赛中一塌糊涂。它是个样子货。"

我如饥似渴地咽下了这些话。这就是说,特迪很糟,特迪赢不了。我立即决定,就押它。我把钱推过去,说出刚刚听到的特迪这个名字,押它为赢。一只手把彩票给我扔了出来。现在,我手里一下子有了九张红白色的硬纸卡彩票,而不是刚才的一张。尽管我还有一种羞愧难当的感觉,但毕竟不再像拿着皱巴巴的现钞那样火辣辣的发烫,那样令人感到羞耻了。

我的感觉又轻松起来,几乎无忧无虑:现在,钱出手了,那件因闹着玩而生出的麻烦事了结了,又变成了闹着玩,就像开始的时候一样。我懒洋洋地坐回到扶手椅上,点起一支烟,悠闲地向前吹着烟圈。但是没过多久,我就站起来,走来走去,然后又重新坐下。很奇怪,那种惬意的梦境已经过去了,某种神经质的东西沙沙作响地钻进了我的四肢。起初我以为,这是心虚,害怕在熙来攘往的人群中碰到拉约斯和他的妻子。可是,他们怎么会想到那些新的彩票是他们的呢?人们的喧闹并没有打搅我,相反,我仔细地观察着他们,看他们是不是已经又开始向前挤去。啊,我突然发觉自己一再地站起来,看那面比赛开始时升起的旗子。这就是——焦躁,一种心跳发烧的期待:但愿比赛已经开始,但愿这种讨厌的事情永远地结束。

一个拿着赛马快报的男孩从我面前跑过。我叫住了他,买了一份节目单,就在用陌生的行话写下的看不明白的词句和预测中寻找起来,直到我终于找出了特迪,它的骑手的名字,它所在马厩的业主以及它的红白毛色。可是,我为什么对此感兴趣呢?我生气地把节目单揉成一团,扔掉,站起来,又坐下。我突然感到浑身燥热,我不得不用手帕擦着汗湿的额头。衣领勒得我难受。比赛还迟迟不想开始。

铃声终于响了。人们又向前拥去。而在这一瞬间,我吃惊地感到,这铃声好像闹钟声一样,把我从一种睡梦的状态中惊醒。我猛地从扶手椅上跳起来,连椅子都带翻了,手里紧紧攥着那些彩票,急匆匆地向前走去——不,是跑去,挤进人群,仿佛陷入了一种极大的恐惧,去迟了就会耽误什么非常重要的事情一样。我粗野地把人推向两边,来到前面的栅栏旁,不顾一切地把一位女士正要去坐的扶手椅扯了过来。看到她惊异的目光,我立刻意识到自己行为的鲁莽和不得体。那是 R 侯爵夫人,一个很要好的熟人。我见她生气地皱起了眉头;可是出于羞愧和执拗,我还是冷漠地看着她走开了,然后跳上扶手椅,好看清楚赛场。

在那边很远的地方,有一小队马匹紧挨着起跑线站在草地上;小骑手们——看上去就像穿得花花绿绿的小丑——使劲地勒住马,使它们保持在起跑线以内。我想立刻认出我下赌注的那匹马,可是我的眼睛没有受过训练,只觉得眼前又热又奇怪地闪着亮光,根本无法从斑斓的色彩中辨认出那匹红白马。就在这一瞬间,响起了第二遍铃声,那一小队马像七支离弦的彩箭冲进了绿色的跑道。如果仅仅从审美的角度上静静地观看,这些修长的动物如何疾驰而出,几乎蹄不沾地地在草地上飞奔,那一定妙不可言;但对这一切我什么感觉也没有,我只是在做着绝望的努力,去找出我下赌注的那匹马,那个骑手,而且甚至还咒骂自己没有带望远镜来。尽管使劲地弯着腰伸着脖子,可是除了四五只小昆虫,几个搅在一起飞动的线团之外,我什么也看不见。不过现在,我渐渐看清了那模糊一团的形状在变化,因为那松散的一群在拐弯的地方拉长成楔形,前面冒出一个尖,同时有几个点开始从群体中往后散落。比赛越来越激烈;三匹或四匹在飞奔中争先的马像彩色的纸条平贴在一起,忽而一匹马冲在了前面,忽而另一匹马又猛地冲在了更前面。我不由自主地伸长了整个身子,好像通过这种热烈紧张而富有弹性的模仿动作,就能提高它们的奔跑速度并同它们并驾齐驱似的。

我周围的热情又高涨起来。少数比较懂行的人一定是从拐弯的地方认出了马的毛色,因为呼喊名字的声音这时像尖啸的火箭一样,从浑浊的喧闹中蹿了出来。站在我身旁的一个人疯狂地伸长两手,当一匹马领先一头时,他跺着脚,用得胜似的、令人讨厌的尖叫声喊道:"拉瓦科尔!拉瓦科尔!"我看见,这匹马的骑手果然闪耀着衣服的蓝光;获胜的不是我下赌注的那匹马,这使我勃然大怒。我越来越不能忍受我身旁这个讨厌家伙那种"拉瓦科尔、拉瓦科尔"的尖叫声了；我怒不可遏，恨不得一拳捅进他那叫喊的嘴张开的黑洞。我气得四肢发抖，浑身发烫，我觉得，任何一瞬间，我都可能做出丧失理智的事情来。不过，还有另一匹马紧紧地钉着第一匹。也许那就是特迪，也许，也许——于是这希望又重新鼓舞着我。我觉得是真的，因为这时我看见从马鞍上扬起一只胳膊在闪光，并且有什么东西劈头盖脸地落在马屁股上。这匹马是红色，可能是它，肯定是它，肯定是，肯定是！可是，他为什么不把它赶到它前面去呢，这个无赖？再给一鞭！再一鞭！现在，现在，他贴得很近了！现在，还差一拃！为什么是拉瓦科尔？拉瓦科尔？不，不是拉瓦科尔！不是拉瓦科尔！是特迪！特迪！冲啊，特迪！特迪！

我猛然间清醒过来。什么——这是干什么？是谁在这样叫喊？谁在狂喊"特迪、特迪"？是我自己在喊呢。我对自己的这种狂热感到吃惊了。我想抑制住自己，控制住自己，一种在狂热中突然涌起的羞愧在折磨着我。可是我不能移开我的目光，因为那边两匹马已经紧紧贴在一起、并驾齐驱了。那真的肯定是特迪，是它紧挨着该死的拉瓦科尔，挨着我出于燃烧的热情所仇恨的拉瓦科尔，因为在我的周围，这时有更大、更多的声音合在一起用刺耳的最高音喊道："特迪！特迪！"这喊声把我这个刚刚清醒了一会儿的人又扯进了狂热。它应该赢，它必须赢。真的，这时，这时，从另一个骑手飞奔的马那边露出了一个马头，只有一拃，现在已经有两拃，现在，现在已经看见了脖子——就在这时，铃声刺耳地响起来了，一种独特的欢呼、绝望和愤怒的呐喊声爆发了。顷刻间，特迪这个令人向往的名字响彻了蓝天，直冲云霄。随后，这喊声一下子塌落下来，不知什么地方响起了音乐。

我从扶手椅上跳下来，心跳耳热，浑身汗湿。我不得不坐下来待一会儿,这一阵疯狂的激动把我搅得头昏脑涨。一种我从未领略过的极度兴奋弥漫了我的全身;这次偶然就这样乖乖地顺了我的心,使我产生了一种毫无意义的欢喜。我徒劳地试图使自己装出样子,好像这匹马获胜是违背我的意愿的,好像我希望把钱输掉似的。但是,这连我自己也不相信,我的四肢已经感觉到一种无情的引力,像有魔力似的要把我扯到什么地方去,而且我知道它要把我赶向哪里:我是想去看看胜利,去感觉它,抓住它,用手指触摸钱,许多钱,沙沙作响的蓝色钞票,而且这种沙沙的声响通过神经传遍全身。一种完全陌生的、邪恶的乐趣侵袭了我的心灵,没有什么羞耻之心可以阻止我屈服于它。我刚一站起来,就那样匆忙、那样飞快地向付款处奔去。我非常粗野地用张开的胳膊肘叉进等在窗口的人群中间,不耐烦地把人们推向两边,就是为了看到钱,亲眼看到钱。"不懂礼貌的家伙!"一个被挤开的人在我身后嘟哝着;我听见了,但我不想跟他找碴儿。在这不可思议的、病态的焦躁中,我浑身颤抖着。终于轮到我了;我两手贪婪地抓住一把蓝色的票子。我发抖地数着,立刻欣喜若狂:这是六百四十克朗。

我迫不及待地把钱抓了过来。我的下一个想法是:现在接着赌,赢更多的钱,更多更多的钱。我把我的赛马快报放到哪儿去了?哎呀,我一激动把它给扔了。我环顾四周,想重买一份。这时,我非常吃惊地发现,周围的一切突然像潮水一样退去,涌向出口,付款处关门了,飘动的旗子降下来了。比赛结束了。刚才是最后一场。我愣愣地站了一会儿。随后,一股怒火从心头升起,好像我受了什么冤屈似的。我不能容忍现在一切就这样结束了,因为我的所有神经都绷得紧紧的,颤抖着,我的血液几年来都没有这样灼热地在我身上流动过。但是,用虚假的心愿人为地去滋养希望,这只会是一个错误,根本无济于事,因为五颜六色的人群越来越快地像潮水一样退去,在零零散散的留下来的人中间,被践踏过的草地已经闪出了绿色的光芒。渐渐地,我对自己还依依不舍地待在这里感到好笑,于是我拿起帽子——手杖显然是激动时落在了活动栅栏门口——朝出口走去。一个侍役恭顺地脱下帽子跳到我面前,我向他报了我的马车的号码,他把手卷成喇叭口朝停车场那边一喊,马车就咯吱咯吱地驶了过来。我示意车夫,慢慢地沿着林荫大道走下去。因为正好这时,激动开始舒缓下来,我却产生了一种急切的愿望,想使整个场景再在我心中过一遍。

就在这个时候,另一辆马车超了过去;我不由自主地瞟了一眼,马上又非常自觉地移开了目光。这是那个女人和她的胖丈夫。他们没有看见我。但我立刻产生了一种窒息的感觉,好像我被抓住了似的。我恨不得朝车夫大喊一声,让他扬鞭催马,尽快离开他们。

许多别的马车载着花花绿绿的妇女,像彩船一样沿着栗树林荫道的绿岸晃晃悠悠地向前颠簸着;我的胶皮轮子马车舒缓地在那些马车中间滑过。空气温润宜人,时而有一阵微风在初起的晚凉中吹过尘雾。但是,先前那种舒适如梦的感觉一去不返:同这受骗者的相遇痛苦地撕扯着我,好像一股冷风穿过一道裂缝,一下子吹进了我狂热的激情。现在,当我又一次冷静地回想了整个场景后,我也不理解我自己了:我,一个绅士,上流社会中的一员,预备役军官,受人尊敬,轻而易举地捡到钱却据为己有,塞进自己的腰包,而且,甚至还带着贪婪的愉快,带着一种乐趣做这件事,那就无论如何也不能原谅了。我,一个钟头前还是一个体面而无可指摘的人,却偷了东西。我是一个小偷。随着马车缓缓地行驶,为了吓唬自己,我低声地宣布对自己的判决,仿佛不自觉地应着马蹄声的节奏在说:"小偷!小偷!小偷!小偷!"

可令人纳闷的是,我应该怎样来描述现在所发生的事情呢,它是那样不可解释,那样稀奇古怪。不过我知道,我事后所追述的完全属实,毫不掺假。我非常清楚,在那些时刻,我的感觉的每一瞬间,我的思维的每一震荡,都是那样异乎寻常的清晰,我三十六年来的任何一次经历几乎都无法与之相比。不过,我几乎无法弄明白我的感知的那种不合情理的次序,那种使人目瞪口呆的跳跃。是的,我不知道,有哪位诗人,哪位心理学家,能够表述得合乎逻辑。我只能非常忠实地按照它们突然闪现的次序来描述。于是,我对自己说:"小偷,小偷,小偷。"随后,是一个非常奇特的、仿佛是空白的瞬间,在这一瞬间什么事也没发生,我只是——唉,要表达它是多么困难啊——我只是谛听着,朝我的内心深处谛听着。我已经传唤了自己,控告了自己,现在应该由被告来回答法官了。于是我谛听着,然而什么也没——发生。"小偷"这个词犹如一声鞭响——这是我期望听到的,它本该使我惊醒,然后将我推入一种难以名状的、悔恨不已的羞愧之中去——可是什么也没有唤起,我耐心地等了几分钟,然后弯下腰来更贴近自己——因为我似乎感觉到,在这种执拗的沉默下面有什么东西在活动——怀着热切的期待谛听那迟迟未到的回音,谛听那自我控告之后一定要来的恶心的、愤怒的、绝望的喊叫。还是什么也没有发生。什么回答也没有。我又一次对自己说"小偷,小偷"这个词,这次声音相当大,想最终唤醒我那重听麻木的良心。又是没有回音。可是突然间——在一种耀眼的意识闪光中,就像突然划着了一根火柴并且举在混沌的心灵深处一样——我认识到,我只是愿意感到羞愧,但却不羞愧,是的,对那种愚蠢的行为,我在心灵深处无论如何也感到莫名其妙的骄傲,甚至是洋洋得意。

这怎么可能呢?现在我真的害怕起自己来了;我抵制着这种

意想不到的认识,但这种感情却是如此汹涌、如此狂暴地从我心中向外翻涌。不,在我血液中如此温热地躁动的,不是羞愧,不是愤怒,不是自我厌弃——在我心中燃烧的,甚至喷吐着熊熊烈焰的,是欢乐,是一种如痴如醉的欢乐。因为,我感觉到:在那一刻,多少多少年以来我第一次真正地活了;我的感情只不过是麻木了,还没有枯萎;在我冷漠无情的沙层底下还暗暗地涌动着激情的温泉,如今在这偶然事件的探泉杖的触动下,便高高地喷溅到我的心头来了。在我身上,在我身上,在这呼吸着的大千世界的一隅中,竟然还有尘世万物中那种神秘的火山岩心在燃烧,它在贪欲的旋转搅动下有时还会喷涌而出。我还活着,还有朝气,还是一个有着恶念和善心的人。一扇门被这种激情的狂飙撕开了,一种深沉的东西进入了我敞开的心扉,我在狂喜的晕眩中低头凝视着我心中这种陌生的东西,它使我吃惊,同时也使我欣慰。当马车载着我如梦似幻的身子懒懒地穿过平民社会的世界时,我慢慢地、一级一级地下沉到我心中的人性深处;在这种沉默的行驶中有一种难以言状的孤寂,只是由于我突然燃起的意识这支高举着的耀眼火炬,才摆脱了这种感觉。当成千上万个人的欢笑声、闲谈声在我周围汹涌翻腾时,我在自己身上寻找着我自己,寻找着那个失去的人,在具有魔力的思索过程中摸索着岁月。已经毫无踪迹的往事,突然从我尘封而模糊不清的生命之镜中浮现出来。我回想起来,在学童时期,我曾偷过一个同学的一把小刀,当时我也是怀着同样的魔鬼似的欢喜注视着他,看他四处寻找,四处询问,忙得不亦乐乎;我一下子明白了那些性冲动时刻神秘的焦躁狂暴,明白了,我的激情只不过是被社会的妄想,被绅士们专横的观念扭曲了,践踏了,但是在我身上,也有生命的热流在涌动,如同别的所有人一样,只不过是深深地、深深地藏在被填塞的泉水和隧道底下。啊,我一直在生活着,只是不敢去生活罢了,我在自己面前把自己束缚起来,掩盖起来。可是现在,压力解除了,生活,丰富的、极其强大的生活征服了我。现在我知道,我仍旧依附着它;就像妇女第一次惊喜地感到胎动一样,我也感觉到生活中那种真实的东西——换句话怎么说呢——那种真正的东西,那种不掺假的东西,在我身上萌发。我觉得——我简直羞于写下这样一个词——好像我这样一个枯死的人,突然间又开花了,殷红的鲜血在我的血管里流动,感觉在我的体温中舒展开来,我结出了不认识的甜果和苦果。在赛马场的光天化日之下,在成千上万个闲散的人的嘈杂声中,我身上居然出现了坦豪泽式的奇迹:我又开始有感觉了,这根枯死的枝干又开始泛绿和发芽了。

从一辆驶过的车上,一位先生打着招呼,并喊我的名字——显然,他第一次打招呼被我忽略了。我暴躁地跳起来,怒气冲冲,因为我这种自我倾诉的美滋滋的状态受到了干扰,我所经历过的最酣畅的梦境被打断了。然而,一看那打招呼的人,我就完全清醒过来了:那是我的朋友阿尔丰斯,一个亲密的小学同学,现在是检察官。我突然闪过一个念头:这个像兄弟一样同你打招呼的人,现在第一次可以向你行使权力了,一旦他发现你的犯罪行为,你就会落到他的手里。如果他了解了你和你的行为,他一定会把你从这辆马车里拖出去,赶出非常温暖的有产者的生活圈子,将你推入铁窗后面那个昏暗的世界里蹲上三年五载,同那些生活的渣滓,那些被困苦的鞭子赶入肮脏的牢房的其他小偷为伍。但是,这种恐惧冷冷地抓住我发抖的手腕只有一会儿工夫,它使我的心脏停止跳动也只有片刻的时间——随即,这个念头又化成了炽热的感觉,化成了洋洋自得、恬不知耻的骄傲,它现在正有意识地、几乎是嘲弄地打量着周围的人。我心想,你们现在把我看成是同样的人,微笑着跟我打招呼，一旦你们看透了我，你们那甜蜜而友好的微笑就会凝固在你们的嘴角上！你们将会用轻蔑愤怒的手像弹污垢一样弹开我的问候！然而，在你们摈弃我之前，我已经把你们摈弃了：今天下午，我已冲出了你们那冷酷无情、麻木不仁的世界。在你们那个世界里，一架庞大的机器在活塞的推动下冷漠地动作着，并且自命不凡地自我转动着，我就是这架机器上的一个轮子，无声地起着作用。现在，我虽然跌入了我不了解的底层，但同在你们圈子里那种碌碌无为的岁月相比，我在这里仅仅一个小时就已经有生气多了。我不再属于你们，我不再是你们圈子里的人了，我如今在外面任何一个地方，无论高还是低，反正我再也不，永远不站在你们有产者安逸生活的浅滩上了。我第一次感受了人类凭借善恶兴趣所做的一切，但是你们决不会知道我在哪儿，决不会认出我来：你们这些家伙，我的秘密你们决不会知道！

我，一个衣冠楚楚的绅士，表情冷漠地问候着，答谢着，从一辆辆的马车中间驶过——我怎样才能表达那个时刻所感受到的一切呢！因为，当我的假面具，这外在的、原先的人，还能感觉和认出那些面孔时，一种令人晕眩的音乐在我的内心轰鸣，我不得不克制住自己，免得从这狂暴的骚乱中喊出什么声音来。我是如此充满了感情，以至于这种内心的狂涛折磨着我的肉体，以至于我像一个快窒息的人，心在胸口下痛苦地翻腾着，我不得不用手使劲地压住它。但是，痛苦、喜悦、害怕、恐惧和遗憾，我没有一样是单个地、分别地去感受的，所有这一切都融合在一起，我只是觉得我活着，呼吸着和感觉着。多少年来我都未曾感受到的这种最简单的东西，这种原始的情感，使得我心醉神迷。在我三十六年的岁月中，哪怕是一秒钟我也没有如此惬意地感到我活着，就像在这飘飘然的一个钟头里那样。

马车轻轻地一颠停住了,车夫勒住马,从座位上回过头来问我,要不要把我送回家去。我迷迷糊糊地从我的内心世界走出来,抬眼向林荫道的上空望去:我吃惊地发现,我已经做了那么久的梦,陶醉已经消磨了几个钟头的时光。天已经黑了,树冠在和风中轻轻地摇曳,栗子树开始在晚凉中散发它们夜间的芬芳。在树梢后面,月亮已经泻下朦胧的银光。够了,该满足了。但是,千万不要现在回家去,不要回到我已习惯了的那个世界去!我付钱给车夫。当我拿出钱包,把钞票夹在手指间点数时,一种好像遭到轻微电击一样的感觉从手腕传到了我的手指:那个感到羞愧的旧我,肯定还留下一点儿什么东西在我身上醒着。虽然那个正在死去的绅士的良心还在悸动,但我的手又在欢快地点我偷来的钱了,而且由于高兴,我出手很大方。车夫过分的感谢,使我禁不住微微一笑:要是你知道怎么回事就不会这样了!马拉动车子往前走了。我从后面望着它,就像一个人从船上再一次回望他的幸福所系的海滨一样。

我若有所思而又茫然无措地在小声聊着、笑着、被音乐声淹没的人群中站了一会儿。大约七点钟了,我不自觉地绕道向萨赫公园走去。往常,我总是习惯于郊游之后到那里去聚餐,就连车夫都知道提醒我在附近下车。然而,当我的手刚一触到这家高级公园饭店的栅栏门把手时,我突然阻止住自己:不,我还不想回到我的天地里去,不想让懒散的交谈冲走神秘地充溢在我心中的这种不可思议的涌动,不想摆脱几小时以来我觉得它一直把我同它连在一起的这次经历的闪光的魔力。

不知从什么地方传来沉闷而杂乱的音乐,我不自觉地朝着乐声的方向走去,因为今天的一切都在吸引着我,完全听其自然,我觉得倒是一件快事,而且昏昏沉沉地待在熙熙攘攘的人群中间,有一种奇妙的刺激。置身于这乱成了一锅稠粥似的躁动的人群中,我的血都要沸腾了:我一下子振奋起来,在这由人的呼吸、尘土、汗气和烟味混合而成的浓烈的气味中,我的全部感官都被激活和增强了。因为这一切——在以前,甚至在昨天,我还视为粗俗、平庸和卑贱而排斥的一切,我身上这个道貌岸然的绅士一辈子都高傲地避开的一切——竟像用魔法一样吸引着我新的本能,使我仿佛第一次感觉到,那种动物性的、受本能驱使的、低贱的东西同我有一种亲缘关系。在这些城市的渣滓中,在这些士兵、女仆和流浪汉中间,我感到一种连我自己也莫名其妙的惬意;我贪婪地吮吸着这浑浊的空气,推推搡搡搅成一团的人群使我感到舒心;我怀着一种狂喜的好奇心等待着,看这令人销魂的时刻能把我这意志薄弱的人冲到哪里去。从滑稽游戏场那边传来的铜管乐的尖叫声和打击乐的轰鸣声越来越近,管风琴以一种过于单调的方式奏出僵硬的波尔卡舞曲和乱糟糟的华尔兹舞曲,这中间还夹杂着从售货棚传出的沉闷的打击声、叽叽嘎嘎的哄笑声和酗酒的怪叫声。这时,我还眼花缭乱地看见儿时玩的那种旋转木马在树木之间转动。我站在广场的中央,让所有的嘈杂声向我涌来,撞击着我的眼帘和耳膜:这喧闹的声浪,这令人难以忍受的混乱,使我感到舒坦,因为在这漩涡中,有某种能压住我心潮的东西。我看着那些使女坐在秋千上如何被荡到空中,衣服被风鼓起来,咯咯地欢笑着,这笑声仿佛做爱时的尖叫;看着肉店伙计大声笑着,把重锤砸在测力器上;看着叫卖的人用嘶哑的嗓子叫喊着,带着猴子一样的神情在管风琴的嘈杂声中转悠;看着所有这一切怎样旋转着,同喧闹嘈杂、熙熙攘攘的人群混杂在一起,这些人群被劣酒似的铜管乐、闪烁的灯光和他们自己亲切地聚在一起的欢乐弄得如痴如醉。自从我醒悟过来之后,我一下子体验到了别人的生活,体验到了这百万人城市的冲动,这冲动是怎样灼热而集中地倾泻到星期天的几个钟头里,这冲动是怎样满足了自己抑郁的、兽性的、但毕竟是健康的、本能的享受。而且,在同他们那炽热的充满激情的身体的摩擦和不断接触中,我渐渐感到他们那热切的冲动也传到了我的身上:在那种强烈的气味的刺激下,我的神经绷紧了,向外延伸着,我的感官晕晕乎乎地同喧闹嬉戏着,并且感觉到了同各种强烈的快感不可抗拒地混杂在一起的那种头昏眼花的晕眩。多少年来,也许甚至是有生以来,我第一次感觉到了芸芸众生,感觉到了人是一种力量,从这力量中有一种乐趣传进了我遗世独立的心绪:一道堤坝崩溃了,这种心绪从我的血管流进周围的世界,然后又有规律地返流回来,随之向我袭来的是一种崭新的渴望——渴望把我和他们之间最后那层隔膜熔化掉;是一种热切的要求——要求同这种灼热的、陌生的、拥挤的人群结合在一起。带着男人的乐趣,我渴望投进这庞大躯体的热情激荡的胸怀,而带着女人的乐趣,我对任何触摸、呼唤、引诱、拥抱都是敞开的——现在我知道了,在我的心中,还有那种只在青春萌发期才有的爱和对爱的渴求。哦,只管投进去吧,投进那勃勃的生机,无论怎样也要同别人的这种颤动的、欢笑的、舒畅的激情结合在一起;只管涌进去吧,涌进他们血管里去!一个快活得发抖的、精神焕发的人在茫茫的人海中,就像一只纤毛虫在这世界的垃圾中一样,会变得渺小而微不足道——但尽管如此,还是投身到这充实中、这旋转中去,像一支箭从绷紧的自身射进未知,射进公众天空的一隅。

现在我明白:当时我醉了。旋转木马上不断撞击的铃铛,女人在男人的抓挠下爆出的悦耳的欢笑,乱糟糟的音乐,闪动的衣服,这一切都在我的血液中翻滚成一团。各种声音向我刺来,随后再红光一闪,贴着太阳穴飞走;我用受到奇妙刺激的神经(就像晕船时一样），去感受每一次触摸，每一个目光，而这一切又都晕晕乎乎地联结在一起。这种感受我无法用语言来表达，也许打个比方最能讲清楚：比如说，我被嘈杂、喧哗和情感所充溢，就像一辆烧得过热的汽车，为了躲开巨大的压力，用所有的轮子疯狂地奔跑着，不然过一会儿汽缸就会爆炸似的。滚烫的血液在指尖上震颤，在太阳穴里跳动，在喉咙里膨胀，在脸颊上瘀积——我从多少年来冷漠的情感中一下子跌进了将我焚毁的火焰。我觉得，现在我必须敞开自己，用一句发自内心的话，用一个目光，倾诉自己，发泄自己，甩掉自己，献出自己，解脱自己，使自己变得平庸——总之，无论如何也要把自己从沉默的硬壳中解救出来，因为这种硬壳将我同温暖、沸腾和生机勃勃的元素隔开了。几个钟头我没有说话，没有跟人握过手，没有感受过谁询问和关心地投向我的目光，现在，在这些事情的冲击下，打破沉默的冲动聚积起来了。从来没有，我还从来没有像现在这样渴望倾诉衷肠，渴望有一个说话的人，因为在这成千上万的人群中我心潮起伏，周围充满了温暖和言语，然而这种充溢的血液循环的血管却勒住了我。我就像一个在大海上渴得要命的人一样。同时我看见——越看越烦恼——前后左右，每一秒钟都有陌生的人一见钟情，像水银珠子嬉戏着滚到了一起。当我看到年轻的小伙子走过时同陌生的姑娘搭讪，刚说完一句话就挽起了她们的胳膊，我不禁感到一种嫉妒。一切都在相逢和组合：在旋转木马上打个招呼，擦肩而过时瞟上一眼就够了，而且陌生感融化在交谈之中，也许几分钟后又会分解，然而，这就是联系、结合和交流，这些正是我整个神经所炽热地向往的。但是，我——善于社交辞令，是个受欢迎的闲谈家，而且风流潇洒——却心慌意乱，不好意思去同这样一个大屁股使女攀谈，害怕她们笑话我，而且如果有人偶然看我一眼，我就赶快垂下眼帘，不知说什么话好。

我究竟想从人们那里得到什么,连我自己也不知道,我只是再也忍受不住孤独,不想让激情灼伤自己。可是,谁也不看我,每一个目光都从我身上滑过,没有人想注意我。有一次,一个衣衫破烂的十二岁小男孩走到我附近:他的目光在灯光的反射下亮得刺眼,他热切地盯着旋转木马。他薄薄的嘴唇贪婪地张着。很显然,他没有钱去骑木马,只好从别人的喊叫和欢笑中吮吸快乐。我使劲地碰了碰他,问道——可是我的声音为什么这样颤抖而且刺耳呢?——"你不想也骑一次吗?"他一愣,吃了一惊,——为什么?为什么?——脸变得通红,一句话没说就跑开了。连一个光脚丫的小孩也不愿意从我这里得到快乐:这就让我觉得,我身上一定有什么特别陌生的东西,使得我什么地方也进不去,而只是溶解了飘浮在拥挤的人群里,像一滴油漂在动荡的水面上一样。

但是我并没有泄气:我不能再这样孤零零地待下去了。我的双脚在沾满尘土的漆皮皮鞋里发烧,喉咙在激情的浓烟里生锈。我环顾四周:在川流不息的人群夹道的左右两侧有一些小小的绿洲——餐馆,餐桌上铺着红色的桌布,四周摆着光秃秃的木凳,凳子上坐着一些小市民,有的端着啤酒,有的叼着弗尼吉亚雪茄。陌生人在这里坐在一起,通过交谈相互沟通;在这燥热的喧闹中,这里相对说来比较安静:这种景象吸引了我。我走过去,打量着每一张桌子,最后终于发现了一张,旁边坐着普普通通的一家人——一个矮矮胖胖的手艺人和他的妻子,还有两个活泼的姑娘和一个小男孩。他们有节奏地摇晃着脑袋,互相开着玩笑,那种满足而悠闲的目光使我感到很舒服。我有礼貌地打过招呼,动了动一把扶手椅问他们,我是否可以坐下来。笑声戛然而止,他们沉默了一会儿(好像每个人都在等别人的同意似的),随后那个女人仿佛吃惊地说:"请吧!请吧!"于是我坐了过去,并且立刻感到,我坐在这里破坏了他们无拘无束的情绪,因为桌子周围立刻出现了一片令人尴尬的沉默。我看着上面撒着盐和胡椒面的油腻腻的红方格桌布,眼睛不敢抬起来;我觉得,他们都在诧异地注视着我,并且突然——太晚了!——意识到,我这身德比赛马服,这顶巴黎大礼帽,这青灰色领带上的珍珠,在这个下等人出入的小酒馆显得太考究了,而这种考究,这种高级香水味,马上就在这里产生了一种敌意和困惑的气氛。这五个人的沉默压得我喘不过气来,我越来越低地盯着桌面,怀着非常绝望的心情一遍又一遍地数着桌布上的方格子,我难为情极了,偶尔抬一下头,却又胆怯得不敢扬起难堪的目光。直到侍者来了,把沉甸甸的啤酒杯放在我的面前,我才得到了解脱。这时,我终于有一只手可以动了;喝酒时,我怯生生地从酒杯边上瞟过去一眼:果然,那五个人都在看着我,虽然没有恶意,但却带着一种无言的诧异。他们看出我是闯入他们这个混沌世界的不速之客;凭着他们那个阶级质朴的本能,他们感觉到我来是有所求,是想寻找一点不属于我那个世界的东西;不是爱情,不是爱好,也不是单纯喜欢华尔兹、啤酒和星期天的闲坐,而是一种欲望把我驱赶到这里来的。这种欲望他们不理解,也不相信,就像旋转木马前那个小男孩不相信我的馈赠,就像千百个拥挤在外面的无名之辈,不自觉地怀着敌意避开我的高雅、避开我的绅士派头一样。而我确实感到:如果现在我找到一个简单、无恶意、发自内心、富有人情味的同他们交谈的开场白,那个父亲或者母亲就会回答我,那两个女儿就会殷勤地向我微笑,我也可以带着那个男孩到一个小铺子里去射击并且逗他玩了。再过五分钟,再过十分钟,我就可以解脱了,就可以裹进无忧无虑的拉家常的气氛中去,裹进无拘无束甚至是得意的亲切气氛中去了。可是,这简单的一句话,这交谈的开场白,我却找不到,一种虚伪的、愚蠢的,但却极其强烈的羞惭扼住了我的喉咙,我垂着眼睛,像一个罪犯似的坐在这几个普通人的桌子旁,笼罩在痛苦之中,因为我的强行加入而干扰了他们星期天的最后一个钟头。就在这尴尬的静坐中,我对过去所有冷漠高傲的岁月进行了忏悔:那时,我从成千上万这样的桌旁走过,从千千万万情同手足的人面前走过,连看都不看一眼,一心只忙于在上流社会那个狭小圈子里的恩宠或成就。我感觉到,无拘无束地跟他们谈话的这条通道,由于我盼望他们把我赶走,现在已经从我内心被堵死了。

我这个向来自由自在的人就这样坐着,痛苦地低着头,一遍又一遍地数着桌布上的红方格子,直到侍者终于又从我旁边走过。我叫住他,付了钱,放下那杯几乎一口没喝的啤酒站起来,有礼貌地打了招呼。他们友好而愕然地作了答谢。我不用回头就知道,现在只要我一转身,他们马上又会变得活泼轻松起来,只要我这个异类一被排除,他们亲热交谈的小圈子马上又会建立起来。

我又投身到人的涡流中,不过现在更急迫、更热切、也更失望了。这期间,在黑影遮天的大树底下,拥挤的人群松动了一些,他们不再那样拥挤着、旋转着,密密麻麻地向旋转木马的光圈那里拥去,而更多的人则影影绰绰地急速向广场的最外边走去。人群中低沉的、仿佛充满了欢乐的隆隆声,也分解成许多一小阵一小阵的嘈杂声,而且总是立刻就受到乐声的冲击,因为这时不知什么地方响起了粗犷强劲的音乐,似乎要把溜走的人们再拉回来一样。现在又呈现出另一种景象:扯着气球、撒着彩色纸屑的孩子们已经回家了,从四面八方拥来过星期天的一家家人也散去了。现在可以看到醉汉在乱叫,邋里邋遢的年轻人迈着懒散却在追寻的步子走出了旁边的林荫道。在这一个钟头里,在我傻愣愣地坐在陌生人桌旁的时候,这个奇特的世界变得越发不成样子了。然而,比起从前那种有产阶级的星期天的气氛,我还是更喜欢这种肆无忌惮和充满危险的磷光闪闪的气氛。我心中激发起来的本能,在这里也觉察到了类似的贪欲的急切。在那些形迹可疑的人、被社会排斥的人的兴趣盎然的闲游中,我觉得无论如何也反映出了:他们带着焦躁不安的期待,也在这里追逐一种闪光的冒险,一种急速的冲动。就连那些衣衫褴褛的小伙子,我也嫉妒他们那种无拘无束、自由自在的浪游方式,因为我站在一个旋转木马的柱子旁,屏住呼吸,不耐烦地想把沉默的压迫和孤寂的痛苦从内心挤压出去,然而却不能动一动,喊一声或说一句话。我只是站着,傻愣愣地向外望着被旋转灯的反射光照得闪闪发亮的广场;我站着,从我的亮岛上呆呆地望着黑暗,傻乎乎充满期待地看着每一个人,希望他们被耀眼的灯光所吸引,转过身来看我一眼。但是,所有的眼睛都冷冷地从我身上滑过,没有人理睬我,没有人解救我。

我知道,如果我向什么人讲述或者甚至辩解说,我——一个社会上有教养的高雅人士,家境富有,生活独立,同一个百万人口城市中最优秀的人都有交往——那天晚上,站在嘎吱嘎吱乱响、无休无止颠簸的游艺场旋转木马的柱子旁,任凭那些旋转木马带着同样一些用着色木料制成的傻愣愣的木马头,跳着同样跟跟跄跄的波尔卡和同样拖拖拉拉的华尔兹,二十次,四十次,一百次地从我身边转过去,而我却出于固执的傲慢,怀着入魔的情感,凭意志强忍着这种遭遇,一动不动地在那里站了整整一个钟头,那肯定会被认为是犯了神经病。我知道,我在那个钟头里的做法是毫无意义的,但是在这种毫无意义的坚持中,感觉在绷紧,全身的肌肉在猛烈地抽搐,这是人们平时也许只有在高空坠落时,只有在弥留之际,才能感觉到的;我从前虚度过的全部岁月又倒流了回来,堆积在我的心中,直至我的喉咙。我就这样忍受着这种毫无意义的胡思乱想的折磨,等待着,坚持着,期望随便哪个人的一句话、一瞥目光能够解救我,同时我也同样享受着这种折磨。当我这样站在柱子旁时,我对那次偷窃行为的悔恨,还不如我对从前那种沉闷、冷漠和空虚生活的悔恨深刻:我发誓,不得到一个把我从这种遭遇中解救出来的征兆,我是不会提前走开的。

那个时刻越消逝,夜就越迫近。小店铺里的灯一盏接一盏地熄灭了,黑暗像上涨的潮水涌过来,吞噬了草地上的光斑:我站在上面的亮岛越来越孤寂,我已经在哆哆嗦嗦地看表了。还剩下一刻钟,涂有花斑的木马就要停下来了,简陋的木马额头上的红绿白炽灯即将摘掉,鼓胀的管风琴也会停止演奏了。到时候,我就会完全处在黑暗之中,孤零零一个人待在这轻轻地沙沙作响的夜里,彻底被排斥,彻底被遗弃。我越来越不安地望着夜幕降临的广场,广场上只是偶尔匆匆闪过一对回家的小情侣,或是跌跌撞撞走过几个喝得醉醺醺的小伙子。但是在广场对过的阴影里,还有躲躲藏藏的生命在激动不安地瑟缩着。时不时有几个男人走过时,就会发出轻轻的口哨声或打榧子声。男人们受到这种暗号的招引,便绕进暗处,于是阴影里就会传出女人嘀嘀咕咕的声音,有时还会随风飘来一丝半缕刺耳的笑声。渐渐地,那些人就会更加放肆地挪到黑暗的边沿,对着广场被灯光照得最亮的地方,但只要警察走过时头上的尖顶头盔在路灯的反射下一闪,他们就又缩回到黑暗中去了。然而,巡逻的警察刚一走开,这些幽灵似的黑影便又出现了。现在,这些夜世界的残渣余孽,这些滚滚人流退去后抛下的污泥,大胆地逼近到灯光底下,我已经可以看清她们的轮廓了。那是几个妓女,几个最可怜的、完全被人抛弃的女人,她们没有自己的床铺,白天在垫子上睡觉,夜里不停地游荡;为了一块小小的银币,她们随时准备在这黑暗中的什么地方为每个人敞开她们那被损害、被侮辱的瘦弱的身子。她们四处受到警察的追踪,受到饥饿或者随便一个什么流氓的驱赶,永远在黑暗中游荡、追逐着,同时也被追逐着。她们像饿狗一样,慢慢地蹭到亮处,嗅着带男人味的东西,捕捉一个没人理会的迟到者。她们假如能够引起他的兴趣,骗得一两个克朗,就到一个大众咖啡馆买一杯热酒,以此来维持她们那浑浑噩噩的残余生命,这生命反正不久就会在医院或者监狱里消逝的。这是一些残渣余孽,是星期天游人豪兴勃发留下的最后的污垢。我带着极大的恐惧,望着这些饥饿的形骸在黑暗中出没。但是在这种恐惧中,也有一种神秘的兴趣,因为,甚至从这面最肮脏的镜子里,我又重新认出了已经淡忘、已经感到模糊的东西:这是一个低洼泥泞的世界,多年前我早就走遍了它,现在它又磷光闪闪地照进了我的感官。这奇妙的一夜突然向我展示了某些奇异的事物,仿佛它突然打开了我封闭的心灵,把我过去最阴暗的东西,最隐秘的冲动,又展现在我的心里!已经湮没了的少年时代模糊的感觉升了起来:怯生生的目光好奇地被吸引住了,简直是胆怯地、心慌意乱地被这种人体黏住了;回忆起了那个时刻:第一次跟着一个人,走上潮湿的嘎吱嘎吱作响的楼梯,躺在她的床上——突然,犹如一道闪电划破了夜空,我敏锐地看见了那个已经被遗忘的时刻的每一个细节:床上浅浅的油痕,她挂在脖子上的护身符;我感觉到了当时的每一个细枝末节;那种隐隐约约的郁闷、恶心以及少年最初的自豪感。所有这一切,一下子漫过了我的全身。一种无限的洞察力——我应该怎样说呢!——一种无穷无尽的东西,突然涌进我的心里,我倏地明白了一切:我之所以同情那些人,正是因为她们是生活中最后的渣滓。而且,我被刚才的犯罪激起的本能,正发自内心地追寻如饥似渴的冶游——同我在这个奇妙的夜晚如此相像的冶游,追寻公然的犯罪——去触摸,去满足这陌生的、偶尔闪现的欲望。当我终于从那边嗅到了那种生物,那种人,那种温柔的、喘气的、说话的东西时,我受到了强烈的诱惑,那只放着偷来的钱的皮夹也突然在我的胸口发起烫来。那种生物想从别的生物身上获得点什么东西,也许还想从我这个等着献身的人、正在乐于助人的强烈热情中忍受煎熬的人身上,获得点什么东西。我一下子明白了,是什么驱使男人去干这种事,明白了,这与其说是热血冲动,欲望勃发,倒不如说是由于害怕寂寞,害怕可怕的隔膜。这种隔膜向来在我们之间堆积着,只不过我被燃起的感情今天第一次感觉到罢了。我记得,我最近一次模糊地有这种感觉是在英国,在曼彻斯特。这是一座钢铁般的城市,在那里噪音轰鸣,暗无天日,就像在地铁里一样;同时,它还有一种冰冷的寂寞,透过毛孔直渗到血液里去。在那里,我在亲戚家住了三个星期,每天晚上总是一个人在酒吧和俱乐部里东游西逛,并且老去令人眼花缭乱的杂耍剧场,目的只是为了感受一些人的温暖。一天晚上,我找到了一个这样的女人。她那种街头俚语我简直听不懂,可是突然间同她待在了一个房间里,便立刻从陌生的嘴里啜饮起欢笑来。那是个暖融融的身体,透着人世间的亲切和温柔。突然间,她化走了,冷冰冰黑黢黢的城市化走了,昏暗喧闹而寂寞的空间化走了,一个我所不认识的生物站在那里,等待任何一个来者,替他宽衣解带,为他驱除所有的严寒;于是,他又自由地呼吸了,在钢铁般的牢狱里又感到了生活的轻松明快。对于孤独的人,对于自我封闭的人来说,能够知道,能够料到,他们的恐惧居然还有一种解救之物,他们可以紧紧抓住它,那该多美妙啊,尽管它由于被许多人抚弄而肮脏不堪,由于年老而呆滞,由于恶性的锈病而被腐蚀。而这一点,正是这一点,我在极度寂寞的时刻却忘记了。那天晚上,当我从极度寂寞中跟跟跄跄地走出来时,我居然没有想到,在一个地方的随便什么角落里,总还会有最后一批这样的女人等着接纳每一个献身者,任何孤寂都能在她们的呼吸中得到慰藉,花几个小钱就能平息任何欲火;可是,对于她们永远有求必应的惊人之举,对于她们生而为人的伟大奉献来说,这几个小钱简直太少了。

我旁边那个旋转木马的管风琴轰隆隆地又响开了。在星期天消逝到沉闷的一周中之前,这是旋转灯光投向黑暗的最后的号声,是最后一轮了。但是没有人再来,旋转木马发疯似的空转着,售票处那个精疲力竭的女人已经在归拢、清点一天的票款了。听差的小伙子拿来了钩子,准备在这最后一轮结束后,把临时棚屋的卷帘百叶窗哗啦一声放下来。只有我,还一个人孤零零地站在那里,靠着柱子,望着空落落的广场:那里只有那些像蝙蝠一样的身影在晃来晃去,她们像我一样在寻找着,像我一样在等待着,而在我们之间是穿不透的隔膜的空间。不过这时,她们中间的一个肯定发现了我,因为她慢慢地向我这边移过来,我垂着眼睛看见她已经很近了:一个矮小的、患佝偻病的畸形女人,没戴帽子,穿戴着粗俗的廉价服饰,下面露出穿旧了的舞鞋。这一身肯定是从女摊贩或者旧货商人那里一件一件搜购来的,以后再倒卖,再被雨水淋坏,或者在什么地方的草地里干那种肮脏的营生时被压坏。她讨好地走过来,站在我身边,投过来钓钩一样尖利的目光,难看的牙齿上挂着诱惑人的微笑。我屏住呼吸。我没法动,没法看她,也没法走开:像处于催眠状态一样,我觉得那里有一个人在贪婪地围着我转悠,有人在打我的主意,希望我一开口,一举手,就最终能够把这讨厌的寂寞,把这折磨人的被摒弃的感觉抛开。可是我无法动,我就像靠着的柱子一样木然。当旋转木马的音乐旋律已经疲惫地摇曳开去的时候,在一种性欲的晕眩中,我只是感觉到这眼前的人,这打我主意的意志;我闭了一会儿眼睛,希望能够感觉到来自世界暗处的具有某种人性的磁铁般的吸引力漫过我的全身。

旋转木马停了下来,华尔兹舞曲的旋律最后呻吟了一声也断了气。我睁开眼睛,正好看见我旁边的那个身影掉头走开了。显然,站在一个木头桩子似的人旁边等待,太无聊了。我蓦地一惊,突然感到浑身发冷。在这个奇妙的夜晚,唯一的一个向我走来、向我开放的人,我怎么能让她走掉呢？在我背后,灯熄灭了,卷帘百叶窗哗啦啦地放了下来。收市了。

突然间——唉,我怎样称呼这个呢,我怎样描述这朵突然冒出来的浪花呢？——突然间——这来得如此突兀,如此燥热,如此鲜红,好像一根血管在我的胸口爆裂——突然间,从我的心里,从我这个高傲的、完全据守在冷冰冰的社会等级中的人心里,像一个无声的祈祷,像一阵痉挛,像一声呼喊,爆发出一个幼稚可笑的、对我说来却如此强烈的愿望：但愿这个矮小、肮脏、患佝偻病的野鸡再回一次头,我好同她讲话。我没有跟她走,并不是因为我太骄傲,——我的骄傲已经被崭新的情感踏坏、踩死、冲走了——而是因为我太怯懦,太没有主意了。我就这样站在那里,哆哆嗦嗦,忐忑不安,孤零零地靠在黑暗的受刑柱上等待着;自小我还从没有这样等待过,只有一次,傍晚时我站在一扇窗子旁,看一个陌生女人慢慢地脱衣服,她一再地迟疑着,踌躇着,直到脱光了也没有发现我。——我站在那里,用一种连我自己都感到陌生的声音呼唤上帝显现奇迹：但愿这个畸形女人,这个人类最底层的渣滓,再试探我一次,再回头看我一眼。

终于——她回头了。她又一次非常机械地回头看了我一眼。我肯定是浑身猛地一颤,紧张的心情在目光中显露出来,让她看见了便停下来。她再一次半踮着脚转过身来,透过黑暗看着我,向我微笑着,点头示意,邀我到广场那边隐蔽的地方去。终于,我感到我心中那种可怕的僵化缓和下来了。我又可以活动了，便同意地向她点了点头。

　　无形的契约签订了。于是她在前面走，穿过昏暗的广场，时不时地回头看我是否跟着。我是跟着的：我腿上的铅已经掉下来，我的双脚又能活动了。她像磁铁一样吸着我，我不是有意识地跟在她后面走，而仿佛是在流动，是被一种神秘的力量拖着。在小货棚之间昏暗的夹道里，她放慢了脚步。于是我站在了她的身旁。

　　她审视地、怀疑地看了我几秒钟：什么东西使她犯了嘀咕。很显然，我站在那里怯生生的怪样子，眼下的场合同我的衣着打扮形成的对照，不由她不产生怀疑。她一再地环顾四周，迟疑不决。后来，她指了指黑得像矿山坑道一样的夹道深处，说："我们到那边去吧。马戏场后面非常暗。"

　　我无法回答。这个可怕的幽会场所把我吓蒙了。不管怎样，我要是能脱身就好了，要是用一块金币或一个借口能赎回自由就好了，但是我的意志再也没有力量来控制我自己。我像坐在一辆雪橇上，以疯狂的速度冲到一个拐弯处，顺着陡峭的雪坡向下滑，怕得要死的感觉和疾驰中飘飘欲仙的陶醉交织在一起，给人以快感，这时，我不是想刹住，而是晕乎乎却又心甘情愿地随它冲下去。我无法往后退了，也许我根本就没有想往后退。这时，当她亲热地向我靠过来的时候，我情不自禁地抓住了她的胳膊。那是一支非常瘦削的胳膊，不像是一个女人的，倒像是一个发育停滞、患有皮肤结核病的孩子的。透过薄薄的外衣刚一触到那只胳膊，我便从紧张的感觉中，对这个可怜的、遭到蹂躏的、被黑夜冲到我面前的生命，产生了一种温柔而汹涌的同情。我的手指不由自主地抚摸着那瘦弱的病态的关节，而且是那样纯洁、那样敬畏，仿佛我还从来没有碰过一个女人似的。

我们穿过一条灯光暗淡的街道,走进一个小丛林;茂密的树冠在那里围起了一片浓密郁闷、气味难闻的黑暗。在这一瞬间,尽管连轮廓也看不清了,我还是发现,她贴着我的胳膊仍小心翼翼地回头望了望,走几步后又第二次回头望了望。奇怪的是:当我似乎迷迷糊糊地滑进这次肮脏的冒险时,我的意识却闪闪发亮,清醒极了。带着明察秋毫、任何动静都能捕捉到的警觉,我发现身后一条小横道边影影绰绰有什么东西朝我们溜了过来,我还似乎听到了潜行的脚步声。突然间——像一道闪电照亮了田野一样——我意识到,我全明白了:我正在被诱进一个圈套,这个暗娼的皮条客在后面窥视着我们,让她在黑暗中将我领到一个约定的地点,到了那里我就会成为他们的猎获品。我带着只有在生死关头才有的超常的清醒看到了一切,并且思考着一切可能性。现在逃走还来得及,大街就在附近,因为我听见了电车在那边铁轨上行驶时的哐啷哐啷声,我只要喊一声,或者打个口哨,就能把人招来。一切逃走的可能性,一切获救的可能性,都在我心中闪现出轮廓分明的图像。

然而奇怪——这种令人惊诧的醒悟不但不使人冷静,反而使人亢奋。即使今天在清醒的时刻,在这个明朗的秋日,我对自己乖谬的行为也无法解释清楚:我明白,我生命中的每一根纤维立刻就明白,我没有必要去冒险,但是我的预感却像一个美妙的疯狂念头流过了我的神经。我觉察到了一种令人反感的东西,也许就是死亡。硬挤到这里来犯罪,来经历卑鄙龌龊的事情,使我恶心得发抖,但正是为了这种从未见识过、从未料想到、麻酥酥漫过我全身的生活中的醉意,即使死,也要死于一种琢磨不透的好奇。有什么东西——是羞于表露的胆怯,还是一种软弱?——推着我往前走。它吸引我进入生活中的最后一道阴沟,在一天的时间里就输掉、就挥霍掉我的整个一生。一种精神上悍然不顾的快感,同这种勾当的卑劣的快感交混在一起。虽然我用我的全部神经预感到了这种危险,虽然我用我的感官和理智对这种危险理解得清清楚楚,尽管如此,我还是搂着这个游艺场中肮脏的暗娼的胳膊,继续走进了丛林。我觉得,她的身体与其说是吸引着我,倒不如说是在排斥我;而且我知道,她只是为了她的同伙才把我引到这里来的。但是我没法回头了。下午在赛马场冒险时就附着在我身上的那种犯罪的重力,继续不断地拖我往下坠。我感到更多的只是那种下坠时的麻木和晕眩——我又坠入了一个新的深渊,也许是最后一个深渊:死亡。

走了几步后,她又停下来。她的目光犹疑不定地四下瞟着。然后,她期待地打量着我:

"喂,你送我什么呢?"

原来如此。我把这给忘了。但是这个问题并没有使我清醒。而且相反。我非常乐意赠送,给予,把身上的一切都挥霍掉。我急忙将手插进兜里,把所有的银币和几张揉皱了的钞票全抖搂出来,放在她摊开的手上。于是产生了如此奇妙的效果,今天想起来,我还热血沸腾呢。或许是她被这笔钱的巨额数目吓了一跳——这个可怜的女人平时干那种肮脏的营生已经习惯于得到几个小钱了,或许是我给钱的方式——高兴地、迅速地、简直是乐不可支地——里面,一定有什么对她来说不寻常的、新奇的东西,因为她猛地往后一退;透过气味难闻的浓浓的黑暗,我觉得她那极其惊讶的目光在寻找着我。而我终于在这个晚上感觉到了长久缺少的东西:有人在关心我,有人在寻找我,我第一次为这个世界上的另一个人活着。恰恰是这个被抛弃的女人,这个活物,拖着可怜的疲惫不堪的身子,像商品一样,走在黑暗中,对我这个买主看也不看一眼,就挨到我的身边,现在却睁大眼看着我的眼睛,探寻着我身上的人。这使得我奇特的醉意——它目光敏锐同时又迷迷糊糊,意识清醒却又六神无主——上升为神奇的模糊。这个陌生女人向我挨得更近了,但这不是那种按照做买卖的规矩,拿了钱就来尽该尽的义务,而我认为是某种下意识的感激之情,从中可以感到一种女人想亲近的愿望。我轻轻抓住她的胳膊,那瘦弱的、患佝偻病的孩子似的胳膊,感觉到了她瘦小畸形的身子,并且突然越过这一切看到了她的整个一生:在一个郊区旅店租下一张脏兮兮的床铺,从早到晚睡在一群陌生的孩子中间;我看见她的皮条客在卡她的脖子,醉鬼们在黑暗中打着嗝儿扑到她身上;她被送进医院的某一科,劳累不堪的身子赤裸裸病歪歪地摆在教室里,给年轻胆大的大学生们做教具;最后将她押送到一个永久居留地,让她在那里像动物一样死去。我突然对她,对所有的人产生了无限的同情,这是那种温暖的、柔和的情感,而绝不是性感。我一再抚摸着她纤细瘦弱的胳膊。然后我弯下腰来,吻这个吃惊的女人。

就在这一瞬间,我的身后响起了沙沙声。一根树枝咔嚓一声折断了。我猛地向后一跳。一个男人粗鲁的声音大笑道:"这下我可逮着了。我早就料到了!"

还没有看见他们,我就知道他们是什么人了。我虽然处在晕晕乎乎的状态中,但我一刻也没忘记有人在窥视我,我的神秘而清醒的好奇心甚至在等待着他们。这时,一个身影从灌木丛里钻出来,后面紧跟着第二个:流里流气的小青年,一副肆无忌惮的样子。又响起了粗野的笑声。"卑鄙下流,干这种无耻的勾当!当然是一位绅士喽!不过现在我们可抓住他了。"我一动不动地站着。血在我的太阳穴里砰砰直跳。我不感到害怕。我只是等着,看看会发生什么事情。现在,我终于到达了深处,到达了卑鄙的最底层。现在,不得不碰撞了,不得不撞击了,我半清醒地迎上去的结局非来不可了。

那个姑娘从我身边跳开,但并没有跑到他们那边去。她随意地站在中间:看来她对这有预谋的袭击并不感到十分开心。两个小伙子见我站着不动,又恼火了。他们相互看着,显然是在等着我表示抗议,请求或者某种恐惧。"啊哈,他不吭声!"其中一个终于威胁地喊道。而另一个则朝我走过来,命令说:"您必须跟我们到警察局去!"

我仍然一声不吭。于是,其中的一个把手搭在我的肩上,轻轻地推我。"往前走!"他说。

我开始走。我不反抗,因为我不想反抗。闻所未闻的、卑劣的、危险的处境使我麻木不仁。可是我的大脑依然非常清醒。我知道,这两个小伙子一定比我更害怕警察;我也知道,花几个克朗我就可以脱身。但是,我想领略一下这种丑事的底蕴,我想在一种清醒的昏迷中体验这可怕的屈辱处境。我不慌不忙地、非常机械地朝他们推我的方向走去。

然而,正是由于我这样一声不吭、这样沉着地朝灯光走去,两个小伙子显得有些慌乱了。他们小声地嘀咕着。随后他们又开始故意大声交谈起来。"放了他吧!"其中一个(满脸麻子的小个子)说。但另一个则假装严厉地回答:"不,那不行!要是一个像咱们一样没有饭吃的穷光蛋干这种事,那就会被抓去坐牢。可是这样一个上等人——那就得受罚!"我听着每一句话,并从中听出了他们并不高明的乞求,于是我愿意开始同他们谈判。我心中的罪犯了解了他们心中的罪犯,我明白他们是想用恐惧来折磨我,而我则用不抵抗去折磨他们。这是我们双方的一场无声的斗争。哦,这个夜晚是多么丰富啊!在致命的危险中,在这游艺场草地上的灌木丛中,在两个无赖和一个妓女之间,十二个小时以来,我第二次感到了赌博的疯狂魔力，不过这一次下的赌注最大，是用我的有产者的生活条件在赌，甚至是拿我的性命在赌。我用我颤动的神经绷得快要断裂的全部力量，把自己押给了这场非同寻常的赌博，押给了这闪耀着魔力的偶然事件。

"啊哈，警察就在那儿，"一个声音在我背后说，"这下可就没他乐的了。这个上等人，他得去蹲一个星期。"声音恶狠狠的带着威胁，但我听出了磕磕巴巴的心虚。我平静地朝灯光走去，那里确实有警察的尖顶头盔在闪动。再走二十步，我肯定就会站在他的面前了。我身后的两个小伙子不再说话了；我发现他们放慢了脚步；我知道，再过一会儿他们准会胆怯地溜回到黑暗中去，溜回到他们的世界中去，为他们的胡闹没有成功而恼怒，也许会把他们的怒气撒在那个可怜的女人身上。这场赌博结束了：今天我又一次、也就是第二次赢了，我又一次欺骗了一个陌生人的卑劣欲望。那边路灯惨白的光圈已经在闪烁了，这时我转过身去，第一次看清了两个小伙子的脸：满脸的愤怒，犹疑不定的目光中带着认输的羞惭。他们站住了，一副沮丧失望的样子，随时准备逃回到黑暗中去。他们大势已去，现在该他们怕我了。

就在这一瞬间——仿佛内心的激动突然崩裂了箍在我胸口的桶板，仿佛灼热的情感涌进了我的血液——我对这两个人产生了亲如手足的无限同情。他们，两个贫穷饥饿、衣衫褴褛的小伙子，究竟想从我这个饱食终日的寄生虫身上得到什么呢？不过是几个克朗，几个可怜的克朗！他们本来可以在那边的黑暗中掐住我的脖子，抢我，弄死我，然而他们并没有这样做，他们只是试图用不熟练的、不高明的手段来吓唬我，为了得到松松散散放在我口袋里的几个小银币。我这个心血来潮、厚颜无耻的小偷，我这个神经兮兮的罪犯，怎么还敢去折磨他们这些穷小子呢？为了自己快乐，我还去玩弄他们恐惧和焦躁的情感,于是在我无限的同情之中,又涌出了无限的羞愧。我打起精神:现在,正是现在,我感到安全了,因为附近街上的灯光在保护着我,现在我就该替他们着想,从痛苦饥饿的目光中消除他们的失望了。

我猛一转身朝其中的一个走去。"您为什么要告发我?"我说,并使劲压低声音,好像害怕得喘不过气的样子,"您能从中得到什么呢?也许我会被关起来,也许不会。但是这决不会给您带来任何好处。为什么您要毁掉我的生活呢?"

两个人尴尬地愣住了。现在,他们什么都想到了,只要我一声呐喊,一个威胁,他们就会像狺狺吠叫的狗一样溜走,可他们没有想到我会软下来。最后,其中的一个终于说话了,但根本不是威胁,而好像是道歉:"总得公平吧。我们这样做只不过是尽义务。"

很显然,这只不过是背熟了应急的。这种话怎么听起来都是假惺惺的。两人没有一个敢看着我。他们在等待。而我知道,他们在等什么。他们在等我向他们求饶。他们在等我给他们钱。

那一刻的一切我都还记得。我记得在我身上跳动的每一根神经,我记得在我太阳穴后面颤动的每一个想法。我记得,当时我的坏心眼儿首先想的就是:让他们等待,再折磨他们久一些,让他们充分尝到等待的滋味。但我很快克制住自己,向他们求饶了,因为我知道,最终还得我来消除这两个人的恐惧。于是我开始表演害怕的喜剧,请求他们可怜我,希望他们保持沉默,不要让我倒霉。我发现,这两个可怜的敲诈勒索的生手变得十分尴尬,隔在我们中间的沉默似乎也缓和下来了。

于是,我终于,终于说出了他们渴望已久的那句话:"我……我给你们……一百克朗。"

他们三人全都一愣,面面相觑。这么多钱他们连想都不曾想过,因为到了这一步,他们认为一切都完了。最后,其中那个目光犹疑不定的麻脸终于冷静下来了。他两次想说话,可是话到了嗓子眼又说不出来。后来他说——我感觉出来,他说话时是多么的难为情:"二百克朗。"

"得了吧,"那姑娘突然插进来说,"人家能给你们一点儿,你们就该高兴了。他可什么也没干,几乎连碰也没碰我一下。这实在太过分了。"

她简直是怒气冲冲地朝他们嚷。我的心怦怦直跳。有人同情我了,有人替我说话了,卑劣中升起了善良,敲诈勒索中升起了对公正的朦胧要求。这多么使人舒心,她的话怎样平息了我心中的波涛啊!现在,不该再拿这些人开心了,不该再用恐惧和羞愧来折磨他们了:够了!够了!

"好吧,那就二百克朗。"

他们三人都不吭声。我掏出皮夹,慢慢地完全打开,摊在手上。他们一把就能把它抢走,逃到黑暗中去。但是,他们却怯生生地移开了目光。在他们和我之间有了某种秘密的协定,不再是争斗和玩弄,而是有了讲道理、讲信义的气氛,有了人与人之间的关系。我从偷来的那一沓钞票中翻出两张,递给了他们中的一个。

"太感谢了。"他不由自主地说道,并立刻转过身去。显然,为这敲诈来的钱道谢,连他自己也感到可笑。他难为情了,而他的这种难为情——唉,这天晚上我一切都感觉到了,他的每一个姿势都向我显露了他的难为情——使我感到压抑。我不愿意让一个人在我面前难为情,在我面前,在我这个和他一样的人面前,像他一样是小偷,像他一样软弱、怯懦和意志薄弱。他的低三下四使我感到痛苦,我不想看到他这个样子。于是,我拒绝了他的谢意。

"我得感谢你们才是。"我说,连我自己都奇怪,我的话音里竟跳出那么多真挚的诚意,"如果你们告发了我,我就全完了。要是那样,我准得自杀,你们也就什么都得不到了。还是这样的好。现在我朝右边走,你们也许向那边去。晚安。"

他们又沉默了一会儿。后来,其中的一个说了声"晚安",接着是另一个,最后是那个野鸡,她整个待在暗处。这一声"晚安"听起来非常温暖,非常真挚,好像真诚的祝愿。从他们的声音中我感觉到,在他们灵魂深处的某个暗角,他们对我还是有好感的,他们将永远不会忘记这一特殊的时刻。在监狱或者医院里,他们也许还会想起这一时刻:我身上的某些东西还会继续活在他们心中,因为我曾经给过他们什么。从来还没有一种情感像这种施与的快乐一样充满我的内心。

我独自穿过夜幕,向游艺场的出口走去。一切压抑的感觉都从我心中消失了,我感到,我这个失落之人,在从未见识过的充实之中,正在涌入整个无限的世界中去。我一切都感受到了,仿佛这一切都只是为我一个人而存在,我又同这一切汇流到一起了。树木黑压压地拥立在我的四周,它们朝我沙沙作响,我也喜欢它们。星星从空中向下眨着眼睛,我呼吸着它们的洁白的问候。许多声音像唱歌似的不知从什么地方传来,我觉得它们都是在为我歌唱。自从捅掉了箍在我胸口的硬皮之后,所有的一切一下子都属于我了。给予的快乐,挥霍的快乐,充溢着我的全身。哦,我觉得,使人快乐,在使人快乐中也使自己快乐,是一件多么容易的事情啊!只要敢开心胸,充满活力的河流就会从一个人流到另一个人身上,从高处跌落到低处,从深渊又喷射到无穷的高空。

在游艺场出口处的停车场旁边,我看见一个女商贩疲惫地俯身在她的小商品上。她出售的东西有落满尘土的点心,还有几个水果。她大概一早就坐在这里,俯身在不值几个钱的东西上,累得直不起腰来。我想,既然我能快活,你为什么就不该快活呢?我拿了一小块甜面包,给了她一张钞票。她急忙要去换开时,我却走开了。只见她高兴得一愣,蜷曲的身子突然间挺直了,惊得发呆的嘴叽里咕噜地朝我说出了千百个祝愿。我手里拿着面包,朝马走过去;懒懒地待在车辕里的马这时也调过头来,友好地向我喷着响鼻。我抚摸着玫瑰色的马鼻子,把面包递过去,它那阴郁的目光中立刻露出了谢意。刚刚喂过马,我又渴望更多的事情了:我要制造更多的欢乐,我要更多地去感受,怎样用几个银币,用几张花票子,就能消除恐惧,排解忧愁和燃起快乐。这里为什么没有乞丐?为什么没有想要气球的孩子?那边有个愁眉苦脸、白发苍苍的瘸子,他手里握着一大把系着气球的绳子,正一瘸一拐地向家里走去,为在这个漫长炎热的天气里生意不好感到沮丧。我朝他走过去。"请您把气球给我。""十个赫勒一只。"他不相信地说,因为在这深更半夜里,一个游手好闲的绅士买这些彩色气球干什么呢?"请您全部给我。"我说,并给了他一张十克朗的钞票。他踮起脚,像花了眼似的看着我,然后哆哆嗦嗦地把拴住所有气球的那根绳子递给我。我感到手指被扯得紧紧的:它们想跑,想自由,想飞到空中去。那你们想往哪儿跑就往哪儿跑吧,想往哪儿飞就往哪儿飞吧,你们自由了!我把绳子一放,气球便像彩色的月亮,一下子就升了起来。人们从四面八方跑过来,欢笑着;一对对情侣从暗中走出来;车夫们把鞭子甩得啪啪响,喊叫着互相用手指着自由自在的气球——现在,它们越过树梢,向房子、向屋顶飞去。大家看上去都很高兴,我这种可笑的行为给每个人都带来了欢乐。

　　为什么我从来就不知道,给人快乐,是多么容易、多么舒心啊!突然间,钞票又在我的皮夹里发烫了,它们就像刚才拴气球的绳子一样触动着我的手指:它们也想从我手里飞走,飞到陌生人的兜里去。于是我把钞票抓在手里,有拉约斯的也有我自己的,——我已经感觉不到这有什么区别或罪过了——准备散发给每个想得到它的人。我朝一个扫街人走过去,他正在极不情愿地打扫冷清的游艺场大街。他以为我想向他打听一条什么胡同,不高兴地抬头看着我。我朝他笑笑,递给他一张二十克朗的钞票。他愣住了,不明白是怎么回事;后来,他终于接过钱,并等着我要他做什么。但我只朝他笑了笑,说:"拿去买点好东西吧。"说完就走开了。我不停地四处张望,看有没有人过来向我要求点什么。没人来,我便送上去:一个野鸡跟我搭话,我就送给她一张钞票;给了一个点路灯的人两张,向地下室一间面包房打开的小窗里扔进了一张。我就这样一边走一边送,身后拖着惊讶、感谢和高兴的尾流。后来,我就把钞票一张一张地揉了,扔到空荡荡的大街上,扔到教堂的台阶上。我高兴地想着,如同那个干瘪的小老太婆在早祷时发现了一百克朗并向上帝感恩一样,一个穷大学生、一个使女或一个工人,也会在路上惊讶而幸运地发现这些钱,就像我在这个夜晚惊讶而幸运地发现了自己一样。

　　我把所有的钱——钞票,后来还有银币——都撒到了什么地方,是怎样撒掉的,我自己也无法说清楚了。我有一种极度兴奋的感觉,就像往一个女人的体内射精一样。当最后几张票子飘走之后,我有一种好像能腾飞的轻松愉快,一种从未有过的自由自在。街道、天空和房屋,所有这一切都汇集在一起向我涌来,使我产生了一种拥有它们、和它们融为一体的全新的情感:我还从来没有、就是在平生最亢奋的时刻也没有如此强烈地感觉到,所有这一切都确确实实地存在着;它们生活着,我生活着,它们的生活和我的生活是完全一样的生活,正是这种伟大的、强烈的、怎样愉快地感受也感受不够的生活,只有爱才能去理解,只有献身精神才能去拥抱。

随后，还来了最后一个黑暗的时刻——这就是我兴冲冲地回到家，把钥匙往门上一插，通向我屋子的过道黑洞洞地向我敞开的时候。这时，一种恐惧突然向我袭来：假如我现在走进迄今为止那个我的卧室，躺到那个我的床上，假如我把今天一晚上如此痛快地扯断的联系那一切的纽带重新接过来，我就又回到了我原先的旧生活中去了。不，我不能再做那个旧我了，不能再做昨天和以往那个道貌岸然、冷漠无情、遗世独立的绅士了，我宁可跌落到犯罪和恐怖的万丈深渊、但毕竟是真实的生活中去！我疲倦了，说不出的疲倦，然而我害怕睡眠吞没了我，害怕睡眠用黑乎乎的污泥冲走今晚在我心中燃起的那灼热的、滚烫的、活生生的一切，而且还害怕这整个经历像一场奇幻的梦一样虚无缥缈、不可捕捉。

但是第二天，在一个新的早晨，我又快活地醒过来了，那种汹涌奔流的情感丝毫也没有流失。从那时到现在，已经过去了四个月，从前那种僵化再也没有回来，我每天都精神焕发，其乐融融。当时那种着魔似的陶醉，使我在我的生活圈子里突然失去了立足之地，跌落到陌生人中间，而且在跌落到这奇特的深渊时，我感到了跌落的速度和整个生活的深度交汇在一起而产生的令人飘飘然的晕眩——这种转瞬即逝的潮热自然是过去了，但从那一刻起，随着每一次呼吸，随着日日更新的生活乐趣，我都能感到自己血液的温暖。我知道，我已变成了另一个人，一个具有别的感觉、别的敏感性以及更强的意识的人。自然我不敢断言，我变成了一个更完美的人；我只知道，我成了一个更幸福的人，因为我为我完全冷却下来的生活找到了一种感觉。对这种感觉我找不到一个词来表达它，那就只好仍叫它生活吧。从那时起，我对自己再也无所禁忌，因为我觉得我那个社会的准则和礼仪都是空洞的，因此我无愧于人,也无愧于自己。像荣誉、犯罪和恶习这些话,突然获得了冷冰冰的像铁皮一样的声音,一提到它们我就感到害怕。我生活着,在当时第一次如此强烈地感觉到的那种力量的推动下生活着。它将我推向哪里,我不问:也许是推向一个新的深渊,一个别人称之为罪恶的地方,或者使我成为一个高尚的人。这我不知道,我也不想知道。因为我相信,只有把自己的命运当作秘密生活的人,才是真正地生活着。

我还从来没有热烈地爱过生活——对此我非常清楚;而现在我知道了,任何一个人,对生活的形式和形态冷漠,那他就是犯罪(这是唯一的罪过!)。自从我开始理解我自己以来,我终于也理解了许多别的事情:一个贪婪的人在看橱窗里的展览品时的那种目光,会使我感到震颤;一只狗的跳跃,会使我感到振奋。我突然间对所有的事情都关注起来,没有一件事情是我漠不关心的。我每天都能从报纸上(从前我只翻看一些关于娱乐和拍卖的消息)读到上百件使我兴奋的事情,本来使我感到厌倦的书,突然使我产生了兴趣。而尤其值得注意的是:我一下子能与人谈话了,当然那种所谓的交谈不算。已经雇用了七年的仆人,我开始对他产生了兴趣,并经常同他聊天;一个勤杂工,从前我打他身边走过时连理都不理他,仿佛他是一根活动柱子,最近竟然向我谈起他小女儿的死,这件事居然比莎士比亚的悲剧还能打动我的心。虽然为了不暴露自己,我表面上还得继续生活在有教养的无聊的圈子里,但这种变化好像还是慢慢地越来越明显了。有些人一下子对我真诚起来,这个星期已经第三次连陌生的狗在大街上都向我跑来。朋友们跟我说话,就像对一个摆脱了病魔的人说话一样,带着某种喜悦,说他们发现我变得年轻了。

变年轻了吗?我只知道,我现在才开始真正的生活。每个人都误以为,过去的一切永远只是错误和铺垫,眼下这几乎成了一种普遍的谬论。而我则不揣冒昧,用温暖的有活力的手拿起冷冰冰的笔,在干巴巴的纸上记下:真实的生活。这也算是一种谬论吧!但这种谬论第一次使我感到幸福,第一次使我的血液变得温暖,使我的感官变得敏锐。假如我在这里把唤醒我的奇迹描述下来,我这样做却只是为了我自己;而我对这一切的理解,比我用这些文字所表达的要深刻得多。关于这件事,我没有对我的任何朋友讲过;他们未曾料到,旧我早已死掉,他们也不会料到,我现在是这样的生机勃勃。假如死神要降临到我生机勃勃的生命中来,假如这些文字要落到别人的手里,这种可能性绝不会使我感到吃惊和难过。如果谁意识不到这样一个时刻的魔力,那么他也会像我在半年前所不能理解的那样,同样不理解在一夜之间发生的几件如此短暂、表面上几乎没有联系的事情,竟能如此神奇地点燃我已经熄灭的生命。在这样的人面前,我不感到羞愧,因为他不了解我。但是,谁要是明白其中的联系,那他也不要随意下判断,也没有什么值得骄傲。在这样的人面前,我同样不感到羞愧,因为他了解我。谁一旦发现了自己,他在这个世界上就什么也不会失去了。而谁一旦理解了自己身上的人,他也就理解了所有的人。

(1922)

(司马童 译)

日内瓦湖畔的一个插曲

一九一八年夏天的一个夜晚,在日内瓦湖边靠近瑞士小镇维勒内夫的地方,有个渔夫驾着小船,在湖上发现了一个奇怪的东西。划到近处一看,原来是一只用几块松散的木板捆在一起做成的木筏,一个赤身裸体的男人用木板当桨,正笨手笨脚地想往前划。渔夫大吃一惊,赶忙划过去,把这个筋疲力尽的人拉到自己的船上,用渔网凑合着盖住他的赤裸的身体,然后试着和他攀谈。那人冻得浑身发抖,怯生生地蜷缩在小船的角落里,回答的时候却说着另一种语言,跟渔夫说的话没有半点相似。折腾了半天也没有结果,这位乐于助人的渔夫只好作罢,拉起渔网,加快速度,把小船向岸边划去。

湖畔的轮廓在熹微的晨光中显现,这位裸体人的脸也随之明亮起来。阔大的嘴边长满了乱蓬蓬的胡子,口中发出一阵孩子气的笑声。他举起一只手,指指对面,一再表示询问,其实他心里已经多少有数,便嗫嚅着说出了三个字,听上去好像是"罗西亚"①。船头越靠近湖岸,他说话的声音就越显得高兴。最后,船底终于擦着湖边;等待渔夫捕鱼归来的女眷们,尖叫着四下跑开,就像从前

---

① 即俄罗斯的谐音。

瑙西卡①的侍女们看见渔网里的裸体男人时一样；过了一会儿，村里各式各样的男人，被这稀奇古怪的消息所吸引，才渐渐围了上来。当地勇敢的村长忠于职守，也神气十足地走过来。他根据上级的指示，凭着战时的丰富经验，立刻明白，此人准是逃兵，肯定是从法兰西那边的岸上游过来的。他摆出架势要进行一次官方审讯，可是这个尝试却令他大费周折，很快就显得不伦不类，毫无价值，因为这个裸体人（有几个居民方才已扔给他一件外套和一条帆布裤子）不论问他什么问题，总是带着询问的神气重复叫道："罗西亚？罗西亚？"而且越说越胆怯，越说越心虚。村长一看自己的尝试不成，便做出明白无误的手势命令此人跟他走。这时村里的青年人已经醒来，在他们的喧闹声中，这个浑身湿漉漉的汉子，穿着松松垮垮的裤子和上衣，赤着两只脚被带到了村公所，拘留在那里。他不作反抗，也不吭一声，那双明亮的眼睛由于失望而变得黯然神伤，他的高耸的双肩似乎受到沉重的打击，蜷缩起来。

这时，抓到一条人鱼的消息已经在附近的几家饭店里传开。有几位日子过得单调沉闷的女士和先生，很高兴有这样一个愉快醒脾的插曲，都过来观赏这个野人。一位女士把高级的夹心糖送给他吃，他却像个猴子似的，疑心重重地把糖搁在一边。一位先生给他照相，大家都高高兴兴地围着他七嘴八舌地说个不停。最后，一位饭店经理走来，他曾经久居国外，会说几种外语，他先后用德语、意大利语、英语，最后用俄语和这个惊慌失措的汉子说话。这个受惊之人，一听到他的乡音，就惊跳起来。在他温和敦厚的脸上布满了笑容，嘴咧得老大。突然间，他镇定而又坦率地讲述起他的

---

① 荷马史诗《奥德赛》中的人物。瑙西卡为阿尔利诺国王的女儿，和她的侍女们在海边嬉戏，发现一丝不挂的俄底修斯漂流到该岛，侍女们吓得四下逃散。

全部故事。故事很长,说得颠三倒四,有的地方连这位客串的翻译也没听明白,可是这个人的命运大致就像下面所说的那样:

他在俄国作战。有一天,他和成千上万个其他人一起被装进车厢,走了很远的路程;然后又被装上船,走的时间更长;他们到过一些地方,那里热得够呛,就像他所说的,肉里的骨头都给烤软了。最后,他们又到什么地方上了岸,被装进车厢,然后突然间冲上一个山坡,详细情况他不得而知,因为一开始一颗子弹就击中了他的腿。翻译把大家的提问和此人的回答翻译之后,大家立刻明白这个逃亡者是被调到法国作战的那些俄国师团中的士兵。这些人走了半个地球,他们穿过西伯利亚,经过海参崴,被派往法国前线。大家都对他表示某种同情,可同时也很好奇,并想知道,是什么促使他尝试这奇特的逃亡。这个俄国人带着又宽厚又狡猾的微笑,很乐意地往下叙述:他刚养好伤,就问护理人员,俄国在哪儿,他们给他指了指方向。通过太阳和星辰的位置,他大致确定了方位,于是便悄悄地逃走,夜里步行,白天躲在干草堆里,避开巡逻兵。有十天的时间,他一直吃着采撷来的果子和乞讨来的面包,最后来到这个湖边。说到这里,他的解释就不太清楚了。他似乎是说,他出生在贝加尔湖边,以为湖的对岸就是俄国,他在晚霞夕照中已经看到了对岸摇曳不定的线条。总而言之,他从一间茅屋里偷了两根木头,脸朝下趴在木头上,用一块木板做桨,游到湖里,然后渔夫就在湖上发现了他。他讲完他那含糊不清的故事以后,战战兢兢地问道,他是否明天就可以回到家里。这个问题刚一翻完,就由于他的无知,而引起了一阵哄堂大笑。可是,笑声很快就变成了感动和同情。这人忐忑不安,可怜兮兮地环顾四周;每个人都塞给他几个银币或几张钞票。

这时通过电话联系,从蒙特罗赶来一位职位较高的警官,他费了不少劲儿才对发生的事情做了一份记录。不仅是因为这位客串的翻译水平不高，同时也因为这个陌生人太无知，对于西欧人士来说，这种无知简直难以理解。除了知道自己名叫波里斯之外，他似乎对他自身也一无所知。他对自己故乡那个村子的描述混乱不堪。不久，人们总算弄明白，他们是麦切尔斯基公爵的农奴（虽然这种徭役已经取消了三十多年，他还是自称农奴），他和妻子跟三个孩子住在离大湖五十俄里的地方。于是人们就商量，如何安排他的命运，而他则目光呆滞、缩着肩膀站在这伙七嘴八舌争论不休的人们中间；一些人认为，应该把他送到伯尔尼的俄国公使馆去，另一些人则担心这个措施会使他又被送回到法国。警官表示这个问题实在难办：究竟把他当作逃兵对待呢，还是当作没有证件的外国人？镇上的书记官从一开始就反对把这个陌生的食客收留在这里养起来。有个法国人神情激动地叫道：对于这样一个可耻的开小差的家伙，根本用不着这样费事，他得干活，要不就送他回去。两个女人则激烈反对，认为他遭到这种不幸的命运完全是无辜的，把人家从自己的家乡派到一个陌生的国度去，原本就是犯罪。眼看这个偶然事件即将演变成一场政治争吵，突然间有位老先生，一个丹麦人发了话，他语气强劲地宣称，他愿为这个人支付八天的生活费。在这八天里，当局应该和公使馆达成协议。一个意想不到的解决方案，既可使官方也可使民间各派都感到满意。

讨论越来越激烈。与此同时，这个逃亡分子渐渐抬起他怯生生的目光，一动不动地盯着饭店经理的嘴唇。他知道，在这伙人当中只有此人能明白无误地告诉他，他的命运将会如何。他朦朦胧胧地感觉到，似乎是他的存在激起了这场骚乱；这时，话语的喧嚷平息下来，他完全无意识地在寂静中哀求似的向那位经理举起双手，就像女人在圣像前做的那样。这个手势动人心魄，以不可抗拒之势打动了每一个人。经理亲切地向他走去,安慰他,叫他不要害怕,他完全可以安安全全地待在这里,以后的这段日子,他会安排他住在他的饭店里。俄国人想吻他的手,可经理直往后退,把手缩了回去,然后指了指旁边的房子。这是一个小旅馆,他将吃住在那里。经理又跟他说了几句亲切的话语来安慰他,便沿着大街向自己的饭店走去,并一面挥手向他致意。

逃亡者一动不动地目送着他。这唯一懂得他语言的人刚一走开,他那豁然开朗的脸又阴沉下来。他用眷恋的目光望着那人渐渐远去,直到他走向坐落在高处的饭店;他丝毫也不理睬其余的人,这些人对他奇怪的举止或表示惊讶或感到可笑。有一个人同情地碰碰他,指了指那家旅馆;他沉重的肩膀仿佛松弛下来,他低着头走进门去。有人给他开了酒吧间,他挤到桌旁,女招待在桌上放了杯烧酒,向他问好。然后他就整个上午低垂着目光,一动不动地坐在那里。村里的孩子不断地从窗口向里窥望,并大声哄笑,向他叫喊些什么——可他头也不抬。进屋来的人好奇地打量他,他目光死盯着桌子,佝着背坐在那里,一副羞怯、害怕的样子。中午吃饭的时候,一群人在屋里大声说笑,好多他听不懂的话在他身边喧响,他可怕地意识到自己是个陌生人,在大家都很活跃的情况下,只有他一人又聋又哑地坐着,两只手哆嗦得那么厉害,几乎无法把勺子从汤里举起来。突然间,一股泪水沿着他的面颊流下,沉重地滴落在桌子上,他怯生生地环顾四周,别人也看到了他的泪水,大家一下子都沉默不语,他羞愧无比:那沉重的头发蓬乱的脑袋低得更加厉害,几乎碰到黑木的桌面。

直到晚上他都一直这样坐着。客人进进出出,他感觉不到他们,他们也不再感觉到他;他坐在火炉的阴影里,只不过是一片影子,他两手重重地撑着桌子,大家都忘了他的存在,谁也没有注意到他在朦胧的夜色中突然站了起来,像只野兽似的迈着沉重的步子,向高处的饭店走去。他在饭店门前站了一个小时,两个小时,谦卑地把帽子拿在手里,眼睛不看任何人。这个奇怪的形象,一动不动,黑黝黝地像根木头桩子插在灯火辉煌的饭店门口的地上。这个形象终于引起了一个小厮的注意,他把经理找来。经理用俄语和他打招呼时,这张阴沉的脸上又闪现出一道光亮。

"你要什么,波里斯?"经理友善地问道。

"请您原谅,"他嗫嚅着说道,"我只想知道……我是不是可以回家。"

"当然,波里斯,你当然可以回家。"经理微笑着答道。

"明天就可以回家吗?"

这下经理的脸色也严肃起来。波里斯的话简直就是哀求,经理脸上的微笑顿时一扫而光。

"不行,波里斯……现在还不行,要等打完仗以后。"

"什么时候打完仗?战争什么时候结束?"

"上帝才知道,我们凡人是不知道的。"

"早一点不行吗?我不能早一点回去吗?"

"不行,波里斯。"

"路真的那么远吗?"

"是的。"

"得走许多天吗?"

"得许多天。"

"我能走,先生!我有力气,我不会走累的。"

"但是你没法走,波里斯,这中间有道国境线。"

"国境线?"他迟钝地望着。这个词他很陌生,然后他就以他那奇特的执拗劲说道:

"我会游过湖去。"

经理几乎笑了起来,可是他心里很难过,便柔声地向那俄国人解释:"不行,波里斯,这样干不行。国境线那边就是外国,人家不让你过去。"

"可是我又不加害他们!我已经把我的步枪扔掉了。要是我求他们看在基督的分上,为什么他们不让我回到我妻子身边去呢?"

经理的心情越来越沉重,他感到非常难过。"不行,"他说道,"他们不会让你过去的,波里斯。人们现在已经不再听基督的话了。"

"那么我该怎么办,先生?我可不能待在这里啊!这里的人听不懂我说的话,我也听不懂他们。"

"你会学会的,波里斯。"

"不,先生。"俄国人低低地垂下头去,"我什么也学不会,我只会在地里干活,其他什么也不会,叫我在这儿做什么呢?我要回家!请您给我指指路吧!"

"现在没路可走,波里斯。"

"可是,先生,他们总不能禁止我回家,回到我妻子和孩子身边去吧,我已经不再是当兵的了。"

"他们会禁止你回去的,波里斯。"

"那么沙皇呢?"他突如其来地问道,期待和敬畏使他浑身颤抖。

"已经没有沙皇了,波里斯,他们把他给废了。"

"没有沙皇了?"他目光呆滞地凝视着对方,最后一道光亮从他的目光中消失,然后疲惫不堪地说道,"这么说,我回不了家了。"

"现在还不行。得等一等,波里斯。"

"等很久吗?"

"我不知道。"

黑暗中的这张脸变得越来越阴沉:"我已经等了那么久!我不能再等下去了。给我指指路,我要去试试!"

"无路可走,波里斯,他们在国境线上就会把你抓住。待在这儿吧,我们会给你找活干的!"

"这儿的人不懂我的话,我也不明白他们。"他固执地重复说道,"我在这儿活不下去!帮帮我,先生!"

"我帮不了,波里斯。"

"看在基督的分上帮帮我,先生!帮帮我,我实在受不了了!"

"我没法帮你,波里斯,现在谁也帮不了谁。"

他们默默无言地面对面站着。波里斯用手把帽子转个不停。"他们为什么把我从家里抓走?他们说,我得保卫俄罗斯,保卫沙皇,可是俄罗斯离这儿那么远,你刚才说,他们把沙皇……您怎么说来着?"

"废了。"

"废了。"他大感不解地重复一遍这两个字,"我现在该干什么呢,先生?我得回家!我的孩子哭着嚷着叫我,我在这儿活不下去!帮帮我,先生!帮帮我!"

"我帮不了,波里斯。"

"就没人能帮我吗?"

"现在没人。"

俄国人把头垂得更低,然后突然闷声闷气地说道:"我谢谢你,先生。"然后转过身去。

他非常缓慢地向山坡下走去,经理久久地看着他的背影,心里纳闷,他没有朝旅馆走去,而是沿着石级向湖边走去。经理深深地叹了口气,又回到饭店去处理自己的事情。

  第二天早上,同一个渔夫发现了那个淹死的人的赤裸裸的尸体,这可是纯属巧合。死者把人家送给他的裤子、帽子和外套仔仔细细地放在岸上,赤条条地跳入湖水中,就像他从湖里来时一样。对这一事件官方作了记录。不知道这个陌生人的姓名,便在他坟上立了一个便宜的木十字架,人们用这种小十字架来纪念那些无名氏的命运。如今这种十字架插遍了我们整个欧洲,从这一头直到那一头。

(1922)

(张玉书 译)

看不见的珍藏[*]

（德国通货膨胀时期[**]的一个插曲）

列车开出德累斯顿,过了两站,一位上了年纪的先生登上我们的车厢,彬彬有礼地跟大家打招呼,然后抬起眼睛,像跟老朋友问好似的再一次向我点头致意。我一下子想不起,他究竟是谁;可是等他微微含笑地道了他的姓名,我立刻回忆起来:他是柏林最有声望的艺术古玩商之一,战前[①]和平时期我常常到他店里去参观并且购买旧书和作家手迹。我们起先东拉西扯,随便聊聊。接着他话锋一转,突然说道：

"我得跟您说说,我刚从哪儿来。因为这个插曲可以说是我这个老古玩商三十七年来从来没有遇见过的奇事。您大概自己也知道,自从钞票的价值像逸出的煤气似的,转眼化为乌有,现在古玩市场上是个什么情况:暴发户们突然对哥特式的圣母像和古版书,古老的蚀刻画和画像大感兴趣;你怎么也满足不了他们的要求,甚至得拼命抵抗,不让他们把你店里的东西一抢而光。他们简直恨不得把你衬衫袖口上的纽扣和桌子上的台灯都抢购了去。所以越来越需要源源不断地收进新货——请原谅,我竟突然把这些

---

[*] 本篇第一次发表于一九二四年。
[**] 指二十世纪二十年代至三十年代初。
[①] 指第一次世界大战前。

我们一向带有敬畏之心提起的东西叫作货物——但是这帮家伙已经叫人习惯于把一部绝妙的威尼斯古版书看作是多少多少美金,把古埃齐诺①的素描看作是几张一百法郎钞票的化身。对于这些突然间抢购成癖的家伙无孔不入的钻劲儿,你怎么抵挡也是无济于事的。所以我一夜之间又给刮得一干二净。我们这家老店是我父亲从我祖父手里接过来的,现在店里只有一些极其寒碜的破烂货,从前连北方的街头小贩也不会把它们放到他们的手推小车上去。我羞愧已极,恨不得关上店门,停业不干。

"正在这种狼狈的境地,我忽然想到,不妨把我们过去的旧账本拿来查一查,找出几个往日的老主顾,说不定我又能从他们那儿捞回几个复本。这种老主顾的花名册像一片坟地,特别在现在这个时候,实际上提供不了多少线索。我们大部分老主顾早就被迫把他们的收藏拍卖掉了,或者早已去世,对于硕果仅存的少数几个,也不能抱多大希望。这时我突然翻到一捆书信,大概是我们最早的一位老主顾写来的。他从一九一四年大战爆发以来从来没有向我们订购或者打听过什么东西,所以我压根儿把他给忘了。他和我们的通信,几乎可以追溯到六十年以前,这可一点也不夸张。他在我父亲和我祖父手里就已经买过东西了,可是我记不得在我自己经手的三十七年里他曾经踏进过我们的店铺。所有的一切都表示出,他大概是个古怪的、旧式的滑稽人物,是门采尔或者斯比茨维克②笔下那种早已销声匿迹的德国人。这种人极少活到我们这个时代,作为罕见稀有的怪人,有时散居在一些外省的小城市

---

① 古埃齐诺(1591—1666),原名乔万尼·弗朗切斯柯·巴尔比哀利,意大利折中画派画家。
② 阿道夫·门采尔(1815—1905),德国现实主义画家;卡尔·斯比茨维克(1808—1885),德国画家,其作品多取材于德国小城市的生活。

里。他的手书是书法的珍品,写得工工整整,钱数下面用尺子画上红线,而且每次总把数目字写上两遍,以免出错;除此以外,他还用从来信裁下来的没写字的白纸和翻转过来的旧信封写信,凡此种种,表明一个不可救药的外省人生性小气和节约成癖。这些稀奇古怪的文件上面,除了他的签名之外,还签署着他全部复杂的头衔:'退休林务官兼经济顾问官,退休中尉,一级铁十字勋章获得者'。这位一八七〇年战争的老兵,现在如果还活着的话,想必至少已有八十岁了。可是这位滑稽可笑、节约成癖的老人作为古代蚀刻画的收藏家却表现出极不寻常的聪明才智,异常丰富的专门知识和高雅不凡的艺术趣味。我把他将近六十年的订单慢慢地加以整理,其中第一张订单还是用银币计价的呢,我发现,这个不显眼的外省人在花一个塔勒①可以买一大堆最精美的德国木刻的时代,一定已经不声不响地收集了一批铜版画,这些藏画可以和那些暴发户的名气很大的收藏相比而毫不逊色。因为,单单半个世纪里他在我们店里每次用几个马克、几个芬尼买下的东西加在一起,到今天也已价值连城了。除此之外,还可以料想,他在拍卖行里和其他商人手里一定也捞了不少便宜货。当然,他从一九一四年以来,没有再寄来过订单。可是我对古玩市场上的各种行情是十分熟悉的,这样一批版画如果公开拍卖或者私下出售,一定瞒不过我。所以说,这位奇人想必现在还依然健在,或者这批收藏现在就在他的继承人手里。

"这件事情引起了我的兴趣,所以第二天,也就是昨天晚上,我立刻跳上火车,径直前往一个在萨克逊②比比皆是的寒碜不堪

---

① 塔勒,德国旧制银币,十六世纪以来流行于大部分德意志国家。
② 萨克逊,德国东部原德意志境内一个王国,帝国统一后,为一个行省。

的外省小城。我走出小火车站,沿着这座小城的主要大街信步走着。我简直觉得难以置信,在这么一些外观平淡无奇、情调低级庸俗、按照小市民的口味修饰起来的房子当中,在某一个房间里面,居然会住着一个拥有伦勃朗①的无比精美的画幅以及全套丢勒②和曼台涅③的铜版画的人。我到邮局去打听,有没有一个叫这个名字的林务官或者经济顾问官住在这里。使我惊讶的是,人们告诉我,这位老先生确实还活着。于是我在午饭之前便动身前去拜访——老实说,我心里多少有些紧张。

"我毫不费劲地找到了他的寓所,就在那种简陋的外省楼房的三层楼上。这种楼房大概是上世纪六十年代一位善于投机的蹩脚建筑师匆匆忙忙盖起来的。二层楼住着一位诚实的裁缝师傅。三楼左侧挂着一块闪闪发亮的铜牌,刻着邮政局长的名字,在右侧终于看到了写着这位林务官兼经济顾问官姓名的瓷牌。我犹犹豫豫地拉了一下门铃,一位年纪相当大的白发老太太,头上戴着一顶干干净净的黑色小帽,马上把门打开。我把名片递给她,并且问她林务官先生是否见客。她先是不胜惊讶、有些怀疑地看了我一眼,然后看看我的名片。在这座与世隔绝的小城市里,在这么一幢旧式房子里,从外地有客来访似乎是件大事。可是她和蔼地叫我稍等,便拿着名片,进屋去了。我听见她在屋里轻声耳语,接着突然听见一个洪亮的、大声喊叫的男人声音:'啊……柏林来的 R 先生,从那家大古玩店来的……请他进来,请他进来……我非常高兴看见他!'这时老太太已经踩着碎步很快地走了回来,请我进起

---

① 伦勃朗(1606—1669),荷兰著名画家。
② 丢勒(1471—1528),德国著名画家。
③ 曼台涅(1431—1506),意大利北部影响最大的画家,文艺复兴早期的代表人物。

居室。

"我脱下衣帽,走了进去,在这间陈设简单的起居室当中,我看见一个年事很高但是身体还很强健的老人直挺挺地站着,他蓄着浓密的口髭,穿一身镶边的、半似军装的家常便服,十分亲切地向我伸出双手。这个手势显然表示出喜悦的、发自内心的欢迎,可是他直挺僵硬地站在那里的神气似乎和这种欢迎有些矛盾。他一步也不向我迎过来,我只好凑上前去,握他的手。我心里有点不大自在。可是等我想去握他手的时候,我发现这两只手一动不动地保持着水平的位置,不来握我的手,而是等我去握它们。一下子我全明白了:这人是个瞎子。

"我从小看见瞎子心里就觉得很不舒服。想到这种人好端端的是个活人,可同时又知道,他对我的感觉,不像我对他的感觉那样,心里总不免有些羞惭和不大自在。就是现在,我在这对向上翘起的浓密的白眉毛下面,看见了这双凝望着前方,却一无所见的死眼睛时,我也得克服我心里最初的惊恐。可是这位盲人不让我有时间去感到不是滋味,我的手一碰到他的手,他就使劲儿地握起来,并且用一种热烈的、高高兴兴的大声嚷嚷的方式重新向我问好:'真是稀客!'他笑容满面地向我说道,'的确是个奇迹,柏林的大老板居然会来光临寒舍……不过,要是这样一位商人先生坐上火车的话,咱们可得多加小心啊!……咱们家乡有句俗话:吉卜赛人来了,快把房门和口袋关好……是啊,我可以想象,您干吗要来找我。在我们可怜的、日益衰败的德国,现在生意可是很不景气,没有买主了,于是大老板们又想起了旧日的老主顾,又来寻找他们的羊群了。不过我怕您在我这儿交不到什么好运,我们这些可怜的老退休人员要是有口面包吃就该心满意足了。您们现在的价格像发疯似的往上涨,我们可是没法奉陪啊……我们这号人是永远

退出了。'

"我赶快向他解释,说他误会了我的来意。我到他这儿来,并不是想要卖给他些什么东西,我只不过是恰好路过这里,不愿错过这一机会来拜访他一下,他是我们这个字号多年的老主顾,并且是德国最大的收藏家之一。我刚把'德国最大的收藏家'这几个字说出口,这位老人的脸上便发生了奇怪的变化。他依然僵硬地直立在屋子当中,可是他的脸上突然发亮,表现出最内在的得意。他把脸转向他估计是他妻子站着的那个方向,仿佛想说:'你听见了吗!'接着转过脸来对我说话,声音里充满了快乐,丝毫没有刚才讲话时那种老军人的粗暴语气,而是温柔地,简直可以说是含情脉脉地说道:

"'您的确太好了……不过您也不至于白跑一趟。我要让您看点东西,这可不是您每天都看得见的东西,即使在您那富丽豪华的柏林城里也不是每天都能看到的。……给您看几幅画,就是在阿尔柏尔提那①和那该诅咒的巴黎也找不到比它们更为精美的东西……可不是,收集了六十年,就会收集到各式各样的东西,这些东西平时是不会随便放在马路上的。路易丝,把柜子的钥匙给我!'

"这时,却发生了一件出乎意料的事情。原来站在他旁边的老太太,一面客气地微笑着,一面亲切地静听我们谈话,这时她突然向我哀求似的举起她的双手,同时用她的脑袋做了一个激烈反对的动作。我起先还不明白,她这是什么意思。接着她就走到她丈夫跟前,把两只手轻轻地放在他的肩上,提醒他道:'可是赫尔

---

① 阿尔柏尔提那,闻名世界的维也纳艺术陈列馆,内有丰富的收藏,为萨克逊-台逊的阿尔柏特·卡西米尔公爵于一七七六年所创建,因而得名。

瓦特,您也不问问这位先生有没有工夫看你的藏画,现在是吃午饭的时候了。吃完饭你又得休息一小时,这是大夫再三嘱咐的。等吃完饭再把你那些东西给这位先生看,我们再一起喝咖啡,不是更好吗?再说阿纳玛丽那时候也在家,这些东西她比我懂得多,可以帮帮你的忙!'

"她刚说了这些话,又一次越过这个丝毫未起疑心的人的脑袋,向我重复她那急切的央求手势。这下我明白她的意思了。她希望我拒绝马上参观他的画,所以我立即编出一个借口,说有人请我吃饭。当然能看看他的收藏,对我来说是件乐事,并且也是莫大的荣幸,不过得到下午三点以后,那时候我将乐于前来。

"老人像个被人把最心爱的玩具拿走了的孩子似的生起气来。他转过身去,嘟囔着说道:'当然啰,这些柏林的大人先生们总是忙得没有工夫的。可是这一次您可得腾出时间来,因为我给您看的不是三五幅画,而是二十七本,每本专门收藏一位大师的作品,而且差不多每一本都是夹得挺满的。那好吧,下午三点;可是请准时,要不然我们就看不完了。'

"他又一次向空中把手伸出来等我握,'您等着瞧吧,您会高兴——或者恼火的。而您越恼火,我就越高兴。我们这些收藏家就是这样:一切都为我们自己,什么也不留给别人!'他再一次和我使劲儿地握握手。

"老太太一直送我到门口。在整个这段时间里,我注意到她一直忐忑不安,显出一副又尷尬又提心吊胆的神气。可是现在刚走到门口,她就压低了嗓子,结结巴巴地说道:'可以让……可以让……我的女儿阿纳玛丽在您到我家来之前,去接您吗?……由于种种原因……这样比较妥当……您大概是在旅馆里用饭吧?'

"'是的。令嫒来接我,我非常高兴,我将感到非常荣幸。'

177

我说。

"果然,一小时以后,我在市集广场边上的那家旅馆的小餐厅里刚吃完午饭,一个不太年轻的姑娘走了进来。她的衣着十分朴素,一进来就举目四下里找人。我向她走去,进行自我介绍,并且告诉她,我已准备就绪,可以马上跟她一起去看藏画。可是她的脸唰的一下子涨得通红,像她母亲一样,表现出慌乱和尴尬的神气。她问能不能先跟我说几句话。我立刻发现,她有为难之处。每当她鼓起勇气,想要说话的时候,这片局促不安、飘忽不定的红晕便一直升到她的额角,她的手指摆弄着衣服。末了,她终于断断续续地说了起来,说的时候又一再重新陷入迷惘:

"'我母亲打发我来找您……她什么都跟我说了……我们有一件事要求您……我们是想趁您还没去见我父亲,先告诉您一下……我父亲当然要把他的收藏拿给您看,可是这些藏画已经不全了……缺了好几幅……可惜甚至要说,缺了相当多……'

"说到这里,她又不得不喘口气,然后她突然凝视着我,急急忙忙地往下说道:

"'我必须非常坦率地跟您说……您知道现在这时势,您什么都会明白的……大战爆发以后,我父亲的双目完全失明,在这以前,他的视力就常常出毛病。一激动干脆使他的视力全都丧失了——最初,尽管他已是七十六岁高龄,还一个劲儿地要参军去和法国作战,后来军队没能像一八七〇年那样长驱直入,他就生气得不得了,于是视力很快地一天不如一天。不过除了眼睛以外,他身子骨儿还十分硬朗,不久以前他还能一连几小时地出去散步,甚至出去打猎,这是他喜爱的消遣。现在可是没法出去散步了,他剩下的唯一乐趣就是他的藏画。他每天都看……这就是说,他看是看不了啦,他现在什么也看不见,可是他每天下午把所有的画夹都拿出来，至少可以把这些画摸一摸，一张一张地摸，总是按照同样的顺序，几十年下来，他都背熟了……现在别的东西再也引不起他的兴趣了，我老得把报上各种拍卖的消息念给他听。他听见价钱涨得越高，他就越高兴……因为……可怕的就是这个：父亲对于物价和时势一点也不懂……他不知道，我们已经坐吃山空，靠他一个月的养老金，还维持不了我们两天的生活……加上我妹夫又阵亡了，留下我妹妹拖着四个孩子——可是我父亲对于我们这些物质上的困难一无所知。我们起先省了又省，比从前更节省，可是无济于事。后来我们开始变卖东西——我们当然不碰他心爱的藏画……我们变卖了仅有的那点首饰，可是，我的天，这又值得了多少！六十年来，我父亲可是把能够省下来的每一个铜板全都用来买画了啊。有一天家里什么也没有了……我们真不知道这日子该怎么过下去。这时候……这时候，我母亲和我就卖了一幅画。父亲当然绝对不会答应我们卖画，他根本不知道，日子多么难过，他根本想象不到，要想在黑市市场上去弄点粮食回来有多么不容易。他也不知道，我们已经打了败仗，阿尔萨斯和洛林已经割让出去，我们念报的时候，再也不把这些消息念给他听，免得他生气激动。

"'我们卖掉的是很珍贵的一幅画，是幅伦勃朗的蚀刻画。商人给我们出价好几千马克，我们指望用这笔钱维持几年生活，可是您也知道，货币贬值得多么厉害……我们把剩下的钱存进了银行，可是两个月以后，这笔钱就一文不值了。我们只好再卖一张，又卖一张，商人总是迟迟不付钱，等钱寄来，已经值不了多少。后来我们就到拍卖行去试试，可就是在拍卖行里，尽管人家出价几百万，我们也还是受骗上当……等到这几百万到我们手里，早已变成了一堆毫无价值的废纸。就这样，我父亲收藏中最好的珍品，包括几幅名画在内，全都慢慢地散失了，仅仅为了维持我们最可怜的生活。我父亲对此一点也不知道。

"'所以今天您一来,我母亲就吓坏了……因为要是我父亲把那些画夹子打开给您看,那么一切都败露了……这些旧的厚纸框子,我父亲一摸就知道,里头夹的是什么。我们把一些仿制品或者类似的画页塞在里面,代替那些卖掉的画页。这样他摸的时候,就不会有所觉察。只要他能摸能数这些画页(这些画的顺序他清清楚楚地记在脑海里),那他就跟从前看得见这些画的时候同样的高兴。而平时在这种小城市里,我父亲也认为没有什么人有资格看他的宝贝……他把每一张画都爱若至宝,我相信,如果他知道,他手里摸着的这些画都已经四下散失了,他一定会心碎的。自从德累斯顿蚀刻画馆的前任馆长逝世以后,您是这些年来他的第一个知音,他愿意把画夹子打开来给您看。所以我请求您……'

"这个不复年轻的姑娘突然举起双手,眼里闪着泪花。

"'……我们请求您……别让他伤心……别让我们难过……请您别把他这最后一个幻想给毁掉,请您帮助我们,让他相信,他将向您描绘的所有画幅,还依然存在……要是他猜到了真情,他准保活不下去。也许我们是做了一件对不起他的事,但我们也是没有别的法子:人总得活啊……人的性命,我妹妹的四个孤儿,总比印了画的纸重要一些吧……到今天为止,我们一直没有剥夺过他的这个乐趣;他很高兴,每天下午能把他的画夹子翻上三个钟头,跟每幅画都像跟个人似的说上一阵。今天……今天说不定会是他最幸福的日子。他盼了好些年,只盼着有朝一日能让一位识货的人看看他心爱的宝贝;我请您……我举起双手恳请您,别破坏了他的这个快乐。'

"她这番话说得这样动人心弦,我现在复述起来,根本不可能把这种感情表达出来。我的天,作为一个商人我曾经看见过许多人被人卑鄙地洗劫一空,被通货膨胀整得倾家荡产,他们上百年祖传的财宝被人用一个黄油面包的代价给骗走……但是命运在这儿创造了一个特别的例子,使我心里特别激动。不言而喻,我答应她守口如瓶,并且尽力帮忙。

"我们于是一起到她家去——路上我十分愤怒地听说,人们用便宜得吓人的价钱欺骗了这些可怜的无知的女人,但是这更坚定了我竭尽全力帮助她们的决心。我们登上楼梯,刚推开门,就听见起居室里传来老人高兴的大嗓门:'进来!进来!'凭着盲人敏锐的听觉,他一定在我们上楼的时候就听见我们的脚步声了。

"'赫尔瓦特急于把他的宝贝给您看,今天中午都睡不着了。'老太太含笑对我说。她女儿的一个眼色已经使她明白,我完全同意帮忙,老太太放心了。桌上摊了一大堆画夹子,像是在等人去看。盲人一摸到我的手,也不多打招呼,就一把抓住我的手臂,把我按在软椅上。

"'好,现在我们马上就开始看吧!——要看的东西很多,而柏林来的先生们又老是没有工夫!第一个夹子里全是大师丢勒的作品,您自己马上就可以看出来,收集得相当齐全——而且一幅比一幅精美。喏,您自己可以判断,您瞧瞧!'——说着他打开画夹的第一幅,'这是《大马图》①。'

"于是他轻轻地、小心翼翼地,就像人家平时拿一样容易打碎的东西似的,用指尖从画夹子里取出一个硬纸框,里面嵌着一张发黄的空白的纸。他热情洋溢地把这张一文不值的废纸举到面前,细细地看了几分钟之久,可是实际上什么也没见。他叉开手指

---

① 丢勒的名画,作于一五〇五年。

兴高采烈地把这张白纸举到眼前,整个脸上十分迷人地表现出一个看得见的人的那种凝神注视的神情。他那瞳仁僵死、目光发直的眼睛,不知道是由于纸上的反光,还是来自内心的喜悦——突然发亮,闪烁着一种智慧的光芒。

"'怎么样,'他颇为得意地说道,'您看见过比这幅更加精美的复印画吗?每个细部的线条印得多么清晰,轮廓多么分明——我把这张画和德累斯顿复印版的画比较过,德累斯顿版那张显得平板多了。再看看它的来历!瞧这儿——'他把画页翻了过来,用指甲极为精确地指着这张白纸的某些地方,使我不由自主地望了一眼,看那儿是不是真的还盖着图章——'您看,这儿是那格勒藏画的图章,这儿是收藏家雷米和艾斯代勒的图章。这些在我之前拥有这幅画的著名收藏家大概一辈子也料想不到,这幅画居然有一天会跑到这间斗室里来。'

"听到这位丝毫没起疑心的老人这样热情奔放地夸耀一张空空如也的白纸,我背上起了一阵寒噤。看见他用指甲毫厘不差地指着只在他的想象中还存在的看不见的收藏家的图章,真叫人毛骨悚然。由于恐怖,我的嗓子眼堵得厉害,我不知道该怎么回答才好。我慌乱中抬起眼睛看了看那两个女人,又看见老太太浑身哆嗦,十分激动地举起双手,向我恳求。于是我振作一下,开始扮演我的角色:

"'简直叫人拍案叫绝!'我终于结结巴巴地说道,'真是一张印得精美绝伦的画!'老人的脸上马上显出得意的神气,'不过,这还算不了什么,'他洋洋得意地说,'您还得先看看《忧愁》①,或者

---

① 《忧愁》是丢勒的名画,作于一五一四年,画面是一天使托腮沉思。

《基督受难》①,这可是一幅精工印制的画。这种质量的画,还从来没有印过第二回呢。您瞧瞧,'说着他的手指又十分轻柔地抚摸着一幅他想象中的画——'瞧瞧这颜色多么新鲜,笔力多么遒劲,色调多么温暖。柏林的老板们和博物馆的专家们见了,都要为之神魂颠倒呢。'

"他就这样滔滔不绝、洋洋得意地边说边让我看画夹,足足忙了两个小时。我和他共同欣赏这一百张或者两百张空白的废纸或者蹩脚的仿制品,而这些东西在这个可悲的丝毫没起疑心的盲人的记忆里还是真实存在的,以至于他可以毫无差错、按照准确无误的顺序、精确入微地夸奖并且描写每一幅画。啊,我没法向您描述,这是多么使人毛骨悚然!这个看不见的珍藏,早已随风四散、荡然无存,可是对于这个盲人,对于这个令人感动的受骗者来说,还完整无缺地存在着。他从幻觉产生的激情是如此强烈,以至于我差一点也开始相信它们还依然存在。只有一次,他似乎觉察到什么,险些可怕地打破了他那梦游病患者的稳健,使他不能热情洋溢地说下去。他拿起一张伦勃朗的《安提俄珀》②(这是一幅试印的复制品,原来的确非常值钱),又在夸奖印刷的清晰,说着,他那感觉敏锐的神经质的指头,十分钟爱地顺着印刷的线条,重描这幅图画。可是他那已经训练得十分敏感的触觉神经在这张陌生的纸上没有摸到那些凹纹,于是他突然皱起眉头,他的声音也慌乱了:'这不是……这不是《安提俄珀》吧?'他喃喃自语,神情有些狼狈。

---

① 《基督受难》是丢勒以基督被钉在十字架上这一故事为题材的绘画。共两套,大《基督受难》图作于一四九八至一五一〇年,小《基督受难》图作于一五〇七至一五一二年。
② 安提俄珀,希腊神话中英勇善战的阿玛宗族的女王之妹,为忒修斯之妻,希波吕托斯之母。

我马上采取行动,急忙从他手里把这幅夹在框子里的画取过来,热情洋溢地大肆描绘我也熟悉的这幅蚀刻画的一切可能有的细节。盲人的那张已经变得颇为尴尬的脸便松弛了下来。我越赞扬,这个饱经沧桑、老态龙钟的老人身上便越发显出快活的样子,显出一股发自内心的深情。'总算找到了一个识货的行家!'他洋洋得意地掉转脸去冲着他的妻女欢呼起来,'总算找到一个懂行的,你们也听听,我的这些画多么值钱。他们总是疑虑重重地怪我把所有的钱都拿来买了画。这话倒也不假,六十年来,我既不喝酒,也不抽烟,不旅行,不看戏,也不买书,总是省了又省,省下钱来买这些画。有朝一日,等我不在人间了,你们会看见……你们将成为富翁,比我们城里谁都有钱,就跟德累斯顿最大的阔佬一样有钱。那时候,你们就会对我干的这件傻事感到高兴了。可是只要我活一天,这些画就一幅也不许拿出我的房子……你们先得把我抬出去埋了,再把我的收藏拿走。'

"他说着,用手指温柔地抚摸一下那些早已空空如也的画夹,就像抚摸一些有生命的东西似的。这是一副既可怕又动人的场面,因为在进行大战的这些年里,我还从来没有在一个德国人的脸上看到过这样纯净的幸福的表情。他身边站着他的妻子和女儿,她们跟那位德国大师①的蚀刻画上的妇女形象十分神秘地相像。画上这些妇女前来瞻仰救世主的坟墓,在这已经打开的空无一物的墓穴前面,她们脸上既显出恐怖害怕的表情,同时又显出一种虔诚、高兴看见奇迹的狂喜。那些女门徒的脸上被救世主的神力感染得光芒四射,这两个日益衰老、饱经风霜、愁苦可怜的小资产阶级妇女的脸上则洋溢着老人的这种天真烂漫、幸福无比的喜悦,她

---

① 指丢勒。这里说的蚀刻画就是丢勒的名画《基督受难》图。

们一面含笑,一面流泪,这样激动人心的景象,我还从来没有见过。可是这老人听我的夸奖,真是听个没够。所以他一个劲儿地翻着画页,如饥似渴地听我说的每一句话。等到最后,人们终于把这些骗人的画夹推到一边,老人很不乐意地腾出地方来放咖啡的时候,我才松了一口气。可是和这位似乎年轻了三十岁的老人热烈、高涨的欢快情绪,和他疯疯癫癫的高兴劲头相比,我这种含有内疚感的轻松又算得了什么!他滔滔不绝地讲了成百上千个买画觅宝的小故事,一再站起身来,不要人家帮一点忙,自己去抽出一幅又一幅画来:他像喝了酒似的带有醉意,情绪高昂。等我末了说,我得告辞了,他简直吓了一大跳,像个使气任性的孩子般显出一脸不高兴的样子,赌气地跺着脚说:这不行,您还没有看完一半呢。两个女人好说歹说,才让这个倔强的生气的老人明白,他不能多耽搁我,要不然我会误了火车的。

"经过绝望的挣扎,他终于顺从了。我们握别的时候,他的声音变得非常柔和,他握住我的两只手,他的手指带着一个盲人的全部表达力,爱抚似的沿着我的手一直抚摸到我的手腕,似乎想多了解我一点,并且向我表达言语所不能表达的爱情。'您光临寒舍,给我带来了极大极大的快乐,'他开口说道,带着一种发自内心的激动情绪,这我永远也不会忘记。'我终于又能和一个行家一起看一遍我心爱的藏画,这对我来说真是个幸福。可是您会看到,您不是白白到我这个瞎老头子这儿来了一趟。我让我太太作证,我在这儿答应您,在我的遗嘱里加上一条,委托您那久享盛誉的字号来拍卖我的收藏。您应该得到管理这批不为人所知的宝藏的荣誉,'说到这里,他把手亲热地放在这些早已洗劫一空的画夹上面,'一直管理到它四散到世界各地之日为止。请您答应我一件事:请您印个漂亮的藏画目录,这将成为我的墓碑,我也不需要更

好的墓碑了。'

"我望了一眼他的妻子和女儿,她们两个紧紧挨在一起,有时候一阵战栗从一个人的身上传到另一个人身上,仿佛两个人是一个身体,在那儿同受震动,一齐发颤。我自己这时的心情是十分庄严肃穆的,因为这位动人的毫无疑心的老人把他那看不见的、早已荡然无存的收藏像个宝贝似的托我保管。我深受感动地答应他去办这件实际上我永远无法照办的事。老人的死沉沉的瞳仁又为之一亮,我感到,他从内心渴望真正感觉到我的存在:我从他对我的温柔情意,从他的手指带着感激和许愿的意思使劲握着我的手指时的亲热样子,感觉到了他的这种愿望。

"两个女人送我到门口。她们不敢说话,因为老人耳朵尖,每句话都会听见,但是她们一面望着我,一面流泪,她们的眼光是多么温暖,多么富有感激之情。我恍恍惚惚地摸索着走下楼梯,心里其实十分羞愧:我像童话里的天使似的降临到一个穷人的家里,使一个瞎子在一小时内重见光明,我用的办法是帮人进行了一次虔诚的欺骗,极为放肆地大撒其谎,而我自己实际上是作为一个卑鄙的商人跑来,想狡猾地从别人手里骗走几件珍贵的东西的。可是我得到的,远远不止这些:在这阴暗迟钝、郁郁寡欢的时代,我又一次生动地感觉到纯粹的热情,一种纯粹是对艺术而发的精神上的快感,这种感情我们这些人似乎早已忘怀了。我心里充满——我不能用别的方法表达——一种敬畏的感情,虽然我不知为什么,又一直感到羞惭。

"我已经走在大街上了,上面咣当一响打开了一扇窗户,我听见有人在叫我的名字:确实不错,老人不听劝阻,一定要用他失明的双眼,朝着他以为我走的那个方向目送我。他把身子猛伸到窗外,他的妻女只好小心地扶着他。他挥动手绢,叫道:'一路平安!'他的嗓音高高兴兴,像个少年人一样清新爽朗。这是一个令人难忘的情景:楼上的窗口露出一张白发老人的高高兴兴的笑脸,凌驾于大街上愁眉苦脸、熙熙攘攘、忙忙碌碌的人群之上,由一片善意幻觉的白云托着,远远脱离了我们这个严酷的现实世界。我不觉又想起了那句含有深意的老话——我记得好像是歌德说的——'收藏家是幸福的人!'"

(1924)

(张玉书 译)

心 的 沉 沦[*]

命运并不总是需要大踏步后退并使用粗暴摈斥的强力才能极大地震撼一颗心灵;恰恰是出于一瞬间的原因而施展毁灭,这才刺激它的塑造者的强烈欲望哩。我们用我们那模糊的人类语言称这种初次轻微触动为诱因,并惊异地将其微弱的程度和那常常继续起作用的强力进行比较;但是正如一种疾病不会马上被人识别,一个人的命运也不会一经显露、稍有苗头就马上被人认识。命运总是先早已在内部,在精神上、在血液中存在,然后才从外部触及灵魂。自我认识本身就已经是自我保护,而这却往往是一种徒劳的自我保护。

这位老人——他叫萨洛蒙松,在家里可以自称枢密委员会参议——陪伴他的家人到加尔多尼来度复活节,半夜里他在饭店里突然醒过来,他感到一阵剧烈的疼痛:他觉得身体好像让尖利的桶板给箍住了,胸口憋得透不过气来。老人害怕了,他常犯胆囊痉挛,他没有遵医嘱到卡尔斯巴德去作矿泉浴疗,而是为了他的家人选择了这个南方度假地。他担心那种危险的症状会突然发作,惶恐不安地触摸自己那魁梧的身体,但随即——仍感到疼痛,却释然

---

[*] 本篇于一九二七年在小说集《感情的混乱》(莱比锡海岛出版社)中首次发表。

地——断定:他只是感到胃部胀痛,显然是由于不适应意大利饭菜或轻度中毒了吧,这类中毒现象对于到那儿去旅游的人来说是屡见不鲜的。他舒了一口气,抽回颤抖的手,但胀痛感依然,并妨碍呼吸。他呻吟着慢慢腾腾下了床,想稍稍活动活动。果不其然:站着就舒服一些,走动起来胀痛更见缓解。但这间黑咕隆咚的房间里活动的余地不大,再者,他担心若唤醒睡在旁边床上的妻子,会不必要地引起她的忧虑。于是他披上睡衣,光着脚穿上毡鞋,小心翼翼地摸索着走进走廊,想在那里迈开大步走几步,缓解缓解压抑的感觉。

就在他朝黑魆魆的走廊打开房门的当儿,从完全敞开的窗户外传来了教堂塔楼报时的钟声:四下先是强有力、随后便柔和地从湖面上空荡漾开去的钟声:凌晨四点。

长走廊里一片漆黑。但凭着白天清楚的记忆老人能笔直朝前走、知道进深多少:他迈开步,不需照明便喘着粗气从一头走到另一头,然后又走一遍,接着再走一遍,他满意地觉察到,卡在胸口的那把钳子在渐渐松开。经惬意地一走动,几乎完全摆脱了疼痛,他正打算返回自己的房间,这时一种响声吓得他突然停住脚步。这是附近什么地方从黑暗中传来的一阵低声耳语,虽微弱却明白无误。屋梁上什么东西嘎啦一响,什么东西簌簌一响,什么东西动了一动,只见从打开的一条门缝里,一束狭长的圆锥体光霎时间划破了黑暗。这是什么?老人情不自禁地躲进一个角落里,并非出于好奇,而仅仅是为那种容易理解的羞愧感所驱使,生怕自己这种奇异的梦游人行为让人撞见。但在灯光照亮走廊的这一刹那,他几乎是违心地以为看到一个穿白衣的女人身影从那个房间里溜了出来,并迅速悄然走向走廊的尽头。果然,在走廊那头最后几扇房门的一扇上,一个门把轻轻喀嚓一响。而后,一切又归于黑暗和寂静。

老人突然像心口挨了一击似的眩晕了起来。那走廊尽头，那个门把一动泄露天机的地方，那儿是……那正是他自己家人的房间呀，三个房间一套的单元，这是他为他的家人租的。他的妻子，几分钟前他离开她时她还在酣睡，那么，这个女人身影，这个离奇地从别人的房间返回的女人身影——不，不可能弄错——不可能是别人，只可能是艾娜，他的刚满十九岁的女儿艾娜。

老人浑身战栗，他惊骇到了极点。他的女儿艾娜，这个孩子，这个聪明伶俐、爽朗活泼的孩子——不，这是不可能的，他多半是弄错了。——她会到别人房间去干什么呢，若不是……他像拒斥一头凶恶的动物那样拒斥这个奇特的念头，但是那个迅速消逝的身影的鬼魂般形象却深深印入他的脑海，再也甩不掉，再也打发不走：他必须弄个水落石出。他气喘吁吁沿走廊墙壁摸索着走到她的门口，他隔壁那个房间的门口。但是真可怕：恰恰这儿，恰恰走廊里的这扇门这儿，唯一的这扇门这儿，一丝微光从门缝颤悠悠透出，钥匙孔里耀眼的白点露出了马脚：凌晨四点她的房间里还亮着灯！还有新的证据：方才里面喀嚓一响电灯一亮，一缕白光不留痕迹地射进黑暗之中——不，不，自欺欺人在这里是无济于事的——艾娜，他的女儿，半夜从别人床上偷偷溜回自己床上去的那个女人正是她。

老人吓得一哆嗦，与此同时，他身上冒出汗来，浑身汗津津。破门而入，用拳头狠狠揍她，揍这个不要脸的，这是他的头一个感觉。但魁伟的身躯下的两只脚犹豫不决。他勉强拖着疲惫的身体走进自己的房间，爬到床上；他迷迷糊糊像一头被宰杀的牲畜般一头倒在枕头上。

老人一动不动躺在床上，他睁大眼睛凝视着这一片黑暗。从他身旁传来他妻子无忧无虑的沉沉的呼吸声。他的第一个念头是摇醒她，报告这可怕的发现，大喊大叫，大发雷霆。但是怎样把这讲出口来，用言语大声说出来，说出这件可怕的事情来？不，永远不会，他永远说不出口来。可是怎么办？怎么办？

他试图思考。但是思绪纷乱得像蝙蝠盲目乱窜。这简直令人难以置信：艾娜，这个温柔而受过良好教育的、长着一双漂亮眼睛的孩子……曾几何时，曾几何时他还看见她在埋头读学校教科书来着，用红通通的小手指头吃力地一字一句地描摹着……曾几何时，他把只穿着那件浅蓝色小连衣裙的她从学校领到糕点师傅那儿，从那张还粘着糖的嘴上感受过那孩子式的亲吻……这不就是昨天的事吗？……不，这是几年前的事了……但是昨天，真的是昨天，她还曾孩子气十足地乞求他，要他给她买那件鲜艳夺目陈列在橱窗里的蓝色夹金黄色的双色毛衣。"爸，求你了！求你了！"——十指交叉着露出笑容，露出自信而愉快的笑容，他从来抵抗不住的笑容……而现在，现在她，就在他眼皮底下，竟半夜溜出去爬到一个陌生男人的床上，赤身裸体在那张床上取乐玩耍……

"我的天哪！……我的天哪！"……这位老人，他情不自禁地发出呻吟，"奇耻大辱！奇耻大辱！……我的孩子，我的温柔的、受到细心照管的孩子和一个男人……和谁？……这个人会是谁？……我们到这加尔多尼来才三天，在这之前，这些花花公子她一个也不认识，不认识这个脸面瘦削的康特·乌巴蒂，不认识这个意大利军官和这个梅克伦堡男子骑赛者……第二天跳舞的时候才认识他们的呀，她就已经和一个……不，这不可能是头一个男人，不……多半是早就已经开始了……在家里……而我竟懵懂不知，浑然不觉,我这个傻瓜,我这个窝窝囊囊的傻瓜……可是我究竟又了解她们些什么呢?……我整天为她们做牛做马,坐十四小时办公室,和从前拎着样品箱坐火车完全一样……只是为她们弄钱,钱,钱,好让她们有漂亮衣服穿,好让她们富起来……晚上每逢我回家来,精疲力竭,她们总是外出了:看戏,参加舞会,参加社交聚会……我知道她们什么呀,知道她们整天在干什么呀?……现在我只知道我的孩子夜里像个妓女那样,带着自己那年轻、纯洁的肉体去找男人……哦,真是奇耻大辱!"

老人一再发出呻吟声。每一个新的想法都把伤口撕裂得更深:他觉得,仿佛他的大脑血淋淋敞开着,红乎乎的蛆虫在里面拱来拱去。

"可是这一切为什么我都容忍了?……为什么现在我还躺在这儿苦苦折磨自己,而她倒抱着自己那个淫乱的身体在酣睡?……为什么我没有立刻冲进房间,让她知道我了解她的可耻行径?……为什么我没有敲碎她的骨头?……因为我懦弱……因为我胆小……我总是对她们俩懦弱……我什么都让着她们……只要能让她们生活得轻松愉快,哪怕我累死累活,我也感到自豪……这钱是我用指甲又扒又抓,一分一分攒集起来的……只为了能看到她们心满意足,我简直把手上的肉都拉扯下来了……但是我刚让她们富了起来,她们就已经在为我感到羞愧了……她们觉得我不够优雅……太没有教养……我哪儿来的什么教养?才十二岁,他们就不让我念书了,我必须挣钱,挣钱,挣钱……扛着样品箱,一个村庄一个村庄,后来又一个城市一个城市地推销,后来我才有可能办起我自己的商行……可她们一到高处、一有了自己的房屋,她们就不喜欢我原来那个诚实的好名字了……我不得不给自己买来委员会参议、枢密顾问等头衔,好让人不再称她们为萨洛蒙松太太,好让她们能够做出高贵的样子……高贵!高贵!……每逢我反对故作高贵态,反对她们的'上流'社会,她们就嘲笑我,每逢我告诉她们,我的母亲——愿上帝赐她进入天堂——怎样操持家务,文静,简朴,只为了父亲和我们……她们就说我过时了……'爸,你过时了,'她总是这样讥笑我……是呀,过时了,是呀……现在她却和陌生男人睡在陌生的床上,我的孩子,我的唯一的孩子……哦,奇耻大辱,奇耻大辱……"

老人从心头如此可怕地发出痛苦的呻吟,以致他身边的妻子惊醒了。"怎么啦?"她睡眼惺忪地问。老人不动弹,屏住呼吸。就这样,他一动不动地在他的痛苦的黑暗棺材里一直躺到天亮,像受蛀虫啃噬般受尽种种思绪的折磨。

早晨,他第一个坐到餐桌旁吃早饭。他叹着气坐下,他一口也咽不下去。

"又是独自一人,"他心想,"总是独自一人!……每逢我早晨去上班,她们总是舒舒服服地睡懒觉,整宵不是跳舞就是看戏……我晚上回到家里,她们已经出门玩儿去了,参加社交聚会:在那种场合她们不需要我……哦,是钱,是这该死的钱使她们腐化堕落了……使她们和我生疏了……我这傻瓜又扒又搂地敛了钱,苦熬了我自己的筋骨,我把我自己熬穷了,自己让她们变坏……我含辛茹苦白白干了五十个年头,没有享过一天清福,现在我却孤独一人……"

他渐渐焦躁不安起来。"她为什么不来。……我要和她谈,我必须把这事对她说清楚……我们必须离开这里,立刻……她为什么不来……大概她还困倦着呢,心安理得地在睡觉呢,而我却在撕扯自己的心,我这个傻瓜……母亲花几个小时打扮自己,必须洗澡,让人给自己涂脂抹粉、修指甲、理发,十一点以前她不会下来的……这有什么好奇怪的……这样一个孩子会变成什么样?……哦,钱,这该死的钱。"

背后喀嚓喀嚓响起轻轻的脚步声。"早晨好,爸,睡好了?"什么东西轻柔地从一边俯过来,一个轻吻擦过突突跳动的额头。他不由得一激灵缩回脑袋:他厌恶法国香水的这股甜丝丝、腻乎乎的气味。然后……

"你怎么了,爸……又心情不好了,来一杯咖啡,招待员,一客火腿蛋……没睡好觉还是坏消息?"

老人克制住自己。他低下脑袋,没有勇气抬头看人,他沉默不语。他只看见桌子上她那两只手,那双可爱的手:它们懒散、优雅地游动犹如娇惯的长身多毛狗在白桌布草地上嬉戏。他颤抖。他的目光惊怯地顺着那细嫩的少女胳臂向上游移,这儿童的胳臂,它们从前曾经……这是多久以前的事啦?……在上床睡觉前那样频频地搂抱过他……他看见两个隆起的优美乳房,它们在那件新毛衣下面随着呼吸而耸动着。"赤身裸体……赤身裸体……和一个陌生男人颠鸾倒凤,"他愤懑地暗自思忖,"所有这一切他都抓过,摸过,玩弄过,品味过,享受过……我的心头肉……我的孩子……哦,这个陌生的流氓……哦……哦……"

他下意识地又呻吟了。"你怎么啦,爸?"她用谄媚的口吻追问。

"我怎么啦?"他在心里吼叫,"我有一个婊子女儿,却没有勇气把这告诉她。"

但是他只含混不清地喃喃:"没什么!没什么!"他急忙伸手去拿报纸,用打开的报纸构筑起屏障,挡住了她猜疑的目光,因为他越来越觉得自己软弱无力,不敢去看她的眼睛。他的双手直打哆嗦。"现在我必须对她说了,乘现在我们单独在一起。"他备受痛苦折磨。但是他说不出话来;连抬起头来看一眼,连这个力气他都没有。

突然,他猛一使劲向后推开椅子,迈着沉重的脚步向花园逃遁而去;因为他感觉到,一大滴眼泪正违反他自己的意志从面颊上滚落下来。这决不能让她看见。

这位短腿老人在花园里游来荡去,久久地凝视着湖面。内心让强压下的泪水完全模糊了视线,他却不由自主地看到了这旖旎的风光:银色的光线后面碧波上涌,柏树的淡墨画添上了阴影线,小山丘闪现出柔和的色调,它们后面陡峭的群山,严酷而不带傲慢地俯视这一汪碧波,犹如严肃的男子观看亲爱的儿童做无关紧要的游戏。这美景以坦诚、芬芳、好客的姿态温和地铺开,它引诱人生出一片好心、产生幸福感,这种造物主的永恒极乐的微笑引诱人进入它的南方!"幸福!"老人迷迷糊糊地摇晃那颗过于沉重的脑袋。

"人们在这里可能会感到幸福。有一回我也曾希望得到它,有一回我自己也曾希望能感受到无忧无虑者们的世界多么美好……五十年写写算算、讨价还价和投机买卖之后,也想有朝一日享几天清福……有朝一日,有朝一日,有朝一日,在人家还没掩埋我之前……六十五个年头,我的上帝,已经是一只脚入了土的人啦,钱已经无济于事,医生也帮不了忙啦……我只想在这之前先轻松地舒几口气,有朝一日自己也……但是我故去的父亲生前一直说:'消遣娱乐是我辈不屑于干的事,人们背着全部家当一直背进坟墓……'昨天我曾以为,我也可以享享福了……昨天我颇有点像一个幸运的人,为我那漂亮、聪明的孩子感到高兴,见到她高兴而感到高兴……可是上帝马上就惩罚了我,他夺走了我的孩子……现在这永远一去不复返了……我再也不能和自己的孩子讲话了……我再也不能正视她的眼睛,我真是羞愧极了……我将总是不由自主地想到这一点,在家里,在办公室里,以及夜晚在床上;她现在在哪儿,她曾去过哪儿,她曾干过什么事?……永远也不再会内心平静地回家了,她坐在那里,快步向我迎过来,我一看到她,看到她年轻、漂亮,我心花怒放,她吻我的时候,我就会暗自思忖,昨天她和谁上床了,这嘴唇……她一离开我身边,我便惶惶不安,一看到她的眼睛,我便羞愧难言。——不,我不能这样活着……我不能这样活着……"

老人像喝醉了酒的人那样跟跟跄跄地行走。他一再凝视湖面,泪水一再滚落到他的胡子上。他不得不摘下夹鼻眼镜,睁着一双湿漉漉的近视眼,傻乎乎地站在狭窄的小径上。一个干园林活的男孩正好从这儿经过,惊愕地站住脚,哈哈大笑起来,用意大利语说了几句玩笑话讥笑这个失魂落魄的人。老人从痛苦的眩晕状态中惊醒,他拿起夹鼻眼镜,侧过身悄悄朝花园深处走去,想在随便哪张长凳上找个藏身之处,以躲过世人的目光。

他刚走近花园里的僻静处,却又让来自左边的一阵笑声给吓了一大跳……一阵笑声,这笑声他熟悉,这笑声现在撕裂着他的心。这笑声对他来说曾多么优美动听,十九年之久,这是她纵情、轻柔的笑……为了这笑声他曾乘坐三等车厢火车一直坐到波兹南和匈牙利,只是为了随后可以给她们抛撒点黄色的腐蚀质,好让这种无忧无虑的欢乐情绪滋蔓……他完全是为了这笑声而活着,他落下这胆囊痉挛的病症……只是为了让她笑口常开,笑声朗朗。而今它却像一把灼热的锯子切入内脏,这可诅咒的笑声。

然而这个老大不乐意的人却受到这笑声的吸引。她站在网球场旁边,光着的手挥舞着网球拍,关节放松,向上挥出球拍击球,随后又接球。纵情的欢笑声总是伴随挥舞着的球拍直冲蔚蓝色的天空。那三位男士赞赏地观看她打球,康特·乌巴蒂身穿宽松网球衫,军官穿紧身、笔挺的制服,男子骑赛者穿漂亮的马裤,三个各具风采的男性形象铸像般围住这位像一只蝴蝶那样翩然飘舞的击球女郎。老人自己也忘情地凝视着。我的天哪,她身穿那件浅色的下垂到脚踝的连衣裙,一头金发上阳光流溢,模样儿多么漂亮!这年轻的身躯快乐至极地在跳跃和跑动中感觉到了自身的轻快,随着灵活的肢体有节奏的活动,她陶醉了,她使人入迷了。现在她纵情地将白色网球抛向空中,随着又抛出第二个、第三个;真是妙不可言,她那苗条、柔软的少女肢体怎样一跃而起、弯体击球,现在突然向上弹起,击最后那个球。他从未见过她这个样子,这样燃起纵情的火焰,自身成了一团白色的、向后倾斜的、飘荡着的火焰,热情奔放的身体上空荡漾着银白色的笑的烟雾,一个处女似的女神,从南方花园的常春藤中,从碧波荡漾的湖面上惊起:在家里,这个瘦小而结实的身体从未这样狂舞般伸展开来做激烈的游戏。从来没有,不,他从来没有看见过她这个样子,在这沉闷的、城墙围住的城市里,从来没在房间里和街道上听到过她的声音如此美妙动听地从尘世上的沉闷嗓音变成一种几乎是歌唱般的欢声笑语,不,不,她从来没有这样漂亮过。老人愣怔地凝视着。他忘记了一切,他只是看着,只看见这一团白色的飘荡的火焰。若不是她终于迅捷一转身,喘着气飘然一跃接住了抛出去的球中的最后一个,并气喘吁吁、激动地露出含笑而骄傲的目光,将那球贴在胸口上,他简直会一直这样站着,用热烈的目光无休无止地吸吮她的形象。"好极了,好极了"——三位男子像听完一曲歌剧咏叹调似的喝彩,他们一直在兴奋异常地观看她精彩的接球表演。这些带喉音的声音把老人从心醉神迷状态中惊醒。他怒目凝视他们。

"是他们,这帮流氓,"他的心在突突地跳动,"是他们……可那人是他们当中的谁呢?……三个人当中是谁占有了她呢?……这帮游手好闲的家伙,他们打扮得多么优雅,洒了香水、刮了胡子……我们这种人在他们这个年龄却不得不穿着打补丁的裤子坐在账房里,东奔西跑推销货物磨破了鞋后跟……他们的父亲们,他们也许今天还这样坐着,为了儿辈做牛做马、耗尽心血……可他们却周游世界,蹉跎岁月,长着一张棕色的、无忧无虑的脸和一双明亮的、厚颜无耻的眼睛……这样的人容易有旺盛的精力,喜欢寻欢作乐,他们只需要给这样一个爱虚荣的孩子灌上几句甜言蜜语,她马上就会爬上床去的……可这是三个人当中的谁呢,是哪一个呢?……他们当中的一个,我知道,这个人脱过她的衣裳看到她的裸体,用舌头咂着嘴:她让我占有过了……这个人了解她的热烈和赤裸的身体并在暗想,今天晚上又可以……并眯缝着眼看看她——哦,这条狗!……能用鞭子抽死他该有多好,这条狗!"

人们在那边发现他了。女儿挥动球拍敬礼并向他笑,男士们致问候。他不致谢,只是睁大着布满血丝的眼睛凝视着她那张高兴得忘乎所以的嘴:"你居然还能这样笑,你这臭不要脸的……但是那一个也许正在暗中窃喜,并且心想,瞧他站在那儿,这个愚蠢的犹太老头儿,他夜里在自己床上打了一宵的鼾……要是他知道的话,这个傻瓜老头儿!……是的,我知道,你们笑,你们像踢一块脏物那样踢我……可是女儿,她活泼可爱,她心甘情愿,她敏捷地爬到你们的床上……那母亲,她已经有点发胖,装束时髦,涂脂抹粉,怪不得有人劝她,说她不妨也大胆地去跳支小型舞蹈呢……你们有理,你们这些狗,你们有理,是她们在追求你们,这帮发情的女人,这帮无廉耻的……你们在乎什么呀,是别人在心痛欲裂……你们只知道自己寻欢作乐,她们只知道自己寻欢作乐,这帮无廉耻的女人……应该用手枪打死你们,用鞭子抽打你们……但只要没有人去揍你们……只要人们像狗吃自己吐出的秽物那样把这怒火往自己肚里咽……你们就是对的,如果人们如此怯懦,如此怯懦到了极点……不去,不去抓住这不要脸的贱货,不抓住她的袖管把她从你们身边拉走……如果人们只是默默地在一边站着,满腔怒火,怯懦……怯懦……怯懦……"

老人用双手扶住栏杆,他两眼昏花愤怒得浑身发抖。他突然在自己脚前啐了一口唾沫,摇摇晃晃地走出了花园。

老人摸索着走进小城,在一个橱窗前他突然站住。各色各样的旅游用品,衬衫和网袋,短外套和钓具,领带,书籍,烤制的食物,随意放置在一起组成人造金字塔和彩色格子柜。但是他的目光只盯住唯一的一件物品,它备受鄙薄地摆放在这堆纷乱杂陈的雅致用品中间:一根多节手杖,粗陋而笨重,顶端包着铁皮,拿在手里沉甸甸,打起人来一定虎虎生威。"打倒他……打倒他,这条狗!"这个念头使他陷入一种纷乱的、几乎是狂喜的心醉神迷状态;他毫不犹豫地走进这家杂货店,用低价购得了那根有结节的棍棒。这个沉重的、强有力的物件一握在手,他顿时便觉得自己强壮多了:一件武器总可以让身体虚弱者对自己的事情更有把握一些。他感觉到,他一握住棍棒浑身肌肉顿时便激奋、紧张起来:"打死他……打死他,这条狗!"他喃喃自语,他那沉重而跌跌撞撞的脚步不由得变得坚定、刚强、迅捷了起来;他在湖滨路上来回踱步,简直是来回奔走,他浑身冒汗,与其说是由于加快了步伐不如说是由于激情满怀的缘故。因为他的手越来越使劲地捏住那粗重的把手。

手里拿着一件武器,他走进大厅里淡蓝色的阴冷灯光之中,立刻目光炯炯地寻找那个看不见的对手。果然,他们都一起坐在角落里,坐在软草垫子上,用细麦秆吸饮威士忌和苏打水,闲适自得地愉快交谈着:他的妻子,他的女儿以及那不可缺少的三人。"是哪一个呢?是哪一个呢?"他暗想,拳头握住那个粗重的结节手杖。"打破他们中谁的头颅呢?……谁的?……谁的?"但是艾娜误解了他不安的搜索的目光,当即一跃而起,向他迎面走了过来。"是你呀,爸!我们到处找你。你想想,梅德维茨先生用他的菲亚特带着我们兜风,我们沿着整个湖一直驶到代森察诺。"她边说边亲热地把他拽到桌子跟前,仿佛他还得为这邀请表示感谢似的。

男士们礼貌地站了起来并和他握手。老人打颤。但是她那温暖的身躯温柔而令人陶醉地傍着他的胳臂,缓和了他的情绪。他不由自主地一一与他们握手,默默坐下,摸出一支雪茄,用牙齿紧紧咬住这一团软乎乎的东西,强忍住怒火。断断续续的用法语进行的谈话声从他耳旁掠过,不时夹杂着几个人的纵情大笑声。

老人蜷缩着身体默默坐着并咬住他的雪茄,咬得牙缝里流出褐色的汁液来。"他们做得对……他们做得对,"他心想,"人们应该对我啐唾沫……现在我居然还和他握了手!……和三个人都握了手,但是我知道,他们当中有一个是无赖……我心平气和地和他坐在同一张桌子旁边……我没把他打倒在地,我彬彬有礼地和他握手……他们讥笑我,他们笑得对,笑得完全有道理……他们自顾讲话,全然没把我放在眼里,仿佛我根本就不存在似的!……仿佛我已经入土了似的……艾娜和她的母亲,这两个人分明知道我一句法语也听不懂……两个人,两个人明明知道,但是没有哪个人问我什么话,哪怕只是做做样子,哪怕只是为了使我不致这样可笑地坐在这儿,这样可笑之极地……对他们来说我无足轻重,无足轻重……一件惹人厌的附属物,一种累赘,一种干扰,一种人们为之感到羞愧的东西,人们不抛弃它,因为它会挣钱……钱,钱,这肮脏、可鄙的钱,我就是用这钱使她们堕落了……这钱,这钱是遭上帝诅咒的……我的妻子,我自己的孩子,她们一句话也不和我说,她们眼里只有这帮游手好闲之辈,只有这帮油腔滑调、夸夸其谈的花花公子……瞧她们那副和他们打情骂俏的模样,仿佛她们就要和他们动手动脚起来了……而我,我容忍这一切……我坐在这儿,听着他们笑,什么话也听不懂,却在这儿坐着,竟不挥拳打过去……不用这棍棒揍他们,不趁他们还没有在我眼皮底下开始交配便将他们驱散……我允许这一切……我坐在这儿,缄默,愚蠢,怯懦……怯懦……怯懦……"

"我可以吗?"这时意大利军官用生硬的德语边问边拿起打火机。

老人从胡思乱想中惊醒,顿时便一跃而起,愤怒地凝视着这个完全蒙在鼓里的人。怒火还在他胸中燃烧。手立即使劲抓住棍棒。然而接着嘴就又往下一撇,化出一丝无谓的狞笑。"噢,可以,"他重复道,他的语声突然变得尖厉起来,"当然可以,嗨嗨……什么都可以……只要您愿意……嗨嗨……什么都可以……我拥有的一切都供您支配……您可以随意支使我……"

军官惊诧地望着他。由于语言不通,他没全听明白。但是这种歪斜着嘴脸的狞笑使他感到不安。这位德国先生不由自主地发起火来,两位妇女脸煞白——刹那间,空气在他们所有人之间凝固住了,好像闪电和随后滚滚而来的雷声之间那个短暂的间歇。

但是随后这狂怒歪扭的嘴脸又松弛下来,手杖从捏紧的拳头滑落。老人像一只挨了棒打的狗蔫了下来,尴尬地轻咳了一声,被自己的胆大妄为吓了一跳。艾娜急忙捡起中断了的话题接茬儿谈了起来,以便缓和这难堪的紧张气氛,德国男爵显然是故作愉快地应答着,不多几分钟以后受阻滞的话语便又无忧无虑、滔滔不绝地流动了起来。

老人落寞地坐在这些饶舌者们中间,人们简直会以为他在睡觉。那根粗重的拐杖已从他的手中滑脱,在他的两腿间漫无目的地来回摆动。用双手支撑着的脑袋越来越向下滑去。但是再也没有什么人注意他:他的沉默被响亮的滚滚而来的闲谈的巨浪所淹没,有时纵情戏谑的话语中迸发出闪光的欢笑的泡沫;可是他却一动不动躺在下面无尽的黑暗之中,沉浸在羞愧和痛苦之中。

三位男士站起来,艾娜举止急促、母亲步履缓慢地跟随着;他们听从轻松愉快的建议,走进隔壁的音乐室,并不认为有必要特意邀请这个迷迷糊糊打着盹儿的人。在周遭突然出现的空寂冷落的侵袭下,他才醒了过来,就像一个睡觉的人因夜里被子掉下床,冷飕飕的穿堂风吹拂光杆儿身躯而被寒冷的感觉惊醒那样。目光不由得盯住了那几把孤零零的椅子;但是从隔壁钢琴室里已经噼噼啪啪响起一段急促的爵士乐曲,他听见笑声和鼓励的喊叫声。他们在隔壁跳舞。是的,跳舞,总是跳舞,这个他们会!一再地让情绪激动起来,一直淫荡地相互摩摩擦擦,直至把肉摩擦热了。跳舞,晚上、半夜和大白天,这帮懒汉,这帮游手好闲之徒,他们就是用这个来勾引女人。

他怒不可遏地又抓住粗木棒,踢踢跶跶地循声向他们走去。他在门口站住脚。那个德国男子骑赛者坐在钢琴前,丁零当啷地凭记忆大致不差地弹奏一首美国流行小调,他边弹边侧过身来同时观看舞者们跳舞。艾娜和那位军官跳舞,母亲,她动作迟钝、身体强壮,则由长腿康特·乌巴蒂不无辛劳地按节奏推拉转动。但是老人只瞪大眼睛看着艾娜和她的舞伴。瞧这个花花公子多么轻柔和谄媚地把双手搁在她那娇嫩的肩膀上,仿佛这整个儿的人完全和他联成一体了似的!她的身体怎样摇荡着、扭动着,恰似委身于人似的贴近他的身体,他亲眼目睹他们怎样艰难地压抑住欲火相互交融在一起!是的,就是这个人,这个人——因为在这两个激情沸腾的身体内显然燃烧着一种互相了解的欲火,一种已渗入血液的结合的情焰。是的,就是这个人,这个人——只可能是这个人,他从他们的眼睛上看出来了,它们虽半闭着却顾盼有神,在这翩翩起舞的同时反射出对尽情享受过的情爱的甜蜜回忆——就是这个人,这个窃贼,他黉夜伸出热辣辣的手,穿透这在薄薄的起伏波动着的衣裙里半透明地隐藏着的,他的孩子,他的孩子!他不由自主地走过来,想把她从那个人身边拉开。但是她没有发现他。每一个动作都与节奏,与这位共舞者和勾引者暗暗操纵着她的压力丝丝入扣:脑袋后仰,张开着湿乎乎的嘴,一脸陶醉和忘乎所以的神态,她和着柔和涌流的乐声翩翩起舞,对空间,对时间和这个人,对这个颤抖着、呻吟着的老人视而不见,老人睁大着充血的眼睛,怀着如痴如醉的愤怒凝视着她。她只感觉到自己,感觉到自己那年轻的肢体,毫不抗拒地顺应着那喘息、旋转的舞曲哒哒的节拍;她只感觉到自己,只感觉到一个男子贴近她想占有她,有力的胳臂搂住她,她不得不在这轻歌曼舞中防备自己,不让自己带着渴慕的嘴唇和献身的热烈气息扑进他的怀抱。这一切,老人在自己受震撼的内心都神奇地意识到了;每逢舞蹈将她从他身边卷走,他便觉得,仿佛她永远沉没了。音乐演奏之中,旋律突然像一根颤动作响的弦那样断了。德国男爵站起来:"Assez joué pour vous,①"

---

① 法文:你们玩够了。

他笑道,"maintenant je veux danser moimême。①"大家愉快地表示同意,结成对子的跳舞搭档松开了手,大家随意聚在一处。

老人又苏醒过来:现在做点什么,说点什么!不要这样傻乎乎地,这样可怜巴巴像个累赘似的在一旁站着!他妻子刚从身边掠过,累得有点儿气喘吁吁,却满足得浑身冒热气。愤怒让他作出了一个突然的决断。他挡住她的去路。"来,"他喘吁吁、不耐烦地说,"我有话要和你说。"

她惊讶地望着他:汗珠沾湿了他那苍白的额头,他的眼睛露出迷乱的神色。他要干什么?为什么偏偏现在要来打扰她?支吾搪塞的话已经到了嘴边;但由于他的态度中带有某种闪烁不定的危险成分,使她突然回想起先前的愤怒发作,便不情愿地跟着他去了。

"Excusez, messieurs, un instant.②"临走前她还先转过身去向男士们表示道歉。"她向他们道歉,"这位激动不安的人愤怒地暗自思忖,"他们站起来离席而去时,可并不曾向我道歉。对他们来说我连狗都不如,我是让大家擦脚的擦脚垫。但是他们做得对,他们做得对,谁叫我容忍这样的事呢。"

她高挑起眉毛等候着;他抽搐着嘴唇站在她面前,就像学生站在教师面前那样。

"嗯?"她终于向他提出挑战。

"我不要……我不要……,"他终于笨嘴拙舌、结结巴巴说道,"我不要你们……你们和这儿的这些人来往。"他便——像一只通红的利爪正在撕开他的五脏六腑似的——他便突然脸煞白,摇摇

---

① 法文:现在我自己也想跳舞。
② 法文:对不起,先生们,请稍等。

晃晃走到墙根。哦,这剧烈的灼痛和绞痛;他不得不咬紧牙关,才不致大声喊叫出来。受袭击的身体呻吟着蜷缩了起来。

他立刻知道他遭到了什么不测:胆囊痉挛,可怕地发作了,近来他常常受到这种疾病的折磨,但是从未像这次这样感到撕心裂肺的痛苦。"不要激动,"医生曾说过——在感到剧烈疼痛的同一个瞬间,他想起了医生的这句话。疼痛难忍中,他还在恼怒地自我嘲讽。"不要激动,说得倒容易……教授先生,你做个样子让我看看,我怎么才能不激动,如果我……哦……哦……"

老人痛苦地呻吟着,那只看不见的利爪热辣辣地在这备受折磨的躯体内绞扭。他拖着双脚艰难地一直走到客厅门口,把门撞开,一头倒在矮沙发榻上,牙齿紧紧咬住了坐垫。一躺下来,疼痛立刻有所缓解,那热辣辣的指甲不再那样狠命地抓挠创伤累累的五脏六腑。"我得敷一块湿毛巾,"他想起来了,"喝那药水,马上就会见好的。"

但是没有人来扶他站起来,没有人。他自己没有力气拖着双脚走到另一个房间里去,或者哪怕只是去按一下门铃。

"没有人在这儿,"他愤慨地想,"我会像一条狗那样丧命的……因为我分明知道,什么在作痛,这不是胆囊……这是死神,是死神在我体内肆虐……我知道,我是一个已经垮了的人,哪个医学教授,什么疗养也帮不了我的忙……六十五岁的身体不再健康啦……我知道,什么让我感到这钻心的绞痛,这是死神,残留给我的这几年岁月,将不再会是生,而只是死,只是死罢了……但什么时候,什么时候我曾生活过?……为我,为我自己生活过?……这叫什么生活呀:总是一味地捞钱,钱,钱,总是一味地为别人,现在可好,现在这对我有什么用处?……我曾有过一个妻子,我娶了这个姑娘,我结识了她的肉体,她给我生了一个孩子;我们年复一年在同一张床上一样地喘着气……现在,现在她在哪儿……我认不出她的脸来了……她摆出一副完全陌生的面孔对我说话,从来不管我的生活,从来不管我所感觉、所忍受、所思虑的这一切……这几年里我觉得她完全变成一个陌生人了……这消逝到哪儿去了,这消逝到哪儿……我们有过一个孩子……她翅膀长硬了,我曾以为,人们在这里可以再次获得新生,比命运赐给一个人的更美好、更幸福,人们在这里不会完全死亡……可是半夜里她偷偷溜出去,爬到男人的床上去……我将孤苦伶仃地死去,孤苦伶仃……因为对于别人来说我已经死了……我的上帝,我的上帝,我从来没有这么孤独过……"

利爪有时剧烈抓挠一下,而后又放松了下来。但是另一种痛苦却越来越深地扎进他的太阳穴里;这些想法,这些坚硬、尖利、滚烫的小石子刺痛着额头:现在千万别去考虑什么,千万别考虑什么! 老人已经撕扯开上衣和背心——鼓鼓囊囊的衬衫下患肠胃气胀的粗笨身躯颤抖着。他小心翼翼地用手捂住疼痛的部位。"只有这疼痛难忍的,这才是我,"他感觉到,"只有这个才是我,只有这块热辣辣的皮肤……只有这在我体内翻搅着的,还属于我,这就是我的病,我的死神……我只是这个罢了,不再叫枢密委员会参议,我没有妻子、孩子,没有钱、房子,没有商行……只有这儿的这个,我用指头感觉到的,只有我的身体以及我体内的这股热流,只有这疼痛,只有这些才是实实在在的……其余的一切全是愚蠢行为,不再有任何意义……因为这让我感到疼痛的,只让我一个人感到疼痛……这让我忧愁的,只让我一个人忧愁……她们再也不会理解我,我也不会理解她们了……我孤零零孑然一身,我从未有过这样的感觉。但是现在,我躺在这里,感觉到死神在体内肆虐,现在我明白了,可惜为时已晚,六十五岁啦,行将就木,现在,她们跳舞散步或四处游荡,这帮不要脸的女人……现在我明白了,我只是为她们而活着,她们却并不因此感激我,永远不会感激我的,一个小时也不会的……可是她们与我还有什么相干……她们与我还有什么相干……干吗惦记着她们,她们不惦记我的呀?……宁可死于非命,也决不接受她们的同情……她们与我还有什么相干……"

渐渐地,一步一步退缩着,他的疼痛缓和下来了:这只愤怒的手不再那样钩爪似的,不再那样热辣辣地直捣这个受苦人的内脏。但是某种郁闷的感觉留下了,几乎不再感觉到是疼痛,某种陌生的感觉让人感到压抑,它在他内心刻出一道深沟。老人闭着眼睛躺着,紧张地倾听着这个轻微的拉扯声:他觉得,仿佛这股异样的、陌生的力量先是用锋利的,现在则是用钝的工具凿空他体内的什么脏器,仿佛他封闭的躯体内某种东西正在一根纤维一根纤维地松散、剥落开来。它不再那样强撕硬扯。

它不再那样剧烈疼痛。但是,体内却有某种东西在慢慢燃烧、慢慢腐败,有某种东西开始渐渐熄灭。他体验过的一切,他爱过的一切都消失在这慢慢耗损精力的火焰中,阴暗而无烟地燃烧着,随后便松脆、焦碎地掉落进一团微热的冷漠泥淖中。正在发生什么事,他模糊地感觉到了,正在发生什么事,就在他这么躺着并苦苦思索自己的一生时,什么东西正在结束。那是什么?他反复倾听自己体内的动静。

于是——他的心灵开始渐渐沉没。

这老人,他紧闭眼睛躺在昏暗的房间里。他一半神智还醒着,另一半神智则已经在梦幻中。这时,在蒙眬和清醒之间,这位心绪纷乱的人的情况似乎是这样的:他觉得,仿佛从什么地方(从一个不痛的、他不知道的伤口)有一种湿乎乎、热辣辣的东西在微微地向里面渗透,仿佛自己的血正尽数流进自己的心脏。这并不疼痛,这看不见的流淌,它流得不急。像淌眼泪那样流得很慢很慢,涓涓细流,就这样一滴一滴掉落下来,每一滴都滴进心窝里。但是那颗心,那颗阴沉沉的心,它不发声,它静静吸收这股异样的细流。它像一块海绵那样吮吸。越吸越重、越吸越重,它已经膨胀起来,它已经在狭窄的胸腔里发胀。渐渐被自己饱和的分量胀得饱饱满满,它开始轻轻向下移动,伸展韧带,拉扯肌肉,那绷紧的肌肉,那颗疼痛的心,已经十分庞大,它越来越沉重地向下挤压,顺着它自己的重力。而现在(何等的痛苦!),现在这重力正在从肉的纤维中脱离出来——十分缓慢,不像一块石头,不像下落的果实;不,像一块海绵,吸满了湿气,它深深地下坠,越坠越深,坠进一片冷漠、一片空虚中,在某处沉入他自身以外的一片空洞之中,一片广袤、无尽的黑暗之中。方才还是那颗温暖、膨胀的心所在的地方,一下子寂静得令人毛骨悚然:什么东西在那里空落落地张着口,阴森而寒冷。它不再跳动,它不再滴落:在内部它变得完全寂静了,完全枯萎了。战栗的胸膛像一具棺材那样空洞而黑暗地笼罩住这既无声且不可理解的虚无。

　　这个梦幻的感觉是如此强烈,混乱是如此深重,以致老人渐渐清醒过来时竟不由自主地伸手去摸了摸左胸脯,想知道他的心是否不在那里面了。但是,感谢上苍!这里面有个东西还在跳动,手指触摸得到这低沉而有节奏的跳动,然而却又让人觉得,这只是麻木、空洞的跳动,仿佛他的心已不在了。因为奇怪:他突然觉得自己的身体好像离开了自身。再也没有撕心裂肺的痛苦,没有受到痛苦折磨的精神,这内部的一切全都寂静无声,僵硬而呆滞。"这是怎么回事?"他想,"刚才我受到那么多的折磨,刚才这儿内部还热辣辣的,刚才还每根纤维都在震颤。我出什么事了?"他像听一个空心的物件那样听自己的内心,听那从前的东西是否不动弹了。但是那涓涓细流和潺潺流淌声,那滴落和跳动声,它们很远很远,他听呀听呀,听不见任何回响。再也没有什么东西会折磨人了,再也没有什么东西会膨胀了,再也没有什么东西会令人痛苦了:这里面一定像一棵内部被烧空的树的空洞那样空荡和黑暗。蓦地,他觉得,仿佛他已经死了,或者是他心中的什么已经死了,血液令人恐怖地沉默地凝固住了。他自己的身躯像一具尸体般冷冷地躺在他下面,他害怕用温暖的手去触摸它。

老人倾听自己的内心世界:他没听见报时的钟声一再从湖那边飘进他的房间,每一阵钟声为更浓重的暮色覆盖着。周遭已然暮色四合。黑暗把各种物件从房间里抹掉;连四角形窗户里那片较明亮的天空也完全变成一片黑暗。老人没察觉到这一点,他只凝视着自己内心的那一团黑,他只倾听自己内心的那一片空,一如倾听那自身的死亡。

这时,隔壁房间里终于爆发出一阵欢声笑语。隔壁闪起亮光——其中有一束光从只是虚掩着的房门射进来。老人吓了一跳:他的妻子,他的女儿!她们马上就会在这张沙发榻上找到他,询问他。他急忙扣上上衣和背心的扣子:她们有什么必要知道他发作胆囊痉挛呀,这与她们有什么相干?

但是这两个女人并没有寻找他,第三遍催人吃正餐的锣声迅猛地敲响了。她们显然是在梳妆打扮:偷听者从开着的房门倾听每一个动作。现在她们推开木盒,现在她们叮当一声把戒指轻轻放在盥洗台上,现在鞋子哗啦啦掉在地上,这当儿她们说着话:每一句话,每一个词儿,这位偷听者都听得一清二楚。她们边梳妆打扮边笑谈那几个男人,笑谈旅途小风波,你一言我一语尽是些随口乱讲的话。而后话题突然转到他身上。

"爸爸在哪儿呀？"艾娜问，口吻中充满惊讶，竟这么晚才想起他来。

"我怎么会知道！"——这是母亲的声音，一提起这事立刻就火冒三丈。"大概他在楼下大厅里等候，第一百遍地谈《法兰克福汇报》中的证券行情呢——除此以外他对什么也不感兴趣。你以为他曾看过一眼这个湖吗？他不喜欢这儿，这是他今天中午告诉我的。他要我们今天就离开这儿。"

"今天就动身？……哟，为什么？"这又是艾娜的声音。

"我不知道。谁知道他葫芦里卖的什么药。我们的社交界朋友不合他的心意，他显然和那几位男士不相称——也许他自己感觉到他和他们多么不般配。确实是个耻辱，瞧他那游来荡去的模样，衣服总是皱皱巴巴的，敞着领子……你去提醒他一下吧，晚上至少要注意一点仪容吧，你的话他还听。今天上午……我觉得我简直无地自容，他为打火机的事那样怒斥泰内特……"

"是呀，妈妈……这是怎么回事？……我正要问你呢……爸爸怎么啦？……我从来没有见过他这副模样……我确实吓了一大跳。"

"嗨，没什么，性情不好呗……也许是证券行情下跌了……要不就是因为我们讲法语了……别人快快活活，他看了就受不了……你没有看到，我们跳舞的时候，他站在门口就像躲在树后的一个杀人犯……离开这儿！立刻离开这儿！只是因为他突然心血来潮……他不喜欢这儿，那他也不该扫我们的兴呀……不过我才不管他高兴不高兴呢，他说什么做什么，都由他自便。"

谈话停止。显然在说话间已为赴晚宴梳妆打扮完毕了：是的，房门被打开，现在她们离开房间，开关咔嚓一响，灯火熄灭。

老人悄没声地坐在沙发榻上。每一句话他都听见了。但是奇怪:他不再感到痛苦,一点儿也不感到痛苦了。从前激烈敲打和拉扯着的,这狂暴的钟表机件,它一定是破碎了。这么使劲碰撞它也丝毫没有什么颤动。没有愤怒,没有憎恨……什么也没有……什么也没有……他心平气和地扣上衣服扣子,小心翼翼地摸索着下楼,像坐到陌生人身旁那样在她们那张桌子旁边坐下。

那天晚上他没和她们讲话,她们俩又没觉察到这种令人压抑的沉默。而后他没打招呼就又走进自己的房间,躺在床上,熄了灯。很久以后他的妻子才尽兴而归;由于她以为他在睡觉,她便摸黑脱衣服。不一会儿,他便听见她那粗重的、无忧无虑的呼吸声了。

老人伶仃一人,睁大着眼睛凝视这茫无边际的黑夜。他身旁有什么东西躺在黑暗中,深深地呼吸着:他竭力回忆,这呼吸着同一房间里的同样空气的身体,就是他怀着青春热情热恋过的、给他生了一个孩子的那个身体,一个通过最深沉的血统秘密与他有着紧密联系的身体;他一再强制自己回想,他伸手便可触摸到的身边这团温暖、柔软,一度曾是他的生命的生命。但是奇怪:这种回忆再也激发不起感情来了。他听这呼吸声,觉得这和从敞开的窗户传来的潺潺小浪声没有什么两样,它们咕嘟咕嘟、吧嗒吧嗒地戏弄着湖岸的卵石。所有这一切都遥远而空洞,只是一种附属物,一种偶然和陌生的东西:结束了,永远结束了。

他又震颤了一次:隔壁女儿的房门小声地缓缓地打开了。"今天又去了"——他在已经被认为是枯死了的心里还是感觉到了一阵轻微的热辣辣的刺痛。某种像神经的东西震颤了一下,而后便完全麻木了。然而,连这个也结束了:"她爱干啥就干啥去吧！她与我还有什么相干！"

于是,老人又向后靠在枕头上。黑暗柔和地笼罩住疼痛的太阳穴,蓝色的冷漠已经令人舒适地渗进血液。不久,他神志疲惫,迷迷糊糊地睡着了。

妇人早晨醒来时,看见她丈夫已经身穿大衣头戴礼帽。"你这是干什么?"她睡眼惺忪地问。

老人没有转过身去,他镇定自若地把夜间用品塞进手提箱里。"你是知道的,我要回去了。我只带走最必需的用品,其余的你们可以随后给我寄来。"

妇人大吃一惊。这是怎么啦？她从未听见过他用这样的声音说话:每一句话都冷漠已极、僵硬已极地从牙缝里吐出来。她一骨碌从床上跳下来。"你不见得是要动身了吧？……等一等……我们也走呀,我已经和艾娜说了……"

可是他使劲一挥手。"不……不……别妨碍了你们。"没有回过头来看一眼,他便脚步笨重地向门口走去。为了压下门把,他不得不把箱子往地上放一放。就在这一刹那他回想起:他曾无数次先这样把样品箱放在陌生人的房门口,然后才后退着一鞠躬走出门去,一边低三下四地恳求继续订货。但是此刻他不再做任何生意了:所以他没打任何招呼。没抬一下眼皮,没吭一声,他就又拿起旅行袋,当啷一声磕上了在自己和自己从前的生活之间的门把。

母亲和女儿,她们不明白发生了什么事。但是这次启程中出奇的干脆和坚定令母女俩感到不安。她们立刻给他写信,写了详细解释的、推测着某个误会的、几乎是亲热多情的信——这些信随着他寄到南德的家乡——她们满怀忧虑地询问,他旅途是否顺利,是否已平安到达,突然谦和地声称随时准备中止在当地的逗留。

他不回信。她们写得更急迫,她们拍电报:没有回答。只公事公办地寄来了一笔钱,她们曾在一封信里提及需要这笔钱:一张汇款单,带公司公章,没有任何亲笔留言,没有一句问候话。

这样一种无法解释和令人压抑的状况促使她们提前回家。虽然事先发了电报,但是没有人到火车站来接她们,她们发现家里也没作任何迎候她们回来的准备:据仆役们说,老人漫不经心地把电报撂在桌子上,没作任何指示便走了。晚上,她们已经坐着吃晚饭了,这才听见宅门发出响声:她们一跃而起,向他迎过去。他诧异地——显然他忘记那份电报了——不流露任何特殊情感地凝视着她们,冷静地忍受着女儿的拥抱,让她把自己领进餐室、听她给自己述说。但是他不提问题,默默地吸着雪茄,时而作简短的回答,时而他又对提问和讲述充耳不闻:就好像他在睁着眼睛睡觉似的。后来,他慢腾腾站起来,走进自己的房间。

此后几天里依然是这样的情况。惴惴不安的妇人徒劳地试图作一次谈话:她越是情绪激动地催促他,他越是闪烁其词、躲躲闪闪。他内心的不知什么东西给封锁住了,不好接近了,一个通道给堵死了。他还和她们同桌吃饭,有客来访时便沉默不语、神情呆滞地在一旁坐一会儿。但是他不再对任何事有兴趣,每逢客人们在谈话中间偶然看一下他的眼睛,他们便会有一种难堪的感觉,因为他们看到一束木然的目光直愣愣地呆视着他们。

不久,连陌路人也注意到老人的这个日益增长的特性了。熟人们在街上遇见他,已经开始悄悄对他指指戳戳了:瞧这老头儿,是全市最富有的人之一,却像一个乞丐那样踮着脚沿着墙根走,皱巴巴的礼帽歪歪斜斜,上衣上撒满雪茄烟灰,每迈一步都要奇怪地一摇晃,一边往往还自言自语小声嘟囔几句。谁和他打招呼,他便抬起那吃惊的目光,谁和他搭讪,他便木呆呆地凝视讲话的人,忘

213

了和对方握手。起先有些人以为老人聋了,便大声重复所说的话。其实不是这么回事,而是他总是需要时间使自己从一种内心的睡眠状态中苏醒过来,而且在谈话中间他还会回归到奇特的茫然若失的状态中去。然后,眼光突然黯淡下来,他急忙中止,踉踉跄跄地继续往前走,并不觉察别人的惊奇。他总是似乎从一个沉闷的梦中,从一种迷茫愣怔的状态中惊醒过来:对于他来说——这一点人们看得出来——周围的人不复存在。他不打听任何人,在自己家里觉察不到妻子的郁闷绝望、女儿的无奈询问。他不读报,不听别人谈话;没有一句话,没有一个问题能——哪怕只是在一个瞬间——穿透这阴暗的、把他严密蒙住的冷漠。连他自己那个特有的天地他也觉得陌生了:他的商行;有时他还直愣愣地坐在办公室里签发信函。但是每当秘书一小时后来取署名的信件时,他总是发现老人与自己离开他时的模样完全一样,用同样木呆呆的目光愣愣地看着那些未曾读过的信。末了,他自己发觉自己多余,便压根儿不来了。

但是最最奇特的、令全城最感惊讶的则是:从来不曾属于教区信教者行列的这位老人,突然变得虔诚起来了。平素对一切漠不关心、用餐和赴约从不准时的他,如今却在规定的钟点去犹太教堂,从不耽误:他站在那儿,头戴黑丝帽,肩披祈祷服,总是站在同一个位置上,就在从前他父亲站过的那个位置上,边吟唱赞美诗边来回摇晃疲倦的脑袋。这里,在这间颇有些孤寂的房间里,陌生和模糊的言语在他耳际回响,这是他一人独处的最佳场所,一种平静在这里克服了他的纷乱,尽情享用着自己内心的那种隐秘;但是在为死者作祈祷时,他看见亲戚们、孩子们、死者的朋友们感情深挚、尽心尽意地一再屈膝下跪,苦苦恳求,吁请上帝对死者宽和,每逢这种时候他的眼睛会变得黯淡无神:他是老末,他心里明白。没有人会为他诵念一篇祷文的。于是,他便跟着凝神默祷,边默祷边像想着一个死者那样想着自己。

有一回,天色已晚,他作完这样的漫游归来,半路上雨水向他当头浇下来。老人一如既往忘了带伞,有廉价的出租车可以乘坐,宅院门洞和玻璃遮雨棚可供行人遮风避雨,可是这个怪人满不在乎、落汤鸡似的一摇一晃继续走路。压皱了的便帽里积起一汪雨水,每迈一步湿淋淋的袖管便浇下一摊:他对此毫不在意,继续慢腾腾地走着,在这空落落的大街上他几乎是唯一的行人了。就这样,他浑身湿透,不像这幢高级别墅的主人,倒更像一个流浪汉,他到达自己府邸的大门口时,恰逢一辆汽车射出强烈的灯光紧靠他身边停住,反冲时还溅了这位漫不经心的步行人一身污泥。车门猛地一下被打开,他的妻子急匆匆从有电灯照明的双座小轿车里出来,某位显要的来客在她身后为她打着雨伞,接着又下来一位男士;他们在大门口相遇。妻子立刻认出他并大吃一惊,她看到他竟成了这副模样,水淋淋,皱成一团,像刚从水里打捞上来的一个行李包:她不由自主地扭过头去。老人立刻明白了:她在客人面前为他感到羞愧。为了避免让她作介绍受窘,他不动声色、不露恼怒地像一个陌生人那样知趣地往前走几步,走到供仆役行走的楼梯口:他在那里谦卑地一拐弯上了楼梯。

从这一天起,老人在自己府邸便总是只从供仆役行走的楼梯进出:走这里他放心,他不会遇见任何人。他也不到餐室来吃饭了——一个老女仆给他把饭送到房间里来;一旦这妇人或他的女儿试图强行闯入他的房间,他就采用虽困窘然而却不可战胜的自卫手段急急忙忙叽里咕噜地把她们轰走。最后她们也就让他一人独处,人们改掉了向他问安的习惯,他也对什么都不闻不问。他常常听见笑声和音乐声从别的、他已觉遥远的房间透过墙壁渗过来,听见外面车辆辘辘开进开出直至深夜。但是他对这一切感到如此无动于衷,以致不屑于从窗户往外看一眼:这与他有什么相干?只有那条狗还不时上楼来,躺在这个被遗忘的人床前。

在这颗已变得麻木的心里,再也没有任何疼痛的感觉了,但是在身体内部,这只黑鼹鼠仍在拱来拱去,血淋淋地拉扯着震颤的肉体。疾病发作一个礼拜、一个礼拜地在增多,这个受折磨的人终于答应了医生的要求,同意作一次特别的检查。教授神情严肃。他措词谨慎地表示,现在只好做手术了。但是老人并不害怕,他只是抑郁地微笑:谢天谢地,现在就要结束了。死亡过程就要结束了,现在就要来好事了,就要来死神了。他禁止医生向他的亲属透露任何情况,定下手术日期,做好准备。他最后一次走进自己的商行(商行里再也没有人期待他,大家都像看一个陌生人那样看他),再一次坐到那把黑山羊皮安乐椅上,他曾在这椅子里坐了三十年,坐了一辈子,坐了成千上万个钟点,他让人拿来一本支票簿,开了一张支票:他把这张支票送到教区主管的手里,主管几乎让这笔巨款吓了一大跳。他把这笔钱捐赠给慈善事业并购置了自己的坟地;他推却掉种种谢忱,急忙跌跌撞撞地走了出去,匆忙间还丢失了他那顶帽子,但是他连弯一下腰捡它也不捡了。就这样,光着脑袋,黄疸病的皱巴脸上闪着忧郁的目光,他没精打采地(人们惊奇地望着他的背影)慢慢朝有他父母坟墓的公墓走去。几个闲人跟到那儿观看老人的一举一动并再次感到惊异:他像和人讲话那样长时间地、大声地和那些半腐朽的石头讲话。他是在向他们预告自己的来临呢,抑或是在恳求他们赐福呢?没有人听见他在说什么——只见那嘴唇在无声地嚅动,那颗来回摇摆的脑袋在作祈祷时越垂越深。而后,在大门口,乞丐们向这位知名人物围上来;他急忙从口袋里掏出硬币和钞票,不一会儿就全部分发殆尽,这时还有一个干瘪老妪姗姗来迟,苦苦哀求他。他不知所措地翻遍各个衣兜——他再也找不到一个子儿。只有某种陌生的、沉甸甸的东西还在挤压着手指头:他的结婚戒指。他脑海里闪过某种回忆——他急忙摘下戒指,将它赠给那个诧异的女人。

就这样,一贫如洗,空空如也,老人孑然一身走上了手术台。

老人从麻醉状态中再一次苏醒过来时,医生们看出病情危急,便将已经接到通知的妻子和女儿叫进手术室。蒙上淡蓝色阴影的眼皮下,眼睛费力地睁开:"我在哪里?"他的眼睛凝视着一间从未见过的房间的一团异样和一团白色。

这时女儿对他做出一个亲切的姿态,朝这张憔悴的老脸俯下身去。在那盲目探询着的瞳孔里突然闪出认知的光。一缕光,一缕微弱的光从瞳孔闪出:这是她呀,这孩子,这无比可爱的孩子,是她,艾娜,这温柔、美丽的孩子! 辛酸的嘴唇缓缓地、缓缓地松弛开来——一丝笑意,一丝极浅的笑意,这张闭锁住的嘴巴上早已绝迹了的笑意,慢慢地开始绽开。受到这艰辛的愉悦的感召,她更近地俯下身去,去亲吻父亲的毫无血色的面颊。

但是这时——是那甜丝丝的香水让他忆起了往事,还是这半昏迷的大脑想起了被遗忘的时刻? ——这时,那方才还洋溢着的喜悦表情骤然起了可怕的变化:那嘴唇,那苍白无力的嘴唇,竟一下子含怒、抗拒地抿紧了,被子下面的手勉强挪动着,好似要举起来,要推开什么可恶的东西,整个受伤的躯体激动得颤抖起来。"滚开! ……滚开! ……"苍白的嘴唇口齿不清,然而却明白无误地喃喃着。这个无力逃避的人的抽搐神情中,如此可怕地流露出厌恶,医生只好忧心忡忡地把妇人们推到一边。"他在说胡话,"

医生悄声耳语,"现在你们还是让他一个人单独待着吧。"

这两个人刚走,扭歪的嘴脸便又衰弱地松弛下来,陷入一种空虚的昏昏欲睡的状态。还有低沉的呼吸声——胸膛里越来越深沉的呼噜声——为获得这沉重的活命的空气而挣扎着。但不久这胸膛便疲倦了,再也没有力气吮吸这痛苦的人生养料了。当医生触摸检查心脏时,这颗心脏已经停止跳动,再也不会让老人感到痛苦了。

(1927)

(张荣昌 译)

感情的混乱[*]

枢密顾问[**]R.V.D 的私人笔记

我系里的学生和同事是一番好意：为纪念我的六十岁寿辰和执教三十周年，语言学家们献给我一本纪念文集，庄严隆重地递交给我，装帧极为讲究。这本纪念文集的第一本样书就放在这里，真的成了一本传记：再小的文章也一篇不缺，任何纪念演说，任何学术年鉴里无足轻重的书评都被他们凭着勤奋的考据热情从故纸堆里找了出来——我整个的生平排得清清楚楚，一目了然，一级接一级，犹如一道打扫得干干净净的台阶，一直排到目前这一时刻。倘若我对这样感人的缜密作风不感到高兴，我的确是个不知感恩的人了。我自己以为业已散失、早已丢弃的东西，在这本文集里又找了回来，并且整理得井然有序。不，我不能否认，我这老人看到这些篇页，就像当年的小学生看到老师给的成绩单，初次证明他具有钻研学术的能力和志向，是同样感到骄傲的。

可是当我翻阅这辛勤汇集起来的二百页文章，仔细观察我的精神映像时，我不由得微笑起来。这真是我的一生，它的的确确是这样目标明确地沿着崎岖的羊肠小道从最初时刻一直攀登到今天

---

[*] 本篇于一九二七年在小说集《感情的混乱》（莱比锡海岛出版社）中首次发表。

[**] 过去德国公务员的荣誉头衔。德国的教师都是公务员，有卓越贡献的教授也会获得这一称号。

的时光,就像传记作家在这里用文字所编排的那样?我当时的感觉的确就像我第一次从留声机里听到我自己的声音在说话时一样:我起先一点也听不出来;因为这大概是我的声音,可是只是别人听见的那个声音,而不是我自己仿佛通过我的血液在我生命的深层所听见的我的声音。我这一生全都用来根据人物自己的作品来表现他们,指出他们世界的精神结构的特征,我恰好以我自己的经历又认识到,每个人的命运中真正的本质的核心,那形象化的细胞是多么难以穿透,一切生长的本原都从这细胞里进出。我们经历了数以亿万计的分秒,但是始终只有一秒,绝无仅有的一秒钟,使我们整个内在世界翻腾起来,在这一秒钟(司汤达曾经描述过它)里,内在地浸透了各种汁水的花朵闪电似的凝结起来——这具有魔力的一秒钟,就像创造生命的那一秒钟,隐藏在自己生命温暖的内部,看不见,摸不着,感觉不到,纯粹是经历到的秘密。没有一种精神的代数能够算出它来,没有一种预感的炼金术能够猜出它来,自己的感情很少捕捉住它。

关于我精神生活发展过程中的那个秘密,这本书一无所知,因此我不由得微笑起来。书中一切都是真实的,唯独缺少本质的东西。它只是对我进行描写,可没有说出我的本质。它只是谈论我,并没有揭露我。仔细拼凑起来的附录里列举了二百个名字——唯独发出一切创造性冲动的那个名字没有写上,那个决定我命运的人的名字没有提到,此人又以加倍的力量唤回我的青春。所有的人都谈到了,唯独没有谈到他,是他给了我语言,我是用他的呼吸在说话;我猛然间感到,这样胆怯地对他隐而不提是个罪过。我一辈子描绘了那么多人的肖像,从遥远的世纪唤醒各种人物,赋予现代的感觉。恰巧是这个对我来说最贴近的人,我却从来没有想起过他,所以我要像在荷马的岁月里那样把我自己的鲜血给予他,给予这心爱的影子，以便他又和我说话，这个早已衰老逝去的人又能来到我这自己也迈入老境的人的身边。我要把一张讳莫如深的书页放到这些公开的篇页旁边，把一篇感情的自白放在这本学术著作旁边，为了他的缘故向我自己讲述我青年时代的真实情况。

开讲之前，我再一次翻阅这本说是表现我这一生的书。我禁不住又微笑起来。因为他们选择了一个错误的起点，又怎么可能达到我本质的真正的内心深处？他们迈出的第一步就已经错了！一个对我怀有好意的中学同学，现在同样也当上了枢密顾问，他信口开河，说我在中学时代就和其他同学不同，对文科怀有强烈的爱好。亲爱的枢密顾问，您记错了！对我来说，文科的各门功课都是难以忍受的枷锁，令人咬牙切齿，叫人火冒三丈。正因为我父亲在那座北德小城里是个中学校长，我在家里看到人们把教育视为谋生的手段，所以我从小就憎恨各种语言学：大自然依照自己神秘的使命，要保持人的独创性，总让儿子对父亲的倾向怀有反感和嘲笑。它不愿平平稳稳荏弱无力的遗传，不希望就这样延续下去，代代相传。它总是在同类人当中先制造矛盾对立，只允许后代经过艰难而有益的弯路才进入前辈的轨道。总之，我父亲把学术说得非常神圣，而我自以为是，却觉得学术只不过是玩弄概念；正因为他把古典大师奉为楷模，我就觉得他们老是训人，因而面目可憎。身边尽是书本，我却对它们嗤之以鼻；父亲总是逼我从事智力活动，我就对书面流传下来的任何形式的教养表示愤慨。因此我好不容易勉强混到中学毕业，然后激烈反对上大学继续深造，也就不足为奇了。我想当军官、海员或者工程师，其实并没有什么强烈的爱好迫使我去从事这三种职业中的任何一种。只是由于对学术的枯燥和说教心存反感，使我要求学习实用的东西，而不选择学术前程。可是我父亲狂热地敬仰大学,坚持要我受到大学教育,我再三争取只做到使他让步,允许我不学古典语言学而选择英国语言文学(我最终之所以接受这个折中的解决方案,是因为我心里暗自盘算,凭借这种航海语言的知识,日后可以比较容易地改行进入我心向往之的海员生涯)。

因此再也没有比那份生平简历里的如下友好论断更错误的了。它说我在柏林上的第一学期里,就由于值得赞美的教授们的指导奠定了语言学方面的基础——我当时渴望自由,放荡不羁,哪里理会什么课程和老师!第一次到课堂上去待了一会儿,那儿空气污浊,讲课像牧师布道似的单调枯燥,同时又海阔天空扯得老远,使我疲惫不堪,我不得不拼命使劲,才没有垂下脑袋趴在桌上猛打瞌睡——这儿又是学校,我原以为业已成功地逃脱了的学校,以及随之同来的教室,高高在上的讲台和吹毛求疵地讲究细枝末节的老师:我不由自主地感到,仿佛从老师微微张开的嘴唇里有细沙汩汩流出,细如飞尘,陈旧磨损的教科书里的字句像蒙蒙细雨均匀地洒入混浊的空气之中。当我还是学童时便怀疑是否进入了一间精神的停尸房,漠不关心的手在死者身上乱摸乱动进行解剖;在这早已成为古董的亚历山大格式诗句工作室里,这种可怕的怀疑又油然而生——在我辛辛苦苦地上了这堂课,走到这座城市的大街上去的时候,这种抗拒的本能才真的变得非常强烈。这是当时的柏林,它被自己的迅速增长弄得惊慌不止,全城洋溢着突然爆发出来的阳刚之气,从所有的砖石和街道上都喷射出电流,把飞速流动的速度不可阻挡地强加在每个人身上。它那攫取一切的贪欲,和我自己刚刚才注意到的男性的陶醉极为相似。这城市和我,两者都是突然从新教循规蹈矩、无比拘谨的小市民氛围中突然成长起来,极为仓促地忘情于充满力量和机遇的新的陶醉之中——这城市和我这年轻、奔放的小伙子都像一台骚动不宁、焦躁不耐的发电机一样颤抖不已。我从来没有像当时那样深刻地理解过柏林,热爱过柏林,因为在这个充溢饱满、温暖如春、人头攒动的蜂房里,就像在我身上,每个细胞都迫切要求突然扩张——每一个坚强的青年时代的焦躁不耐,除了在这灼热的女巨人不断抽动的母体内,除了在这焦躁不耐、迸涌力量的城市之中,又能到什么地方去这样充分地发泄呢!这个城市一下子就使我活跃起来,我投入它的怀抱,进入它的血管之中,我的好奇心急急忙忙地围绕着它那整个由石头构成,然而温暖的母体——从早上到夜里,我一直在大街小巷瞎逛,驱车到各个湖边,潜入它的各个隐蔽之地;的确,我不去注意学业,而是如痴如迷地投身于活生生的追奇猎艳的生活之中。而在这种恣意放纵之时,我当然只听从我本性中的一个特点:我从小就不会几件事齐头并进地做,做一件事总是立刻对其他事情毫无感觉,视而不见;不论何时何地,我总是把精力使在一条线上,今天在工作中我在大多数情况下也是狂热地死咬住一个问题不放,不把微小的细枝末节弄得清清楚楚决不罢休。

当时在柏林这种自由的感觉对我来说变成无比强烈的痴迷,甚至上课时在教室里听一会儿课,课外在我自己房间里待一会儿我都受不了。凡是不能带来冒险经历的事,对我来说似乎都是浪费时间。这个乳臭未干、初出茅庐的外省少年,拼命要让自己显得富有男子气概:我到一个大学会礼团去旁听,赋予我自己(本来羞怯)的性格一些大胆无畏、生气勃勃、放荡不羁的成分,安顿下来还不到八天,就扮演起大城市人和大德意志人来,以令人惊愕的速度,学会作为一个货真价实的 miles gloriosus[①] 在咖啡馆的一个角

[①] 拉丁文:光荣的战士。

落里举止粗鲁地坐下,懒洋洋地伸着手脚。在这夸耀男儿气概的过程中,自然少不了女人——或者不如说——小妞儿,在我们大学生狂劲发作时就这样称呼她们。事情也真叫凑巧:我是个英俊少年,相貌出众。我长得高挑个儿,修长身材,面颊上还留着新鲜的古铜色,动作像体操运动员一样灵巧,我觉得对付那些脸色苍白,像鲟鱼那样被室内的空气弄得干瘪枯槁的商店小伙计真是易如反掌,他们和我们一样,每个星期天都到哈伦湖和洪德凯勒的那些舞厅(当时还都远在城外)里去寻觅猎物。不久,我跳舞跳得来劲,便把一个头发金黄皮肤乳白来自梅克伦堡的使女,在她回家休假前夜拽到我的斗室里来,接着又带来波森地方的一个生性好动、烦躁不安,在梯茨卖长筒袜的犹太小女人——大多是些价钱便宜的猎物,很容易就到手,然后又迅速转手给其他同学。但是对于这个昨天还胆小怕事的文科中学生来说,出人意表的轻易成功是令人陶醉的惊喜——廉价的成功使我更加胆大妄为,我渐渐地把大街仅仅视为运动员式追寻艳遇的逐猎场所,全然不加选择。有一次我紧跟一个漂亮姑娘走到菩提树下大街——的确是纯属偶然——走到大学①前面,想到我有多久没有迈步走进那道可敬的门槛,我不由得哈哈大笑。我一时疯劲大发,和一个趣味相投的朋友一起走进大学;我们悄悄地打开教室门,看见(简直可笑得难以置信)一百五十个人正弓着背,趴在桌上写个不停,仿佛跟着一个唱赞美诗的白胡子老人的祷告词在同声祈祷。我又赶忙把门关上,让那阴郁的雄辩的小溪继续潺潺流过勤奋好学的人的肩头,而我自己则满不在乎地和我的同伴一起溜溜达达地走出大门,走到阳光普照的林荫道上。我有时候真的觉得,没有一个年轻人比我在那几

---

① 柏林大学,即现在的洪堡大学,坐落在菩提树下大街上。

个月里更加愚蠢地浪费时间的了。我一本书也不读,我敢肯定,没有说过一句像样的话,没有真正地动过脑子——出于本能我回避一切高雅的社交活动,只是为了以青春刚刚觉醒的肉体来更加强烈地体验新鲜事物和迄今被禁止的各种事物的魅力。也许这种自我陶醉,这种蹉跎岁月的自我折腾怎么说也是每一个秉性坚强突然获得解放的青年的本质——但是我的这种特别的痴迷使这种放荡的生涯变得非常危险,发展下去,我很可能就会完全虚度年华或者至少感情麻木,彻底堕落,倘若不是一个偶然事件突然制止我内心的沉沦。

今天我心怀感激之情称这个偶然事件是我交了好运。事情是这样的,我的父亲突然奉命到柏林教育部去参加一天校长会议。作为一个职业教育家,他乘机来调查一下我的起居举止,事先并不预告他要前来,对我这个毫无预感的人进行一次突击访问。这次突然袭击他是完全成功了。和往常一样,这天晚上在城北我那便宜的大学生寓所里——通向寓所的门是通过只有一帘之隔的房东太太的厨房——正有一个女孩在和我百般亲昵,这时听见敲门的声音。我估计是个同学,便不高兴地咕噜了一声:"我不见客。"可是隔了一会儿,门又敲起来了,一次,两次,然后敲门的人显然不耐烦地敲第三次。我怒气冲冲地穿上裤子,打算把这个执拗的捣乱的家伙好好训斥一顿。就这样,我半敞着衬衫,背带耷拉着,光着脚丫,猛地把门打开,但立刻就像太阳穴挨了一拳。在前室的昏暗之中,我认出了父亲的侧影。在阴影里我没看清他的脸,只看见他戴的眼镜反光,闪闪发亮。但是这张侧影就足以使我准备好的那句放肆的话像根尖利的鱼刺似的卡在我的喉咙里吐不出来:霎时间我呆若木鸡,然后不得不——可怕的瞬间——低声下气地请他在厨房里等几分钟,让我把房间整理一下。前面说过了:我没看见他的脸,但是我感觉到,他明白我的意思了。我从他的沉默,从他那收敛的样子——他没有和我握手,而是带着一脸恶心的神情,掀开帘子,走进厨房——我感觉到他明白了事情的真相。在那儿,在一个发出热过的咖啡和萝卜的味道,蒸气弥漫的铁制炉灶前面,老爷子不得不等了十分钟,这十分钟对我对他都是同样的令人屈辱。我连忙把那小姐从床上拎起来,催她穿好衣服,从旁边溜出我的寓所。老爷子被迫听到这一切声响,听到她从旁走过时的脚步声,在那小姐匆匆离去时,激起的气流使门帘掀起皱褶。可是我还不能把老爷子从那令人屈辱的藏身之地请出来。我还得先把床收拾一下,消除过于明显的紊乱状态。这时我才向他走去,在我一生中从来没有比这时更叫我羞愧得无地自容的了。

在这样尴尬的时刻,我父亲镇定自若,直到今天我还打心眼里为此感激他。因为每次回忆起我这位早已辞世的父亲时,我总不愿从学生的视角来看他,把他轻蔑地只看成一架修改错误的机器,一个不断挑剔、吹毛求疵的老学究,而是永远想起他这最富人情味的瞬间的形象。老爷子极度反感可又控制住自己,他一言不发地跟着我走进那弥漫着男女情欲的房间。他戴着帽子,手里拿着手套;他不由自主地想放下手套,可是接着做了一个厌恶的手势,仿佛用他身上的任何部分接触这房里的污秽他都反感。我端把椅子请他坐下,他不作答,只是摆摆手,表示和这房里的任何东西都不想有任何关系。

就这样闪在一边站着,过了冷冰冰的几分钟之后,他终于摘下眼镜,仔仔细细地擦拭了半天。我知道,这个动作泄露了他内心的窘迫。我也看到,老爷子重新戴上眼镜时,用手背擦了一下眼睛。他在我面前感到羞耻,我在他面前感到羞耻,我们都没话可说。我心里暗暗害怕,他会用那种一本正经的口气,长篇大论地发表一篇训词,一篇无比雄辩的演讲,我在上中学的时候就恨他这种语气,嘲笑他这种腔调。可是——直到今天我还为此对他感激不尽——老爷子一言不发,避免正眼看我。他最后走到那个摇摇晃晃地放着我教科书的书架前面,把书打开——他一眼就看出,这些书没有碰过,大多数连书页都没有裁开。"把你的笔记本拿来!"这道命令是他说的第一句话。我哆哆嗦嗦地把笔记本递给他,心里知道,速写的笔记只包括第一堂课的内容。他迅速翻了一下,把两页的内容浏览一遍,把笔记本放到桌上,没有流露出丝毫气愤的神气。然后他拉过一把椅子,坐了下来,神情严肃地凝视着我,并无任何责备的样子,问道:"现在,你对这一切有什么想法?下一步该怎么办?"

这个心平气和的问题把我彻底打倒在地。我本来早已横下心来。倘若他斥责我,我就傲气十足地予以反击,倘若他婆婆妈妈地警告我,我就会把他嘲笑一通。可是这个就事论事的问题让我无从倔强。他问得严肃,也要求我严肃回答。他控制自己保持平静,要求我对他表示尊敬,内心准备和他深谈。我简直不敢回忆我当时回答了些什么,就是在今天,也无法下笔记述接下来的那次谈话:心灵突然发生强烈的震撼,心潮翻腾,把这一切予以重述可能听上去过于感伤,在两人单独相处,不由自主地感情骚乱之际说出的有些话,就只有那么一次显得真实。这是我曾经和我父亲进行过的独一无二的一次真正的谈话,我毫无顾虑心甘情愿地低头屈从:我让他为我做出一切决定。可是他只劝我离开柏林,下学期到一所小大学去学习。他几乎是安慰我,说他坚信,我从今以后一定会激情满怀地把落下的课程补上。他的信任使我深受震撼,在这一瞬间我感觉到我整个青年时代对这个看上去感情冷漠、迂腐古板的老人都不公平。我不得不使劲地狠咬我的嘴唇强忍眼泪,免

227

得滚滚热泪夺眶而出。他大概也有同样的感受,因为他突然伸手和我相握,颤抖着握住我的手片刻,然后急急忙忙地走了出去。我不敢跟随他,只是内心慌乱心情迷惘地待着,用手绢擦掉我嘴唇上的鲜血。为了控制我的感情,我的牙齿竟咬破了嘴唇。

这是我这个十九岁的人所经历的第一个震撼,它把我在三个月里用丈夫气概、大学生派头、骄傲自负建造起来的浮夸虚饰的纸房子,没说一句重话,就全部推倒。我觉得由于意志曾经受到过挑战,自己已有足够的定力可以放弃一切低级的欢娱。我迫不及待地想在精神方面试验一下浪费掉的力量,渴望着态度严肃,头脑冷静,循规蹈矩,严格要求。这时候,我献身学业,犹如献身于修道院的礼拜。当然,我并不知道在学术上有一种崇高的醉意在等待着我,不知道在那精神升华的世界里也一直为性格狂暴的人准备着奇遇和危险。

我得到父亲的同意,第二学期选择到一座外省小城去上学。这座小城坐落在德国中部,它那遐迩闻名的学术声望和大学楼房四周的一小堆房屋实在很不协调。我先把行李存放在火车站,没花多少力气,就从火车站出发,打听到我母校的地址。在这幢古色古香极为宽敞的房子里,我立刻感觉到,在这里大学内部工作的运转也不知比那柏林的鸽子窝里要迅速多少。不出两小时我就办完了注册入学的手续,拜访了大多数的教授,只有我的正教授,那位教授英国语言学的老师,我未能立刻见到。可是人家告诉我,下午四点左右可以在教室里找到他。

就像从前我狂热地躲避学术,现在我又同样狂热地想开始从事科学。我迫不及待,一小时也不想耽搁,在这个和柏林相比简直像沉睡在昏梦之中的小城里匆匆忙忙地兜了一圈之后,四点整,我就来到指定地点。校工给我指了指那间教室。我敲敲门,似乎屋里有人答应,我便走了进去。

但是我听错了。谁也没有叫我进去。我听见的那模模糊糊的声音只是教授提高了嗓门,在慷慨激昂地发表演讲,他正在向大约二十几个大学生发表一篇即席演说。他们紧紧地围在一起,紧挨着他形成一个圈子。我因为没有听清楚,擅自闯了进来,觉得很不自在,打算又悄悄地溜出去,可是我怕这一来反而引起大家的注意,因为在这之前没有一个听众注意到我,于是我就留了下来,靠近门口,身不由己地被迫听讲。

演讲显然是从一次专题讨论或者学术讨论会自然而然地演变而来,至少老师和学生的这种无拘无束,全然碰巧形成的组合说明了这点:老师不是高高在上地坐在椅子上讲课,而是像大学生似的非常洒脱地坐在一张课桌上,一条腿虚悬着,他身边聚集着年轻人,每人都是随便找个座位坐下,似乎兴致勃勃的倾听才使他们先前的散漫模样固定成为现在形象生动的静止不动的样子。他们想必原来正站在一起说话,突然老师跃上桌子,在那居高临下的位置上用话语像套索似的把他们拉了过来,让他们着了魔似的一动不动地拴在位子上。只消几分钟,我便忘记了我是不召自来,我自己也感觉到他的讲话像磁铁一样具有强大的吸引力,令人陶醉;我不由自主地往前走去,以便看清他在讲话时两只手做出的包含一切、拥抱一切的奇怪手势。倘若有一句话以逼人之势吐出,这两只手便像翅膀一样张开,颤动着伸向高处,然后渐渐地以一位指挥家令人平静的姿势富有音乐性地向下飘落。他的语流喷涌而出,越来越热烈。神采飞扬的老师颇有韵律地在硬木桌上直起身子,宛若驾着一匹奔马,气喘吁吁地沿着这条交织着许多闪光图像的汹涌澎湃的思路向前飞驰。我还从来没有听见过一个人这样热情奔放,这样引人入胜地讲过话——我生平第一次经历了古罗马人称之为 raptus① 的状况。一个人恣意忘形,忘乎所以:这里有一张嘴在飞快运动,并不是在为自己也不是在为别人说话,话语从这张嘴里流出,滔滔不绝,犹如熊熊烈火从一个内心燃烧的人的胸中喷涌而出。

我从来没有经历过这样的事,把讲话当作极度快感,把演讲的激情当作本性的流露。这种出乎意料的状况猛地一下子吸引了我。不知不觉地,我像被一种比好奇更强大的威力所催眠,所吸引,踏着那种梦游者特有的软绵绵的脚步,走了过去,一种魔力把我推进那狭小的圈子:我无意中突然站在圈内,和他只相隔咫尺,置身于其他人当中。他们也同样着迷,没有看见我,或者任何东西。我卷入他的演说的洪流之中,可并不知道它的源头。显然有一个学生称赞莎士比亚是个流星般的现象,但是坐在桌上的这个人却一心想要指出,莎士比亚只是整整一代人的最强有力的表现,是这代人心灵的表露,是一个激情如炽的时代的感性表达。他草草几笔就把英吉利那了不起的时刻,那绝无仅有的欢乐瞬间勾勒出来。这样的瞬间在每个民族的生活中犹如在每个人的生活中都会突然闪现,把所有的力量都汇集起来,变成一次强劲的冲击进入永恒之中。地球猛然间变得更为宽广,一个新的大陆被发现,与此同时,旧大陆最古老的势力,教皇的势力行将崩溃:自从西班牙无敌舰队在狂风恶浪之中沉没,海洋便属于英国人。在大洋彼岸,新的机遇蓬勃发展起来,世界变得辽阔广袤,人的心灵也伸展开来,要和世界一样——人的心灵也要扩大,它也要在善恶两方面都趋于极端;它要发现,占领,像那些

---

① 拉丁文:掠夺,抢劫,在此意为神往。

征服者①一样,它需要一种新的语言,一种新的力量。于是一夜之间用这种语言说话的人,诗人,便应运而生,十年之内涌现出五十个、一百个诗人,都是些狂放无羁、桀骜不驯的家伙;不像他们之前的那些宫廷小诗人,装点一下牧歌情调的小花园,用诗歌吟咏一下精致的神话——这些家伙冲向剧院,在先前只是疯狂演出追捕野兽和血淋淋的戏剧舞台上,设下他们的战场,嗜血的热切渴望还在他们的作品之中,他们的戏剧本身便是这样一个Circus maximus②,在这里狂暴的感情的野兽谗吻大张,互相猛扑。这批激情昂扬的心灵像雄狮一样的咆哮逞威,一个想比另一个表现得更疯狂,感情更充沛。一切都可以表现,一切全都允许:乱伦、谋杀、恶行、犯罪,人的七情六欲漫无节制混乱不堪,都在这里表现得淋漓尽致,就像从前饥火如焚的野兽冲出牢笼,现在这些醉意醺然的激情怒吼狂叫,凶相毕露地冲进这木头围成的竞技场。这绝无仅有的一次爆炸,犹如一枚爆竹,一次就长达五十年,一次吐血,一次射精,一个前所未有的野兽,用利爪抱住整个世界,把它撕得粉碎。人们几乎感觉不到这次力量的狂欢在纵情恣肆之中的个别声音,个别形象。彼此都在对方身上得到激励,每个人都向别人学习,都向别人偷窃,人人努力去压倒别人,超过别人,可是大家都只是这独一无二的节日庆典的精神角斗士,挣脱锁链的奴隶,被时代精神鞭打着向前挺进。时代精神从郊区歪歪斜斜、幽暗昏黑的陋室里,也从宫殿府邸里,把他们找来,找来泥水匠的孩子本·琼森③,找来鞋匠的儿子马洛④,

---

① 指征服新大陆的西班牙殖民者。
② 拉丁文:大竞技场。
③ 本·琼森(1572—1637),英国戏剧家。
④ 克里斯托弗·马洛(1564—1593),英国戏剧家,诗人。

找来男仆的后裔马辛杰①,找来家资富有博学多识的政治家菲力普·锡德尼②;现在那阵炽热的旋风把他们大家都拽在一起。今天他们受人赞赏,明天他们就潦倒而死。基德③,海伍德④,死于极度穷困,犹如斯宾塞⑤饿死在国王大街,大家都不是市民阶级的人物,他们是醉鬼、龟奴、戏子、骗子,但都是诗人,诗人,他们大家都是诗人,莎士比亚只不过是他们的中心:the very age and body of the time⑥。但是混乱得天昏地黑,一部作品接着一部,一股激情压倒另一股激情,根本没有时间把他和别人区分出来。突然之间,人类的这次突如其来精彩绝伦的爆发,又戛然而止。这场戏结束了,英国已精疲力竭,泰晤士河雾蒙蒙湿漉漉的灰色又笼罩着精神达一百年之久:整整一代人一次冲锋,登上了激情的所有巅峰,也下到了激情的所有低谷,过分充溢极度疯狂的灵魂,把自己胸中的郁积尽行倾吐——于是全国躺在那里,疲惫不堪,精疲力竭;一批吹毛求疵的清教徒关闭了剧院,从而又封闭了热情洋溢的演说,在那最富人性的语言说出了古往今来所有时代最热烈的忏悔之后,在绝无仅有的热情如焚的一代人空前绝后地为千万人生活之后,《圣经》又说起话来,说起上帝的话来。

话锋突然一转,演说者冷不丁地冲着我们说了起来:"你们现在明白了吧,为什么我的课不按历史顺序从头开始,不从亚瑟王⑦

---

① 菲力普·马辛杰(1583—1640),英国戏剧家。
② 菲力普·锡德尼(1554—1586),英国诗人。
③ 托马斯·基德(1558—1594),英国戏剧家。
④ 约翰·海伍德(1497—1580),英国戏剧家。
⑤ 埃德蒙德·斯宾塞(1552—1599),英国诗人。
⑥ 英文:这时代的年纪和躯体,也即这时代的特征。
⑦ 中世纪传说中的英国国王,他和他的圆桌骑士的故事是古老的传奇内容。

和乔叟①开始,而是一反常规从伊丽莎白时代的诗人开始讲起?你们明白了吧,我首先要求你们熟悉他们,深入体验这些最为生动活泼的东西。因为没有经历便谈不上语言学上的理解,不认识生活中的价值,就谈不上单纯语法上的词句。你们这些年轻人,你们想征服一个国家,一种语言,首先得看到这种语言最高度的美丽形式,看到这个国家青春时期最强有力最富激情的状态。你们必须先到诗人那里,到创造这种语言并使之臻于完美的人那里,去倾听这种语言。在我们开始分析文学作品之前,你们先得用心灵感觉到它正在呼吸,生气勃勃,因此我总从这些天神着手,因为英国就是伊丽莎白,就是莎士比亚和他同时代的那批诗人。先前所有的诗人只是酝酿准备,以后所有的诗人只是这真正大胆的跃入无限境界的飞跃之后,步履维艰地尾随而已——但是这里,你们感受吧,你们这些年轻人,你们自己去感受一下啊,这里是我们这个世界生机最为活跃的青春时期。我们总是在每个现象,每个人,正好处于火一样炽烈的形状时,正好处于激情之中,才认识他们。因为一切才智来自天赋,一切思想出于激情,而一切激情又生于热情——因此首先介绍莎士比亚和他同时代的诗人,只有他们才能使你们这些年轻人真正变得富有青春活力!先要激情满怀,然后才勤奋好学,在学习语言之前,先要学他,学这至高无上的登峰造极的神明,这部人世间美妙无比值得反复学习的教材!"

"好,今天就讲这些——再见!"——他的手一扬,猛地做出一个结束的手势,颇为专横地冷不丁地把话打住,同时从桌上一跃而下。挤成一堆的大学生们突然一下子站了起来,四下散开,椅子碰得噼啪直响,桌子移动,二十个封闭的嗓子一下子开始说话,咳嗽,

---

① 杰弗里·乔叟(1343—1400),英国诗人。

大声呼吸——现在你才看到,刚才的魔力有多强大,它把这些一直在呼吸的嘴唇全都紧紧封上。因此这狭小的教室里的乱乎劲这时便变得更为热烈,更为无所顾忌;有几个学生向老师走去,向他表示感谢,或者说点别的什么事情,其余的人脸红红的在互相交换感想;没有一个心情平静地站着,没有一个不被这股电压所触动。电源的接触戛然切断,但是火花和气息似乎还在这紧张的空气里毕剥作响。

我自己动弹不得,像在胸口挨了一击。我天性富有激情,能够热情洋溢地振奋起我全部感官来理解一切,我这是生平第一次感到我被一位老师,被一个人所深深吸引,我感到一种优势的力量,向它屈服想必是义务也是快乐。我感到热血奔流,呼吸加快,这种迅急的节奏一直侵入我的体内,并且焦躁不耐地扯动我的每个关节。我终于屈服,慢慢地挤到前排去看这个人的脸,因为——说也奇怪!——在他说话的时候,我根本没有看见他脸上的轮廓。它们完全融化,消逝在他的演说之中。便是现在我首先也只能影影绰绰地看到一个不甚清晰的侧影:他站在窗前半明半暗的光线中,脸半朝着一个学生,一只手亲热地放在他的肩上,即使是这样一个随随便便的动作,也显得亲切,优雅,我从来没有想到一个教师有可能做出这样的动作。

这时候已经有几个大学生注意到我了。为了不要让人把我看做不召自来、擅自闯入的外人,我往教授跟前又走了几步,等他结束谈话。这时我才得以仔细端详他的脸:他长了一个古罗马人的脑袋,大理石般的额头饱满高贵,头上的白发浓密,像波浪一样向脑后梳去,两边梳得油光锃亮;头的上部灵气十足,气宇轩昂,威风凛凛——从深陷的眼窝往下,由于下巴又光又圆,嘴唇不时牵动,嘴唇两边的神经颤动不已,时而浮现一丝笑意,时而露出一道不安的皱纹,很快便显得线条柔和,几乎带有女人气。上面额头的皮肤绷紧,显出男性的阳刚之美,而下面肉乎乎的比较柔软的线条,化为皮肤松弛的面颊和一张牵动不已的嘴;起先显得气度不凡,英气慑人,近前一看,他的脸是费了大劲才绷紧的,便是他的体态也表现出类似的双重特性。他左手漫不经心地放在桌上,或者至少看上去像是安放在那里,因为不断有轻微的颤抖一直传到每个手指的关节上去。那狭长的手指对于一个男人的手来说过于娇嫩,过于柔软,不耐烦地在空空的木头桌面上涂画一些看不见的人像,与此同时,他那为沉重的眼皮遮盖的眼睛低垂着,态度关切地倾听着正在进行的谈话。究竟是他焦躁不安,抑或神经受到刺激,情绪还在继续波动:反正那只手失控的样子和他脸上平心静气地倾听、等待的神气形成对比。这张脸显出倦意,可是又似乎专注地关心和学生的交谈。

终于轮到我了。我走过去,报了姓名,说明来意。这双瞳孔几乎发出蓝光的眼睛立刻亮了起来,这道光芒带着询问的神气在我脸上,从下巴直到头发绕了两三秒钟:在这样温和的审查目光的注视之下,我大概脸都红了;因为他注意到了我慌乱的神情,便迅速地微微一笑。"这么说,您想在我这里注册学习,那我们还得更详细地一起谈谈。对不起,我不能马上和您谈,我现在还有些事情要处理。您是不是在楼下大门口等我,然后陪我回家?"说着他向我伸出手来,那只娇嫩瘦长的手,它比手套更轻柔地套在我的手指上,随后他已经亲切地转向下一个等在那儿的学生。

我在大门口等了十分钟,心脏怦怦直跳。倘若他问起我的学业,我该说什么呢?怎么向他坦白,说我无论是学习时间还是空闲时间从来都不问津诗文?他难道不会瞧不起我或者竟从一开始就把我摒除在那个热火朝天的圈子之外?今天这个圈子就吸引了我,令我着魔。可是等他笑容可掬态度亲切地快步走来,他的神情就消除了我的一切拘谨。不错,他根本没有逼我,我就忏悔我的第一学期大大荒废了学业(我在他面前没法躲躲藏藏)。他那温暖的关切的目光又看着我。"不过音乐里也有休止符啊。"他笑吟吟地鼓励我。为了不让我继续因为学业无知而感到羞惭,他就只向我打听一些我个人的事情,问我老家在哪儿,打算在这儿住在哪里。我告诉他,我到现在为止还没有找到一个住处,他就向我提供帮助,劝我先到他住的那幢房子里去打听一下,那儿有位半聋的老太太有间漂亮的小房间出租,他以前的学生住在那里都感到满意。他说其他一切事情他都要亲自关心:倘若我的确有意认真对待学习,那他认为,用各种方式来促进我是他乐于承担的责任。走到他寓所的门口,他又向我伸出手来,邀请我第二天晚上去拜访他,以便我们共同制订一个学习计划。我对这位老师的意想不到的好心真是感激不尽,以至于我只是毕恭毕敬地摸了摸他的手,心慌意乱地脱下帽子,竟忘了说句话向他表示感谢。

不言而喻,我立刻在同一幢房子里租下了那个小房间。即使这房间我并不中意,我也照样会租下它,这仅仅是由于一种天真的感激之情。这样可以在空间上更加接近这位具有魔力的老师,他在一小时之内给我的关切和温暖超过其他所有的人。可是这小房间也的确迷人:这是我老师寓所上面的阁楼,由于窗上装了木头的窗饰,光线较暗,但是从窗口可以看到周围邻舍的屋顶和教堂的塔楼,远眺可以看见一块方形的绿色草地,上面是朵朵可爱的白云,使人感到宾至如归。一个耳聋的小老太太像母亲一样令人感动地关心照料一向住在她那儿的住客,两分钟之内我就和她谈妥了一切——一小时之后便踩着咯吱咯吱直响的楼梯把我的箱子搬到楼上。

那天晚上我不再出门,是啊,我忘了吃饭,忘了抽烟。我一下子就从箱子里把碰巧也装了进去的莎士比亚戏剧集取了出来,(几年来第一次)迫不及待地读了起来。那次讲课大大地激起了我的好奇心,我读着这些韵文,以往从来没有这样读过。有谁能解释这样的变化?可是一个世界蓦然间从这些诗句里向我展现,字字句句向我跳了过来,就仿佛它们寻找了我几百年。诗句顺着一股火焰的波涛吸引着我,一直进入我的血脉,使我像在梦中飞翔,太阳穴上感到那种奇特的放松的感觉。我感到一阵寒噤,索索发抖,我感到血液更加温暖地流遍我的全身,就像我突然热病缠身——所有这一切以往从未在我身上发生,其实我什么也没有经历,只聆听了一次热情洋溢的演讲而已。但是这次演讲想必在我身上还留下了醺醺醉意,当我大声重复朗读一行诗句的时候,我听见我的声音在无意之中模仿他的声音,字句以同样快速的节奏涌出。我的双手也很愿像他的手一样,做出向上一扬的手势——仿佛通过魔力我在一小时内打破迄今为止一直横亘在我和精神世界之间的那堵墙。我这激情奔放的人发现了一种新的激情,这种激情直到今天还忠于我,这就是在透着灵气的字句里,共享尘世的一切欢乐。我是碰巧拿起了《科利奥兰纳斯》这个剧本,我在自己身上找到这位罗马人最与众不同的一切性格特点:骄傲,自大,愤怒,嘲笑,讥讽,感情中的一切盐分,一切铅质,一切黄金,一切金属,这时我简直晕眩了。倏然间我像着了魔似的也感悟这一切,理解这一切,这是一种多么新鲜的欢乐啊!我读啊,读啊,直读到眼睛刺疼,我一看钟,已是三点半了。一种新的力量使我所有的感官兴奋了六小时,同时也麻醉了六小时,这种力量简直把我吓了一跳,我连忙把灯熄灭。但是在我脑子里这些图像依然在熊熊燃烧,继续颤动个不停。我几乎无法入睡，渴望着并期待着第二天，它会为我扩大这像着魔一般打开的世界，并且使它完全为我所有。

但是第二天带来的是失望。我迫不及待地和另外几个人最早来到教室，我的老师（因为从此以后我要这样称呼他）要在这里讲授英语语音学。他一走进教室，我就大吃一惊：这难道真的就是昨天的那个人，抑或只是我那激动的情绪和生动的回忆把他升华成为一个科利奥兰纳斯，让他在讲坛上发言，话语直如阵阵霹雳，富有英雄气概，大胆泼辣，具有摧枯拉朽克敌制胜的威力？这儿的这一位踏着无力拖沓的脚步走了进来。是个疲惫不堪的老人。就仿佛有一张闪闪发光的毛玻璃从他脸上取下，我现在从第一排座位看到了他那几乎带有病容、无精打采的脸上布满了深深的皱纹和宽宽的裂口；在松软无力的灰色面颊上又嵌进去深深的溪流一般的蓝色阴影。他看讲稿时，过于沉重的眼皮盖在眼睛上面，嘴唇太薄，过于苍白。他的嘴说起话来毫无阳刚之气。他的欢快情绪，那自我欢呼的充沛感情到哪里去了？甚至他的声音我也觉得陌生，就仿佛被语法题目弄得生气全无，他那声音像是迈着令人昏昏欲睡的单调步伐，步履僵硬地走在沙地上发出干巴巴的沙沙声响。

我心里感到不安。这根本不是我今天从一开始就等着的那个人：他的脸到哪儿去了，那张我昨天觉得像星月交辉一样明亮的脸？这里是一个心力交瘁的教授在机械地照本宣读他的讲稿；我一直战战兢兢地听他讲话，看昨天的那个声调、那温暖的微微颤抖的声调，是否又会回来，这声调像一只拨动琴弦的巧手抓住我的感情，使它趋于高亢的激情。我越来越忐忑不安地举目看他，无比失望地细细打量那张变得陌生的脸：这里的这张脸，不容置疑，是同一张脸，但似乎空无一物，丧失了一切创造性的力量，疲倦苍老，一张老人的羊皮纸似的面具。可是这样的事情可能发生吗？一个人有可能在一小时前还这么青春年少,可是过一小时就这么苍老衰迈;精神真会这样突然振奋,竟使容貌随着语言也重新塑造,一举年轻好几十岁?

　　这个问题我百思不得其解。我仿佛内心深处焦躁难耐,急欲更多地了解这个矛盾重重的人。我突然灵机一动,他刚离开讲台,从我们身旁走过,也不看我们一眼,我就跑到图书馆去借阅他的著作。也许他今天只是感到疲劳,身体不适抑制了他的激情;可是在这儿,在这写成文字累积多年的书本里也许可以找到门户和钥匙去进入他那使我惊奇的内心世界。工友把书取来:我大吃一惊,书怎么这么少。这位已入老境的教授在二十年里除了这薄薄的几本小册子之外,没有发表过其他作品。这几本小册子里收集的尽是些前言、序言,一篇文章讨论莎士比亚笔下的配力克里斯的真实性,一篇文章对荷尔德林和雪莱进行比较(当然这篇文章发表时无论是前者还是后者都还没有被自己的民族视为天才),其他只有一些篇幅很小的语言学短文了。当然,在所有的文章里都预告有一部两卷本的著作即将面世:《寰球剧院:历史、演出及其诗人》①。可是尽管二十年前已首次登出那则预告,图书馆管理员在我再次问及时证实,该书从未问世。我勇气丧失一半,有些迟疑不决地翻阅那些文章,一心只希望从中重新听到那感人肺腑的声音,那气势磅礴的节奏。但是这些文章写得四平八稳,一本正经,没有一篇表现出那次动人心魄的演说所拥有的热情奔放一浪高过一浪的节奏。多么可惜!我暗自叹息。我对我自己过于迅速过于轻信地把我的感情倾注在他身上感到愤怒和怀疑,气得浑身哆嗦,恨不

---

① 寰球剧院于一五九九年建立于泰晤士河南岸,是当时最主要的公众剧院,莎士比亚的许多戏在此上演。

得揍我自己一顿。

　　但是下午在课堂讨论时我又重新认出他来。这一次他自己先不说话,按照英国大学的风习,这一次把二十几个学生分成正反两方进行讨论,题目是新近从他心爱的莎士比亚作品中选出的,那就是,究竟《特洛伊罗斯与克瑞西达》(他最心爱的作品)是不是可以作为滑稽模仿的讽刺人物,该剧本身究竟是一出羊人剧①还是一出由讽刺掩饰的悲剧。经他巧妙的引导,不久这次纯学术性的谈话触电一样变成激烈的辩论——严谨的论据猛然跳起,打向草率的提法,尖锐犀利的插话频频发出,使讨论热烈无比。最后,这批年轻人几乎充满敌意地互相攻击。等到火星直冒,毕剥作响,他才跳到他们当中,缓和过于激烈的相互攻击,把讨论又巧妙地引回主题,可与此同时又悄悄地加以推动,给讨论注入无比强大的精神活力——就这样,他突然站在这两派论争彼此交火的游戏之中,自己也情绪欢快激动,一个劲地煽动和抑制这正反两派意见的争斗,真是控制这股青春热情的汹涌浪潮的大师,自己也为这股浪潮所感染。他双臂叉在胸前,靠着桌子,目光从一个移到另一个,向这个微微一笑,又暗中示意,鼓励那一个反驳,他像昨天一样激动,眼睛闪闪发光:我感觉到他必须自我控制,以免自己一把从他们大家嘴里把话扯了下来。但是我从他的两只手看出,他使劲控制住自己,交叉在他胸上的两只手像铁箍似的越箍越紧,我从他跳动的嘴角猜出,他是费了大劲才把跳到嘴边的话压了下去。猛然间他已控制不住,像一个游泳健儿似的威风凛凛地一头扎到讨论之中——他一挥手做了一个有力的动作,犹如用指挥棒猝然消除了七嘴八舌的喧闹,大家立即噤口不语,这时他便以他兼容并包的方式把所

---

① 亦称山林之神剧,为古希腊戏剧中的滑稽剧,由山林之神担任合唱。

有的论据予以总结。他说话时,昨天的那张脸又冉冉升起,神经飘忽灵动,脸上皱纹消退,他的脖子竖起,全身挺直,显出一副勇气百倍、君临一切的气概,原来弯腰倾听,如今纵身跃入演说之中,犹如跳进一道奔流湍急的江河。他即席发言,神采飞扬:我现在开始感到,他单身独处时,在冷静朴实的教室里,或在冷清孤独的书斋中,缺乏那种刺激情绪的燃料,于是情绪冷漠;可是在这里,在我们这种紧张得透不过气来的热情气氛中,这种燃料把他内心的壁垒轰然炸开。他需要,啊,我可感觉到了,他需要我们的热情来唤醒他的热情,需要我们的感情奔放来促使他感情激荡,需要我们这些年轻人来使他热情洋溢,再度年轻。就像一个击钹的乐师在他两手拼命敲打,激起越来越狂野的节奏中陶醉神往,他的讲话也越说越精彩,火焰越烧越旺,词句越来越热烈,色彩越来越绚丽。我们越是屏息沉默(大家不由自主地感到屋里鸦雀无声,全都屏息谛听),他的声音便越来越高昂,表述越来越紧张,情绪越来越激动。我们大家这几分钟里只听他一个人讲话,全神贯注,如醉如狂。

当他突然用歌德论莎士比亚的那篇演说中的一句话结束发言时,我们的激动情绪又猛然四下散开。又像昨天一样,他精疲力竭地靠在桌子上,脸色苍白,但是神经还在微微颤动,轻轻跳跃,眼睛奇怪地闪闪发光,快感欢娱迸涌不息,就像一个女人刚刚挣脱那无比强劲的拥抱。我怕现在和他说话;可是碰巧他的目光接触到我,他显然感觉到我热情洋溢的感激之情,因为他亲切地冲着我微笑,微微地向我弯下身子,把手放在我的肩上,提醒我,像我们约好的那样,今天晚上到他家去。

准七点我就去拜访他,我这孩子第一次迈过这道门槛,浑身哆嗦得多么厉害!世上再也没有比一个少年所怀的崇敬更激烈的了,也再没有比他们的忐忑不安的羞怯更胆怯更富女人味的了。

有人把我领进他的书房，一间半明半暗的房间，我在房里起先透过玻璃窗只看见许多书籍的色彩缤纷的书脊。在书桌上方挂了一幅拉斐尔的油画《雅典学院》。这幅画（像他后来告诉我的）他特别喜欢，因为各种教学方式、精神形态都在这里象征性地综合成完美无缺的整体。我是第一次看到这幅画，我不由自主地以为在苏格拉底神情固执的脸上发现和他的额头有相似之处。后面有什么白色大理石的东西发亮，这是一尊巴黎的加尼米德①胸像的精致缩小像，旁边是一位古代德意志大师画的圣塞巴斯蒂安②的画像，并非事出偶然地把悲剧的美置于享乐的美旁边。我等待着，心里怦怦直跳，像身边所有的这些高贵沉默的艺术形象一样，屏息不语；从所有这些东西身上，有一种新颖的精神美向我迎面扑来，这种美是我从来没有预料到的，尽管我已经感到它非常亲切，可我依然觉得模糊不清。可是容我观察的时间极为短暂，因为我期盼的老师已经进门，向我走来，他那道柔和的拥抱一切的目光，那道像掩盖着的暗火一样在缓缓燃烧的目光又触及了我，打开了我心里的秘密，使我自己也感到惊讶。我立即无拘无束地和他说话，就像跟一个朋友说话一样。他问起我在柏林学习的情形，我蓦然间迫不及待地——我这时自己也大吃一惊——向他讲述我父亲来看我的那件事情，我向这个陌生人强调我那从此要极端认真学习的秘密誓言。他非常动情地凝视着我。"不仅严肃认真，我的孩子，"他接着说道，"尤其要怀着激情。谁若不激情满怀，充其量只能做个学究——必须从内心出发来接近各种事物，永远从激情出发。"他的声音变得越来越温暖，房间越来越昏暗。他讲了很多他自己青年

---

① 古希腊神话中的美少年，因为容貌美丽，得以升上奥林匹斯山，成为侍酒童子。
② 古罗马（三世纪下半叶）基督教的殉道者，先为乱箭所伤，后被人用大棒打死。

时代的事情,他开始时也是傻里傻气的,直到后来才发现了他自己的倾向:我一定要有勇气,只要他能办的,他一定尽力帮我;我有任何愿望任何问题,尽可放心大胆地去找他。我这一生中还从来没有什么人这样关怀备至善解人意地和我谈过话;我感激得浑身哆嗦,庆幸屋里昏黑,掩饰了我那湿润的眼睛。

无视时间的消逝,我尽可就这样一直待下去。这时有人轻声敲门。门开处,一个娇小的身影走了进来,直如一片阴影。他站起身来介绍:"这是我太太。"这个身材婀娜的影子影影绰绰地走过来,用一只狭小的手握了握我的手,然后转过身去提醒他:"晚饭已经做好了。""好,好,我知道了。"他慌慌张张地回答道,并且(我至少觉得是这样)有些生气。他的声音突然有股冷气,这时灯亮了,我看见的又是冷静的教室里那个上了年纪的男人,他漫不经心地和我握手送别。

以后两周我是在狂热的读书和学习中度过的。我几乎足不逾户,为了不浪费时间;我站着吃饭,我学习起来不停顿,不休息,几乎不睡觉。我就像东方童话里的那位王子,把贴在紧闭着的房间门上的封印一一扯开,在每个房间里发现堆积的珍宝都越来越多,便越来越贪婪地搜索这一系列房间,迫不及待地想要闯进最后一间。我也同样地从一本书冲刺到另一本书,每本书都使我陶醉,没有一本书使我餍足:我漫无节制的脾气如今进入了精神世界。我第一次深切地感觉到精神世界辽阔广袤,对我像富有冒险情调的城市一样的诱人,与此同时我也感到一种孩子气的恐惧,生怕自己对它无法驾驭。于是我少睡觉,少娱乐,少聊天,减少任何形式的消遣,只是为了充分利用时间,我生平第一次感到时间的珍贵。但是特别刺激我刻苦用功的乃是虚荣心,我要在我老师面前表现自己,不辜负他的信任,要赢得他一道赞许的目光,能被他所感觉,犹如我感觉到他。每一个稍纵即逝的机会都成为考验;我一刻不停地刺激我那平素不太灵活,可是如今奇怪地变得轻快灵敏的感官去引起他的注意,使他感到惊奇:他若在讲课时提到一位诗人,其作品我很生疏,下午我便动手查找,以便第二天讨论时可以扬扬自得地炫耀我的知识。他偶尔表示一个愿望,别人压根儿没有注意,对我来说却变成了一道命令:譬如说他随随便便地批评了一下大学生老是吞云吐雾,我便立刻把我正在吸的香烟扔掉,一咬牙一跺脚就把这受到指责的劣习戒掉。他说的话对我来说就像传播福音的教士的话语,既是恩典,又是法律;我那极度紧张的注意力一刻不停地窥伺着,贪婪地抓住他随口发表的每一个意见。他的每句话每个手势我都如获至宝装进腰包,回到家里把夺得的财宝满怀激情地百般把玩摸索,细心地收藏保存。我那激越褊狭不能容人的心情把他奉为唯一的领袖,就觉得我所有的同学全是敌人,我那善妒的心胸每天一而再地发誓赌咒要压倒他们超过他们。

不论是他现在感觉到他在我心里有多大的分量,还是他喜欢上了我的这种狂暴激烈的性格——反正我的老师不久便对我区别对待,向我表示明显的关切作为特别的褒奖。他指导我阅读书籍,在共同讨论的时候把我这个新手几乎有些过分偏爱地推出去发言,我常常得以在晚上拜访他,进行亲密无间的谈话。这种时候,在大多数情况下他从墙上书柜里取出一本书,用他那洪亮的嗓音读诗,读悲剧,或者解释那些有争议的问题,他的声音由于激动总会变得更加高亢,更加铿锵有力。在这心神陶醉的最初的两个星期,我学到的艺术本质的东西比我有生以来的这十九年里学到的东西还多。这一小时我们始终单独待在一起,我觉得这时间太短,快八点的时候,有人轻轻敲门:他的太太提醒他吃晚饭,但是她再也不踏进房间，显然是听从他的指示，不来打断我们的谈话。

就这样过了十四天排得满满的无比紧张的初夏的日子，直到有一天早上，学习的劲头就像一个绷得太紧的弹簧，突然失去了弹性。早在这之前我的老师就警告过我，不要过分用功，得时不时休整一天，到野外去走走——现在他那预言突然得以应验。我昏昏沉沉地从昏睡中醒来，一设法看书，所有的字母都像大头针的针头一样乱跳乱蹦。即使是我老师说的最最微不足道的一句话，我也像奴隶一样地忠诚恪守，当下我立即决定服从他的劝告，在好学不倦求知心切的日子当中插进去一天自由安排，好好玩玩。我一早就出发，第一次游览这座局部地区古色古香的城市，爬了几百级楼梯，登上教堂的塔楼，只是为了活动一下身体，然后从塔楼的平台上远眺，在四周绿树掩映之中发现一个小湖。我是在海边长大的北国人，酷爱游泳这项运动，恰好在这塔楼顶端，湖四周遍布星星点点斑斑驳驳的草地，看上去犹如一片星罗棋布的翠绿池塘，蓦然间我仿佛觉得随着一阵故乡吹来的风，我便产生一种难以控制的欲望，想投身到那可爱的水波中去。午饭后我刚找到那个游泳场，在水里翻腾了一会儿，我立刻又感到浑身舒坦。几周以来，我两臂的肌肉伸展起来又柔韧有力，赤裸的皮肤晒着太阳吹着风，使我在半小时之内又变成原来那个狂野热情的小伙子，跟同学们疯狂地打架，为了一件大胆的事情甘冒生命的危险。我在水里胡乱扑腾一气，伸展一下身子，已经不再知道什么是书本和学问了。我怀着那种我特有的疯劲现在又沉湎于我相违已久的激情。我在这重新找到的粼粼绿波之中泡了两个钟头，从跳板上也许跳下了三十次，以便纵身入水宣泄掉我充溢的精力。两次游过湖面，我的力气还没有耗尽。我大声喷着鼻子，舒展我全身绷紧的肌肉，环顾四处，寻找什么新的考验,迫不及待地想干点什么大胆疯狂强劲有力的事情。

这时在女子浴场那边传来跳板嘎吱嘎吱的响声,我感到那强大的蹬踩的力量使跳台也随之震颤。这时一个苗条的妇女的身体已高高跳起,弹跳出去的那道干净利索的弓形弧线犹如一柄土耳其佩刀,接着头冲下脚朝上往下坠落。霎时间,这一跳啪的一响激起了一个漩涡,白色的泡沫汹涌,然后一个肌肉绷紧的身体从水中冒出,胳臂强劲地划动,直向池中小岛游去。"跟上她,赶上去!"——运动的兴致扯动了我的肌肉,我猛地一下子跳进水里,肩膀向前伸出,拼命加快速度,紧跟着她向前冲去。被追赶的女人显然注意到有人在追,同样准备接受这场运动比赛,她勇敢地利用她占先的优势,灵巧地从侧面游过小岛,然后再急急忙忙地转回来。我迅速看清她的意图,也同样向右拐去,使劲划水,我那向前伸出的手已经紧挨着她,我们之间只差一虎口的距离——这个被追赶的女人足智多谋,突然潜入水中,过了一会儿,她紧挨着妇女浴场的栅栏,又浮出水面。栅栏挡住了我的进一步追赶。这位得胜的女将浑身滴着水,登上台阶:她不得不站住,一手按着胸口,显然透不过气来。然后她转过身来,看见我被阻止在浴场的边上,得意扬扬地冲着我这边哈哈大笑,露出一口洁白的牙齿。她冲着直射的太阳,又戴着游泳帽,她的脸我看不真切,只有那带着嘲讽意味的粲然一笑直向我这失败者射来。

我真是又恼火,又高兴,从柏林以来,我又感觉到一个女人投来的那种表示赞许的目光——没准这儿会有一桩风流韵事。我连划三下又游回男士浴场,迅速把衣服套在我那还是湿漉漉的皮肤上,只想及时赶到出口处去迎她。我不得不等上十分钟,然后我那情绪欢快的对手才脚步轻盈地走来(她那男孩似的瘦削的体型叫人不会认错）。她一看见我在等她，就加快步伐，显然目的是使我没法和她搭讪。她走路和方才游泳一样，肌肉有力，灵巧快捷，所有的关节都听命于这个男孩般瘦削，也许过于瘦削的身体。要赶上这个健步如飞的女人，而不引人注目，的确相当困难，我都有点气喘吁吁了。终于叫我赶上了。在一个马路拐角处，我巧妙地从斜刺里走到她的前面，按照大学生的方式，挥动一下帽子，我还来不及直视她的眼睛便问道，我是不是可以送她一程。她从侧面带着讽刺的神情瞥了我一眼，也没放慢她那迅急的速度，几乎带有挑逗的神气，冷嘲地答道："只要您不嫌我走得太快，您就送好了！我可有急事。"她这大大方方的样子，给我很大鼓舞，我便得寸进尺提出十几个好奇的问题，大多是些愚蠢的问题。她热心地一一回答，态度坦率得令人吃惊，使我非但未能达到原来的企图，反而有些手足无措。因为我在柏林时确定和人攀谈的守则主要是用来对付对方拒绝交谈和采取嘲讽态度，而不适用于对方迅急走路时说话这样直率坦诚。于是我第二次感到，我是非常笨拙地碰上一个远远比我优越的对手了。

可是更糟的事还在后头。因为当我说了一大堆放肆大胆的话，问她家住哪里时——她的两只棒子一样褐色的放纵大胆的眼睛突然目光犀利地转向我，简直无法再掩饰笑意，目光闪烁地说道："就住在您的贴隔壁。"我吃惊地抬头凝望。她从旁再向我看了一眼，看她这支利箭是否命中要害。果不其然，这箭插在我的咽喉里。我那非常放肆的柏林式的攀谈口吻猛地一下子就此消失。我焦躁不安，甚至卑躬屈膝地嗫嚅着说道，我这样陪着她，是否让她感到讨厌。"怎么这么说，"她又微笑起来，"咱们再走两条路就到了，这点路咱们可以一起走啊。"这时候我周身血液飞速奔驰，我简直没法往前迈步，但是这又何济于事，我要是这时拐弯走开，只可能更加伤害人家的感情。这样我就不得不跟她一同走到我住的那幢房子跟前。在那里她突然站住,伸手和我握别,轻描淡写地说道:"谢谢您送我!今晚六点请您来看我丈夫吧。"

我想必羞愧得面红耳赤。可是我还没来得及向她道歉,她已经脚步轻盈地上了楼梯。我站在那儿,惊恐万状地把我厚颜无耻地说过的那些蠢话想了一遍。我这个吹牛撒谎的笨蛋,把她当作缝衣女工邀她星期天去郊游,用陈旧的俗套赞扬她的娇躯,然后又重弹孤独的大学生这一伤感的滥调——我简直羞愧得直想吐。喉头实在恶心得厉害。现在她一定哈哈大笑,乐不可支地跑去把我的种种蠢话告诉她丈夫。而在所有人当中,她丈夫的评价对我最为重要,在他面前出丑比光着身子在公开的广场上让人鞭打更叫我痛苦。

从此刻到晚上真是可怕的时光:我千百次给我自己描绘他将如何脸上堆着优雅嘲讽的微笑来接待我。微笑——啊,我知道,他熟谙冷嘲热讽的艺术,善于把一句玩笑话弄得尖利如针,灼热似火,一直扎到血里。一个判刑的死囚登上断头台也不会比我当时爬上楼梯更加艰难,我刚把哽在喉头的一大口唾液费劲地咽了下去,便走进他的房间,我慌乱的心情变得更加慌乱,因为我仿佛听见隔壁房间里发出女人衣服窸窣的声音。肯定她在那儿偷听,这个疯疯癫癫的女人,在那儿看见我的窘态心中暗喜,看这说话放肆的青年丢人现眼心里跟着高兴。我的老师终于来了。"您怎么了?"他担心地问道,"您今天脸色这样苍白。"我谢谢他的关心,心里等着他来捉弄。但是我害怕的行刑并未发生,他完全和平时一样谈论学术上的事情,尽管我心惊胆战地细听每一句话,可是没有一句话暗藏影射或者冷嘲。我先是感到惊讶,继而感到高兴——我看出来:她守口如瓶。

八点钟她又轻轻敲门,我便起身告辞,我的心脏又激烈地跳动起来。我出门时,她从旁走过;我向她问好,她的目光向我微微一笑。我心里热血澎湃,我把她的微笑解释成原谅了我,并且也答应我继续保持缄默。

从那时起我的注意力就开始有了一种新的方式,迄今为止我像孩子似的虔诚地尊敬老师,把他奉为神明,视为来自另一世界的精灵,完全忘记注意他的私人生活,他的尘世生活。人若真正的痴迷癫狂,就事事夸大,我也把他的生活拔高升华,完全脱离我们这个安排妥帖的世界里的一切日常工作。一个初次钟情的恋人,不敢在脑子里把他崇拜的姑娘身上的衣衫全都脱去,以同样自然的态度像观察上千个其他身穿裙子的人似的观察她。我也同样不敢向他的私人生活贼头狗脑地偷看一眼。我总是感到他已升华,作为语言的使者,体现了创造的精神,全然脱离了一切具体委琐的事情。现在那具有悲喜剧色彩的奇遇突然把他太太推到我的路上,我不由自主地更加亲切地去观察他的家庭生活,他的家居生活;一种不安宁的刺探秘密的好奇心在我心里睁开双眼,这其实是违背我的意志的。可是这种追踪探寻的目光刚开始在我心里复苏,它便慌乱惶恐起来,因为这个人的生活在自家的四壁之内,非常独特,几乎像谜似的难以参透,令人害怕。在那次邂逅之后不久,我应邀赴宴,看见他不是独自一人,而是和他太太一起,我心里第一次对这个独特的混乱不堪的家庭产生奇怪的疑心,我越是深入到这一家的内部核心,我的这种感觉便越是令人困惑。并不是这两人之间有言语或者手势表示出关系紧张,或者情绪恶劣,恰恰相反,什么也没有,丝毫也看不出他俩相互之间关系紧张,彼此怄气,两人的感情如在沉重干燥的夏日里的风平浪静,比大吵大闹时的狂风暴雨和心里怨恨时的霹雳闪电更使空气压抑难堪。外表上丝毫看不出摩擦或者紧张,只是感到内心的距离越来越大。因为他俩难得谈话时的一问一答仿佛只是用指尖互相匆匆接触,从来没有手牵手触及内心深处。即使在我面前,他在吃饭时说话也是结结巴巴,十分拘谨。有时候,我们还没有回去工作,谈话突然冷场,沉默犹如坚冰。最后谁也不敢再凿破这块坚冰,这沉默的冰冷的重负还一连几小时沉重地压在我的心上。

尤其使我惊愕的乃是他完完全全的孑然一身。这个心情开朗,天性奔放的人全然没有朋友,和他打交道的只有他的学生,他们也是他的安慰。他和大学的同事除了彬彬有礼的问候之外毫无联系,他从不参加社交活动,他往往一连几天不离家出门,除了走二十步路去大学。一切他都默默地深埋在心里,既不向人倾诉,也不诉诸文字。现在我也明白他在学生的圈子里何以讲起话来犹如火山爆发,一泻千里,迸涌不止:憋了几天,一时发作,滔滔不绝,他沉默地压在心里的各种思想,狂奔疾驰,无法控制——骑手们很有见地,称马匹失控飞奔为马厩失火——呼啸着冲出沉默的栅栏,跃入话语的逐猎。

他在家里很少说话,和他太太说话最少。即使是我这个阅世很浅的小青年也惊讶地发现,在这两人之间,飘浮着一道阴影,一道飘忽不定,始终存在的阴影,虽说感觉不到,但是完全把两个人彻底分开。为此我忧心忡忡,几乎羞愧无地。我第一次朦朦胧胧地感觉到,一桩婚姻向外隐藏着多少秘密。就仿佛在门槛上画了一道符咒,他的太太没有得到特别的邀请,从来不敢踏进他的书房:这一点明显表示他的太太完全被排除在他的精神世界之外。我的老师从来不许在她面前谈论他的计划和他的工作。他太太刚刚走进来,他热情洋溢地说了一半的话,便戛然而止,这种样子简直令人非常难堪。他对她几乎有些侮辱的神气，明显表示轻视，甚至都不加客气的掩饰。他粗鲁地公开拒绝她的关注——而她似乎并没有注意到他的侮辱人的态度或者已经习以为常。她长着一张男孩一样满不在乎的脸，脚步轻盈、肌肉结实、身材窈窕，楼上楼下飞个不停，手头总有做不完的事，可总是还有时间上剧院，绝不耽误体育活动——相反对于书本，对于家务，对于在家枯坐，安静沉思之类的事这个大约三十五岁的女人可毫无兴趣。她这人嘴里总是哼着歌曲，喜欢大笑，时刻可以跟人斗嘴，似乎只有在跳舞、游泳、奔跑或者任何激烈活动时舒展一下筋骨，她才觉得舒服。她从来就没有严肃地跟我说过话，总是逗我，把我当做一个半大不小的孩子，充其量找我做她的伙伴去疯疯癫癫地较量体力。她的这种轻快明朗的样子和我老师的那种阴沉的、完全内向的、只有精神的东西才能使之振奋的生活方式正好截然相反，简直使人困惑。我一再惊讶地问我自己，到底是什么把这两个天性天差地别的人拴在一起的。当然这个奇怪的差别却对我有利：在干完了伤透脑筋的工作之后和她谈话，就像一顶沉重的头盔从我头上取了下来；宇宙万物，在愉快地激动一番之后又井然有序，色彩斑斓，清澄明净，生活的和悦欢快又得到承认；我在严肃的老师面前神经紧张几乎忘却了欢笑，这朗朗笑声使人欢愉，减轻了精神之物过于强大的压力。有一种男孩似的同伴情谊把她和我联系起来，正因为我们总是随随便便地只聊一些无关紧要的事情，或者一同上剧院看戏，我们待在一起就一点也不紧张。只有一件事令人难堪地打断了我们谈话时无牵无挂的气氛，每次都使我大为困惑：这便是提到我老师的名字。这时她总是气呼呼地表示沉默，以此一成不变地对付我好奇心切的提问，或者碰到我热情洋溢地侃侃而谈，她便报以一丝奇怪的暗笑。但是她的嘴唇闭得很紧：她以另外的方式，但也同样激烈地把这个男人逐出她的生活,犹如他把她置于他的生活之外,可是这两个人已经在同一个沉默的屋顶之下待了十五年之久。

但是这个秘密越是无法参透,我那激烈焦躁的性格就越发受到诱惑。这里有一片阴影,一层帷幕。每当语言的微风过处,我都感到这帷幕摆个不停,近得出奇。我好几次以为已经抓到它的踪迹,可是这令人惶恐困惑的帷幕又倏而滑走,紧接着又重新使我浑身感到一阵寒噤。然而它从来也不是摸得着的一句话,抓得着的一个形式。在一个年轻人身上再也没有比瞎猜一气这种令人精疲力竭的游戏更使人心情振奋头脑灵活的了。平时懒懒散散地到处飘浮的想象力,突然获得了一个可以猎取的目标,于是它在新发现的追寻、逐猎的快乐中活跃起来。迄今为止我这个小伙子感觉迟钝,在那些日子里又产生了崭新的感官:薄薄的一层偷听的薄膜,狡诈地把每个声音全都截获;一道相当厉害的窥视的目光,充满怀疑,明察秋毫;一种翻箱倒柜,暗中挖掘的好奇心——神经富有弹性地伸展开去,直到发痛的地步,始终为一种预感所扰动,永远也不消退成为明确的感情。

可是我不愿责怪我的这种急于探究的好奇心,因为它到底是纯洁无邪的啊。我的感官所以如此激动,并不是出于渴望刺探隐私的激情,这种幸灾乐祸的心情喜欢在地位优越的人身上找到低下的人性的瑕疵——相反,我内心的激动,衬托出一种埋在心里的恐惧,一筹莫展的同情,朦朦胧胧地感到这沉默的人心里痛苦,对他怀着不确定的担忧。因为我越是走近他的生活,那明显地侵入我老师亲爱的脸孔上的阴影,那高贵的、以高贵的情操加以控制的忧伤,就越发敏锐地使我心情沉重,他的忧伤从来没有蜕变为脾气暴躁,或者动辄发火,如果说他在一开始就因为他的言语像火山爆发迸涌而出、光彩夺目,吸引了我这个陌生人,那么现在我熟悉他了,他的沉默无语,这片掠过他前额的悲哀的乌云,便更加深切地撼动了我。再也没有比男子汉崇高的忧郁更强烈地感动一个年轻人的心的了。米开朗琪罗塑造的那个凝神望着自己深渊的沉思者,贝多芬痛苦地抿紧的嘴,这些世界苦难的悲剧面具,比莫扎特银子一样纯净的旋律和莱奥纳多①笔下人物爽朗明快的光泽更加强烈地打动那尚未定型的心灵。青春本身便是美,它不需要进一步美化:它生机勃勃,活力充盈,倾向于悲剧性,它乐于让忧郁甜蜜地吮吸它那毫无阅历的血液,因此,所有的青年都永远准备为危险献身,并且向精神上受苦的每一个人伸出兄弟般的援手。

我在这里第一次看到了这样一张真正受苦受难者的脸。我出身普通人家,在市民阶级舒适的环境里成长起来,没有经受任何波折,我所知道的忧虑只是日常生活中惹人生气的可笑的琐事,不是由于妒忌,便是为了钱财。而他这张脸上的惘然困惑,我立刻感到,是出于更为神圣的原因。这阴沉的神气来自心灵的阴沉,一支来自内心的石笔在这过早憔悴的面颊上刻上累累皱纹。有时候我走进他的书房(我总是怀着一个孩子走近妖魔居住的房子时的畏怯心情),他陷入沉思,没有听见我敲门的声音,我于是突然之间满面羞惭惊惶万状地站在这个失神忘情的人面前,我就觉得,仿佛这里坐的只是瓦格纳②,一张活的皮囊,披着浮士德的外衣,而那精灵却在神秘莫测的山岩绝壁之间阴森可怕的瓦尔普吉斯之夜③盘桓飞旋。在这种时刻他的感官全部紧紧闭上,他既听不见走近身旁的脚步声,也听不见一声怯生生的问候。若是猛然警觉,惊醒过来,他便匆匆找句话来掩饰他的窘困:他踱来踱去,努力提些问

---

① 即莱奥纳多·达·芬奇。
② 歌德诗剧《浮士德》中的人物,浮士德的学生,一个死抠手本的学究。
③ 《浮士德》中具有魔幻色彩的场面。

题把我仔细观察的目光从他身上引开。但是一片阴霾依然长时间地悬在他的额上,只有等到谈话热烈起来,才驱散了这层从内心凝聚起来的乌云。

他有时想必也感觉到,见到了他使我非常激动。也许从我的眼睛,从我不安的双手,他大概隐隐约约感到,我的唇上悬着一个看不见的请求,想求得他的信任,或者从我小心试探的姿势里看出我心里秘密的激情,想把他的痛苦揽到我身上,揽到我心里。他肯定感觉到这点,因为说得好好的他忽然间打断谈话,非常动情地凝视着我,是的,这温暖得出奇的目光,被他自己充溢的感情弄得模糊不清,把我彻底淹没,然后他往往握住我的手,心情烦乱地握了很久——我一直期待着:现在,现在,现在,他将向我倾吐心声,但是他非但没有这样做,反而在大多数情况下做出一个断然的动作,有时甚至冷冷地说上一句故意煞人风景,或者冷嘲热讽的话。他自己依靠激情为生,并且在我心里培养和唤醒激情,却突然间把激情给我一笔抹去,就仿佛它是一份写得很糟的作业里的一个错误。他越是看见我敞开心扉,渴望赢得他的信任,他就越发无情地用这样一些冰冷的话语冲我而来:"这您不懂"或者"您别说这些言过其实的话",这些使我恼火,使我绝望的话。这个像闪电一样光芒刺眼,从热变冷的人,我为他吃了多少苦头啊。他无意识地使我浑身发热,然后又突然之间给我劈头盖脸地浇了一盆冰水。他以自己的暴烈情绪激起了我的情绪,然后又突然抛出一句冷嘲热讽的话,犹如挥来一鞭——是啊,我感到沮丧。我越是向他逼近,他便越发强硬地,越发惊恐万状地把我推开。谁也不得、谁也不许挨近他,挨近他的秘密。

因为这秘密就鲜为人知、阴森可怕地藏匿在他那魔术般吸引人的心灵深处,我越来越痛切地感觉到了这点。我从他那古怪的游移不定的目光感觉到他有什么东西深藏不露,这种目光灼热地向前逼视,倘若别人感激地迎上前去,它便怯生生地避开。我从他太太痛苦地皱起的嘴唇,我从城里人们奇怪的冷淡的收敛态度——倘若有人称赞他,这些人几乎面露愠色——从成百个古怪现象和突如其来的慌乱眼神感觉到这深深隐藏的东西。我自以为已经进入这样一个人的生活内圈,其实只在那里乱转,犹如置身迷宫之中,不知道通向这生命起源和他心灵的通途究竟何在。这是什么样的痛苦啊!

但是对我来说最最不可解释,最最令人激动的乃是他的异常行为。有一天,我去上课,那里贴着一张纸条,停课两天。学生们似乎并不感到奇怪,而我昨天还在他那里,便急忙跑回家去,唯恐他忽然病倒。我冲进他家的样子泄露出我心情激动,他太太只是淡淡一笑。"这样的事情常有发生,"她的语气冷得出奇,"只不过您还不了解而已。"我的确听同学们说,他常常一夜之间突然消失,有时候只是拍份电报来请假;有一次一个学生清晨四点钟在柏林的一条街上看见他,另一个在一座陌生城市的酒馆里碰到他。他就像酒瓶上的一个塞子猛不丁地蹦了出去又弹了回来,谁也不知道他在哪儿待过。他这突如其来的离去,像一种疾病,使我激动:我这两天神不守舍地到处乱转,心神不宁,漫不经心。见不到他那熟悉的身影,学业对我来说突然变得无谓、空洞,我耗尽脑汁尽作些混乱不堪充满妒意的估计。对他的讳莫如深,我从心里浮起一种仇恨和愤怒似的感情,他把我这个热情地向他逼近的人关在外面,关在他真正的生活之外,犹如把个乞丐留在严寒之中。我白白地说服自己,我这个孩子,这个学生,不能因为他的好意已经给了我巨大的信任,成百倍地超过一个专业的老师的职责,便有权利要求他向我禀报,给我答复。但是理性对于灼热的激情是无能为力的:我这个傻乎乎的孩子每天十来次跑去打听,他是否已经回来,直到最后我从他太太越来越生硬的回答里觉察出恼怒为止。我守候了半夜,侧耳倾听他回家的脚步声,早上惴惴不安地在门前轻轻地走来走去,现在可不敢再去提问打听。等到第三天他终于出乎意料地走进我的房间,我叫了起来:我的惊愕想必极为严重,我至少从他表现出来的窘迫、古怪的神气里看出这点。窘迫之余,他急急忙忙地一连提出无关紧要的问题。他的目光避免和我相遇,我们的谈话第一次拐弯抹角,尽绕圈子,结结巴巴地一句跟一句。我们两个都使劲避免影射他的离家外出,正好是这没有说出口的事情阻止了我们把话挑明。他离开我以后,那强烈的好奇心犹如烈火熊熊燃起,使我渐渐地睡着、醒着都备受煎熬。

一连几周,我一直在进行斗争,争取让他敞开心扉,争取进一步认识他。我顽强执着地向那火热的核心挺进,我觉得这个核心犹如火山压在岩石般的沉默底下。在一个幸运的时刻,我终于初步闯入他的内心世界。我又一次在他房里一直坐到暮色四合,这时他从一只上了锁的抽屉里取出几首莎士比亚的十四行诗,这些仿佛青铜铸就的凝练的诗歌。他先朗读了一下他自己的译文,然后以神奇般的方式阐释这些似乎无法参透的密码文字,使我在感到幸福之余,想到这位侃侃而谈的人所馈赠的一切将随着这些匆匆流逝的话语全部消失,不由得感到遗憾。我该从什么地方着手来打动他呢?我蓦然间鼓起勇气问他,他的巨著《寰球剧院》为什么没有完成——我刚壮起胆子说出这句话,就大吃一惊地觉察到,我无意中狠狠地碰了一下他的一个隐秘的、显然极为痛楚的伤口。他站起身来,转过脸去,沉默了许久,书房似乎突然间又笼罩在暮色和沉默之中。他终于向我走来,神色严肃地凝视着我,嘴唇颤抖了几下,然后微微张开,痛苦地吐出一段自白:"我没法写出大部头的作品了。这事算是完了。只有年轻人才制定这样大胆的计划。我现在已经没有毅力,我现在——何必掩饰?已经变得只顾眼前短暂的瞬间,没法长久坚持下去。从前我有更多的力量,现在力量已经消失。我现在只能说话:这样有时候我还勉强撑着,我还能稍稍振奋起来。可是静静地坐着工作,总是独自一人,总是独自一人,这点我已做不到了。"

他那无可奈何的神情使我深受震撼。我出自真诚的信念,催他把每天随手抛撒给我们的东西紧紧攒在手里,不要永远只是分给别人,而应该把自己的东西保存下来加以塑造。"我写不了啦。"他疲惫地重复说道,"我现在无法专心致志。""那您就口授好了!"这个念头使我神往,我几乎向他苦苦哀求,"那您就向我口授吧。您试试看,也许就开个头——然后您自己也收不住了。您试试口授,我求您了,就看在我的分上吧!"

他抬起头来看我一眼,先是感到惊讶,然后更加沉思起来。这个念头似乎不知怎的打动了他。"看在您的分上?"他重复一遍。"您真的认为,我这老头要是干点什么,还能给什么人以欢乐?"我感到,他在这里已经犹犹豫豫地开始让步了,我从他眼神感到这一点。方才他的目光还遮着云彩,向内审视,现在为温暖的希望所溶解,渐渐走出云层,光芒四射。"您真的这样认为?"他重复问一遍,我已经感到,准备一试的心情已经成为意志,然后他振作一下:"那我们就试一试吧!年轻人总是有理。向年轻人作出让步是聪明的。"我那狂烈迸发的欢乐,我的洋洋得意的神情似乎使他也有了活力:他快步踱来踱去,像年轻人一样兴奋不已。我们约定每天晚上九点刚吃完晚饭就先试它一小时。第二天晚上我们就开始口授。

叫我怎么描述这一个小时的时光呢！我整天都在等着这个小时的到来。到了下午,便有一个郁闷的、使人神经备受折磨的烦躁情绪像电流似的压迫我那焦躁不耐的感官,我好不容易熬过这些时光,直到夜晚终于来临。我们吃完晚饭,立即走进他的书房,我坐在书桌旁,背冲着他,而他则迈着急促不安的脚步在房里踱来踱去,直到他心里调整好节奏,用高雅的词句开始口授。因为这位奇人创造一切全凭感情的音乐感:他总是需要情绪高涨才能使他的各种思想活跃起来,他往往不由自主地在迅速往前走动的过程中激动起来,把一幅画,一个大胆的譬喻,一个形象鲜明的情景,扩大成一个戏剧性的场面。一切独创性的东西里面的一些奇妙的自然之物,往往便从这些即兴创作的一泻千里的光芒之中闪现出来。我记得那些诗行,似乎是一首抑扬格诗中的诗节,还记得另外一些诗行,它们像急流倾泻,排得严整密集,犹如荷马史诗里战船的目录,和瓦尔特·惠特曼的野性十足的颂歌。我这个年纪轻轻即将成熟的男子汉第一次有机会闯入创作的秘密之中:我看到一个思想,还没有色彩,只不过是纯粹灼热的一些流体,就像从猛烈翻腾的大锅里迸涌而出的铸钟的铜锡合金熔液,然后渐渐冷却成形,这形式又如何强劲有力地趋于圆满完整,显露出来,直到最后词句清晰地脱颖而出,赋予这些已经诗意之物以人的语言,犹如钟槌敲击才使大钟发出声响。正好每个段落来自节奏,每个描述来自塑造场景的画面,于是这整个计划宏伟的巨著就毫无学究气地从一阕颂歌,从一阕致大海的颂歌昂然升起。大海作为无限之物在尘世可以看见可以感到的形式,波涛翻腾,从远方涌向远方,上窥天庭,下掩深底,上下之间则戏弄着尘世间的命运,人的摇晃不定的小舟,无谓而又含有深意:大海的这幅图画成为表现得精彩绝伦的比喻,从中产生出对悲剧性的描绘,犹如描绘原始的力,这种力量一面喧腾,一面破坏、流贯我们的血液。然后,这有塑造力的波涛便涌向一个个别的国家:英国昂然崛起,这座海岛,永远被不安定的元素环绕冲击,这个元素把世界的边边沿沿,把地球的各个地区各个区域都危机四伏地包围起来。这种元素在那里,在英国,形成了国家:这种元素的寒冷清澈的目光在那里一直逼进眼睛的玻璃球体,一直逼进灰色的蓝色的晶体之中;每一个个别的人都同时既是航海者,又是海岛,就像他的国家。这个种族久经风暴和危险的考验,具有强烈的狂风暴雨般的激情,几百年来,在维京人的航行中不断地锤炼它的力量。如今和平的雾气迷漫着这个被海水环绕冲击的国家:但是他们习惯于风暴,想继续占领大海,领略重大事件的急转直下,连同它那每天都有的危险,于是他们再一次在鲜血淋漓的戏剧里创造出动人心弦的紧张情节。先用木头搭起台来逐猎野兽或者进行决斗。狗熊流血致死,斗鸡激起了人们残暴凶狠惊恐万状的欢乐;可是不久感官更上一层楼,要求从人性英雄气概的矛盾冲突中,提炼出那纯粹的撩人心魄的紧张情节。于是从虔诚的戏剧舞台,从教会的神秘剧产生出另一种气势宏伟、波澜壮阔的人的戏剧,所有那些冒险奇遇和长途跋涉,全部回归,不过现在是回归到心灵内在的汪洋大海之上;产生了新的无限,另外一片海洋,连同激情的猛烈涨潮和精神的昂扬高涨,心情亢奋地驾船穿过这片海洋,呼吸急促地在这片海洋上颠簸漂流,是这后生的、依然还坚强有力的盎格鲁-撒克逊人的新的乐趣:于是英国的民族戏剧,伊丽莎白时代的戏剧便应运而生。

现在他狂热地描述这一野蛮的洪荒时代的起始时期,那形象鲜明的词句便洪亮饱满地响起。他的嗓音起先像是耳语匆匆流过,现在绷紧了声带,变得嘹亮有力,像银光闪闪的飞机,越飞越自由,越飞越高:书房和那拥挤逼人、发出回音的墙壁对于他的声音来说过于狭小,他的嗓音需要广袤的空间。我感到狂风暴雨在我头上盘旋,大海咆哮般的嘴唇吼出震耳欲聋的话语;我俯在书桌上,就仿佛我又站在故乡的沙丘之上,千万重波涛强劲的疾风汇成的轰鸣喧嚣,在我身旁越逼越近。伴随着这样一个人和这样一些话语的诞生所激起的惊恐战栗,当时第一次侵入我的心灵,使我既吃惊又感到幸福。

我老师口授的时候,灵感如潮,结合学术的意图,组成美妙的词句,思想转变成诗。等他停止口授,我摇摇晃晃地站起身来,浑身感到沉重的、强烈的疲惫,这和我老师感到的疲倦无力迥然不同。他的疲倦是精疲力竭,是发泄出无限的精力,而我是精力过于充溢,大量的精力涌入我的身心,使我颤抖不已。我们两个接着总需要一次谈话来松弛神经,这才回去睡觉或者休息;通常我还重读一下方才的速记稿;说也奇怪,速记符号刚变成字句,嗓音就变成另外一个嗓音在说话在呼吸,就仿佛有人在我嘴里换了语言。于是我听出来了:我一个劲地在抑扬顿挫地朗诵,模仿他的语调,模仿得这样执着这样相似,就仿佛是他在我嘴里说话而不是我自己——我已经这样彻底地变成了他这个人的回声,他的话语的回响。这一切都是四十年前的旧事了;可是即使在今天,我讲课讲到一半,话语脱口而出,在空中回荡,我突然很拘谨地感觉到,不是我自己而是另一个人似乎借我的嘴在说话,我这时听出这是一个亲爱的死者的声音,一个死者还活在我的唇边:每当我热情奔放之际,我就成了他。我知道:那时度过的时光塑造了我。

成果积累起来,越积越多,在我身边犹如一座森林,渐渐地遮住了投向外面世界的全部视线,我只是生活在这房子里的阴暗的内部,生活在这部日益舒展开去的作品的喧腾不已飒飒直响的枝干之中。生活在这个人的身边，为他所拥抱，感受他的温暖。

除了在大学里上那为数极少的几节课之外，我一整天全都属于他。我和他们同桌吃饭，黑天白日都有信息从他们寓所传到我的寓所，沿着楼梯传上传下：我有他们的房门钥匙，他有我的房门钥匙，这样他时刻都可以找到我，用不着大吼大叫地把那半聋的房东老太太找来。我和这个新的家庭集体关系越密切，我和外界便脱离得越彻底：我享受这亲切氛围的温暖，同时也分担他们与世隔绝的生活所处的冰冷的封闭状态。我的同学们一致对我表现出某种冷淡和轻蔑：不论这是他们秘密法庭的裁判抑或仅仅是因为我明显地受到偏爱而激起的妒忌——反正他们把我排挤到他们的圈子之外。在课堂讨论时，他们都不跟我说话也不和我打招呼，显然有约在先。即便是教授们也毫不掩饰他们敌意森森的反感。有一次，我向一位罗曼语专业的讲师请教一个无关紧要的问题，他冷嘲热讽地把我打发走了："您作为……教授的得意门生理应对此知道得十分清楚。"我设法弄明白我这无辜承受的排斥，可是徒劳。人们避免用话语或者目光对此作出任何解释。自从我完全和这两个孤独的人生活在一起，我自己也完全变得孤独了。

这种社会上的排斥其实也不会使我太发愁，因为我的注意力已经完全倾注在精神方面。但是神经渐渐地经受不住这种经常不断的紧张状况。一连几个礼拜生活在一刻不停的精神上漫无节制的状况之中，这是不可能不受到惩罚的，此外我又过于突然地把我的生活彻底颠倒过来，过于狂暴地从一个极端走向另一个极端。这样就不可能不危及我们天性暗中保持的平衡。因为在柏林时，轻松愉快地到处游荡，使我的肌肉非常舒适地得到松弛；接二连三的艳遇，使焦躁不安地淤积起来的热情轻快地得到宣泄，而在这里，一种像热风似的压抑的气氛不断地抑制我那受到刺激的感官，使得它们颤动不已,尖端带着电流跳跃着在我体内到处乱窜;尽管我自己乐意把每天晚上他口授的材料一直抄到第二天天亮(由于虚荣心盛,迫不及待地急于把这些稿纸尽快地交给我心爱的老师)——或许说不定正是因为这个缘故,我睡不安宁,睡不香甜。然后大学的课程,匆忙读完的教材,都要求我更加投入,和我老师谈话的方式也使我颇为激动,因为我的每一根神经全都紧绷起来,让我每次在他面前出现都不显得无动于衷。受了伤害的身体对于这种过分行为不会久久不予报复的。我常常会短时间的晕厥,这是我体质受到伤害发出的警告,可我疯狂地不予理睬——但是催眠似的疲劳状况日益增多,感情的每一种表现形式都变得非常强烈,变得锐敏的神经现在把尖端指向内心,破坏我的睡眠,激起那些至今被压抑住的混乱思想。

  第一个发现我的健康状况明显受损的人,是我老师的太太。我已经多次感到她那不安的目光在我身上盘桓,故意把越来越多的表示警告的话语插进我们的谈话,例如,我不要一个学期就想征服世界。最后她明确干涉。有个礼拜天,她冲我吼道:"现在够了。"那天阳光无比明媚,天气分外晴朗,我正在死啃语法,她劈手夺去了我的书:"一个生龙活虎的年轻人,怎么能这样变成野心的奴隶?您别老拿我丈夫做榜样:他老了,您还年轻。您得换个方式生活。"她每次说到他,总表现出一种轻蔑的口吻。我沉溺已深,每次听了,都感到愤愤不平。我感到,也许是出于一种不恰当的妒忌,她故意让我越来越疏远他,用嘲讽的口吻对我的过分热心横加阻拦;要是我们晚上在一起口授的时间太长,她就使劲敲门,迫使我们停止工作,不顾他愤怒地反抗。有一次她看见我累垮了就恨恨地说道:"他还会毁掉您的神经的,他还会把您整个儿都毁了呢。""这短短几个礼拜他把你都弄成什么样子了!我没法再眼睁睁地看您跟自己玩命。与此同时……"她说了一半打住了,没把这句话说完。但是她强压着怒火,苍白的嘴唇不断颤抖。

的确,我的老师不好打交道:我对他服务得越热情,他把我对他的帮助、尊重越不当回事。他很少向我致谢。我要是早上把我熬夜写出来的稿子交给他,他就毫不领情地冷冷地说上一句:"明天拿来也不迟。"倘若我虚荣心重过分热情主动效劳,那么在谈话中他便突然把嘴一撇说句反话把我挡开。当然看见我备受屈辱不知所措地缩了回去,他便立刻向我投来那温暖的像是拥抱人的目光,像是对绝望的我表示安慰,但这是多么罕见,多么难得啊!他性格中的这种忽热忽冷,时而撩人心魄地接近,时而恼怒气愤地推拒,使我难以控制的感情完全惘然若失。我渴望着——不,我从来也说不清楚,我到底渴望什么,希望什么,要求什么,追求什么,我热情洋溢的全身心的奉献到底希望得到他什么关切的表示。因为,倘若纯粹把崇敬的激情倾注在一个女人身上,那么无意识地总是在求得肉体上的满足,大自然形象地以占有肉体作为最高的结合。可是男人和男人之间表现出来的精神上的激情,这种无法满足的激情怎能得到充分满足呢?这种激情就焦躁不安地围绕着被尊敬的人物转来转去,一个劲地迸发出新的激情,永远也不会因为做出最后的奉献而得到平静。感情一直在倾泻,可是永远也倾泻不尽,就一直像精神一样永远得不到满足。所以待在他的身边,我永远觉得还不够接近,在那漫长的谈话过程中,他的性格并没有袒露无遗,充分显现;即使在他非常信任地抛开一切拘谨之时,我也知道,接下来他就会摆出一个冷峻的手势,把这亲密无间的联系一举切断。这个变幻不定的人一而再地使我心情迷乱。倘若我说在我感情激动之时往往差一点就会做出荒谬无谓的事情,这可绝不是言过其实,因为他漫不经心地把我请他注意的一本书随手推到一边,或者晚上我们正在深入地交谈,我完全沉浸在他的思想之中,他刚才还温柔地把手放在我的肩上——突然霍地站起身来,生硬地说道:"现在您走吧! 时间不早了,晚安。"这样一些鸡毛蒜皮的小事就足以使我一连几小时,一连几天情绪低落。也许我那受到刺激的感情,不断激动,我也觉得他是有意伤害,其实原本并无此意——可是所有这些事后解释的自我抚慰对于内心情绪的迷乱又何济于事? 只有这点是每天都在重复的:我在他身边浑身发热,熬得难受,可一离开他就冻得要死,对他的收敛含蓄总是深感失望。没有任何迹象使我平静,每个偶然事件都使我心烦意乱。

说也奇怪:每当我敏感地觉得受到侮辱,我便逃到他太太那儿去。也许是一种无意识的内心冲动,去找一个同样遭到无言摒斥并且为之痛苦的人,也许只是需要有个人可以谈谈,即使得不到帮助,可是能得到理解——反正我逃到她那儿去就像逃到一个秘密的盟友身边。通常她总是奚落一番,消除我的敏感,或者耸耸肩膀,冷冷地向我解释,我对这种痛苦的奇怪事情应该习以为常。可有时候突然绝望的心情使我一下子哆哆嗦嗦地把一大堆责备抛到她的面前,带着眼泪期期艾艾地诉说着心事,这时她神情古怪而又严肃,简直是以惊讶的目光望着我,可是她一言不发;只有她的唇边隐隐地在急剧颤抖。我感到,她得使出全部力气,才不至于说出什么怒气冲冲或者不假思索的话语。毫无疑问,她也有话要对我说,她心里也藏着一个秘密,也许和他是同一个秘密。只要我的话太挨近他,他便生硬地抵御,把我推开,而她在大多数情况下总是说句笑话或者即席开个玩笑,避免和我深谈。

仅仅有一次,我差点把她嘴边的话掏了出来。那天早上,我把口授材料送去,我禁不住热情洋溢地告诉我的老师,恰好是这段描述(这是勾勒的马洛的肖像)使我大受震撼。我正情绪高涨,热情满怀,便带着赞赏的口气补了一句:没有一个人能像他做出这样出类拔萃的人物肖像来;这时他咬咬嘴唇,粗鲁地转过身去,把这张纸一扔,轻蔑地咕噜了一句:"别这样胡说八道!您懂什么出类拔萃。"这句生硬的话(这是匆忙戴上的一张面具,大概只是为了掩盖焦躁不耐的羞耻之感)就足以使我整天情绪低落。下午和他太太单独待了一小时,我突然歇斯底里发作,向她发难,我抓住她的双手叫道:"您告诉我,他为什么这样恨我,为什么这样瞧不起我?我究竟招他惹他什么了?为什么我说的每句话都会使他这样生气?我该怎么办?请您帮帮我!为什么他不喜欢我——请您告诉我,我求您了。"

看到我这狂热的发作,她那灼人的目光凝视着我。"不喜欢您?"——突然一声长笑从她齿缝里迸出,这阵笑声最后变得这样尖利刺耳,使我不由自主地倒退几步。"不喜欢您?"她又重复一遍,怒火满腔地直望着我惶恐迷惘的眼睛,然后她弯下腰向我凑近——她的目光渐渐变得柔和,更加柔和,甚至带着怜悯的神情——突然间她抚摸了一下我的头发(这是第一次),"您真是个孩子,一个傻孩子,什么也没发现,什么也没看见,什么也不知道。可是这样反而更好——否则您会更加不安的。"

她猛地一下子转过脸去。我白白地寻找慰藉:我像关在一个由撕扯不破的噩梦组成的漆黑的口袋里拼命寻找解释,挣扎着想从这些自相矛盾的感情交织成的神秘迷乱中清醒过来。

四个月就这样过去了,这些星期充满了未曾预料的自我升华和转变。学期就要结束,我惊恐万状地看着假期即将来临:因为我爱我的这个炼狱,我的故乡冷静漠然,毫无灵气,平庸凡俗,对我来说就如同遭到流放和被人抢劫。我已经在暗定计划,哄骗我的父母,说有重要工作使我留在此地,我巧妙地编织谎言和遁词,为了使这令人痛苦的眼前生活得以延长。但是在另外的天地里时间和钟点早已给我事先算好。这个时刻隐不可见地悬在我的头上,就像正午的钟声悬在铜钟里面,然后出人意料地响起,严肃地呼唤闲散的人们去工作或者告别。

那个决定命运的夜晚开始得多么美妙,美妙得使人迷乱!我和他们两人一同坐在桌旁——窗户洞开,天空飘着白色的浮云,朦胧的夜色渐渐地从那昏暗的窗框里缓缓涌入:一股柔和明亮的光线从云彩庄严飘浮的反光中继续流出,直到云层下面都能感到它的存在。他太太和我比平时更随意,更安详,更活跃地聊天。我的老师则在我们闲谈时保持沉默;但是他的沉默犹如合着翅膀憩息在我们谈话之上,我从侧面偷偷地望他一眼:今天他的神情有一种奇怪的明亮的东西,一种不安,但是丝毫也不显得烦躁,就像身在那些夏日的云层之中。有时候他举起酒杯,对着灯光,欣赏杯中闪现的彩色;我的目光快活地注视着他的这个手势,他轻松地微微一笑,举杯向我致意。我难得看见他的脸庞这样清楚,他的动作这样圆润、从容:他简直可说神情庄严欢快地坐在那里,仿佛他正听着街上传来的音乐或者倾听一次看不见的谈话。他的嘴唇平时四周总不断飘动着细小的波纹,现在宁静柔和地待在那里,犹如一只剖开的水果。他的额头,因为他微微地把额头转向窗口,因此吸收了那柔和的光线,予以反射,我从来没有觉得它像此刻这样美丽。看见他这样心平气和地坐着真是妙不可言:这究竟是澄净的夏日夜晚的回光,是一股仁慈的光线从这明净柔和的空气里沁入他的心脾,抑或从他内心深处有一种慰藉照在他的身上——我不知道。但是我熟悉他,看他的脸犹如读一本打开的书,我只感到:今天有个温和的上帝把他心里的裂痕皱纹全都予以抚平。

这时他站起来习惯地把头一摆,邀我随他到书房里去,这个动作显出罕见的庄严气派：这个平素动作匆忙的人走起来严肃得出奇。然后他再次转过身子，以不寻常的方式，从酒柜里取出一瓶没打开的酒，拿着酒瓶缓步走了进去。他的太太和我一样注意到他举止的怪异，她从手工活上抬起头来，看着我们走进书房工作，默默地以好奇的心理观察他那不寻常的庄重的举止。

跟平素一样，书房完全遮得不透光线，我们立刻沉浸在一片熟悉的朦胧之中，只有一盏灯在撂起来的白稿纸上投下一束金色的光圈。我在我的老位子上坐下，重读一遍稿子上的最后几句；他每次都需要这种节奏，就像需要一把音叉似的调整内心的声音，以便让词句继续涌流。平时他立刻就从上次停下来的那句话开始口授，可是这次却没有继续说下去。沉默弥漫全屋，它已经变成紧张气氛从四壁向我们逼来。他似乎还没有完全收敛心神，因为我听见他的脚步在我背后神经质地踱来踱去。"请您再念一遍！"奇怪，他的嗓音怎么一下子颤动得这样焦躁不安。我把最后几节重读一遍：这时他直接连上我的话，猛地一下子开始口授，比平时说得更快，说得更加完整。就五句话便塑造了一个场景；他迄今为止所表述的，只是戏剧的文化上的先决条件而已，是对时代所作的一幅壁画，是历史的概述。现在话锋突然一转，转向剧院本身。推着小车到处流浪的艺人终于组成剧院定居下来，营造家园，得到官厅确认，获得权利和特权，先造"玫瑰剧院"后为"幸运剧院"，粗陋的木制舞台上演的也是粗陋的剧目，然后作品日益增多，需求日益增长，工匠们便依照需要建造了一座新的木制剧院：在泰晤士河畔，在潮湿泥泞毫无价值的土地上打桩建房，盖起了一座硕大无朋的木头建筑，上面加了一个笨重的六角形塔楼，这就是寰球剧院。莎士比亚这位大师，便在这个剧院的舞台上登场。这个剧院坚定地在这泥泞地上下锚伫立，犹如一条罕见的船只从海里抛掷出来，在最高的桅杆上挂着海盗的猩红旗帜。在正厅的后座里下等民众大声喧嚷，挤成一堆，就像在码头上一样。上层社会则一面神气活现地微笑，闲聊，一面从楼厅里居高临下地俯视着下面的演员，他们不耐烦地要求开演，又跺脚又喧哗，用剑柄猛敲木板，直到最后，几支光影闪烁、高高举起的蜡烛，第一次照亮了低矮的舞台，马马虎虎化了妆的人物登台演出，显然是即兴发挥的喜剧。我今天还记得他当时说的话："突然话语喧响犹如掀起风暴，那无边无际的激情的海洋把它由鲜血汇成的波浪从这木板搭起的边界一直打向各个时代和人的心灵的所有地区，无穷无尽，深不可测，欢快开朗，悲伤哀婉，千姿百态的图像和人的本来形象——这就是英国的戏剧，莎士比亚的剧作。"

说到这激越昂扬的几句话，他的演说戛然而止，接着是一阵漫长的沉闷的沉默。我惴惴不安地转过头去：我的老师一只手抓着桌子，以我熟悉的那种精疲力竭的样子站在那里，但是这次那僵硬的神情有些可怕。我跳起身来，担心他是不是有什么不适，惊慌失措地问他，我是不是应该停止记录。他起先只是气喘吁吁地一动不动地凝视着我，但接着他蓝色的眼睛又活跃起来，闪闪发光，他嘴唇放松向我走来——"好，您没有注意到什么吗？"他急切地盯着我看。"注意到什么？"我心中无数，结结巴巴地说道。他深深地吸了口气，微微一笑；几个月来，我又一次看到了那广阔的、柔软的、温情脉脉的目光："第一部分完成了。"这意外的惊喜，使我浑身发热，我使了大劲，才把一声欢呼强压下去。我怎么会没有看到，不错，这是座大厦，从往日原始的地基上拔地而起，壮丽辉煌，直达整体塑造的门槛：现在他们可以出场了，马洛，本·琼森，莎士比亚，他们可以胜利地跨过这道门槛了。这部作品庆祝它第一个生日：我急急忙忙地跑过去，清点页数。这第一部分，一共包括一百七十页写得密密麻麻的稿子；这是最艰难的部分,因为接下来的,是自由复制性的塑造,而迄今为止描述必须紧扣历史文献。毫无疑问,他将完成这部著作,他的著作,我们的著作!

我因为高兴,因为骄傲,因为幸福大叫大嚷了吗？手舞足蹈了吗？——我不知道。但是我洋溢的热情表现出来的兴高采烈的情绪,想必达到前所未有的程度,因为他笑吟吟地看着我的一举一动,我时而把最后几句浏览一遍,时而忙不迭地数数稿子,把它拿在手里,掂掂分量,钟爱地抚摩一番,已经匆匆忙忙地在盘算,我们什么时候能把整部作品完成。看到他那存在心里、深藏不露的骄傲在我的欢乐之中反映出来,他深受感动,笑眯眯地望着我。然后他慢慢地走过来,走得很近,伸出两只手,抓住我的双手,一动不动地凝视着我。他的瞳孔平素只有一闪一闪的信号灯的色彩,这时泛出那种灵动清澈的蓝色,在所有的元素中只有深水和深沉的人的感情才能构成这种蓝色。这种光彩夺目的蓝色从眼睛里升起,溢出,侵入我的心里。我感到,它们的这种温暖的波浪一直进入我的内心深处,在那里汹涌澎湃四下扩散,扩展我的感情,给我带来罕见的欢乐。受到这股扩展进涌的强力,我整个胸膛一下子变得开阔,我感到一个灿烂辉煌的艳阳天正光彩绚丽地在我心里冉冉升起。"我知道,"这时他的嗓音掠过这阵光辉,"没有您,我永远也不可能开始这项工作,我永远也忘不了您这个好处。您给我活力,帮我克服疲惫,您,就您一人挽救了我这精力分散,早已毁掉的一生所剩余的东西。没有一个人为我所做的事情比您更多,没有一个人像您这样忠心耿耿地帮助过我。因此我不说,为此我要感谢您,而说……为此我要感谢你。来吧！让我们完全像兄弟似的度过一个小时!"

他柔和地把我拉到桌边,拿起那瓶准备好的酒。两只杯子也放在那里,他显然是想把这次象征性的喝酒设想成向我致谢。我高兴得浑身哆嗦,再也没有比一个强烈的愿望突然实现更使我们内心的感觉慌乱不堪的了。这显然是表示信任的最明显的标志,我无意识地渴望得到的那种标志。他的感谢找到了最优美的表达方式:兄弟相称的"你",越过年龄的鸿沟,由于相隔这样遥远,因而显得弥足珍贵。酒瓶这沉默的施洗礼者已经碰响,它将永远在我的信仰中消除那害怕的感觉,在我的内心似乎也同样响起了这颤抖的清亮的声音——只有一个小小的障碍还阻碍着这节日般的瞬间:瓶子还塞着一个软木塞,可是屋里没有开瓶器。他想起身去取,可是我猜着了他的意图,迫不及待地抢先冲到饭厅——我一直在渴望着这一时刻,为使我的心灵得以安宁,把这作为他对我怀有好感的最明显的证明。

我快步跑出房门,冲到亮着灯的走廊里,在黑暗中和一个柔软的东西撞个正着,它急于后退:这是我老师的太太,她显然在门口偷听。奇怪的是,尽管我这一下子把她撞得很猛,但她一声不吭,只是默默地向后退去,而我也吓得不敢作声,一动不动,这样僵持了一会儿;我们两个默不作声地站着,每个人都面有惭色,她是因为在偷听时被我撞见,而我则因这意外的发现而愣住了。但是接着在黑暗中响起轻微的脚步声,灯亮了起来,我看见她脸色苍白,挑衅似的背靠柜子站着;她目光严肃地打量着我,在她一动不动的举止里有一种阴暗的东西,像是警告,像是威胁。但是她一言不发。

我的手在颤抖,我神经紧张地瞎摸一气,找了半天,终于找到了开瓶器;我不得不两次从她身旁走过,每一次我抬眼看她,总碰到这道僵直的目光,就像磨光的木头发出坚硬阴暗的光芒。她丝毫没有因为在门口偷听被我发现而流露出羞愧的神色,恰恰相反,她的眼睛现在生硬坚定地闪闪发光,向我发出一种莫名其妙的威胁。她这固执的态度表示,她打定主意,不会离开这个不恰当的位子。她要继续偷听下去。这具有优势的意志力使我心慌意乱,在这道向我投来的坚定、示警的目光注视之下,我不由自主地缩起脖子。最后,等我脚步踉跄地溜进书房,我的老师已经极不耐烦地把酒瓶拿在手里,方才还是极度的欢乐,现在一阵寒霜,变成奇怪的恐惧。

而他等待着我时,多么无忧无虑,向我投来的目光多么欢快开朗:我一直梦想着,能看见乌云从他忧郁的额头消失,可是如今第一次看见他的额头上闪着宁静的光芒,充满深情地冲着我,我一句话也说不出口;我全部内心的欢乐都像从秘密的毛孔里一点一滴地流了出去。我心烦意乱,甚至满心羞愧地听他再一次向我致谢,现在是用亲切的"你"来称呼我,玻璃杯相碰,发出银铃般的声音,他的手臂亲切地搂着我,把我领到圈手椅旁,我们两个面对面地坐着,他的手轻松自如地放在我的手里。我第一次感到他在感情上完全坦然,无拘无束。但是我无话可说,我不由自主地一直用目光窥视着门口,生怕她还一直在那儿偷听。她在倾听,我不断地想道,倾听着他跟我说的每一句话,和我说的每一句话。为什么偏偏在今天,为什么偏偏在今天?他用那种温暖的目光凝视着我,突然说道:"我今天要跟你谈谈我,谈谈我自己的青年时代。"我可是大吃一惊,冲着他举起双手像是哀求像是抵御,使他愕然地抬起头来看我。"今天别说,"我结结巴巴地说道,"今天别说……请您原谅。"他这一次可能把自己的秘密泄露给一个偷听者,而我又不得不向他隐瞒偷听者在场的事实,这个想法,我觉得太可怕了。

我的老师凝视着我,不明就里。"你怎么了?"他问道,稍稍有些不悦。"我累了……请您原谅……不晓得怎么搞的,我有点支持不住了……我想,"说着我浑身颤抖地站了起来——"我想,我最好还是回去吧。"我的目光不由自主地绕过他看着门口,我总认为那儿有人怀着敌意的好奇心,妒忌心切地埋伏在门边。

这时他也同样吃力地从圈手椅上站了起来,一股阴云掠过他那突然变得疲劳的脸上。"你真的要走了……今天就走……恰好在今天?"他握住我的手:我的手不易觉察地往后一抽。但是他突然猛地把我的手像块石头似的放下。"可惜,"他大失所望地叫了一声,"我方才高兴得很,终于可以和你推心置腹地谈谈!真是可惜!"这声深沉的叹息犹如一只黑色的蝴蝶一时在屋里回旋。我满心羞愧,有一种无奈而又说不清楚的恐惧;我脚步不稳地往后直退,在我身后轻轻关上房门。

我吃力地爬上楼梯回到自己的房间,倒在床上,但是我无法入睡。我从来没有这样强烈地感到过,我所生活的世界隔着一道薄薄的墙,悬在他们的世界之上,只隔着这些无法穿透的阴暗的房梁。我现在像着魔似的以我磨得十分尖利的感官感觉到他们两个在楼下醒着。虽然我没有看,却看到,没有听,却听见,他此刻在楼下他的书房里心烦意乱地踱来踱去,而她则不晓得在什么别的地方默默地坐着,或者一面侧耳倾听,一面到处晃来晃去。可是我感觉到她睁着眼睛,醒着没睡,使我不寒而栗:突然间这整幢默不作声的房子连同它的阴影和黑暗,沉重地压在我的身上,宛如一场噩梦。

我掀掉了被子。我的双手滚烫。我都陷到哪里去了?我已经感到秘密就近在咫尺,它那灼热的呼吸已经吹在我的脸上,现在它又离得那么遥远。可是它的阴影,它那沉默不语无法看透的阴影还在四处游荡,沙沙作响。我感到它凶险地待在屋里,像只猫儿轻手轻脚地在屋里悄悄地爬行,总是待在那儿时刻准备着跳起来,扑出去,跳开去,老用它那带电的毛皮扫着别人,使人慌乱,热乎乎的,可是鬼气森森。我总是感到从黑暗里投来的他那拥抱一切的目光,像他伸出的手一样温暖,感到那另一道目光,他太太投来的尖锐、威胁、惊讶的目光。叫我到他们的秘密中去干什么?他们两个为什么把我放在他们激情的中心,可又蒙上我的眼睛?为什么他们把我驱进他们难以理解的争吵并且每个人都把自己的愤怒和仇恨灌进我的心里?

我的额头依然烧得滚烫。我跳起来,推开窗户,窗外城市宁静无扰地躺在夏夜的浮云笼罩之下;有些窗户还亮着灯光,但是坐在窗前的人,正在平静地交谈,谈着书本或者听着音乐。在白色的窗框后面已经漆黑一片的地方,人们正平静地酣然沉睡。在所有这些宁静的屋顶之上,飘浮着一股柔和的宁静,一种松弛的、轻柔飘落的沉寂,犹如月亮沐浴在银色的薄霭之中。钟楼上响起的十一下钟声落在他们大家的耳里,有的碰巧在谛听,有的正好在梦中,钟声悠缓,并无逼人之势。只有我在这屋子里还依然清醒,感觉到陌生的思想凶狠地围绕着我。内心的感觉狂热地想要理解这纷乱的悄声细语。

蓦然间我吓得直往后退。楼梯上不是有脚步声吗?我直起身子仔细倾听。果不其然,有人像瞎子似的在摸索着爬上楼梯,走得谨慎,脚步犹豫不稳;我听得出踩了多年的木头发出的呻吟和叹息。这个脚步只可能冲着我而来,只可能冲着我,因为阁楼上除了那个耳聋的老太太之外没住别的什么人,而老太太早已睡觉,不接待任何人。来的是我老师吗?不,这不是他那跌跌撞撞急急忙忙的步子,这个脚步在那儿迟疑,在胆怯地逡巡不前——现在又来了——每上一级楼梯都迟迟疑疑,一个溜门撬锁的小偷,一个犯罪分子才会这样走近,不会是一个朋友。我竖起耳朵拼命倾听,听得耳朵都轰鸣起来。一下子像有一阵寒气沿着我赤裸的双腿直逼上来。

这时门锁轻轻地咯勒一响:他想必已经站在门口,这个阴森可怕的客人。一阵轻风吹过我赤裸的脚趾,这说明,外门已经打开,可是只有他才有这门的钥匙,只有他,我的老师才有。可是如果是他——为什么这样犹豫不决,一反常态?他不放心,想来看看我?这个阴森可怕的朋友,现在为什么在外面的前室里迟疑不前,因为这个像小偷一样悄悄走动的脚步声突然之间僵在那里。同样我自己也不寒而栗地僵立着。我仿佛要叫出声来,可是咽喉像有黏液黏住。我想打开房门,可是我的脚僵在地上一动不动。现在只有薄薄的一道墙隔在我和这个阴森可怕的客人中间,可是他没有迈出一步,我也没有向他迎上去。

这时钟楼上敲响钟声:只敲一下,十一点一刻。这钟声打破了我的僵硬。我一下子把门打开。

的的确确,我的老师站在那里,手里拿着蜡烛。房门猛然打开,激起一阵风,使得烛火上蹿,发出蓝色火苗。那突突直跳的影子像巨人似的摆脱了他那僵硬的身躯,活像一个醉汉在他背后摇摇晃晃地扑到墙上。可是即便是他,看见了我,也动了一下。就像一个人被突然吹来的一阵风从睡梦中惊醒,不由自主地把被子哆哆嗦嗦地拉了过来。然后他才往后退去,手里的蜡烛不停摇晃,烛油滴个不停。

我浑身颤抖,吓得魂飞魄散,我只能结结巴巴地说了一句:"您怎么啦?"他凝视着我,什么话也不说。他也像喉咙堵着,有话说不出。他终于把蜡烛放在五斗橱上,原来像蝙蝠似的满屋子到处乱飞的影子立即平息下来。最后他嗫嚅着说道:"我想……我想……"

嗓音又卡在他的喉咙里,他站着,低头望着地板,活像一个当场被抓获的小偷。这种恐惧,这样站着,真是难以忍受,我只穿件衬衫,冻得一个劲地哆嗦。他则缩着脖子弯着腰,满面羞惭,神情慌乱。

突然间这个虚弱的身体猛地一振。他向我走了过来:只是从眼睛里险恶地闪现出一丝笑意,邪恶的、淫荡的笑意,而他的嘴唇则紧闭着,一张笑脸活像一张陌生的面具,先冲着我狞笑片刻——然后一个嗓音活像劈开的蛇舌锋利地刺了出来:"我只是想跟您说……我们最好还是不要以'你'相称……这对于一个初入学的大学生和他的老师之间是……不合适的……您明白吗?……咱们得保持距离……距离……距离……"他一面说,一面凝视着我,充满了仇恨,充满了恶意,像侮辱我给我耳光,他的手都不由自主地弯了起来。我摇摇晃晃地直往后退,他莫非疯了?喝醉酒了?他站在那里,握紧了拳头,似乎要向我直扑过来,或者扇我一个巴掌。

但是这种恐惧只持续了一秒钟,然后这种猛然袭击的目光缩了回去,垮了下来。他转过脸去,喃喃地说了句什么,听上去像是致歉,接着拿起蜡烛。已经缩在地上的影子,又霍地跳起,活像一个身披黑衣巴结得很的魔鬼,一阵风似的,赶在他前面抢先冲到门口。然后他自己也走了,我还没来得及凝聚心神,想出一句话来。门砰的一下锁住,他急步下楼,像直滚下去,楼梯在他脚下沉重地发出咯吱咯吱的响声。

我不会忘记这天夜里,阴冷的愤怒和灼热的绝望在我心里不停地交替出现。各种念头像刺眼的火箭在我脑子里乱射一气。我上百次无比痛苦地问我自己,他为什么折磨我,他干吗这样恨我,以致他连夜偷偷地爬上楼梯,就为了充满敌意地把这样侮辱人的话劈头盖脸地向我扔来？我到底怎么得罪他了，我该怎么对待他？我不知道怎么冒犯他了，又怎么跟他和解呢？我浑身发烧扑到床上，又爬了起来，又重新钻到被子里去，那个鬼气森森的形象一直浮现在我的面前，我的老师，蹑手蹑脚地，被我的存在弄得心慌意乱，在他身后，是那巨大无朋的阴影，说不出的陌生，在墙上摇摇晃晃。

等我到早上迷糊了一会儿之后醒来，我先对自己说，这只是一场梦。可是在五斗橱上分明还沾着圆圆黄黄的烛油的痕迹。在这光线明亮的房间里，我毛骨悚然地不断回忆起那个在夜里像小偷一样悄悄溜上楼来的夜客。

整个上午我没有出门。想到会碰见他，我就勇气顿消。我试图写写文章，读读书。可什么也做不成。我的神经已经崩溃，每时每刻我都可能神经痉挛，发出呜咽，突然咆哮——因为我看见自己的手指像树上陌生的树叶在颤抖不停，我无法使它们平静下来，我的膝盖摇摇晃晃，就仿佛里面的筋已经折断。怎么办？怎么办？我连连追问自己，直到精疲力竭；太阳穴里血液快速搏动，眼睛望出去泛出蓝色。可千万别走出房门，千万别走下楼去，千万别突然站在他的面前，而自己心里还忐忑不安，还没有控制住自己的神经。我又重新倒在床上，饥肠辘辘，心神慌乱，蓬头垢面，惘然若失。我的感官又一次试图透过这薄薄的墙壁设想：他现在坐在哪儿，他在干些什么，他是不是像我一样醒着，像我一样绝望？

到中午时刻，我还心神迷乱烦躁不安地躺在床上，这时我终于听见楼梯上有脚步声，我所有的神经都紧张起来：可是这人走得脚步轻盈，无忧无虑，总是一步两级，飞快地跳了上来——现在有只手已经在敲门。我跳了起来，没去开门："是谁？"我问道。

"您为什么不来吃饭？"他太太的声音有些生气地问道，"您是不是病了?"——"没有,没有,"我心慌意乱,结结巴巴地说道,"我就来,我就来。"我没有别的办法,只好赶快穿好衣服,走下楼去。可是我的两条腿摇晃得厉害,我只好扶着楼梯的扶手。

我走进饭厅。桌上摆了两副刀叉,我老师的太太坐在一副刀叉前面,跟我招呼,微微带着责备的口吻,怪我要人提醒。老师自己的位子却空着。我感到鲜血向我头上直涌。他这样不告而别是什么意思?他难道比我更怕我们两人见面?他是害臊,还是从此不愿和我同桌吃饭?我终于下定决心,问起教授是不是不来吃饭。

她惊讶地抬头看我:"您难道不知道,他今天一早就走了?"——"走了,"我嗫嚅着说道,"上哪儿去了?"说到这里她的脸已经绷起来了:"这事我丈夫没有想要告诉我,大概——又是他通常进行的一次短途旅行吧。"然后她突然目光锋利,带着询问的神气向我转过脸来,"可您竟然对此一无所知?他昨天夜里还特地上楼去找您呢——我想,这大概是为了想向您告别……奇怪,真是奇怪……他对您居然也没说什么。"

"我"——我只能发出这样一声叫喊。而使我惭愧使我感到羞耻的是,这一声叫喊把我最近几小时这样凶险地积存在心头的一切全都勾了起来。突然从我心里发出一阵啜泣,一阵又哭又号的痉挛——我一下子急急忙忙地吐出一大堆话,发出一连串叫喊,表达我心里一大团纠缠不清的绝望心情。我大哭,不,我浑身颤抖,我在神经质的抽泣之中把积压在我心里的痛苦全都从我颤抖的嘴里喷出。我的拳头发疯似的乱敲桌子,整个儿变成易受刺激发疯发狂的孩子。我大吼大叫,脸上热泪纵横,几周来像暴风雨似的悬在我头上的一切苦恼全都爆发出来。这样疯狂发泄之后,我感到轻松,与此同时,我又因为在她面前这样充分暴露自己而感到无限的羞惭。

"您怎么啦！我的天啊！"她跳起身来，一筹莫展。然后她迅速跑了过来，把我从桌边带到沙发跟前，"您躺下吧！平静下来！"她抚摸我的双手，摸摸我的头发。还未平息的抽泣，一个劲地震撼着我那一直在发抖的身体。"别折磨您自己，罗兰特——别自我折磨。这一切我都知道，我感到这事会发生。"她一直抚弄着我的头发。蓦然间她的嗓音变得严厉起来："我自己知道，他会如何把人家弄得昏头昏脑，谁也不会比我知道得更清楚。但是请您相信我，我看见您完全靠着他，而他是靠不住的。我一直想警告您——您不了解他，您是个睁眼瞎。您是个孩子——您什么也感觉不到，就是今天，今天您也什么都感觉不到。也许您今天第一次明白了点什么——那么这样对他对您都会更好。"

她一直亲切地向我俯下身子，我似乎从豁亮的内心深处感觉到她的话语和她那双手的抚摩，给人慰藉，祛除痛苦。终于，终于又一次感觉到一缕同情，还有，终于又一次感觉到一个充满柔情的女人的手，简直可说充满了母性的温存，这真使人心旷神怡。也许我欠缺这些已经过于长久。如今我透过这忧郁的纱幕，接受一个柔情满怀的女人的关切，使我在痛苦之中感到幸福。可是，我是多么羞愧啊，多么为这一阵泄露真情的猛烈发作，为这暴露无遗的绝望情绪感到羞愧啊！我身不由己地、艰难地站起身来，结结巴巴地再一次大声抱怨，他对我所做的一切——他如何把我推开，折磨我，又吸引我，他如何无缘无故地对我态度粗暴——我满怀爱意依恋着一个折磨人的人，我对他又爱又恨，又恨又爱。我又一次开始猛然激动起来，她又不得不来安慰我。我无比激动地从沙发上跳了起来，她那双柔软的手又轻轻地把我摁到沙发上去。我终于平静了些。她沉默着，若有所思。我感觉到，她什么都明白了，也许比我自己还更加明白……

这一阵沉默约束着我们有好几分钟。然后这个女人站起身来。"好了——现在您当孩子当得够长的了。也该当当男人了。坐到这桌旁来吃饭吧。没有发生什么了不起的倒霉的事——不过是一点误会,很快就会澄清。"我不知怎的抗拒了一下,她情绪激动地补充道:"会澄清的,因为我不让他再这样拖下去,把您蒙在鼓里。应该结束了,他也该多少学会一点自我控制。您太善良,别去参与他那些古怪冒险的游戏。我要和他谈的,您放心好了。现在您来吃饭吧。"

我羞愧无比,木头人似的随她把我带到桌旁。她急急忙忙地说起一些无关紧要的事情。我打心眼里感激她,因为她对我方才控制不住说出的那番话似乎根本没有听见,似乎已经完全忘记。她鼓动我:明天是星期天,她要和W讲师及其未婚妻一起到附近的一个湖畔去远足,她要我一起去散散心,摆脱一下书本。我身上所有的不适只暴露了我过分劳累,神经过于紧张;去游游泳,或者去徒步走走,我的身体又会立刻找到平衡。

我答应一起去。干什么都行,只要现在别孤零零地一个人待着,只要别到我房里去,只要别脑子里老想着那些在黑暗中盘旋的念头。"今天下午您也别留在家里!去散散步,畅畅快快地跑一跑,快活快活!"她竭力怂恿我。"真奇怪,"我想,"她竟然会猜出我内心深处的感情。她跟我很陌生,可她总是知道,我需要什么,什么使我痛苦,而他了解我却看不出我的心思,把我打得稀烂。"我也答应她出去散步。我感激地站起身来,发现她换了一张面孔:平时她的那张嘲弄人的、疯疯癫癫的脸,使她总有点像个放肆的轻浮的男孩,如今这张脸已经消失,我看到的是一道柔和的、关怀备至的目光。我从来没有看见她这样严肃过。"为什么他从来没有这样仁慈地望着我?"我心慌意乱,怀着渴望的心情这样问我自己。"为什么他在使我痛苦的时候,自己从来也不感到这点?为什么他没有把这样乐于助人,这样充满柔情的手放在我的头上,放在我的手上?"我感激地吻着她的手,她不安地,甚至是激烈地把手从我手里抽走。"别折磨您自己。"她又重复一遍,她的嗓音凑得很近。

可是接着那生硬的神气又在她唇边浮现:她猛地站起身来,轻声吐出这样的话:"相信我,他不配!"

这句话,轻声说出,几乎无法听见,却又把痛苦击入我那几乎已经平静的心里。

我在那天下午和晚上起先开始做的事情,显得这样可笑,这样孩子气,多年来,我一直羞于想到它们——心里似乎有人把关,总是立即匆匆忙忙地把我引开,不让我回忆这些事情。好,今天我对那些愚蠢的傻事已不再感到害臊——相反,今天我是多么理解这个桀骜不驯、激情如炽的少年啊,他想拼命努力,来克服自己感情的摇摆不定。

我似乎在一条漫长无边的走廊尽头,像通过一架望远镜在看我自己:一个精神涣散,心情绝望的少年,他上楼到自己房间里去,不知道怎样对付他自己。他突然穿起上衣,迈出另外一种步伐,摆出无比坚定的架势,然后陡然间步履坚定有力地走上大街。不错,这就是我,我认出我自己,我知道当年这个备受折磨的可怜的傻小子的每一个想法。我知道,突然间我振作起来,甚至在镜子前面对自己说:"我才不在乎他呢!让他见鬼去吧!我干吗要为这个老傻瓜折磨自己呢!她说得对:开心一点!好好玩玩!前进!"

的确,我当时就这样上了大街。这是振作精神,为了自我解脱——然后一阵快跑,绝无仅有的一次怯懦的逃跑,不愿认识到,这快乐的坚定态度根本不是那么快乐,那坚硬的冰块依然沉重地悬挂在我的心上。我还知道,我如何在行走,手里牢牢地捏着那沉重的手杖,使劲地瞪着每一个大学生;我心里翻腾着一种危险的激情,直想和什么人吵一架,把那无处发泄四下乱窜的怒气向我在路上正好碰见的随便哪一个人击去。幸好没有一个人注意我。我就只好走向我的同学们下课后常去光顾的那家咖啡馆,准备不请自去,坐在他们桌旁。他们只要说出一句稍稍带刺的话,我就找茬挑衅。可惜我想打架的企图也都落空——天气明朗,大多数人都出去郊游,两三个坐在那儿的同学客客气气地和我招呼,我一心想要发火,可找不到丝毫借口。我气呼呼地很快就站起身来,径自走进郊区的一家名声不佳的酒店,女子乐队演奏的音乐震耳欲聋,一帮前来寻欢作乐的小城市的渣滓挤成一堆,又喝啤酒又抽烟。我急匆匆地灌下两杯啤酒,招呼一个声名狼藉的女人和她的女友,同样涂满脂粉骨瘦如柴的下等社会的女人到我桌旁,心里有种病态的欲望,希望举止招人注意。在这座小城市里,人人都认识我,人人都知道我是教授的学生;而那些人又因为奇装异服,举止怪异,谁都看得出他们是什么人——所以我便享受一种可笑的虚假的乐趣(正如我自己愚蠢地认为),这样一来自己出丑,也让他丢脸;我心想,让他们瞧瞧,我根本不把他放在眼里,我根本不在乎他——我当着众人的面,以最不得体、最为无耻的方式向这个乳房丰满的女人大献殷勤。这是一种充满恶意的醉意,不久也真的酩酊大醉,因为我们把各种酒乱喝一气,又是葡萄酒,又是烧酒,又是啤酒。大家推来搡去,胡来瞎闹,弄得椅子倒在地上,邻座小心翼翼地纷纷避开。可是我并不害臊,相反,我这个傻瓜还狂怒不已,心想,让他知道这事,让他看看,我多么不把他放在心上,啊,我并不悲哀,并没有受到伤害——正好相反:"拿酒来,酒!"我用拳头猛敲桌子,酒杯都震动起来。最后我带着这两个女人离去,两个手臂各挽一个,穿过主要大街,那里每到九点,通常都有彩车巡行,大学生、姑娘们、市民和军人都聚在一起在这条街上闲适舒心地溜达;我们三个黏在一起,活像一株摇摇晃晃的三叶草,在车行道上横冲直闯,大声喧哗,最后有个警察火了,走过来声色俱厉地叫我们安静。后来还接着发生些什么事情,我已经没法仔细描述——一片酒意浓烈的蓝色烟雾笼罩着我的回忆。我只知道,我对那两个喝得醉醺醺的女人感到恶心,自己也不大能够控制自己的感官。我便摆脱了她们,还到另外什么地方去喝了咖啡和白兰地,在大学的主楼前面发表演讲,抨击教授,这可乐坏了那些四下跑来的小伙子们。然后我还出于朦胧的本能,为了更进一步糟蹋自己,并且——这是无名火乱冒的时候产生的荒唐念头——惹他生气,还想去逛妓院,可是我认不得路,结果情绪恶劣地踅回家去。我的手不灵便,开门费了大劲,好不容易才勉强爬上开头几级楼梯。

然后走到他的门口,我的脑袋仿佛突然浸到冰水之中,那沉重的醉意一下子散去。我猛地清醒过来,凝视着我自己扭曲了的脸,看清了我在无可奈何的狂怒之下干出的愚蠢行径。我顿时羞愧得无地自容。我轻手轻脚地,活像一头挨了狠揍的狗畏畏缩缩地爬上楼去,溜进我的房间,只求没人听见我的声音。

我睡得像死人一样,等我醒来,阳光已洒满地板,并且缓缓地一直爬到床边。我一下子从床上跳起,在隐隐作痛的脑袋里,渐渐闪现出昨天晚上的回忆。可是我把羞耻强压下去,我不想再感到羞耻。我拼命地说服自己,我这样自甘堕落,可是他的过错,全然是他的过错。我自我安慰,说昨天发生的事,纯粹是开了个大学生的玩笑,一个几周以来,除了工作还是工作的人,大概是允许这样干的。但是在我进行自我辩护时,我觉得很不自在,我相当忐忑不安颇为心虚地下楼去见我老师的太太,想到昨天我曾答应和她一同远足。

说也奇怪,我还没有碰他的门把,他又浮现在我心里。于是,那火烧火燎、极其揪心的痛苦,那强烈的绝望心情也随之而来。我轻轻地敲门,他太太走来开门,目光柔和得出奇:"您都干了些什么荒唐事啊,罗兰特?"她说道,可语气与其说是责备,毋宁说是同情。"您干吗这样折磨自己!"我惊愕地站在那里:这么说,我干的那些傻事她也已经听说了。可是她立刻驱散了我的窘迫:"可是今天我们得老老实实地过啊。十点钟,W讲师和他的未婚妻过来,我们就一同驱车出游,划划船,游游泳,把所有的傻念头彻底驱散。"我还心惊胆战地鼓起勇气提了一个不必要的问题,问教授是否已经回来。她凝视着我,没有回答,我心里明白,这个问题是白提了。

十点整讲师来了,这是一个年轻的物理学家,作为犹太人,他在学者圈子里相当孤立,其实是唯一的一个和我们这些遭到摒弃的人来往的人。他的未婚妻陪他一起来,说不定是他的情妇。这是个年轻的姑娘,不停地咧着嘴笑,天真单纯有点调皮,也许正因为如此是这种即兴安排的异常行为的合适游伴。我们先坐火车前往附近的一个小湖,在车上一面不停地吃,一面聊天大笑。紧张严肃地工作了好几个礼拜,我已经很不习惯聊天时的欢快情绪,这一小时就像一些微微使人兴奋的酒浆,令我醺然欲醉。的确,他们非常成功地以他们孩子气的疯疯癫癫的行动,把我的思想从嘈杂纷乱的蜂窝里引了出来,平时,这些思想总是围着蜂房盘旋,嗡嗡乱响。我刚走到野外,和那年轻的女孩子偶尔举行一次赛跑,我又感到自己肌肉的力量,于是我又变成从前那个精干强壮、无忧无虑的小伙子。

在湖边我们弄了两只划桨的小船,我老师的太太为我的小船掌舵,在另一条船上,讲师和他的女友坐在一起划桨。刚一离岸,我们就产生赛舟的欲望,想要一争高下。我当然处于不利的地位,因为他们是两个人划船,而我不得不独自和他们对抗。可我本来就是这项运动训练有素的运动员,脱掉了外套,我使劲划桨,划得狠猛而且有力,渐渐赶上旁边的这只小船。挖苦的话语从两只船上不断地飞来飞去,互相加油打气,互相刺激。不顾七月天灼人的骄阳,也不顾浑身上下汗出如浆,我们这些苦役船上不屈不挠的囚徒为体育激情所驱使,狂热地拼命苦干。终于目标在望,一个长满树木的小小沙洲;我们划得更加拼命,我船上同行的女伴自己也为这场比赛所吸引。使她得意的是,我们这条小船的船头首先靠岸,我走下船来,浑身发热,大汗淋漓,被这异乎寻常的太阳,被激动不已的热血,被成功的喜悦弄得醺醺然,心脏怦怦直跳,像要跳出胸腔,汗湿的衣裳紧紧贴在身上。讲师的情况也并不更妙:我们这两个顽强拼搏的斗士非但没有受到赞扬,反而因为我们气喘如牛,模样相当狼狈而被两个疯疯癫癫的女人大大地嘲笑了一番。最后她们终于给我们一段时间,让我们凉快凉快;大家一面开着玩笑,一面临时搭起两个浴场:男子浴场,女子浴场,分别设在灌木丛的左右两边。我们迅速穿上游泳衣,在树丛后面闪电似的亮起明亮的内衣、赤裸裸的胳臂。我们还在更衣的时候,两个女人已经舒舒服服地迈步走进水里去了。讲师没有我累得那么厉害——我可是以一对二取得胜利——立即紧跟着她们跳进水里,而我划得太猛,心脏还猛烈地敲击着肋骨。我便先从容不迫地在阴凉地方躺下,舒舒服服地仰望白云从我头上掠过,在通体血液奔流的情况下无比惬意地享受着嗡嗡作响的甘美的倦意。

可是几分钟之后就开始有一阵暴风雨般的叫喊声从水上传来:"罗兰特,快来啊! 游泳比赛! 有奖游泳比赛! 有奖潜水!"我躺着一动不动:我觉得我好像可以这样躺上一千年似的,皮肤被透过浓阴的太阳温柔地烤着,同时轻轻拂过的微风又使人遍体生凉。可是笑声又一阵阵飘送过来,这是讲师的声音:"他在罢工呢! 我们可把这小子彻底干掉了! 您去把这懒虫抓来!"果然,我听见有人踩着水向我走来,现在在非常近的地方响起她的声音:"罗兰特,快上啊! 去赛一赛游泳! 我们得给他们两个一点颜色瞧瞧!"我不作答,我觉得让她找我,很是有趣。"您在哪儿啦?"鹅卵石咯咯直响,我听见光脚板在岸边跑动,她在找我。蓦然间她就站在我跟前,湿漉漉的游泳衣紧紧地绷在她那像男孩一样苗条的身上,"您在这儿,唉,多懒啊! 现在快上吧,懒虫,人家都差不多游到那边岛上去了。"我舒舒服服地仰天躺着,懒洋洋地伸欠着身子:"在这儿舒服多了,我待会儿过去。"

"他不肯来!"她大笑着把手套在嘴上像吹喇叭似的向水面的方向叫道。"把这吹牛大王扔到水里去!"讲师的声音像回音似的从远处传来。"您就来吧,"她性急地催我,"您可别丢了我的脸。"可我只是懒洋洋地直打呵欠。这时她又像玩笑又像生气地从树丛中折了一根树枝。"快上啊!"她使劲地重复了一遍,在我胳臂上抽了一下,叫我振奋起来。我直跳起来:她这一下抽得太猛,我的胳臂上露出了细细的一道血印。"现在我更不去了。"我说道,既开玩笑又微微发火。可是现在,她真的火了,她命令道:"走啊! 马上就走!"我犟脾气发作,一动不动,她就又抽了一鞭,这次更狠,抽得火辣辣的。我猛地一下子跳起来,愤怒地夺下她手里的枝条,她直往后退,可我抓住她的胳臂。在争夺这根枝条的时候,我们两个半裸的身子不由自主地碰在一起。我现在抓住她的手臂,拧动她的关节,逼得她丢掉手里的树枝。她直往后退,身子拼命往后弯,这时突然啪的一响——她游泳衣左肩的搭扣扯掉了,左边那块布掉下,露出她的左胸,她胸脯上坚挺的红色花蕾直冲着我。我不由自主地望过去,只看了一秒钟,但已使我头晕目眩:我浑身哆嗦,羞愧无比地放开她那被我抓住的手。她满脸通红,转过身去,用一根发针凑凑合合地把搭扣拴在一起。我站在一旁,不知道该说什么,她也一声不吭。此时此刻我俩之间出现了一种令人窒息的强压下去的骚动不宁的情绪。

"喂……喂……你们两个在哪儿?"——从小岛那儿传来叫喊的声音。"嘿,我就来。"我急急忙忙地回答,猛地一下扎进水里,因为没有陷入新的迷乱,而暗自高兴。我在水下猛划几下,体验到能推动自己向前的这种令人鼓舞的欢乐,感觉到水这种毫无感觉的元素的清澈和阴凉,于是我周身血液的这种危险的流淌和涌动,便被更为强大明朗的欢乐猛地一下冲走。我很快就赶上了他们两个,向那位身体虚弱的讲师挑战,去进行一系列的比赛,每次我都获胜。我们游回那个沙洲,她留在那里,已经穿好衣服在等候我们,然后她就从我们随身带来的篮子里取出食物在野外欢快地举行一次野餐。可是尽管我们四个人疯疯癫癫地打趣说笑,我们两个总不由自主地避免互相搭话:我们有说有笑,仿佛都绕开我们自己。我们目光相遇的时候,总是心照不宣,感觉相似地匆匆避开:那个事件引起的难堪还没有平复,我们彼此怀着羞怯的惴惴不安的心情感觉到对方还记得这事。

下午又重新划船,时间很快度过,但是强烈的运动激情渐渐削弱,取而代之的是舒适的疲劳感。葡萄酒、暖意、灼热的阳光渐渐渗入我们的血液,使它流动得更为迅速。讲师和他的女友已经毫不在意地做出卿卿我我的动作,我们两个只好怀着某种难堪的心情听任他们亲昵。他们两个挤得越来越近,而我们则依然战战兢兢地保持一定距离。可是我们四人成双成对,变得越来越明显。那两个热情奔放的情侣走在林中小径上喜欢落在后面,显然是为了可以不受干扰地亲吻。我们两个留在一起,可总是有些拘束,影响我们谈话。最后我们四个又坐上火车,大家都心满意足,他们两个是预感到即将到来的新婚之夜,而我们两个则是终于摆脱了这样难堪的处境。

讲师和他的女友一直送我们到家。我们两人独自爬上楼梯:刚走进那幢房子,我又感觉到他的存在发出折磨人的强烈而狂乱的警告。"但愿他已经回来!"我焦躁不耐地想道。她仿佛从我的嘴唇上看出了这个没有发出的叹息,说道:"我们看看,他回来了没有。"

我们走进寓所,里面一片寂静。在他的书房里一切都和他离去时一样:在那张空落落的椅子上我那激动的心情无意识地似乎看到了他那腰背缩成一团的可悲的身影。但是稿子还放在那里,没有动过,和我自己一样,在等待着他。于是我又生起气来:他为什么逃跑?他为什么把我一个人抛下不顾?那含有妒意的愤怒越来越狂暴地升到我的喉头,于是那愚蠢的狂乱的欲望又阴沉地从我心头涌起,想做点什么恶毒的、充满仇恨的事情来伤害他。

他太太跟着我:"您待在这儿吃晚饭吧?您今天晚上可别单独待着。"她怎么会知道我害怕走进那空落落的房间,害怕听见楼梯的咯吱咯吱声,害怕沉思默想,进行回忆:我心里的一切她都猜得清清楚楚,每一个没有说出口的想法,每一种邪恶的欲望她都猜了出来。

一种莫名的恐惧向我袭来,我对自己感到恐惧,对我心里四下乱窜的仇恨感到恐惧。我想拒绝,可是我胆怯,不敢说不。

我一向憎恶通奸,倒并不是由于一种强词夺理的道德,不是由于古板拘谨,端庄贞静,也不是因为它意味着在暗中行窃,霸占别人的身体,而是因为,几乎每个女人在这种瞬间总是出卖她丈夫的最深的秘密——每个女人都是大利拉①,偷走了被欺骗的丈夫的最人性的秘密,把它告诉一个陌生人,暴露她丈夫的力量所在,或是暴露他的弱点②。我并不认为女人委身于他人是个背叛,背叛在于,她们为了自我辩解,几乎总是掀起遮盖丈夫阴部的遮羞布,就仿佛在这浑然不觉的丈夫熟睡之际让好奇的陌生人对他报以嘲讽的幸灾乐祸的讪笑。

我当时被盲目愤怒的绝望心情弄得心神慌乱,逃进他太太的拥抱之中。起先她只是充满同情,后来才变得柔情满怀,一种感情飞快地滑进另一种感情。直到今日,我并不觉得这是我一生中所做的最卑鄙无耻的下流事情(因为这事是在无意之中发生的,我们两个不知不觉地跌进这烈火燃烧的深渊之中),我觉得最最无耻的是我睡在那灼热的枕头上还让她把他的最隐秘的秘密说给我听,我竟听任这个受到刺激的女人把他们婚姻生活中最深的秘密泄露出来。为什么我不把她推开,而要容忍她告诉我,多年来他都不碰她的身体,她用模糊的暗示絮叨了半天:我为什么不疾言厉色地叫她住口,不要泄露他男性的最隐秘的秘密?但是我这样急于知道他的秘密,如此迫切地想知道他对我,对她,对所有的人都有罪,以至于我如醉如狂地把她受到冷落的这个愤怒的自白听在耳里——这和我自己遭到摒弃的感觉是多么相似!于是我们两个出

---

① 《旧约》中大力士参孙之情妇,受非利士人贿赂,出卖参孙,把参孙的弱点告诉他们,致使参孙被擒。参看《旧约·士师记》第十六章。
② 参孙的力量在他的头发,剃去了他的头发,他就荏弱无力。

于迷乱的共同仇恨做出了和爱情相仿的事情;但是我们的身体互相探寻,紧紧拥抱,我们两个却不停地想到他,一再只谈到他。有时候她说的话使我痛苦,我因为陷进了我憎恶的处境而感到无比羞愧。但是压在我下面的身体不再服从自己的意志,它在自身的欢乐之中疯狂地扭动,我浑身战栗地亲吻着那张嘴唇,它却背叛了我最亲爱的人。

第二天早上我悄悄地溜到楼上我的房里,舌头因为恶心和羞耻而苦涩不堪。等到她肉体的温暖不再使我的感官迷乱,我便感觉到那明亮刺眼的现实,以及我的背叛行为的可憎。我立刻知道,我永远也不可能再走到他的面前,我永远不可能去握他的手:我不是盗窃了他而是盗窃了我最珍贵的东西。

现在只有一个救星,那就是逃走。我发寒热似的把我所有的衣物放进箱子,把书码起来,把租金付给房东太太。不能让他再找到我,我也得就此消失,无缘无故神秘莫测地消失,就像他从我面前消失一样。

可是就在我忙乱之际,我的手突然僵住不动,我听见木头楼梯上咯吱咯吱的响声,有匆忙的脚步声上楼来了——他的脚步声。

我想必变得像死人一样脸色灰白,因为他一走进房门,就吓得叫了起来。"你怎么啦,孩子?病了吗?"

我往后直退,他想走近我,扶住我给我帮助,我避开了。

"你怎么了?"他惊恐地问道,"你出什么事了吗?还是……还是……你还在生我的气?"

我痉挛地向着窗户靠了过去。我没法正眼看他。他那关切的温暖的声音在我心里好像拉开一道伤口:我眼看就要晕倒,我心潮起伏,一股滚烫灼热的羞耻的热浪,灼热的、极为灼热的,燃烧的、焚烧一切的羞耻的洪流在我心头涌起。

但是他也惊讶而慌乱地站在那里,突然间——他的声音变得非常细小,非常迟疑——他悄声提出一个奇怪的问题:"有什么人……告诉你什么……关于我的事情了吗?"

我做了一个否认的动作,没有完全把身子转向他,可是仿佛他心里出现了什么叫人害怕的念头,他顽固地重复问道:

"告诉我……坦白地跟我说……是不是有什么人跟你说了什么……关于我的什么事……有什么人是不是,我不问是谁。"

我又否认了一遍,他惘然不知所措地站着,可是一下子他似乎注意到我已经装好了箱子,我的书也已整理就绪,他来了正好打断了我最后出发的准备工作。他激动地走过来:"你想走,罗兰特,我看出来了……告诉我是怎么回事。"

于是我振作起来:"我必须走……请您原谅我……但是我没法谈这事……我会写信告诉您的。"更多的话我说不出来,我的嗓子哽得厉害,我每说一个字,心脏都突突直跳。

他僵直地站着。然后突然间他又显出那种疲惫的样子。"也许这样更好,罗兰特……是啊,不错,这样更好……对你对大家都更好,但是趁你还没走,我要和你再谈一次,七点钟,老时间你来……那时候我们好好告别,像男子汉对男子汉……千万不要逃避自己,不要写信……这样太孩子气,不符合我们的身份……再说,我要告诉你的事情,不宜于诉诸笔墨……这么说,你会来的,是不是?"

我只是点点头。我的目光还依然不敢从窗口移开,但是我已丝毫看不见清晨的明亮,在我和大千世界之间隔着一层厚厚的黑色的帷幕。

七点整我最后一次走进那间心爱的房间:早到的暮色通过门窗使全室朦胧,房间深处像光滑的石头的大理石也不再发光,书本全都在它们发出乳白色闪光的玻璃窗后面沉沉昏睡。这是我回忆中神秘的地方,在这里语言对我具有魔力,我在这里比在任何其他地方都更加深切地体验到精神的陶醉和欢快——我到现在还一直看见在这临别时刻的你,还一直看见你那可敬的身影,看见这身影现在如何缓缓地、缓缓地离开椅子的靠背,带着阴影,向我迎面走来:只有额头在黑暗中发出一道圆圆的光,犹如一盏雪花石膏的灯,上面涌动着一股飘拂的烟雾,是这位老人的白发。现在有一只手从下面艰难地抬起,它在找我的手,现在我认出这双眼睛严肃地望着我,我已经感到我的手臂被温柔地抓住,我被领过去坐在他的椅子上。

"坐下,罗兰特,我们讲讲清楚。我们都是男子汉,应该真诚相待。我不逼你——但是,这最后一小时也让我们之间把一切都谈得明明白白岂不更好?好,你说吧,为什么你要走?是因为那无谓的侮辱而生我的气吗?"

我摆摆手予以否定,这个被欺骗的人,这个遭到出卖的人,还想把罪过揽在自己身上,这个念头太可怕了!

"除此之外,我是不是有意无意地伤害了你?我有时候很怪,这我知道。我有时违反本意冒犯了你,折磨了你。我从来也没有为你对我的所有关切表示过足够的感谢——这我知道,我知道,这我一直都知道,即使在我使你痛苦的时刻我也知道这点。难道这是你要走的原因吗?告诉我,罗兰特,因为我希望我们能诚实地互相告别。"

我又摇了摇头:我没法开口说话。他的声音一直非常坚定:现在开始微微有些慌乱了。

"还是说……我再问你一遍……有什么人跟你说了一些关于我的什么事情……什么你觉得下流,觉得令人反感的事情……什么让你看不起我的事情?"

"没有!没有!……没有!……"我的抗议像一阵抽泣直喷出来:我会看不起他!看不起他!

现在他的声音变得不耐烦了:"那么是什么呢?……还可能是什么事呢?……你干活干累了?……还是说有什么东西吸引你离去?……一个女人……是个女人吗?"

我沉默不语,这个沉默大概有些异样,他觉得像是肯定了他的问题。他于是弯下身子,凑近一些,非常轻地悄声耳语,但是并不激动,丝毫不激动也不愤怒:

"是不是为了个女人?……我的太太?"

我一直沉默不语,他明白了,一阵战栗传遍我的全身:现在,现在他要发作了,他要扑向我殴打我,狠狠地揍我一顿……而……我几乎渴望着他抽我一顿鞭子,鞭打我这个小偷,这个叛徒,渴望着他用鞭子把我像头癞皮狗似的从他遭到玷污的家里打出去。可是奇怪……他保持完完全全的平静……他沉思地喃喃自语,听上去几乎像是如释重负:"我其实早就可以想到这个。"他在屋子里来回踱了两圈,然后在我面前站住。我几乎觉得他是用轻蔑的口气说道:

"你把这事……这事看得这么重?她难道没有跟你说,她是自由的,她无论干什么,要什么,都随她便,我没有权利管她?……没有权利禁止她干什么事情,我也毫无兴趣去禁止她什么……为什么要她为了照顾什么人,恰好在你身上要控制自己呢……你年纪轻轻,气宇轩昂,一表人才……你和我们很接近……她怎么会不爱你呢,你这个英俊的美少年,她怎么会不爱你呢……我……"他的嗓音突然开始颤抖起来。他弯腰凑近我,近到我都感觉到他的呼吸。我又一次感到他的目光温暖地拥抱着我,我又感到那奇怪的光芒,就像……就像在他和我相聚时的那些罕见的奇特的时刻,他越来越挨近我。

然后他轻声耳语,他的嘴唇几乎动都不动:"我……我可也爱你啊!"

我霍然跳了起来吗?我不由自主地吓得直往后退?但是我身体想必显出了一个深感意外的想要逃跑的姿势,因为他像被人推了一下,踉踉跄跄地走开了,他的脸上堆起一团阴影。"你现在看不起我?"他轻声问道,"你现在觉得我很令人反感?"

我为什么当时无言以对?为什么我只是默默地坐在那里阒无生气,窘迫万状,了无感觉,而不是向这个恋人走过去,消除他那荒唐的忧虑?但是当时各种回忆在我心头疯狂地翻腾,仿佛有一种密码一下子破译了传递所有那些难以参透的消息的语言,于是我现在豁然开朗,一切全都明白了。他那温柔的态度,他那突兀的自卫,我深受震撼地懂得他那次黉夜来访,以及他无情地逃避我那热情奔放的激情。爱情,我一直觉得他怀有爱情,缠绵羞怯的爱情,时而像潮水般涌来,时而又遭到强力的抑制。我曾经爱过这个爱情并且在每一股向我倏然飘来的目光中享受过这个爱情——但是,当爱情这个字眼现在从这个胡子拉碴的嘴里说出,带着性感温存的声调,我的太阳穴上立即响起嗡嗡的声音,既甜蜜又可怕。尽管我心里对他怀有强烈的谦卑同情,我这个心慌意乱浑身颤抖突然遭到袭击的男孩,竟对他那出人意表地向我披露的激情无言以对。

他心灰意冷地坐着,凝视着我的沉默的脸。"这么说,这事对你来说竟是这样的可怕,这样的可怕。"他喃喃自语,"连你……那么说,连你也不原谅我,连你也不原谅我。我对你紧闭双唇,几乎为之窒息……我向你隐瞒了我向任何人都没有隐瞒的事情……但是,宁可你现在知道这事,这样,它就不再压在我心上了……因为我已经感到不胜负担……啊,实在不胜负担……宁可有个了断也比沉默和隐瞒更好……"

这番话充满了悲哀,充满了柔情和羞愧;这断断续续的语气一直侵入到我的心灵深处。我感到羞愧万分,我在这个人面前竟然这样冷冰冰地,这样麻木不仁冷若寒霜地保持沉默,我从他那儿得到的东西远远超过得自其他任何人,而他竟然这样无谓地在我面前自轻自贱。我的心灵急于给他说些安慰的话语,但是我的嘴唇,我颤抖的嘴唇不听使唤。于是我就这样窘态毕露,可怜巴巴地蜷缩着坐在那里,在软椅里缩成一团,他几乎有些生气地给我打气:"别这么坐在那儿,罗兰特,别不吭气,怪吓人的……振作起来……你难道真的觉得这事这么可怕吗?你难道真的为我这样感到羞耻?……现在可是一切都过去了,我把一切都告诉你了……让我们至少体体面面地互相告别吧,就像两个男人,两个朋友分手时应该有的样子。"

但是我依然控制不住我自己,这时他碰了碰我的手臂:"来,罗兰特,坐到我这儿来!……既然你知道了,既然我们之间终于一切都已明朗,我心里也就轻松了……我起先一直害怕,你会猜出来,我觉得你是多么可爱……后来我又希望,你自己会感觉出来,这就省得我向你坦白陈述了……但是现在事情已经发生,我也就释然了……现在我可以无拘无束地跟你说话,我跟任何人都从来没有这样说过。因为你在这些年里比任何人都更加亲近我……我从来没有像爱你这样地爱过任何人……也没有一个人像你这样,我的孩子,唤醒了我心里最终的活力……所以你在临别时也该比任何人对我了解得更多,在这几小时里我如此清楚地感觉到你的询问,你的沉默的询问……就你一个人应该了解我整个的一生。

你要我把这一切告诉你吗?"

从我的目光,从我慌乱、惘然而又震惊的目光中他看出我要他说。

"那就过来一点……往我这儿靠……这种事我不能大声诉说。"我向他俯过身去,我必须这样说:我是温驯地俯过身去。可是我刚在他对面坐定,等待谛听,他又站起身来:"不行,这样不行……你不能在我讲话时直盯着我……否则……否则我没法说。"他一下子把电灯关掉。

黑暗向我们袭来,我感觉到,他就近在咫尺,我从他的呼吸感觉到这点。他的呼吸沉重,在看不见的什么地方发出痰喘似的声音,突然在我们两人之间响起一个声音,向我诉说他整个的一生。

四十年前的那天晚上,这位最最可敬的人把他的命运像枚坚硬的蚌壳似的展现在我眼前。从此以后,我觉得我们的作家和诗人在书里叙说的异乎寻常的事情,戏剧在舞台上演出的可歌可泣的悲剧,我总觉得全都宛若儿戏,无足轻重。这究竟是为了方便,出于怯懦或者过于短视,以至于他们大家总是只描绘生活的上半部光辉普照的部分,那里感官公开而又合乎规则地起着作用,而与此同时,在生活的地窖深处,在心灵的洞穴和沟壑里,激情的真正危险的野兽磷光四射地东奔西突,在隐蔽的角落以光怪陆离的各种方式纠缠在一起,或是互相融合或是互相撕裂?是不是妖魔似的冲动发出的灼热的耗人精力的气息,那滚烫的热血发出的浓雾,使他们惊惧?是不是他们害怕人类的溃疡会玷污他们过于娇嫩的双手?抑或他们的目光习惯于半明半暗的亮光,不再往下搜寻这些滑不留步,危险万分,满布腐朽的阶梯?可是对于熟知情况的人来说,再也没有比探寻隐蔽的快乐更大的快乐,再也没有比围绕在险境四周的战栗更为强劲的战栗,再也没有比由于羞耻无法摆脱的痛苦更为神圣的痛苦。

这里有一个人赤身露体地展现在我面前,这里有一个人,亲手撕开他最内在的胸脯,渴望着把他捶得稀烂,让受到毒化、业已焚毁、长满脓疮的心暴露出来。在这个憋了多年的坦白直陈里,透露着一种宗教徒自我鞭笞以期赎罪的狂野欢乐。只有一个一生感到羞惭,缩着脖子躲躲藏藏的人,才能这样如醉如狂地坦然畅谈,一吐为快。有个人在这里敞开胸怀,把自己的一生一段一段地吐露出来。在这个时候,我这个孩子生平第一次目不转睛地直窥进尘世感情的难以想象的深渊之中。

他的声音起先只是虚无缥缈地在房里飘荡,心情激动的一股朦胧的烟雾,秘密行径的模棱两可的暗示,可是恰好在这样费劲地控制激情的努力之中,让人感到那激情即将到来的强大力量,就像在一种快速的节奏之前,有某些使劲放缓的节拍,人们在神经里便预先感觉到那股狂劲。然后由一种内在的激情的狂风暴雨所激,图像便开始逐渐闪现,颤动着突显出来,然后才渐趋明亮。我起先看见一个男孩,一个羞怯内向的男孩,都不敢跟同学们说话,可是一股杂乱无章的、肉体上强烈要求的欲望驱使他激情如炽地去接近全校最俊美的男孩,可是一个在他过于温柔地接近时把他无情地一把推开,第二个则以极端露骨的话语把他嘲笑一番。更糟糕的是,他们两个把他这种有违常情的欲望公之于众——于是大家异口同声地对这个茫然不知所措的人冷嘲热讽,百般凌辱,把他像个麻风病人似的从他们欢快的群体中撵了出去。每天上学的道路变成了罪人赎罪之路,自己对自己感到厌恶,使得这个很早就被打上犯罪烙印的孩子,夜里也不得安宁:这个遭到摒斥的人觉得他有违常情的、可是起先只是在梦寐中表现出来的欲望纯属疯狂想法,是有辱人格的罪恶行径。

正在讲述的声音不安地时高时低。有一瞬间,它仿佛想要消失在黑暗之中。但是一声叹息又把这嗓音扬起,于是从那阴郁的烟雾之中又燃起新的图像,影影绰绰地、鬼气森森地排列起来。这个孩子变成了柏林的一名大学生,这座深藏隐蔽的城市第一次使他长期以来一直控制住的欲望得到满足,但是这些在阴暗的街道拐角处,在火车站和桥梁的阴影里进行的幽会,总是叫人恶心感到腻味,而且伴以恐惧,令人心悸。仓促的欢乐少得可怜,危机四伏因而阴森可怕,在大多数情况下幽会总是可耻地以敲诈勒索告终,而且每次都会一连几个星期把冰冷的恐怖留在身后,犹如拖着一条黏糊糊的蜗牛爬行的痕迹。在阴影与光明之间通向地狱之路:在阳光明媚工作繁忙的白天,精神滋养的水晶般的元素涤荡着这个研究者的心灵,夜晚则把这个激情沸腾的人一而再地又推到郊区的那些渣滓中去,推到那些无比暧昧,看见警察头戴的尖顶帽盔便仓皇遁逃的那帮家伙的圈子里去,推到烟雾弥漫的啤酒地窖中去,这种酒窖疑心甚重的大门只向露出某种微笑的人开启。为了小心翼翼地把每天生活中的这种双重性掩盖起来,不让外人的目光看到这墨杜萨①的秘密,白天无懈可击地保持一位大学讲师严肃庄重的态度,夜里去逛那罪恶世界,在摇曳的街灯的光影里经历羞于见人的冒险奇遇,而不被人认出,意志必须像钢铁似的绷紧。这个备受折磨的人一次又一次地振作起来,用自我控制的皮鞭把那脱离常轨的激情逼回正道,可是欲念又一次次地驱使他去干那暧昧危险的勾当。十年、十二年、十五年之久,和这无法治愈的激情发出的视而不见的磁铁一般的力量进行着摧折神经的搏斗,犹

---

① 希腊神话中的女怪,脑袋狰狞可怕,目光能使人化为石头。

如一次持续的痉挛。享受而不知其乐,羞耻令人窒息,渐渐地,那变得阴暗、躲躲闪闪的目光流露出对自己激情的恐惧。

后来,在他三十岁那年,他终于做出一次强劲有力的尝试,把他的车子拉上正轨。在一位亲戚家里,他认识了他后来的太太。这个年轻的姑娘模模糊糊地为他性格中的神秘性所吸引,向他表示了真挚的爱慕之情。这姑娘男孩似的身体和她富有青春活力的举止第一次短时间内迷惑了他的激情。他俩之间匆忙短暂的关系,战胜了他对女性的反感,他内心的障碍第一次得到克服。他希望凭着这种正常的关系,能够控制他那步入歧途的激情。他生平第一次找到了一个支点,能够对抗内心滑入险境的迹象。他迫不及待地渴望牢牢地稳住自己,于是在事先坦白自己的隐秘之后,迅速和这位年轻的姑娘结婚。他认为这一来进入可怕区域的退路已被切断,短短几个星期他过得无忧无虑;可是不久证明,这新的魅力无效,原先的欲望又变得顽固而强大。从此这个自己失望也使人失望的女人,只是充当一个虚有其表的摆设,为了对外掩饰他那旧病复发的激情。于是他的道路又惊险万状地沿着法律和社会的边缘,通向险象环生的黑暗之中。

这种内心的慌乱之外又添加了一个特别的痛苦:他获得了一个职位,这样的激情在这里就遭到了厄运。他先当了讲师,后来成为地位优越的教授,经常和年轻人打交道成了他本职的义务。英俊美貌的少年,在普鲁士文牍世界的一座无影无形的竞技场上的埃菲伯[①]们近在咫尺,呼吸、相闻,一再成为他的诱惑。他们大家——新的厄运!新的危险!——都激情奔放地热爱着他,并没

---

① 古希腊年龄在十八岁至二十岁之间的年轻男子。

有认出隐藏在这位教师的面具后面的厄洛斯①的真面目。倘若他的手(暗暗发抖的手)和蔼可亲地碰碰他们,他们便感到幸福。他们把热情浪费在一个不得不时时抗拒他们,控制自己心神的人身上。这是坦塔罗斯的痛苦②:必须严厉对付那急迫的激情,不断地和自己的弱点进行没完没了的斗争!每当他感到几乎要屈服于一次诱惑之时,他便突然匆忙遁逃。这便是那些越轨行为。他来去匆匆,疾如闪电,当时曾使我极为困惑:现在我在眼前看到了这种遁逃的恐怖的道路,逃到荒僻险径,逃进无底深渊。于是他总是到一座大城市去,在那里的偏僻角落里找到熟悉的人,下层社会的人,在这种聚会时遇见的,都是些衣衫污秽、娼妓似的青年,而不是怀着神圣的心情以身相许的年轻人。但是这种恶心,这种泥潭,这种反感,这种失望的有毒的洗涤剂正是他所需要的。这样他在家里,置身于对他满怀信赖之忱的学生当中,他又能坚定不移地稳住他的感官。啊,这都是些什么样的聚会啊——他的坦白陈述向我唤醒的都是些什么样的妖魔鬼怪,可又都是臭气冲天的尘世间的人物形象!因为这个天分极高智力过人的人,这个天生的像迫切需要呼吸一样需要形体之美的人,这个感情丰富、心灵纯净的大师,他不得不在那些只让知情人才进入的烟熏火燎墙壁发黑的下等酒店里遭遇人世间最大的屈辱:他在那儿领教散步道上涂脂抹粉的小阿飞提出的放肆要求,洒满香水的理发店小厮做出的娇媚甜腻的亲热劲头,穿着女人裙子的变性人发出的兴奋的窃窃娇笑,潦倒的戏子嗜钱如命,贪得无厌,嚼着烟草的水手粗野的温存爱

---

① 希腊神话中的爱神,性爱、欲念的象征。
② 希腊神话中宙斯的儿子。因欺骗众神受到惩罚,永远受饥渴的煎熬。他站在湖水之中,口渴思饮,水即退却,腹饥思食,挂果的树枝立即弹开。坦塔罗斯的痛苦,即可望而不可即之苦。

抚——那背离正轨的性,就在城市最低下的边缘,在所有这些扭曲变形,心惊胆战,颠三倒四,光怪陆离的形式中寻找并且认出自己的同类。所有的屈辱,所有的侮辱和暴力他都在这些又湿又滑的道路上遇到:他不止一次地被人洗劫一空(他过于虚弱,过于高贵,没法跟一个马夫斗殴),失去了怀表,失去了大衣,而且还在那家蹩脚的郊区旅店里被那位喝得酩酊大醉的伙伴肆意嘲笑一通之后才回到家里。敲诈勒索的人对他紧追不舍,有个家伙好几个月步步追逼,一直跟到大学,大模大样地坐在听众席的第一排,带着一脸油滑的奸笑望着这位全城闻名的教授,还不时冲着他亲热地眨巴眼睛。教授浑身哆嗦,费了九牛二虎之力才勉强把这堂课讲了下来。有一次——他连这事也向我坦白,我听了心脏都停止了跳动——他午夜时分在柏林一家低级下流的酒吧里和一帮家伙一起被警察连窝端走:一个大腹便便,腮帮通红的警官脸上挂着那种下级公务人员终于能对一个知识分子显显威风的冷冷嘲笑,挺胸叠肚,神气活现地记下这位浑身哆嗦的先生的姓名和职位,最后算是开恩,对他说,这次他还不受惩罚,得以开释,不过从此以后他的名字可就记在某个名单上了。久坐酒气熏天的酒馆之中,衣服上就会沾染上那种味道,同样在他自己的这座城市里,想必也在某一个莫名其妙的地方开始,渐渐窃窃私语传出谣言,因为就像当年在中学的班级里,在同事圈子里,人们越来越明显地突然缄口不语,不再致意问候,直到最后这里也出现那种玻璃一样透明的陌生空间,把这个始终孤独的人和大家彻底隔离开来。在他封锁得严而又严的住所里,完全处于隐蔽状态之中,他还一直觉得有人在窥伺并且认出他来。

上天对这个备受折磨惊恐万状的心灵从未开过恩,让他得遇一个心术纯正思想高洁的朋友,他那男性的、强烈的柔情也从未得到相应的回报:他总是不得不把他的感情分为上下两层,上层分给和大学里那些年轻的精神伙伴的充满柔情渴慕的交往,下层则分给那些在黑暗中结交的同伴,早上想起他们只会使他不寒而栗。这位已经开始衰老的人从来没有经历过纯真的爱情,一位少年献给他的发自内心的爱情。失望之余,心力交瘁,在荆棘丛生的灌木丛中追逐奔突,神经已经颓丧,这个自暴自弃的人早已认为自己已被掩埋——这时突然间有一个年轻人闯进了他的生活,激情满怀地冲着他、冲着这个已经上了年纪的人走去,用自己的语言自己的心灵表现自己乐于奉献,热情洋溢地接近他,接近这个浑然不觉受到震惊的人。面对这个他早已不再期望的奇迹,他吓了一跳,他觉得自己已经不配接受这样纯洁、这样无意识地向他献出的馈赠。青春的使者又一次来临,英俊优美的体态,激情如炽的思想,为他燃起精神的火焰,通过精神感应的纽带温柔地和他拴在一起,渴望得到他的激情,对于这种激情的危险毫无感觉。厄洛斯的火炬在这无知的灵魂之中燃烧,他像那呆子帕西法尔①一样英勇无畏和浑然不觉,他俯身凑近那中了毒的伤口,不知魔术的威力,也不知他的来临便已带来了痊愈——这个被人期待了一辈子之久的人,来得实在太晚,在夕阳西下暮色四合的最后时刻走进这个屋子。

  这个形象一经描绘,他的嗓音也从黑暗之中升起。一股明亮的光泽似乎涤净了这个嗓音,深沉的共鸣的柔情赋予它音乐性,因

---

① 德国中世纪同名诗体小说中的骑士。茨威格在此主要指的是瓦格纳根据这一小说创作的同名歌剧的主人公。剧中的帕西法尔是个性格纯正的傻小子,迷恋骑士生涯离家出走,寻找圣杯城堡,历经艰险。他对魔术师所施的美人计浑然不觉,不受诱惑,终于解救了为毒矛所伤的圣杯国王阿姆福尔塔斯,以及为魔术所囚的美女孔德丽。

为这张能说会道的嘴谈起了这个年轻人,这个迟到的情人。我因为激动,感到幸福而浑身发抖,但是蓦然间——我心头好像重重地挨了一槌,因为我老师谈到的这个生机勃发的年轻人,这就是……这就是……我感到满面羞红……这就是我自己:我仿佛看见我自己从火焰燃烧的镜子里走了出来,身上披着未曾预料到的爱情的强烈光芒,以致它的反光把我烧焦。不错,这就是我——我越来越清楚地认出我自己,我那急切冲动、热情洋溢的样子,狂热地想要亲近他的愿望,那欲念强烈的快感,单凭精神还不足以使它满足,认出我这个傻里傻气秉性狂放的少年,不谙自己的力量,再一次在这个阴沉抑郁的人心里唤醒了生机勃勃的勇于创作的萌芽,再一次在他的灵魂里点燃了厄洛斯由于疲惫业已倾覆的火炬。我这时无比惊讶地认出,我这个胆怯腼腆的人对他意味着什么,他喜欢我的奔放激情,把它看成他这个年龄获得的最为神圣的惊喜——我同时浑身战栗地认识到,他的意志在这里向我逼来,何等强劲有力:因为他恰好不愿从我这个纯粹的情人这里受到嘲笑,遭到推拒,不愿从我这里获得因为肉体受辱而引起的震颤,不愿把命运勉强给予的这最后的恩赐去供感官欢乐嬉戏。因此他对我强烈渴望亲近便这样坚决地予以抵抗,把冷嘲热讽像冰水似的猛地泼来,驱赶我那涌流的感情,把柔和的朋友之间的话语一变而为拘谨强硬的交际辞令,控制住他那温柔地与人相握的手——只是为了我的缘故,他迫使自己举止乖张,态度粗暴,而这一切都是为了让我冷静下来,使他能够自我控制。可是若干星期下来搅得我六神无主。那天夜里的感情纠结,场面混乱,如今映现在我眼前,清晰得可怕。他当时为强劲无比的欲念所驱使,像梦游者似的,踏着咯吱咯吱直响的楼梯爬上楼来,然后以那句侮辱人的话语拯救了自己也拯救了我们的友谊。我战栗着,深受感动,像发烧一样的激动,心里充满了同情,我终于理解,为了我的缘故他受了多少痛苦,为了我的缘故他多么英勇地控制着自己。

　　这黑暗中的声音,这黑暗中的声音,我多么清楚地感觉到它一直侵入我心灵的最深层!在这个声音里有一种先前从未听见过,后来也从未听见过的声调——一种发自灵魂深处的声调,一般平庸的命运从未触及这样的深处,一个人在一生中只有一次对一个人这样说话,说完之后就永远沉默,就像传说中的天鹅,只在垂死之际才会绝无仅有地扬起一次它沙哑的嗓音歌唱。我把这热烈地向前挺进,灼热地步步紧逼的声音战栗而痛苦地吸收进我的身体,犹如一个女人接受一个男子……

　　倏然间这个嗓音一下沉默,只有黑暗隔在我俩之间,我知道他近在咫尺,我只消举起手来,伸出的手就能触摸到他,我心里有强烈的欲望,想要安慰这个受着煎熬的人。

　　可是他动了一下。灯光蓦然亮起,一个人影,疲倦衰老,受尽折磨地从圈手椅上挣扎着站了起来——一个精疲力竭的老人步履缓慢地向我走来。"别了,罗兰特……现在我们之间不要再说什么!你到这里来了,这是好事,现在你离去,对我俩都有好处……别了……让我和你吻别!"

　　仿佛被魔力所驱使,我摇摇晃晃地向他走去。那股幽暗微弱的火苗平素像被浓密烟雾压了下去,现在又在他眼睛里燃烧起来:熊熊的火苗腾地一下子从他眼里升起。他把我拉近他的身体,他的嘴唇如饥似渴地紧压着我的嘴唇,他浑身一阵痉挛,把我的身体使劲地搂在怀里。

　　我还从来没有从一个女人那里得到过这样的一吻,疯狂绝望的一吻,宛如临终时的一声呼喊。他的身体颤抖似的痉挛也传到我的身上。我浑身哆嗦,被一种既陌生又可怕的感觉双重地控制

303

住——我以整个心灵奉献出去,但是因为身体被男性触及心生反感而进行反抗,于是深深地受到惊吓——感情一片混乱,把我受压抑的一秒钟延伸成为令人麻木不仁的漫长时间。

他这时放开了我——猛地一震,就仿佛一个身体被强暴地撕成两半——他吃力地转过身去,跌坐在圈手椅里,把背冲着我:好几分钟一动不动地向前方探着身子。渐渐地他感到脑袋过于沉重,这才更加疲倦,更加无力地弯下身子,然后就像有一个过分沉重的东西,一个摇晃了许久的重物突然跌入深处,他那向下低垂的额头沉重地落在书桌上,发出一下沉闷的硬邦邦的响声。

无限的同情在我心里涌流回荡。我不由自主地向他走近,但是这个坍塌的背脊又突然一阵痉挛伸直起来,他回过头,从他紧紧蜷在一起的双手的空隙里沙哑而沉闷地以威胁的口气发出呻吟:"走开!……走开!别动!……别走过来!……看在上帝的分上……看在我们两个的分上……现在走吧……走吧!"

我明白了。我浑身战栗地往后退去,像逃跑似的离开了这个我心爱的房间。

从此我再也没有看见过他,也从来没有收到过他的一封信或者一则消息,他的作品一直没有出版,他的名字被人遗忘;没有一个人比我更了解他。但是我还像当年那个心中无数的男孩,直到今天依然感到:无论是在他之前的父母,或在他之后的妻儿,我对谁也没有更加感谢过,也从来没有更加爱过任何人。

(1927)

(张玉书 译)

旧书贩门德尔*

又是在维也纳,也是从城外访客归来,我意外地遇上了一场倾盆大雨。这场雨像用湿的皮鞭轻巧地把人们赶进了屋门和地下室。我也赶忙寻找一个能避雨的处所。幸好如今的维也纳,每一个角落都有一家咖啡馆在等候顾客上门。我两肩湿透、帽子滴水,于是逃进了马路正对面的那一家。从内部看,这是一家因袭旧式样、格局几乎千篇一律的那种市郊咖啡馆,没有内城那些模仿德国的音乐茶座里的时髦赝品装饰,完全是旧维也纳的市民风,坐满了下层百姓,他们买报纸花的钱要比买点心花的钱多。现在正值晚饭前后,本来已经浑浊的空气,加上缭绕的烟雾,仿佛一块厚厚的蓝条纹大理石。然而,崭新的天鹅绒沙发,以及锃亮的铝制柜台,却使这家咖啡馆显得很整洁。匆忙之中,我根本没有留意去看店外的招牌。再说,这又有何必要呢?——我现在暖暖和和地坐在此地,不耐烦地透过灰蓝的淌水的玻璃向外望去,这场恼人的大雨什么时候能高抬贵手,容我继续赶那几公里的路程呢?

因此,我无所事事地坐在此地,开始沉浸到那种闲散怠惰的气氛中去。每一家真正的维也纳咖啡馆,都弥漫着这种气氛,无形的,像麻醉剂一样。出于这种空虚感,我开始一个挨一个地打量那

---

* 本篇于一九二九年在海岛出版社出版的小说集《小编年史》中首次发表。

些顾客,这间烟雾腾腾的房间里的人工光线①使他们的眼睛周围蒙上了一层不健康的灰色;我望着柜台后面的那位小姐,看她如何机械地给侍者手里的每一杯咖啡分放糖块和小匙;我半清醒但无意识地读着墙上极其无聊的招贴与广告。这样的昏昏沉沉几乎令人感到舒适。但是,猝然之间,我莫名其妙地被拽出我的半昏睡状态,内心萌生了一种感触,模模糊糊的,像是轻微的牙疼刚开始,但不知是从哪里疼起来的,不知是左边还是右边,是上腭还是下腭。我感觉到的只是一种暗暗的紧张,一种心神不宁。因为突然间——我说不出是由于什么缘故——我意识到多年以前我一定来过此地,对于某件往事的记忆把我同这几面墙壁,同这些椅子和桌子,同这间陌生的、烟雾弥漫的房间联系在一起。

但是,我越是有意要把握住这一记忆,它越是又奸又猾地缩回去,好像一个水母,在意识的最深处隐隐约约地闪烁着,可是够不着也抓不住它。我徒劳地用目光钳住每一件家具陈设;有些东西我不熟悉,这是肯定无疑的,比如柜台和叮当作响的自动售货机,又比如墙上用假的黑黄檀木制的棕色贴面,这些必定是后来添置的。不过没错,没错,我曾经到过此地,在二十年或者更长的时间以前。我要捉住同很久以前的自我有关的往事,它像嵌在木头里的钉子,藏在看不见的地方。我拼命使所有的感觉器官延伸进这个房间,同时又延伸到我的自身里面去,可是,真该死!我够不着它,够不着这个已经消失得无影无踪、淹没在我心中的记忆。

我生自己的气,就像一个人办不成某件事情,从而发觉心智力量的欠缺和不完善时,总会这样对自己恼火。但是,我没有放弃抓住这个记忆的希望。我知道,只要手里有一个小钩子就行,因为我

---

① 指蜡烛、煤气灯、电灯、霓虹灯等发出的光。

的记忆力是特殊类型的,说好也好,说坏也坏,一方面它固执得很,不听使唤,另一方面却又十分可靠,简直难以用笔墨来形容。无论是事件或者人的相貌,阅读所得或者亲身经历,我的记忆力都能将它们吞进它的冥府似的黑暗深处,如果不加强迫,单靠意志的召唤,它是什么也不肯吐出来的。我只需抓住瞬间的滞留物,一张风景明信片,一个信封上的几行字,一份烟熏的报纸,遗忘了的往事就会像钓钩上的鱼颤动着被拉出浑浊湍急的水面,完全是感性的、真实的。我于是回忆起了一个人的所有细节,他的嘴巴,他发笑时嘴里左边没牙的窟窿,这笑声的支离破碎,小胡子的颤动,以及在笑声中露出来的另一副新的面容——我立即在想象中看到了他的完整形象,并且记起了这个人几年前对我讲的每一句话。为了感性地看到和感觉到以往的人和事,我始终需要来自现实的某种感性的刺激,某种小小的帮助。我于是闭上眼睛,用心回想,以便形成那种神秘的钓钩去捉住它。但是什么也没有!我又一次一无所得!已被遗忘了,被掩埋了!我恨死了两个太阳穴之间这个糟糕的、不听使唤的记忆器官,真想用拳头打自己的脑门,一如摇晃一台坏了的自动售货机似的,因为你要的东西它偏不输送出来。不行,我怎么也坐不住了,记忆器官失灵竟使我如此激动,我真的恼火了,便站起身来,想消消气。但是,真稀奇——我在店里刚走了几步,最初的、发出磷火的、朦朦胧胧的印象开始在我脑海里闪闪烁烁地出现了。我记起来,从柜台往右走去,那里准有一间没有窗户的、单靠人工光线照明的房间。对了,果真如此。是这间屋,墙壁裱糊得同当年不一样了,但大小没变,是这间轮廓渐趋模糊的长方形后屋,是这间活动室。我本能地扫了一眼四周的每一件实物,我的神经在欢快地颤动,我感觉到自己马上就能把一切都弄明白了。屋里闲搁着两张台球桌,像两个无声的绿色烂泥塘,屋角是几张牌桌,其中一张桌旁,坐着两位枢密顾问或者教授在对弈。在紧挨着铁炉子的角落里——由那里可以通往电话间,立着一张小方桌。这时,突然一道闪电,使我豁亮了,我心里一热,高兴得全身一颤,我立即想起来了:天哪!这是门德尔的座位,雅科布·门德尔,旧书贩门德尔,事隔二十年,我又来到他的总店,上阿尔泽街的格鲁克咖啡馆。雅科布·门德尔,我怎么把他给忘了呢,这等不可理解地忘却了他这么长久,这个稀奇古怪的人,这个传奇式的人物,这个罕有的世界奇迹,在大学里和一个崇敬他的小圈子里他是颇有名望的;这个书籍魔术师,这个旧书贩,他每天从早到晚一动不动地坐在这里,知识的象征,格鲁克咖啡馆的荣誉,我怎么让他从记忆里消失了呢!

我把目光收到眼皮后面转向自己的内心,只有一秒钟的时间,如同从雕刻家透亮的心中,已经升起了他的不会错认的立体形象。我立即看到了他如何栩栩如生地始终坐在那边,坐在那张肮脏的灰色大理石面的小方桌旁,桌上无论什么时候都堆放着书籍和杂志。我看到他如何一动不动地坚毅地坐在那里,他的目光透过眼镜片像施催眠术似的死盯着某一本书。我看到他如何坐在那里哼哼唧唧地诵读,他的身子和不经心梳理的、头发脱了好几处的脑袋前后摇晃着,这是在东方犹太人小学里养成的习惯。他在此地这张桌子旁,也只在这张桌子旁,阅读他的目录和书籍,并且按照在塔木德[①]学校里人家教给他的读书方式,低声吟诵,身子前后摇晃,活像一个黑色的摇篮。根据虔诚的教徒的看法,正如一个孩子,通过这种施催眠术般的有节奏的上下摇晃,便能沉入梦乡,那么,由于闲着无事的身躯的摇晃和摆动,人的精神也易于集中,好

---

① "塔木德"是希伯来词语的音译,意为"犹太教法典"。此处指犹太教会学校。

去接受智慧的恩典。事实上,这个雅科布·门德尔确实看不见也听不到周围的一切。在他旁边打台球的人喧哗吵闹,电话铃阵阵作响,侍者来去奔忙、刷地板、给火炉添煤,他一概察觉不到。有一次,一块燃烧着的煤从火炉里掉出来,在离他两步远的地方烧焦了镶木地板,冒起烟来。一个客人闻到了臭味,这才发现了危险,奔过去,赶紧扑灭。可他呢,这个雅科布·门德尔,仅仅离开两步远,而且已经被烟熏着了,却一点也没有察觉。因为他在读书,他读起书来就像信徒在祈祷,赌徒在赌博,醉酒的人麻木地望着空荡荡处发愣。这样全神贯注真是令人感动,自那以后,我见到其他人各式各样的读书的情形,都觉得不过尔尔了。当时还很年轻的我,在这个加利曾①旧书贩雅科布·门德尔身上,第一次看到了全神贯注的伟大奥秘;它造就了艺术家和学者,使人变成真正的智者,也使人变成十足的呆子,酿成了这种对书本着魔的悲剧性的福与祸。

当年是由大学里一位年长的同学带我去见他的。我那时正在研究甚至今天还很少有人知道的帕拉切尔苏斯②派医生和磁力治疗医生梅斯梅尔③,可是并不顺利,因为有关的著作难以获得。我这个老实的新生去向图书馆管理员打听,他不客气地对我说,找参考文献是我的事情,他管不着。那位同学第一次向我说起他的名字。"我带你去找门德尔,"他对我说,"他什么都知道,什么都能弄到手,他能从很少有人知道的德国旧书店里把最难找的书给你弄来。他是维也纳最能干的人,此外还是一个怪人,一头绝种的史

---

① 加利曾,波兰地区名。一七七二年至一七九五年俄、奥、普三国瓜分波兰时,该地区划归奥地利。一部分划归俄国。
② 帕拉切尔苏斯(1493—1541),瑞士医生、自然科学家及哲学家,曾发明多种新药,并将小剂量毒剂用于医疗。
③ 梅斯梅尔(1734—1815),奥地利医生,当代催眠术的先驱。他认为有一种动物磁力存在,能治疗人体疾病。

前食书巨兽。"

就这样,我们两人踏进了格鲁克咖啡馆。我看见他,旧书贩门德尔坐在那里,戴着眼镜,满脸胡子,全身着黑,摇晃着身子在读书,活像风中的一丛幽暗的灌木。我们走上前去,他没有察觉。他仍旧坐着读书,上身像宝塔似的在桌子上方前后摆动,他后面的钩子上,挂着他那件破旧的黑大衣,口袋里塞满了杂志和书单。我的那位朋友使劲咳嗽,好让他知道我们来找他了。但是,厚眼镜几乎贴在书上的门德尔还是没有察觉。末了,我的朋友像敲门似的用力敲桌面。门德尔终于呆呆地抬起头来,机械地迅速把笨重的钢丝边眼镜推到前额上,直竖的灰白眉毛下一双奇特的眼睛正盯着我们,机警的黑色小眼睛,像蟒蛇的舌头一般又尖又灵巧,闪闪发亮。我的朋友把我介绍给他,接着,我说明了来意。我按照我朋友出的鬼主意,一上来就假装生气地抱怨那个图书馆管理员,说他对我询问的事根本不愿意回答。门德尔听了,将身子往后一靠,小心翼翼地啐了一口唾沫,随后哈哈一笑,带着很重的东方口音说:"他不愿答复?不——他答复不了!他是个讨厌家伙,一头该挨揍的灰毛驴子。我认识他,天晓得,已经干了整整二十年了,到现在还什么都没有学会。拿薪金,这是他们唯一会干的事!他们还不如去搬运砖头呢,这些博士先生们,省得白白坐在书堆里。"

随着这一通发泄,坚冰打破了,一个亲切的手势邀我第一次坐到这张涂满了字的大理石面四方桌旁,坐到这个我还不熟悉的向嗜书者启示奥秘的祭坛旁。我赶紧说明自己想找动物磁性说产生之时的有关著作,以及后人赞成和反对梅斯梅尔的专著和论文。我刚谈完,门德尔就把左眼闭上了一秒钟,活像一个在瞄准射击的射手。但是,这种凝神思索的表情确确实实只延续了一秒钟之久,接着,他像在念一份无形的书籍目录似的,一口气说出二三十打①书来,而且每一本都说明了出版地点、年份和大致的价格。我惊呆了。我尽管有精神准备,却没料到他有这等能耐。我惊愕的神态看来使他感到高兴,他紧接着又在自己记忆的键盘上继续弹奏我的主题的奇妙变奏曲。他问我,是否想了解一点有关梦游者的情况,了解催眠术的最初尝试,了解加斯纳②、驱魔术、基督教科学派③和布拉瓦茨基夫人④?于是,他又倒背如流地列举出若干人名、书名,并做了种种说明。这时我才明白,我遇到的这个雅科布·门德尔是个记忆力非凡的奇才,是一本有两条腿的百科词典或者包罗万象的图书目录。我迷惘地呆望着这位图书界的怪杰,完全被这个不修边幅、衣着邋遢,甚至有点讨厌的加利曾旧书贩吸引住了。他一口气给我列举了大约八十个人名,对自己打出了这张王牌,表面上满不在乎,内心里却颇为得意,并掏出了一块本来大概是白色的手帕擦了擦眼镜。为了稍稍掩饰一下我惊讶的心情,我吞吞吐吐地问他,这些书籍他最多能搞到多少。"试试看能搞多少吧,"他咕哝着说,"您明天早晨再来,我门德尔会给您搞到一些的,没找到的再到别处去找。一个人只要有头脑,就会走运的。"我客气地道了谢,也纯粹由于客套,我接着就干了一件大蠢事:我竟建议他把我想要的书记在一张纸条上。就在这同一瞬间,我感觉到我的那位朋友用胳膊肘捅了我一下,他想告诫我。但是

---

① 欧美人习惯用"打"这个量词,一打为十二件。
② 约翰·加斯纳(1727—1779),奥地利催眠术家。
③ 基督教科学派,主张信仰疗法的基督教教派,由玛丽·贝克—埃迪女士(1821—1910)在美国创建,十九世纪末传入德国。
④ 布拉瓦茨基夫人,原名叶·贝·布拉瓦茨卡娅(1831—1891),俄国女作家,曾游历北美、印度,受佛教影响,创建"通神学协会",主张修身养性以达到与彼岸世界直接交往的境界。

太晚了！门德尔已经向我掷来一道目光。怎样的目光啊！既是洋洋得意又是受了侮辱，既是嘲讽又是高傲，简直是国王的目光，是莎士比亚戏剧中麦克白的目光，当麦克达夫要求这位不可战胜的英雄不战而降时他射出的目光。随后，门德尔又哈哈一笑，喉咙上的大喉结引人注目地上下滚动，他显然吃力地把一句粗话咽了下去。他本来有理由讲任何可能想得出来的粗话，他，善良、正直的旧书贩门德尔，因为只有陌生人，只有一无所知的人才会向他，向雅科布·门德尔提出这样一个侮辱性的要求，要他像一个书店学徒或者图书馆服务员那样把书名记下来，似乎这个无与伦比的，这个金刚钻似的旧书贩的大脑竟然需要这样糟糕的辅助手段。我后来才懂得自己客气地提出这样一个要求，是怎样地伤了这个怪人的心，因为这个矮小、落魄、满脸胡子，又是驼背的犹太人雅科布·门德尔，在记忆力方面却是个顶天立地的巨人。在这个石灰色的、肮脏的、像布满灰色苔藓的前额后面，是一册无形的天书，原来印在每一本书的封面上的人名和书名，都像用钢水浇铸似的铸在了上面。不论是昨天出版的书，还是两百年前出版的书，他都能一下子确切地说出出版地点、作者、新旧价格，并以正确无误的想象力记起每一本书的装帧、插图以及摹写本。不论是曾经到过他手里的书，还是他仅仅在别处的书店或者图书馆里见到过的书，都如同在他的眼前，一清二楚，如同正在创作的艺术家能清晰地看到他胸中的、外人还看不见的形象那样。当他看到雷根斯堡[①]某家旧书店的目录上某一本书要价六马克时，他便能记起，两年前维也纳一次拍卖时，另一本同样的书卖四克朗，同时还记起买主是谁。是的，雅科布·门德尔从不忘记一个书名，一个数字，他熟悉图书界

[①] 雷根斯堡，德国地名。

这个永远运行、经常变化的宇宙里的每一棵植物,每一条纤毛虫,每一颗星星。他比专门家更了解每一门专业,比图书馆管理员更掌握图书馆,比书店老板更熟悉大多数书店的库存,尽管他们有书单和索引卡片,而他却没有,但他有记忆的魔法,有这种无与伦比的记忆力,这种只有通过成百个不同的例子才能真正说明其非凡的记忆力。当然,要训练和形成这种正确无误到神奇地步的记忆力,只有通过一个对于达到任何完善的造诣都适用的秘诀,那就是全神贯注。事实上,这个怪人除去书籍以外对世事一无所知;对他来说,世上的一切现象,只有到了改铸成为铅字,集中在一本书里,甚至可说到了被封存的地步时,才开始变成真实的。但是就在他读这些书的时候,他也不注意它们的内容,无论是故事情节或者精神实质,唯有人名、价格、装帧、封面能引起他的热情。总而言之,他读书不是为了生产和创造,而仅仅是把数以十万计的人名和书名的索引印在一头哺乳类动物的大脑皮层上,而通常这种索引都是写在图书目录上的。雅科布·门德尔这种对旧书的特殊记忆力是独一无二、完美无缺的,作为一种特异现象,它绝不亚于拿破仑对人的相貌、梅佐芳蒂斯①对语言、拉斯克尔②对象棋的开局、布索尼③对音乐的记忆力,如果请他去开讲座,授他以公职,那么,这个头脑将会使成千上万,甚至几十万大学生和学者受益匪浅,使他们惊叹不已。这还将有益于各门科学。至于我们称之为图书馆的那些公共宝库,也将得到一份无可比拟的财富。但是,对于他,对于这个微不足道的、没有教养的、最多只上过塔木德学校的加利曾旧书贩,这个上层社会是永远紧锁着大门的。因此,他这种奇妙的

---

① 梅佐芳蒂斯(1774—1849),意大利语言学家。
② 拉斯克尔,德国象棋名手,一八九四年的世界象棋冠军。
③ 布索尼(1866—1924),意大利钢琴演奏家、作曲家。

才能只能作为一种神秘科学,在格鲁克咖啡馆那张大理石面小方桌旁发挥它的作用。可是,如果有朝一日来了一位大心理学家(在我们的思想界,还始终没有人做这种工作),也像布丰[①]在对动物的变种进行整理分类时那样坚持不懈地对我们称之为记忆力的这种神奇的力量进行研究,逐一描述其所有的活动方式、种类、原始形式,阐明它的各种变体,那么,这位心理学家必将永远怀念雅科布·门德尔,怀念这个记忆价格和书名的天才,怀念这位古旧书籍科学的无名大师。

就职业而论,对于不知底细的人来说,雅科布·门德尔自然只是一个小小的旧书贩。每逢星期日,在《新自由报》和《新维也纳日报》上总要刊登这样一份固定不变的广告:"收购旧书,出价最优,从速前来,门德尔,上阿尔泽街",下面是电话号码,实际上是格鲁克咖啡馆的电话。他到书库里去翻寻,每星期总要同一个年老的、蓄着帝王须的脚夫搬几口袋书到他的总店去,尔后又从那里搬走,因为他没有进行正常图书交易的执照。因此,这始终是一种小买卖,一种进项有限的活动。大学生从他那里买教科书,一学年完了,又经他的手转售给下一届大学生。此外,他还居间介绍和替人购买任何所需的书籍。只加极少的手续费。在他那里,好的建议是廉价的。但是,金钱在他的世界内部是没有地盘的;因为人家从未见他变过样,他总是那一身破旧的衣服,早晨、下午和晚上,他喝牛奶,啃两个面包,中午吃一点人家替他从饭馆取来的食物。他不抽烟,不玩也不赌,甚至可以说,他没有活着,活着的只是眼镜后面的一双眼睛,这双眼睛从不懈息地用文字、书名和人名去喂那谜一般的生物——大脑。这一堆软软的、可怕的物质贪婪地将这无

[①] 布丰(1707—1788),法国博物学家,著有《博物学史》。

数的符号吮吸进去，好似一片草场在吮吸千万滴雨水。他对人不感兴趣，在人的一切情感中，他也许只知道一种，自然是最属人之常情的虚荣。如果有人走访了上百个地方遍寻未获，才来找他指教，而他能一下子就回答来人的询问，唯有这个才能使他得意，给他乐趣。或许还有一点，那就是在维也纳和维也纳以外的地方，有数十人尊重和需要他的知识。在任何一个我们称之为大都市的这种庞杂的数百万人的密集体里，始终只能在少数几个点上，炸出若干小小的平面，由它们来反映这同一个宇宙，但大多数人是看不见的，唯有对行家，对意气相投的人来说，是极其珍贵的。这些书籍行家全都知道雅科布·门德尔。正如谁要询问某种音乐书报，就会到音乐之友社去找欧塞比乌斯·曼迪车夫斯基。他头戴灰色便帽，和善地坐在那里，周围是卷宗和乐谱，只要他一抬头，便能笑眯眯地解决最困难的问题。又如直到今天，谁要从旧维也纳的戏剧和文化中得到启示，谁就肯定会去找人所共知的格洛西神甫，同样，维也纳若干嗜好书籍的人，一遇到某个特别硬的坚果要咬开时，就会自然而然、坚信不疑地到格鲁克咖啡馆去找雅科布·门德尔。如果在这些人来求教时，谁能从旁观察门德尔，就会使像我这样好奇心重的年轻人产生一种特殊的快感。如果有谁拿来一本次书搁在他面前，他便轻蔑地敲敲封皮，只咕哝一声"两个克朗"了事。相反，如果是某种珍本或孤本，他会毕恭毕敬地把身子往后挪动，在书的下面垫上一张纸，仿佛他突然对自己那肮脏的、沾满墨水的、指甲缝里全是黑垢的手指感到害羞了。随后，他怀着莫大的敬意，小心翼翼地一页接一页地轻轻翻阅这本罕见的书。在这样的时刻，谁也无法使他分心，正如一个真心诚意的教徒在祈祷时，是谁也扰乱不了的。事实上，这样的仔细观看、抚摩、嗅探、掂量，这样的每个动作，都像是仪式上的，是前后次序有定规的宗教礼拜仪式上的。他的驼背前挪后移，一边咕哝着、哼哼着、搔头发，发出一些引人注意的元音。一个延长的、几乎是深感惊讶地吐出的"Ah"和"Oh"，表示醉心的欣赏；如果发现缺页，或者有一页被虫蛀了时，便是一声急促的、仿佛被吓了一跳似的"Oi"或"Oiweh"。末了，他恭敬地把这本厚书放在手上掂量，半闭着眼睛，把这个笨重的长方形又闻又嗅，宛如一位多愁善感的少女在闻一朵晚香玉时那么动情。在进行这一套有点麻烦的程序的时候，书的所有者当然得耐着性子。但是，在检查结束之后，门德尔便会热心地，甚至是热情地提供情况，而且少不了要添上种种涉及面很广的有关轶事，以及关于同类版本价格的富于戏剧效果的报道。在这样的时刻，他仿佛变得开朗了，年轻了，有生气了。只有一件事会使他感到极度愤慨，那就是某个初到此地来的人，要为他做了这番估价而付钱给他。这时，他会气愤地断然拒绝，就像一位画廊顾问气愤地断然拒绝某个到处旅游的美国人为了他的讲解而要往他手里塞小费。因为能允许门德尔把一本珍贵的书拿在手上，就等于能允许别人同自己心上的女人相会。这些个瞬间便是他的柏拉图式的爱情之夜。能左右他的唯有书，从来不是钱。因此，一些大收藏家，其中有普林斯顿大学的创建人，都想请他当他们的图书馆的顾问和采购员，但是枉费心机，雅科布·门德尔一概拒绝。他只想待在格鲁克咖啡馆。三十三年前，他，一个驼背小青年，胡子还是黑色的，又细又软，前额上是涡形鬈发，从东方到维也纳来学习，想得到犹太法学博士学位。但过不多久，他离弃了严峻的唯一的神耶和华，投身到光彩夺目、变化万千的书籍的多神世界中去。当时他首先找到了这家格鲁克咖啡馆，它渐渐变成了他的书坊，他的总店，他的邮局，他的世界。如同一位天文学家，孤寂地站在天文台上，通过望远镜的圆孔，天天夜里观察无数的星星，观察它们神秘的运行,它们变化莫测的混乱无序,它们的熄灭和复燃,雅科布·门德尔则在这张四方桌旁,通过他的眼镜,观察另一个同样永恒地运行着、变化着的书籍的宇宙,观察我们的世界之上的这个世界。

不言而喻,他在格鲁克咖啡馆是被视若上宾的。在我们的眼里,这家咖啡馆的名声与其说靠音乐家、《阿尔赛斯特》和《伊菲革涅亚》的作曲者克里斯托夫·威利巴尔德·格鲁克①的庇佑,倒不如说是同门德尔的无形讲坛联系在一起的。同古旧的樱桃木柜台、两张绿呢打满补丁的台球桌和铜咖啡壶一样,门德尔也是这家咖啡馆财物清单上的一件动产,他的桌子如同一处圣地似的受到保护。因为他有无数的主顾和询问者,他们一来,店里的职工就很有礼貌地硬要他们吃点、喝点什么,所以,他的科学所赚来的钱,较大部分实际上流进了领班②道伊布勒挂在屁股后面的那只大皮夹里。反过来,旧书贩门德尔也享有多种特权。打电话免费,他的信人家给收,还替他办各种事情;年老、正直的厕所清洁女工替他刷大衣,钉纽扣,每周替他洗一小包衣服。人家替他到邻近的饭店去取午餐,只有他一人能得到这种待遇。另外,每天早晨,老板施坦德哈特纳先生亲自来到他的桌子旁向他问好,埋头在书堆里的雅科布·门德尔自然多半没有察觉。早晨八点整他进店,直到人家熄灯时他才离开。他从来不同别的顾客说话,也不看任何报纸,有了什么变化他都不会发现。有一次,施坦德哈特纳先生彬彬有礼地问他,在电灯下读书是不是比以前在煤气灯黯淡、抖动的光线下读书要好一些,他这才惊讶地抬起头来呆望着电灯泡。尽管安装电灯花了好几天时间,又敲又凿,又吵又闹,这样的变化他竟全然

---

① 克里斯托夫·威利巴尔德·格鲁克(1714—1787),德国歌剧作曲家。暮年定居维也纳。
② 领班,即店里管算账收款的侍者头儿。

不知。只有数以十亿计的黑色纤毛虫般的铅印文字,通过眼镜框的两个圆孔,通过两个闪光的、吸收着的镜片,过滤到他的大脑中去,其余的一切事件,均似无谓的喧哗,从他身边一掠而过。他确实就在这一个地方,在这张四方桌旁,阅读、比较、计算,度过了三十多年,度过了他一生中全部清醒的光阴,像做着一场持续的、唯独被睡眠中断的梦。

因此,当我恍恍惚惚看到雅科布·门德尔宣示神谕的大理石桌子空空的,仿佛立在这间屋里的一块墓碑时,我突然产生了一种恐怖感。现在,人到中年时,我才懂得,有多少东西随同每一个这样的人一起消失了,首先因为在我们这个无可挽救地变得愈益单调的世界上,一切独一无二的东西日复一日地变得稀罕珍贵了。接着,我想到,年轻而无经验的我,当时出于一次深刻的预感,曾经非常喜爱这个雅科布·门德尔。可是,我竟然忘却过,尽管是在战争的年代里①,是我在一种像他那样专心致志于自己工作的情况下,但也不应该啊!现在,面对这张空桌子,我感到羞愧,对不住他,同时又产生了一种新的好奇心。

他到哪里去了呢?他的情况又怎样呢?我招呼侍者过来,向他打听。一位姓门德尔的先生,对不起,我不认识他,我们店里不见有姓门德尔的先生来过。不过,领班也许会知道的。领班腆着尖肚皮笨重地移动身子慢慢蹭过来,他犹豫着,思索着:不知道,连他也不知道一位姓门德尔的先生。不过,我要打听的是不是曼德尔先生,弗洛里安尼巷的缝纫用品店的曼德尔呢?我觉得嘴唇上有一种苦味,万物无常的滋味:如果风已经把我们脚后留下的最后的痕迹都吹掉的话,那么人活着是为什么呢?一个人,在这间若干

---

① 指第一次世界大战。

平方米的房间里阅读、思想、谈话、呼吸了三十年,或许四十年,可是,仅仅离去三四年光景,来了一个新法老,便无人再知晓约瑟了,在格鲁克咖啡馆里也无人再知晓雅科布·门德尔,旧书贩门德尔了!我几乎有些恼火地问领班,我能不能同施坦德哈特纳先生交谈呢?旧职工里还有没有谁在呢?哦,施坦德哈特纳先生,我的上帝,他早就把这家咖啡馆卖掉了,他已经故世了,原来的领班,他现在在克雷姆斯附近靠自己的产业过活。没有了,再没有人在这儿了……对,有了!有了!施波席尔太太还在此地,厕所清洁女工(俗话叫作巧克力太太)。不过,她肯定记不得一个个的顾客了。我随即想到:雅科布·门德尔这个人人家是忘不了的,于是,便让领班请她来见我。

她来了,施波席尔太太白发蓬乱,有点水肿的腿一步一步从厕所间走来,一边还在匆匆地用布擦她通红的手,显然是刚打扫完她那阴暗的小间,或者刚擦完窗户。我立刻由她的慌张神态察觉,这样突如其来地把她叫到前面来,叫到这家咖啡馆里高雅房间的大电灯下来,使她不高兴。因此,她先是猜疑地瞧我,用一种目光由下往上地瞧我,一种十分小心地压低了的目光。我找她,有何贵干呀?但是,我刚开口打听雅科布·门德尔,她就睁大了眼睛盯着我,眼珠仿佛要夺眶而出,她抖动着耸起肩膀。"我的上帝,这个可怜的门德尔先生,竟然还有人想着他!是啊,可怜的门德尔先生。"——她几乎在哭泣了,她感动极了。老年人逢到别人使他们回忆起他们的青春岁月,回忆起某一段已被遗忘的、美好共处的光阴时,总会这样的。我问到他是不是还活着。"哦,我的上帝,这个可怜的门德尔先生,五六年,不,七年,他去世已经有七年了。这么一位可爱、善良的先生,想想看,我认识他有多久了,二十五年都不止了,我进店时,他已经在这儿了。说起他们是怎么弄得他死去的,这真是件可耻的事情啊!"她越来越激动了,并问我是不是他的亲戚。她说,从来没有人关心过他,从来没有人打听过他——他遭遇的事情,我是不是一点都不知道呀?

不知道,一点都不知道,我说;给我讲一讲吧,原原本本地讲一讲吧!这个善良的老妇人显出了胆怯和拘束的神态,不断地擦她的那双湿手。我懂了,一个厕所清洁女工,系着肮脏的围裙,白发蓬乱,站在这咖啡馆的大厅里,这使她感到难堪;另外,她一直怯生生地左顾右盼,看是不是有哪个侍者在一旁听着。我于是向她提议,我们到活动室里去吧,坐到门德尔的老座位上去,请她在那儿把事情的始末讲给我听。她感激地向我点点头表示同意,感激我懂得她的心思。她,这个已经有点摇摇晃晃的老妇人走在前面,我在后面跟着。两名侍者惊讶地望着我们的背影,他们觉察到了此中必有缘故,若干顾客也对我们这差别悬殊的一对感到惊异。接着,在活动室里那张四方桌旁,她向我讲述了雅科布·门德尔,旧书贩门德尔的沉沦(后来,其他人的叙述,又给我增补了某些细节)。

就是啊,他后来,她这样讲述道,在战争开始以后,也还一直来的,天天一早,七点半钟就到这里坐着,整天研究着,同以往一模一样,是啊,他们大家都有这种感觉,而且还常常谈到,他可能根本就不知道已经在打仗了。我可是了解的,他从来不看报纸,也从来不同别人交谈;尽管卖报的大声叫喊"号外,号外",所有其他的人都跑步围上去时,他也从不站起身来,从不在一旁听着。他同样一点也没有注意到,弗兰茨,那个侍者不在了(他在戈尔利采①附近阵

---

① 戈尔利采,波兰地名。一九一五年奥军和俄军在这一带交战,三月,俄军攻陷后文提到的普热梅希尔要塞。

亡了),也不知道施坦德哈特纳先生的儿子在普热梅希尔被俘虏了。面包越来越不像样,人家给他喝的已经不是牛奶而是代用咖啡了,可是他却从来没有说过一句话。只有一次,他觉得有点奇怪,怎么现在来这儿的大学生这么少呢?如此而已。——"我的上帝,这个可怜人哪,除了他的书以外,再没有别的事使他高兴和担忧过。"

可是,后来有一天,灾祸临头了。上午十一点,一个晴天,一名警官领着一名秘密警察到这里来了,那个秘密警察指了指纽扣眼里的蔷薇花饰徽章①,开口问道,有没有一个名叫雅科布·门德尔的人常到这里来。接着,他们马上走到这张桌子边上来找门德尔,他还糊里糊涂地以为是来卖旧书的,或者是来请教他的呢。但他们立即要他跟着走一趟,就把他带走了。这对这家咖啡馆是个真正的耻辱,所有的人都围到了可怜的门德尔先生周围。他呢?站在那两个人中间,眼镜移在前额上头发下面,望望这个,瞧瞧那个,不知道他们到底找他干什么。大家当即对那个警官说,这一定是搞错了,像门德尔先生这样的人,是连只苍蝇都不会伤害的。可是,那个秘密警察马上对大家吼叫起来,说他们不得干涉公务行动。于是,他们把他带走了。在这以后,他很长一段时间没有再来,有两年之久。我今天还不清楚,当时他们干吗要把他带走。"不过我可以发誓,"她,这个老妇人激动地说,"门德尔先生是不会干不法事情的。他们一定搞错了,我敢担保。这是对这个可怜的、无辜的人的犯罪行为,犯罪行为!"

她的话一点不假,这个令人感动的、善良的施波席尔太太。我们的朋友雅科布·门德尔确实没有做过任何不法的事情,他

---

① 奥国秘密警察的特别标记。

321

只是干了一件糊涂的、一件动人的、一件甚至在那个疯狂的时期里也完全难以令人相信的蠢事,这只能用这个怪人的专心致志,用他像生活在月球上似的远离现实来解释。事情是这样的:一天,负责监视与外国往来邮件的军事检查局截获一张明信片,是某一个名叫雅科布·门德尔的人所写,按规定贴足了寄国外的邮票,但是——简直令人难以相信——是寄到敌对国家去的,收件人是让·拉波戴尔书商,地址是巴黎格雷涅尔沿河街,一个名叫雅科布·门德尔的人在明信片上抱怨说,最近的八期《法国图书通报》月刊他都没有收到,可是他已经预付了全年的订费。那个被征调来的下级检查官,原来是位文科中学教授,个人爱好罗曼语言文学,现在被换上一套蓝色的国民军服装,当这张明信片落到他手里时,他吃了一惊。一个愚蠢的玩笑,他想道。他每星期要检查两千封信,从中搜寻和发现有问题的内容和有间谍嫌疑的用语,但还从未有过一件如此荒唐的东西落到他手指底下来。一个人从奥地利寄信到法国,还毫无顾忌地写上自己的姓名和地址,漫不经心地把一张寄往交战国的明信片就这么简单地往信箱里一扔,仿佛自从一九一四年以来这些边界上并没有架上铁丝网,仿佛在上帝创造的白昼里,法国、德国、奥国和俄国并没有使对方男性居民的数目逐日减少几千人。因此,起先他把这张明信片当作一件稀奇东西塞进了自己的抽屉,没有向上级报告这件荒唐事。但是,几星期以后,又来了一张明信片,又是这个雅科布·门德尔写的,寄给一个叫约翰·阿尔德里奇的书商,地址是伦敦霍尔本广场,问他能否给自己买最近的几期《文物》杂志,落款又是这个怪人雅科布·门德尔,而且天真透顶地写上了他的详细地址。这时,这位被人套上一身制服的文科中学教授觉得这件上装有点紧了。难道这种笨拙的玩笑竟是某种暗语,自有谜一般的含义吗?总而言之,他站起身来,后跟橐的一声并拢,把两张明信片都放到了少校的桌上。这位少校高高地耸起了肩膀:怪事!他先通知警察局,要他们调查究竟有无雅科布·门德尔此人。一小时以后,雅科布·门德尔已被逮捕,这个意外的遭遇把他搞得晕头转向,他根本没有弄清是怎么回事时,已被带到了少校那里。少校把神秘的明信片放到他的面前,问他承认不承认自己就是寄信人。这种严厉的问话口气激怒了门德尔,而首先是由于他在阅读一本重要图书目录时被他们打断了,他几乎是粗声粗气地说,这两张明信片自然是他写的。订阅的刊物,钱都付清了,自然有权去索取。坐在圈手椅里的少校向邻桌旁的少尉转过身去。两人会心地互相瞥了一眼:一个十足的白痴!接着,少校考虑,是把这个糊涂蛋厉声训斥一通,随后撵走呢,还是把事情认真地查问一番。在任何一个这类机关里,遇到这类拿不定主意的尴尬情况时,总会决定先搞一份问话记录再说。搞一份记录总是好的嘛!即使没有什么用处,但也没有什么害处,只不过填满一张毫无意义的纸,增添到成百万张这样的纸张里面去。

这一回,却使一个可怜的、稀里糊涂的人遭了殃,因为刚问到第三个问题,就出现了非常倒霉的情况。人家先问他的姓名:雅科布,正名是贾因克夫·门德尔。职业:小贩(他没有书商执照,只有一张小贩许可证)。第三个问题却成了灾祸:出生地点。雅科布·门德尔回答说是佩特里考①附近的一个小地方。少校皱起了眉头。佩特里考,不是在俄属波兰地区内,在边境附近吗?可疑!十分可疑!他于是更加严厉地盘问门德尔,什么时

---

① 佩特里考,今波兰彼得库夫。

候获得奥地利公民权的。门德尔眼镜后面的一双眼睛模模糊糊地、惊异地呆望着少校:他说不清楚。见鬼!他到底有没有证件。说明他身份的证件除了小贩许可证以外,别的什么也没有。少校的眉头皱得更紧了。好吧,他的国籍究竟是怎么回事,得让他讲清楚才行。他父亲是什么国籍,是奥地利人还是俄国人?雅科布·门德尔镇静地回答说:自然是俄国人。那么,他本人呢?他呀,三十三年前就偷越了俄国边境,从那时起就一直住在维也纳。少校越来越不安了。他什么时候入奥地利国籍的?为什么要入?门德尔反问道。他从来不关心这类事情。这么说,他还是个俄国公民,对吗?这样无聊的盘问早就使门德尔心烦了,他无所谓地回答说:"本来就是。"

  这样干脆的答复把少校吓了一跳,他身子往后倒去,弄得圈手椅嘎吱作响。竟然有这等事情!在战争期间,在一九一五年底,在塔尔努夫①和大规模攻势之后,一个身份不明的俄国人在维也纳,在奥地利的首都随心所欲地到处乱闯,还寄信到法国和英国去,而警察局居然撒手不管。难怪新闻界的傻瓜们对康拉德·封·赫岑道夫②不能立即挺进华沙感到奇怪,总参谋部的傻瓜们对军队的每一次调动都被间谍把情报送给了俄国感到惊讶。这时,那个少尉也站了起来,问话变成了严厉的审讯。他,一个外国人,为什么不立即向当局报告?门德尔,始终没往坏处想,用他的唱歌似的犹太腔答道:"为什么要立即报告呢?"少校认为,这种反问是一种挑衅,便气势汹汹地问他,看到了布告没有?没有!难道他连报纸都不看?不看!

---

① 塔尔努夫,波兰地名,一九一五年九月,奥军在此突破俄军阵地,并协同德军在东线发动了大规模攻势。
② 康拉德·封·赫岑道夫,奥地利陆军元帅。

这两个军官盯着由于闹不清是怎么回事而急出汗来的雅科布·门德尔发愣,仿佛月亮掉到他们的办公室里来了。接着,响起了拨电话的声音,打字机的声音,传令兵跑上跑下,雅科布·门德尔被交给卫戍部队监狱负责看管,准备下一步把他送进集中营。人家叫他跟两名士兵走时,他还莫名其妙地瞪着眼睛发傻。他不知道人家要拿他干什么,但他本来也没有任何担忧的事。这个戴着金色领章、说话粗暴的人能对他有什么坏打算呢?在他的超脱现实的书籍世界里,没有战争,没有不谅解,而只有关于数字和文字、书名和人名的知识,以及不倦的求知欲。因此,他随和地夹在两名士兵中间下了楼梯。到了警察局,人家拿走了他大衣口袋里所有的书,并要他交出藏有几百张重要的书单和主顾地址的皮夹,这时,他才勃然大怒,动手打人。人家只好把他绑起来。这中间,他的眼镜掉到了地上,他的这架观察精神世界的魔术望远镜跌个粉碎。两天以后,人家让他穿上单薄的夏服,押送他进了科马诺姆①附近的俄国平民俘虏的集中营。

在集中营的这两年里,没有书,没有他所心爱的书,没有钱,处在这所大监狱里冷漠的、粗鲁的、多半是文盲的难友中间,雅科布·门德尔经受了怎样的心灵上的恐惧;他像一只被折断翅膀的鹰离开了天空似的,离开了超脱人世的、对他来说是唯一的书籍世界后,在那里又饱尝了怎样的苦楚——关于这些,却找不到任何目击者来提供情况。但是,从疯狂中清醒过来的世界,已经渐渐认识到,在这场战争的一切暴行和犯罪的侵犯中,没有一件比下面的行为更无意义、更多余、因而在道义上更不可饶恕的了,那就是把一无所知的、早已超过工作年龄的侨民抓起来,集中在一处,用铁丝

---

① 科马诺姆,匈牙利地名。

网圈起来,而这些人都是侨居多年,并把异国当作故乡,由于真诚相信客居权利——这种权利甚至在通古斯人和阿劳加尼亚人[①]那里也被视为神圣的——因而没有及时逃亡。这是破坏文明的罪行。在法国、德国和英国,在我们这个发了狂的欧洲的任何一处,都同样丧失理智地犯下了这一罪行。雅科布·门德尔或许也会像数以百计的其他无辜者一样,在这种围场里变成神经错乱,或者因患痢疾、因体力衰竭、因心灵受到严重损害而可怜地死去。幸亏一个偶然情况,一个唯独在奥地利才会发生的偶然情况,恰好及时地把他再一次拉回他的世界中来。在他失踪以后,一些身份高贵的主顾仍然按照他原来的地址多次给他去信。前施蒂里亚总督、纹章学著作的狂热收藏者勋伯格伯爵,前神学系主任、为奥古斯丁[②]著作撰写评注的齐根菲尔德,八十岁高龄、还在不断修改自己的回忆录的退休海军元帅埃德勒·封·皮塞克,所有这些门德尔的保护人,都不断有信给他。这些投寄到格鲁克咖啡馆的信件中,有一些转到集中营给这个下落不明的人,这些信碰巧落到那里一位好心的上尉手里。门德尔自从眼镜被人打碎以后,由于没钱配一副新的,便一直像一只鼹鼠,灰色、失明,沉默地蹲在角落里。这么一个矮小、半瞎、肮脏的犹太人,竟然结识如此高贵的人物,这使那位上尉颇觉惊讶。有这样的朋友的,本人必定不同寻常。因此,他允许门德尔答复这些来信,并请求他的保护人替他说情。结果并非石沉大海,显贵们以及那位系主任,本着一切收藏家团结一致的精神,频繁联系,并且递上了他们的联名担保书,这样,旧书贩门德尔在监禁了两年多之后,于一九一七年获释返回维也纳,当然附有条

[①] 通古斯人是西突尼斯一带的居民;阿劳加尼亚人是智利与阿根廷一带的印第安人。
[②] 奥古斯丁(345—430),中世纪北非主教,著有《忏悔录》。

件,那就是每天到警察局汇报一次。不过,他毕竟返回到自由的天地,返回到他的又破旧又窄小的阁楼里来了,他又能去逛他心爱的书店,而首先是回到格鲁克咖啡馆。

出了黑暗地狱的门德尔如何返回格鲁克咖啡馆,可以由正直的施波席尔太太根据自己的亲身见闻来向我描述了。"——天——耶稣,马利亚,约瑟,保佑我呀!我不相信,我信不过自己的眼睛了——门被推开了,您也知道,他平日进门时就是这样,歪着身子,把门推开一道缝,这时,他跌跌撞撞地走进了咖啡馆,他,门德尔先生。他穿着破烂的、满是补丁的军大衣,头上戴着什么,也许原来是顶帽子,一顶人家扔掉的破帽子。他没围围巾,那副模样真像个死人,灰白的脸色,灰白的头发,干瘦得叫人可怜。但是,他进来了,仿佛什么事情也没有发生过,他什么也不问,什么也不说,往这张桌子走去,脱掉大衣,不过不像以前那么灵巧了,而是边脱边吁吁地喘息。他同以前不一样,什么书也没有带,只是坐下来,一句话不说,只是用完全没神的、鼓出的眼睛瞪着前面发愣。后来,我们把过去从德国寄来的整捆书籍杂志给他搬来了,他这才渐渐地开始阅读。不过,他已不再是以前的那个门德尔了。"

是的,他已判若两人,不再是世界奇迹,不再是一切图书的神奇的索引柜了。当年见到过他的人,都痛心地向我谈到了这一事实。他的原来是宁静的、仅仅像在睡梦中阅读的目光,看来已被扰乱,无法挽救;又有什么被撞毁了:流血的恐怖像一颗彗星,疯狂乱飞,撞在了他的书籍宇宙中这颗怪僻而平和的、这颗昴宿星团中最亮的星球上。几十年来,他的眼睛看惯了书刊上无声的、纤细的、昆虫脚似的铅印文字,可是,在那个四周架着铁丝网的关押人的围场里,这双眼睛必定看到过可怕的事情,因为那对原先是滴溜转动的、嘲讽地闪闪发亮的眼球,已被沉重的眼皮遮住了,在修过的、好不容易用细线扎在一起的眼镜后面,原先是那么活泼的眼睛,现在是半睡不醒,两圈红晕,蒙蒙眬眬。更加糟糕的是:他的记忆器官,这座奇异的艺术建筑,必定有一根圆柱倾倒了,整个结构已陷于紊乱。因为我们的大脑构造精细,它是用最精细的材料制造的控制台,是我们的心智的精密仪器,只要一根微血管被堵塞,一根神经受震动,一个细胞疲劳过度,只要一个这样的分子错了位置,就足以使这个绝妙地聚集着千变万化的天体和声的心灵顿时沉寂。在门德尔的记忆器官里,在这独一无二的心智的键盘上,琴键的装置失灵了。偶或有人来请教他时,他便才枯智竭地呆望着来人,人家对他说的话,他听不太懂,他听错了,或者一听即忘。门德尔已不再是门德尔了,正如这个世界已不再是这个世界。他不再身子前后摇晃着全神贯注地读书了,他多半坐着发呆,眼镜只是机械地冲着书本,旁人弄不清他是在阅读,还是在瞌睡。有好几次,施波席尔太太这样讲述道,他的脑袋沉重地撞到书上,大白天里就昏昏入睡了。有些时候,他又一连几个钟头望着电石气灯——这是在那些煤炭紧张的年头里,人家放在他桌上的——陌生的、有臭味的亮光出神。是啊,门德尔已不再是门德尔了,不再是世界奇迹了,而是疲倦地喘息着的、不中用的一堆胡子和衣裳,毫无意义地堆在原来的彼提阿①的座椅上;他不再被看作格鲁克咖啡馆的荣誉,而是被看作一个带来耻辱的人,一个散发臭气、叫人恶心的脏鬼,一个讨人厌的、毫无用处的寄食者。

新老板就是这么看待他的。此人名叫弗洛里安·古特纳,雷茨人,在一九一九年这个饥荒的年头里,做面粉和黄油的黑市买卖

---

① 彼提阿,希腊神话中特尔斐阿波罗神殿里宣示神谕的女先知。

发了横财,他花言巧语,用迅速贬值的八万克朗纸币从老实的施坦德哈特纳手里买下了格鲁克咖啡馆。这个农夫出身的老板,手腕精明,抓住时机,迅速把这家古朴的咖啡馆修饰一新,及时用贬值的钞票添置安乐椅,修筑大理石门洞,并已在谈判,要买下隔壁的饭店,加建一个音乐茶座。在这样迫不及待地翻新装饰的过程中,这个加利曾寄食者自然十分碍他的手脚。这个家伙从清晨直到夜晚独占一张桌子,但一天总共只喝两杯咖啡,吃五个面包,虽说施坦德哈特纳特别叮嘱他千万关照这位老顾客,并且向他说明这个雅科布·门德尔是怎样的一位重要人物,在移交财产清单时,施坦德哈特纳甚至把门德尔作为这笔交易的一项附带义务托付给古特纳。但是,弗洛里安·古特纳在添置新家具和锃亮的铝制柜台时,也换上了一副这个牟利时期的铁石心肠,他只等着找到一个借口,把这个市郊破烂堆里剩下的最后一件讨厌东西,从他那已是气派高雅的店堂里清扫出去。看来良机快来了,因为雅科布·门德尔境况很糟。他积蓄下来的最后的钞票,在通货膨胀这台碎纸机中被磨成了粉末,他的主顾们也星散了。再去当旧书贩,爬楼梯,挨门逐户地收旧书,这个疲乏的人已经没有力气了。他穷极潦倒了。别人由成百种小小的迹象察觉到了这一点。他已经很少让人去饭店给他取食物,连数目有限的咖啡和面包钱他也老是拖欠,有一回甚至拖欠了三个星期。那时候,领班就要把他撵到大街上去。幸亏这位正直的施波席尔太太,这个厕所清洁女工可怜他,替他担保。

过了一个月,不幸的事情发生了。那个新领班早已在结账时多次发现面包的数目不对。除掉拿走的和付了钱的以外,总还短少。他自然立即怀疑上了门德尔,因为那个年迈的、走道都不稳的脚夫已经多次向他抱怨,说门德尔欠了他半年的账,他一分钱也还不出来。领班于是格外注意,两天以后,他躲在围火炉的挡板后面,眼看雅科布·门德尔偷偷从桌旁站起身来,走进前室,飞快地从面包篮里拿出两个小面包,饿慌了似的一下子塞进嘴里,于是,当场把他逮住。有了真凭实据,现在那些缺少的面包可有下落了。领班马上向古特纳先生报告了此事。古特纳早在寻找借口,如今喜出望外。他当众训斥门德尔,说他犯了偷窃罪,甚至假装宽宏大量地说,他不想马上报警,但命令他立即滚蛋,永远见鬼去。雅科布·门德尔只是发抖,什么话都不说,摇摇晃晃地从他的座位上站起来,走了。

"多么悲惨啊!"施波席尔太太是这样形容他的离去的,"我永远忘不了他是怎样站起身来的,眼镜推到前额上,脸色煞白,像一条毛巾。他来不及把大衣穿上,虽说是在一月里,您是知道的,那一年可冷哪!他吓坏了,连书都忘在桌上了,我是过后才发现的,还想追上去给他呢。可是他已经跌跌撞撞地出了门。我不敢到街上去,因为古特纳先生站在门口,冲着他的背影破口大骂,过路的人都站住了,围拢来。是啊,真是可耻,我羞愧得要命!这种事情老施坦德哈特纳先生是做不出来的,他不会因为几个小面包把人撵走的,他在的话,门德尔白吃一辈子都行。可是今天的人哪,都是没心肝的。把一个三十多年天天坐在这儿的人撵走——真是可耻,见了上帝,我可不对这件事情负责任——我不负。"

她,这个善良的妇人,变得十分激动,并以老年人冲动时的唠叨劲,翻来覆去地讲这件丑事,讲施坦德哈特纳先生是不会这样的。我不得不问她,我们的门德尔后来怎样了,她是否再见到过他。这时,她失去了常态,愈加激动了。

"每天我从他的桌旁走过时,每一回,您可以相信我的话,我心里就一震。我总是想,他现在会在哪里,可怜的门德尔先生,如果我知道他住在哪里,我会给他带些暖和的东西去的,因为他能从哪儿去挣生火和吃饭的钱呢?就我所知,他在世上没有亲戚。我始终听不到一点点消息,末了,我已经以为他不在人世了,我再也见不到他了。我已经在考虑,是不是让人替他念一段弥撒祭词。因为他是个好人,我们相识二十五年都不止了。

"可是,一天清晨,七点半,对,在二月间,我正在擦黄铜窗栏杆,突然(我是说,我心里一震),突然,门开了,门德尔进来了。您知道,他总是迷迷糊糊、歪着身子挤进来的,可是,这一回不同了。我马上发觉,他东倒西歪,一双眼睛忽闪忽闪,我的上帝,瞧他那副模样,只剩下骨头和胡子了!我看到他这副模样,立刻就明白了。我立刻就想到,他什么都不知道,他在睡觉,大白天出来梦游,他什么都忘了,小面包,古特纳先生,以及他们可耻地把他撵走,他连自己都不知道了。感谢上帝!古特纳先生还没来,领班也正在喝咖啡。我赶紧跑过去,好告诉他,别待在这儿,别让那个野蛮家伙再撵一回。"说到这里,她担心地回头看看,马上改口说,"我是说古特纳先生。接着,我喊他:'门德尔先生!'他抬起头来,两眼发直。这一眨眼的工夫,我的上帝,真可怕呀!这一眨眼的工夫,他准是什么都记起来了,因为他马上打了一个哆嗦,开始发抖,不只是手指抖,不,全身都抖,从肩膀都可以看出他在发抖,他又急急忙忙朝门口跌撞过去。到了门口,他摔倒了。我们赶紧打电话给急救站,随后,他们把他弄走了,他在发烧。晚上,他就死了,肺炎,高烧,这是医生讲的。他还讲,门德尔来我们这里时,已经失去了知觉。只能是睡着觉的人才会这样进来的。我的上帝,一个人三十六年天天这样坐在这儿,这张桌子可不就是他的家了。"

关于他,我们还谈了很久。我们是认识这位怪人的最后两个,我,当时还年轻,是他使我第一次感受到一种包罗万象的精神生活,尽管他的存在像微生物似的微不足道;她,这个穷困、劳累的厕所清洁女工,从未读过书,她同自己贫困的下层社会里的这个同伴有联系,仅仅是由于二十五年来她一直替他刷大衣、钉纽扣。可是,在他的这张已成陈迹的桌子旁,共同召来他的亡灵时,我们却能相互理解,而且理解得那么深。因为回忆总能把人们联系在一起,怀着爱的回忆更其如此。谈着谈着,她突然想起一件事:"耶稣,我怎么会忘了呢?那本书还在我那儿,就是他当时留在桌上的那本。我上哪儿找他,归还他呢?后来,也没别人告失,我想,就留下它作个纪念吧。这也不是什么犯法的事,对吗?"她匆匆回到后面她的小房间里把书拿了来。我好不费力地强压住了一丝微笑,因为始终以捉弄为乐、有时又爱挖苦的命运,喜欢恶作剧地给震撼人心的事添上滑稽可笑的成分。这是海恩编的《日耳曼恋爱与新奇文学书目》第二卷,它是任何藏书者都熟知的言情文学书目。恰恰是这本言情书目录——书籍各有其命运——作为这位已故魔术师最后的遗物,落到了无知者这双磨破的、裂口的手里,并被当作祈祷书保存下来。我费力地抿着嘴唇,强压住本能地由心中流出的微笑,而这些微的犹豫却使这位正直的妇人感到莫名其妙。我的意思是什么呢?这是本珍贵的书,或是什么呢?

我亲切地同她握手告别。"您只管放心保存吧,我们的老朋友门德尔只会高兴的,至少在几千个为一本书而感激他的人中,有一个人还想着他。"我说完告辞而去。在这位正直的老妇人面前,我感到羞愧,她单纯地却又最富人情味地忠于这位死者。因为她,这个未受过教育的女人,至少保存了一本书,为了更好地纪念他;但是我,我却多少年来一直把旧书贩门德尔忘在了脑后，而恰恰是我，应该知道，人们写书只为越过自己的生存去同众人建立联系，并维护自身来抵御一切生命的严酷的对立面：无常和被遗忘。

(1929)

(胡其鼎 译)

无形的压力[*]

妻还酣睡着,呼吸均匀有力。她的嘴半张着,似乎想绽出一丝微笑或者说句什么话,在使人平静的被子下面,她年轻丰满的胸脯柔和地隆起。窗口露出最初的晨曦,但是冬日的黎明晨光熹微。日夜交错时半明半暗的光芒游移不定地在酣睡的万物之上涌动,掩盖着它们的形体。

费迪南轻手轻脚地起了床,自己也不知道为什么。他现在往往工作做了一半,会突然抓起帽子快步走出屋子,到田野里去,越走越快,越跑越快,直到精疲力竭,突然在陌生地区的不知什么地方站住,双膝索索发抖,太阳穴的脉搏突突直跳,或者他在热烈的谈话中间,突然抬头凝视,再也听不懂别人说的话,听不见别人提的问题,非得使劲控制自己才能收住心神。或者晚上脱衣服时他会走神,把脱下的鞋拿在手里发愣,呆呆地坐在床沿上,直到妻子叫他,或者靴子突然骨隆隆地掉到地上,他才悚然惊醒。

他此刻刚从有些闷热的卧室走到阳台上,觉得有些寒意。他不由自主地把双肘紧贴身体,好暖和一些。眼前山坡下的景色还完全笼罩在浓雾之中。平时从他那建在高处的小屋远眺,苏黎世湖宛如一面磨光的镜子,倒映出天上匆匆驰过的片片白云。今天

---

[*] 本篇于一九二九年在维也纳施特罗姆出版社的《小说半月刊》第二期首次发表。

在湖面上涌动着一层厚厚的乳白色泡沫。他的目光所及,手所触摸,一切全都潮湿、昏暗、滑溜、灰暗。树上滴下水珠,梁上渗出潮气,渐渐从雾气中升起的世界,就像一个刚从洪流中逃出的人,身上还一串串地往下滴水。透过浓雾,传来人声,咕噜咕噜,沉闷模糊,犹如溺水者的痰喘。有时也传来铁锤敲打的声音和远方教堂的钟声。平素如此清朗的钟声此时听上去湿淋淋的,像是锈铁的响声。在他和他周围的世界之间横亘着一片潮湿的黑暗。

他觉得寒气袭人。可他仍然站着,双手更深地插在衣袋里,期待着雾散天晴,一览无余的景色。浓雾犹如一张灰纸,开始慢慢地从下往上卷起,他感到无限眷恋山坡下这可爱的景致,他知道一切都井然有序,只是被清晨的雾霭遮盖,那美丽景色明晰清楚的线条平时使他自己的心境豁然开朗。多少次,由于心烦意乱他走到这窗前,从眼前平和宁静的景色找到慰藉;对岸的房屋,亲切友好地一幢挨着一幢,一艘汽艇轻巧安稳地分开澄蓝的水面,一群海鸥,欢快地在湖岸的上空飞翔,从红色的烟囱里冒出缕缕炊烟,像弯曲的银线冉冉上升,飘入连续不断的午间钟声,所有这一切如此明显地告诉他:和平!和平!他分明了解这个世界的疯狂,竟然会一反常态,相信这些美丽的标记,他竟然会因为这新选择的故乡而有好几小时忘记了他的故国。

几个月前,他为了逃避这个时代,逃避周围的人,从正在交战的国家来到瑞士,感到他那残破不堪、伤痕累累、被恐惧和惊慌弄得烦乱不堪的心灵,在这里渐渐平复,伤口渐渐愈合。这里的景色使他心绪宁和,那纯净的线条和色彩呼唤他去从事艺术创作,因此每当眼前景色幽暗,就像在这破晓时分,浓雾把他眼前的一切全都遮盖之时,他总感到自己已和从前判若两人,并且又有动力推他向前。这时他心里突然对一切在山下笼罩在黑暗中的人们,对他故乡的人们,对那些也是这样沉没在远方的人们产生无限的同情,对他们和他们的命运有着无限的同情,无限渴望和他们紧密相连。

在雾霭中的什么地方,教堂钟楼的钟敲了四下,然后为了报时,又以更清亮的声音,敲了八下,钟声响彻三月的清晨。他觉得自己置身于高塔的尖端,说不出的孤独。眼前是广袤的世界,他的妻子在身后她梦乡的黑暗之中。他内心深处萌生强烈的欲望,想撕破雾气筑成的这道柔软的墙壁,到个什么地方去感受自己确已醒来,生命确实存在。他仿佛把目光从自己身上射向远方,他觉得在村子尽头,在坡下灰蒙蒙的一片之中,沿着曲曲弯弯的羊肠小道,道路一直向上延伸,通向山冈,仿佛那里有什么东西在慢慢地挪动,是人还是动物。很小的形体为薄雾所遮盖,走了过来,他先是感到一阵喜悦,除他以外居然还有人醒着,可同时也感到好奇,焦急、病态的好奇。那灰色的形体现在向前移动的地方,有个十字路口,通向邻村,或者通到山上:那陌生人似乎在那儿稍稍犹豫了一下,吁了口气,然后慢悠悠地沿着羊肠小道登上山来。

费迪南感到一阵不安。这陌生人是谁,他问自己,是什么无形的压力驱使他离开他昏暗的卧室的温暖,像我一样,走出门去,踏入这清晨的寒冷?他是要到我这儿来?他想找我干什么?现在,近处雾已稍散,他认出来了:这是邮差。每天早晨,钟敲八下,他就爬到这山上来。费迪南知道是他,也想象得出他那木然的脸,蓄着水手的红胡须,须根已经变白,还戴着一副蓝眼镜。他姓鲁斯鲍姆①,而费迪南则管他叫"鲁斯克纳克"②,因为他动作生硬,神态俨然。这个邮差总是把那黑色的大包威严地往右边一甩,然后庄

---

① 鲁斯鲍姆,德文意为"胡桃树"。
② 鲁斯克纳克,德文意为"胡桃夹子",柴可夫斯基的芭蕾舞剧《胡桃夹子》中的人物。

重地把信件交给人家。看到邮差一步一步地迈步登山,把邮袋挎在左边,努力迈动短腿,神色相当凝重地走着,费迪南不由得想笑。

可是突然间他感到自己的双膝直哆嗦。举到眼睛上的手像瘫痪了似的掉了下来。今天,昨天,这几个礼拜的不安,又一下子涌来。他心里感觉到,这个人正向他走来,一步一步地,是冲他一个人来的。他自己也不知道是怎么回事,就打开房门,从他酣睡着的妻子身边溜过去,急急忙忙地走下楼梯,沿着两旁都是篱笆的小道迎着来人走下坡去。在花园门旁,他碰上了邮差。"您有……您有……"他连说了三次才把话说出口来,"您有什么东西给我吗?"

邮差抬起沾满雾气的眼镜看看他。"是的,是的。"他猛地一下把黑邮包向右边一甩,伸出手指——因为在寒雾中冻得又湿又红活像粗大的蚯蚓——在信件中掏摸,费迪南索索直抖。邮差终于把信掏了出来,一个褐色的大信封,上面印着"官方文件"四个大字,下面是他的姓名。"请签字。"邮差说道,舔湿复写笔,把登记簿递给他。费迪南很快地写下了他的名字,由于激动,字迹无法辨认。

然后他抓过那只又红又肥的手递给他的那封信。但是,他的手指如此僵硬,信件从指间滑落,掉到地上,掉进湿土和潮湿的落叶之中。他弯下身子去捡信,一股霉烂的恶臭直冲他的鼻腔。

就是那件事。现在他知道几周来是什么东西扰乱了他内心的安宁了:就是这封信。他违心地期待着从荒唐、粗野的远方给他寄来的这封信,这封信寻找着他,用死板的、打字机打出的字句扑向他那热气腾腾的生命,扑向他的自由。他感觉到这封信从不晓得什么地方向他走来,就像一个在翠绿的密林中巡逻的骑兵,感觉到一根看不见的冷冰冰的枪管向他瞄准,里面装了一小粒铅丸,想射进他的肌肤深处。看来反抗是白费力气。他一夜夜在脑子里想来想去的那些小小的诡计,全是徒劳:现在他们还是找到他了。不到八个月以前在边界那边,他赤身裸体站在军医面前,因为寒冷和恶心而浑身发抖。那军医就像一个马贩子,捏捏他手臂上的肌肉。他从这种屈辱认识到,在这个时代,人的尊严已丧失殆尽,欧洲已堕落到奴役之中。两个月之久,他强忍着在爱国主义滥调的污浊空气中生活,但是渐渐地,他感到憋气。他身边的人张嘴说话,他就觉得看见他们舌头上粘着谎言的黄苔。他们的话,使他反感。看到冻得发抖的妇女们,天还没亮,就拿着装土豆的空口袋,坐在市场的台阶上,他的心都碎了:他攥紧双拳,到处溜来溜去,感到自己火气很旺,而且充满仇恨。由于自己的愤怒荏弱无力,他对自己也产生反感。多亏有人为他说情,他终于得以和他的妻子一起移居瑞士:他越过国境线时,血液突然涌上面颊。他脚步踉跄,不得不紧紧抓住柱子。他第一次又感到自己是人,感到生活、事实、意志、力量又属于他。他的肺叶张开,从空气中呼吸自由。祖国,现在对他来说只是监狱和压力。异国成了他的世界故乡,欧洲成了人类。

但是这种欢快、轻松的感觉并没有持续多久。恐惧又接着涌来。他感到,带着他的名字,他不知怎的还陷在后面这片血腥的密林之中,他感到有什么东西,他既不知道,也不认识,却知道他,不肯放过他,有一只彻夜不眠的冷冰冰的眼睛,从看不见的什么地方正窥视着他。他于是缩着脖子,躲在壳里,不看报纸,这就不会看到要他报到的命令,更换住宅,掩盖自己的踪迹,让人把信件都寄给他的妻子,留局待领,避免和人交往,免得人家提出问题。他隐姓埋名,遁迹于苏黎世湖畔的这个小村子里,向农民借了一幢小屋。他从不进城,而是派妻子去买画布和颜料。但是他始终很明白:在某一个抽屉里,在千万张纸片当中夹着一张纸。他知道,有一天他们不知何地,不知何时,会拉开这个抽屉——他听见,有人关上抽屉,听见打字机嘀嘀嗒嗒地响着,写下了他的姓名,他知道,这封信随后就会传来传去,直到最后把他找到为止。

如今这封信,冷冷地,具体地,在他的手指当中沙沙作响。费迪南努力使自己保持平静。"这张纸在这儿对我来说算得了什么?"他自言自语,"明天,后天,在这儿的灌木丛上将会开放出成千上万张,几十万张纸片,每一张都和这张一样和我无关。这'官方文件'四个字是什么意思?我非读它不可吗?我在人们当中并不担任什么官方职务,也没有任何官方职务可以把我管住。我的名字怎么在这儿——这难道就是我?谁能强迫我说,我就是它。谁能强迫我非读这里面写的东西不可?要是我读也不读就把它撕掉,纸片就一直飘到湖边,我就一无所知,别人也一无所知,没有一颗水珠会比原来更快地从树上滴落地上,我嘴唇呼出的气息也不会变样!除非我想要知道,我才知道有这张纸,它怎么可能使我不安?可我不想知道它。除了我的自由,我什么也不要。"

手指一使劲,想把那硬硬的信封撕破,撕成碎片。但是奇怪:肌肉不听他的使唤。他自己手上不知有什么东西违背他的意志,因为他的手不听使唤。他整个灵魂都希望他的手指把信封撕碎,它们却小心翼翼地把信封打开,哆哆嗦嗦地把一张白纸展开。上面写着他已经知道的事情:"号码 34.729F。根据 M 市区司令部的指示,请阁下至迟于三月二十二日前往 M 市区司令部八号房间报到,再次接受兵役合格检查。军方证件由苏黎世领事馆转交,为此,您务必亲自前往领取。"

一小时以后,他又走进房间,妻子笑吟吟地迎上前来,手里捧着一束没有扎好的春花,妻的脸庞无忧无虑,光彩照人。"瞧,"她说道,"我找到什么了!这些花就在那儿,在屋后的草地里盛开,而在树木之间的背阴地里还有残雪呢。"为了让妻高兴,他接过了鲜花,向花束弯下身子,免得看见他的心上人无忧无虑的眼睛,然后急匆匆地逃到小阁楼上,他的画室就布置在那里。

可是工作很不顺手。他刚把一块空白的画布放在面前,上面就突然出现那封信上用打字机打的字句。调色板上的颜料,看上去像是泥泞和鲜血。他不由得想到脓血和伤口。他的自画像放在半明半暗的地方,让他看见下巴下面有个领章。"疯狂!疯狂!"他大声嚷道,脚跺着地,把这些杂乱的图像驱走。但是他的双手索索直抖,膝盖下面的地面在摇晃。他不得不坐下,坐在小板凳上,缩成一团,直到他妻子叫他去吃午饭。

每一口饭都噎住他。上面,在嗓子眼里,塞着什么苦涩的东西,他每次都先得把它咽下去,而它每次又翻了上来。他弯着身子默默无语地坐着,发现妻在观察他。突然他感到妻的手轻轻地放在他的手上。"你怎么了,费迪南?"他没有回答。"你是不是得到坏消息了?"他只是点了点头,使劲地咽了一口唾沫。"军方的消息?"他又点点头。妻沉默了,他也沉默不语。这个思想一下子挺立在屋里的什物中间,粗大而又沉重,把一切全都挤到一边。它押手押脚黏黏糊糊地贴在刚动过的饭菜上,它像一只潮乎乎的蜗牛,爬到他们的脖子上,使他们直打寒噤。他们不敢彼此对望,只是弯着腰坐在那里,一声不响。这个思想形成的难以忍受的重负就压在他们身上。

最后,妻问道——她的嗓音里有什么东西破碎了——"他们叫你去领事馆了?"——"是的。"——"你去吗?"他哆嗦了一下,"我不知道。不过我不去不行啊。"——"为什么不去不行?你在瑞士,他们没法对你发号施令。你在这儿是自由的。"他从咬紧的牙齿缝里恶狠狠地喷出一句:"自由!在今天谁还有自由?"——"每个想要自由的人都有自由。你尤其自由。这是什么?——"她把他放在面前的那张纸轻蔑地扔在一边。——"这对你有什么约束力,这张废纸,一个可怜见的官厅书记员涂过的废纸,对你,对你这个活生生的人,对你这个自由自在的人有什么约束力?它能把你怎么样?"——"这张纸是没有力量,但是把它寄来的人可有力量。"——"是谁把它寄来的?是哪一个人寄来的?那是部机器,是架巨型的杀人机器。可是它抓不住你。"——"它抓住了千百万人,为什么偏偏抓不住我?"——"因为你不愿意。"——"那些人也不愿意。"——"可是他们当时没有自由。他们是站在枪林当中,所以他们就去了。但没有一个是自愿去的。没有一个人会从瑞士回到这地狱里去。"

妻控制住自己的激动,因为她看到,他很痛苦。她心里涌上一股同情,就像是对一个孩子。

"费迪南,"妻说道,依偎着他,"你现在设法头脑冷静地想想。你吓坏了,我明白,这阴险的野兽突然扑到你身上,这是会使人惊慌的。可你想想,我们是估计到这封信会来的。我们谈这种可能性已经谈了上百次。我为你感到骄傲,因为我知道,你会把它撕成碎片,你不会让你自己去干杀人勾当。你不知道吗?"——"我知道,鲍拉,我知道,但是……"——"你现在别说话。"她催促道,"你现在不知怎么搞的,已经给抓住了。想想我们的多次谈话,想想你写的那份材料——就在写字台左边的抽屉里——你在这文件上宣称,永远也不拿起一件武器。你已经下定决心……"他跳起身来。"我从来就不坚定,从来就心里没底。一切都是谎言,是躲避我的恐惧。我说这些话是为了自我陶醉。可是这一切只有在我还自由的时候才是真的。我从来就知道,他们一叫我,我就变得软弱。你说的吧,我在他们面前发抖?他们可什么也不是啊——只要他们没有真的到我心里去,否则他们就是空气,空话,什么也不是。可是我在自己面前发抖,因为我一向知道,他们一叫我,我就会去。"——"费迪南,你要去吗?"——"不,不,不。"他一跺脚,站了起来,"我不要,我不要,我心里一点儿也不愿意。可是我会违反我自己的意志去的。他们的威力的可怕之处,就是你会违背自己的意志,违背自己的信念去为他们效劳。如果你还有意志的话——可是你手里刚拿到这么一张纸,你的意志就化为乌有,你就服从。你又变成一个小学生:老师一叫,你就站起来,浑身发抖。"——"可是费迪南,谁在叫你呢?是祖国吗?是个书记员在叫你!一个百无聊赖的办公室的奴隶!再说,即便是国家也没权力强迫一个人去杀人啊,没有权力……"——"我知道,我知道。你现在再引证托尔斯泰的话吧!我可知道一切论据啊:你难道还不明白,我不相信他们有权力叫我去,不相信我有责任跟他们走。我只知道一种责任,那就是做人、工作。我在人类之外,别无祖国,我没有杀人的野心,这一切我都知道,鲍拉,这一切我和你一样看得清清楚楚——只不过,他们已经抓住了我,他们在叫我,我知道,尽管有上述种种,我还是会去。"——"为什么?为什么?我问你:为什么?"他呻吟道:"我不知道。也许因为现在世界上疯狂比理性更强。也许因为我不是英雄,正因为如此,我不敢逃走……我没法解释这事,这是一种说不清的压力:我没法砸烂这勒死了两千万人的锁链。我做不到!"

他把脸埋在两只手里。他们头上的时钟走来走去,活像一个站在时间岗亭前的哨兵。妻在微微地哆嗦。"有人在叫你去,这我明白,虽然我并不理解。可是难道你就没有听见这里也有呼唤你的声音吗？难道这里就没有什么东西值得你留恋？"他猛地跳了起来。"我的画？我的工作？不！我已经没法再作画了。今天我就感觉到这点。我已经生活在那边，不再生活在这里。现在，当全世界都变成瓦砾的时候，再为自己工作，这是犯罪。不该再为自己感受，不该再单单为自己生活！"

她站起来，转过身去。"我从来也不认为，你是单单在为自己生活着。我以为……我从前以为，我对你来说也是世界的一部分。"她说不下去了，泪如泉涌，使她语不成声。他想安慰她。可是在她的眼泪后面射出的却是愤怒，把他吓退了。"去吧。"她说道，"你去呀！我对你来说，算什么呢？还抵不上这一张废纸。那么你要走，你就走吧。"

"我不想去，"他用拳头无奈而愤怒地敲着桌子，"我不想去。但是他们要我去。他们坚强，而我软弱。他们几千年来锻炼了他们的意志，他们组织严密，诡计多端，他们早有准备，像个晴天霹雳，向我们袭来。他们有意志，而我只有神经。这是一场力量悬殊的斗争。你没法对付一台机器。倘若他们是人，你还可以抵抗。可这是一部机器，一部屠夫的机器，一台没有灵魂的工具，既没心脏，也没理性，你没法反抗它。"

"要是非反抗不可，是能够反抗的。"她现在像疯了似的叫道，"你不能反抗，我能！你要是软弱，我可不软弱，我不会屈服于这样一张破纸，我不会为了一句话把活生生的一条命送掉。只要我还能影响你，你不会去的。你病了，我敢保证。你是个神经质的人，盘子碰出声音，你就会吓一跳。每个医生都会看出这一点。你就在这儿进行体检吧，我跟你一起去，我将把一切都告诉医生。他们一定会放过你。你必须抵抗，咬紧牙关，坚决贯彻你的意志。你想想雅诺，你那位巴黎朋友：他让人把他关在疯人院里，观察了三

343

个月,他们用检查来折磨他,可是他挺过来了,直到他们把他放掉。你必须表示不愿意。千万不能投降。事关全局:别忘了,他们要你的命,你的自由,你的一切。你必须抵抗。"

"抵抗!怎么能抵抗?他们比所有的人都强,他们是全世界最强大的。"

"这话不对!只有在大家都愿意跟他们走的时候,他们才强大。人总比概念强大,但他必须保持他的人格,有他自己的意志。他必须知道他是人,想永远做人。那么,他们现在用来麻醉人的所有的话,祖国啦,责任啦,英雄业绩啦,全都会变成空话,发出血腥味,发出温热的活生生的人血的血腥味。你老实说吧,难道你的祖国就像你的生命一样重要?难道一个换了君主的省份,对你来说就和你用来作画的右手一样亲近?我们用我们的思想和我们的鲜血在我们心里树立一种无形的正义,你除了相信这种正义之外,还相信什么别的正义吗?不,我知道,不信!因此如果你要去,你是在对自己撒谎……"

"我不愿意去……"

"这不够,你已经根本没有自己的意志,你让人家决定你的意志,这就是你的罪行。你把自己交付给你深恶痛绝的东西,你为此投入你的生命。你为什么不愿意去干你自己信仰的事情?为你自己的思想流血——那好!可是为什么为别人的思想去流血?费迪南,别忘了,如果你有足够的意志,愿意保持自由,那么,那边的那些人会是什么呢?凶恶的傻瓜而已!如果你意志不够坚强,他们抓住你了,那你自己就是个傻瓜。你自己老是对我说……"

"是的,我说过,一切都说过,胡说一气,胡说一气,为了给我自己壮胆。我说过大话,就像孩子在阴森的树林里,因为心里害怕而唱歌一样。这一切都是谎话,现在我毛骨悚然地感觉到了这点。

因为我一直知道,他们要是叫我,我就去……"

"你去?费迪南!费迪南!"

"不是我!不是我!是我心里的什么东西去了——它已经走了。我跟你说过的,我心里的什么东西站了起来,像学童站在老师面前,浑身哆嗦,百依百顺!与此同时说的话,我全都听见,我知道,你的话一点不错,千真万确,符合人性,十分必要——这是我唯一该做,必须做的事情——这点我明白,我很明白,因此如果我去,那就非常卑鄙。但是我要去,我已经鬼迷心窍了!你瞧不起我好了!我自己也瞧不起我自己。但是我没有别的办法,我非去不可!"

他用两个拳头猛敲着面前的桌子。在他的目光里闪烁着一些迟钝的、兽性的、囚徒似的东西。她不敢直视他。她爱他,唯恐自己会瞧不起他。餐桌上的饭菜还没撤走,放着的肉已经冷却,活像死尸,面包又黑又皱,活像炉渣。饭菜闷热的蒸汽弥漫整个房间。她感到一阵恶心,直冲咽喉,对一切都感到恶心。她推开窗户。空气涌入房内;三月份湛蓝的天空在她轻轻抽搐的肩上升起,朵朵白云掠过她的秀发。

"看,"她说道,声音更低,"往外看!只看一次,我求你了。也许我说的话,并不全对。话总说不到点子上。不过我现在看到的,却是千真万确的,它不会骗人。山下有个农夫在扶犁,他年轻,强壮。为什么他不让别人把他杀死呢?因为他的国家没有打仗,因为他的田地离开那边有一段距离,那边的法律就不适用于他。你现在就在这个国家,那边的法律也管不着你。一项看不见的法律,只在若干个计程碑以内有效,越过这些碑石就不再有效,这样的法律能是真的吗?看到这里的和平景象,你难道感觉不到这种法律的荒唐?费迪南,你瞧,湖上的天空是多么晴朗,你瞧,这缤纷的色彩,正等着大家去观赏愉悦,你到窗边来,再对我说一遍,你愿意去……"

"我不愿意！我不愿意！你知道我不愿意去！干吗非要我看这些？我什么都知道,都知道,都知道！你只是折磨我！你说的每句话都使我痛苦。什么都对我无济于事！无济于事！"

看到他这样痛苦,妻子心软了。同情使她力量消失。她轻轻地转过身来。

"什么时候……费迪南……他们要你什么时候……到领事馆去？"

"明天！其实,昨天就该去了。但是这封信没送到我手里。他们今天才找到我。明天我非去不可了。"

"你明天要是不去呢？让他们等好了。他们在这儿拿你无可奈何。我们对这事并不着急。让他们等上八天吧。我写信告诉他们,你病倒在床上。我哥哥也这样干过,从而赢得了两个礼拜时间。最糟的情况,无非是他们不相信你,把领事馆的医生派到山上来。跟这位医生也许可以谈谈。不穿制服的人,总有更多的人性。也许他看见了你的画,认识到这样一个人是不该上前线的。就算这帮不了忙,至少也赢得了八天时间。"

他默不作声,妻感到,这沉默是反对她的意见。

"费迪南,答应我,你别明天就去！让他们等着。你得做点精神准备。你现在六神无主,他们爱怎么摆布你就怎么摆布你。明天没准他们还比较强大。过了八天,说不定你就比他们坚强。你想一想,这样做,我们往后的日子会多么美好。费迪南,费迪南,你听见了吗？"

她使劲摇晃他的身子。他目光空空洞洞地望着她。在这呆滞茫然的目光里,没有一点她说的话的痕迹。只有从她不知道的深处升起的恐惧和惊慌。渐渐地他才把心思收回来。

"你说得有道理,"他终于说道,"你说得对。这事不急。他们能把我怎么样?你说得对。我明天肯定不去。后天也不去。你说得对。难道这封信一定会找到我?我就不能出门去远足吗?我就不许生病吗?不行——我给那个邮差签了字。不过这没关系。你说得对。我得好好想想!你说得对。你说得对!"

他站起身来,开始在屋里走来走去。"你说得对,你说得对。"他机械地重复着,但是听上去并不完全信服,"你说得对,你说得对。"——他完全心不在焉地,思想迟钝地老重复着这句话。妻感觉到,他的思想是在别的什么地方,远远离开这里,早就跟那边的人在一起,早就置身于厄运之中。这没完没了的"你说得对,你说得对",只是从嘴唇边滑出来的一句话而已,她再也听不下去了。她轻手轻脚地走了出去,听见他还一连几个小时在房里踱来踱去。就像一个俘虏囚禁在他的牢房里。

晚上他仍然碰都没碰他的晚餐。他身上有一股子僵硬呆滞,心不在焉的神气。直到夜里,妻才在身边感觉到他活生生的恐惧;他紧紧搂住妻的柔软温暖的肉体,仿佛想逃到妻的身上,他热烈地抽搐着把妻紧紧搂在怀里。可是妻明白,这不是爱情而是遁逃。一阵痉挛,在他一阵热吻之中,妻感觉到一滴眼泪,苦涩带有咸味。然后他又默不作声地躺着。有时候妻听见他在呻吟,于是把手伸过去给他。他握住妻的手,仿佛在她手上找到了依傍。妻不说话;只有一次,妻听见他抽泣,便想安慰他:"你不是还有八天吗。现在别想这事。"——可是妻自己也感到羞愧,竟然劝他去想别的事情,因为从他冰凉的手狂跳的心,她感觉到,只有这一个思想占据了他,并且对他发号施令。没有任何奇迹能把他从这个念头中解救出来。

在这屋子里,沉默和黑暗从来没有像现在这样沉重。全世界的惊恐都冷冰冰地集中在这四壁之间。只有挂钟坚定不移地往前走着,这钢铁的哨兵,一步步地往前走着。妻知道,每走一步,这个人,她身边的这个心爱的活生生的人就离她远一步。她再也忍受不下去了,她跳了起来,把钟摆握住。现在再也没有时间了,只剩下恐惧和沉默。他们两个默默地躺着,挨在一起,一宿无眠,直到天明。在他们心里,思潮起伏,一刻不停。

他起床的时候,还依然是冬日清晨,光线昏暗,绒毛一样的寒霜浓雾沉重地笼罩在湖上,他迅速地披上衣服,犹豫不决、茫无头绪地从一个房间快步走到另一个房间,接着又走回来,直到他突然一把抓起帽子和大衣,轻轻打开屋子的大门。后来他常常回忆起,他的手碰到冰冷的门索索直抖,他胆怯地回头张望,看是否有人在一旁窥探他的行动。果然,他的狗像看见一个蹑手蹑脚的小偷似的向他扑来,认出是他,又低下头来温顺地让他爱抚,然后拼命地摆动尾巴,只想能陪他同行。可是他摆手把它赶了回去——他不敢出声。接着,自己也没有意识到他的慌张,就突然沿着羊肠小道,快步走下山去。有时候,他停下来,回头看看他的房子慢慢消失在雾气之中,然后他又被无形的力量推着往前,他跑了起来,磕磕绊绊地,仿佛有人在追他。他一直跑到山下的车站,到那儿才停住脚步,汗湿的衣服冒出热气,额上沁出了汗珠。

有几个农民和普通人站在车站上,他们都认识他,向他问好。有的人似乎情绪不坏,想和他攀谈,可是他躲开他们,缩到一边。他心里又羞又怕,现在没法和人家谈天。然而面对着这潮湿的铁轨空等一气,他又感到痛苦。自己也不知道在干什么,他站上一架磅秤,扔进去一枚硬币,望着挂在指针上面的那块小镜子,看见自己气色灰败、汗水淋漓、直冒热气的脸,一直等他走下磅秤,钱币在秤里掉下,叮当乱响,他才发现,他忘了看指针标的数目字。"我疯了,完全疯了。"他轻轻地喃喃自语。他对自己感到恐惧。他坐在凳子上,想强迫自己把所有的事情想想清楚。可是信号钟声在他身边猛然响起,吓得他直蹿起来。火车头已经在远处吼叫。列车轰隆轰隆地开来,他跳进一节车厢,有张报纸脏兮兮地掉在地上。他捡起报纸,直瞪着它,却不知道在读些什么。他只看见自己的双手拿着报纸,抖得越来越厉害。

列车停住。苏黎世到了。他摇摇晃晃地下车。他知道,那无形的力量要带着他到哪儿去,他感觉到他自己的意志在进行反抗,可是软弱无力,越来越弱。他还不时进行小小的意志力的检验。他站在一个广告牌前面,强迫自己从头到尾把这广告读上一遍,以此证明他还能自由地控制自己。"我不着急。"他小声地对自己说。可是这句话还挂在这喃喃自语的唇上,那无形的力量已经带着他往前走去。他心里烦乱不堪,焦躁异常,就像一台马达,催他向前。他束手无策,东张西望,想找一辆汽车。他的双腿一个劲地哆嗦。有辆汽车从旁开过。他叫住车子,跳了上去,像个自杀的人一头栽进河里。报了街名:领事馆的那条街。

汽车呼的一下驶去。他身子往后一靠闭上眼睛。他觉得自己仿佛风驰电掣般驶向深渊。他觉得汽车以高速度把他带向他的命运,这速度给他一种轻微的快感。这样被动地待着,他觉得很舒服。车已经停住。他下车付了钱,跨进电梯。不知怎的,这种快感又一次出现,这样机械地让人驱车疾驰,并且被电梯带着直往上升,仿佛不是他自己在干这一切,而是一股力量,那陌生的捉摸不定的力量,在强迫他这样干。

领事馆的门还关着。他摁了一下门铃。没人回答。他的心猛

349

地一抽:回家,快走,快下楼梯! 可是他又摁一次门铃。门里响起拖沓的缓慢的脚步声。一个仆人折腾半天把门打开,穿着衬衫,手里拿着抹布,显然是在打扫各个办公室。"您要干吗……"仆人没好气地冲着他嚷道。"通知我……到领事馆来的。"他结结巴巴地说道,居然在一个仆人面前这样语无伦次,他又感到无比羞愧。

仆人生气地转过身子,放肆地说道:"您就不能念一念下面牌子上写的:办公时间是十点至十二点,现在这儿没人。"不等他说话,仆人就砰的一下把门关上。

费迪南站在那里,缩成一团。心里感到羞愧。他看了看表。现在是七点十分。"疯了! 我是疯了!"他喏嚅地说道。像个年迈苍苍的老人,哆哆嗦嗦地走下楼梯。

两个半小时——这段空白的时间他觉得可怕,因为每等一分钟,他就感到耗去一分力量。现在他振作起来,有所准备,一切都预作周密思考,每句话都要说得恰当妥帖,整个场面都在心里预演了一遍。可现在这两个小时像道铁幕落在他和他那贮存的力量之间。他惊慌失措地感到,心里的全部热劲已经消散,想好的话在仓皇遁逃之际奔突乱窜互相碰撞,一句一句地从他的记忆里抹去。

他原来是这样设想的:他一到领事馆,立即让人通报要见负责军事事宜的处长,他和此人有一面之交。有一次他在朋友那里认识了这位处长,并且和他谈了一些无关痛痒的事情。不论怎么说,他反正认识他的对手,一个贵族分子,穿着时髦,善于交际,自以为态度友好,为此沾沾自喜。喜欢表现自己为人慷慨,心胸宽大,竭力不使自己以官员的面貌出现。这些人都有这种虚荣心,他们不知怎的都希望被人看成是外交官,是能够自己做主的人物,费迪南就打算押宝押在这一点上:让人通报,带着社交界彬彬有礼的风度，先和此人泛泛地谈谈一般性的事情，然后问起他夫人是否安好。这位处长必然会给他让座，递上香烟，然后看他沉默不语便客客气气地问道："有什么事我能为阁下效劳？"得由这位处长开口问他，这点很重要，不可忘记。接着他就相当冷漠，无动于衷地答道："我收到一封信，要我到 M 市去进行体检。这想必是个误会。我当时曾经明确无误地被宣布是不适合服兵役的。"这话必须说得非常冷淡，让此公马上看出，他把这件事只看成小事一桩。这位处长紧接着便——他很熟悉这人漫不经心的神气——拿起这封信来，向他解释，这次只不过是复查，他想必在报纸上早已看到过军方的要求，以前体检不合格的人这次也得报名参加。接着他就又一次非常冷淡地耸耸肩膀，说道："原来如此！我根本不看报，我没那份时间。我得工作。"对方想必马上就会看出，他对这场战争是多么漠不关心，是多么自信，多么无拘无束。这位处长当然得向他解释，他必须服从这个要求，处长本人对此深表遗憾，不过军事当局以及其他等等，说到这里，大概是态度严厉的时候了。"我明白，"他必须这样说，"可是我现在完全无法中断我的工作。我已经和人家有约在先，要举办一次我个人全部作品的画展，我不能把我的合作者弃之不顾。我说了话就要讲信用。"他接着要向这位处长建议，或者推迟他体检的日期，或者让这里领事馆的医生为他复查。

到此为止，一切都蛮有把握。从这里开始，便会出现几种可能性。要么这位处长干脆利索地表示同意，那么至少赢得了时间。可是万一此人客客气气地——以那种冷冰冰的、躲躲闪闪的神气突然摆出公事公办的面孔——向他解释，这可超出了他的职权范围，无法通融。那就必须显出坚决的态度。他必须首先站起身来，走近桌子，声音坚定，必须非常非常坚定，不屈不挠，以一种发自内心的果断口气说道:"这点我明白,不过请您记录在案,本人由于经济方面的责任,无法立即应召,我得先尽这道义上的责任。为此推迟三周。本人自担风险。不言而喻,本人并不想逃避对祖国应尽的义务。"对于这几句挖空心思想出来的话,他特别得意。"记录在案""经济方面的责任"——这些词听上去就事论事,全是公文的腔调。倘若这位处长还让他注意这件事情法律上的后果,就该把嗓音变得更加严峻,冷漠地及时了结这段公案。"我懂得法律,也很清楚法律上的后果。但是对别人的承诺,对本人来说便是最高的法律。为了遵守这个法律,本人必须承担任何风险。"然后迅速地鞠一躬,干脆利索地中断这次谈话,向门口走去!必须让他们看看,他并不是普通的工人或者学徒,等着人家打发他走,而是一个自己做主的人,谈话什么时候结束,由他做出决定。

他踱来踱去,把这场该说的话默默地背诵了三遍,整体结构、语气他都非常满意,他已经迫不及待地盼着那个时刻到来,就像演员等着人家暗示,好接着说出自己的台词一样。只有一处他还觉得不太称心:"本人并不想逃避对祖国应尽的义务。"谈话必须多少有点爱国主义的客气成分,这点必须要有,以便让人家看到,他并不是执意违抗,不过还没做好准备,他虽然承认——当然只是在他们面前承认——这必要性,但并不认为适用于他自己。——"爱国主义的责任"——这个词书卷气太重,太像陈词滥调。他考虑了一下,也许换成:"我知道,祖国需要我。"不行,这更可笑。或者最好是:"我并不想逃避祖国对我的召唤。"这样是好一些。不过也不行,这一处他不喜欢。奴气太重,这样鞠躬,身子多弯了几厘米。他继续斟酌。最好说得非常简练:"我知道,我的责任是什么。"——对,这才对。这句话可以翻过来倒过去,可以理解也可以误解。听上去简洁明确。这句话完全可以说得独断专行:"我知道,我的责任是什么。"——几乎像是个威胁。现在一切都很妥帖。但是,他又神经质地看了看表。时间还是过得太慢,现在才八点。

他沿着马路信步向前,不知道往哪儿去。于是他走进一家咖啡馆,想看看报纸。可是他感到,那些字句使他心烦,报上也到处写着祖国和责任,这些词句扰乱了他的方案。他喝了一杯甜酒,又喝第二杯,为了压一压他喉咙口的苦味。他苦思冥想如何打发这些时间,一面把他假想的谈话碎片一而再地拼凑起来。突然他摸了摸自己的面颊:"没刮脸,我没刮脸!"他急忙跑到对面理发馆去,剃头,洗发,花去了他半小时的等待时间。接着,他又想起,他必须穿着时髦。这在领事馆里非常重要。他们对穷鬼才趾高气扬,呼幺喝六,你要是衣着时髦,谈笑自若,举止潇洒,他们就立刻对你另眼相看。这个想法使他陶醉。他让人家把他的外套刷得干干净净,跑去买了一副手套。他挑来挑去,费了不少心思。黄颜色,不知怎的过于扎眼,太像花花公子;珠灰色收敛些,效果更好。然后他又在马路上瞎逛。在一家裁缝铺的镜子面前,他把自己端详一番,正一正领带。手上还显得空空的,他忽然想到,拿根手杖可以使他的访问显得随随便便,满不在乎。他又赶快跑过去,挑选了一根手杖。等他走出商店,钟楼上正好敲响九点三刻。他再一次背诵他的台词。棒极了。新的版本是:"我知道,我的责任是什么。"现在这是最强有力的一句。他现在心里有底,非常坚定地迈开大步,跑上楼梯,轻快得像个男孩。

一分钟以后,仆人刚把门打开,他心里猛地一惊,感到他可能打错了算盘,这使他心烦意乱。一切都不像他所预期的那样。他问起那位处长,仆人对他说,秘书先生有客。他得等一等。说着,不大客气地指了指一排椅子当中的一张,已经有三个人苦着脸坐在那儿。他愤慨地在座位上坐下,心含敌意地感觉到,他在这儿只不过是处理一件事情,了结一个问题,只不过是个案件。他旁边的人在互相诉说他们藐小的命运;其中一个哭腔哭调有气无力地说道,他在法国拘留营里关了两年,这儿人家也不愿预支他回国的路费;另一个抱怨在任何地方都没有人帮他找一份工作,他有三个孩子。费迪南气得心里直颤:他们是让他坐在申请救济者的座位上。他发现,这些小人物低三下四可又怨气冲天的样子不知怎的惹他冒火。他想把那番讲话再从头到尾理它一遍,可是这些家伙的胡言乱语扰乱了他的思路。他恨不得冲着他们大叫:"住口,你们这些无赖!"或者从口袋里掏出钱来打发他们回家,但是他的意志完全瘫痪,他和他们一样,手里拿着帽子,跟他们坐在一起,另外,不断的人来人往,在房门口进进出出,也使他心乱如麻。每个人走来他都担心是个熟人,会看见他在这儿坐在申请救济者的座位上。只要有扇门打开,他心里就已经跳了起来,做好准备,然后又失望地缩了回去。他越来越清楚地感到,他现在必须走掉,赶快逃走,趁他的精力还没有完全消失。有一次他振作起来,起身对那个像警卫一样站在他们身边的仆人说道:"我可以明天再来。"可是仆人却安慰他:"秘书先生马上就有空了。"他的膝盖立刻弯了下来。他在这儿是个俘虏,没有反抗。

终于衣裙窸窣作响,一位太太走出门来,满脸笑容,神气活现地以一种优越的目光骄矜地从等候着的人们身旁走过。仆人已经在喊:"秘书先生现在有空了。"费迪南站起来。他发现他把手杖和手套放在窗台上了,可是发现得太晚,要返回去已不可能,门已经打开,回头看了半眼,被这些杂乱无章的思想弄得昏头昏脑,就这样,他走了进去。处长坐在办公桌旁看什么东西,现在抬头匆匆看了一眼,和他点点头,并没有请这位等着的来者坐下,客气而又冷淡地说道:"啊,我们的艺术大师①。马上就完,马上就完。"他站起来,向旁边的房间叫道:"请把费迪南·R的档案拿来,前天就办好了,您知道的,召集令已经寄上。"说着他已经又坐了下去,"连您也要离开我们了!好吧,但愿您在瑞士的这段时间过得很好。话说回来,您气色很好。"说着已经在匆匆地翻阅文书给他拿来的档案,"前往M市报到……对……对……没错……一切都没问题……我已经叫人把证件都准备好了……您大概用不着旅费补偿金吧?"费迪南站着,心里没底,听见自己的嘴唇结结巴巴地说道:"不用……不用。"处长在那张纸上签了名,把纸递给他:"原来您是应该明天就起程的,不过事情也不是那么急如星火。让您最后一幅杰作上的油彩干一干吧。倘若您还需要一两天来处理一下您的各种事情,就由我来承担责任吧。祖国也不在乎这一两天。"费迪南感到,这是一个玩笑,应该对此微笑一下,他的确怀着内心的恐惧感觉到,他的嘴唇彬彬有礼地弯了一弯。"说几句,我现在得说几句。"他心里在翻腾,"别像根棍似的这样站着。"终于他挤出了两句:"应征入伍的命令就够了……我另外……不需要护照了吗?""用不着,用不着。"处长笑道,"在国境线上不会有人找您麻烦的。再说,您已经报到了。好吧,一路平安!"处长把手伸给他。费迪南感到这是打发他走。他眼前一黑,赶快摸到门边,心里直犯恶心。"往右,请往右走。"他身后的声音说道。他走错门了。处长这时已经给他把那扇正确的出去的门打开,他在神志昏乱之中觉得看见处长脸上挂着一丝微笑。"谢谢,谢谢……您不必费心了。"他还结结巴巴地说道,而对自己这种多此一举的礼貌心里

---

① 原文为拉丁文。

直冒火。刚走到外面,仆人把手杖和手套递给他,他就想起:"经济方面的责任……记录在案。"他这辈子从来没有这样羞愧过:他还向此人表示感谢,彬彬有礼地表示感谢!但是他连愤怒也愤怒不起来。他脸色苍白地走下楼梯,只感到走路的并不是他自己。那股力量,那股陌生的、毫无怜悯之心的力量,已经攫住了他,这股力量把整个世界踩在自己脚下。

下午很晚他才回到家里。他脚后跟作痛,一连几小时,他漫无目的地到处乱跑,三次路过家门又退了回去;最后他想从后面通过长满葡萄的山坡,从隐蔽的小道溜回家去。可是那条忠实的狗已经发现了他。它狂吠乱叫,扑到他身上,热情地猛摇尾巴。他的妻子站在门口,他一眼就看出,她什么都知道了。他一句话也不说,跟着妻走了进去,他羞愧得抬不起头来。

可是妻没有发火。她并没有看他,显然避免使他痛苦。妻把一些冷肉放在桌上。他顺从地坐下,这时妻走到他的身边。"费迪南,"妻说道,声音颤抖得很厉害,"你病了。现在没法和你说话。我不想责备你,你现在的行动可不是发自内心,我感觉到你是多么痛苦。但是有一点请你答应我,在这件事上,你事先不和我商量,请不要采取任何行动。"

他沉默不语。他妻子的声音变得更加激动。

"我从来没有干预过你的个人事务,让你一直有做出决定的充分自由,这曾是我的荣誉感之所在。但是你现在不仅在玩弄你自己的生命,也在玩弄我的生命。我们花了好几年的时间来建设我们的幸福,我不会像你这样轻易地把我们的幸福放弃,为了国家,为了杀人,为了你的虚荣心和你的软弱。不会把它放弃给任何人,你听见了吗,不会给任何人!你在他们面前软弱,我可不软弱。

我知道这关系到什么。我绝不让步。"

他一直一声不吭,这种奴性十足自觉有罪的沉默,渐渐使妻冒起火来。"我不会让一张破纸从我身边夺走任何东西,以谋杀告终的法律我是概不承认的。我不会在任何衙门面前折断我的脊梁骨。你们这些男人现在都被各种意识形态给毁了,想的是政治和伦理,我们女人的感觉却直截了当。我也知道祖国意味着什么,但我知道,今天她是什么:是谋杀和奴役,你可以属于你的人民,但是如果各国人民都发疯了,你用不着和他们一起发疯。如果你对他们来说只是数字、号码、工具、炮灰,我却觉得你是一个活生生的人,我拒绝把你交给他们。我不放弃你。我从来没有狂妄自大到为你做出什么决定,但是现在,我有责任保护你;迄今为止我一直是个头脑清楚的人,知道心里想干什么,而现在你已经变成了一部昏头昏脑、破烂不堪、只会尽责任的机器,意志力已经完全被摧毁,就和那边的千百万牺牲品一样。他们为了逮住你,已经抓住了你的神经,可是他们把我给忘了,我从来没有像现在这样坚强。"

他径自呆滞地沉默不语。在他身上已经没有任何抵抗力,既不抵抗别人,也不抵抗她。

妻挺直了身子,像一个战士准备战斗。她的嗓音坚定、果断,充满力量。

"他们在领事馆跟你说了些什么?我要知道。"这句话就是一道命令。他疲惫不堪地拿出那张纸,递给她。妻皱起眉头读了一遍,咬紧牙关。然后带着鄙夷的神情把它扔在桌上。

"这些先生们倒挺着急的!明天就得走!你大概还向他们表示了感谢,把脚后跟碰得咔嚓一响,摆出唯命是从的样子。'明天前去报到'!前去报到!还不如说:前去做奴隶。不,还没有到这种地步!还远远没到这种地步!"

费迪南站起来。他脸色苍白,他的手痉挛地抓住沙发。"鲍拉,咱们别自己骗自己了。已经到了这种地步!你找不到出路。我曾经试图反抗。可是不行。我就是——这张纸。即使我把它撕成碎片,我也依然是它。别再让我心烦了。反正在这儿没有自由。每个小时我都会感到,在那边有什么在召唤我,在摸索着找我,在拉我,拽我。到了那边我会感到轻松些,在监狱里也会有一种自由。只要你还在国外,觉得自己在逃来逃去,你就一直不会觉得自由。再说,为什么马上就想到最坏的结果?他们第一次把我退回来了,为什么这次就不会把我退回来呢?说不定他们不发武器给我,我甚至可以肯定,我会得到某种轻松的差使。为什么马上就想到最坏的可能性?也许根本就不是这么危险,也许我会交上好运。"

他的妻子寸步不让。"现在问题已经不在这里,费迪南。不在于他们给你的差事轻松或者沉重。而在于你是否为你深恶痛绝的人去效劳。你是否愿意违背你的信念,参与这世界上最大的犯罪行为。因为谁不拒绝,谁就是帮凶。你可以拒绝,所以你必须拒绝。"

"我能拒绝?我什么也不能,什么也干不了啦!从前使我坚强的一切,我对这种疯狂的反感,仇恨和愤怒,这一切,如今把我压垮了。别折磨我了,我求你,别折磨我,别跟我说这样的话。"

"不是我说这样的话。你应该对自己说,他们没有权利来支配一个活人。"

"权利!好一个权利!现在这世界上哪儿还有权利?人家已经把权利给谋杀了。每个人都有自己的权利,可是他们,他们却有权力,现在权力就是一切。"

"他们为什么拥有权力?因为你们把权力给了他们。你们胆怕一天,他们就拥有权力一天。人类现在称之为怪物的一切,是由世界各国十个意志坚强的人组成的,十个人又可以把这一切加以摧毁。一个人,一个活人若不承认这权力,这权力就得完蛋。可是只要你们缩着脖子说,也许我能滑过去,只要你们躲来躲去,想从他们指缝中溜过去,而不是一举击中他们的心脏,那么你们就一直是他们的奴才,不配有更好的待遇。一个人,如果他是个男子汉,就不能自己趴倒在地;你得说'不',而不是任人宰割,这才是你今天唯一的责任。"

"可是鲍拉……你想什么……我应该……"

"如果你心里说'不',你就应该说'不'。你知道,我爱你的生命,爱你的自由,爱你的工作。可是如果你今天对我说,我必须到那边去,跟手枪去诉说权利,如果我知道,你非这样做不可,那我将对你说:你去吧!可是如果你为了一个你自己也不相信的谎言回国去,由于软弱,由于神经质,由于抱着可以滑过去的希望,那我就看不起你。是的,我就看不起你!你若是作为人,为了人类,为了你的信念要回国去,我不拦你。可是为了在野兽当中去当个野兽,在奴隶当中当个奴隶,那我就坚决反对你回去。你可以为你自己的思想而牺牲自己,而不应该为了别人的疯狂。让那些相信这种疯狂的人去为祖国而死吧……"

"鲍拉!"他不由自主地站了起来。

"你是不是觉得我的话说得太没遮拦了?你是不是已经感到下级军官在你背后用军棍抽你?你别害怕!我们还在瑞士。你要我沉默不语或者对你说:你不会出什么事的。可是现在已经没有时间来多愁善感了。现在事关全局,关系到我和你!"

"鲍拉!"他又试图打断她。

"不,我已经不再同情你。我是把你当作一个自由人才选择你,爱你的。我看不起软骨头和自欺欺人的家伙。为什么要我同情你？在你心目中,我算什么呢？一个军曹涂满了一张废纸,你马上就抛弃我,跟着他跑。可是我不让人家把我抛弃之后,又捡起来:现在你决定吧！是要他们还是要我！是看不起他们还是看不起我！我知道,如果你留下,我们会遭到沉重的打击,我将再也见不到我的父母和兄弟姐妹,他们会阻止我们回国,可是我认了,只要你跟我在一起。但是你现在如果把我俩拆散,那就是永远分手。"

他只是一个劲地呻吟。可是妻却因为怒火中烧而劲头十足。

"要我,还是要他们！第三条道路是没有的！费迪南,趁现在还有时间,你好好想想。我常常觉得很伤心,因为我们没有孩子。现在我第一次为此感到高兴。我不想给软骨头生孩子,不愿抚养战争的孤儿。我从来没有比现在更依恋你,而我却使你痛苦。但是我跟你说:这次出走不是演习,这是离别。你若是为了应征入伍,为了追随这些身穿制服的杀人犯而离开我,那这一去就不用回来了。我不和罪犯分享一个人,不和吸血鬼,不和国家分享一个人。有他无我。你现在自己选择吧！"

妻已经走到门口并且在身后把门使劲关上,他还浑身哆嗦地站着。门砰地一响震得他膝盖发软。他只好坐下缩成一团,脑子麻木,一筹莫展。脑袋无力地倒在两个握紧的拳头上。他终于爆发出来:他像一个小孩似的失声痛哭。

整个下午妻不再进房间,可他感觉到,她的意志就站在门外,敌意森然,全副武装。同时他也知道,那另一个意志,一个钢铁的驱动轮,冷冷地插进他的胸中,驱使他向前。有时候他试图把各个细节从头到尾细想一遍,可是思想老是集中不起来。他呆呆地坐在那里沉思,而这时候,他最后一丝安宁已经粉碎,他变得心烦意乱,坐立不安,只感到他生命的两端似乎被超人的力量所抓住,在使劲地往外拽,他只盼能从中间断裂成两半。

为了找点事做,他去翻弄书桌的抽屉,撕掉一些信件,瞪眼看着另外一些信件,可一句话也看不明白,摇摇晃晃地在屋里走动,又坐下去,烦躁使他跳起,疲劳又使他坐下,弄得他精疲力竭。他蓦地感到他的手正在整理旅途所需的物品,从沙发底下把背包拉出来,他直瞪着自己的双手,这双手用不着他的意志,自己就目标明确地把这一切都做了。当背包突然收拾停当放在桌上的时候,他开始浑身发抖,他觉得两个肩膀变得沉重,仿佛这背包已经压在上面,里面装着这时代的全部重量。

门开了,妻走了进来,手里拿着煤油灯。灯放在桌上,发出一圈亮光,照着准备好的背包。隐蔽的耻辱,如今被灯光照亮,从黑暗中显现出来。他结结巴巴地说道:"这只是为防万一⋯⋯我还有时间⋯⋯我⋯⋯"可是一道目光,凝固不动,坚如石头,毫无表情,打断了他说的话,使之消散。妻凝视着他,长达几分钟,牙齿咬着抿紧的嘴唇,残忍而又顽强。她一动不动,最后像要晕厥似的身子微微摇晃,把目光射到他身上。她唇边的紧张松弛下来。可是她背过身去,一阵抽搐从她的肩头传到全身,她没有回头,就离他而去。

几分钟后,使女走来,端来了他一个人的饭菜。他旁边惯常由妻坐的那个座位空着。他心里充满了难以名状的感觉,一眼望过去,看到了残酷的象征:背包就放在小沙发上。他觉得,他已经走了,已经离去,对于这幢房子来说,业已死亡:墙黑黝黝的,煤油灯的光圈照不到墙上。屋外,在陌生的灯光后面,山风凛冽的夜晚使人感到压抑。远方一切都静谧无声,高邈的天空无言地覆盖着地面,只增添了寂寞之感。他感到,身边的一切,房子、景色、作品和妻子,一件一件地在他心里死去,他那波澜壮阔的生活也突然干涸,紧压着他那突突跳动的心脏。他突然感到需要爱情,需要温暖亲切的话语。他感到自己准备接受一切忠告,只要能重新回到往日生活的轨道上来。悲愁超过了阵阵涌来的烦躁,他像孩子似的渴望得到小小的温存,这使离别时高昂激越的感觉化为乌有。

他走到门口,轻轻地碰了一下门把。它动也不动。门上了锁。他迟疑地敲敲门,没有回答。他再敲一次。他的心也跟着怦怦直跳。一切都沉寂无声。于是他知道:一切都完了。一阵寒气向他袭来。他关了灯,和衣躺在沙发上,盖上他的毯子:他现在一心希望一切都坍塌和遗忘。他又一次仔细倾听。似乎觉得听见近处有什么声音。他向房门的方向谛听。房门僵硬地站在木头门框里。什么声音也没有。他的脑袋又倒了下去。

突然下面有什么东西轻轻地碰他。他吓得直跳起来,可是惊吓很快就变成了感动。那条狗刚才跟着使女溜进门来,趴在沙发底下;现在蹭到他身边来,用温暖的舌头舔他的手。动物的无知的爱使他心里感到无比温暖,因为这爱来自已经死灭的宇宙,因为它是往日生活中最后一点还属于他的东西。他弯下身子像拥抱人似的抱着那条狗。他感到,这世界上居然还有一点东西爱他,不轻视他。我对它来说还不是机器,不是杀人工具,不是驯服的软骨头,而是通过爱,互相亲近的人。他一个劲地用手温柔地抚摩那柔软的毛皮。狗跟他挨得更近,仿佛知道他的孤独。他们两个一起轻轻地呼吸,渐渐地都沉沉入睡。

等他醒来,他又神清气爽,在闪亮的玻璃窗外,是个晴朗的清晨的曙光:山风已经吹走了蒙在万物之上的阴影,湖面晶莹闪亮,映出远山白色的轮廓和连绵不断的山峦。费迪南一跃而起,由于睡过了头还有些晕晕乎乎,目光触及已经打好的背包,他就完全清醒过来。一下子他什么都想起来了。可是在大白天,一切显得轻松一些。

"我干吗把这背包打起来?"他问自己。

"干吗?可我还不想出门呢。现在春天来临。我要作画。并不是那么火烧眉毛。他不是自己跟我说了吗,还有几天时间。连动物也不会自己跑到屠宰场去。我妻子说得对:这是对她,对我,对大家的犯罪行为。说到底他们也不会把我怎么样。如果我晚一些到达,说不定会关我几个礼拜禁闭,可是当兵不也是坐牢吗?我在社会地位上毫无野心。是的,我觉得,在这个奴役的时代不唯命是从是个光荣。我不再想出发了。我待在这儿。我要先为我这儿的风景作画,以便我日后知道,我曾经在什么地方有过幸福的时光。在这幅画没有装进画框之前,我是不走的。我不让人家把我像头母牛似的赶来赶去。我不着急。"

他拿起背包,把它挥动起来,扔到墙犄角里。他在扔的时候感到自己坚强有力,感到心情舒畅。他在他神清气爽之际,迫切想要试试他的意志力。他从皮包里取出那张纸,想把它撕掉,他把纸条展开。

可是真怪,这些军方的词句发出的魔力又重新控制住他。他开始读起来:"您务必……"这句话打到他的心上。这仿佛是道不容违反的命令。不知怎的,他感到自己摇晃起来。那无名的东西又从他心里升起。他的手开始索索直抖。力量消失净尽。不知从哪儿涌来一股寒气,就像吹过一道穿堂风,心里又感到不安,陌生意志那钢铁钟表的机簧又开始在他心里转动,所有的神经都紧张起来,一直绷到手脚的关节。他不由自主地看了看钟。"还有时间。"他喃喃自语,可是不明白自己到底指的是什么,是指驶向边境的早车,还是他自己定的期限。这种神秘的内心抽动犹如席卷一切的猛然退落的潮水,又冒了出来,比以往更加强烈,因为碰到最后的反抗,同时又心生恐惧,某种一筹莫展的恐惧,唯恐就要屈服。他知道:现在要是没有人拉住他,他就完了。

他摸到妻子房间的房门,使劲地侧耳倾听。毫无动静。他的指关节犹犹豫豫地敲敲门。一片沉寂。他再敲一次。仍是一片沉寂。他小心翼翼地摁下门把。门没上锁,可是室内空无一人,床上没人,被褥零乱。他吓了一跳。轻轻地呼唤妻的名字,没有回答。他更加不安:"鲍拉!"然后他满屋子大声喊叫,像一个遭到突然袭击的人:"鲍拉!鲍拉!鲍拉!"没有一点动静。他摸索着走进厨房。厨房里空无一人。他怅然若失,这可怕的感觉在他心里颤抖。他摸到楼上他的画室里,也不知是想干什么:是想向画室告别还是想让画室挽留住他。可是这里也没人。就是他那条忠犬也不见踪影。大家都抛弃了他,寂寞之感强劲地向他袭来,摧毁了他最后的一点力量。

他又穿过空荡荡的屋子回到他的房间,抓起他的背包。不知怎的,他屈服于这无形的压力,反而觉得自己轻松了不少。"这是妻的过错,"他自言自语,"她一个人的过错。她为什么走掉?她应该留住我才对,这是她的责任。她完全可以救我于困境之中,可是她已经不愿再救我了。她看不起我。她的爱已经消失了。她让我跌倒:所以我就跌倒了。我的鲜血洒在她身上!这是她的过错,不是我的,是她一个人的过错。"

在房子前面,他再一次转过身去。是不是会从什么地方传来一声呼唤,一句充满爱情的话。是不是有什么东西想用拳头砸烂他心里那台叫人服从的钢铁机器。可是没人说话。没人呼喊。没人露面。大家都抛弃他了,他感到自己已掉进无底深渊。他蓦然心生一念,再走十步走到湖边,从桥上纵身跳下,没入宏大的平和之中,是不是更加好些。

教堂塔楼的钟声响起,沉重而又严峻。从平素如此可爱的晴空降下这严峻的呼声,像猛抽一鞭,把他惊起。还有十分钟:然后列车就要开来,然后一切就都过去,干净彻底,无可挽救。还有十分钟:可是他已经不再感到这十分钟是自由,他像有人追赶,拼命地向前奔去,摇摇晃晃,跑跑停停,气喘吁吁地向前跑,唯恐误车,吓得要命,越跑越快,越跑越急,直到他突然跑到月台上,几乎和栏杆前的什么人撞个满怀,他才止步。

他大吃一惊。背包从他不住哆嗦的手上滑落。站在面前的是他的妻,脸色苍白,一夜没睡的样子,充满严肃悲哀的目光向他身上射来。

"我知道,你会来的。三天前我就知道了。可是我并不想离开你。从一清早我就等在这里,从头班车等起,我将在这儿等到末班车。只要我还有口气,他们就别想抓到你。费迪南,你好好想想啊!你自己不是说过,还有时间,干吗这么着急?"

他忐忑不安地直瞪着妻。

"只不过……我已经报名了……他们在等我……"

"谁在等你?奴役和死亡也许在等你。此外没有别人!你快醒悟吧,费迪南。你感觉一下,你现在还是自由的,完全自由,谁也没有力量控制你,谁也不能对你发号施令,你听见吗,你是自由的,自由的,自由的!我要千百遍地对你说,上万遍地对你说,每小时每分钟对你说,直到你自己也感觉到,你是自由的!自由的!自由的!"

"我求求你。"他轻声说道,两个农民从旁走过,好奇地转过头来,"别说得这么大声。人家都在看……"

"人家!人家!"她愤怒地叫道,"人家跟我有什么相干?要是你给炮弹打得血肉横飞,或者打断了腿,瘸着走回家来,人家帮得了我什么忙?什么人家,人家的同情,人家的爱,人家的感激,我一概嗤之以鼻——我只要你这个人,你这自由的活人。我要你自由,自由——符合人的身份,不要你去当炮灰……"

"鲍拉!"他想设法使这个冒火的女人息怒。妻将他一把推开,"你快给我丢开你那胆怯的、愚蠢的恐惧!我是在一个自由的国家,我想说什么就可以说什么,我不是奴才。我不放你回去做奴才!费迪南,你要是坐车走,我就扑在火车头前面……"

"鲍拉!"他又把妻抓住。可是她脸上突然显出痛苦的表情。"不,"她说道,"我不想撒谎。说不定我也太胆怯。千百万妇女在人家把她们的丈夫,他们的儿子拖走的时候,都太胆怯——没有一个女人做出她们必须做的事情。我们也中了你们怯懦的毒。要是你乘车走了,我将做些什么呢?呼天抢地痛哭一场,跑到教堂里去求上帝保佑你得到一个轻松的差使。然后说不定还去嘲笑那些没有去的人。在这个时代一切都有可能。"

"鲍拉。"他握住她的双手,"既然这是非干不可的事,你何必使我心情这么沉重?"

"要我让你轻松一点?不,就得让你心情沉重,无限沉重,要尽我所能地让你心情沉重。我站在这里:你必须用你的双脚把我踩烂。我绝不放你走。"

这时响起急促的信号钟声,他猛地惊起,脸色苍白,激动万分,抓起他的背包。可是妻已一把夺过背包堵在他面前。"给我。"他呻吟道。"绝不,绝不!"妻气喘吁吁地说道,一面和他争夺。旁边的农民围了过来,哈哈大笑。火上浇油,疯疯癫癫的喊叫声一阵阵飞来,正在玩耍的孩子也跑了过来。但他们两个还像拼命似的愤怒地使尽全身的力气争夺背包。

这一瞬间火车头长吼一声,列车轰隆轰隆地开进站来。突然他放下背包,头也不回,发疯似的慌慌张张、跌跌绊绊地越过铁轨,跑向列车,直冲一节车厢,跳了进去。周围响起哄然大笑,农民们高兴得尖声怪叫,向他大声喊道:"赶快跳开,她要逮着你了!""快跳,快跳,她要抓着你了。"他们一个劲地催他往前快跑,他身后哈哈大笑的声浪像阵阵鞭挞,抽打着他的羞耻。这时列车已经开动。

妻站在那里,手里拿着背包,人们的哄笑声向她劈头盖脑地袭来。她凝视着开得越来越快、渐渐消失的列车,没有一句告别的话语从车厢的窗口传来,一点表示也没有。突然眼泪夺眶而出,遮住了她的视线,她什么也看不见了。

他蜷着身子坐在角落里,列车越开越快,他不敢向窗外看上一眼。他所拥有的一切,山坡上的小房子,连同他的画幅、桌椅和窗,他的妻子,狗和许多日子的幸福,都从窗外飞了过去,被列车行驶的速度撕成千百张碎片。他经常目光闪亮地观赏这开阔的景色,如今这派景色连同他的自由和他整个的生命都被远远地抛去。他觉得他的生命已通过他身上所有的血管流出体外,什么也没留下,只剩下这一张白纸,在他口袋里飒飒作响的一张纸,他就带着这张纸为命运的凶恶召唤所驱使,随风飘逝。

他只是迟钝而迷惘地感到,他遭遇到什么事情。列车员要看他的车票,他没有票,他像个梦游者似的说边境小镇是他的目的地,他毫无意志地又换乘另一次列车。他心里的那台机器做了这一切,他已不再感到痛苦。在瑞士边境站,边防官员要他出示证件。他把证件交给他们:他一无所有,只剩下这张白纸。有时候他心里还有一些已经失落的东西试图轻轻地提醒自己,从心灵深处,像从梦境中发出喃喃的声音:"向后转吧!你现在还自由!你并不是非去不可。"可是他血液里的那部机器并不说话,却强有力地激动他的神经和肢体,坚定不移地驱使他向前走,用一道看不见的命令:"你非去不可。"

他站在通向故国的转车车站的月台上,在昏黄的光线里,可以明显地看见有座桥横跨在河上:这就是边界。他那无所事事的感官试图理解这个字的含义;就是说在这一边,你还可以生存、呼吸,自由自在地讲话,按照自己的意志干活,从事严肃的工作。过桥走八百步,你的意志就从你的体内取出,就像从动物的体腔里取出它的内脏,你必须服从一些陌生人,并且把刀子扎进另外一些陌生人的胸膛。所有这一切便是这座小桥的含义,在两根横梁上面架起一百几十根木头桩子。于是便有两个汉子各穿一套式样不同、花花绿绿的荒唐服装,手执步枪站在那里守卫这座小桥。蒙眬的思绪折磨着他,他感到已不能清楚地思维,可是思想却继续向前滚动。他们在这根木头上守卫些什么呢?别让人从一个国家越境到另一个国家。谁也不许从那个刨去人们意志的国家溜到另一个国家去。而他自己,却居然愿意到那边去?是的,但是从另一个意义上,是从自由走向……

他停止思索。关于边界的思想把他催眠了。自从他凭着感官具体地看到边界,实实在在,由两个身穿军装百无聊赖的市民看守着,他就不大明白他心里的某些事情。他试图进行解释:正在打仗。可是只在对面那个国家才打仗——在一公里以外才有战争,或者说,一公里其实还差二百米的那边开始打仗。他忽然想起,也许还近十米,就是说,一千八百米还差十米①。不晓得什么疯狂的欲望在他心里蓦然出现,要调查一下这最后十米土地是否还有战争或是没有战争。这个念头很好玩,使他觉得很逗。不晓得在什么地方想必有一条线,真正的界线,要是往边境走去,一只脚踏在桥上,另一只脚还在地上,那么你算什么呢——还是自由人,或者说已经是士兵了?一只脚允许穿平民的靴子,另一只脚穿着军靴。越来越孩子气的念头在他脑子里乱蹿乱拱。若是站在桥上,那就已过了边界,若是又跑回来,就该算是逃兵了?这水,它是好战的还是和平的?是不是河底某处也有一条线,按照不同国家的颜色画在当中?这些鱼呢,它们可以游到对面战争地区去吗?还有这些动物!他想到了他的狗,要是它也跟着来了,他们大概也得把它动员起来,它说不定得去拉机关枪,或者在枪林弹雨之中去寻找伤员。谢天谢地,它留在家里了。

谢天谢地!想到这里,他大吃一惊,赶快振作起来。自从他具体地看见了这条边界,这座介乎生死之间的桥,他便感到心里有什么东西开始运转起来,不是那台机器,而是一种想要醒来的认识,一种反抗。在另一条铁轨上还停着他来时乘坐的列车,只不过这段时间里火车头已换了方向。它那巨大的玻璃眼睛现在看着相反的方向,准备把列车再拉回瑞士去。这提醒他,现在可能还来得及:他感到,渴望回到业已失去的家的那根神经,本来已经死去,此刻又在他心里痛苦地蠕动,过去的那个他又开始在他身上出现。他看到那边,桥的那头站着的士兵,穿着陌生的制服,步枪沉重地挂在肩上,正毫无意义地踱过来踱过去。在这个陌生人身上,他看到了自己的影像。现在他才清楚地知道了他的命运。自从他懂得

---

① 原文如此,照理应是"两公里外",或"八百米还差十米"。

了这一点,他就看到他的命运里含有毁灭。他的生命在他灵魂里叫喊起来。

这时刺耳的信号钟声又频频响起,这尖锐的声音打破了他那还犹豫不决的感觉。他知道,现在一切都完了,他要是乘上这辆列车,三分钟后,就驶过这两公里,开到桥边,越过桥去。他知道,他会乘车驶去的。再过一刻钟,他就会获救。他摇摇晃晃地站在那里。

可是列车并不是从他浑身哆嗦地使劲窥望的远方驶来,而是从桥那边轰轰隆隆地慢慢地驶过桥来。一下子候车大厅便骚动起来,人们从各个候车室蜂拥而出,妇女们叫叫嚷嚷,直往前挤,瑞士士兵急急忙忙地排成一队。突然奏起音乐——他侧耳细听,惊讶不已,简直不相信自己的耳朵。可是乐声响亮,不会听错;奏的是《马赛曲》。为从德国开来的一次列车竟然奏起敌人的国歌!

列车轰轰隆隆地驶近,连声喘息,停了下来。大家都一拥而上,各个车厢的门都被猛地拉开,脸色苍白的人摇摇晃晃地走了出来,灼热的眼睛里发出狂喜的光芒——身穿军装的法国人,法国的伤兵,敌人,尽是敌人!像做梦似的过了几秒钟,然后他才明白,这是一次运载交换伤员的列车,这些人是在这里获释的战俘,是从战争的疯狂中获救的人们。他们都预感到,了解到,感受到这一点;他们挥手致意,大声喊叫,纵声欢笑,尽管有些人的欢笑还包含着痛苦!一个伤兵摇摇晃晃、跌跌绊绊地踩着木制假腿走了出来,靠着一根柱子站住,喊道:"瑞士!瑞士!赞美上帝!"①妇女们抽抽搭搭地哭着,从一个窗口冲到另一个窗口,直到找到她们寻找的亲人。人们呼喊,抽泣,吼叫,人声嘈杂,乱成一片,不过,大家都情绪

---

① 原文为法文。

高昂,欢呼雀跃。音乐停止演奏。有几分钟之久,什么也听不见,只听见汹涌澎湃的感情狂涛吼叫着,呼喊着,向众人头上袭来。

然后渐渐地安静下来,人们三五成群,幸福地聚在一起,沉浸在欢乐之中,语流迅急地互相交谈。有几个女人还呼喊着跑来跑去。护士们送来饮料和礼品。人们用担架把重伤员抬出车厢,他们扎着白色的绷带,脸色惨白,人们温柔地小心翼翼地簇拥着他们,关切备至,极力宽慰。人间的全部悲惨都集中体现在这里:有的伤兵断肢截臂,袖子空空,有的憔悴不堪,有的严重烧伤。这是一代青年的残存部分,变得粗野而苍老。可是所有的眼睛都仰望上天,射出宽慰的光芒:他们大家都感到这次朝圣的旅程已达终点。

费迪南像瘫痪似的站在这批意想不到的来客中间,在胸口的那张纸下面,心脏又猛烈地跳了起来。他看见有副担架停在一边,离开人群,孤零零地,没人过问。他走过去,慢慢地,脚步踉跄地走到这个为别人的欢乐所遗忘的人身边。这个伤兵脸色灰白,脸上长满乱蓬蓬的胡子,被子弹打烂的手臂瘫了似的从担架上垂了下来。双目紧闭,嘴唇苍白。费迪南浑身发抖。他轻轻地把这只挂下来的手臂抬了起来,小心翼翼地把它放到这受难者的胸上。这时陌生人睁开眼睛,看着他,从那无限遥远的陌生的痛苦之中升起一缕感激的微笑,向他致意。

他浑身哆嗦,一阵寒噤,活像一道闪电透过他的全身。他们要他干这种事情?把人伤害成这样?只会用仇恨的眼光去注视弟兄们的眼睛?自觉自愿地去参加这巨大的罪行?这时他感觉到巨大的真理在他心头强劲有力地一跃而起,砸烂了他胸中的那台机器,自由从心里幸福而又宏伟地升起,把服从撕得粉碎。绝不!绝不!一种坚强有力、以前从未认识的声音在他心里高声喊道,他已被这心底的声音击倒。他抽泣着倒在担架旁边。

人们向他冲去。大家以为他突发了羊痫风,医生也赶来了。但是他已慢慢地站了起来,拒绝了别人的帮助,脸上显出平静欢快的神气。他伸手掏出钱包,取出最后一张钞票,把它放在伤员的身旁;接着拿出那张纸,慢悠悠地有意识地再读一遍。然后把它对半撕开,把碎纸片撒在站台上。人们直愣愣地看着他,仿佛在看一个疯子。可他却再也不感到羞耻。他只感到:霍然痊愈。音乐又演奏起来。他心里涌出的恢宏壮阔的乐声压倒了所有的声响。

晚上,很晚了,他回到自己的家里。屋里一片漆黑,房门紧闭,犹如一口棺材。他敲敲门。一阵拖沓的脚步声传来:他的妻子把门打开,一看见他,吃了一惊。可是他温柔地抱住妻,把她扶进门去。他们什么话也不说。只是幸福得浑身哆嗦。他走进自己的房间:他的画全都放在那里,妻把它们从他的画室里拿了出来,为了看到他的作品就感到他在身边。他从妻的这一行动体会到无限的爱恋,他于是懂得,他使自己免去了多少损失。他默默地紧握着妻的手。狗从厨房里冲了出来,跳起来扑到他身上:大家都在等着他归来。他感到,他的心灵从来没有从这里离去,可是他感到自己像是逃脱死亡又重返人间。

他俩还一直没有说话。但是妻轻轻地拉着他,把他领到窗前:窗外是永恒的世界,对于一时晕头转向的人类自己创造的痛苦,它丝毫不受影响。这个世界为他放射光辉,在辽阔无垠的天空中,无限的群星交相辉映。他抬头仰望,心情激动,深切地认识到,对于世上的人来说,除了大自然自身的法则之外,别无其他法则,除了相互依存的关系之外,别无其他东西能真的把他拴住。他妻子的呼吸幸福地在他唇边涌动。在这种互相感觉的快感之中,他们两个的身体有时候挨在一起轻轻颤抖。但是他们沉默不语:他们的心自由飞翔,飞向万物永恒的自由,摆脱了话语的混乱和人为的法律。

(1929)

(张玉书 译)

象棋的故事[*]

一艘定于午夜时分从纽约开往布宜诺斯艾利斯去的远洋客轮上,正呈现着解缆起航前惯有的繁忙景象。岸上来送客的人挤来挤去给远航的朋友送行;电报局的投递员歪戴制帽,在各个休息室里大声呼喊着旅客的姓名;有人拿着行李和鲜花匆匆而过;孩子们好奇地沿着梯子上下奔忙,在甲板上演出的船上乐队一直不停地在演奏着。我和我的朋友避开这吵吵嚷嚷拥挤不堪的人群,站在供散步用的甲板上聊天。忽然,在我们近旁,镁光灯闪了两三下:大概在旅客中有什么名人,记者在起航前最后一刻还赶来采访,给他拍照。我的朋友向那边看了一眼,微笑着说:

"您这船上可有个罕见的怪物——琴多维奇。"

我听了他这句话,脸上显然露出一副相当莫名其妙的神情,他就接着解释了几句:

"米尔柯·琴多维奇,象棋世界冠军。他刚在一连串的比赛中从东到西征服了整个美国,现在乘船到阿根廷去夺取新的胜利。"

他一说,我果然想到了这位年轻的世界冠军,以及他平步青

---

[*] 本篇于一九四一年首次发表。

云、一举成名的一些细节。我的朋友读报纸比我仔细,他说了好些关于此人的轶事趣闻,作为补充。

大约一年以前,琴多维奇一下子就成功地进入了棋坛名手阿廖辛、卡帕布兰卡、塔尔塔柯威尔、拉斯克、波哥留勃夫①的行列。自从一九二二年纽约循环赛上七岁神童雷舍夫斯基②初露头角以来,一个默默无闻的新手闯入棋坛群星的光荣队伍,还从来没有引起过这么大的轰动。因为琴多维奇的智力根本没有预示他会有如此灿烂的前程。不久,透露出一个秘密:这位世界冠军无论用哪一种文字书写,哪怕只写一句话,也不能不出错,而且,像他恼怒的对手之一所刻薄地指出的,"他在任何领域都惊人的无知"。

他父亲是多瑙河上一名极其贫苦的南斯拉夫族的船夫,他的小船一天夜里被一艘运粮食的货船撞沉了。父亲死后,他们那个偏僻小村的神父出于恻隐之心,收养了这个十二岁的孤儿。这位好心的神父千方百计地在家里给这个前额宽阔、不爱说话、有点迟钝的孩子补课,想教给他那些他在乡村学校里没能学会的知识。

但是神父的一切努力全都白费。米尔柯直愣愣地瞪着字母,虽说都已经给他解释了上百次,他还是觉得非常陌生;课堂上讲解

---

① 阿廖辛,俄国象棋名手齐格林派的代表,一九二七至一九三五年和一九三七至一九四六年的世界冠军。卡帕布兰卡,古巴象棋名手,一九二一至一九二七年的世界冠军,一九二七年输给阿廖辛。塔尔塔柯威尔,象棋一级选手,著有许多象棋理论方面的作品。拉斯克,德国象棋名手,一八九四年起为世界冠军,一九二一年输给卡帕布兰卡,著有关于象棋、数学和哲学的理论作品。波哥留勃夫,俄国象棋名手。
② 雷舍夫斯基,美国著名的象棋手,象棋一级选手,不止一次获得美国的个人冠军,在世界冠军赛中获得第三名和第四名。

的最简单的东西,他那迟钝的脑子也记不住。十四岁上,他还扳着指头算数。都已经是个半大不小的男孩了,读书看报还特别费劲。但是,不能说米尔柯脾气乖僻或者犟头倔脑。吩咐他干啥他就乖乖地干啥:担水、劈柴、下地干活、收拾厨房。他办事可靠,托付他的事情,他一定完成,尽管慢得叫人生气。但是最让好心的神父恼火的,却是这个冥顽不灵的少年对世上的一切全都漠不关心。要是没有人特意要他干啥,他就整天什么也不干。他从来不提问题,从来不和别的孩子一块儿玩耍,只要不明确告诉他该做什么活,他是从来不给自己找活儿干的。做完家务事以后,米尔柯就坐在屋里发呆,两只眼睛茫然无神,活像在草地上吃草的绵羊,对周围发生的一切事情完全无动于衷。每天晚上,神父吸着乡下长烟袋,总要和警察局的巡官下三盘象棋,这个淡黄头发的小伙子老是一声不吭地蹲在旁边,低垂着沉重的眼皮,似睡非睡地、漫不经心地看着画有格子的棋盘。

一个冬天的晚上,两个朋友正沉湎于他们日常的棋戏中,这时从街上传来了雪橇的铃声。一辆雪橇沿着村街飞快地驶近,越来越快。一个农民戴着满是雪花的帽子急急忙忙地跑进屋来,恳求神父尽快地去给他垂危的母亲举行临终涂油礼。神父毫不迟疑,立即跟他走了。这时,巡官还没喝完他杯里的啤酒。他又点燃了一袋烟,准备回家。他正在穿高统毛皮靴的时候,忽然发现,米尔柯目不转睛地盯着棋盘上那副未下完的残局。

"怎么,你想下完这盘棋吗?"巡官开玩笑地问道。他完全相信,这个瞌睡懵懂的孩子甚至连棋子怎么走法也不知道。孩子怯生生地抬头看了看他,然后点点头,坐到神父的位子上。走了十四步棋,巡官被杀败了,而且不得不承认,他的失败决不是什么偶然失误的结果。第二盘的结局也是这样。

"巴兰的驴子说话了!"①神父回家以后惊奇得叫了起来。他向不大熟悉《圣经》的巡官解释,早在两千年前也发生过一次类似的奇迹,一个不会说话的动物突然说起话来,话里充满了智慧。神父不顾时间已晚,抵挡不住心里的诱惑,硬要同他半文盲的学生杀上一盘。米尔柯同样轻而易举地赢了他。米尔柯下得缓慢、顽强、坚定不移,他那前额宽阔的脑袋始终不从棋盘上抬起来。但他下棋下得很稳,毫无破绽。以后接连几天,无论神父还是巡官都没能胜过他一盘。神父比谁都了解他这个弟子在其他方面的智力是何等低下,现在他可真想知道:这种单方面的古怪天才能不能经受得起更加严峻的考验。他让乡村理发师把米尔柯浅黄色的蓬乱头发修剪一番,把他打扮得稍微像样一点,然后用雪橇把他带到邻近的小城。神父知道,该城主要广场的咖啡馆里经常聚集着当地的象棋迷,他根据自己的经验确信,这些人要比他高明得多。神父把这个黄头发、红脸膛的十五岁少年推进咖啡馆,使那里的常客们大为惊讶。这个少年身穿毛皮向里翻的羊皮大衣,脚踏一双沉重的高统皮靴。进了咖啡馆以后,他怯生生地低垂双眼盯着地面,一直呆呆地站在一个角落里,后来人家叫他到一张棋桌跟前去。第一盘米尔柯给打败了,因为他和好心的神父下棋时,从来没有领教过所谓的西西里开棋法。下一盘他便和城里最好的棋手下成和局。从第三盘、第四盘起米尔柯挨个儿打败了所有的棋手。

在南斯拉夫的外省小城市里,激动人心的事件是很少发生的。

---

① 典出《旧约全书·民数记》第二十二章。智者巴兰骑驴赶路,途遇耶和华的使者执刀等在路上。驴子为了避开执刀的使者,三次离开大路。巴兰发怒用杖打驴。耶和华使驴开口对巴兰说:"我向你行了什么,你竟打我这三次呢?"后来耶和华使巴兰看见执刀的使者,巴兰便低头俯伏在地。

因此,乡村冠军的初露锋芒对于聚集在咖啡馆里的那些可敬的公民来说立即成了耸人听闻的事件。当下一致决定,必须让神童在城里待到明天,以便召集象棋俱乐部其余的成员,尤其要到附近城堡里去通知老伯爵西姆奇茨,此人是个狂热的棋迷。神父这时瞧着自己的养子,心里产生一种新的得意之感。发现了一个天才,他固然满心欢喜,可是责任感提醒他,得回到村里去做主日弥撒①。最后他表示同意把米尔柯留在城里接受进一步的考验。棋手们出钱把年轻的琴多维奇安置在旅馆里,这天晚上他生平第一次看见抽水马桶。第二天是星期天,午饭后棋室里挤满了人。一连四个小时,米尔柯一动不动地坐在棋盘边,一言不发,也不抬头看看,就这样一个接一个地击败了他所有的敌手。最后,有人建议跟他来一次车轮战。人们花了不少工夫才使这个反应迟缓的小伙子弄明白:所谓车轮战就是他将同时跟几个敌手对弈。但是他刚一弄清楚这种下法的惯例,他就立即照人说的去办,他慢慢地拖着沉重的咯吱咯吱直响的皮靴,从一张桌子走向另一张桌子。结果八盘中他赢了七盘。

在这以后,象棋俱乐部立即开会认真讨论。虽然严格说来,这位新冠军并非本城人士,可是本乡本土的民族自豪感已经激起。没准这个在地图上都未必能够查到的小城竟能破天荒第一次获得被称为名人故乡的荣誉。一个名叫柯勒尔的经纪人平时专给军营的歌舞场介绍演唱小曲的歌女和女歌唱家,这时表示,只要有人提供一年的津贴,他准备安排这个少年到维也纳去,跟他熟悉的一个象棋名手去接受象棋棋艺方面的专门训练。老伯爵西姆奇茨六十年来天天下棋,还从来没有遇到过一个这样奇特的敌手,当下立即

---

① 主日即天主教的星期天。主日弥撒是天主教在星期天早上做的礼拜。

签发了这笔款项。从这一天起,这个船夫之子惊人的飞黄腾达就开始了。

半年之后米尔柯就洞悉了象棋技术的全部奥秘,当然,他还有一个稀奇的弱点——这一点往后被行家们多次注意到,并且不断遭到他们的讪笑。因为琴多维奇从来也不会单凭脑子记忆来下棋,哪怕下一盘也不行,用行家的话来说,他不会杀盲棋。他完全缺乏在自己想象力的无限空间中再现棋盘的能力。他眼前必须老有一张画了六十四个黑白方格的真正棋盘和三十二个具体的棋子。即使成了世界名人之后,他还老是随身带着一副可以折叠的袖珍象棋,这样,他要是想复制他所需要的典型棋局,或者解决他感兴趣的问题,就随时随地都能以直观的方式在眼前看到棋子的具体位置。虽然这点瑕疵本身无足轻重,然而它显示了想象力的贫乏,并且在象棋爱好者的圈子里引起了纷纷议论。就像在音乐界,卓越的演奏家或指挥如果被人发现光凭记忆不用乐谱就不能演奏或指挥,定要引起人们的闲话一样。不过这一缺点并没有妨碍米尔柯取得惊人的成绩。他十七岁就已获得十多次各种各样的锦标,十八岁成为匈牙利全国冠军,到二十岁终于荣获世界冠军的称号。许多厉害的棋手在智力、想象力和气魄上毫无疑问是大大超过他的,但是碰到他那坚韧冷酷的逻辑,都一一败下阵来,正如拿破仑[①]败在笨重迟钝的库图佐夫[②]手里,汉尼拔[③]敌不过费边·

---

① 拿破仑,一七九九至一八〇四年法兰西共和国的第一执政,一八〇四至一八一五年的法国皇帝。
② 库图佐夫,俄国的著名统帅。一八一二年拿破仑入侵俄国,俄军在库图佐夫指挥下粉碎了拿破仑的军队。
③ 汉尼拔,第二次布匿战争时的迦太基名将。公元前二一八年,他曾经绕道西班牙,越过阿尔卑斯山,进入亚平宁半岛,屡败罗马军队。

孔克塔托尔①一样，根据李维②的记载，孔克塔托尔在童年时代就表现出淡漠和呆笨的特点。象棋手本来集各种截然不同的智力特性于一身，兼有哲学家、数学家的精于计算、富于想象等创造性的特质。这样一来，在象棋名手卓越的行列里破天荒第一次混进来一个十足地道的异己分子——一个行动滞重、沉默寡言的乡村青年。即使最机灵的记者也无法从他嘴里勾出一句能够公开登报发表的话来。琴多维奇没有向报纸提供警句妙语，但这一点却为许多关于他个人的趣事轶闻所补偿：琴多维奇在棋桌旁是个无与伦比的大师，可是一站起来，就无可挽救地变成一个怪里怪气、近乎滑稽可笑的人物。尽管他身穿黑礼服，系着华丽的领带，上面还别了一枚嵌着珍珠的有些刺眼的别针，指甲修剪得十分细致，但是举止仪表显示出他依然是从前那个头脑简单的乡下少年，不久前还在村子里给神父打扫厨房。他利用自己的天才和荣誉，尽可能地多赚钱，表现得十分小气，贪得无厌。他捞起钱来笨手笨脚，简直愚蠢到无耻的地步，这激起了同行的愤慨和嘲笑。他从一个城市旅行到另一个城市，总是住最便宜的旅馆，只要给他报酬，他就为任何一个寒碜的象棋俱乐部下棋；他让人在肥皂广告上印制他的肖像，甚至同意人家出钱买他的名字去出版一本叫《象棋哲学》的书，丝毫也不理会他的竞争者对他的嘲笑，这些人清楚地知道，他根本连三个句子也写不下来。这本书实际上是加里西尼亚一个穷大学生为一位精明的出版商撰写的。就像一切性格坚韧的人一样，琴多维奇也不懂什么叫可笑。他当了世界冠军以后，就自以为

---

① 费边，罗马统帅，历任执政官。在第二次布匿战争（公元前218—前201）时与汉尼拔作战，他采取以逸待劳的延宕战术，消灭敌人有生力量，因而获得"孔克塔托尔"（意为拖延者）的绰号。
② 李维，古罗马历史学家，著有《罗马史》。

是世界上最重要的人物了。他认为他也击败了所有这些聪明绝顶、才智出众的演说家和作者,这种意识,尤其是他挣的钱比他们还多这个具体的事实使他从过去的手足无措一变而为冷漠的、往往表现为极其笨拙的目空一切。

"话说回来,这样快地取得荣誉,怎么能不冲昏这个空虚的头脑呢?"我的朋友举了几个典型例子说明琴多维奇带着一种纯粹是孩子气的虚荣心来炫耀自己的权势显赫,然后说道,"一个来自巴拿特①的二十一岁的农家青年只要在棋盘上动动棋子,就可以在一星期内赚到一大笔钱,比他全村的人一年内砍伐木材艰苦劳动所得的还多,你说他怎么会不染上虚荣的毛病呢?再说,你的脑子如果根本不知道世界上曾经有过伦勃朗、贝多芬、但丁和拿破仑,那你不是很容易认为自己是一个伟大的人物吗?这小伙子智力有限的脑子里只有一个思想,那就是一连好几个月他没有输过一盘棋,而且因为他根本没有想到世界上除了象棋和金钱以外,还有其他有价值的东西,所以他有一切理由去自我陶醉。"

我朋友的这番话自然激发了我的好奇心。我素来感兴趣的就是各种有偏执狂的人,即囿于某种单一的思想不能自拔的人,因为一个人用来局限自己的范围愈狭小,他在一定意义上就愈接近于无限。正是这种表面上看来对世界上的一切都漠不关心的人,像白蚂蚁一样顽强地用他们特殊的材料建筑着自己稀奇古怪的、然而对他们来说却是独一无二的宇宙缩影似的小天地。因此我直言不讳地表示了我的意图——要在去里约热内卢的十二天旅程中仔细观察这个智力片面发展的古怪样品。

可是我的朋友提醒我说:"您未必能做到这一点,据我所知,

---

① 巴拿特,位于罗马尼亚、南斯拉夫和匈牙利之间的一个肥沃的地区。

还没有一个人能从琴多维奇的嘴里掏到过一丁点有助于心理分析的材料。这个狡猾的农民,看来智力低下得令人难以置信,暗地里却是绝顶聪明,他从不暴露自己的弱点。他的办法很简单:除了在便宜旅馆里碰到的一些和他出身相仿的同乡之外,琴多维奇避免跟任何人交谈。他一感到他面前是一个有文化的人,就马上像蜗牛一样缩进自己的背壳;因此,谁也不能夸口说,曾经听到他说了什么蠢话,或者估量到了他那惊人的无知。"

看来我朋友说的话是有道理的。在我旅行的最初几天,如果不是死乞白赖地凑上去,是根本不可能接近琴多维奇的。我当然不会么厚脸皮。有时他到上层甲板上来散步,反背着双手,神情高傲、专心致志地沉思着,活像一幅名画上的拿破仑。另外,他散步时总是那么匆匆忙忙地冲来冲去,因此,如果我想跟他搭讪,就不得不跟在他屁股后头跑。而他又从来不在休息室、酒吧间和吸烟室露面。我悄悄地向侍者打听消息,据说,他白天的大部分时间都坐在自己舱里一个大棋盘前,研究棋局或重演下过的棋。

三天以后,我可真的生起气来了,琴多维奇的防御策略看来比我想要设法接近他的愿望更为巧妙。我这辈子还从来没有机会去亲自结识一位象棋名手。我现在愈是想了解这一类型的人,我就愈觉得让人的脑子一辈子完全围着一个划成六十四个黑白方格的小块空间转来转去,是不可思议的。根据个人经验,我是深知被称为"国王的游戏"①的象棋所具有的神秘诱惑力的,在人们发明的各种游戏中只有这一种游戏,它的胜负不取决

---

① 德文"象棋"(Schachspiel)一词由 Schach(象棋)和 Spiel(游戏)组成。Schach 来自波斯文的 sah,意为"国王"。所以象棋意译为"国王的游戏"。

于任何刁钻的偶然性,它只给智慧戴上桂冠,或者确切些说,它只给智力天赋的一种特殊形式戴上桂冠。但是把下象棋说成是一种"游戏",这难道不是对它进行了一种侮辱性的限制吗?它不也是一种科学,一种艺术吗?一种介乎这二者之间飘浮不定的东西,就像穆罕默德①的棺材介乎天地之间一样。一种包含着各种矛盾的独一无二的混合物:这种游戏既是古老的,又永远是新颖的;其基础是机械的,但只有靠想像力才能使之发挥作用;它被呆板的几何空间所限制,而同时它的组合方式又是无限的;它是不断发展的,可又完全是没有成果的;它是没有结果的思想,没有答案的数学,没有作品的艺术,没有物质的建筑。但是,尽管如此,业已证明,这种游戏比人们的一切书本和作品更好地经受了时间的考验,它是唯一属于一切民族和一切时代的游戏,而且谁也不知道是哪一位神明把它带到世上来消愁解闷、砥砺心智、振奋人心的。它从哪儿开始?又到哪儿结束?它那简单的规则任何一个孩子也能学会,每一个生手都可以尝试,与此同时,在它那永不改变的狭窄的方格里,产生出一种非常特殊的、无与伦比的能手——只具有一种非凡的象棋才能的人。这是一种独特的天才,在他们身上,想像力、耐心和技巧就像在数学家、诗人和作曲家身上一样地发生作用,只不过方式不同、组合相异罢了。过去颅相学研究盛行的时代,有个姓加尔②的德国医生也许会把这种象棋大师的头部解剖一下,以便确定这种象棋天才脑子里的灰色物质是否有一种特殊脑纹,是否和常人不同,有某种特别的象棋肌或象棋瘤。琴多维奇这个人会使这

---

① 穆罕默德,阿拉伯人,生于麦加城,是伊斯兰教的创始人。
② 加尔,德国医生,颅相学的创始者,宣称根据人的颅骨外形及隆起情况可以判断一个人的才能和性格。

样一个颅相学家多么感兴趣啊！在他身上,于智力绝对停滞之中,迸涌出一股特殊的才能,就像一大块矿石之中隐藏着一缕金矿脉一样。我原则上从来就懂得,这种独特的天才游戏必然会产生值得尊敬的斗士,但我总还是感到很难想象,甚至几乎不能想象,一个头脑活跃的人会把自己的天地局限于一小块一小块黑白空间之上,而且能够在前后左右移动三十二颗棋子的活动中找到毕生的事业。我不能想像这样一个人,他认为开棋的时候先走马而不是先走卒对他来说是英勇的壮举,而在象棋指南的某个犄角里占上一席可怜见的位置就意味着声名不朽；我不能想象,一个聪明人竟然能够在十年、二十年、三十年、四十年之中一而再,再而三地把他全部的思维能力都献给一种荒诞的事情——想尽一切办法把木头棋子王赶到木板棋盘的角落里,而自己却没有发狂成为疯子。

  如今,我生平第一次遇到了这样一个人物——一个这样古怪的天才,或者这样神秘的笨蛋,他离我非常之近,在同一条船上,仅仅相隔六个船舱,而我这个不幸的人居然想不出办法来和他接近。我素来对于智力方面的各种事情都十分好奇,这种好奇最后往往变成一种强烈的激情。我于是想出种种荒谬绝伦的计策:一会儿打算刺激他的虚荣心,想假装代表一家有影响的报纸对他进行采访,一会儿又指望唤起他的贪心,建议他到苏格兰各地去作一次颇有收益的旅行比赛。最后,我终于想起了猎人屡试不爽的策略:模仿山鸡发情的叫声来引诱山鸡。要想吸引象棋大师的注意力,还有什么比自己装作下象棋更有效的办法呢？

  我这辈子从来没有认真研究过棋艺,理由很简单,我下象棋只是下着玩,纯粹为了消遣。如果说我有时候也下个把小时象棋,那完全不是为了使脑子紧张,相反,是为了在紧张的脑力劳动之后舒展神经。我完全是本着"游戏"①这个词的本义来下象棋的,而真正的棋手下棋却是在"当真",如果我可以这么说的话,下象棋也像谈恋爱一样,必须要有一个对手,可我当时还不知道船上除了我们以外,是否还有别的象棋爱好者。为了把他们引出洞来,我在吸烟室里设了一个极为简单的陷阱。我同我的妻子一起坐在棋桌旁边来引诱猎物,尽管我妻子比我下得更差。果然,我们走了不到六步棋,我们旁边就有一位旅客停下来,接着第二位请求我们允许他在旁边观局,最后我们如愿以偿,找到了一个对手,他向我挑战,要我同他下一盘。此人名叫麦克柯诺尔,是一位苏格兰采矿工程师,听说他在加利福尼亚钻探石油,攒了一大笔钱。麦克柯诺尔身材不高,粗壮结实,颌骨方方正正,牙齿坚固有力。他脸上血色很好,红得发紫,大概是由于他威士忌喝得太多的缘故,至少这是部分的原因。此人肩膀宽得出奇,简直像竞技者那样孔武有力,可惜在下棋的时候也表现出一副逼人之势。因为麦克柯诺尔先生属于这样一种自以为是、志得意满的人,这种人即使在最无足轻重的比赛中,也把失败看作是降低自己的身份。这位大块头习惯于凭着自己的本事,在生活中死拼硬闯取得成功,他心里充满了特殊的优越感,以致把任何阻力都看成是对自己的极不应该的反抗,几乎就是对自己的侮辱。他输了第一盘,就满脸不高兴,并且开始唠唠叨叨,用一种不容辩驳的口气解释说,只是因为他一时疏忽,才输了这盘棋。输了第三盘,他就怪隔壁客厅里太闹。每输一盘他没有不说再来一盘的。起初,他那种好胜劲儿我倒也觉得怪好玩,可是

---

① 象棋(Schachspiel)一词的第二部分 spiel 为"游戏",所以作者说本着"游戏"一词的本义,而不是"当真"。

后来我也就只好硬着头皮忍受下来,既然我想达到预定的目的,把世界冠军引到我们的桌边来,也就不得不忍受这位先生。

第三天我的计划成功了,可是只成功了一半。也许琴多维奇通过上层甲板的舷窗看见我们在下棋,也许只是一般地想到吸烟室来转一转,总之,当世界冠军发现居然有人胆敢擅自玩他的那行技艺,就情不自禁地走近一步,保持适当的距离,向棋盘投来一瞥考察的眼光。这时正好该麦克柯诺尔走。仅看他走这么一步棋,琴多维奇马上就明白了,我们这种外行的比赛对于他这么一位大师来说,根本不值得再多看一眼。就像我们在书店里看到人家推销的一本蹩脚的侦探小说,连翻都不屑于翻开,就随手撂下一样,这位世界冠军也就离开我们的棋桌,走出了吸烟室。"他掂了一下分量,觉得没啥意思。"我想。他那种冷淡、鄙夷的目光多少有点使我生气。为了发泄一下我的怒气,我对麦克柯诺尔说:

"看来,您这一步棋冠军似乎并不十分欣赏。"

"什么冠军?"

我向他解释说,刚才从我们身边走过并且不以为然地看着我们下棋的那位先生,就是世界象棋冠军琴多维奇。我补充说,咱们不会因为他看不起而伤心的,咬咬牙也就挺过去了:对穷人来说,只好清茶淡饭将就着过穷日子嘛!使我感到意外的是,我随口说出的这些话居然对麦克柯诺尔产生了完全意料不到的作用。他立即激动起来,把我们下的这盘棋忘得干干净净。沽名钓誉的念头马上开始在他脑子里活动起来。他说,他压根儿没有想到,琴多维奇就在船上,那么冠军无论如何得跟他下盘棋。他这一辈子还从来没有跟一位世界冠军下过棋,除了有一次同另外四十个人在一起,跟他下过一盘车轮战,就是这次车轮战也是下得够紧张的,他本人差点儿还赢了呢。他问我,是否认识这位冠军,我说不认识。

他又问我,愿不愿意跟冠军打打招呼,请他来同我们下盘棋呢?我拒绝了,我的理由是,据我所知,琴多维奇是不大喜欢结识新交的。再说,跟我们这些第三流棋手下棋,对世界冠军来说,又有什么意思呢?

看来对麦克柯诺尔这种自尊心强的人,我是不应该说什么三流棋手之类的话。他听了以后生气地往椅子背上一靠,粗暴地说,他简直不能相信,琴多维奇会拒绝一位绅士的客气的邀请。他会想办法去邀请的。我应他的请求,给他简单描述了一下冠军的为人。于是麦克柯诺尔便扔下这盘未下完的棋不管,急不可耐地跑到上层甲板上去追琴多维奇。这时,我又一次感到,长着这么宽肩膀的人要是想干什么事,是怎么拦也拦不住的。

我相当紧张地等待着。十分钟以后,麦克柯诺尔回来了,看来他的心情不怎么愉快。

"怎么样?"我问。

"您说得对,"麦克柯诺尔有些气恼地回答,"不是一位很讨人喜欢的先生。我向他作了自我介绍,告诉他我是谁,可他连手都不伸给我。我试着向他说明,我们船上所有的旅客都将感到自豪和荣幸,如果他乐于跟我们进行一盘车轮战的话。可是他的态度生硬得不近人情。他回答说,很遗憾,他同他的经纪人订有合同,规定他在旅行期间只能进行有报酬的表演赛,而且每盘酬金最低金额为二百五十美元。"

我笑起来了。

"我从来也没有想到过,从白方格到黑方格这样动动棋子,竟是如此发财的买卖。我想您也就客客气气地向他告别了吧。"

然而,麦克柯诺尔的样子仍然一本正经。

"比赛定于明天下午三点举行,就在这吸烟室里。我希望我们不至于那么轻易地被他打败。"

"什么？您答应给他二百五十美元啦?!"我十分惊异地叫了起来。

"为什么不呢？C'est son métier①。如果我牙疼，而船上碰巧又有一位牙科医生，那我也不能要求他白白地给我拔牙呀。这人做得很对，应该大敲竹杠。哪一行真正的专家也都是最精明的生意人。至于我，我是主张买卖做得越光明磊落越好。我宁可把现钱付给您的琴多维奇，也不愿向他乞求恩典而末了还得向他千恩万谢。再说我在我们俱乐部里一个晚上输过不止二百五十美元，而那还不是同世界冠军下棋呢。'三流'棋手输给琴多维奇没有什么可丢人的。"

我真觉得好玩，我说的"三流棋手"这个毫无恶意的说法，竟然如此厉害地刺伤了麦克柯诺尔的自尊心。但是，既然他打算为这种昂贵的娱乐付钱，我对他的这种不大合适的虚荣心也就不加非议了。再说，多亏他的虚荣心，我还有机会认识一下我感兴趣的人物。我们赶紧把这件事告诉了四五个到现在为止自称是象棋爱好者的先生们，并要求他们为这即将举行的比赛不仅预先订下我们的桌子，而且订下所有的邻桌，以便尽可能避免其他过往旅客的干扰。

第二天在指定的时间，我们这伙人都准时到场，一个不落。冠军正对面的桌子当然让给麦克柯诺尔。他心情激动，一支接一支地猛抽烈性雪茄，而且一再焦灼不安地看着手表。然而，世界冠军叫大家足足等了十分钟（想到我朋友讲的那些故事，我早已料到他会来这么一招），这样一来，他的出场就显得分外的隆重。他泰

---

① 法文：这是他的职业。

然自若、从容不迫地走到桌旁。他也不向大家作自我介绍——看来,他的无礼似乎是说:"我是谁,你们全都知道,而你们是谁,我却丝毫不感兴趣。"——就马上用一种干巴巴的、例行公事的语气开始做出具体安排。因为船上没有那么多棋盘,没法进行车轮战,所以他建议,我们大家可以一齐同他对弈。他走一着,然后就退到房间另一端的一张桌子旁边,以免影响我们商量。我们下过一着以后,就用茶勺敲敲茶杯,因为遗憾的是手头没有摇的铃。如果没有人反对,那他建议每走一步最多考虑十分钟。我们当然像怯生生的小学生一样,接受了他的全部建议。琴多维奇要了黑子;他站着回了一步棋,就立即转过身去,退到他方才建议的等候地点。他懒洋洋地躺在安乐椅里,信手翻阅一份画报。

报道这盘棋没有多大意思。不言而喻,它像预料的那样,以我们的彻底失败而告终,而且一共只走了二十四步棋。世界冠军轻而易举地击溃了半打平平常常或者十分差劲的棋手,这件事本身并不足为奇;但是使我们大家十分反感的是琴多维奇的倨傲态度,他明显地让我们感到,他对付我们,不费吹灰之力。他每一次走到桌边,都是故意用一种似乎漫不经心的目光向棋盘扫上一眼,而对我们则根本不予理睬,好像我们也是没有生命的木头棋子似的。他的态度就像人们把一块骨头扔给一只癞皮狗,连看也懒得去看它一眼。我觉得他要是稍微周到一点,知道一点儿分寸,他完全可以指出我们的错误,或者说些友好的话来鼓励鼓励我们。可是,即使下完了这盘棋,这个没有人性的象棋机器人也没有吭一声。他说了一声"将死了",就一动不动地站在桌旁,显然是想知道我们还要不要再下一盘。碰到这种迟钝粗鲁的人,你是毫无办法的,我已经从位子上站了起来,准备用手势示意,至少对我来说这笔美金交易一了结,我们愉快的相识便就此终结。可是,使我恼火的是,就在这一刹那,坐在我旁边的麦克柯诺尔用十分沙哑的声音说道:"再来一盘!"

使我吃惊的是麦克柯诺尔的挑衅口吻,他在这一瞬间的确很像一个准备挥拳出击的拳击家,而不大像一位彬彬有礼的绅士。也许是琴多维奇对待我们的那种侮辱人的态度使他感到愤怒,也可能是他病态的自尊心容易受到刺激,但是不管原因如何,反正麦克柯诺尔完全变了样子。他满脸通红,一直红到发根,鼻翼由于内心激动张得大大的,额上冒出豆大的汗珠,一条深深的皱纹从紧咬着的嘴唇向气势汹汹地往前突出的下巴伸展过去。我不安地注意到,他眼里闪烁着一股无法遏制的怒火,这种怒火通常只有赌台旁边的赌徒才有,如果他所需要的牌在成倍成番地加注以后接连六七次都不出现的话。这时我已经明白,这个好胜心强的狂热分子将要一个劲地同琴多维奇下棋,下普通的注或者下成倍的注,一直下到至少赢他一盘为止,即使这样会花去他的全部财产,他也在所不惜。如果琴多维奇坚持干下去,那么麦克柯诺尔就会变成他的真正的金窖,在他到达布宜诺斯艾利斯之前,他完全可以从这个金窖里挖出几千美元。

第二盘和第一盘没有什么不同,只不过我们这伙人略有增加,因为又来了好几个好奇的观众,而且显得更加活跃。麦克柯诺尔两眼盯着棋盘,好像要以他必胜的意志去感化棋子似的。我感到,为了能向我们冷酷无情的敌手愉快地大喊一声"将死了",他是非常乐于牺牲一千美元的。奇怪的是,他那种阴郁的激动不知不觉地感染了我们大家。现在每走一着都比先前讨论得更加激烈,我们一直争论到最后一秒钟,才一致同意给琴多维奇发出信号叫到我们桌边来。我们渐渐走到第十七步,使我们惊讶的是,这时出现了一个极为有利的局面,因为我们已经成功地把 c 线上的卒子推

进到倒数第二格 c_2 的位置上,现在我们只消把它推进到 c_1 的位置上,我们就要赢第二个后了。这个取胜的良机过于明显,我们当然觉得很不放心,大家都有点怀疑,这个似乎已经被我们夺得的优势,没准是琴多维奇给我们设下的陷阱,他不是比我们能多看好几着棋吗。但是尽管我们大家一起使劲地研究和讨论,我们仍然看不出他设的圈套是什么。最后,允许的思考时间快要完了,我们决心冒险走一步棋。麦克柯诺尔已经拿起卒子,想把它放在最后一个方格里,忽然,他觉得有人猛地抓住他的胳臂,有个人轻轻地,但是激烈地悄声说道:"千万别那么走!"

我们大家都情不自禁地转过头去。我们身后站着一个约莫四十五岁的男人,他那尖削的瘦脸在我先前散步时就因为它简直像石灰一样奇怪的苍白而引起过我的注意。他大概是几分钟前我们全神贯注地讨论我们下一步棋该怎么走的时候参加到我们这一伙里来的。他看见我们望着他,便匆匆忙忙地补充了几句:

"您现在如果把卒子变成后,那他就立即用 c_1 位置上的象来把它吃掉,而您再用马把他的象吃掉。在这期间,他就会把他那不受牵制的卒子进到 d_7 的位置上,从而威胁您的车。您即使用马将军,这一盘您还是要输的——再走九到十着您就会被将死的。一九二二年阿廖辛在彼斯吉仁循环赛上同波哥尔留勃夫对弈时几乎完全是同样的阵势。"

麦克柯诺尔大为惊讶,他放下手里的棋子,像我们大家一样,不胜惊奇地两眼直盯着这个似乎是从天而降的守护天使。一个在十来着棋子之前就能算出一副棋的结局的人,想必是个第一流的高明棋手,甚至于说不定是个和琴多维奇旗鼓相当的冠军争夺者,此刻正前去参加同一个比赛。他在这样关键的时刻突然出现,突然参战,对我们来说,简直是一件超乎自然、异乎寻常的事。首先清醒过来的是麦克柯诺尔。

"您建议怎么走呢?"他激动地小声问道。

"先别进卒,暂且避开。先把王从危险区撤出来——从 g_8 走到 h_7。这样,您的对手大概会转而进攻另一翼。不过您可以把车从 c_8 走到 c_4 去抵挡。这一来,他就要多走两步棋,并且失去一个卒子,从而也就失去了整个优势。于是你们双方都有卒子互相对垒。只要您防守得当,这一盘您还能走成和局。别的您也不能再奢望了。"

我们又一次惊讶得目瞪口呆。他计算的准确和迅速都使我们大吃一惊。他那样子就像是在照着棋谱一步步地念似的。由于他的参与,我们这盘棋居然能和世界冠军下成和局,这种出人意表的良机毕竟是很诱人的。我们不约而同地全都退到旁边,以免妨碍他看棋。麦克柯诺尔又问了一遍:

"这么说,把王从 g_8 走到 h_7?"

"当然,现在最要紧的是避开。"

麦克柯诺尔听从了他的意见,我们敲了敲玻璃杯。

琴多维奇迈着他惯常的随随便便的步伐走到我们桌旁,对我们走的棋只瞥了一眼。然后,他把王翼的卒子从 h_2 移到 h_4 的位置上,就跟我们这位素不相识的帮手所预言的完全一样。而这个人又在激动地低声说话了:

"进车,进车,把它从 c_8 走到 c_4,那他就不能不去保卒子了。不过这对他也无济于事! 不要管他的底线卒子,你出击,把马从 c_3 走到 d_5,这样均势就恢复了。全力冲过去,不要守了!"

我们不明白,他说的是什么意思。对于我们来说,他讲的话全是中国话①。不过,既然已经着了迷,麦克柯诺尔就不加思考地照他说的走。我们又敲了敲玻璃杯,把琴多维奇叫过来。这时,他第一次不迅速做出决定,而是紧张地看着棋盘。然后他走了一着棋,恰恰就是这位陌生人向我们预告的。琴多维奇都已经转身要走了,可这时发生了一件新奇的、意想不到的事:琴多维奇抬起眼来环顾一下我们这些人。显然他是想弄清楚,在我们中间究竟是谁忽然对他进行这么顽强有力的抵抗。

从这一瞬间开始,我们的激动增长到难以估量的程度。在这之前,我们跟琴多维奇下棋,并没有真抱什么取胜的希望,但是现在,我们能够挫伤琴多维奇冷漠的傲慢这一想法,使我们大家顿时热血沸腾、情绪高涨。我们的新朋友又已指出下一步棋该怎么走,我们可以把琴多维奇请过来了。我便用茶勺敲了敲玻璃杯,手指都有点微微发抖。现在我们初步的胜利已经取得了:琴多维奇在这之前一直是站着下棋的,现在他犹豫再三,终于坐到了棋桌旁。他慢慢地、沉重地坐到椅子上,光这一点就使得我们和他之间原来他对我们那种"居高临下"之势给打破了。我们迫使他和我们处于平等地位,至少在外表上是如此。他考虑了老半天,眼睛一动不动地凝视着棋盘;他那沉重的眼皮耷拉下来,我们几乎都看不见他的眼珠。由于紧张地思考,他的嘴渐渐地张开,这使他的圆脸显出一副蠢相。琴多维奇考虑了几分钟,然后走了一着,就站起身来。我们的朋友立刻低声说道:

"这步棋是拖延时间!想得好!不过不要去理它!逼他拼个

---

① 欧洲人认为中国话极为难懂。这句话比喻这人说话的意思艰深难懂,犹如中国话。

子儿。一定要拼！拼过以后就是和局了，谁也帮不了他的忙了！"

麦克柯诺尔照他说的走了一步棋。双方棋手（我们大家早已沦为可有可无的配角）下面的走法，对我们来说乃是莫名其妙的棋子的移动。走过七八着以后，琴多维奇思考了好一会儿，然后抬起头来对我们说："和了。"

霎时间，四下里一片寂静。忽然听见海浪的翻滚声，隔壁客厅里的收音机传来的爵士乐曲声，上层甲板上散步者的每一个脚步声，以及从窗框里透进来的轻微的风声。我们大家都屏住呼吸，事情发生得这么突然，我们大家简直被这难以置信的事情给吓住了：这位素不相识的陌生人竟能迫使世界冠军屈从于他的意志，而且是下的一盘已经输了一半的棋。麦克柯诺尔大声地吁了一口气，往后一靠，嘴里冲出一声得意的"啊"。我又仔细地观察了一下琴多维奇。在走最后几步棋的时候，我就觉得，他的脸色似乎变得苍白了一些。但是世界冠军善于控制自己。他仍然保持一种似乎无所谓的呆木神气，用一只平稳的手把棋盘上的棋子扒拉到一边，问道：

"想不想下第三盘，先生们？"

他是用一种毫无感情、就事论事的语气提出这个问题的，但奇怪的是，冠军似乎完全没有注意麦克柯诺尔，而是死死地盯住我们的救星的眼睛。就像一匹马从一个骑者比较坚定的骑姿中认出这是个更为高明的新骑士一样，琴多维奇想必也从最后几步棋里看出，实际上他真正的对手是谁。我们也情不自禁地跟着琴多维奇的眼光，好奇地凝视着这位陌生人。但是这个人还没来得及思考或者答复，那虚荣心强、十分激动的麦克柯诺尔已经洋洋得意地冲着他喊了起来：

"那还用说！不过这一盘您得单独跟他下。您一个人同琴多维奇对弈!"

可是这时发生了一件完全没有预料到的事情。这位陌生人非常奇怪地一直十分紧张地凝视着空棋盘,他发现所有的目光都盯着他,并且听到麦克柯诺尔这样热情洋溢地跟他说话,身上不觉一哆嗦。他脸上的表情显得十分慌乱。

"绝对不行,先生们,"他结结巴巴地说,显得非常惊慌失措,"这是完全不可能的……我绝对不行……我已经二十年,不,二十五年没下棋了。我现在才发现,未经诸位允许就参与您们的比赛,是多么不恰当的行为。请原谅我的鲁莽。我不愿再继续打扰诸位了。"我们惊异得还没有缓过劲来,他已经转身走出了吸烟室。

"不过,这是完全不可能的事啊!"容易激动的麦克柯诺尔用拳头猛敲一下桌子,大声嚷道,"这人说他二十五年没下过棋,这是绝对不可能的!他不是在五六着棋之前就已经算出每一步棋和每一个对策了吗!这种事情可不是谁都能轻易做到的啊。这简直是完全不可能的,是不是?"

麦克柯诺尔不由自主地向琴多维奇发出上面的问题。但是世界冠军的神情十分冷淡。

"这件事情我无法判断。不过不管怎么说,这位先生下棋下得不很平常,怪有意思;所以我故意给他一个略占上风的机会。"

说着他懒洋洋地站起来,用他惯有的就事论事的语气补充了一句:

"要是这位先生或者诸位先生明天还想再下一盘,那我从三点钟起听候诸位吩咐。"

我们忍不住都微笑起来。我们每个人都非常清楚,琴多维奇绝不是因为慷慨成性而给了我们不知名的帮手一个机会的,他的这种说法无非是企图掩盖自己失败的一个愚蠢的遁词。因此我们更加强烈地想要看到这个傲慢者受到屈辱。一下子我们这些生性平和、懒懒散散的旅客突然产生了一种强烈的、雄心勃勃的战斗欲望。在我们船上,在一望无垠的大海上,世界冠军将在我们手下败北,而这一记录将由各通讯社向全世界播发,这个想法刺激着我们,使我们陶醉。此外,我们的救星恰好在关键时刻出乎意料地前来参战,这事更发出一种神秘的魔力,他那近乎羞怯的谦逊同职业棋手不可动摇的自负又形成了鲜明的对照。这个陌生人究竟是谁呢?莫非偶然的机遇使我们眼前又出现了一名至今尚未发现的象棋天才?还是说,由于某种尚未查明的原因,一位大名鼎鼎的象棋大师向我们隐瞒了他的姓名?我们十分激动地讨论着所有这些可能性,甚至最不可思议的假设对我们说来也还不够大胆,他那神秘莫测的胆怯和他出人意料的自白,这一切怎么也不可能和他显而易见的卓越棋艺协调起来。但是,有一点我们大家意见完全一致:绝对不能放弃重新鏖战一场的机会。我们决定想尽一切办法使我们的帮手在第二天同琴多维奇对弈。麦克柯诺尔答应承担这次比赛物质方面的风险,而我作为陌生人的同胞——我们这时已从侍者那里打听到陌生人是奥地利人——被全权委托向他转达我们的请求。

我没花多少时间就在上层甲板上找到了这个匆匆溜走的陌生人。他躺在躺椅上看书。在我走过去之前,我先利用这个机会,仔细地看了看他。他躺着,把他尖削的脑袋仰卧在枕头上,看上去有些疲劳。我又一次惊异地发现,他那还算年轻的脸,苍白得异乎寻常,两鬓全都白了。我也不知道为什么,但却有这样的印象,觉得他一定是突然变老的。我刚刚走近他,他就客气地站起来,进行自我介绍。他所说的姓氏,我一听就很熟悉,这是奥地利一家古老的名门望族。我记得这家的一个成员是舒伯特①的至交,另一位是老皇帝的御医。当我向这位B博士表示我们请他接受琴多维奇的挑战时,他显然大为震惊。原来他根本没有想到他刚才是在同世界冠军下棋,而且下得相当成功。不知道为什么这个消息给予了他强烈的印象。他一再反复问我,我是否确信他的敌手真是大名鼎鼎的国际锦标获得者。我很快懂得了,这一情况大大减轻了我的使命的艰巨性。但是,我感到我是在同一位非常周到、极有教养的人打交道,所以如果他输了将由麦克柯诺尔承担物质损失一事,我决定还是不提为好。B博士犹豫了好一会儿,最后同意参加比赛,但他请我向我的朋友们事先说清楚,大家对他的才能不要寄予太大的期望。

"因为,"他带着一种梦幻似的微笑补充说,"我确实不知道能不能按照全部规则下棋。请您相信我,我上次说从中学时代起,也就是二十多年来我没有动过棋子,我这样说并不是虚伪的谦逊。而且即使在那时候,我也只不过是个平平庸庸的棋手而已。"

他说得那么自然,以致我丝毫也不怀疑他的真诚。可是各个大师下过的棋局他都记得清清楚楚,准确无误,我不由得对此表示了我的惊讶。我说,不管怎么说,想必他至少在理论上对棋艺进行过大量的研究吧。

B博士的脸上又掠过了一个奇怪的梦幻似的微笑。

"大量研究?天晓得!这话大概可以这么说吧。我对象棋是进行了大量的研究。不过那是在一种非常特殊的、可以说是绝无仅有的情况下发生的。这是一个相当错综复杂的故事,它可以作为一个小小的插曲,用来说明我们这个美妙的伟大时代,要是您能

---

① 舒伯特(1797—1828),奥地利著名作曲家。

忍耐半个小时的话。"

说着,他指了指旁边的一把躺椅。我欣然接受了他的邀请。周围一个人也没有。B博士摘下他看书时戴的花镜,搁在一边,开始说道:

"您客气地提到,您作为一个维也纳人记得我们家的姓氏。但是我估计,您未必听说过起初由我父亲和我、后来由我自己主持的律师事务所。因为我们根本不受理报纸上公开议论的案件,并且原则上避免接受新的当事人的委托。事实上,我们后来根本就不再从事一般的律师业务,而只限于充当法律顾问和管理一些大修道院的财产。我父亲过去是天主教政党的议员,和这些修道院过从甚密。此外,在帝制已成历史陈迹的今天,下面这件事情我们也不妨公开谈论——我们还受托管理皇室某些成员的资产。我们家同皇帝以及教会的联系(我的一个叔叔是皇帝的御医,另一个是寨滕希特顿修道院的院长),可以追溯到前两代,我们只要保持这些联系就行了。委托人对我们的信任是从老一辈那里传下来的,而随着他们的信任,那静悄悄的可以说是无声无息的工作也就落到我们身上。这些工作向我们提出的要求不过是严加保密和忠诚可靠,先父充分具有这两种品质。只是由于老练周到,他才成功地在通货膨胀年代和改朝换代以后为我们的委托人保存了可观的财产。后来,希特勒在德国上台执政,开始侵吞教会和修道院的财产,于是由我们经手和国外进行一些谈判和交易,为的是至少还能挽救一些动产,使之免遭没收。关于皇室和教廷①所进行的某些秘密的政治交易,我们两人所知道的远比外界知道得多。可是正因为我们的事务所很不惹人注目,我们门上连个牌子也没挂,再加

---

① 指梵蒂冈的罗马天主教教廷。

上我们小心谨慎,我父亲和我特意避免和保皇派来往,这使我们免于遭受那些好管闲事之辈的多方询问。事实上,奥地利当局在这些年代里从来没有料到,皇室的秘密信使一直在我们这个坐落在五层楼上的不显眼的事务所里投递或者领取特别重要的信件。

"大家知道,还在国社党①党徒武装他们的军队去进攻全世界以前很久,他们就在与德国毗邻的所有国家里开始建立一支由被损害、被轻视和被侮辱的人组成的队伍,一支和他们的军队同样训练有素和极为危险的大军。每一个办公室,每一个企业都有他们所谓的基层组织,他们的间谍和奸细到处都是,包括陶尔斐斯②和舒什尼格③的私人府邸在内。就是在我们简陋的事务所里,也坐着他们的暗探,可惜我知道得太晚了。此人当然只是一个可怜而无能的办事员,是一位神父介绍来的,我们雇用他只是为了使我们的事务所对外像一个正常的办事机构;事实上我们给他干的事,无非是些无关紧要的外差、接接电话、整理整理文件,那些文件当然都是无足轻重、没有问题的。邮件是从来不许他拆的。所有重要的信件都由我亲自在打字机上打出来,而且只打一份,不留副件。每一份重要的文件我都亲自带回家去,而秘密谈判只在修道院的院长或者我叔叔的御医办公室里进行。由于采取了这些预防措施,派到我们这里来的那个坐探看不到任何实质性的东西。但是,一件不幸的偶然事件使这个野心勃勃、虚荣心盛的家伙睁开了眼睛,他注意到我们不信任他,背着他在做一些很有趣的事情。可

---

① 国社党,希特勒的政党,原名全称为"国家社会主义德国工人党",简称"国社党",贬称"纳粹"。
② 陶尔斐斯,一九三二年五月起任奥地利总理兼外交部长,一九三四年为德国纳粹分子所刺杀。
③ 舒什尼格,一九三四至一九三八年任奥地利政府总理,后被纳粹推翻,被关进集中营。

能,当我不在的时候,一位信使不小心说了'陛下',而没有按照我们的约定说'贝恩男爵',要不就是这个流氓非法拆看了我们的信件——反正在我怀疑他之前,他就已经从慕尼黑或者柏林得到了监视我们的命令。一直到很久以后,我都已经被捕入狱,我才想起他开头干活如何懒散,后来,在最后几个月里突然变得很卖力气,好几次他巴结得过火,硬要把我的信件送到邮局去。我不能说我没有一点疏忽大意的地方,不过,话说回来,我们时代那些最为杰出的外交家和军人不也是被这帮希特勒匪徒卑鄙地暗算了吗?盖世太保早已虎视眈眈地把注意力集中到我身上,这可以从下述事实得到极为具体的证实。在舒什尼格宣布辞职的当天晚上,也就是希特勒进入维也纳的前一天,我就已经被党卫军逮捕了。幸亏,我刚从收音机里听到舒什尼格的辞职演说,还能及时地把所有最重要的文件全都烧毁,而其余的文件,包括一些修道院和两位大公爵存放在国外的财产的不可缺少的凭据,我都藏在一个装脏衣服的提篮里,由我年老忠实的女管家带到我叔父家里。所有这一切都真正是在希特勒分子闯进我家前的最后一分钟完成的。"

B博士停了一下,点燃了一支雪茄。火柴一亮,我看见他的右嘴角神经质地抽动了几下。这点我先前早已注意到了。我发现,这种痉挛,隔几分钟就要重复一次。只是轻微地抽动一下,转瞬即逝,几乎难以觉察,可是使他的脸显得特别不安。

"您大概以为我现在要讲那些忠于我们古老的奥地利的人都关在那里的集中营,以及我在那里所受的屈辱、拷打和折磨吧。这样的事情并没有发生。我被算作另外一种囚犯。我没有同那些不幸的人囚禁在一起,希特勒分子用尽一切办法折磨他们的心灵和肉体,把积聚起来的愤懑都发泄在他们身上。我则被列入另外一类人之中,这种人数目很少,国社党徒指望从他们身上敲诈金钱或者勒索重要情报。盖世太保对我这么一个微不足道的小人物本身当然毫无兴趣,不过他们大概听说,我们是他们最大的敌人的财产委托人、监护人和心腹。他们想从我这儿榨取的,是一些罪证材料,可以用来向修道院提出公诉,证明它们隐瞒财产;他们可以用这些罪证材料来反对皇室和一切在奥地利为皇室奋斗牺牲的人们。他们估计,而且也并非没有根据,我们经手的大部分基金还隐藏得好好的,他们要想侵占还很难办到。正因为如此,他们在第一天就把我抓了去,他们指望用他们屡试不爽的方法从我这里获得这些秘密。由于他们想从我这一类人身上敲诈金钱或者勒索重要材料,所以我们没有被送到集中营去,而是受到一种特殊的待遇。您大概记得,我们的首相①以及罗特希尔德②男爵(纳粹分子希望从他的亲戚那里诈取几百万元)都没有被投入围着铁丝网的集中营,却似乎是备受优待,被安置在'大都会饭店'里——盖世太保的总部也设在那里——每人住一个单间。连我这个毫不起眼的小人物也获得了这种优厚待遇。

"在大旅馆里独自住单间——这话听起来极为人道,不是吗?不过,请您相信我,他们没有把我们这些'要人'塞到二十个人挤在一起的寒冷的木棚里,而是让我们住在大旅馆还算暖和的单间里,这并不是什么更加人道的待遇,而是更为阴险的手段。他们想从我们这里获得需要的'材料',不是采用粗暴的拷打或者肉体的折磨,而是采用更加精致、更加险恶的酷刑,这是想得出来的最恶毒的酷刑——把一个人完全孤立起来。他们并没有把我们怎么样——他们只是把我们安置在完完全全的虚无之中,因为大家都

---

① 指舒什尼格。
② 罗特希尔德,德国大银行家。

知道,世界上没有什么东西能像虚无那样对人的心灵产生这样一种压力。他们把我们每一个人分别关进一个完完全全的真空之中,关进一间和外界严密隔绝的空房间里,不是通过鞭笞和严寒从外部对我们施加压力,而是从内部产生压力,最后迫使我们开口。乍一看来,分给我的房间似乎并没有什么使人不舒服的地方:房里有门,有床,有张小沙发,有个洗脸盆和一个带栅格的窗户。不过房门日夜都是锁着的;桌上不得有书报,不得有铅笔和纸张;窗外是一堵隔火的砖墙;我周围和我身上全都空空如也。我所有的东西都被拿走了:表给拿走了,免得我知道时间;铅笔拿走了,使我不能写字;小刀拿走了,怕我切断动脉;甚至像香烟这样极小的慰藉也拒绝给我。除了看守,我从来没有看见过任何一张人的脸,就是看守也不许同我说话,不许回答我的问题。我从来没有听见过任何人的声音。从早晨到夜晚,从夜晚到黎明,我的眼睛、耳朵以及其他感官都得不到丝毫滋养。我真是形影相吊,成天孤零零地、一筹莫展地守着我自己的身体以及四五件不会说话的东西,如桌子、床、窗户、洗脸盆;我就像潜水球里的潜水员一样,置身于寂静无声的漆黑大海里,甚至模糊地意识到,通向外界的救生缆索已经扯断,再也不会被人从这无声的深处拉回水面了。我没有什么事情可做,没有什么可听,没有什么可看。我身边是一片虚无,一个没有时间、没有空间的虚无之境,处处如此,一直如此。你在房里踱来踱去,你的思想也跟着你走过来走过去,走过来走过去,一直不停。然而,即使看上去无实无形的思想,也需要一个支撑点,不然它们就开始毫无意义地围着自己转圈子,便是思想也忍受不了这空无一物的虚无之境。从早到晚你老是在期待着什么,可是什么事情也没有发生。就这样等着等着,什么也没有发生。等啊等啊,想啊想啊,一直想到脑袋发痛。什么也没有发生。你仍然是独自一人。独自一人。独自一人。

"这样继续了两个星期,这两个星期我是置身于时间之外,置身于世界之外活过来的。要是当时爆发了一场战争,我也不会知道;我的世界仅限于桌子、门、床、洗脸盆、小沙发、窗户和墙壁之间。我老是一个劲地望着同一面墙上的同一张糊墙纸,我盯着它看的时间如此之长,以致糊墙纸上那种锯齿形图案的每一根线条都像用雕刻刀深深地刻在我大脑最深的褶纹里。最后审讯终于开始了。我被突如其来地叫了出去,都搞不清楚那是白天还是黑夜。被叫之后,就给带着穿过几条走廊,也不知道要到哪儿去;然后,在一个什么地方等着,也不知道是个什么地方;突然,又站到了一张桌子前面,桌旁坐着几个穿军装的人。桌上放着一叠纸——那是档案,不知道里面是些什么;接着开始提问:问题真真假假,有的明确,有的刁钻,有的打掩护,有的设圈套;你回答问题时,别人恶毒的手指在翻动着文件,而你不知道那里面写的是什么,别人恶毒的手在做着记录,而你不知道它在写些什么。不过,对我来说,在这些审讯中,最可怕的是,我永远也猜不出,而且也无法料到,关于我的事务所办理的业务,盖世太保究竟已经知道了什么,他们到底还想从我口里掏些什么出来?我已经给您说过,我在最后时刻,已经把一些可以构成罪证的文件通过我的女管家带去交给了我的叔父。可是他收到了这些文件呢,还是没有收到?我们的那个雇员究竟泄露了多少秘密?他们到底截住了我们多少信件?这期间他们从我们代理事务的那些德国修道院里,说不定已经从哪一个笨拙的神父那里诈出了多少线索?他们盘问再三。我为某某修道院买过哪些有价证券?我同哪些银行有业务往来?我认识不认识一个名叫某某的先生?我从瑞士以及天晓得还从什么地方收到过信没有?因为我无法揣测他们究竟已经查明了多少情况,我的每一个回答便承担了极其严重的责任。如果我承认了他们还不知道的某件事,我就可能毫无必要地使别人遭殃;而如果我否认的事情过多,结果我就害了自己。

"然而审讯还不是最糟的。最糟的是审讯之后回到我的虚无中去——回到那同一个房间去。那里还是同一张桌子,同一张床,同一个洗脸盆,同样的糊墙纸。因为我一旦只身独处,我就设法逐一回想审讯时的情景,思考着我该怎么回答才最聪明,盘算着下一次我得说些什么,才能打消我说不定一言不慎而引起的怀疑。我来回考虑、反复思考、仔细检查我向审判官说的口供中的每一句话,我重新想起他们提出的每一个问题,我做出的每一个回答。我试图掂量一下,我说的哪些话可能被他们记了下来,可我心里明白,这种事情我是永远也不可能猜出来,永远也不可能知道的。但是,这种思想,一旦在空房间里开始运转,就不停地在我脑子里盘旋,一再周而复始,引起各式各样别的联想,连睡梦中也不得安宁。每次盖世太保审讯之后,我自己的思想就同样无情地折磨我,脑子里一再重复盘问、追究、虐待的苦刑。这说不定比审讯之苦还更加残忍,因为在审判官那儿的审讯经过一个小时总是要结束的,但是由于这种孤独的阴险折磨,我脑子里的审讯却永无休止。在我的身边总是只有桌子、柜子、床、糊墙纸、窗户。没有任何使人分心的东西,没有书,没有报纸,没有新来的人的脸,没有可以写点什么的铅笔,没有一根可以拿来玩的火柴棒,什么也没有,什么也没有,一无所有。现在我才发现,把人单独囚禁在大旅馆的房间里,这种办法是多么恶毒,对人的心理打击是多么致命。在集中营里,你大概得用手推车去推石头,直到双手鲜血淋漓,鞋里的双脚冻坏为止。你大概得跟二十多个人挤在一起,住在又臭又冷的斗室里。然而在那儿看得见好多人的脸,那儿有田野,有手推车,有树木,有星星,那儿总有点什么可以瞧瞧。而这儿呢,你身边的东西从来也不改变,绝对不变,那可怕的一成不变。这儿没有任何东西可以分散我的注意力,使我摆脱我的思想、我的疯狂的想象和我的病态的重复。而这个恰好就是他们想要达到的目的:他们企图用我自己的思想来窒息我,直到我喘不过气来,那时我只好把我的思想倾吐出来,招出口供,招出他们想要知道的一切,供出别人和材料,此外别无出路。

"我渐渐感到,在这一片虚无的可怕压力下,我的神经开始松弛。意识到这个危险,我就竭尽全力绷紧我的神经,紧到快要绷断的地步,我拼命去找些事情,或者去想些事情来散散心。为了使自己有事可做,我就试着在脑子里重现过去背熟的东西,把它们朗诵出来,民歌啊,儿歌啊,中学里学的荷马史诗啊,以及民法法典的条文啊。后来我就试着演算算术题,我在脑子里任意加着和除着数字,但是我的记忆力在一片空虚之中什么也抓不住。我没法把思想集中在什么事情上。想着想着就会冒出同一个思想,而且老是出现:他们知道什么?昨天我说了什么?下一次我该说些什么?

"这种实在难以描绘的状况持续了四个月之久。四个月——写起来容易,不过才三个字!说起来也容易:四个月,一共才几个音节。用四分之一秒的时间,嘴唇就迅速地发出这些音:四个月!但是谁也没法描绘、衡量,并且说清楚,在没有空间、没有时间的情况下,一段时间究竟拉得有多么长,这事你向任何人也讲不清楚,就是向你自己也讲不清楚。你周围空虚一片,一片空虚,成天看见的老是桌子、床、脸盆、糊墙纸,身边老是一片沉默,看见的老是那个看守,他把饭塞进来,连看也不看你一眼,同样的一些思想在虚无之中老是在你脑海里盘旋,直到你发疯为止。你向谁也没法解释,这一切是如何使我崩溃和毁灭的。我从某些细微的征兆中极为不安地意识到,我的头脑已经陷入混乱状态。起初,我被提审时,头脑还是很清楚的,我回答问题泰然自若,深思熟虑,那种双重的思路还在起着作用,想到哪些话该说,哪些话不该说。而现在,就是最简单的句子,我也只能结结巴巴地说出来,因为我在招口供的时候,我像着了魔似的,眼睛死盯着在纸上滑来滑去记录口供的那支笔,仿佛我想紧紧跟上我自己说的话似的。我感觉到,我的力量渐渐支持不住,我感到这一时刻渐渐逼近:我为了救我自己,我将把我所知道的一切,说不定还有更多的东西都说出来,为了逃脱这使人窒息的虚无,我将出卖十二个人,供出他们的秘密,而我自己除了得到片刻的休息,别无所获。一天晚上,的确已经到了这个地步:看守恰好在我快要憋死的时候给我送饭来了,于是我忽然冲着他的背影大叫起来:'带我去受审!我什么都说!我什么都交代!我要告诉他们文件和钱在哪儿!我都说,我什么都说!'幸亏他没有再听我说下去。说不定他也不想听我说。

"就在这极端严重的危急关头,发生了一件意想不到的事情拯救了我,至少在一段时间内拯救了我。这是七月底的一个昏黑阴沉的下雨天:我之所以这样清楚地记得这个细节,是因为我被带去受审的时候,路过的走廊里,雨水正打在窗玻璃上。在审讯室的前厅里我得等半天。每次提审都得等,这也是他们的手段的一部分。突然叫你受审,半夜里冷不丁地把你从囚室里带走,先让你神经紧张起来,等你做好受审的思想准备,理智和意志全都振作起来准备进行抵抗了,他们又让你无谓地等着,等了又等,一等就是一小时、两小时、三小时,使你身体疲惫,心力衰竭。这一天是星期四,七月二十七日,他们让我等的时间特别长。我在前厅里足足站着等了两个小时;我之所以连这日期也记得这么清楚,是有特别的原因的,因为在这个前厅里我站了两个小时——不言而喻,我是不许坐下的——直站得我腿脚僵直,而在这里恰好挂了一个日历,我没法向你解释,我当时如何如饥似渴地想看到一些印刷的东西,看到一些写的字,所以墙上'七月二十七日'这短短的一行字,我是目不转睛地看了又看;我简直把它们一口吞下,刻在我的脑子里。然后我又等啊等啊,我的眼睛死盯着房门,看它什么时候终于会打开来,同时我又再三考虑,这些审判官这次会问我一些什么问题,而我心里明白,他们问我的问题,将和我准备回答的问题完全不同。可是尽管如此,这种等待和站立的折磨同时也是一种幸福,一种快乐,因为这间屋子怎么说也和我住的那间屋子不一样,它比较宽敞,有两扇窗,不像我的房间只有一扇窗,而且没有床,没有脸盆,窗台上也没有那道特别的裂缝,这个裂缝我仔细观看了不下千百万次。门上漆的颜色也不一样,靠墙放着另外一张小沙发,左边是一个档案柜,还有一个装着衣钩的衣架,衣钩上挂着三四件湿漉漉的军大衣,是那些折磨我的家伙们的大衣。这一来我有一点新鲜的东西、另外一些东西可看了,我那如饥似渴的眼睛终于又可以看点别的东西了,它们贪婪地抓住每一个小地方。我仔细地观察着这些大衣上的每一个皱褶,譬如说,我注意到有个水珠,挂在一件大衣的湿领子上,这话您听起来也许觉得非常可笑,可我以一种十分荒唐的激动心情等待着,看这颗水珠最后是否会顺着皱褶流下来,抑或抵抗住了万有引力,还在衣领上多待一会儿——是啊,我一连几分钟屏住呼吸,目不转睛地凝视着这滴水珠,仿佛我的生命就靠它来决定。等到这滴水珠终于滚落下来以后,我又去数大衣上的纽扣,第一件上面是八粒,第二件也是八粒,第三件是十粒;接着,我又把几件大衣的翻领互相比较:我那饿得发慌的眼睛以一种难以形容的贪婪抚摸、玩弄、抓住所有这些可笑的、极不重要的琐碎细节。突然我的目光停留在一样东西上面。我发现有一件大衣边上的口袋有点鼓鼓囊囊。我把身子挪近一点,从那鼓鼓囊囊的东西呈现的四四方方的形状看出,这个有点膨胀的口袋里藏的是什么:是一本书!我的双膝开始哆嗦起来:一本书!足足四个月之久,我手里没有拿过一本书,在一本书里可以看到排成一行行的字,可以看到好多行、好多页、好多张,在一本书里可以读到我所不知道的新鲜的、使人分心解闷的思想,可以追随这些思想的发展,可以把它们记在脑子里,单单设想一下这么一本书,就已经使人为之陶醉,同时又使人浑身酥麻。我的眼睛像着了魔似的死死地盯着那个小鼓包,这是那本书在口袋里构成的形状。我的眼睛望着这个极不显眼的地方,望得眼里都冒出火来了,仿佛它们想在大衣上烧个窟窿似的。最后我再也克制不住我的欲望;我不由自主地把身子挨得更近。哪怕能用手隔着呢料去摸一摸这本书也好,单单这个念头,就使我手指一直到指甲的神经都激动起来。我几乎自己也不知道,我的身体越来越挨近墙壁。幸亏看守没有注意我这肯定是非常古怪的举动;也许他也觉得,一个人直挺挺地站了两个小时之后,想往墙壁上靠一靠,是非常自然的事情。最后,我离开大衣已经非常之近,我故意把两手放在背后,以便它们能毫不引人注意地摸到大衣。我摸了摸呢料子,透过呢料子,的确感觉到有一个四四方方的东西,这东西弯得动,而且轻微地发出窸窸窣窣声——这是一本书!一本书!我脑子里像闪电似的闪过一个念头:把这本书偷来!也许能偷到手,那你就可以把它藏在囚室里,慢慢地读啊读啊,终于又能读到书了!这个念头刚进入我的头脑,便像烈性毒药似的立即发生作用:一下子,我的耳朵嗡嗡直响,我的心脏怦怦直跳,我的双手冰凉,都不听使唤了。但是在最初的一阵晕眩过去之后,我就悄悄地、巧妙地更加挨近那件大衣。我一面两眼注视着看守,一面用藏在背后的双手把那本书从下往上托,越托越高。然后,伸手一抓,轻轻地、小心翼翼地往外一抽,突然那本篇幅不是很大的小书便到了我的手里。这时候我才被我自己干的事情吓了一跳。然而我已经没有退路。可是把这书往哪儿搁呢?我把这本书在我背后塞到裤子里系腰带的地方,然后从那儿渐渐地移到腰部,这样我在走路的时候,用军人的姿态把手贴着裤缝,也就可以把书夹住。现在得看看第一次考验能否通过。我把身子从衣架那儿挪开,一步,两步,三步。行,挺顺利。我在走路的时候,可以把书夹住,只要我把手夹紧腰带就行了。

"接着就是审讯。这次审讯要求我比以往任何一次都付出更大的精力,因为在我回答问题的时候,我的全部力量,其实并没有集中在我的口供上,而是集中在如何夹住这本书而不引起别人注意这件事情上。幸亏这次审讯的时间比较短,我顺顺当当地把书带到了我的房间——我不想说全部细节,免得耽搁您时间太长,因为有一次危险极了,我们刚走到走廊的当中,这本书从裤腰上滑了下来,我只好假装猛烈咳嗽,这样我就弯下腰去,把书又平平安安地塞回到腰带底下。当我带着这本书回到我的地狱,终于独自一人,可是又再也不是孤零零地独自一人的时候,这是多么幸福的一瞬啊!

"您现在大概猜想,我一定马上抓起书来,仔细观看,读了起来。完全不是这样!我首先得充分品味一下身边有了一本书的快乐,我故意延长这种使我的神经奇妙地兴奋起来的喜悦,我心里暗自思忖,这本偷来的书最好是一本什么类型的书呢:最要紧的是印得密密麻麻,排得很挤,有很多很多字,有很多很多薄薄的书页,以便我能多读一些时间。然后我希望,这是一本使我精神上能够紧张起来的著作,不是浅薄的、轻松的作品,而是可以学习可以背诵的东西,譬如诗歌,最好是——这是何等大胆狂妄的梦想啊!——

歌德或者荷马的作品。可是最后,我再也控制不住我的欲望,我的好奇心,于是我平躺在床上,这样,要是万一看守突然把门打开,他也不会看出破绽——然后哆哆嗦嗦地把书从我的腰带底下抽了出来。

"我往书上看了第一眼就大失所望,甚至使我恼怒已极。我冒了那么巨大的危险偷来的这本书,我怀着那么热切的期待留到现在才打开的这本书,不是别的,竟是一本棋谱,是一百五十盘名家棋局的集锦。要不是我的窗户关得严严的,而且还加上了铁栅栏,我一怒之下,一定把这书从打开的窗户里扔了出去,因为你叫我拿这无聊的玩意干什么?我拿它有什么用?我少年时代上中学的时候也像大多数别的学生一样,有时候由于无聊也下下棋。可是这本讲象棋理论的玩意我拿它怎么办?下象棋总不能没有对手,更不能没有棋子和棋盘。我十分恼火地把这本书从头到尾浏览了一遍,心想说不定还能找到一些可读的东西,一篇序言啊,阅读指导啊;可是除了画得方方正正的著名棋局的简图之外,我什么也没找到。简图下面是些一上来叫我莫名其妙的符号,什么 a_2——a_3,sf_1——g_3,等等。所有这一切我觉得像是一种我找不到解答方法的代数题。后来渐渐地我才弄明白,a、b、c 这些字母代表的是竖行,从 1 到 8 的数目字代表的是横线,合在一起就决定了每一个棋子当时的位置。这样一来,这种纯粹图解式的简图反正也变成了一种语言。我心里思忖,也许我可以在我的囚室里设计出一张棋盘,然后试着,照棋谱把这些棋局下一遍。好像是上天的恩赐,我的床单碰巧是大方格的。要是好好地叠一叠,最后可以弄出六十四个方格来。于是我先把书藏在褥子底下,把书上的第一页撕下来。然后我就开始用我省下来的面包瓤来捏王啊、后啊以及其他等等棋子,不言而喻,模样是十分可笑,极不完美的。费了九牛二虎之力,最后我总算可以在方格的床单上按照棋谱上标明的位置把棋子重新摆起来。我用灰土把一半棋子弄得颜色深一些,以示和另一半棋子有所区别。可是,当我第一次试图把整个一盘棋按照棋谱下一遍时,我完全失败了。开头几天,我老是下着下着就乱套了。我不得不五次、十次、二十次地一再把同一盘棋从头下起。可是世界上有谁像我这个虚无的奴隶这样拥有那么多未加利用同时又毫无用处的时间呢?谁又拥有那么多难以估量的贪欲和耐心呢?六天之后,我已经把这盘棋一步不差地下完了。再过八天,我甚至连床单上都不用摆棋子,就能把棋谱上标的这盘棋的棋子的位置想象出来。再过八天我连床单都用不着了;书上原来的那些抽象的符号 a_1, a_2, c_7, c_8 在我脑子里自动地转化成形象的具体位置。这种转化的过程完全成功了:我把棋盘连同棋子都反射到我的脑子里,单凭符号也能把整个棋局的变化再现在眼前,就像一个训练有素的音乐家,只要看一眼总谱,就足以使他听见各个声部的声音以及它们的和声。又过了两个礼拜,我可以毫不费劲地背出书上的每一盘棋——或者像棋手的行话说的那样:杀盲棋。现在我才开始懂得,我这大胆的偷窃行为给我带来了多么难以估量的幸福。因为我一下子有活儿可干了——您愿意的话,可以说这是一种没有意义、没有目的的活儿,但是它毕竟是一种活儿,它把我身边的一片虚无消灭干净。我有了这一百五十盘棋的棋谱,就像有了一件神奇的武器,去抵御那压得人透不过气来的空间和时间的一成不变。为了使这新鲜的活动始终不衰地保持着它的魅力,我从此把每天的时间仔细划分一下:早上下两盘,下午下两盘,晚上再很快地复习一遍。在这之前,我每天过的日子像胶皮冻一样乱七八糟,黏黏糊糊,成天在鬼混。这一来,我每天的时间都排满了。我成天忙碌,但并不感到疲劳。因为下象棋有这样一种奇

411

妙的优点:把全部脑力集中在一个局限得很狭窄的活动范围内,即使拼命用脑思索,也不会使人脑子萎缩,相反,只会使脑子更加灵活,更有活力。起先只不过是机械地模仿名家的棋局,渐渐地我开始对棋艺产生了一种艺术的、愉快的理解。我学会了进攻和防御的微妙之处,学会了其中的计谋和绝招。我领会了在几着棋之前预见棋势发展、早作安排、突然发起反攻的技巧。不久之后,我就准确无误地认出每一个象棋大师下棋时的个人特点,就像读诗人的诗,只消读几行就能断定作者是谁一样。开头的时候,下棋不过是为了消磨时间,现在变成一种享受,阿廖辛、拉斯克、波哥留勃夫、塔尔塔柯威尔,这些伟大的棋艺战略家们,都像亲爱的朋友一样,走进我孤独的小天地里。有了这无穷无尽的调剂,我沉寂的囚室每天都变得生气盎然。恰好因为我练习下棋,极有规律,使我原来已经受到剧烈震动的思维能力,又重新恢复正常。我觉得我的脑子又重新振奋起来,通过经常不断的思维训练甚至比以前更灵活,更机敏。尤其在审讯的时候,证明我的思路更加清晰、更加集中;我无意之中在棋盘上把抵御虚假的威胁和粉碎暗藏的奸计的本领训练得炉火纯青;从这时起,我在受审的时候再也不露任何破绽,我甚至觉得,这些盖世太保渐渐开始带着某种敬意来观察我。说不定他们暗自觉得奇怪:那么多人在他们面前都一一垮了下去,而我是从什么秘密的源泉里汲取力量,来进行这样百折不挠的抵抗的?

"我日复一日地把书上的一百五十盘棋照着棋谱有系统地下了一盘又下一盘,这段幸福的时间延续了大概两个半月到三个月。然后我出乎意料地又达到了一个死点。我突然又重新面临着一片虚无。因为我每盘棋都下了二三十遍之后,这些棋局就失去了新鲜的魅力,再也不使人感到出其不意,它们先前如此使人兴奋、如此使人激动的力量枯竭了。这些棋局我每一步都早就背出来了，再一个劲地把它们下个没完，又有什么意思？我刚走出开局第一步棋，以后的进展便仿佛自动地在我脑子里面展开，再也没有什么出人意料、令人紧张、让人思考的东西。为了使我自己有事可做，为了给我找来那早已变得不可缺少的忙碌和调剂，我实在需要另外一本印着别的棋局的书。可是既然这是完全不可能的，那么我只有一条路走出这奇怪的迷津；我不得不自己发明一些新的棋局以代替旧的棋局。我不得不设法和我自己下棋，或者说得更精确些，把我自己当作对手。

"我不知道，对于进行这种'游戏中的游戏'①的精神状况，您是否曾经设想过。但是只要粗粗一想就足以明白，下棋是一种纯粹的思维游戏，毫无偶然的因素在内，因此，自己把自己当做对手来下棋，势必是件绝顶荒谬的事情。象棋的吸引人之处，归根结底不就在于棋局的战略是在两个不同的脑子里按照不同的思路发展起来的吗。在这场智斗的过程中，黑方根本不知道白方将有什么军事动作，而是一刻不停地设法去猜测并且破坏白方的作战意图，而与此同时，白方也力图抢先一步，对黑方的秘密意图采取相应的措施。如果现在黑方和白方同是一个人，那么就出现了一种非常反常的情况，那就是说，同一个脑子同时既要知道这件事，又要不知道这件事。这个脑子作为白方在起作用的时候，要能够奉命完全忘记它在一分钟之前作为黑方所想达到的目的和所想做的事情。这样一种双重的思维事实上是以人的意识的完全分裂作为前提的，那就要求人的脑子像一部机械仪表一样，能够随心所欲地打开或者关上。所以说，想把自己当作对手来下棋，就像想跳过自己

---

① 指上文所说的自己和自己下棋。

的影子一样的不近情理。

"现在我说得简短些吧,这种荒谬绝伦、不近情理的事情,我在绝望之中竟然尝试了好几个月。为了不至于完全发疯,或者陷入智力完全衰竭的境地,我除了去干这种逆情悖理的事情之外,别无其他选择。我那可怕的处境迫使我至少尝试着把我自己分裂成黑方我和白方我,免得被我身边的一片可怕的虚无所压垮。"

B博士说到这里,朝后往躺椅上一靠,闭上眼睛达一分钟之久。他似乎想要使劲把一种使人不愉快的回忆强压下去。他的左嘴角出现了那个奇怪的抽搐,他没有能把它控制住。然后他在躺椅里又直起身子来。

"好,到现在为止,我希望我已经把一切都跟您解释得相当清楚了。可是遗憾的是,我自己也没把握,是否能把以后发生的事也同样清楚地说给您听。因为这种新的活动,要求脑子无保留地紧张起来,这就使它不能同时进行任何自我控制。我刚才已经跟您说过了,按照我的意见,自己把自己当做对手来下棋,这根本是胡闹。但是如果面前真有一个棋盘,那么干这种荒谬绝伦的事至少还有最低限度的一点机会,因为这个棋盘本身总还允许你有一定的距离,产生一种物质上互相隔离的感觉。如果坐在一张真正的棋盘前面,上面摆着真正的棋子,你至少可以安排一些时间来进行思考,你的身体可以一会儿坐在桌子的这一边,一会儿坐在桌子的那一边,以便时而从黑方的立场上,时而从白方的立场上来观察局势。但是,像我这样被迫把这些我自己反对我自己的鏖战,或者您愿意这么说的话,我自己和我自己进行的鏖战,反射到我脑子里想象的空间中去,我也就被迫在我的脑海里,把六十四个格子里的每一步棋走过之后的棋势清清楚楚地抓住,而且除此之外,不仅把暂时的棋局记住,还要算出双方各自可能要走的其他几步棋,这就是说——我自己也知道,这一切听起来是多么荒唐——我要双倍、三倍地设想,不,六倍、八倍、十二倍地设想,为了每一个我,即黑子我和白子我,都要事先想出四五步棋来。请您原谅,我竟然向您提出这样的苛求——设想一下这种疯狂的事情。在我的幻想的抽象空间里下这种象棋的时候,我作为白方的棋手必须事先算出四五步棋,同时,作为黑方的棋手,也得这样干。所以,在某种意义上说,我必须把随着棋局的发展而产生的一步步局势事先用两个脑子加以联想,用白方的脑子和黑方的脑子一起联想。但是,即便是这种自我分裂也还不是我这种莫名其妙的试验当中最危险的事情。最危险的是我这样独立无依地想出一些棋局,结果脚底下失去了实地,一下子就陷入了无底的深渊。要是单单把名家的棋局复演一遍,就像前几个礼拜我一直练习的那样,那么归根到底只不过是一种复制的过程,纯粹是把已有的物质重复一遍,这样做,并不见得比背诵诗歌、默记法律条文更吃力。这是一种有限制的、按部就班的活动,因而是绝妙的脑力练习。我在上下午各下两盘棋,变成了我的固定的作业,我毫不费劲地就完成了。它们代替了我的正常的活动,再说,万一我在下一盘棋的过程中走错了,或者不知道怎么往下走了,我总还有书可以作为依靠。仅仅因为这个缘故,这种活动对于我的已经受到震撼的神经来说才如此有益,甚至可以说起到镇静作用,因为照着棋谱下别人下过的棋局,并没有让我自己去冒风险。无论是黑方还是白方取胜,我都无所谓。在那儿争夺冠军称号的不是阿廖辛或者波哥留勃夫吗?我个人,我的理智、我的灵魂仅仅作为观局者,作为行家在那儿欣赏那些棋局的激烈转变和优美之处。可是自从我自己试图和我自己对垒之时起,我就不知不觉地开始向我自己挑起战来。两个我当中的每一个我,黑子我和白子我,都得互相争个高低,双方都野心勃勃,焦躁不安,急于取胜,急于赢棋。作为黑子我,每下一步棋,我都拼命在想,白子我将采取什么步骤。两个我当中的每一个我只要另一个我走错一步棋,就兴高采烈,而同时对于自己的失利则火冒三丈。

"这一切看上去都毫无意义,事实上,这样一种人为的精神分裂,这样一种可能引起危险的情绪激动的意识分裂,在正常的情况下,在正常的人身上是难以想象的。但是您不要忘记,我已经被人用暴力从一切正常的状态中强拉了出来,我是一个无辜遭受监禁的囚徒,几个月来被人挖空心思地用孤寂折磨着,是一个早就想把他心里积聚起来的愤怒向什么东西发泄一下的人。既然我别无所有,只有这种荒唐的自己把自己当敌手的棋戏,那么我的愤怒,我的报复心,便狂热地全都倾注到这种游戏中去了。我心里有一种东西要证明自己是对的,而我心里不是只有这另一个自我是我能够与之作战的吗,所以我在下棋的时候简直达到一种癫狂的激动的程度。起先我还心平气和、深思熟虑地进行思考,在两盘棋之间我还安排些休息时间,歇一歇,松口气;但是渐渐地,我那激动的神经不容我再等。白子我刚走一步,黑子我就已经起劲地抢着走了。一盘棋刚下完,我就向我自己挑战,下另一盘,因为每一盘棋下棋的两个我总有一个我被另一个我所战胜,于是便要求再杀一盘报仇雪恨。我永远也说不清楚,连说个大概也不行,我在囚室里的最后几个月里,由于这种疯狂的贪得无厌的情绪,我对我自己究竟下了多少盘棋——也许上千盘,说不定更多些。这是一种我自己也无法抵御的疯魔,从早到晚我什么也不想,尽想着象、卒、车、王、a、b、c、将死和移位。我整个的身心都被逼到这些小方格里去了。下棋的乐趣变成了下棋的热情,变成一种癖好,变成一种激烈的狂怒,它不仅在我醒着的时候纠缠着我,渐渐地,也侵入到我的睡梦之中。我脑子里只能想棋,只能思考棋子的运动,象棋的问题。有时我醒过来,额上汗津津的,我发现,我甚至在睡梦中大概也在下意识地下棋,要是我梦见人,那么这些人也跟车、象一样地移动,也跳着马步或进或退。甚至于把我叫去审讯的时候,我也不再能头脑清醒地想到我的责任;我觉得,在最后几次审讯中,我一定说话相当颠三倒四,语无伦次,因为审判官们不时莫名其妙地面面相觑。可是实际上,在他们盘问并且商量的时候,我简直怀着迫不及待的心情,只等着他们再把我带回到我的囚室里去,好让我继续下棋,下我那疯狂的棋,重新下一盘,再下一盘,再下一盘。每一次中断我都觉得是个干扰。甚至看守来打扫囚室的那一刻钟,他给我送饭来的两分钟,也使我那热狂的焦躁心情备受折磨。有时候一直到晚上,那盛着午饭的饭盆还搁在那儿动也没动。我下棋下得连吃饭也忘了。我肉体上唯一能够感觉到的乃是可怕的干渴;大概不停地思索、不断地下棋早已使我上火了吧;我两口就把水瓶给喝干了,逼着看守给我多打点水,可是隔了一会儿,我又觉得口干舌燥。最后,我下棋的时候——我从早到晚什么事情也不干了——我的情绪激动到这种地步,我都不能安安静静地坐上片刻;我一面考虑棋局,一面不停地走来走去,棋局越到见分晓的时候,我就走得越快。赢棋、取胜、把我自己打败的欲望渐渐变成一种狂怒。我焦躁得浑身哆嗦,因为我身上一方的我总嫌另一方的我走得太慢。一个就催另一个快下;您也许会觉得非常可笑:要是我身上的一个我觉得另一个我回手不够快,我就开始骂起我自己来了:'快点,快点!'或者'走啊,走啊!'——我现在自然非常清楚,我的这种状况已经完全是一种精神上过分紧张的病兆,我找不到别的名字来表示,只好给它一个迄今为止医学上还不知道的术语:象棋中毒。最后,这种偏执性的疯狂不仅开始袭击我的头脑,也开始侵袭我的身体。我日益消瘦,睡眠不安稳,常做乱梦;每次醒过来,我都得特别使劲,才能睁开我那像铅一样沉重的眼皮;有时候我觉得自己虚弱到了极点,我的手哆嗦得杯子都拿不起来,我得费好大的劲才能把杯子送到嘴边;但是,一开始下棋,我就从心里涌出一股狂野的力量:我双手紧握着,走来走去,我有时好像隔着一层红雾听到我自己的声音,只听见它沙哑地恶狠狠地冲着自己大喊:'将军!'或者'将死了!'

"这种令人毛骨悚然的难以形容的状况是如何变成危机的,我自己也说不上。我所知道的全部情况就是,有一天早上我醒来,感觉和平时不一样。我的身体似乎和我自己脱离了,我躺着,软绵绵的,很舒服。几个月来我从来没有过的一种惬意的疲劳感压在我的眼皮上,又温暖,又舒服,我一时竟下不了决心把眼睛睁开。我醒着又躺了几分钟,再享受一下这种沉重的麻木状态,感官愉快地毫无知觉,人懒洋洋地躺在那儿。我突然发现,好像听见身后有声音,有活人的声音在那儿说话。您没法想象我的喜悦,因为我几个月来,将近一年来除了从审判席上传来的生硬、刺耳、凶狠的话语以外,没有听见过别的话。我对我自己说:'你在做梦!千万别把眼睛睁开!让这个梦再延长一会儿,要不然你又要看见你身边的那间该死的囚室、椅子、洗脸架、桌子和那花纹永远不变的糊墙纸。你在做梦——接着做下去吧!'

"但是好奇心还是占了上风。我慢慢地小心翼翼地睁开眼睛。真是奇迹:我躺在另外一个房间里,这房间比我旅馆里的那间囚室大得多,宽敞得多。窗户上没有铁栏杆,阳光可以畅通无阻地照进屋来,窗外不再是一堵隔火的砖墙,透过窗户可以看见绿树在迎风轻摆,雪白的墙壁光滑锃亮,我头上的天花板又白又高——可不是真的,我躺在一张陌生的崭新的床上,这的确不是一场梦,在我床后有人在低声耳语。我在惊讶之中想必不由自主地猛烈动弹了一下,因为马上我就听见有脚步声走近我的床头。一个女人步履轻盈地走了过来,一顶白帽子扣在头发上,这是个看护,是个护士。一阵喜悦的痉挛透过我的全身:我整整一年没有看见过一个女人了。我目不转睛地凝视着这个清秀的身影,我的眼光一定非常狂野兴奋,因为走过来的这个护士使劲地安慰我:'安静点!请您安静点!'可我只是竖起耳朵听她的声音——这不是一个人在那儿说话吗?难道世界上的确还有一个不审问我、不折磨我的人吗?再说——这可真是不可思议的奇迹!——这还是一个柔和的、温暖的、简直可说是温柔的女人的声音。我贪婪地望着她的嘴,因为过了一年地狱生活,我都觉得一个人跟另一个人说话还会这么和蔼可亲简直是不可能的。那个护士冲着我微笑——是的,她在微笑,世界上还有人会亲切地微笑,然后她把食指放在嘴唇上表示叫我别作声,又轻手轻脚地走开了。但是我不能听从她的命令。这个奇迹我还没有瞧够呢。我使劲地想在床上撑坐起来,看看她,看看这个和蔼可亲的具有人形的奇迹。但是,我正想要在床边支起身子,却支不起来。原来我的右手,手指和手腕那儿,现在是挺大挺胖的一个白鼓包,显而易见我的右手给绷带厚厚地包扎了起来。我起初望着我手上这个白白的肥肥的陌生东西,莫名其妙,然后慢慢地开始明白我在哪儿,并且开始苦思苦想,我可能遭遇到了什么不幸。一定是他们把我打伤了,或者我自己把手弄伤了。我现在是躺在医院里。

"中午大夫来了,是位和和气气的上了年纪的老先生。他知道我们家族的姓氏,并且满怀敬意地提到我那当御医的叔叔,所以我立刻感到,他对我是一片好心。接着在谈话的过程当中,他向我提了各式各样的问题,其中之一尤其使我惊讶:他问我是数学家还是化学家。我说都不是。

"'奇怪,'他嘟囔着说,'您在昏迷中老是大声喊着一些稀奇古怪的公式——什么 c_3, c_4。我们大家听了都不知所云。'

"我便向他打听,我到底出了什么事。他异样地微微一笑。

"'不是什么严重的问题。无非是神经的急性错乱,'然后他小心翼翼地环顾一番,低声补充了几句,'话说回来,这也是非常可以理解的。在三月十三日①之后,是不是?'

"我点了点头。

"'用这种办法待人,不发疯才怪呢,'他喃喃地说道,'您并不是第一个。不过您不用担心。'

"我从他向我低声耳语进行安慰的样子,再看到他那好心抚慰的目光,我知道,我在他这儿是十分安全的。

"两天以后,这位善良的大夫相当坦率地告诉了我事情的全部经过。看守听见我在囚室里大叫大嚷,他起先以为,有人闯进了我的囚室,我正在跟那人吵架。可是等他在门口一露面,我就马上向他扑了过去,冲着他狂呼乱叫,听上去就像是:'你走一步啊,你这个恶棍,你这个胆小鬼!'嚷着嚷着我就想卡他的脖子,最后我对他的攻击如此凶猛,他不得不大叫救命。他们在我狂怒的情况下拖着我去找大夫检查身体,我突然挣脱他们,扑向走廊里的窗口,一拳打破了窗玻璃,同时把手割破了——您看这儿还有深深的伤疤。开头几夜我在医院里完全是在发烧昏迷的情况下度过的,可是现在他觉得我的神志已经完全清醒了。'当然,'大夫轻声补充了一句,'这点我最好还是不要向这些老爷们报告为妙,要不然,他们到末了又要把您带回到那儿去。您对我放心好了,我将尽力而为。'

---

① 一九三八年三月十三日,法西斯德国并吞奥地利,德军进入奥国境内。

"这位乐于助人的大夫究竟向那些折磨我的人报告了一些关于我的什么情况,我不得而知。反正他达到了他想达到的目的:把我释放。可能他说我已经精神失常,也说不定在这期间,我对于盖世太保已经变得无关紧要,因为希特勒已经占领了波希米亚①,这一来对他而言,奥地利问题已经彻底了结了。所以我只需要签字保证,在两星期内离开我的祖国。这两个礼拜我忙着办理上千个手续,这是今天②一个从前的世界公民出国旅行所必须办理的——要弄到军事机关和警察局的证明,要缴税,要领取护照、出境签证、健康证明,结果我毫无时间去对往事多加思索。看来在我们脑子里有一些神秘的力量在起着调节作用,自动把那些对于我们的心灵来说会变得有害而危险的东西予以排除,因为每次我想回忆我在囚室中度过的那段时间,我的脑子就糊涂起来。一直到好几个星期之后,真正说起来是到这船上之后,我才重新找到了勇气去思考我到底遭遇到了什么事情。

"现在您会理解,为什么我在您的朋友们面前举止如此不当,甚至使人莫名其妙。我只是完全碰巧信步踱进吸烟室,看见您的朋友们坐在棋盘前下棋。我不由自主地感到,由于惊讶和害怕,我的脚好像生了根似的钉在那里。因为我已经忘得一干二净,居然可以坐在一张真正的棋盘前面用真正的棋子下棋。我忘得干干净净,下棋的时候居然是两个完全不同的人活生生地面对面地坐着在下。我的的确确花了好几分钟才想起,这些棋手在那儿干的事,归根结底也就是我在一筹莫展的情况下有几个月之久,自己把自己当作对手试着进行的那种游戏。在我那艰苦卓绝的练习中使用

---

① 波希米亚为捷克的旧称。
② B博士讲述这个故事是在德国侵占奥国之后不久,所以说"今天",表示时间很近。

的字母和数字,实际上只不过是些代用品,是这些骨质的棋子的符号。我很惊讶地发现,棋子在棋盘上的移动就跟我脑海里想象中的棋子移动是一回事。这种惊讶大概和天文学家的惊讶相仿佛:天文学家用极端复杂的方法在纸上计算出一颗新的行星的位置,结果抬头一看,果然在天上发现一颗晶莹明亮的具有实体的星星。我像被磁铁吸引住了似的,凝视着棋盘,看见我的图表——什么马啊,象啊,王啊,后啊,卒啊在那儿都成了真正的棋子,全是木头刻的。为了看到全局的位置,我先得把这些棋子从数目字代替的抽象棋盘转移到灵活的、有棋子在来回移动的真正棋盘上来。好奇心渐渐压倒了我,我想看一看这样一盘真正有两个棋手对垒的棋戏。于是发生了那不愉快的事情:我忘记了一切礼貌,竟干预了您们的棋局。不过您的朋友走错的那步棋像刀扎似的刺进了我的心。我拦住他,这纯粹是一种本能的行动,是一时冲动之举,就像人家看见一个小孩俯身趴在栏杆上,会不假思索地把他抓住一样。一直到后来我才清楚地意识到,我这样冒昧行事,是多么的失礼。"

我赶忙向 B 博士保证,我们大家经过这次偶然事件得以和他结识,心里是多么高兴,对我来说,听了他刚才向我讲的这番话,要是明天在这场临时决定举行的比赛中能看见他下棋,将是加倍有趣的事情。B 博士做了一个局促不安的动作。

"别这样,请您的确不要对我指望太多。这次比赛对我来说只不过是一个试验……试试看,我是不是……我是不是确实能够下一盘正常的棋,一盘在真正的棋盘上用具体的棋子跟一个活人做对手下的棋……因为我现在越来越怀疑,我下过的那几百盘,说不定几千盘棋,是否真是合乎规矩下的棋,而不仅仅是一种梦中象棋,热病象棋,一种热昏时的游戏,在进行这种游戏时就像在梦中一样,好多中间阶段都是一跃而过的。但愿您不是当真向我提出这样的奢求,要我狂妄地认为可以向一位象棋大师,甚至是世界上第一号种子挑战。使我感兴趣的、暗暗吸引我的,只是一种事后的好奇心,我想断定一下,我当时在囚室里干的事究竟是在下象棋,还是已经在发疯,我当时是正好处在危险的暗礁前面,还是已经越过了这块危险的暗礁,仅此而已,别无其他目的。"

这时从船尾响起了锣声,招呼乘客去吃晚饭。我们大概聊了近两个小时。B博士把他的身世讲得要比我在这儿概括的详尽得多。我向他衷心表示感谢,然后向他告辞。可是我沿着甲板走了没几步,他又追了上来,显然焦躁不安地,甚至有些结结巴巴地补充了几句:

"还有一件事!请您事先向这些先生们讲清楚,免得我到时候显得失礼:我只下一盘……下这盘棋只不过是为了把旧账一笔勾销——是对往事的彻底了结,而不是重新开始。……我不愿再一次陷入这激烈的象棋热狂,我现在回想起来总要不寒而栗……再说……再说当时大夫也警告过我……十分明确地警告过我。每一个患过偏执狂的人,是永远受到伤害了。得过'象棋中毒'的人,即使已经治好了,最好也不要靠近棋盘……所以您明白我的意思——就下这一盘为我自己做个试验,再也不多下。"

第二天下午三点,一到约定时间,我们都准时聚集在吸烟室里。我们这群人又增加了两个棋艺爱好者,这是船上的两位军官,他们特地请了假不上班,来看这次比赛。琴多维奇也没有像前一天那样姗姗来迟。按照规定挑选了棋子的颜色之后,这场无名氏[①]对大名鼎鼎的世界冠军的值得纪念的比赛便开始了。我感到

---

① 原文为拉丁文。

可惜的是,这盘棋仅仅是为我们这些完全没有判断力的观众在下,棋局进展的过程对于象棋年鉴就像贝多芬的钢琴即兴曲对于音乐来说,同样是永远散失了。虽说我们在以后几个下午,大家一起设法根据回忆来恢复这盘棋,但是白费力气;也许我们在棋局进行的时候,过于热情地注意了两个棋手而没有注意棋局本身。因为这两个对手在举止仪态上那种智力上的差异,在棋局进展的过程中变得越来越明显。琴多维奇这位久经沙场的名手,在整个这段时间内一动不动,活像一块岩石,两只眼睛耷拉下来专注地、死死地盯着棋盘;在他身上,沉思似乎是一种肉体上的使劲,迫使他全部器官都高度集中起来。B博士则相反,举止轻松潇洒,落落大方。从业余爱好者(Dilettant)这个词的最优美的含义来说,游戏的时候,是应该得到diletto①,应该得到快乐的,所以B博士作为一位真正的业余爱好者,他的身体完全放松,在开头几步棋间歇的时候,他和我们一边聊,一边解释,轻快地点燃一支香烟,只有在轮到他走的时候才往棋盘看上一分钟。他每次都给人这种印象,仿佛对方走的棋早在他意料之中。

开局例行的几步棋走得相当快。一直走到第七步或者第八步棋的时候,才看出一点眉目,好像有一个预定的计划在展开似的。琴多维奇考虑的时间越来越长;我们由此看出,真正争夺优势的战斗现在开始了。但是说实话,局势的逐渐演变就像每次真正比赛中的棋局一样,对我们这些外行来说,是令人相当失望的事情。因为各个棋子互相交错越来越形成一个特殊的图案,那么对于我们来说,真正的局势如何,也就越来越难以参透。我们既看不出这个对手的意图是什么,也看不出那个对手的目的何在,更弄不清楚,

---

① 意大利文:快乐、愉快。

这两个对手当中究竟是谁真正处于有利地位。我们只发现,个别的棋子像撬杠似的向前移动,想把对方的阵线打开一个缺口,但是这样走来走去的战略意图是什么,我们却无法理解,因为这些高明的棋手下棋,每走一步都要预先看出好几步棋。另外渐渐地再加上一种使人瘫痪的疲劳,这主要怪琴多维奇考虑起来没完没了,这显然也开始使我们的朋友恼火起来。我忐忑不安地注意到,这盘棋拖的时间越长,他就开始越来越坐立不安,在椅子上扭来扭去,时而神经质地一支接一支地抽着香烟,时而抓起铅笔,记点什么。然后他又要矿泉水,急急忙忙地把水一杯接一杯地灌了下去,显然,他对棋局的联想比琴多维奇快一百倍。每次琴多维奇没完没了地考虑之后,下定决心,用他笨重的手把一个棋子往前一挪,我们的朋友便微微一笑,就像一个人看见期待已久的一件事情终于发生了一样,他马上就回了一步棋。他的脑子转得极快,一定早就把对方的一切可能性都预先算了出来;因此,琴多维奇考虑一步棋的时间拖得越长,B博士也就越不耐烦。在他等的时候,他的嘴唇紧闭,显出一副生气的、几乎是敌意的神气。但是琴多维奇一点也不着急。他顽强地思索着,一声不吭,棋盘上的棋子越少,他停顿的时间就越长。走到第四十二步棋的时候,足足过了两个钟头零三刻钟,我们大家坐在棋桌旁边已经精疲力竭,简直对棋局都有点无动于衷了。船上的军官已经走了一个,另外一个拿了一本书在看,只有在双方移动棋子的时候他才抬起眼睛,瞅上一眼。可是这时候,琴多维奇走了一步棋,便突然发生了出人意料的事情。B博士一看见,琴多维奇拿起马准备往前跳,他就像猫跳起来之前那样地缩起身子。他的全身开始哆嗦起来;琴多维奇一跳马,他就猛地把后往前一推,得意洋洋地大声说道:"好!这下完了!"说着把身子往后一靠,两臂在胸前一抱,用挑衅的眼光直视着琴多维奇。突

425

然在他的瞳孔里燃烧着炽热的光芒。

我们大家都情不自禁地弯下身去看那棋盘,想弄明白如此洋洋得意地宣告的这一着棋。乍一看去,看不出什么直接的威胁。这么说,我们朋友的这句话一定是指棋局的发展而言,我们这些脑子迟缓的业余爱好者一时还算不出来。在我们当中,只有琴多维奇一个人听了那句挑衅性的宣告一动不动;他纹丝不动地坐在那儿,仿佛"这下完了"这句侮辱人的话他压根儿没有听见似的,一时毫无反应。我们大家都屏息静气,只听见放在桌上用来计时的怀表的嘀嗒声。过了三分钟、七分钟、八分钟——琴多维奇一动不动了,可是我觉得,似乎有一种内在的紧张使他那厚厚的鼻孔张得更大了。看来我们的朋友似乎也跟我们一样,觉得这种默默的等待难以忍受。他突然猛地一下子站起身来,开始在吸烟室里踱来踱去,起先走得很慢,渐渐快起来,越走越快。我们大家有些惊讶地望着他,但是谁也没有像我这样焦急不安,因为我注意到,他的步子尽管很急,可总是在一定的范围内来回;就仿佛他在这个空荡荡的房间里每次都碰到一堵看不见的栏杆,迫使他转身往回走。我汗毛直竖地发现,他这样走来走去不知不觉中画出了他从前囚室的大小:在他囚禁的那几个月里,他一定恰好也是这样两只手一个劲地抽筋,缩着肩膀,像个关在笼子里的动物似的,奔过去奔过来;他在那儿一定是这样上千次地跑来跑去,在他那僵直又发烧的眼光里闪烁着疯狂的红色的火焰。但是他的思维能力似乎还没有受到伤害,因为他不时地把脸转向桌子,看琴多维奇在这段时间里做出决定没有。过了九分钟,过了十分钟。这时终于发生了我们当中谁也没有料到的事情。琴多维奇缓缓地举起他那笨重的手,这只手本来一直一动不动地放在桌上。我们大家都十分紧张地看着他将做出什么决定。可是琴多维奇没有走棋,而是翻过手来,用手背果断地一下子把所有的棋子慢慢地从棋盘上扫了出去。过了一阵我们才明白:琴多维奇放弃这盘棋了。为了不至于在我们面前明显地被人将死,他投降了。不可思议的事终于发生了:世界冠军、无数次国际比赛的锦标获得者,在一个无名氏、一个二十年或者二十五年没有摸过棋盘的人面前,降下了他的旗帜。我们的朋友,这位隐姓埋名的陌生人,在公开的战斗中战胜了世界上最厉害的象棋名手!

我们自己也没感觉到,大家在激动之余都一个个站了起来。我们每一个人都有这种感觉,得说点什么,或者干点什么,来发泄一下我们的惊喜之情。只有琴多维奇一个人安坐不动,始终保持镇静。过了好一会儿,他才抬起头来,用他那呆滞的眼光望着我们的朋友。

"再下一盘吗?"他问道。

"那还用说。"B博士兴高采烈地回答道。我听了感到颇不舒服。我还来不及提醒他有言在先:只下一盘,绝不多下,他就已经坐了下来,急匆匆地把棋子又重新摆好。他的动作是如此之猛,以至于有一个卒子两次从他索索直抖的手指缝里滑落到地上。看见他这种极不自然的激动模样,我早就觉得心里难过,很不自在,此刻这种心情发展成为一种担心害怕。因为这个原来如此文静、如此安详的人现在明显地变得极度兴奋,他嘴角抽搐得越来越频繁,他的身体好像患了一场严重的寒热症,索索地抖个不住。

"别下了!"我在他耳边低声说道,"现在别下了!今天就到此为止吧!这对您来说太费劲了。"

"费劲!哈哈!"他大声地恶狠狠地笑道,"要是不这么磨蹭,我这段时间里都可以下了十七盘了!我唯一觉得费劲的是,用这种速度下棋得设法不让自己睡着!——好!现在您开棋吧!"

最后这几句话他是用一种激烈的似乎粗鲁的口气对琴多维奇说的。琴多维奇心平气和、不慌不忙地看了他一眼,他那呆滞的目光有点像一只握紧的拳头。一下子在这两个棋手之间出现了一种新的东西:一种危险的紧张气氛,一种强烈的仇恨。他俩不再是两个打算游戏似的互相显显本事的棋友,而是两个发誓要把对方消灭的仇敌。琴多维奇走出第一步之前,犹豫了很长时间,我明显地感到,他是故意拖这么长时间的。这位训练有素的战略家已经看出来,他恰好可以通过出棋缓慢,使对方精疲力竭、火冒三丈。所以他花了起码四分钟的时间,才用最普通最简单的方式把棋局打开,那就是把王前卒照通常的走法往前挪了两格。我们的朋友立刻把他的王前卒迎了上去,但琴多维奇马上又没完没了地停顿下来,简直叫人难以忍受;就像一道强烈的闪电过后,大家心惊肉跳地等着霹雳打来,可是霹雳始终不来。琴多维奇坐着纹丝不动。他思索再三,静静地,缓缓地,我越来越清楚地感觉到,他慢得非常恶毒;可是这一来,他可给了我足够的时间去观察 B 博士。B 博士刚把第三杯水灌了下去;我不禁想起他告诉过我,他在囚室里就像发烧似的干渴难耐。他身上已经明显地表现出一切反常激动的征兆。我发现他的额头沁出了汗珠,他手上的伤疤比原来显得更红、更深。但他还控制住自己。一直到第四步棋,琴多维奇还是这样无止境地考虑,B 博士就失去了自制,他突然冲着琴多维奇嚷了起来:

"您倒是走一步啊!"

琴多维奇抬起头来,冷冷地看了他一眼。"据我所知,我们有约在先,每一步棋的思考时间是十分钟。我原则上不用更短的时间下棋。"

B 博士咬了咬嘴唇;我发现,他的脚后跟在桌子底下越来越焦躁不安地敲打着地板。我自己也不由地变得更加神经质,我被一种预感所苦恼,怕他身上正酝酿着一种什么荒唐的东西。果然下到第八步又发生了一场小小的风波。B博士等着等着,越来越失去自制,再也没法控制住自己内心的紧张情绪;他坐在椅子上摇来晃去,开始不自觉地用指头在桌子上敲打起来。琴多维奇又一次抬起他那沉重的粗壮的脑袋。

"我可以请您别敲桌子吗?这妨碍我。这样我是没法下棋的。"

"哈哈!"B博士短促地笑了一声,"这点大家都看见了。"

琴多维奇的脸涨红了。"您这话是什么意思?"他语气尖锐而凶狠地说道。

B博士又一次短促而恶毒地笑了笑:"没什么,我只不过想说,您显然十分神经质。"

琴多维奇不吭气,把头低了下去。

一直过了七分钟他才走了下一步棋,这盘棋就以这种慢得要死的速度拖拖拉拉地进行着。琴多维奇似乎越来越变成一尊石像;到末了他总是用满了规定的思考时间,才决定走一步棋。从一个间歇到另一个间歇,我们朋友的举止变得越来越奇怪。看上去,他似乎根本不再关心他下的这盘棋,而是在想着完全与此无关的另外一件事情。他不再急匆匆地跑来跑去,而是一动不动地坐在他的位子上。他的眼光发直,甚至有些迷惘,呆呆地注视着前方,他一刻不停地喃喃自语,说了些莫名其妙的话。要么他沉浸在无穷无尽的棋局联想之中,要么他——这是我内心深处的怀疑——在构想另外的一些棋局,因为,每一次琴多维奇终于走出一步棋之后,别人总得要提醒他,才能把他从心不在焉的神情中唤回来。然后他总是只花一分钟时间,来重新辨明局势;我越来越怀疑,他的精神病已经以这种文静的形式发作起来,他也许早就把琴多维奇和我们大家都忘得一干二净,这种精神病很可能会突然以某种激烈的形式爆发出来。果然,下到第十九步棋的时候,危机爆发了。琴多维奇刚一挪动他的棋子,B博士也没好生往棋盘瞧一眼,便突然把他的象往前进了三格,然后大叫起来,把我们大家都吓了一跳。

"将!将军!"

我们大家满心以为他走了一步绝棋,立刻都注视着棋盘。但是一分钟之后,发生了我们谁也没有料到的事情。琴多维奇非常、非常缓慢地抬起头来,把我们这群人挨个看了一遍——在这以前他从来没有这样看过我们。他似乎是在充分享受什么东西,因为在他的嘴唇上渐渐地泛出一个心满意足的、显然带有嘲讽意味的微笑。一直等到他把这个我们仍然莫名其妙的胜利充分享受之后,他才以一种虚伪的礼貌冲着我们说道:

"很遗憾——可是我还不明白怎么个'将'法。也许诸位先生当中有谁看出我的王被将军了吧?"

我们大家看了看棋盘,然后又以不安的心情看看B博士。琴多维奇的王格果然——这是每个孩子都看得出来的——有一个卒子保护着,丝毫不受象的威胁,所以他的王不可能被将军。我们大家都不安起来。莫非我们的朋友一性急把一个棋子走偏了,走得远了一格还是近了一格?我们一沉默倒引起了B博士的注意,现在他也注视着棋盘,开始激烈地结结巴巴地说道:

"不过王是应该在 f_7 上面啊……他位子错了,完全错了。您走错棋了!这个棋盘上所有的棋子都站错位子了……这个卒应该在 g_5 上而不该在 g_4 上……这完全是另外一盘棋……这是……"

他突然住口了。我使劲地抓住他的胳臂,或者不如说,我狠狠地掐了一下他的胳臂,这样,他即使在发烧似的慌乱之中也还会感觉到我在掐他。他转过脸来,像个梦游者似的凝视着我。

"您……有什么事?"

我什么也没说,只说了声"记住!"①同时用手指摸了一下他手上的伤疤。他不由自主地重复着我的动作,他的眼睛呆呆地望着那条血红的伤痕。然后他突然开始颤抖起来,一阵寒噤透过他的全身。

"我的天啊,"他苍白的嘴唇低声说道,"我说了什么蠢话,或者干了什么蠢事吧……难道我又……?"

"没有,"我向他低声耳语,"但是您必须立即停下这盘棋,现在已到紧要关头。记住大夫嘱咐您的话!"

B博士猛的一下子站起身来。"我请您原谅我的愚蠢的错误,"他又用他原来那种彬彬有礼的声音说道,并且向琴多维奇鞠了一躬,"我刚才说的话,当然纯粹是胡言乱语。不言而喻,这盘棋是您赢了。"然后他又向我们说道,"诸位先生,我也得请求您们原谅。不过我事先已经警告过您们,不要对我指望过多。请诸位原谅我出丑——这是我最后一次尝试着下象棋。"

他鞠了一躬就走了,那神气就跟他最初出现的时候一样谦虚而又神秘。只有我一个人知道,为什么这个人这辈子再也不会去摸棋盘,而其余的人都有些精神恍惚地留在那儿,心里模模糊糊地感觉到,刚才差一点卷入了一桩极不愉快的危险事件。"该死的笨蛋!"②麦克柯诺尔失望之余嘀嘀咕咕地骂了一句。最后一个从椅子上站起来的是琴多维奇,他还向那盘下了一半没有下完的残棋瞥了一眼。

---

① ② 原文为英文。

"真可惜,"他宽大为怀地说道,"这个进攻计划安排得不算坏啊。作为一个业余爱好者来说,这位先生实在是个极不寻常的天才。"

(1941)

(张玉书 译)